Brenda Joyce

Freibeuter der Leidenschaft

Roman

Aus dem Amerikanischen von
Bärbel Hurst

MIRA®

MIRA® TASCHENBUCH
Band 25635
1. Auflage: Dezember 2012

MIRA® TASCHENBÜCHER
erscheinen in der Harlequin Enterprises GmbH,
Valentinskamp 24, 20354 Hamburg
Geschäftsführer: Thomas Beckmann

Titel der nordamerikanischen Originalausgabe:
A Lady At Last

erschienen bei: HQN Books, Toronto

Published by arrangement with
HARLEQUIN ENTERPRISES II B.V./S.àr.l.

Konzeption/Reihengestaltung: fredebold&partner gmbh, Köln
Umschlaggestaltung: pecher und soiron, Köln
Redaktion: Bettina Lahrs
Titelabbildung: Harlequin Enterprises S.A., Schweiz
Satz: GGP Media GmbH, Pößneck
Druck und Bindearbeiten: CPI – Ebner & Spiegel, Ulm
Printed in Germany
Dieses Buch wurde auf FSC®-zertifiziertem Papier gedruckt.
ISBN 978-3-86278-485-1

www.mira-taschenbuch.de

1. KAPITEL

King's House
20. Juni 1820

Er war bekannt als der bedeutendste Freibeuter und Gentleman seiner Zeit, eine Auszeichnung, die ihn immer wieder belustigte. Freibeuter und Gentleman waren zwei Wörter, die niemals im selben Atemzug genannt werden konnten, selbst wenn er für diese Regel die Ausnahme bildete. Clive de Warenne, dritter und jüngster Sohn des Earls of Adare, betrachtete mit ernstem Gesicht den neu errichteten Galgen. Zwar stimmte es, dass er bisher noch nie eine Schlacht verloren hatte, doch er nahm den Tod nicht auf die leichte Schulter. Seiner Einschätzung nach hatte er bereits mindestens sechs Leben verbraucht, und er hoffte, dass ihm noch mindestens drei blieben.

Eine Hinrichtung lockte immer viele Menschen an. Jeder Schurke, jeder Pflanzer, jede Dame und jede Hure, alle kamen sie in die Stadt, um den Piraten hängen zu sehen. Morgen würden ihnen Vorfreude und Aufregung den Atem rauben. Es würde Applaus geben, wenn das Genick des Piraten mit einem Knacken brach, und Jubel.

Clive war ein hochgewachsener, breitschultriger Mann mit braunem, ein wenig zu langem Haar, das von der Sonne gebleicht war. Er besaß die leuchtend blauen Augen, für die die Männer der Familie de Warenne berühmt waren. Mit seinen hohen Stiefeln, einer hellen Hose aus Hirschleder und dem feinen Leinenhemd war er lässig gekleidet, doch er war schwer bewaffnet. Selbst wenn er sich in der guten Gesellschaft bewegte, trug er stets einen Dolch im Gürtel und ein Stilett im Stiefel, denn er hatte sich sein Vermögen nicht mühelos verdient und sich dabei eine Reihe von Feinden gemacht. Außerdem hatte er auf den Inseln keine Zeit für Mode.

Clive wusste, dass er im Begriff war, zu spät zu seiner Verabredung mit dem Gouverneur zu kommen. Aber einige nach der neuesten Mode gekleidete Damen betraten gerade den Platz, und eine davon war eine hinreißende Schönheit. Sie warfen ihm Blicke zu und flüsterten aufgeregt miteinander. Er sah, dass sie unterwegs zu dem Gerüst waren, um den Ort zu begutachten, an dem morgen die Hinrichtung stattfinden sollte. Unter gewöhnlichen Umständen würde er sich eine für das Bett aussuchen, doch ihm entging nicht, wie sensationslüstern sie waren, und er fühlte sich davon abgestoßen.

Der imponierende Eingang zu King's House lag direkt hinter ihm, als er die drei Frauen vorüber und zu dem Richtblock gehen sah. Die Faszination, die er auf die Damen des *ton* und der Inselgesellschaft ausübte, kam ihm sehr gelegen, denn wie alle Männer der Familie de Warenne war er den Freuden der körperlichen Liebe ausgesprochen zugetan. Die Blonde erkannte er wieder, sie war die Frau eines Pflanzers, den er gut kannte. Die dunkle Schönheit hingegen war zweifellos neu auf der Insel. Sie lächelte ihn an, wusste offensichtlich, wer und was er war, und ebenso offen bot sie ihm ihre Gunst an, sollte er sich entschließen, ihrer zu bedürfen.

Doch das tat er nicht. Er nickte ihr höflich zu, und sie hielt seinem Blick stand, ehe sie sich abwandte. Er war ein Adliger und ein angesehener Kaufmann – wenn er nicht gerade Kaperbriefe akzeptierte –, aber ihm haftete der Ruf an, ein Frauenheld und Vagabund zu sein. Eine besonders leidenschaftliche Geliebte hatte ihn sogar einen Freibeuter genannt. Tatsächlich war er zwar als Gentleman erzogen worden, doch er war in Spanish Town mehr zu Hause als in Dublin, mehr in Kingston als in London, und er machte daraus kein Geheimnis. Wenn er mitten im Kampf an Deck eines Schiffes stand, konnte vermutlich kein Mann ein Gentleman sein. Das würde seinen Tod bedeuten.

Aber was die Leute sagten, hatte ihn nie gekümmert. Er hatte sein Leben genau so eingerichtet, wie er es haben wollte, ohne die Hilfe seines Vaters, und er hatte sich den Ruf erworben, einer der größten Herren der Meere zu sein. Obwohl er sich immer nach Irland gesehnt hatte, dem schönsten Ort auf Erden, war ihm die Freiheit am wichtigsten. Selbst auf dem Familiensitz des Earls, umgeben von der Familie, die er liebte, war ihm bewusst, dass er seinen Brüdern so gar nicht ähnlich war – dem Erben und dessen potenziellen Ersatz. Verglichen mit seinen heimatverbundenen Brüdern war er wirklich ein Freibeuter. Die vornehme Gesellschaft warf ihm vor, anders zu sein, exzentrisch und ein Außenseiter, und sie hatte recht.

Kurz bevor Clive kehrtmachte, um King's House zu betreten, gesellten sich zwei weitere Damen zu dem Trio, die Menge auf dem Platz wurde immer größer. Ein Gentleman, in dem er einen erfolgreichen Kaufmann aus Kingston erkannte, kam ebenfalls dazu und außerdem ein paar Seeleute.

„Ich hoffe, er genießt seine Henkersmahlzeit!", sagte einer der Seeleute lachend.

„Stimmt es, dass er einem englischen Marineoffizier die Kehle durchgeschnitten hat?", fragte eine der Damen atemlos. „Und seine Kajüte mit dessen Blut bestrichen?"

„Das ist eine alte Piratentradition", erwiderte der Seemann grinsend.

Bei dieser absurden Behauptung verzog Clive das Gesicht.

„Hängen sie hier viele Piraten auf?", fragte die Schönheit weiter.

Clive wandte sich ab. Diese Hinrichtung wird wie ein Zirkus werden, dachte er.

Und die eigentliche Ironie bei alldem lag darin, dass Rodney Carre einer der am wenigsten gefährlichen und erfolglosesten Vagabunden auf dem Meer war. Er sollte bloß deshalb hängen, weil Gouverneur Wood sich entschlossen hatte, um jeden Preis ein Exempel zu statuieren. Verglichen mit den Verbrechen der gnadenlosen kubanischen Seeräuber, die jetzt in der Karibik ihr Unwesen trieben, waren seine Vergehen nicht der Rede wert, aber Carre war derjenige gewesen, der sich hatte einfangen lassen.

Clive kannte ihn, wenn auch nicht sehr gut. Gelegentlich kam Carre nach Kingston, um sein Schiff zu überholen oder seine Waren auszuladen, und Clives Haus auf der Insel, Windsong, lag am nordwestlichen Ende der Harbor Street. In den letzten Jahren hatten sie kaum ein Dutzend Worte miteinander gesprochen und einander nur im Vorbeigehen einen Gruß zugenickt. Er hatte keinen Grund, Carres Schicksal zu bedauern.

„Und die Tochter des Piraten?“, fragte eine der Damen aufgeregt. „Werden sie sie auch aufhängen?“

„La Sauvage?“ Das war der Gentleman. „Sie wurde nicht gefangen. Und außerdem glaube ich nicht, dass irgendjemand auf der Insel ihr ein Verbrechen vorwerfen würde.“

Jetzt verstand Clive, warum er sich so beunruhigt fühlte. Carre hinterließ eine Tochter. Sie war zu jung, um wegen Piraterie angeklagt zu werden, auch wenn sie mit ihrem Vater gesegelt war.

Das ist nicht meine Angelegenheit, dachte er finster, während er sich King's House zuwandte. Doch jetzt erinnerte er sich lebhaft an sie, denn gelegentlich hatte er sie gesehen, wenn sie auf den Wellen ritt wie ein Delfin, mit nichts als einem Chemisier bekleidet, oder wenn sie kühn am Bug ihres Kanus stand, ohne sich um Wind und Wellen zu kümmern. Sie waren einander nie offiziell vorgestellt worden, aber wie alle anderen auf der Insel erkannte er sie sofort. Sie schien ein sorgloses Leben am Strand und in den Straßen zu führen und war unmöglich zu verkennen mit ihrem langen, zerzausten, mondhellen Haar. Wild und frei war sie, und er hatte ihren übermütigen Freiheitsdrang stets bewundert.

Voller Unbehagen schob er seine Gedanken beiseite. Morgen, wenn Carre gehängt wurde, würde er sich nicht einmal in Spanish Town aufhalten. Stattdessen begann er sich zu fragen, was Woods wohl von ihm wollte. Sie waren Freunde – gelegentlich hatten sie in Sachen der Inselpolitik zusammengearbeitet und sogar bei der Gesetzgebung. Seit Woods im Amt war, hatte Clive zweimal Aufträge von ihm entgegengenommen und erfolgreich zwei ausländische Briganten gekapert. Woods war ein energischer Politiker und Gouverneur, und Clive respektierte ihn. Bei ein oder zwei Gelegenheiten hatten sie auch gemeinsam gezecht – Woods hatte eine Schwäche für weibliche Gesellschaft, wenn seine eigene Gattin gerade nicht in der Stadt weilte.

Zwei britische Soldaten sprangen zu den großen Türen des Gouverneurssitzes, als er an den sechs ionischen Säulen vorüberging, die den Ziergiebel mit dem prächtigen Wappen des Empire stützten. Seine von Gold und Rubinen glitzernden Sporen klirrten. „Captain de Warenne, Sir", sagte einer der Soldaten. „Gouverneur Woods sagte, Sie sollen sofort hineingehen."

Clive nickte ihm zu und betrat die weitläufige Eingangshalle mit dem Kristallkronleuchter. Während er auf dem gewachsten Parkettboden in dem runden Foyer stand, konnte er einen Blick in einen formellen Salon mit rotem Samt und Brokat erhaschen.

Thomas Woods stand hinter seinem Schreibtisch auf und lächelte bei Clives Anblick. „Clive! Komm herein, mein Guter, komm herein!"

Clive betrat den Salon und schüttelte Woods die Hand. Der Gouverneur war ein sehniger, gut aussehender Mann in den Dreißigern und trug einen dunklen Schnurrbart. „Guten Tag, Thomas. Wie ich sehe, wird die Hinrichtung wie geplant stattfinden." Die Worte waren heraus, ehe er darüber nachdenken konnte.

Woods nickte zufrieden. „Du warst fast drei Monate fort. Du hast keine Ahnung, was das bedeutet."

„Natürlich habe ich das", sagte Clive und verspürte wieder diese seltsame Spannung, als er an die Tochter des Piraten und ihre Zukunft dachte. Ihm kam der Gedanke, dass er Carre vielleicht in der Garnison in Port Royal besuchen sollte. „Bleibt Carre in Fort Charles?"

„Er ist ins Gefängnis gebracht worden", erwiderte Woods. Das neu errichtete Gerichtsgebäude, das erst im vergangenen Jahr fertig geworden war, befand sich direkt gegenüber von King's House auf der anderen Seite des Platzes. Woods trat an die Bar, die in die große holländische Anrichte an der Seite eingebaut war, und schenkte zwei Gläser voll Wein ein. Eines davon reichte er Clive. „Auf die morgige Hinrichtung."

Clive stimmte in diesen Trinkspruch nicht mit ein. „Vielleicht solltest du versuchen, die Piraten zu erwischen, die unter der Flagge von Jose Artigas segeln", sagte er und spielte damit auf den General an, der sich mit Portugal und Spanien im Krieg befand. „Rodney Carre hat mit diesen mörderischen Schurken nichts gemein, mein Freund."

Woods lächelte. „Nun, ich hoffte, du würdest mit Artigas' Männern fertig werden."

Clive horchte auf, er war von Natur aus ein Jäger. Woods bot ihm eine gefährliche Mission an, von der Art, die anzunehmen er gewöhnlich nicht zögern würde. Doch so leicht wollte er sich nicht ablenken lassen. „Carre war nie so dumm, sich in britische Angelegenheiten zu mischen", bemerkte er und trank einen Schluck Rotwein.

Woods fuhr auf. „Er ist also ein anständiger Pirat? Ein guter Pirat? Und warum verteidigst du ihn? Es wurde gegen ihn verhandelt, und er wurde für schuldig befunden. Morgen wird er hängen."

Ein Bild erschien vor Clives innerem Auge, eines, das er nicht vertreiben konnte. Das Haar so hell wie der Sternenschein, ihr Hemd und ihre Hose vollkommen durchnässt, so hob La Sauvage die zarten Arme und sprang vom Bug des Schiffs ihres Vaters ins Meer hinunter. Er war im vergangenen Jahr nach Hause gekommen und hatte an Bord seiner liebsten Fregatte gestanden, der *Fair Lady*, als er sie durchs Fernrohr gesehen hatte. Er hatte gewartet, bis sie lachend wieder aufgetaucht war, und beinahe gewünscht, zusammen mit ihr in die ruhige türkisblaue See zu tauchen.

„Was ist mit dem Kind?", hörte er sich sagen. Er hatte keine Ahnung, wie alt sie war, aber sie war klein und schmal.

Woods wirkte erschrocken. „Carres Tochter – La Sauvage?"

„Ich hörte, dass ihre Farm an die Krone gefallen ist. Was

wird aus ihr werden?“

„Gütiger Himmel, Clive, ich weiß es nicht. Es heißt, sie hat Familie in England. Vielleicht wird sie dorthin gehen. Oder ich könnte mir vorstellen, dass sie zu den Schwestern von St. Anne's in Sevilla gehen wird – dort gibt es ein Waisenhaus.“

Clive war entsetzt. Er konnte sich nicht vorstellen, wie ein solcher Freigeist so eingesperrt leben konnte. Und dies war das erste Mal, dass er davon hörte, das Mädchen habe Familie in England. Aber immerhin war Carre einst ein britischer Marineoffizier gewesen, insofern war das gewiss möglich.

Woods sah ihn an. „Du benimmst dich seltsam, mein Freund. Ich bat dich, heute hierherzukommen, weil ich hoffte, du würdest einen Auftrag von mir annehmen.“

Clive schob die Gedanken an Carres Tochter beiseite. Er ertappte sich bei einem Lächeln. „Darf ich hoffen, dass du nach El Toreador suchst?“, fragte er und spielte damit auf den gefährlichsten der Seefahrer an, die die Gegend heimsuchten.

Woods grinste. „Das darfst du.“

„Ich wäre mehr als erfreut, diesen Befehl anzunehmen“, sagte Clive und meinte das auch so. Die Jagd würde zweifellos seine reizbare Stimmung heben und die Ruhelosigkeit ersticken, die an ihm nagte. Er war für genau drei Wochen in Spanish Town gewesen – gewöhnlich blieb er ein oder zwei Monate –, und er würde nur bedauern, seine Kinder allein zu lassen. In seinem Heim auf der Insel lebten sein Sohn und seine Tochter, und wenn er auf See war oder im Ausland, dann vermisste er sie entsetzlich.

„Sollen wir etwas essen? Ich habe meinen Koch gebeten, unsere Leibspeisen vorzubereiten“, sagte Woods heiter und nahm Clives Arm. „Dabei können wir die Einzelheiten des Auftrags besprechen. Außerdem bin ich begierig darauf, dich nach deiner Meinung zu einem neuen Unternehmen auf Barbados zu fragen. Du hast doch gewiss von der Phelps Company gehört?“

Gerade wollte Clive bestätigen, dass er in der Tat davon gehört hatte, da schlugen die Soldaten vor der Tür des Gouverneurs Alarm. „Zurück!“, befahl er Woods und tastete gleichzeitig nach seinem Dolch.

Der Gouverneur erbleichte und zog hastig eine kleine Pistole. Aber er gehorchte und eilte an das andere Ende des Salons, während Clive ins Foyer hinaustrat. Den einen Soldaten hörte er schreien vor Schmerz, während der andere rief: „Sie können da nicht hineingehen.“

Die Vordertür wurde aufgerissen, und eine kleine, schlanke Frau mit langem blonden Haar stürmte herein, eine Pistole in der Hand. „Wo ist der Gouverneur?“, fragte sie aufgebracht und richtete die Waffe auf Clive.

Er sah in die strahlendsten grünen Augen, die er je gesehen hatte, und vergaß dabei ganz, dass eine Pistole auf seine Stirn gerichtet war. Entsetzt starrte er sie an. La Sauvage war kein Kind, sie war eine junge Frau und überdies eine sehr schöne junge Frau. Sie hatte ein dreieckiges Gesicht mit hohen Wangenknochen, einer schmalen, geraden Nase und einem breiten Mund mit vollen Lippen. Aber ihre Augen verblüfften ihn am meisten – nie zuvor hatte er solche Augen gesehen, so betörend wie die einer Dschungelkatze.

Er ließ den Blick über ihre Gestalt gleiten. Ihr mondhelles Haar war genau so, wie er es in Erinnerung hatte – eine wilde, gelockte Mähne, die ihr bis zur Taille reichte. Sie trug ein weites Männerhemd, das ihr bis zu den Schenkeln hing, aber die Andeutung einer Brust darunter war nicht zu übersehen. Ihre Beine in Hose und Männerstiefeln waren unverkennbar lang und weiblich.

Jetzt fragte er sich, wie er sie – selbst aus der Ferne – je für ein Kind hatte halten können.

„Sind Sie schwer von Begriff?“, schrie sie ihn an. „Wo ist Woods?“

Er holte tief Atem und lächelte aus irgendeinem Grund, während er die Fassung zurückgewann. „Miss Carre, bitte zielen Sie nicht mit der Pistole auf mich. Ist sie geladen?“, fragte er sehr ruhig.

Sie erbleichte, als hätte sie in diesem Moment begriffen, wer er war. „De Warenne." Dann schluckte sie. Die Waffe in ihrer Hand zitterte. „Woods. Ich muss zu Woods."

Also kannte sie ihn. Dann wusste sie auch, dass er nicht mit sich spielen ließ. Wusste sie, dass jeder andere des Todes wäre, der so eine Waffe auf ihn richtete? War sie so tapfer, so dumm – oder so verzweifelt? Sein Lächeln wurde breiter, auch wenn er sich nicht erheitert fühlte. Er musste dieser Situation ein Ende bereiten, ehe sie verletzt oder eingesperrt wurde. „Geben Sie mir die Pistole, Miss Carre."

Sie schüttelte den Kopf. „Wo ist er?"

Er seufzte – und trat vor. Ehe sie wusste, wie ihr geschah, hatte er ihr Handgelenk gepackt, und gleich darauf gehörte die Pistole ihm.

Tränen traten ihr in die Augen, und er wusste, es waren Tränen des Zorns. „Verdammt sollen Sie sein!" Mit beiden Fäusten schlug sie nach ihm und trommelte gegen seine Brust.

Er reichte die Pistole einem der Soldaten und packte wieder ihre Handgelenke, behutsamer jetzt, um ihr nicht wehzutun. Es überraschte ihn, wie viel Kraft sie besaß, denn sie war so schlank und zierlich, dass sie zerbrechlich wirkte. „Bitte hören Sie auf. Sie werden sich noch wehtun", sagte er sanft.

Sie wehrte sich gegen seinen Griff wie eine Wildkatze, fauchte sogar und spie ihn an, versuchte schließlich, ihm das Gesicht zu zerkratzen.

„Aufhören!", befahl er und wurde allmählich ärgerlich. „Sie können mich nicht besiegen."

Plötzlich sah sie ihm in die Augen und wurde ruhig, obwohl sie noch immer schwer atmete. Und während sie einander in die Augen sahen, fühlte er, wie sich in ihm Mitleid für sie regte. Selbst wenn sie schon eine junge Frau sein sollte, spürte er, dass sie in mancher Hinsicht noch ein Kind war. Und jetzt entdeckte er, dass in ihrem Blick nicht nur Verzweiflung lag. Er sah ihre Angst.

Morgen sollte ihr Vater hängen. Heute erst dachte sie daran, den Gouverneur aufzusuchen. „Sie haben doch nicht etwa vor, meinen Freund Woods umzubringen?"

„Das würde ich, wenn ich könnte", fuhr sie ihn an. „Aber nein, seinen Tod werde ich aufschieben bis zu einem anderen Tag!" Wieder begann sie ihre sinnlose Gegenwehr. „Ich bin gekommen, um bei ihm um Gnade für meinen Vater zu bitten. Ich muss sofort zu ihm!"

Beinahe wäre ihm das Herz gebrochen. „Wenn ich Sie loslasse, werden Sie dann stillhalten? Ich kann für eine Audienz beim Gouverneur sorgen."

In ihren Augen erschien ein Hoffnungsschimmer. Sie nickte. „Ja."

Er zögerte, verwirrt von seinen seltsamen Empfindungen. Aus heiterem Himmel fragte er sich, wie alt sie wohl sein mochte. Natürlich war er nicht an ihr interessiert, nicht auf diese Weise. Wie sollte er auch? Sie war zu jung, und sie war die Tochter eines Piraten. Zuletzt hatte er eine leidenschaftliche Affäre mit einer Habsburger Prinzessin gehabt, die als schönste Frau des Kontinents galt. Die verstorbene Mutter seiner Tochter war eine hinreißend exotische Konkubine gewesen, Sklavin im Harem eines Barbarenprinzen. Neben ihrer Schönheit hatte die jüdische Rachel auch über eine vornehme Bildung und bemerkenswerte Intelligenz verfügt, sie war eine der klügsten Frauen gewesen, denen er je begegnet war. Wenn es um die Damen ging, die sein Bett teilten, war er mehr als wählerisch. Er konnte unmöglich interessiert sein an einer halben Portion mit wilden Augen, die mit einer Pistole umging wie andere Damen mit ihrem Sonnenschirm.

Mit ausdrucksloser Miene betrachtete sie ihn. Sofort wurde er wachsam. „Sie werden sich benehmen."

Sie lächelte nur schwach.

Jetzt war er wirklich beunruhigt. Versteckte sie irgendwo noch eine Waffe, vielleicht unter diesem weiten Hemd? Obwohl sie keine Dame war, würde er sie bloß ungern durchsuchen. „Miss Carre, geben Sie mir Ihr Wort, dass Sie sich im Haus des Gouverneurs höflich und respektvoll benehmen werden."

Sie sah ihn verwirrt an, als hätte sie kein Wort von dem verstanden, was er da sagte, dennoch nickte sie.

Ganz kurz fasste er nach ihrem Arm, in der Hoffnung, sie in den Salon geleiten zu können, aber sie wich zurück, und er versuchte nicht noch einmal, sie zu berühren.

„Thomas? Würde es dir etwas ausmachen herzukommen? Ich würde dir gern Miss Carre vorstellen."

Woods erschien an der Tür zum Salon. Seine Miene war finster, sein Gesicht hochrot. „Ein junges Mädchen ist an meinen Wachen vorbeigekommen?" Er schien es nicht glauben zu können.

Clive spürte, wie zornig Woods war. „Sie sorgt sich um ihren Vater, und dazu hat sie allen Grund. Ich habe ihr versprochen, du würdest sie anhören."

Woods schien ablehnen zu wollen. „Sie hat meine Männer angegriffen. Robards, sind Sie in irgendeiner Hinsicht verletzt?"

Der britische Soldat blieb in Habtachtstellung im Foyer stehen, sein Kamerad sicherte derweil die Vordertür. Sein Gesicht war gerötet. „Nein, Sir. Gouverneur, ich entschuldige mich für dieses Eindringen."

„Wie ist sie an Ihnen vorbeigekommen?" Woods schien noch immer fassungslos.

Robards' Gesicht wurde noch dunkler. „Sir, ich weiß nicht ..."

„Ich bat Sie, mir bei der Suche nach meinem kleinen Hund zu helfen, den ich verloren hatte", sagte La Sauvage in einem übertrieben scheuen Tonfall, und dabei blinzelte sie ein paar Mal. Dann schwenkte sie die Hüften und schien sich eine Träne aus dem Auge zu wischen. „Sie waren ja so besorgt."

Clive sah sie an und änderte seine Meinung zu La Sauvage sofort. Sie hatte gewusst, wie sie ihren beträchtlichen weiblichen Charme einsetzen musste, um die Soldaten zu betören. Also war sie nicht so unschuldig, wie sie erschien.

Woods warf ihr einen kalten Blick zu. „Sperrt sie ein."

Sie schrie auf und fuhr herum, um Clive entsetzt anzusehen. Dann wurde ihr überraschter Blick vorwurfsvoll, als die Soldaten auf sie zukamen. „Sie haben es versprochen!“

Er stellte sich vor sie, versperrte den beiden Soldaten den Weg und hinderte die beiden so daran, sie zu ergreifen. „Tun Sie das nicht“, sagte er leise. Diesen Tonfall verwendete er nur, wenn er seinen Worten umgehend sehr ernste Konsequenzen folgen lassen wollte.

Die beiden Soldaten erstarrten.

„Clive! Sie ist in mein Haus eingedrungen!“, erinnerte Woods.

Sie fuhr zu dem Gouverneur herum. „Und Sie wollen meinen Vater aufhängen!“, schrie sie.

Clive nahm ihren Arm in der Absicht, sie festzuhalten, wenn es sein musste, doch auch getrieben von dem Wunsch, sie zu beschützen. „Thomas, du schuldest mir mehr als einen Gefallen, wenn ich mich recht erinnere. Jetzt fordere ich ihn ein. Hör sie an.“

Woods starrte ihn missbilligend an. „Verdammt noch mal, de Warenne“, sagte er sehr leise. „Warum tust du das?“

„Hör sie an“, sagte Clive noch leiser. Es war ein Befehl.

Woods Miene drückte Abscheu aus. Er winkte La Sauvage, ihm in den Salon voranzugehen.

Sie schüttelte den Kopf und kniff die schönen grünen Augen zusammen. „Sie zuerst.“ Dann lächelte sie kühl. „Ich kehre meinen Feinden niemals den Rücken zu.“

Im Stillen zollte Clive ihr Beifall. Dennoch war er besorgt, dass sie noch irgendwo eine Waffe verbergen könnte.

Woods seufzte. „Robards, bleiben Sie da, wo Sie sind. John, bitte kehren Sie auf Ihren Posten vor der Tür zurück.“ Beide Soldaten gehorchten, und der Gouverneur ging mit finsterer Miene zurück in den Salon.

La Sauvage wollte ihm folgen, aber Clive hatte ihr leises Lächeln bemerkt und packte sie am Arm. „He! Was haben Sie vor?“, fragte sie ihn.

Sehr leise, sodass Woods ihn nicht hören konnte, fragte er: „Sie sind unbewaffnet, oder?"

Sie sah ihm in die Augen. „Bin ich verrückt? Natürlich bin ich unbewaffnet."

Sie blinzelte kein einziges Mal. Sie errötete nicht. Sie sah ihm fest in die Augen. Und dennoch wusste er ohne jeden Zweifel, dass sie log.

Er packte sie fester. Sie begann zu protestieren, versuchte, sich loszureißen, doch er hielt sie fest. „Ich bitte um Verzeihung", sagte er kalt und spürte, wie ihm vor Wut das Blut ins Gesicht stieg. Mit der freien Hand umfasste er ihre Taille und erwartete, unter dem Hemd eine weitere Pistole zu erspüren. Stattdessen stellte er verblüfft fest, wie schmal ihre Taille war. Wenn er es versuchte, könnte er sie vermutlich mit beiden Händen umfassen.

„Nehmen Sie Ihre Pfoten von mir weg", fuhr sie ihn empört an.

Er achtete nicht auf sie, ließ eine Hand über ihren Rücken gleiten und versuchte nicht daran zu denken, noch tiefer zu fassen. Sie begann, sich zu wehren. „Lüstling!"

„Halten Sie still", murmelte er und tastete die andere Seite ihrer Taille ab.

„Sind Sie jetzt glücklich?", fragte sie und wehrte sich mit hochrotem Kopf weiter gegen ihn.

„Sie erschweren dies hier unnötig", sagte er und hielt dann inne. An der linken Seite ihrer Hüfte hatte sie etwas unter dem Hemd befestigt.

Sie versuchte, sich zu befreien.

Er sah sie an, ließ eine Hand unter ihr Hemd gleiten und ertastete die Spitze des Dolches, der auf Höhe ihrer Rippen hing.

„Verdammt sollen Sie sein!", wisperte sie und versuchte, sich ihm zu entwinden.

Zu seinem Entsetzen fühlte er die schwere Rundung einer nackten Brust an seiner Hand, als er versuchte, das Messer zu lösen.

Sie erstarrte und er ebenso.

„Bastard!“ Sie riss sich los.

Er versuchte, ruhig zu atmen und seine Erregung zu ignorieren. Unter diesem weiten, übergroßen Hemd gab es einen verlockenden Körper, der einer reifen Frau gehörte. Er schob ihren Dolch in seinen Gürtel. Es dauerte einen Moment, ehe er sprechen konnte. „Sie haben gelogen!“

Sie warf ihm einen wütenden Blick zu und trat hinter Woods in den Salon.

Er hoffte, dass sie nicht noch irgendwo ein Stilett versteckt hatte, vielleicht an ihrer Hüfte oder ihrem Schenkel. Er verstand nicht, warum er so auf ihren Körper reagierte, der so schlank und doch so weich wirkte. Schließlich hatte er unzählige schöne, betörende Frauen besessen. Er gestattete sich dieses Verlangen, wann immer es passend schien. Ganz bestimmt war er kein grüner Junge mehr, der seine Lust kaum beherrschen konnte. Er wollte nichts, weder jetzt noch sonst irgendwann, für La Sauvage empfinden. Aber diesmal hatte ihn sein Körper im Stich gelassen.

Das gefiel ihm gar nicht.

Er schlenderte in den Salon und ließ die Tür offen. Der Gouverneur hatte einen großen Lehnstuhl als Sitzgelegenheit gewählt, sodass er überaus würdevoll wirkte. Er bedeutete ihr zu sprechen, mit einer abrupten und irgendwie respektlosen Geste.

Sein Benehmen verärgerte Clive. Offensichtlich hatte Woods seine Entscheidung bereits getroffen, und nichts, was La Sauvage sagte oder tat, würde irgendetwas daran ändern.

Aber sie begann zu weinen, und die Tränen rannen haltlos über ihr atemberaubendes Gesicht. Er wusste, das war Teil ihres Plans, doch er wusste auch, dass dieser aus Furcht und Verzweiflung geboren war.

„Gib ihr eine Chance“, sagte er zu Woods.

„Das muss ich nicht tun“, versetzte der knapp.

„Bitte“, flüsterte sie. Ihre Stimme klang leise und sehr weiblich, wie ein Flehen, und sie faltete die Hände vor dem Körper wie zum Gebet. Bei dieser Geste straffte sich ihr Hemd über einer überraschend vollen Brust. Clive war sofort abgelenkt und starrte sie an, und Woods machte es ebenso. Offensichtlich war auch er nicht immun gegen ihren Charme.

„Mylord, mein Vater ist alles, was ich habe. Er ist ein guter Mann, Sir und ein guter Vater. Er ist kein richtiger Pirat, wissen Sie. Er ist ein Pflanzer, und Sie können nach Belle Mer gehen und sich mit eigenen Augen davon überzeugen. In diesem Jahr haben wir die beste Ernte seit Jahren!"

„Ich denke, wir wissen beide, dass er verschiedene Male als Pirat aufgefallen ist", sagte Woods streng.

Sie fiel auf die Knie. Clive erstarrte. Ihr Gesicht befand sich auf derselben Höhe wie die Hüften des Gouverneurs, und er fragte sich, ob sie wohl wusste, wie herausfordernd diese Haltung wirkte. „Er war niemals ein Pirat. Sie irren sich, Sir! Das Gericht hat sich geirrt! Er war ein Kaperfahrer! Er hat für das Empire gearbeitet und Piraten gejagt – genau wie Captain de Warenne! Wenn Sie ihn begnadigen, wird er nie wieder segeln."

„Miss Carre, bitte stehen Sie auf. Wir wissen beide, dass Ihr Vater nichts mit dem ehrenwerten Captain hier gemeinsam hat."

Sie rührte sich nicht. Ihr voller, üppiger Mund begann zu beben. Selbst wenn sie gestanden hätte, wirkte das so herausfordernd, dass es unmöglich zu ignorieren war. Aber sie hockte auf den Knien wie eine Hure vor einem Freier. Woods starrte auf ihren Mund. Seine Miene wurde angespannt, seine dunklen Augen schienen jetzt schwarz.

Clive gefiel es nicht, was jetzt geschah.

„Ich kann ihn nicht verlieren", flüsterte sie. „Wenn Sie ihn begnadigen, wird er das Gesetz wie ein Heiliger befolgen. Und ich …" Sie hielt inne und leckte sich die Lippen. „Ich werde Ihnen so dankbar sein, Sir, dankbar für alle Zeit, egal – egal, was Sie von mir verlangen."

Woods machte große Augen, regte sich jedoch nicht.

Sie wollte sich für ihren Vater prostituieren? Clive packte sie am Arm und zog sie auf die Füße. „Ich glaube, das reicht jetzt."

Sie fuhr herum und warf ihm einen empörten Blick zu. „Niemand will Sie hier haben! Lassen Sie mich in Ruhe! Ich rede mit dem Gouverneur! Kümmern Sie sich um Ihre eigenen Angelegenheiten!"

„Sie bieten sich ihm an, meinen Sie wohl", sagte Clive und war selbst wütend. Er zog an ihrem Arm. „Seien Sie still." Dann sah er Woods an. „Thomas, warum begnadigst du Carre nicht? Wenn seine Tochter die Wahrheit sagt, wird er aufhören mit der Piraterie. Wenn nicht, dann verspreche ich dir, ihn persönlich wieder einzufangen."

Woods stand langsam auf. Er warf einen kurzen Blick zu Clive, aber dann sah er wieder La Sauvage an. Obwohl sie aufrecht dastand, zitterte sie. „Ich werde Ihr Angebot in Erwägung ziehen, Miss Carre."

Sie sah den Gouverneur erstaunt an. Clive ebenso. „Das wirst du tun?"

„Ich beabsichtige, das heute Nacht zu tun." Er hielt inne, sodass sie die Bedeutung seiner Worte erfassen konnten.

Clive wurde wütend, denn er verstand sofort.

Aber La Sauvage war weniger erfahren als die beiden Männer, daher dauerte es bei ihr einen Moment länger. Dann straffte sie die Schultern. Ihr Gesicht wurde dunkelrot. „Kann ich hier auf Ihre Entscheidung warten, Sir?"

„Natürlich." Endlich lächelte er sie an.

Clive stellte sich vor ihn. „Und ich habe dich für einen Freund gehalten!", sagte er.

Woods zog die Brauen hoch. „Ich bin sicher, auch du würdest eine solche Gelegenheit ergreifen. Jetzt willst du ihre Tugend verteidigen?" Er klang belustigt.

Wie es schien, tat er genau das. „Darf ich davon ausgehen, dass Mrs Woods in London bleibt?"

„Sie hält sich in Frankreich auf." Woods war nicht verstimmt. „Komm schon, Clive, beruhige dich. Wir sollten unser verspätetes Mittagessen einnehmen, während Miss Carre sich ausruht und meine Entscheidung abwartet."

„Tut mir leid. Mir ist der Appetit vergangen." Er wandte sich an La Sauvage. „Gehen wir."

Sie stand da und wirkte sehr jung, sehr ernst – und sehr entschlossen. Genauso gut hätte sie sich auf dem Weg zum Galgen befinden können. Sie schüttelte den Kopf. „Ich bleibe hier."

„Den Teufel werden Sie tun", sagte Clive leise und drohend.

Und wieder traten Tränen in ihre Augen. Echte Tränen. „Gehen Sie weg, de Warenne. Lassen Sie mich in Ruhe."

Clive kämpfte mit sich. Warum interessierte es ihn? Sie schien jung, aber sie konnte unmöglich unschuldig sein, bei dem Leben, das sie geführt hatte. Er war nicht ihr Beschützer.

„Du hast die Dame gehört", sagte Woods leise. „Es wird ihr nicht wehtun, Clive. Vielleicht gefällt es ihr sogar."

Er war blind von einer Wut, wie er sie nie zuvor erfahren hatte. Bilder tanzten vor seinem inneren Auge. Woods, wie er La Sauvage in den Armen hielt, sich rücksichtslos an ihrem schlanken und doch so üppigen Körper verging. Er rang nach Atem, und als er wieder sprechen konnte, sah er den Gouverneur an. „Tu das nicht."

„Warum nicht? Sie ist eine Schönheit, selbst wenn sie merkwürdig riecht."

Sie roch nach Meer, und Clive fand das nicht im Geringsten abstoßend. „Sie erwartet einen Freispruch."

„Bist du ihr Fürsprecher?" Woods war belustigt.

„Ich will für niemanden der Fürsprecher sein", erwiderte er in scharfem Ton.

„Hören Sie auf, über mich zu reden, als wäre ich nicht dabei!", rief sie.

Langsam drehte Clive sich zu ihr um. „Kommen Sie mit mir", sagte er. „Sie müssen das hier nicht tun."

Sie starrte ihn an und wurde kreidebleich. „Ich muss meinen Vater befreien."

„Dann lassen Sie sich einen Vertrag geben – Ihre Dienste für seine Freiheit."

Sie wirkte verwirrt. „Ich kann nicht lesen."

Er seufzte und drehte sich zum Gouverneur herum. „Wirst du hinterher damit leben können?"

Woods schüttelte den Kopf. „Gütiger Himmel, Clive, sie ist die Tochter eines Piraten."

Clive drehte sich zu ihr um, aber sie wollte ihn nicht ansehen und hielt die Arme vor der Brust verschränkt. Er war wütend auf sie, auf Woods und sogar auf sich selbst. Mit dem letzten Rest seiner Selbstbeherrschung ging er hinaus und überließ sie ihren Angelegenheiten.

Draußen ballten sich Wolken zusammen, und eine frische Brise wehte mit beinahe zwanzig Knoten übers Land. Spanish Town lag ein Dutzend Meilen von der Küste entfernt, und er war mit der Kutsche gekommen, nicht über den Fluss. Dennoch wusste er, dass die Wellen Schaumkronen hatten und dass es ein guter Tag zum Segeln war. Gerade jetzt würde er gerne auf seinem Boot sein und vor dem Wind herrasen.

Seine Schläfen pochten. Nun wollte er weglaufen? Mit finsterer Miene rieb er sich die Stirn. La Sauvage war nicht sein Problem.

Doch sie hatte nichts verstanden, denn in vieler Beziehung war sie naiv. Sie wollte die Amnestie ihres Vaters mit ihrem Körper erkaufen, aber Woods würde sie benutzen und ihren Vater trotzdem aufhängen.

Jamaika war sein Zuhause. Und auch wenn er nur ein paar Monate im Jahr hier verbrachte, war er einer der wichtigsten Bürger dieser Stadt, und es geschah hier nur wenig ohne seine Zustimmung. Wäre er dabei gewesen, als Carre gefangen wurde, hätte er dafür gesorgt, dass sein Fall niemals vor Gericht kam. Aber so war er als Pirat verurteilt worden, und nicht nur die *Jamaican Royal Times* hatte darüber berichtet, sondern auch die Gazetten auf den meisten anderen Inseln. Selbst die amerikanischen Zeitungen hatten über den Fall geschrieben. Jetzt war es zu spät, um die Hinrichtung aufzuhalten.

Und Woods war ein strenger Gouverneur. Es hatte ein paar bessere gegeben, aber viele schlechtere. Clive unterstützte ihn bei seiner Politik, sich darum zu bemühen, die kubanischen Piraten zu vertreiben. Was immer jetzt auch geschehen mochte, er musste weiterhin ein gutes Verhältnis zu ihm pflegen. Sie verfolgten zu viele gemeinsame Interessen.

Ich flehe Sie an, Sir, mir nicht meinen Vater zu nehmen. Er ist ein guter Mann und ein guter Vater, und er ist alles, was ich habe.

Sie konnte ihren Vater nicht retten, und ganz gewiss nicht in Woods' Bett. Clive machte kehrt und betrachtete die beeindruckende Vordertür unter dem weißen Vordach von King's House. Verdammt, er musste etwas tun.

Er ging zurück zum Haus des Gouverneurs. „Ich fürchte, ich brauche den Rat des Gouverneurs noch einmal."

Robards sah ihn bedauernd an. „Es tut mir leid, Captain. Der Gouverneur darf heute Nachmittag nicht mehr gestört werden."

Clive konnte es nicht glauben, aber das dauerte nur einen Moment lang. „Dies hier kann nicht warten." Ohne dass er es merkte, war sein Tonfall leise und warnend geworden.

Der junge Soldat errötete. „Sir, es tut mir leid", begann er.

Clive griff nach seinem Degen. Er sah Robards an und ging an ihm vorbei, dann stieß er die Vordertür auf. Die Stille im Haus umfing ihn, und er wusste, sie waren zusammen. Sein Herz schlug wie rasend. Alle wichtigen Räume des King's House lagen im Erdgeschoss, genau wie die Privatgemächer des Gouverneurs. Da Woods beschlossen hatte, La Sauvage keinen Nachmittagsschlaf zu gönnen, bezweifelte er, dass sie sich in einem der Gästezimmer befanden. Nein, er hatte sie in seine Privatgemächer mitgenommen. Davon war Clive überzeugt.

Robards war ihm bis an die Schwelle zum Foyer gefolgt. „Sir! Bitte!"

Clive lächelte ihn an und stieß ihm mit dem Fuß die Tür vor der Nase zu. Dann legte er den Riegel vor. Er ging die Halle entlang und verspürte die Ruhe vor der Schlacht. Das erwartungsvolle Gefühl gefiel ihm. Die vollkommene Flaute vor dem Sturm.

Im Haus blieb es erstaunlich still. Während er immer weiter ging, konnte er sie vor sich sehen, nackt, heiß, ineinander verschlugen, Woods bebend vor Lust. Sein stummer Zorn wuchs.

Er war noch nie in den Privaträumen des Gouverneurs gewesen, aber King's House war vor gut fünfzig Jahren erbaut worden, und er vermutete die Räume im Westflügel, wie in so vielen Häusern aus dieser Zeit.

Er probierte vier Türen aus, während er in den westlichen Korridor ging, alle führten zu leeren Gästezimmern. Und als er zur letzten Tür am Ende kam, hörte er das leise Lachen eines Mannes.

Sein Blut loderte heißer.

Er drehte den Knauf und stieß die Tür auf.

Er sah sie sofort.

Woods stand mitten im Raum, hinter ihm sah Clive ein großes Himmelbett. Der Gouverneur hatte seine Jacke, die Weste und das Hemd ausgezogen, sodass sein muskulöser Oberkörper nackt war. Seine Hose stand offen, die ganze Männlichkeit den Blicken dargeboten.

Sie stand am Bett, gehüllt in den saphirblauen seidenen Hausmantel eines Mannes, der aber nicht verschlossen war, sodass er ihre schlanken, hellen Schenkel sehen konnte, den kleinen Bauch und ihre vollen Brüste. Ihre Miene drückte Verzweiflung aus, aber auch Entschlossenheit. Sie würde jetzt nicht aufgeben.

Clive betete, dass er nicht zu spät kam.

Er ging auf Woods zu, der so sehr mit seinem Opfer beschäftigt war, dass er ihn erst sah, als Clive die Faust hob. Woods schrie auf, doch Clive versetzte ihm einen Schlag, der ihn gegen die Wand schleuderte, wo er dann zu Boden glitt, als hätte er das Bewusstsein verloren.

Clive trat zu ihm, griff in Woods' Haar und riss den Kopf zurück. Dann sah er in die verschleierten Augen. „Die Gesellschaft wird es lieben, darüber zu klatschen, meinst du nicht?", stieß er hervor. Diese Drohung war ihm soeben in den Sinn gekommen, doch sie zeigte Wirkung. Woods hatte einen Ruf zu verlieren, und seine Frau wäre außer sich, sollte sie je von seinem skandalösen Verhalten erfahren.

„Wir sind – Freunde", keuchte Woods.

„Nicht mehr." Clive musste sich sehr beherrschen, um ihn nicht noch einmal zu schlagen. Dann hörte er sie schluchzen.

Er fuhr herum und eilte zu ihr. Sie hockte jetzt auf allen vieren und rang um Fassung. Er kniete nieder und legte einen Arm um sie. Nur zu deutlich spürte er ihren nackten Körper neben seinem, und er war sich auch nur zu deutlich bewusst, dass Woods sie vermutlich in der abscheulichsten Art und Weise benutzt hatte. Langsam sah sie zu ihm auf, ihre grünen Katzenaugen wirkten groß und verletzlich.

Er hoffte, dass seine schlimmsten Befürchtungen noch nicht eingetreten waren. „Ich bringe Sie hier heraus", sagte er leise.

Zu seinem Entsetzen schüttelte sie den Kopf. „Lassen Sie mich … in Ruhe", flüsterte sie.

Am liebsten hätte er seinen einstigen Freund umgebracht, als er ihr Gesicht mit beiden Händen umfasste. „Hören Sie mir zu!", sagte er drängend. „Er wird Ihren Vater nicht begnadigen, was immer Sie auch tun oder wie oft Sie es tun. Verstehen Sie das?"

„Aber es ist meine einzige Chance, ihn zu retten!", keuchte sie.

Als er sie auf seine Arme hob, sah er, dass ihr Mund geschwollen war, und bemerkte überrascht, dass sie sich an ihm festhielt. Jetzt war nicht zu verkennen, dass er sie beschützen wollte, aber er war sich auch ihrer offenen Robe bewusst und ihrer weichen Brüste, die er an seinem Körper spürte. Und er hatte einen Blick auf ihre Schenkel erhascht. „Diese Chance hat es nie gegeben", sagte er heiser und trug sie aus dem Zimmer.

In der Halle blieb er stehen, bemerkte plötzlich, dass vor der Haustür Soldaten standen und dass er soeben den Gouverneur Seiner Majestät angegriffen hatte. Sie würden schleunigst durch das Fenster fliehen müssen, und in den kommenden Tagen sollte er einige politische Schachzüge unternehmen. Auch wenn Woods nicht mehr sein Freund sein mochte, sie würden weiterhin zusammenarbeiten müssen, wenn er ein einflussreicher Bewohner der Insel bleiben wollte. Plötzlich fiel ihm auf, dass seine Last sich seltsam ruhig verhielt.

Er sah sie an.

Sie blickte zu ihm auf, die Hände noch immer um seinen Nacken geschlungen, und errötete.

Er ließ den Blick zu ihren schönen Brüsten gleiten, dann tiefer zu ihrem schlanken Leib, ihrem kleinen rosa Nabel und dem hellen Dreieck darunter. Auch wenn er ein Freibeuter war, er war ein Gentleman, und er sah ihr wieder ins Gesicht, während er spürte, wie ihm heiß wurde. Mit einer Hand schob er den Hausmantel etwas ungeschickt zusammen. „Wie sehr hat er Ihnen wehgetan?“, fragte er.

„Können Sie mich abstellen?“, fragte sie statt einer Antwort.

Er gehorchte sofort.

Sie lächelte ihn an, bevor sie ihm sehr fest gegen das Schienbein trat. Und dann stieß sie ihn beiseite und lief los.

Verblüfft streckte er eine Hand nach ihr aus, aber sie war geschickt, schnell und entschlossen. Sie duckte sich unter seinem Arm hindurch und lief durch die Halle, wobei der Hausmantel hinter ihrem nackten Körper herflatterte wie ein Banner. Er nahm mit einiger Verspätung die Verfolgung auf und spürte dabei eine unbehagliche Unruhe in seinem Innern. Beinahe wünschte er, er hätte sich da nicht mit hineinziehen lassen, denn er ahnte, dass dies nur der Anfang war. Und als er die Tür erreichte, war niemand dort.

La Sauvage war fort.

2. KAPITEL

Amanda lief durch eine Terrassentür und einen Innenhof. King's House nahm in der Stadt zwei ganze Blocks ein und war um zwei Innenhöfe herum errichtet; sie eilte eine weiße Steintreppe hinunter und in die Gärten. Dann stolperte sie, verlor das Gleichgewicht, fiel auf die Knie und begann zu würgen. Aber seit Tagen schon hatte sie nichts essen können, ihr war so übel vor Angst um ihren Vater, und deswegen brachte sie nichts heraus. Endlich lag sie auf dem dichten, feuchten Gras und gestattete sich den Luxus zu weinen.

Das Entsetzen überwältigte sie. Morgen Mittag würde man Papa aufhängen. Es war ihre letzte Chance gewesen, den Gouverneur aufzusuchen und um Verzeihung zu bitten. Sie hatte nicht vorgehabt, ihm ihren Körper anzubieten, aber als er sie so gemustert hatte, wie die Seeleute und anderes Gesindel es taten, hatte sie sofort gewusst, was sie tun musste. Wie oft hatte sie gesehen, wie eine Frau ihren Vater verführte, um eine Brosche oder einen Seidenballen zu bekommen? Es gab nur einen Weg, wie eine Frau einen Mann zu etwas bringen konnte, das war Amanda wohl bewusst. Sie war zwischen Seeleuten und Dieben aufgewachsen, und die einzigen Frauen, die sie kannte, waren Marketenderinnen und Huren. Die Welt, in der sie groß geworden war, ruhte auf einem Fundament aus Gewalt und Sex.

Aber sie hatte Woods nicht ihren Körper gegeben, weil Clive de Warenne sie daran gehindert hatte.

Sie holte tief Luft, und ihr Herz schlug schneller. Warum hatte er sich eingemischt? Er war der größte Freibeuter seiner Zeit, so reich und mächtig wie ein König. Niemand konnte über ihn bestimmen – das hatte sogar Papa gesagt. Und er stand in dem Ruf, an Land genauso gefährlich zu sein …

Papa. Sie trauerte bereits, und sie erinnerte sich daran, dass ihr Vater noch nicht tot war. Aber der Kummer und die Angst hatten sich zusammengetan, so stark wie Opium, eine Droge, die ihr einmal verabreicht worden war, ehe Papa verstand, was geschah, und eingreifen konnte. Sie setzte sich auf und schloss den Hausmantel sorgfältig. Rodney hatte dem Freibeuter die Kehle durchgeschnitten, der sie betäuben und dann verführen wollte, genau vor Amandas Augen. Er hatte sie beschützt vor den Männern, die sie begehrten, und später hatte er sie gelehrt, wie sie sich mit Degen, Pistole und Dolch selbst verteidigen konnte, wenn er nicht da war. Seine Fahrten dauerten oft Monate, und er ließ ihr immer genügend Vorräte da, sodass sie nicht hungern musste, jedenfalls nicht, wenn er rechtzeitig zurückkam. Er war ein guter Vater, und jetzt hatte sie ihn im Stich gelassen, während er doch die Stütze ihres Lebens war. Dieses eine einzige Mal, da es um Leben und Tod ging, hatte sie ihren Vater im Stich gelassen.

Ihre Gedanken überschlugen sich, während sie nach einem anderen Weg suchte, um Rodney zu retten. Den Gedanken, ihren Vater durch einen Ausbruchsversuch zu befreien, hatte sie schon vor längerer Zeit verworfen. Die meisten Besatzungsmitglieder waren bei der Schlacht mit dem englischen Offizier, der die *Amanda C* gekapert hatte, getötet worden, und die übrige Besatzung war ebenfalls im Gefängnis und wartete darauf, an den Galgen gebracht zu werden.

Wenn sie ihn nicht mit Gewalt befreien konnte, könnte sie vielleicht zurück ins Haus zu Woods gehen?

Beinahe hätte sie sich wieder erbrochen. Sie hatte vorgehabt, das zu tun, was alle Frauen in einer Krise taten, aber ihr wurde übel bei dem Gedanken an das, was da um ein Haar geschehen wäre. Obwohl sie beinahe jeder denkbaren Handlung zwischen Mann und Frau zugesehen hatte – oder das jedenfalls glaubte –, war sie selbst noch unberührt. Sie hatte noch nie zuvor geküsst. Rodney Carre hatte keinen Zweifel daran gelassen, dass jedem Mann, der das wagte, die Kehle durchgeschnitten und seine Männlichkeit den Haien zum Fraß vorgeworfen würde.

De Warenne hatte sie gerettet.

Amanda zog die Knie an die Brust und vermochte ihre Gedanken nicht mehr länger im Zaum zu halten. Sein selbstloses Verhalten erstaunte sie. Warum hatte er sich eingemischt? Jeder Mensch, den sie kannte, benahm sich vernünftig und selbstsüchtig – so lautete das Gesetz des Überlebens. Fremde halfen einander nicht. Warum sollten sie das auch tun? Dafür war die Welt zu gefährlich. Warum also hatte er sie vor Gouverneur Woods gerettet?

Ihr Herz schlug schneller. Sie schluckte und erinnerte sich. Denn auch er hatte sie angesehen, dreister und offener, als je ein Seemann es gewagt hatte.

Aufgeregt, wie sie war, begann ihr Herz dennoch wie rasend zu schlagen. Verwirrt presste sie die Hände gegen die plötzlich glühend heißen Wangen. Er hatte ihren nackten Körper angesehen, aber er hatte sie auch schon genau gemustert, als sie King's House betreten hatte, als sie noch vollständig angekleidet gewesen war. Sie konnte sich nicht erinnern, dass je ein Mensch, Mann oder Frau, sie mit seinem so durchdringenden Blick bedacht hatte. Es war ein Blick, den sie niemals vergessen würde und von dem sie wünschte, sie könnte ihn verstehen.

Natürlich kannte sie ihn. Wer kannte ihn nicht? Er war unübersehbar, wenn er auf dem Achterdeck seines Lieblingsschiffes stand, seiner mit 38 Kanonen bestückten Fregatte, der *Fair Lady*. Ein großer, alles überragender Mann mit einer Löwenmähne, der nicht zu verkennen war. Und alle wussten, dass er zweiundvierzig Piraten in seiner jetzt zehn Jahre währenden Karriere als Kaperfahrer gefasst hatte. Auf den Westindischen Inseln konnte bisher niemand diesen Rekord überbieten.

Amandas Herz schlug immer noch viel zu schnell. Sie fühlte sich unbehaglich und verwirrt. Warum hatte ein solcher Mann ihr geholfen? Er war viel mehr als ein Kaperfahrer. Sie hatte zugehört, wie die eleganten Damen in der Stadt einander kichernd erzählten, dass er mehr Pirat als Gentleman war, doch die konnten sich kaum mehr irren. Piraten waren üble Burschen mit stinkendem Atem, fehlenden Zähnen und schmutzigen Leibern. Piraten verursachten überall Blutvergießen, doch wenn sie einmal jemandem die Treue geschworen hatten, konnten keine besseren Freunde gefunden werden. Piraten trugen schmutzige Kleidung, wuschen sie niemals und besuchten die hässlichsten Huren.

De Warenne roch nach dem Meer, vermischt mit dem Duft von Gewürzen aus dem Fernen Osten und Mangos von der Insel. Obwohl er in einem Ohr einen goldenen Ring trug, wie es manche Piraten taten, und auch diese großen Sporen mit Gold und Rubinen, war seine Kleidung makellos. Jeder wusste, dass die Mutter eines seiner Bastarde eine echte Prinzessin war. Sein Ruf war der eines Frauenhelden, aber seine Geliebten waren keine Huren, oh nein, ganz im Gegenteil. Und warum auch nicht? Er war der Sohn eines Earls. De Warenne war von edlem Geblüt.

Und selbst sie, die noch keinen Mann mit bewundernden Blicken angesehen hatte – außer ihrem Vater natürlich –, musste zugeben, dass er geradezu unerträglich schön war.

Amanda wusste, dass sie jetzt errötete. Nur zu gut konnte sie sich daran erinnern, wie er sie auf seinen Armen getragen und aus den Gemächern des Gouverneurs gebracht hatte. Aber warum nur dachte sie daran – oder an ihn? Sie musste ihren Vater befreien, ehe er gehängt wurde.

Mit einem Schlag erkannte sie, dass ihr keine anderen Möglichkeiten mehr blieben. Wenn sie ihren Vater nicht mit Gewalt befreien und sie Woods nicht verführen konnte, damit er ihren Vater begnadigte, was konnte sie dann tun?

Sie schluckte schwer. Was hatte de Warenne genau gesagt?

Warum Carre nicht begnadigen? Wenn er seine Piratenzüge nicht aufgibt, dann werde ich, das verspreche ich, ihn persönlich einfangen.

Amanda sprang auf. Er konnte ihr helfen – er musste einfach!

Windsong lag oberhalb des Hafens von Kingston, ein großes und eindrucksvolles weißes Steinhaus, das Clive vor fünf Jahren zu bauen begonnen und endlich im vergangenen Jahr fertiggestellt hatte. An der Rückseite des Hauses ragten Terrassen, von Geländern umgeben, über den Hafen hinaus, während an der Vorderseite eine zweigeteilte Treppe zu einer anderen Terrasse führte und zu dem beeindruckenden Eingang aus weißem Marmor. Auf der anderen Seite des dreistöckigen Haupthauses lagen identische Pavillons. Er konnte an der nördlichen Brüstung stehen und die ganze King Street überblicken, aber lieber stand er auf der südlichen Terrasse, trank von seinem besten irischen Whiskey und beobachtete die hereinkommenden Schiffe. Auch jetzt stand er da, nachdem er seinen Majordomus gebeten hatte, ihm ein Getränk zu bringen, doch sein Blick ruhte auf Port Royal, nicht auf dem Meer. Dort konnte er die Mauern von Fort Charles erkennen. Er hob sein Fernrohr.

Die *Amanda C* lag dort vor Anker, die Segel zerfetzt, alle Masten gebrochen, das Deck durchlöchert von Kanonenkugeln. Sie war eine schmale Schaluppe mit neun Kanonen. Einst war sie gewandt genug gewesen, den meisten Marineschiffen zu entwischen, doch jetzt war sie vollkommen zerstört. Sie trug nicht die Piratenflagge mit Schädel und Knochen, sondern die britischen Farben.

Clive ließ das Fernrohr sinken. Er wollte nicht über Carres Schicksal nachdenken oder über das seiner Tochter. Carre war in Spanish Town und wartete auf seine Hinrichtung am nächsten Morgen. Er wünschte, er wüsste, wo La Sauvage sich aufhielt. Sie war so schnell verschwunden, als wäre sie nichts als ein Geist gewesen.

Noch immer konnte er sich erinnern, wie sich ihr fester und doch weicher Körper in seinen Armen angefühlt hatte, auch wenn er sich noch so sehr wünschte, das zu vergessen.

„Papa! Papa!“

Als er den fröhlichen Ausruf seiner geliebten Tochter hörte, drehte sich Clive um und strahlte. Alle Gedanken an die wilde Kindfrau waren vergessen. Ariella war erst sechs Jahre alt, mit großen strahlenden blauen Augen, einer olivbraunen Haut und goldenem Haar. Sie war so schön, wie sie fremdartig wirkte, und wann immer Clive sie ansah, erstaunte es ihn nicht wenig, dass dieses wunderbare Kind ihm gehörte. „Komm her, meine Süße!"

Doch sie stürmte ohnehin schon über die Terrasse und warf sich ihm in die Arme. Er lachte, hob sie hoch und drückte sie fest an sich. Wie eine kleine englische Prinzessin war sie in die feinste Seide gekleidet, die er für Geld hatte kaufen können, und trug um den Hals eine Kette aus perfekt geformten Perlen. Er stellte sie wieder ab, und sie fragte: „Segelst du heute noch, Papa?" Ihre Miene war jetzt sehr ernst. „Du hast nämlich versprochen, dass du mich mitnehmen wirst, wenn du das nächste Mal segelst."

Er musste lächeln. Sie konnte sagen, was sie wollte, er wusste, dass sie nicht gern mit dem Schiff unterwegs war. „Ich habe es nicht vergessen, mein Liebling. Und nein, ich segle nicht. Ich musste in Spanish Town noch einiges erledigen."

„Etwas Gutes?"

Sein Lächeln verschwand. „Ehrlich gesagt war es nicht schön." Er zupfte an einer ihrer Haarsträhnen. „Es war ein guter Tag zum Segeln. Wie viele Knoten haben wir?"

Sie zögerte und biss sich auf die Lippe. „Zehn?"

Er seufzte. „Acht, Liebling, aber du warst nahe dran." Er wusste, dass sie einfach geraten hatte.

„Muss ich den Wind einschätzen können, um mit dir zu segeln?"

„Nein, das musst du nicht, das kann dein Bruder machen. Außerdem sollte ich nicht versuchen, aus dir einen Seemann zu machen." Ariella zeigte keine besondere Liebe zum Meer, obwohl sie es ertrug, um mit Clive zusammen sein zu können. Sein Sohn war das genaue Gegenteil. Aber er war darüber nicht sehr traurig, denn sie besaß den wachsten Verstand, mit dem er je zu tun gehabt hatte. Tatsächlich konnte sie den ganzen Tag mit einem Buch verbringen, und er war nicht sicher, ob er deswegen stolz oder besorgt sein sollte. „Bald, meine Süße, wirst du mit deinem Vater die ganze Welt bereisen."

„Aber nur ich, nicht Alexi. Er kommt nicht mit." Sie machte einen Schmollmund.

Er schüttelte den Kopf, belustigt von ihrer Eifersucht. „Er ist dein Bruder, Liebling, natürlich kommt er mit. Er ist der geborene Seemann. Er wird mir helfen, mein Schiff zu segeln, und er wird für uns navigieren."

Ariella strahlte. „Ich habe die vier neuen Konstellationen auswendig gelernt, die du mir gezeigt hast, Papa. Es wird eine gute Nacht sein, um die Sterne zu beobachten. Kann ich dir das später zeigen?"

„Bestimmt." Seine Tochter war wirklich sehr klug. Mit nur sechs Jahren konnte sie schneller addieren und subtrahieren als er, kannte sich mit der Multiplikation aus und hatte mit dem Dividieren begonnen. Er hatte begonnen, ihr die Sternbilder zu erklären, und ihre Fähigkeit, die verschiedenen Sterne auseinanderzuhalten, erstaunte ihn. Innerhalb von Minuten schien sie alles auswendig zu lernen, was sie wollte. Sie beherrschte fließend Latein und würde bald fließend Französisch sprechen. Was das Lesen betraf, so war sie ihrem älteren Bruder um Längen voraus.

Endlich warf er einen Blick zum Haus, wo ihre Gouvernante wartete, eine schlanke Gestalt, so dicht verschleiert, dass ihr Gesicht nicht zu erkennen war, der Körper ganz in orangene und blaue Seide gewickelt. „Hat Ariella alle ihre Aufgaben für heute erledigt?" Er sah seine Tochter an und zwinkerte. Vermutlich hatte sie an einem Tag das Pensum für eine ganze Woche erledigt.

„Ja, Herr. Sie hat es außerordentlich gut erledigt, wie immer." Anahid sprach fließend Englisch, jedoch mit schwerem armenischen Akzent. Sie war die Sklavin von Ariellas Mutter gewesen. Die ganze Geschichte war sehr tragisch, abgesehen von dem Wunder, dass es seine Tochter gab. Rachel war eine Jüdin gewesen, die mit ihrem Vater ins Gelobte Land gereist war. Korsaren hatten das Schiff angegriffen und jeden umgebracht, der für sie keinen Wert hatte, auch ihren Vater. Sie war in die Sklaverei verkauft worden, aber ein Prinz hatte einen Blick für ihre Schönheit gehabt und sie zu seiner Konkubine gemacht. Auch Clive war ihre Schönheit aufgefallen, als er mit ihrem Herrn, Prinz Rohar, den Preis für eine Ladung Gold aushandelte. Obwohl er wusste, dass eine solche Liaison seinen Tod bedeuten konnte, hatte er sich darauf eingelassen. Ihre Affäre war nur von kurzer Dauer gewesen, doch seine hebräische Geliebte hatte ihn mit ihrer Würde und ihrer Anmut tiefer berührt als all seine Mätressen davor. Er hatte nicht gewusst, dass sie sein Kind erwartete.

Anahid war es gelungen, ihm einen Brief zukommen zu lassen, sechs Monate nach Ariellas Geburt. Rachel war hingerichtet worden, als sie ein Kind mit blauen Augen bekam – das offensichtlich nicht das ihres Herrn war. Clive hatte sich darauf eingerichtet, Rohars Zitadelle anzugreifen, doch das war nicht nötig gewesen. Anahid hatte die Wärter mit seinem Gold bestochen und Ariella aus dem Harem und auch aus dem Palast geschafft. Seither lebte sie in seinem Haus. Er wusste, Anahid würde für seine Tochter sterben, und Ariellas Halbbruder Alexander hatte sie ebenso lieb gewonnen. Wenige Tage nachdem sie die fremde Küste verlassen hatten, hatte er ihr die Freiheit geschenkt.

Ihr Gesicht hatte er noch nie gesehen.

„Und Alexi? Was hat er heute gemacht?"

Er fühlte, wie Anahid lächelte. „Er hat nicht so gut gearbeitet wie Ariella, Sir. Er ist noch im Schulzimmer und versucht, seine Schreibübungen zu beenden."

„Gut." Alex war ein kluger Junge, aber er lernte nicht so hingebungsvoll wie seine Schwester. Er interessierte sich für Fechten, Reiten und natürlich für die Schiffe seines Vaters. „Erinnere ihn daran, dass wir morgen früh um sieben Uhr fechten wollten – falls er seine Lektionen beendet."

Anahid verneigte sich und streckte Ariella eine Hand entgegen. Das kleine Mädchen schmollte und sah den Vater an. Es war offensichtlich, dass sie nicht gehen wollte. „Papa?"

„Geh, Kind", begann er, als er seinen Butler an der Tür sah.

Clive konnte sich nicht vorstellen, was Fitzwilliams Miene verursacht hatte, von der er immer angenommen hatte, sie wäre in Stein gemeißelt. War sein herzloser Bediensteter tatsächlich ein wenig aus der Ruhe gebracht? „Fitzwilliam?"

„Sir." Schweiß trat dem Butler auf die Stirn. Der Mann schwitzte nie, selbst wenn die Luft an den heißesten Tagen im Jahr schwül und feucht war.

„Was ist los?" Clive trat näher zu ihm.

„Da ist …" Er hustete. „Da ist ein Gast, Sir, wenn Sie bitte – nach unten …"

Clive war amüsiert. „Es scheint sich um den Sensenmann zu handeln", sagte er. „Hat er oder sie eine Karte?" Plötzlich erinnerte er sich an die Schönheit von dem Platz in Spanish Town. Er war beinahe sicher, dass sie gekommen war, um ihre Lust zu stillen, und in diesem Moment stellte er sich La Sauvage in seinem Bett vor.

Was, zum Teufel, war nur in ihn gefahren? Es war egal, ob diese wilde Kindfrau schöner war als jede andere Frau, die er bisher getroffen hatte, oder nicht. Sie war achtzehn, wenn er Glück hatte, sechzehn, wenn nicht.

„Der Gast …" Fitzwilliam schluckte, als verspürte er einen schlechten Geschmack im Mund, „ist im roten Zimmer und erwartet Sie, wenn Sie sie sehen möchten."

Also war es die Frau vom Platz unten. Clive fühlte sich seltsam enttäuscht und verärgert. „Ich empfange heute nicht", beschloss er. „Werfen Sie sie hinaus."

Fitzwilliam blinzelte, als wäre er nie zuvor so unhöflich gewesen. Clive winkte ab. „Ich meine, nehmen Sie ihre Karte, und schicken Sie sie fort."

„Sie hat keine Karte, Sir."

Eine Ahnung überkam ihn, und er drehte sich herum. „Wie bitte?"

Fitzwilliam leckte sich die Lippen. „Sie besteht darauf, Sie zu sehen, Sir, und sie hat einen Dolch – mit dem sie auf mich gezielt hat."

La Sauvage. Hastig eilte er ins Haus, über die schimmernden Eichendielen, die breite Treppe mit dem dunkelroten Läufer bis in die untere Halle. Es war ein weitläufiger Raum mit hohen Decken, einem kristallenen Lüster von der Größe eines Klaviers, der Boden aus grauweißem, aus Spanien importiertem Marmor. Der rote Salon befand sich am anderen Ende.

Dort stand Carres Tochter und sah ihn an.

Sein Herz schlug schneller, und das beunruhigte ihn. Rasch ging er näher und bemerkte, dass sie sehr blass war, trotz ihres goldenen Teints, und dass ihre Augen wild wirkten, wie bei einem Schlachtross mitten in einem Kampf. Innerlich entschied er, sich ihr vorsichtig zu nähern, denn er traute ihr nicht. Erst als er gesprochen hatte, bemerkte er, wie scharf sein Tonfall klang. „Sind Sie noch einmal zum King's House zurückgegangen?"

Sie schüttelte den Kopf. „Nein."

Wie sehr ihn das erleichterte! Er begann, die Fassung zurückzugewinnen. „Miss Carre, verzeihen Sie mir. Bitte setzen Sie sich. Kann ich Ihnen eine Erfrischung anbieten? Tee? Kekse?"

Sie starrte ihn an, als wäre ihm ein zweiter Kopf gewachsen. „Ich soll Ihnen verzeihen?"

Er wurde daran erinnert, wie er wirken musste – verwirrt vermutlich, weil er dieses wilde, ungebildete Kind um Verzeihung bat. Verstand sie überhaupt, dass er sich schlecht benommen hatte? Er brachte ein Lächeln zustande. „Mein Gruß ließ sehr zu wünschen übrig. Ein Gentleman verneigt sich vor einer Dame. Er sollte guten Tag oder Guten Morgen sagen und sich nach ihrem Wohlbefinden erkundigen."

Sie starrte ihn an. „Ich bin keine Dame. Sie reden Unsinn."

„Möchten Sie etwas Tee?"

„Ein Häppchen vielleicht?" Sie ahmte die britischen Damen der Oberklasse perfekt nach. „Ich glaube nicht", fuhr sie in demselben Tonfall fort. „Ein Grog wäre mir lieber", fügte sie dann im Tonfall der Seeleute hinzu. „Wenn Sie verstehen."

Er fragte sich, ob sie trank oder ihn nur provozieren wollte. „Ihre Mimikry ist sehr gut", sagte er dann. Dann ging er an ihr vorbei und beobachtete sie dabei. Seit er den Raum betreten hatte, hatte sie weder geblinzelt noch sich bewegt. Sie stand da, abwehrbereit und aggressiv. Der Dolch steckte vermutlich in ihrem Hosenbund unter dem weiten Hemd. Warum war sie gekommen? Er glaubte, es zu wissen: Bestimmt war sie nicht gekommen, um mit ihm ins Bett zu gehen.

Sie errötete. „Sie wissen, ich kann nicht lesen – Sie waren dabei, als ich das sagte. Schwierige Worte verstehe ich auch nicht. Sie müssen sich einfacher ausdrücken!"

Er fühlte, wie sein Herz weicher wurde. „Mimikry bedeutet Anpassung, Nachahmung. Sie haben ein gutes Ohr."

Sie zuckte die Achseln. „Als würde mich das interessieren."

Er hatte versucht, ihr etwas von ihrer Spannung zu nehmen, offenbar ohne Erfolg. Vermutlich sollte er davon ausgehen, dass sein Haus sie verunsicherte, denn es war so groß wie King's House und viel eleganter eingerichtet. Allerdings hatte sie den Blick aus ihren großen grünen Augen nicht von seinem Gesicht gewandt, nicht seit er hereingekommen war. „Was kann ich für Sie tun?"

Sie erstarrte. „Befreien Sie meinen Vater."

Er hatte es gewusst. Er versuchte, sie anzulächeln. „Bitte nehmen Sie Platz."

Sie schüttelte den Kopf. „Ich bleibe lieber stehen."

„Wie soll ich Ihren Vater befreien?"

„Woods ist Ihr Freund. Sorgen Sie dafür, dass er ihn gehen lässt." In ihren Augen las er die Verzweiflung.

Er starrte sie an. „Im Moment hegen Woods und ich wenig freundschaftliche Gefühle füreinander, und selbst wenn es anders wäre, würde so etwas zu weit gehen. Auf dieser Insel gibt es Gesetze. Ein Gericht hat Ihren Vater für schuldig befunden. Es tut mir leid", fügte er hinzu und meinte es auch so.

Tränen traten ihr in die Augen. „Dann helfen Sie mir, ihn zu befreien."

Er hatte sich verhört, oder?

„Wir können es schaffen. Sie können es schaffen. Sie haben

eine Mannschaft – Kanonen, Gewehre!“

Er war völlig überrascht. „Sie erwarten von mir, dass ich das Gefängnis stürme?“

Sie nickte, aber noch als sie das tat, wich sie bereits zurück, und Tränen liefen ihr über die Wangen. Bestimmt wusste sie, dass ihre Forderungen bestenfalls Wunschdenken waren.

„Miss Carre, es tut mir leid, dass Ihr Vater verurteilt wurde. Ich wünschte, das wäre nicht geschehen. Aber ich bin kein Pirat. Ich bin kein Räuber. Jeden Befehl, den ich entgegengenommen habe, habe ich von den britischen Behörden bekommen. Ich arbeite nicht gegen sie. Ich verfolge nur die Feinde des Empire.“

„Sie sind meine einzige Hoffnung“, flüsterte sie.

In diesem Moment wünschte er sich nichts mehr, als ihr helfen zu können. Aber er konnte nicht das britische Gefängnis stürmen und einen verurteilten Piraten befreien.

Sie ließ den Kopf sinken. „Dann wird er sterben.“

„Miss Carre“, begann er und wollte sie trösten, ohne eine Ahnung zu haben, wo er beginnen sollte. Wäre sie eine Dame gewesen, hätte er sie von der Couch gezogen und sie geküsst, bis ihr schwindelig war und sie ihre missliche Lage vergaß. Er hätte ihr Lust bereitet und sie von der Wirklichkeit abgelenkt. Aber sie war keine Dame, schon gar keine mit Erfahrung. In diesem Moment erschien sie ihm unglaublich jung.

Sie schüttelte den Kopf und wandte sich zur Tür.

Diesmal war er darauf vorbereitet. Mit zwei Schritten war er bei ihr und hinderte sie daran, in die Halle hinauszulaufen. „Warten Sie! Wohin wollen Sie gehen? Was wollen Sie tun?“

Sie sah ihm in die Augen. „Dann tue ich es allein“, sagte sie. Die Tränen liefen ihr über die Wangen, aber sie wischte sie weg und hinterließ leuchtend rote Flecke auf ihren Wangen.

Er umfasste ihre Schultern. „Miss Carre, wollen Sie vor Gericht gestellt werden? Wollen Sie, dass man Sie aufhängt?“

Sie blieb angriffslustig. „Sie werden mich nicht hängen. Nicht wenn ich sage, dass ich schwanger bin.“

Er erstarrte. „Erwarten Sie ein Kind?“

Sie funkelte ihn an. „Das geht Sie nichts an. Und jetzt lassen Sie mich los. Bitte!“

Irgendwie erkannte er, dass sie dieses Wort nur selten benutzte. Er ließ ihre Schultern los. „Ich habe viele Gästezimmer“, begann er und wollte ihr eins davon anbieten, damit sie wenigstens ein Dach über dem Kopf hatte. Irgendwie musste er ihr helfen, das Entsetzen des kommenden Tages zu überstehen, und später musste sie entweder ins Waisenhaus in St. Anne's oder nach England, wenn es wirklich stimmte und sie Familie dort hatte. „Warum bleiben Sie nicht über Nacht? Als mein Gast natürlich“, fügte er rasch hinzu.

Sie starrte ihn nur an, mit großen Augen, ohne ein Wort zu sagen.

Dann begriff er, dass sie glaubte, er wollte sie so benutzen, wie Woods es versucht hatte. „Sie missverstehen mein Angebot“, sagte er steif. „Ich biete Ihnen ein Zimmer für Sie ganz allein an.“

Sie leckte sich die Lippen. „Sie wollen auch – mit mir – das Bett teilen?“

Ihm stieg das Blut in die Wangen. „Ich versuche, Ihnen zu erklären, dass das nicht meine Absicht ist.“

„Wenn Sie mir helfen, meinen Vater zu befreien, können Sie mich immer und überall haben, es ist mir egal.“ Sie errötete ebenfalls.

Er konnte es nicht glauben. „Sie haben mein Wort – das Wort eines de Warenne –, ich verfolge nur die ehrbarsten Absichten!“

„Ich verstehe nur die Hälfte von dem, was Sie da reden!“, schrie sie. „Aber verstehen Sie doch, wenn Sie mir nicht helfen wollen, dann will ich auch nicht Ihre Barmherzigkeit.“ Sie spazierte durch die Halle.

Diesmal ließ er sie gehen. Später, als der Schlaf nicht kommen wollte, konnte er an kaum etwas anderes denken.

Es war mitten in der Nacht, doch es herrschte fast Vollmond, und die Sterne funkelten. Die Luft war dicht und schwer, wie eine schwüle Liebkosung. Amanda umfasste die Eisengitter am Fenster ihres Vaters, als sie vor dem Gebäude stand. Sie hatte sich unter dem Zaun hindurchgegraben – nicht zum ersten Mal.

„Papa!“

Aus dem Innern der dunklen Zelle war ein Rascheln zu hören.

„Papa!“, flehte sie und versuchte, ihre Angst zu unterdrücken. An diesem Tag war ihre letzte Hoffnung gestorben, und sie war sich dessen nur zu sehr bewusst.

„Amanda, Mädchen!“ Rodney Carre erschien am Fenster, ein Bär von einem Mann mit dunkelblondem Haar und einem dunkleren Bart.

Amanda begann zu weinen.

„Verdammt, Mädchen, weine nicht um mich!“, rief Rodney. Er umklammerte die Gitterstäbe mit seinen Fäusten, bis die Knöchel weiß hervortraten.

Sie liebte ihn so sehr. Er bedeutete ihr alles. Aber er war jetzt wütend, und sie wusste es. Er hasste Tränen. Dennoch konnte er sie nicht schlagen, nicht mit dem Gitter zwischen ihnen. „Ich habe es versucht, Papa! Ich habe es versucht!“, klagte sie. „Ich habe versucht, Woods dazu zu bringen, dich zu begnadigen, aber er wollte nicht.“

Rodney starrte sie entsetzt an.

„Ich kann das nicht, Papa. Ich kann nicht weiterleben, wenn du fort bist.“

„Hör auf!“, brüllte er und weckte damit zweifellos die anderen Gefangenen auf. Amanda hörte sofort auf zu weinen. „Hör mir zu, Mädchen. Du hast es versucht und dein Bestes getan. Ich bin stolz auf dich, wirklich. Kein anderer Vater hat so ein gutes, treues Mädchen.“

Amanda zitterte. Rodney lobte sie selten. Sie wusste, dass er sie sehr liebte, denn sie war alles, was er hatte nach dem Schiff und seiner Mannschaft, aber sie sprachen nie über Gefühle, schon gar nicht über Liebe. „Du bist stolz auf mich“, wiederholte sie wie benommen.

„Natürlich bin ich das. Du bist stark und tapfer. Du bist nie einem Kampf aus dem Wege gegangen. Du hast nie geweint, wenn du geschlagen wurdest. Mädchen – ich entschuldige mich dafür. Es tut mir leid, dass du mit meinem aufbrausenden Temperament leben musstest. Es tut mir leid, dass ich dir kein schönes Haus und keinen englischen Rosengarten geben konnte."

In diesem Moment wusste Amanda, dass dies das Ende war, denn sonst hätte er nie so mit ihr gesprochen. „Es macht mir nichts aus, dass du mich geschlagen hast, wie hätte ich sonst lernen sollen, was richtig und was falsch war? Außerdem hast du mich öfter verfehlt als getroffen, weil ich so schnell bin." Sie fühlte, wie ihr mehr Tränen über die Wangen liefen. „Ich wollte nie einen Rosengarten", schwindelte sie.

In der Dunkelheit schienen seine Augen zu leuchten. „Alle Frauen wollen Rosen, Mädchen. Deine Mama hatte einen Garten, der voll davon war, als ich sie traf. Vielleicht lebt sie jetzt in London, aber dort hat sie auch einen Garten. So leben die vornehmen Leute."

Sie würden jetzt also über ihre Mutter sprechen? Sie war in St. Mawes in der Nähe von Cornwall geboren und dort von ihrer Mutter, Dulcea Straithferne Carre, aufgezogen worden, bis sie vier Jahre alt war. Mama hatte Rodney geheiratet, als er ein schneidiger junger Lieutenant in der königlichen Marine gewesen war, lange ehe er sich der Piraterie zuwandte. Aber nachdem er das Vagabundieren begonnen hatte, war er nach Cornwall gekommen und hatte ihre Mutter gebeten, sie ihm zu überlassen. Ihre Mutter hatte abgelehnt, weil sie sie zu sehr liebte, um sie wegzugeben. Daher hatte Rodney sie geraubt, sie den Armen ihrer schluchzenden Mutter entrissen, sie auf die Inseln gebracht, und sie war niemals zurückgekehrt.

Sie kannte nichts anderes als das Leben mit ihrem Vater. Er hatte Angst gehabt, sie zu Besuchen bei ihrer Mutter mitzunehmen, weil die Behörden ihn einsperren könnten für das, was er getan hatte. „Das verstehst du doch, Mädchen, oder? Warum ich es tun musste?"

Natürlich hatte Amanda das verstanden. Sie liebte ihren Papa, und sie konnte sich nicht vorstellen, in Cornwall zu wohnen. Aber sie wünschte, sie könnte sich an ihre Mutter erinnern. Papa hatte ihr erzählt, sie wäre elegant und anmutig, eine echte Dame, und so schön, dass es ihren Bewunderern den Atem raubte. Gewöhnlich war Rodney betrunken, wenn er anfing, über die Vergangenheit und Mama zu sprechen, und jedes Mal begann er am Ende zu weinen. Er hatte nie aufgehört, seine Frau zu lieben, und er wollte, dass auch Amanda sie bewunderte, wenigstens aus der Ferne. Amanda sollte wissen, dass ihre Mama etwas Besonderes war.

Amanda fragte sich oft, was ihre Mutter nach so vielen Jahren wohl dachte. Mama wusste nicht, wohin Rodney sie gebracht hatte, und es hatte keinen Kontakt zwischen ihnen gegeben, nicht einmal einen Brief. Dabei hatte ihr Vater von irgendwoher die Information bekommen, dass sie jetzt in London lebte, in einem schönen Heim, das Belford House genannt wurde.

Amanda fragte sich, warum Rodney über Rosen und Mama im selben Atemzug sprach. „Rosen sind mir nicht wichtig, Papa. Das weißt du doch."

Er sah sie lange an. „Du musst zu ihr gehen, Mädchen. Dulcea wird dich aufnehmen, wenn ich fort bin."

„Sprich nicht so!", rief Amanda entsetzt aus. „Es ist noch nicht morgen Mittag!"

„Es ist Morgen, verdammt, die Sonne wird bald aufgehen. Sie wird außer sich sein vor Freude, dich zu sehen, Amanda, Mädchen, und du wirst endlich ein schönes Haus bekommen. Du kannst eine echte Dame werden, nicht die Tochter von einem wie mir."

Amanda starrte ihn an, hin- und hergerissen zwischen Entsetzen und Abscheu. Natürlich hatte sie davon geträumt, ihre Mutter wiederzusehen und von der schönsten und elegantesten aller Damen in die Arme geschlossen zu werden, sich sicher, geborgen und geliebt zu fühlen. In diesen Träumen war sie eine Dame wie ihre Mutter geworden und hatte in einem Rosengarten gesessen und vornehm Tee getrunken. Aber sie war ein vernünftiges Mädchen. Sie war auf den Inseln zu Hause, und sie lebte das Leben ihres Vaters. Obwohl sie die Farm besaßen, war das Plündern ihr Leben, und ihre kostbarsten Besitztümer waren gestohlen. Und selbst wenn sie eine Kuh ihr Eigentum nannten, die Amanda jeden Tag melkte, war sie eine Piratentochter. Sie würde nie nach England gehen und ihre Mutter treffen, und ganz gewiss wäre sie nie auf die Idee gekommen, so zu tun, als wäre sie eine Dame.

Hatte ihr Vater den Verstand verloren?

„Ich bin keine vornehme Dame, ich werde nie eine sein. Ich liebe die Insel. Dies ist mein Zuhause – ich liebe es zu segeln, und ich liebe das Meer“, widersprach sie voller Panik.

„Darin bist du ganz meine Tochter“, sagte Rodney, stolz und traurig zugleich. „Gütiger Himmel, ich weiß nicht, was ich mir dabei gedacht habe, dich zu lehren, wie man meine Schaluppe segelt, die Kanonen bedient, zu fechten, zu schießen und Segel auszubessern. Du kletterst besser in den Masten als meine besten Männer. Aber du bist eine Frau, kein Junge. Du hättest bei deiner Mutter bleiben sollen, das weiß ich jetzt.“

„Nein!“ Durch das Gitter ergriff sie seine Hand. „Papa, ich liebe dich.“

Er entzog ihr seine Hand und schwieg.

Amanda bemühte sich sehr, nicht zu weinen, aber es war ein aussichtsloser Kampf.

„Versprich mir“, sagte er endlich, „dass du, wenn ich fort bin, zu ihr gehen wirst. Hier hast du niemanden. Du musst zu Dulcea gehen, Amanda.“

Amanda war entsetzt. Wie sollte sie so etwas versprechen? Mama war eine große Dame. Sie hingegen war die Tochter eines Piraten. Zwar glaubte sie, dass ihre Mutter sie einst geliebt hatte, aber das war lange her. Sie befürchtete, dass ihre Mutter sie längst vergessen hätte.

„Ich bin dein Vater, und ich bin ein toter Mann“, rief er wütend. „Verdammt, du musst mir gehorchen!“

Sie wusste, wären nicht die Gitterstäbe zwischen ihnen, dann hätte er sie geschlagen. „Noch bist du nicht tot. Vielleicht geschieht ein Wunder!"

Er schnaubte. „So etwas gibt es nicht!"

„Heute gab es ein Wunder", rief Amanda. „Clive de Warenne hat mich davor bewahrt ..." Abrupt unterbrach sie sich.

Rodney starrte sie an. „Er hat was getan?"

„Er hat mich – ich versuchte, den Gouverneur zu verführen", flüsterte sie.

Durch die Gitterstäbe hindurch schlug er sie, so fest er konnte, gegen den Kopf. „Du bist keine Hure, verdammt! Wenn ich etwas richtig gemacht habe, dann war es, dir die Unschuld zu bewahren! Du sollst deine Unschuld einem guten Mann geben – deinem Ehemann!", schimpfte er außer sich vor Zorn.

Sie hielt die Stäbe umklammert, bis die Sterne vor ihren Augen verschwanden. Dann holte sie tief Luft, noch erschüttert von dem Hieb. „Ich habe versucht, dich zu retten, Papa."

Aber ihr Vater schien sie gar nicht zu hören. „De Warenne ist ein Gentleman, wie auch immer seine Aufträge lauten mögen. Bring ihn dazu, dich nach England mitzunehmen. Ihm kannst du vertrauen."

Amanda war verzweifelt. Ihr Vater sollte hängen, und wenn das sein letzter Wunsch war, dann würde sie gehorchen müssen. „Er ist seltsam", hörte sie sich selbst laut sagen. „Warum sollte er mir helfen, einer Fremden? Warum sollte er seinen eigenen Freund dabei bekämpfen?"

„Weil sich diese Blaublütigen so benehmen – sie sind uns armen Wesen gegenüber barmherzig. Dadurch fühlen sie sich noch edler und vornehmer. Wenn er dir gegenüber Barmherzigkeit walten lässt, Kind, dann nimm es an", sagte Rodney. „Und kümmere dich nicht um deinen verdammten Stolz!" Er zögerte, dann sagte er seltsamerweise: „Ist ihm aufgefallen, wie schön du bist?"

Amanda war verblüfft. In den gesamten siebzehn Jahren ihres Lebens hatte ihr Vater nie erwähnt, dass er sie für eine Schönheit hielt. Aber jetzt sprach er von ihr, als wäre sie wirklich schön, so wie ihre Mutter. „Papa? Ich bin keine Schönheit. Ich bin mager und habe farbloses Haar. Ich trage Männerkleidung. Und ich habe seltsame Augen. Das sagt jeder."

Rodney war ernst. „Hat er dich angesehen wie dieser verdammte Türke in Sizilien?"

Amanda zögerte. „Es hatte nichts zu bedeuten."

Rodney stieß hörbar den Atem aus. Nach einer langen, Unheil verkündenden Pause sagte er: „Er soll dich zu deiner Mutter bringen. Ich meine es ernst, Amanda. Ich vertraue ihm. Er ist ein Gentleman." Ihr Vater verstummte.

Sie wusste, dass er noch etwas sagen wollte. „Er ist ein Gentleman, aber was noch, Papa? Was ist es, was du nicht sagen willst?"

Rodney starrte ins Leere. „Es würde mir nichts ausmachen, wenn er dich für eine Weile aushielte."

Amanda sah ihn fassungslos an. „Was? Du meinst, als seine Mätresse?"

„Er ist unverschämt reich und der Sohn eines Earls!", rief Carre und schlug mit der Faust gegen die Mauer. „Ich wollte dich immer gut verheiratet wissen, aber ich weiß nicht, wie das gehen soll, wenn ich tot bin. Das wäre die Aufgabe deiner Mutter, und du hast sie seit Jahren nicht gesehen."

Amanda begann zu zittern. Sie dachte an de Warennes ausdrucksvolles, sonnengebräuntes Gesicht, seinen durchdringenden Blick, der so seltsam war, als könnte er direkt in ihre Seele schauen. Sie erinnerte sich daran, wie er sie aus Woods Zimmer getragen hatte. Sie war verwirrt. Vielleicht würde es ihr nichts ausmachen, ihm ihre Unschuld zu schenken, oder jedenfalls nicht viel. Er schien freundlich zu sein.

Ich muss mich getäuscht haben, dachte sie erschüttert. Während die Bäckersfrau in der Queen Street ihr altes Brot umsonst gab und der Junge, der die Apotheke ausfegte, nett zu ihr war, war es sonst niemand. Vielleicht hatte de Warenne sie gerettet, um sie zu verführen, ungeachtet der Tatsache, dass sie keine der vornehmen Ladys war, die er sonst bevorzugte. Hatte er sie nicht dazu überreden wollen, in seinem Haus in Kingston zu bleiben?

„Papa, er würde mich nie als seine Mätresse wollen. Er hat Geliebte, die alle hübscher sind als ich."

„Sorge einfach dafür, dass er dich zu deiner Mutter bringt", sagte Rodney finster. „Ich wollte dir etwas hinterlassen, aber es ist nichts da, Amanda, kein einziges Pfund. Es tut mir leid."

Jetzt fühlte sie sich elender denn je, denn ihr Vater hatte sich nie für irgendetwas entschuldigt, und jetzt sagte er ihr schon zum zweiten Mal, dass er etwas bedauerte. „Entschuldige dich nicht", widersprach sie entschieden. „Du bist der beste Vater, den ein Mädchen sich nur wünschen kann!" Sie meinte es ernst, und gegen ihren Willen kamen ihr wieder die Tränen.

„Ich habe es versucht, wirklich!", stieß er hervor und weinte jetzt ebenfalls. „Mädchen, du musst gehen."

Amanda bemerkte, dass der Himmel über dem Gerichtsgebäude sich orange verfärbte – der Tag brach an. „Nein!", rief sie.

Gleich würde sie gehen müssen. Und wenn sie ihren Vater das nächste Mal sah, würde er unter dem Galgen stehen.

„Du gehst jetzt besser, Mädchen, ehe sie dich hier erwischen und den Tunnel finden, den du unter dem Zaun hindurchgegraben hast." Carres Stimme klang heiser.

Das durfte nicht sein. Sie war nie ganz sicher gewesen, ob sie an Gott glaubte, aber jetzt betete sie. „Papa, lass mich hierbleiben. Es ist mir egal, ob sie mich finden." Verzweifelt griff sie durch das Gitter.

Er zögerte, dann umfasste er ihre Hand.

Himmel, seine Hand war so warm, stark, voller Schwielen und Narben. Vor Jahren hatte ein Schotte einen seiner Finger im Kampf verletzt, als die Klinge seine Handfläche traf. Aber Amanda klammerte sich an ihm fest.

Denn wenn sie ihn jetzt losließ, dann würde sie diese Hand nie wieder halten können.

Im letzten Moment war er auf sein bestes Vollblutpferd gesprungen und im Galopp bis nach Spanish Town geritten. Nun ließ Clive den Blick über die Menschenmenge schweifen, die sich in der Mittagshitze auf dem Platz zwischen King's House und dem Gerichtsgebäude versammelt hatte. Schön gewandete Damen mit weißen Sonnenschirmen und gut gekleidete Gentlemen mit Spazierstöcken schlenderten um den Galgen herum und plauderten gelassen, während sie darauf warteten, dass das Fest begann. Grob gekleidete Seeleute tranken Grog und kniffen ihre Huren, einige Matrosen tanzten mit ihren Mädchen zu der heiteren Inselmelodie, die ein schwarzer Fiedler spielte. Ein paar Jungen warfen Steine auf das Gerüst, als wäre es eine Zielscheibe. Sie lachten blutdürstig. Er wandte sich ab und betrachtete die andere Seite des Platzes. Ein Regiment Soldaten stand in Habtachtstellung vor dem Gerichtsgebäude, und weitere Soldaten patrouillierten im Park umher, für den Fall, dass der Gefangene zu fliehen versuchte. Sein Herz schlug wie wild. Wo war sie nur?

In wenigen Minuten würde Carre aus dem Gefängnis seinem Schicksal überstellt werden. Clive war sicher, dass La Sauvage hier irgendwo war.

Er hatte die ganze Nacht nicht geschlafen, wie besessen vom Schicksal ihres Vaters und ihrer Rolle in dem schrecklichen Drama. Er vermutete, dass sie sich nicht damit begnügen würde, an diesem Tag nur zuzuschauen, aber was konnte sie tun? Eines wusste er: Er würde nicht zulassen, dass sie ihr Leben ebenfalls wegwarf. Wenn sie vorhatte, Carre das Leben zu retten, dann würde er sie aufhalten, ehe die Soldaten es taten.

Plötzlich spürte er, dass ihn jemand ansah. Er drehte sich um und blickte zu King's House hinüber. Im Obergeschoss stand ein großes Fenster weit offen, und von dort aus beobachtete Woods die Szenerie.

Mit finsterer Miene wandte Clive sich ab. Aus dem Augenwinkel sah er, dass einer der Jungen einen Stein an den Fuß des Galgens warf, sein Lachen klang grausam. Und er glaubte, einen erstickten Laut gehört zu haben – das Schluchzen einer Frau.

Er blickte hinab zum Unterbau des Galgens. Dort sah er einen kleinen Haufen von Lumpen und eine Flut mondheller Haare. Aufgebracht drängte Clive sich durch die Menge und stieß dabei grob mehrere Gentlemen beiseite. Die Menschen wichen zurück, als sie bemerkten, wie entschlossen und wütend er war. Die Jungen hörten auf, mit Steinen zu werfen, als er näher kam, wurden still und erblassten. Einen von ihnen packte er am Hemd und riss ihn zur Seite. „Ehe dieser Tag vorüber ist, wirst du dich vor mir verantworten", sagte er.

Kreidebleich flüsterte der Junge: „Sie ist doch nur die Tochter des Piraten."

Clive stieß ihn gegen die Schulter, so fest, dass der Junge zu Boden fiel. Die anderen flohen, der Übeltäter kroch durch die Menge, feige, wie er war, dann richtete er sich auf und ergriff ebenfalls die Flucht.

Clive drehte sich um und kniete nieder. „Miss Carre?"

Sie kauerte unter dem Holz, wo ihr Vater in der Schlinge stehen würde, hinter einem der dicken Pfosten, die Knie an die Brust gezogen, die Augen unnatürlich groß und glänzend, als wäre sie im Fieber. Sie erschien ihm sehr klein und verängstigt zu sein, ein winziges Wesen, das sich vor der gefährlichen Welt versteckte. Clives Herz schmolz dahin.

„Kommen Sie heraus." Er sprach sehr leise, hoffte, sie zu beruhigen, und streckte ihr die Hand hin.

Sie schüttelte den Kopf. Eine Träne rann aus ihrem Auge.

Vielleicht war es besser, wenn sie hier unter dem Galgen blieb, dann konnte sie wenigstens nicht sehen, wie ihr Vater gehängt wurde. Andererseits wollte er sie möglichst weit wegbringen von der Hinrichtung und von diesem Platz, weil er Angst hatte, dass sie, wenn er es nicht tat, im letzten Moment aus ihrem Versteck herauskommen und etwas sehen würde, was keine Frau jemals sehen sollte. „Bitte kommen Sie heraus. Ich werde Sie weit weg von hier bringen", versuchte er es noch einmal in sanftem Ton.

Sie sah ihn an, ohne zu blinzeln. Wieder fiel eine Träne.

Ihm war, als würde sein Herz brechen. „Es wird nichts nützen, hier zu bleiben. Lassen Sie sich von mir hier wegbringen." Ihm kam ein Gedanke. „Ich bringe Sie zu meinem Schiff. Ich muss eine Fahrt nach St. Kitt unternehmen, und dieser Tag ist perfekt dafür."

Ihre Augen schienen zu flackern, ihr Blick hellte sich auf.

„Eine sanfte Brise, die See ist so reizvoll", lockte er.

Sie leckte sich die Lippen, zögerte noch.

„Ich lasse Sie ..." Er unterbrach sich. Sein Achterdeck war ihm heilig. „Ich lasse Sie zu mir aufs Deck kommen. Kommen Sie, Kleines."

Mehr Tränen flossen aus ihren Augen. Dann nickte sie plötzlich, streckte ihm die Hand hin, und er griff danach. Gerade als sich ihre Fingerspitzen berührten, begann die Menge zu brüllen, ein Laut wie eine Explosion, und Zurufe ertönten. Sie schrie auf, wich zurück, entzog sich seinem Griff. Er hob den Kopf und sah, dass die Soldaten Carre aus dem Gerichtsgebäude geleiteten.

Die Rufe wurden lauter, begleitet von grausamen und wüsten Scherzen.

„Der Pirat hat seinen Spaß gehabt, jetzt bekommen wir unseren!"

„Lasst ihn ausbluten, wenn er tot ist, dann können wir unser Deck mit seinem Blut bestreichen!"

„Meint ihr, er wird um Gnade betteln? Im Grunde ist er doch ein Feigling!"

„Lassen wir ihn flehen – nehmen wir die Katze, ehe er hängt."

Clive fühlte sich übel, was selten geschah. Er wandte sich an Carres Tochter. Mit drängender Stimme sagte er: „Wir müssen gehen."

Als hätte sie ihn gehört, kroch sie auf allen vieren auf ihn zu. Clive griff nach ihr, aber sie war so wendig, dass sie sich fallen ließ und unter seinem Arm hindurchrollte. Er drehte sich um, wollte sie packen, aber sie war schon auf den Füßen und rannte auf Carre zu, drängte sich dabei durch die Menge. „Papa!"

Carre hatte mit seiner Eskorte den Platz erreicht und erstarrte. „Geh weg von hier, Amanda!", brüllte er.

Clive packte sie von hinten, schlang seine Arme um sie. Sie schien es nicht einmal zu merken. „Papa!", schrie sie wieder.

Carre sah ihm in die Augen, und sie schlossen eine stumme Übereinkunft. „Bringen Sie sie weg von hier, de Warenne!"

Clive nickte, hielt sie noch immer von hinten fest, während sie heftig darum kämpfte, zu ihrem Vater zu gelangen. „Bringen Sie mich nicht dazu, Sie über meine Schulter zu werfen."

Sie schien ihn nicht zu hören. „Papa, ich hab dich lieb!"

Carre, der gerade den Galgen betreten wollte, hielt inne. „Ich hab dich auch lieb, Mädchen."

Kraftlos sank Amanda in Clives Arme. Die Soldaten stießen Carre mit ihren Karabinern an, zwangen ihn so, die fünf Stufen zum Galgen hinaufzugehen. Als er hinabblickte in ihr Gesicht, sah er, dass sie jeden seiner Schritte verfolgte und jetzt lautlos schluchzte. Clive wollte sie sich gerade über die Schulter werfen, als Carre sagte: „Mädchen! Versprich mir, dass du nach England gehst zu deiner Mutter!"

Amanda nickte. „Ich verspreche es", schluchzte sie. „Ich verspreche es", wiederholte sie tonlos.

Carre wurde vor die Schlinge gestoßen, dann verband man ihm sofort die Augen.

Amanda wimmerte.

Clive dachte nicht nach, er handelte einfach. Er drehte sie herum, sodass sie ihn ansehen musste, presste sie gegen seinen großen Leib, die Wange an seine Brust gedrückt. „Nicht bewegen", ermahnte er sie und versuchte, ihren schlanken Leib ganz zu umarmen, während er ihren Kopf umfasst hielt. Er fühlte, wie ihre Tränen sein Hemd und seine Brust nässten.

Dann sah er auf. Die Schlinge lag um Carres Hals. Die Menge jubelte und brüllte, und Steine begannen zu fliegen, regneten hinab auf den verurteilten Mann.

Clive wandte sich erschüttert ab. Er barg seine Wange in ihrem lockigen Haar und presste, ohne nachzudenken, die Lippen auf ihren Scheitel. Sie begann zu zittern wie Espenlaub. Langsam wich er mit ihr zurück, während die Menge brüllte.

Amanda stemmte sich gegen ihn, versuchte, sich umzudrehen.

Er hielt sie ganz fest, ließ das nicht zu, nicht einmal ein Stück konnte sie sich drehen, so fest war er entschlossen, sie davor zu bewahren, zusehen zu müssen, wie ihr Vater nach Atem rang. Manche Hinrichtungen verliefen schnell und gnädig, andere nicht, und die Opfer hingen endlos lange Minuten, ehe ihr Genick brach. Dann hörte er ein Knacken, und er dankte Gott, dass Carre beinahe sofort gestorben war.

Amanda in seinen Armen verlor das Bewusstsein.

3. KAPITEL

Sie ist tot."

Der Sprecher schien ein Mann zu sein. Wovon redete er? Amanda versuchte, in seinen Worten einen Sinn zu erkennen. Ein großer, goldhaariger Mann erschien. Seine Miene wirkte angespannt, seine blauen Augen schienen durchdringend. Sie kannte ihn, konnte ihn aber nicht einordnen. Erschrocken begriff sie, dass er von ihr sprach.

„Sie ist tot."

„Sie ist nicht tot – sie schläft!"

„Sie bewegt sich nicht. Sie ist tot."

Amanda begann, in Panik zu geraten. War sie tot? Und wer waren die Leute, die über sie redeten? Sie begann aufzuwachen und begriff, dass sie einen seltsamen Traum gehabt hatte. Sie war nicht tot, sie schlief. Sie streckte sich, doch ihr Körper fühlte sich müde und zerschlagen an. Die Matte aber, auf der sie lag, schmiegte sich so köstlich an sie wie ein himmlischer Kokon. Keine Matte fühlte sich so weich und fest zugleich an.

Wo war sie?

„Niemand schläft einen ganzen Tag lang. Sie ist tot, Ariella, tot. Siehst du?"

Amanda zuckte zusammen, als jemand grob ihren Fuß durch die weiche, flauschige Decke umfasste. Verwirrt öffnete sie die Augen und blinzelte gegen die Helligkeit des Raumes. Dann begegnete sie einem Paar strahlend blauer Augen und einem boshaften Grinsen. Sie schrie auf.

„Ich habe dir doch gesagt, dass sie lebt", hörte sie eine andere Kinderstimme sagen.

Amanda setzte sich auf. Ihr wunder Körper wehrte sich dagegen, und sie starrte auf einen kleinen Jungen mit dunklem Haar und blauen Augen, die sie kannte. Er sah an ihrem Bett vorbei. „Natürlich ist sie nicht tot. Sie hat geschlafen, seit Papa sie nach Hause gebracht hat. Ich wusste das! Aber ich habe dich hereingelegt, oder?"

„Hast du nicht!“

Amanda drehte sich um. Sie lag in einem großen Himmelbett aus kunstvoll verziertem Ebenholz mit himmelblauen Bettvorhängen. Verwirrt fiel ihr Blick auf einen Kamin mit einem weißen Sims, der mit Ranken und Blättern geschmückt war. Sie sah nach unten. Die Bettdecke war aus hellblauer Seide, von der feinsten, die die Plünderungen hergaben. Benommen betrachtete sie den großen Raum und dessen mit weißblauem Stoff bedeckte Wände. Lieber Gott – alle Möbel passten zusammen, waren elfenbeinfarben, blau oder weiß gepolstert, mit Gold verziert. Dann fiel ihr Blick auf das kleine Mädchen, das mit großen Augen neben ihr stand.

Das Kind lächelte. „Mein Name ist Ariella. Papa sagt, Sie heißen Miss Carre. Sind Sie seine Geliebte?“

Der Junge streckte den Arm aus und zupfte die Kleine fest am Haar. Ariella versetzte ihm einen ebenso festen Schlag gegen das Kinn.

Papa. Und in diesem verblüffenden Moment verlor Amanda zum zweiten Mal alles in ihrem Leben. Der Kummer packte sie, und sie drohte darin zu ertrinken – sie konnte nicht atmen. Die Tränen kamen einfach so, und sie konnte nichts dagegen tun. Keuchend rollte sie sich vor Schmerz zusammen.

Papa war gehängt worden. Papa war fort. Ermordet von Woods und allen Briten.

„Sie ist krank. Ich hole Papa!“, sagte der Junge entschlossen und lief hinaus.

Amanda hörte ihn kaum. Clive de Warenne war bei der Hinrichtung dabei gewesen und hatte sie daran gehindert zuzusehen. Sie musste in Windsong sein. Oh, wie sollte sie nur diesen Verlust überleben, diesen Schmerz?

Eine kleine Hand strich ihr über den Arm. „Miss Carre? Weinen Sie nicht. Was auch immer Sie so traurig macht – Papa wird es richten.“ Aus dieser Stimme sprach Stolz. „Er kann Sie wieder froh machen. Er kann alles!“

Durch die Tränen hindurch sah sie das schöne Kind an. Sie

konnte sich nicht an vieles erinnern, nur an dieses Knacken, als ihrem Vater das Genick gebrochen wurde. Es war ein Geräusch, das sie niemals vergessen würde. „Mein Papa ist tot", stieß sie hervor. Und sie schlang die Arme um sich und krümmte sich wieder zusammen.

Schwere Stiefelschritte näherten sich. Amanda hörte de Warenne. „Ariella!" Seine Stimme klang streng.

„Papa, ich habe sie nicht zum Weinen gebracht!"

Langsam sah Amanda auf, hielt die Arme weiterhin um sich geschlungen. Und jetzt fiel ihr wieder ein, wie Clive de Warenne sie während der Hinrichtung fest in die Arme genommen hatte.

„Das weiß ich. Bitte geh zu deinem Bruder ins Kinderzimmer." Mit ernster Miene deutete de Warenne zur Tür.

Offensichtlich wusste Ariella, wann sie zu gehorchen hatte, warf einen besorgten Blick auf Amanda und ging schnell hinaus.

Amanda ertappte sich insgeheim dabei, wie sie sich in Clive de Warennes fragendem Blick verlor.

Am Fuß des Bettes blieb er stehen. „Ich bin nicht so dumm, Sie zu fragen, wie Sie sich fühlen, Miss Carre. Ich bedaure Ihren Verlust."

Wieder brach Amanda in Tränen aus. Sie drehte sich auf die Seite und weinte haltlos. Sie spürte, wie er näher kam und sich über sie beugte, aber ihr Kummer war zu schwer. „Gehen Sie weg", schluchzte sie, aber eigentlich wollte sie nicht, dass er fortging. Sie wollte, dass er sie in die Arme schloss, so wie er es vor ein paar Stunden getan hatte, und sie festhielt, bis ihre Wunden geheilt waren. Selbst wenn sie wusste, dass das niemals geschehen würde.

Er umfasste ihre Schultern. Plötzlich wurde Amanda sich bewusst, dass ihre Schultern nackt waren. Ihr Körper war nur umhüllt von einem Nachthemd aus feiner, mit Spitzen besetzter Baumwolle. Sie hatte keine Ahnung, was aus ihren Kleidern geworden war und wessen Hemd sie hier trug.

„Sie trauern um Ihren Vater. Das ist verständlich", sagte de

Warenne leise. „Ich habe nach meinem Schiffsarzt geschickt. Er wird Ihnen Laudanum geben. Das wird helfen."

Die Tränenflut verebbte. Amanda drehte sich auf den Rücken und sah zu ihm auf. Rasch nahm er seine Hand von ihrer Schulter. „Laudanum", sagte sie benommen. Sie wusste, was Laudanum bewirkte. Als sie sich einmal während ihrer Kindheit das Handgelenk gebrochen hatte, hatte sie davon etwas bekommen, und der Schmerz hatte sofort nachgelassen. Würde das mit ihrem Kummer ebenfalls passieren?

De Warennes Miene wirkte angespannt. In seinen Augen jedoch las sie Mitleid und Verständnis. „Falls es Ihnen ein Trost ist – Ihr Vater ist rasch gestorben."

Wieder begann sie zu weinen.

„Es wird nachlassen. Der Schmerz wird aufhören. Das verspreche ich Ihnen, Miss Carre."

Sie schüttelte den Kopf, sie wusste nicht, wie das möglich sein sollte. „Ist Ihr Vater – tot?", stammelte sie.

„Nein. Aber meine Mutter starb, als ich ein kleines Kind war."

Sie erschrak, und ihre Tränen versiegten. „Wirklich?"

Er nickte ernst. „Sie starb bei der Geburt meiner jüngsten Schwester, Eleanor."

Mühsam setzte Amanda sich auf, und er legte einen Arm um sie, um ihr behilflich zu sein. Ihr wurde schwindelig, und sie hielt sich an seinem muskulösen Oberarm fest, wobei ihr noch schwindeliger wurde. Sie lehnte sich an ihn und berührte mit ihrer Stirn seine Brust. Das Bett begann, sich heftig zu drehen.

„Sie müssen sich hinlegen und die Beine hochnehmen", befahl er streng.

Amanda konnte nicht antworten, weil sie versuchte, sich von dem Schwindelgefühl zu befreien. Aber ganz plötzlich lag sie auf dem Rücken, und alle Kissen flogen auf den Boden, außer einer großen Nackenrolle aus blauem Samt, die unter ihre Knie gelegt wurde. Das Bett drehte sich langsamer, endlich wurde es ganz ruhig. Amanda öffnete die Augen, um festzustellen, dass de Warenne an ihrer Hüfte saß, einen Arm zusammen mit dem Kissen unter ihre Knie geschoben, und sie aufmerksam ansah.

„Sie sind entkräftet", sagte er leise. „Wann haben Sie das letzte Mal etwas gegessen?"

Sie wusste es nicht mehr. „Es geht mir gut. Ich werde niemals ohnmächtig. Ich weiß gar nicht, warum mir so komisch ist."

Abrupt sprang de Warenne auf und zog ihr das Nachthemd bis hinunter über die Waden. Er drehte sich um. „Statt hier an der Tür herumzulungern, Alexi, sag einem Diener, er soll Miss Carre eine Schale mit Suppe und etwas Weißbrot bringen."

Der Junge nickte mit großen Augen und lief davon.

„Ich bin nicht hungrig", sagte Amanda und kam sich jetzt sehr dumm vor. Sie begann, mit dem Fuß das Kissen unter ihren Beinen wegzuschieben, und konnte nicht vergessen, dass de Warenne die Hand unter ihrem Nachthemd gehabt hatte.

Er umfasste ihre Knie, sodass sie sich nicht rühren konnte. „Ich vermute, Sie haben seit Tagen nichts gegessen. Wenn Sie Ihrem Vater nicht ins Grab folgen wollen, dann müssen Sie besser auf sich achtgeben, Miss Carre."

Er sah ihr in die Augen. Amanda konnte den Blick nicht abwenden – sie war wie betäubt. Es schien beinahe, als sorgte er sich tatsächlich um sie, aber das war unmöglich. Etwas wie Interesse erwachte in ihr und durchbrach ihre Trauer. „Ich will nicht sterben", sagte sie langsam und begriff, dass sie das ernst meinte.

Er lächelte ein wenig. „Gut."

Als Amanda das nächste Mal erwachte, versuchte helles Sonnenlicht, die blauen und weißen Vorhänge zu durchdringen. Sie blinzelte hinauf zu dem mit Rüschen verzierten Himmel über ihrem Bett, und alles fiel ihr wieder ein. Sie war in Windsong, Papa war tot. Sie war unendlich traurig.

Sie fragte sich, wie viel Zeit seit der Hinrichtung vergangen war. Vage erinnerte sie sich, Suppe und Brot gegessen zu haben, nicht einmal, sondern öfter, erinnerte sich an ein hübsches, rundliches Mädchen mit leuchtend rotem Haar, das ihr beim Essen geholfen hatte. Dann fiel ihr der Arzt mit dem weißen Backenbart wieder ein, der sie untersucht und ihren Puls gemessen hatte. Sie musste auch Tee mit Laudanum getrunken haben, und das nicht einmal, sondern mehrmals.

Vorsichtig sah Amanda sich um und erinnerte sich jetzt auch an zwei kleine Kinder, einen dunkelhaarigen Jungen und ein goldhaariges Mädchen. Aber jetzt war sie allein. Waren die beiden nur Einbildung gewesen oder Teil eines seltsamen Traumes? Oder hatte sie wirklich de Warennes Kinder getroffen? Eines davon war ein Prinz oder eine Prinzessin, wenn die Gerüchte stimmten.

De Warenne. Er war bei der Hinrichtung dabei gewesen und hatte nicht zugelassen, dass sie den grausamen Tod ihres Vaters sah. Hatte er sie wirklich so beschützend in den Armen gehalten? Oder hatte sie das geträumt? Amanda war verwirrt. Ihre Erinnerung war blass, zusammenhanglos, und es fiel ihr schwer zu unterschieden, was Wahrheit war und was nicht.

Aber so traurig sie auch sein mochte – wann immer sie an Papa dachte, wurde sie von einer Woge der Verzweiflung überschwemmt –, sie fühlte sich ein wenig besser. Zum einen war sie nicht mehr ganz so zerschlagen und erschöpft. Und zum anderen verspürte sie Hunger.

Um ihre Beobachtung zu überprüfen, setzte Amanda sich auf und streckte sich. Ihre Beine protestierten nicht, ihr Magen knurrte, und der Raum blieb überraschend ruhig.

Sie warf die Bettdecke beiseite und hielt inne. Himmel, sie hatte in einem Bett geschlafen, das einer Königin würdig gewesen wäre. Die Decken waren aus Seide, die Farben der Vorhänge genau mit den Wandbehängen abgestimmt – es passte alles zusammen und war entweder aus Seide, Satin, Samt oder Brokat.

Sie hatte gewusst, dass de Warenne reich war, natürlich, aber sie hatte nicht geahnt, dass er so lebte. Aber sie war auch noch nie im Haus einer reichen Person von Adel gewesen.

Sie setzte sich auf und spürte, wie schön sich die feine Baumwolle an ihrem Körper anfühlte. Als sie zum Fenster trat, kam sie an einem großen Spiegel vorbei, dessen vergoldeter Rahmen mit Rosetten und Ranken verziert war. Sie erhaschte einen Blick auf ihr Spiegelbild und blieb stehen.

Es war, als erblickte sie eine Fremde.

Eine hübsche und sehr weibliche Frau sah ihr entgegen, schön gekleidet in ein mit Spitzen verziertes Nachthemd, das helle Haar fiel ihr über die Schultern beinahe bis zur Taille. Die Frau hatte große grüne Augen mit langen, dichten Wimpern, dunkel wie ihre Brauen. Ihr Gesicht war ein wenig rosig, die Haut von der Sonne leicht gebräunt, und sie hatte volle rote Lippen. Ihre Schultern und ihre Arme waren nackt. Wenn es irgendetwas auszusetzen gab, dann, dass ihre Schultern vielleicht ein wenig breit waren, ein Hinweis auf sehr unweibliche Kraft. Aber das fiel kaum auf, weil das Baumwollnachthemd sich so um ihre Brüste schmiegte. Kleine Spitzenbänder hielten es fest, aber es war tief ausgeschnitten und unter dem Busen leicht gerafft. Amanda bemerkte, dass sie errötete, als sie sich selbst so beobachtete.

Sie sah nicht aus wie die Tochter eines Piraten, sie sah aus wie eine Frau von bester Herkunft.

Erschrocken drehte sie sich um und öffnete rasch die Vorhänge. Es war bereits Nachmittag, die Sonne stand hoch am Himmel und bewegte sich nach Westen. Das Fenster ihres Schlafzimmers ging zum Hafen hinaus, und als Nächstes fiel ihr Blick auf ihr Lieblingsschiff, die *Fair Lady*. Der Rumpf war rot und schwarz gestrichen. Obwohl sie nur fünftklassig war, bot ihre Takelage einen beeindruckenden Anblick, und Amanda war wie immer fasziniert. Unzählige Male hatte sie de Warenne auf seinem Achterdeck beobachtet, während seine Männer die Segel setzten und die Fregatte ihren Liegeplatz verließ. Wie oft hatte sie zugesehen, wie die schöne *Fair Lady* Fahrt aufnahm, während der Wind ihre Segel blähte? Manchmal hatte sie das Schiff von einem der Waffentürme am Hafen aus beobachtet, wie es davonsegelte, aufs Meer hinausfuhr, bis es nur noch ein Punkt war, der in den endlosen Weiten zu verschwinden schien.

Wie oft hatte sie sich gefragt, wie es wohl sein mochte, auf einem solchen Schiff immer am Wind entlangzusegeln?

Und dann sah sie das Schiff, das ihren Namen trug.

Fort Charles lag gegenüber dem Hafen auf einer kleinen Halbinsel, die sich südöstlich in das Karibische Meer erstreckte. Obwohl es unter der britischen Flagge segelte, die Masten zerbrochen waren und eine große Entfernung zwischen ihnen lag, erkannte Amanda das Schiff sofort. Wieder überkam sie der Kummer in all seiner Heftigkeit.

Versprich mir, dass du nach England gehst, zu deiner Mutter.

Sie hörte Rodneys Stimme so laut und deutlich, als befände er sich im selben Raum mit ihr. Sie fuhr herum, doch er stand nicht hinter ihr. Sie starrte einen Moment lang auf die geschlossene Schlafzimmertür und hoffte, dass er erschien. Er tat es nicht.

Sie schluckte. „Ich habe es versprochen, Papa. Erinnerst du dich nicht?" Auf einmal fiel ihr das Sprechen schwer.

Ich erinnere mich, Mädchen.

Sie konnte ihn jetzt sehen, wirklich sehen, wenn auch nur in ihrer Vorstellung. Sie wischte sich die Tränen ab. „Ich habe es dir bei der Hinrichtung versprochen. Das habe ich. Du weißt, dass ich mein Wort immer halte. Ich werde gehen." Angst überkam sie, stark und heftig. Sie würde alles, was ihr vertraut war, hinter sich lassen müssen. Was, wenn Mama sie nicht so liebte, wie Papa es behauptet hatte?

Ich weiß, Mädchen. Ich bin so stolz auf dich … Er lächelte sie an.

Amanda erschauerte. „Ich bin nicht so sicher, Papa, ob Mama mit mir zufrieden sein wird."

Sie liebt dich, Mädchen.

Amanda wollte ihn daran erinnern, dass sie die Tochter eines Piraten war, aber das Bild ihres Vaters verschwand. Himmel, was tat sie da? Sie sprach mit sich selbst – oder mit einem Toten. Hatte sie gerade den Geist ihres Vaters gesehen? Sie zitterte. Es war egal. Sie hatte es versprochen, und sie würde dieses Versprechen halten, was sie auch tun musste, um nach England zu kommen. Sie würde sich doch nicht vor einem fremden Ort fürchten! Bestimmt würde ihre Mutter sie mit einer Umarmung und Freudentränen empfangen.

Also musste sie sich auf die Reise konzentrieren. Amanda biss sich auf die Lippen. Rodney hatte ihr geraten, mit de Warenne zu segeln. Konnte sie ihn irgendwie davon überzeugen, sie auf einem seiner Schiffe mitfahren zu lassen? Sie dachte daran, wie freundlich er gewesen war, oder zumindest, dass er freundlich erschienen war. Papa hatte gewollt, dass sie mit de Warenne segelte, weil er ein Gentleman war, und dem konnte Amanda nur zustimmen. Aber wie sollte sie für die Überfahrt bezahlen?

Sie besaß nicht viel. Sie hatte ihren Dolch, ihre Pistole, ihren Degen, Kleider zum Wechseln und die Goldkette mit dem Kreuz, die ihrem Vater gehört hatte. Sie hatte nicht vor, sich von irgendetwas davon zu trennen, und außerdem würde de Warenne dafür kaum Verwendung haben. Es gab nur eine Möglichkeit, für die Überfahrt zu bezahlen. Sie würde ihm ihren Körper anbieten.

Amanda erstarrte. Sie war nicht beunruhigt, sie hatte Angst. Jeder Akt, dem sie bisher unfreiwillig zugesehen hatte, war abscheulich gewesen. Gouverneur Woods hatte sich abstoßend verhalten. Sie hatte nie verstanden, warum die Paare, die sie beobachtet hatte, so voller Lust gewesen waren. Erst recht nicht hatte sie verstanden, was daran so aufregend sein sollte, dass Männer und Frauen ihren gesunden Menschenverstand verloren.

So nervös wie nie zuvor in ihrem Leben verließ Amanda das Schlafzimmer. De Warenne hatte behauptet, dass seine Absichten ehrbar waren, und seltsamerweise hatte sie ihm geglaubt. Aber gewiss würde er ihren Körper als Bezahlung für die Passage akzeptieren. Kein Mann, den sie kannte, würde so ein Angebot ablehnen. Sie konnte es sogar noch dadurch versüßen, dass sie ihm sagte, dass sie eine Jungfrau war, dass kein Mann sie bisher berührt hatte.

Sie fand sich in einem langen Gang mit weißen Wänden wieder, mit schönen Ölgemälden, schimmernden Holzdielen und farbenfrohen orientalischen Teppichen. An beiden Seiten gab es Treppen mit Geländern aus golden schimmerndem Messing, die zu der Halle unten führten. Amanda ging zu der, die ihr am nächsten war, und begann, die Treppe hinunterzusteigen.

Ihre Schritte wurden langsamer. Die vordere Halle war so groß wie ihr ganzes Haus in Belle Mer. Zum ersten Mal blickte sie zur Decke hinauf, von der der größte Kristallleuchter herabhing, den sie je gesehen hatte. An den Wänden hingen üppige Teppiche und noch mehr Ölgemälde. Die Möbel – Stühle, Tische und Bänke – waren alle aus poliertem Mahagoni, mit Klauenfüßen, gepolstert mit Samt oder Damast und kunstvoll geschnitzt. In der Mitte einer der Wände gab es eine Flügeltür, und Amanda erkannte den vorderen Eingang des Hauses. Offene Bögen führten zu weiteren Räumen.

Sie zögerte unsicher, und dann sah sie den Butler.

Er betrat gerade die Halle, ein leeres Silbertablett flach auf der Hand, als trüge er immer noch Erfrischungen darauf. Im nächsten Augenblick sah er sie, erbleichte und blieb stehen. Mit lautem Scheppern fiel das Tablett zu Boden.

Amanda ging auf ihn zu. „He da. Wo ist de Warenne?"

Er sah sie wütend an und hob das Tablett hoch. „Mr de Warenne empfängt einen Gast und darf nicht gestört werden."

Sie verzog das Gesicht. „Reden Sie nicht so hochnäsig mit mir", sagte sie. „Sie sind nur ein Dienstbote."

Er richtete sich auf. „Ich bin der Butler, Miss, der wichtigste Dienstbote im Haushalt meines Herrn."

„Das glaube ich nicht. Der wichtigste Mann, der für ihn arbeitet, ist der Schiffszimmermann. Wollen Sie wetten?"

Fitzwilliam schnaubte. „Darf ich vorschlagen, dass Sie in Ihre Gemächer zurückkehren und sich anständig kleiden?"

Amanda blickte an ihrem neuen Lieblingskleidungsstück hinab. „Ich glaube nicht, dass sich *Ihr Herr* dafür interessiert, wie ich gekleidet bin", sagte sie. Dieses Nachthemd wahrte sicherlich genauso den Anstand wie jedes Kleid.

Fitzwilliam errötete. „Wenn Sie in Ihr Zimmer gehen, sage ich Mr de Warenne Bescheid, dass Sie ihn sehen möchten."

Amanda sah ihn an. „Sie sollten eine Schiffsreise machen, Mann. Dann würden Sie nicht mehr so steif sein." Sie ging auf einen der Bögen zu, von wo aus sie leise Gespräche hörte. Aus derselben Richtung war auch der alte Kerl gekommen.

„Er wird nicht erfreut sein", sagte Fitzwilliam leise hinter ihr.

Amanda schien es, als würde er recht selbstzufrieden klingen, aber das war ihr gleichgültig. Jetzt konnte sie de Warennes Stimme erkennen – und das leise Lachen einer Frau.

An der Schwelle zu einem großen Salon mit golden schimmernden Wänden und mehr Möbeln, als ein Mensch in zwei Leben brauchen würde, hielt sie inne. Am anderen Ende des Raumes stand ihr Gastgeber, gekleidet wie üblich in ein weißes Leinenhemd und ein Paar ebenfalls weißer Kniehosen. Die schwarzen hohen Stiefel bildeten dazu einen deutlichen Kontrast. Oft trug er eine reich bestickte Weste, aber nicht diesmal, und auch der Dolch steckte nicht an seiner Taille. Allerdings hatte er vergessen, die großen Sporen aus Gold und Rubinen abzulegen.

Sie sah ihn an, und der Mund wurde ihr trocken.

Und dann sah sie de Warennes Gast, und sie begriff, warum er nicht gestört werden wollte. Sie konnte es nicht glauben.

Eine schöne, üppige blonde Dame tätschelte seinen Arm und lächelte ihm zu. Sie war elegant gekleidet, voller Bänder und Schmuck. Nein, sie ist fett, entschied Amanda. Aber natürlich bevorzugten die meisten Seeleute rundliche Frauen. Und ihre Haut war nicht wie Porzellan, sie war teigig. Ihr Haar war richtig gelb, wie Stroh oder als hätte jemand darauf uriniert.

Amanda ballte die Fäuste. Ihr Unmut ließ sie wie erstarrt dastehen.

Die Frau lachte über irgendetwas, das de Warenne gesagt hatte. Er lächelte mit unergründlicher Miene. Während sie sich bewegte, ließ er seinen Blick tiefer gleiten, denn ihr hellgrünes

Kleid entblößte üppige Brüste, die jedes Mal, wenn sie lachte, aus dem Kleid zu fallen drohten – und sie lachte ständig. In der anderen Hand hielt sie ein Glas Wein oder vielleicht auch Sherry. Während sie sprach, warf sie ihre blonden Locken zurück. „Ich bin ja so froh, Sie zu Hause anzutreffen, Captain. Es ist eine sehr lange Kutschfahrt von Spanish Town hierher. Ich hoffte so sehr, nicht vergebens zu kommen."

„Ja, es ist eine sehr lange Fahrt – alle elf Meilen. Machen Sie sich keine Gedanken über unser Wetter auf Jamaika?", fragte er beiläufig. Der goldene Ring in seinem Ohr glitzerte.

Sie drängte sich näher an ihn. „Es ist nicht leicht, das Kleid gestärkt zu halten bei einem so feuchten Klima. Und mein Haar! Zweimal am Tag muss ich mich frisieren lassen!"

„Ich stelle es mir schwierig vor für die Damen, in einem solchen Klima zu leben", meinte er tonlos.

„Oh, ich genieße meinen Besuch auf der Insel, Captain. Aber ich würde ihn noch mehr genießen, wenn Sie mich an Bord Ihres Bootes mitnehmen würden."

Amanda trat vor. „Es ist ein Schiff, kein Boot, meine feine Dame, eine Fregatte, um genau zu sein, fünfter Klasse. Mit achtunddreißig Kanonen, ohne die Geschütze." Der Dame blieb der Mund offen stehen, was nicht sehr attraktiv wirkte.

De Warenne machte große Augen, als sich ihre Blicke trafen. Amanda streckte die Brust heraus und schwenkte die Hüften. „Oh, nehmen Sie mich doch mit auf Ihr Boot, Captain!", säuselte sie.

Er unterdrückte ein Lachen. Dann runzelte er die Stirn. „Miss Carre. Sie sind im Nachthemd."

Amanda blinzelte. Sie hatte ihn erheitert. Ihre Miene wurde weicher, und sie erwiderte sein Lächeln. „Es ist nicht mein Nachthemd. Ich weiß nicht, wem es gehört. Ich kann mich nicht einmal erinnern, wie ich da hineingekommen bin." Sie kniff die Augen zusammen und sah ihn an. „Haben Sie mich ausgezogen?"

Ihm stieg das Blut in die Wangen.

Die Frau stieß einen leisen Schrei aus. „Wie ich sehe, habe ich einen schrecklichen Fehler begangen. Sie und die – die Piratentochter?“ Sie konnte es nicht fassen.

De Warenne bedachte Amanda mit einem seltsamen Blick. Eine Warnung lag darin, aber sie sah auch den amüsierten Ausdruck in seinen Augen. Amanda verstand nicht, was er dachte. Dann wurde seine Miene ernst, und er drehte sich zu der Frau um. „Ich wollte Sie gerade mit Miss Carre bekannt machen, Miss Delington. Sie ist mein Gast.“

Die Frau war tiefrot geworden. Jetzt lachte sie nicht mehr. „Ich verstehe. Ich verstehe sehr gut.“ Sie betrachtete de Warenne und nickte. „Ich wünsche Ihnen einen guten Tag.“ Dann verließ sie eilig den Salon.

Amanda sah ihr befriedigt nach.

Hinter ihr sagte er leise: „Jetzt sind Sie sehr mit sich zufrieden, oder?“

Sie fuhr herum und wäre ihm um ein Haar in die Arme gesunken. Stattdessen trat sie zurück und fühlte sich nun, da sie allein waren, seltsam nervös. „Sie ist eine fette, blasse Kuh, die mit Ihnen ins Bett will“, erklärte sie.

De Warenne erbleichte.

Amanda wusste, dass sie einen schrecklichen Fehler begangen hatte, aber sie wusste nicht, worin dieser Fehler lag. „Ich meine, Sie wollten sie doch gar nicht, oder? Sie ist dumm! Sie hat die *Fair Lady* ein Boot genannt!“

Er holte tief Luft. Erschüttert ging er von ihr fort und schob die Hände in die Taschen an seinen schmalen Hüften.

Amanda war jetzt sehr besorgt. „Sind Sie böse mit mir?“

Es dauerte einen Moment, ehe er sich zu ihr umdrehte. Dabei lächelte er ein wenig. „Nein, das bin ich nicht. Ich bin froh, dass Sie aufgestanden sind und es Ihnen offenbar etwas besser geht.“

Jetzt fühlte sie sich sogar noch besser, stellte sie fest, denn sie hatte Angst gehabt, dass er mit ihr böse war und sie aus dem Haus werfen würde. „Wenn Sie sie wollen“, sagte sie sehr widerstrebend, „dann gehen Sie, und holen Sie sie zurück. Ich weiß, dass sie glaubt, ich wäre Ihre Geliebte und solchen Unsinn. Ich kann ihr die Wahrheit sagen."

Er starrte sie an.

Amanda spannte jeden Muskel an. Ganz plötzlich wurde ihr klar, dass sie allein war mit einem großen, mächtigen und zweifellos sehr männlichen Mann und dabei nur ein Nachthemd trug. Ihr war bewusst, dass sie unter der dünnen Baumwolle vollkommen nackt war.

„Ich bin nicht interessiert an Miss Delington."

Amanda lächelte erleichtert.

„Miss Carre", sagte er vorsichtig.

Amanda unterbrach ihn, indem sie auf ihn zueilte. „Nein, warten Sie. Wir wissen beide, dass ich keine Dame bin. Mein Name ist Amanda. Oder Mädchen. Papa nannte mich Mädchen. Oder Amanda Mädchen." Sie verstummte, plötzlich unerträglich traurig.

Ganz kurz hatte sie vergessen, dass er tot war. Jetzt kehrte die Erinnerung mit Macht zu ihr zurück.

„Er nannte Sie Mädchen."

Sie setzte sich auf einen großen weichen Stuhl mit allerhand Verzierungen. „Ja."

Er zog eine grüngold gestreifte Ottomane heran und setzte sich neben Sie. „Wie fühlen Sie sich?"

„Mir ist nicht mehr schwindelig."

Er lächelte ein wenig. „Wir achteten darauf, dass Sie vor jeder Dosis Laudanum etwas aßen."

Sie versuchte sich zu erinnern. „Habe ich lange geschlafen?"

„Immer wieder, drei Tage lang. Ich habe mich schon gefragt, wann Sie wohl aufwachen." Er lächelte erneut, ermutigend diesmal.

Sie ertappte sich dabei, dass sie zurücklächelte. Er sah sie an, und irgendwie blickten sie einander in die Augen.

In diesem Moment geschah etwas. Amanda sah ihn verwirrt an. Er war der schönste Mann, den sie je gesehen hatte, und er schien tatsächlich ausgesprochen freundlich zu sein. Er war einer der größten Beherrscher des Meeres, und für sie bedeutete das mehr, als ein König zu sein. Wenn er ihr Angebot annahm, würde sie das Bett mit ihm teilen.

Sie hatte noch nie einen Mann begehrt. Aber manchmal kam nachts in ihren Träumen ein Mann ohne Gesicht zu ihr, ein goldener Liebhaber, küsste sie leidenschaftlich, und wenn sie erwachte, war sie von einer Spannung erfüllt, die sie kaum verstand. Manchmal erwachte sie mit dem Gefühl, beinahe etwas sehr Schönes erlebt zu haben, aber dann erkannte sie, dass es nur ein Traum gewesen und sie allein war.

Sie fragte sich, ob sie nun von Clive de Warenne träumen würde. Denn er war genauso wie der Geliebte in ihrem Traum, oder? Groß, stark, golden …

Er sah sie aus großen Augen an und sprang auf. Dann trat er einige Schritte von ihr zurück und schenkte sich etwas zu trinken ein. Seine Hand zitterte.

Amanda rührte sich nicht. Warum dachte sie jetzt an diese so persönlichen Träume? Sie hatten Geschäfte zu besprechen. Aber warum zitterte er? „Warum zittern Sie?"

Er gab nur einen Laut von sich statt einer Antwort.

Sie streckte die Beine aus. „Vielleicht bekommen Sie eine Erkältung. Manche der Seeleute haben sie schon."

„Es ist keine Erkältung", murmelte er.

Sie lächelte ihn an. „Das ist gut." Sie zögerte, denn trotz ihrer festen Entschlossenheit fürchtete sie sich vor diesen besonderen Verhandlungen. Außerdem gefielen ihr der Stuhl, der Raum und diese vornehme Gesellschaft. „Warum haben Sie so viele Möbel? Und wenn Sie diese Frau nicht in Ihrem Bett haben wollen, warum war sie dann hier?"

Er kam zu ihr und musterte sie erschüttert. „Ich weiß, dass Sie eine schreckliche Zeit hinter sich haben und dass wir aus verschiedenen Welten kommen. Amanda, ich – jemand muss Sie gewisse Dinge lehren."

Sie wurde wachsam. „Wie zum Beispiel? Lesen?"

„Das kann ein Lehrer tun. Sie können in Gesellschaft bestimmte Dinge nicht sagen. Tatsächlich können Sie – niemals über das Bett sprechen."

„Zum Teufel, warum nicht?", fragte sie ehrlich verwirrt. „Das tun alle Männer, fast immer."

Er sah sie an, und endlich erschien ein Lächeln auf seinem Gesicht. „Na schön", sagte er und hob die Hand. „Wir sind Opfer unserer männlichen Körper, das kann ich Ihnen versichern. Fangen wir von vorn an. Sie können nicht in diesem Aufzug hier herumlaufen."

Sie sah hinab an ihrem hübschen Nachthemd. Er wollte es zurückhaben, begriff sie plötzlich. Sie zupfte an der Spitzenverzierung eines der Bänder. Dann sah sie auf und zuckte die Achseln, sodass er verstand, wie gleichgültig es ihr war, wenn er es zurücknahm.

Er betrachtete sie gründlicher. „Amanda." Wieder setzte er sich auf die Ottomane, auch wenn er ein Stück zurückgewichen war. „Wir müssen noch über etwas anderes reden."

Er war sehr ernst. Würde er sie jetzt doch noch hinauswerfen?

„Ich hoffe, ich war nicht voreilig, aber ich dachte, Sie würden ein Begräbnis auf See wünschen."

Amanda erstarrte. „Daran hatte ich noch gar nicht gedacht! Wo ist Papa?", rief sie beunruhigt.

„Er ist in Kingston in der Begräbnishalle. Wir können ihn auf See bestatten. Ich habe dafür gesorgt."

Amanda nickte. Sprechen konnte sie nicht.

„Ich dachte an morgen", sagte er, sein Blick sanft und voller Mitleid. „Stehen Sie das durch? Ich könnte als Schiffskapitän ein paar Worte sagen oder einen Priester rufen oder auch einen Marinegeistlichen."

Papa ist noch nicht beerdigt, dachte sie. Sie würde an seinem Begräbnis teilnehmen können. Sie sah ihm in die Augen. „Ich wünsche mir, dass Sie den Segen sprechen."

„Dann machen wir das so", sagte er leise.

Er war schon wieder so freundlich, und dabei sah er so unglaublich gut aus, dass ihr ganz leicht ums Herz wurde. Sie sah in seine strahlend blauen Augen und fühlte sich unsagbar froh, unsagbar geborgen, als hätte sie gerade nach einem heftigen Sturm den sicheren Hafen erreicht. Vielleicht muss ich doch keine Angst haben vor diesem Mann, dachte sie.

Er stand auf. „Wollen Sie mich aus einem bestimmten Grund sprechen? Wenn nicht – für meine Kinder ist jetzt Schlafenszeit, und ich muss nach oben gehen."

Sie holte tief Luft, um Mut zu fassen, und weigerte sich, daran zu denken, was geschehen würde, nachdem er ihren Handel akzeptiert hatte. Stattdessen sah sie sich schon an Deck der *Fair Lady* stehen, draußen auf dem Meer mit schaumgekrönten Wogen. Sie würde am Bug stehen, er mit seinen Offizieren auf dem Achterdeck. Sie würden dahinfliegen mit so vielen Segeln, wie sie kein vernünftiger Mann jemals in so stürmischem Wetter einsetzen würde. Ihm wäre es egal. Er würde darüber lachen, genau wie sie. Sie lächelte.

„Amanda?"

Sie kam wieder zur Vernunft, und ihr Lächeln verschwand. Stattdessen biss sie sich auf die Lippe und zögerte.

Er ließ den Blick zu ihrem Mund gleiten und dann wieder hinauf zu ihren Augen. „Was wollen Sie mich fragen?"

Jetzt gab es keine Wahl mehr, als es zu wagen. Amanda stand auf. „Ich würde alles tun – alles! –, wenn Sie mich nach England bringen."

Er starrte sie nur an.

Amanda hatte keine Ahnung, was dieser Blick bedeuten sollte. Er war sehr klug, also musste er begriffen haben, was sie meinte, oder nicht? Sie lächelte ihn strahlend an. „Ich kann nicht für die Überfahrt bezahlen, jedenfalls nicht mit Geld. Aber es gibt andere Möglichkeiten für mich." Angespannt wartete sie.

Er hob abrupt die Hände. Diese seltsame Geste schien „Nein" zu bedeuten, und seine Miene drückte Unglauben aus. „Ich verstehe."

Amanda fühlte, wie sie in Panik geriet. Sie musste nach England! Sie hatte es versprochen. „Ich sagte, ich würde alles tun. Sie wissen, was das bedeutet, oder?"

Jetzt hatte er wieder diese rote Farbe auf den Wangen, wie es ihm manchmal geschah, die Farbe des Zorns. Aber warum sollte er böse sein? Verstand er denn nicht, was sie sagte? „De Warenne, ich biete Ihnen meinen Körper an. Das ist die einzige Möglichkeit, wie ich für …"

„Hören Sie auf!" Das war ein Befehl.

Sie wich ungläubig zurück. „Ich weiß, ich bin nicht elegant genug für Sie …", begann sie und wollte ihm sagen, dass sie noch Jungfrau war.

Er packte sie am Arm, und ihre Körper berührten sich. „Machen Sie das immer so, wenn Sie etwas brauchen? Bieten Sie Ihren Körper an für Waren oder Dienstleistungen?", wollte er wissen. Dann ließ er sie sofort los und trat zurück. „Auch wenn ich Piraten jage, bin ich ein Gentleman und ein de Warenne", stieß er hervor, und seine Augen funkelten.

Sie zitterte, und ihr Herz schlug vor Angst wie rasend. Sie verstand nicht, warum er so wütend war. „Ich muss nach England. Papa hat gesagt, ich soll mit Ihnen gehen. Ich will Sie nur dafür bezahlen!"

Er hob beide Hände. „Genug! Lebt dort Ihre Mutter?"

Amanda nickte, unfähig, den Blick von ihm abzuwenden. Lehnte er sie ab, weil sie keine elegante, fette Schönheit war? Und warum fühlte sie sich nicht erleichtert?

Er holte tief Luft. „Ich habe bereits geplant, Sie nach England zu bringen, weil ich davon ausging, dass Sie dort Familie haben."

Das hatte er? Sie war verblüfft. „Warum sollten Sie so etwas tun?"

„Weil Sie zu Ihrer Familie gehen müssen", sagte er rau.

„Aber wie soll ich für meine Überfahrt bezahlen? Ich bin kein Bettler, dem man ein Almosen zuwirft."

„Sie werden nicht bezahlen", sagte er. „Und ich habe niemals auch nur angedeutet, dass Sie ein Bettler sind. Tatsächlich hatte ich vorgehabt, Ende des Monats zu fahren, aber nach allem, was geschehen ist, werden wir morgen absegeln."

„Morgen?" Sie wich zurück. All ihr Ärger war verflogen, jetzt empfand sie nur noch Furcht. „Das ist zu bald! Und was ist mit Papas Begräbnis?" Wie konnten sie morgen abreisen? „Am Ende des Monats wäre viel besser!" Sie hatte gerade ihren Vater verloren, sie war noch nicht bereit, ihre Mutter zu treffen.

„Wir werden Ihrem Vater ein Seemannsbegräbnis geben, nachdem wir Segel gesetzt haben. Und morgen reisen wir ab", fuhr de Warenne sie an. Er zeigte auf sie. „Und Sie werden nicht so etwas tragen. Mir ist es am liebsten, wenn Sie sich wie ein Junge kleiden."

4. KAPITEL

Er konnte nicht schlafen.

Ständig sah er große, mandelförmige grüne Augen vor sich. Dichtes, helles, beinahe silberblondes Haar, das ein Gesicht von fremdartiger Schönheit umrahmte. Lange, glänzende Strähnen vor ihren Brüsten, die sich unter dem feinen Baumwollnachthemd deutlich abzeichneten. Wie konnte sie in den Besucherräumen seines Hauses auftauchen, gekleidet in ein so intimes, offenherziges Kleidungsstück?

Er bewegte die schmerzenden Hüften. Er überlegte, sich wie ein Schuljunge Erleichterung zu verschaffen, doch seit er zwölf war, hatte er das nicht mehr getan, und er schämte sich schon allein bei der Vorstellung. Wie konnte er sich so hingezogen fühlen und sich solche Sorgen machen wegen der Piratentochter? Obwohl er ihren Namen inzwischen kannte, weigerte er sich, an sie als Amanda zu denken. Er musste bei La Sauvage bleiben, bei der Piratentochter oder sogar Miss Carre, so wie er gegen diese Anziehung kämpfen musste.

Abrupt drehte er sich auf den Bauch und versuchte, die Glut in seinen Lenden gar nicht zu beachten. Er durfte nicht vergessen, dass sie noch sehr jung war, unglaublich jung – zu jung. Und sie war so gar nicht sein Typ Frau! Seit er mit vierzehn Jahren von zu Hause fortgelaufen war, hatte er die Töchter der Freunde seines Vaters verführt. Er hatte immer älter gewirkt, als er eigentlich war, und es hatte viele elegante, schöne adlige Damen gegeben, die älter waren als er und unter denen er wählen konnte. Wenn er die Wahl hatte zwischen einer wilden Blume und einer Treibhausrose, hatte er sich immer für das Letztere entschieden.

Aber sie war ganz anders als alle anderen. Er musste nur daran denken, wie sie mit einer geladenen Pistole nach King's House gestürmt war oder wie sie auf wogender See am Bug ihres Kanus gestanden hatte, dann wusste er es. Sein Lächeln verschwand, und er dachte an das, was sie im goldenen Salon gesagt hatte. Aber gleich darauf lachte er beinahe, als er sich erinnerte, wie sie Miss Delington aus seinem Haus vertrieben hatte. Schlagartig verwirrten sich seine Gedanken. Clive sprang aus dem Bett, um sich etwas zum Trinken zu holen.

War sie überhaupt noch unschuldig? In jedem Fall wusste sie, was sie ihm anbot. In Anbetracht der Umgebung, in der sie aufgewachsen war, war es nicht sehr wahrscheinlich, dass sie unerfahren war. Warum sonst würde sie ihm so ohne Umschweife ihren Körper anbieten? Natürlich war das nicht ungewöhnlich bei Frauen ohne Macht oder Mittel. Sie hatte sonst nichts anzubieten. Diese Vorstellung ärgerte ihn und machte ihn zugleich unglaublich traurig.

Allmählich beschlich ihn eine dunkle Vorahnung bei dem Gedanken, sie nach England zu bringen.

Er wusste, dass er seine Lust beherrschen und unterdrücken konnte. Es wäre nicht angenehm und auch nicht einfach, aber er war sehr diszipliniert. Und sie war zu jung! Nur daran musste er denken. Da er seinen Aufenthalt zu Hause verkürzt hatte, würde er seine Kinder mitnehmen. Alexi hatte bereits mit ihm die Inseln befahren und verlangte seit einiger Zeit schon nach einem richtigen Segeltörn. Ariella hatte Andeutungen gemacht, und er wusste, dass sie gern ins Ausland reisen und vieles von dem sehen wollte, über das sie gelesen hatte. Er war sich sehr wohl bewusst, dass seine Kinder ihn ablenken würden. Sie würden einen Puffer bilden.

Aber da war noch mehr. Clive setzte sich in der Dunkelheit mit einem Cognac hin. Die Gerüchte besagten, dass Rodney einst in der königlichen Marine gedient hatte. Ob das stimmte? Denn wäre das der Fall, war Amandas Mutter vermutlich von vornehmer Herkunft.

Und das beunruhigte ihn ungemein.

La Sauvage besaß kein Gefühl für Anstand, kein Schamgefühl und kein Benehmen. Stammte ihre Mutter aus guter Familie, würde ihre Begegnung eine Katastrophe werden.

Aber er wollte auch nicht, dass sie herausfand, dass ihre Mutter eine Hure oder eine von Pocken entstellte Bettlerin war. Die Piratentochter hatte kein leichtes Leben gehabt, auch ohne die Einzelheiten zu kennen, wusste er das. Sie verdiente ein wenig Luxus, und dazu gehörte eine vornehme Familie aufseiten ihrer Mutter.

Innerhalb von sechs Wochen könnte sie vielleicht ein wenig Benimm und Anstand lernen, gerade genug, um niemanden zu schockieren. Anahid würde es sie lehren. Allerdings war er nicht sehr zuversichtlich. Er war nicht einmal sicher, ob La Sauvage Benimmunterricht wünschte, und er hatte nur zugestimmt, sie mitzunehmen, nicht, sie in eine junge Dame zu verwandeln. Außerdem ging ihn das alles nichts an.

Clive gab den Gedanken an Schlaf auf. Bald würde der Tag anbrechen, und vor ihm lag eine Reise. Das Gepäck seiner Kinder war am Abend zuvor gerichtet worden, und er hatte sich entschieden, auch ihren Sprachlehrer mitzunehmen. Diese Entscheidung hatte er getroffen mit dem Gedanken an Miss Carre.

Beinahe fühlte er sich, als hätte er noch ein weiteres Kind angenommen, aber er musste sie sich nur wieder in diesem Nachthemd vorstellen, um zu wissen, dass das nicht stimmte.

Clive trank den Cognac aus und zog sich an. Als er seine Gemächer verließ, hatte der Himmel sich Fuchsiarot gefärbt, und das Meer schimmerte indigoblau. Er ging direkt hinüber zum Flügel der Kinder. Alexis' Tür stand offen, auch er war schon angezogen und stand an der Waschschüssel, wo er sich die Zähne putzte. Dann drehte er sich grinsend zu seinem Vater um, den Mund voll Wasser.

Clive wurde warm ums Herz. Er warf dem Jungen ein Handtuch zu. „Ist deine Schwester auch schon fertig?"

„Ich hörte, wie sie sich bei Anahid über die frühe Stunde beklagte. Papa, heute haben wir guten Wind."

Clive zwinkerte. „Ich weiß. Lass dir Zeit. Miss Carre schläft zweifellos noch."

Er ließ seinen Sohn allein, der sich den Mund ausspülte, und ging zum Zimmer seiner Tochter. „Ariella? Anahid?"

Es dauerte einen Moment, dann öffnete die Armenierin die Tür. Er ahnte ihr Lächeln. „Herr?“

Er blickte an ihr vorbei und sah Ariella, die noch ihr Nachthemd trug und ein Buch an die Brust gepresst hielt.

Er musste lächeln. „Guten Morgen. Keine Sorge. Anahid hat Dutzende von Büchern für dich eingepackt. Und wenn das nicht genügen sollte, ist da noch immer meine Bibel.“

Sie gähnte.

„Wir sind in zehn Minuten unten, Herr“, sagte Anahid ruhig.

Er ging hinaus. Clive eilte nach unten und betrat die große Halle, getrieben von Aufregung. Er war immer am glücklichsten, wenn es galt, Segel zu setzen. All die Dämonen, mit denen er während der Nacht gekämpft hatte, waren fort. Innerhalb von zwei Stunden würde er den Wind im Rücken haben, die weite See vor sich, und seine Kinder würden ihn begleiten. Das Leben konnte nicht schöner sein.

Die Dienstboten hatten die Wandlichter angezündet, und die Halle war zum Teil erleuchtet. Morgendliche Schatten spielten auf dem Marmorfußboden. Plötzlich erblickte Clive seinen Hausgast, auf einem der spanischen Stühle in der Nähe des Eingangs. Er hatte überhaupt nicht damit gerechnet, dass sie schon auf den Beinen war. Auch sie bemerkte ihn und sprang auf, wobei sie ihn aus großen Augen ansah.

Beim Näherkommen verlangsamte er seinen Schritt. Auf keinen Fall wollte er daran denken, was ihm in der letzten Stunde alles durch den Kopf gegangen war. „Guten Morgen. Der Tag ist kaum angebrochen. Konnten Sie nicht schlafen?“ Obwohl er in der Nacht an ihrer Tür vorbeigekommen war und sie weinen gehört hatte, zeigten sich auf ihrem Gesicht keine Spuren einer unruhigen Nacht. Während sie getrauert hatte, hatte er ihre Kleider waschen lassen, und sie trug jetzt wieder ein weites Hemd und ihre Hose, um die Taille jedoch hatte sie eine schwere Goldkordel geschlungen. Diese sah verdächtig danach aus, als stammte sie von seinen Vorhängen.

„Heute früh setzen wir Segel“, sagte sie lächelnd. „Warum

sollte ich im Bett bleiben?“

Er hatte das Gefühl, seine Welt würde stehen bleiben. Bestimmt stammte ihre Aufregung von der Vorfreude auf die Begegnung mit ihrer Mutter. Auf keinen Fall konnte sie denselben Lockruf des Meeres verspüren wie er. „Es ist eine sechswöchige Reise, bis Sie Ihre Beziehung zu Ihrer Mutter wieder auffrischen können.“

„Wovon reden Sie? Ich weiß, wie lange die Reise dauert.“ Sie begann unruhig zu werden. „Die Winde stehen gut. Stechen wir jetzt gleich in See?“

War es möglich, dass sie genauso sehr darauf brannte wie er, endlich mit dem Schiff auslaufen zu können?

„Sie starren mich an, als wäre ich eine Verrückte!“, rief sie aus. „Es ist so lange her!“ Sie begann, von einem Fuß auf den anderen zu hüpfen. „Gibt es einen Grund für die Verzögerung? Ich sah vom Fenster aus, wie Ihre Männer Segel setzten. De Warenne – ich meine Captain –, ich brauche ein schwankendes Deck unter meinen Füßen und den Wind in meinen Haaren.“

Und während er sie so ansah und so unglaublich überrascht war, fühlte er erneut heftige Erregung. Erschrocken drehte er sich weg, damit sie nicht sehen konnte, wie er körperlich auf ihre Aufregung reagierte. Er war nicht sicher, ob er je so erregt gewesen war.

„De Warenne? Ich meine – Captain, wir sind doch bereit zum Aufbruch, oder?“

Er antwortete nicht. Vor ihnen lag eine sechswöchige Reise. Seine Reaktion war schlicht unmöglich. Als Schiffskapitän war es seine Pflicht, sie zu beschützen und dafür zu sorgen, dass sie sicher ihr Ziel erreichte, nicht, sie in einem wahnsinnigen Moment zu verführen.

Zum Glück habe ich meine Familie bei mir, dachte er.

„Ist Ihnen nicht wohl?“, fragte sie und zupfte von hinten an seiner Weste.

Er achtete darauf, dass er wieder vollkommen entspannt war, ehe er sich umdrehte. Dann sah er sie an. „Ich nehme meine

Kinder mit auf diese Reise, und sie sind auf dem Weg nach unten. Sobald sie bereit sind, legen wir ab."

Ihre Augen funkelten. „Ich begann, mit meinem Papa zu segeln, als ich sechs war", sagte sie. „Ist das nicht auch das Alter Ihrer Tochter?"

„Ja."

Sie kniff die Augen zusammen. „Sie benehmen sich so seltsam. Stimmt etwas nicht?"

Er verschränkte die Arme vor der Brust und achtete darauf, nur in ihr Gesicht zu sehen. „Wann waren Sie das letzte Mal auf See? Und ich meine nicht das Paddeln in Ihrem Kanu."

„Da war die kurze Überfahrt nach Barbados – Papa hatte dort Geschäfte zu erledigen, legale. Das war letztes Frühjahr."

Ich würde sterben, dachte er, würde man mir für so lange Zeit keine Schiffsreise gewähren. „Sie scheinen heute bester Laune zu sein, Miss Carre."

„Sie meinen Amanda." Sie wurde ein wenig ernster. „Ich habe das mit Papa nicht vergessen, wenn es das ist, was Sie meinen. Den größten Teil der vergangenen Nacht habe ich an ihn gedacht. Ich habe nicht mehr viele Tränen." Dann hellte ihre Miene sich auf. „Die *Fair Lady* ist mein Lieblingsschiff. Sie hat etwas Besonderes an sich. Sie ist die schnellste fünftklassige Fregatte auf dem Meer – aber das natürlich nur Ihretwegen. Und Sie haben noch nie eine Schlacht verloren! Ich kann Ihnen an den Kanonen helfen. Ihr Segelmacher ist Portugiese, nicht wahr? Papa sagt, er ist einer der besten der Welt."

Clives Herz schlug wie rasend, sodass er nicht sprechen konnte.

„Darf ich Ihnen ein Geheimnis verraten?" Sie lächelte und errötete dabei. „Ich habe davon geträumt, an Ihrem Deck zu stehen und mit dem Wind zu segeln. Das hier ist wie ein Traum!" Sie lachte und warf ihr Haar zurück, das zu bändigen sie sich nicht die Mühe gemacht hatte.

Wieder musste er sich abwenden, weil seine Hose zu eng wurde. *Sie hat von meinem Schiff geträumt. Ob sie wohl auch von mir geträumt hat?*

„Ich kann es kaum abwarten“, sagte sie.

Er dachte daran, sich dem Wahnsinn hinzugeben. Er dachte daran, sich umzudrehen, sie an sich zu pressen, seine Zunge zwischen ihre Lippen zu drängen, sie zu küssen.

Dann hörte er die Schritte seiner Kinder auf der Treppe und ihr lebhaftes Geplapper. Er spürte unendliche Erleichterung und tiefe Enttäuschung.

Einmal holte er tief Luft, bevor er lächelte und sich abwandte. „Ich sehe, wir sind alle beisammen. Dann auf zum Schiff!“

Amanda umklammerte die Reling und schloss die Augen, das Gesicht der Sonne und dem Wind zugewandt. Sie hatten Kingston weit hinter sich gelassen, und nur ein schmaler Streifen aus weißem Sand, umrahmt von den grünen Bergen vor dem türkisblauen Wasser, deutete die Insel an. Vor ihnen wogte sanft das Meer. De Warenne hatte beinahe alle Segel gesetzt, daher machte die große Fregatte fünfzehn Knoten und fuhr, so schnell sie nur konnte, in der sanften Brise. Amanda öffnete die Augen und lachte vor Freude.

Sie hatte gewusst, dass es so sein würde, oder? Beglückt spürte sie einen Druck in ihrem Inneren und drehte sich halb herum, sodass sie den Kapitän auf dem Achterdeck sehen konnte. Er stand am Ruder, zusammen mit seinem Sohn, der, wie sie gehört hatte, acht Jahre alt war, und half dem Jungen, das Schiff zu steuern. De Warenne wirkte größer, die Schultern breiter, das Haar goldener, als sie so unter dem Wind dahinflogen. Ein Blick zu ihm genügte, und es fiel ihr schwer zu atmen.

Es war ihr egal. Vor ihr lagen sechs Wochen – die besten sechs Wochen ihres Lebens.

Sie würde nicht an die Ankunft bei ihrer Mutter denken. Noch nicht.

De Warenne warf einen Blick über die Schulter zu ihr hin. Er hatte gelächelt, offenbar von derselben Aufregung erfüllt wie sie, doch sein Lächeln schwand, als ihre Blicke sich begegneten. Er blickte wieder zum Bug hinüber, und seine Miene war sehr ernst.

Seit dem Vortag benimmt er sich seltsam, dachte Amanda, seit ich mich in sein Liebesleben eingemischt habe. Nun, das spielte jetzt keine Rolle. Die Sonne stand hoch am Himmel, weiche Wolken zogen über den Himmel, und an der Backbordseite jagten ein paar Delfine neben der Fregatte her. Aber sie konnte nicht anders, es war, als wäre sie eine Puppe und jemand zöge an ihren Fäden, sodass sie sich wieder umdrehte und ihn ansah.

Weder er noch sein Sohn sprachen ein Wort, aber offenbar war der Junge vollauf beschäftigt damit, das Schiff zu steuern. Neben seinem kräftigen Vater wirkte er so klein. Sie wurde traurig bei der Erinnerung daran, wie ihr Papa ihr am Ruder geholfen hatte, als sie selbst noch so klein gewesen war, dass sie dabei zwischen seinen Armen stehen musste. Dann ließ sie den Blick zu seiner Tochter schweifen, die nicht weit von ihnen entfernt saß. Die Kleine sah von Kopf bis Fuß wie eine Prinzessin aus – vermutlich war sie auch eine – mit ihrem schönen weißen Spitzenkleid, ein Buch offen auf dem Schoß. Ihr Vater hatte ihr ein Samtkissen gegeben, auf dem sie sitzen konnte, damit sie sich ihre Spitzenhosen nicht schmutzig machte. Sie war hübsch, verwöhnt und interessierte sich offenbar nicht im Geringsten fürs Segeln, denn sie hatte kein einziges Mal aufgeblickt.

Amanda konnte sich nicht vorstellen, wie es sein musste, dieses reiche kleine Mädchen zu sein. Aber das Kind konnte lesen – und es war erst sechs.

Amanda fühlte, wie sie errötete. Sie wünschte, sie hätte de Warenne nicht anvertraut, dass sie nicht lesen konnte. Hielt er sie für dumm? Sie hatte sofort gemerkt, dass er seine Tochter, die Märchenprinzessin, von ganzem Herzen liebte und unendlich stolz auf sie war. Sie waren von den Docks unterhalb von Windsong aus mit dem Kutter zu seinem Schiff gefahren. Ariella hatte auf dem Schoß ihres Vaters gesessen und ein Buch umklammert, während sie zu der Fregatte hinausruderten. Ihr

Bruder hatte mit ihr gestritten und gesagt, das Buch hätte eingepackt gehört. Ariella hatte ihm entgegnet, er wäre ein Idiot, weil er kaum Latein lesen konnte. De Warenne hatte dem Streit ein Ende gesetzt, indem er seinem Sohn sagte, Ariella könne so viele Bücher mitbringen, wie sie wolle, und dass er bis zum Ende der Reise am besten nur Latein lesen solle. Bei alldem war die armenische Dienerin stumm geblieben.

De Warenne hatte Amanda lächelnd angeblickt. „Meine Tochter liest besser als viele erwachsene Männer." Er wandte sich an das Kind. „Was liest du jetzt, Liebling?"

„Die Geschichte der Pharaonen, Papa."

Amanda wusste nicht einmal, was ein Pharao war.

Sie war eifersüchtig auf seine Tochter, obwohl sie de Warenne nichts als Dankbarkeit schuldete. Sie wünschte außerdem, er hätte sie ebenfalls auf das Achterdeck eingeladen, wie er es bei seinen Kindern getan hatte, aber das hatte er nicht. Sie hatte keinen Grund, mit ihm zu sprechen, also gab es für sie keinen Anlass, hinüberzugehen und um die Erlaubnis zu bitten, das Achterdeck zu betreten, das jedem Seemann und Offizier heilig war. Vielleicht lud er sie dorthin ein, ehe die Reise vorüber war.

Vermutlich nicht.

Seltsamerweise dachte sie an das schöne Nachthemd aus Baumwolle und Spitzen. Er hatte es nicht zurückverlangt. Es lag in ihrem kleinen Beutel, zusammen mit der Kette und dem Kreuz ihres Vaters und ihrer Pistole. Ihr Stilett trug sie in ihrem linken Stiefel, und ihr Säbel lag unter dem Kopfkissen ihrer Koje.

„Papa? Ich fühle mich nicht wohl", sagte Ariella.

Amanda drehte sich um und sah, dass die Kleine aufgestanden war, das Geschichtsbuch noch in der Hand. Sie hatte den besonderen Blick, den Amanda sofort erkannte. Das Mädchen war seekrank.

„Kann ich nach unten gehen und mich bei Anahid hinlegen?", fragte Ariella.

„Das wäre das Schlimmste, was du tun kannst." De Warenne warf einen Blick zurück. Er sah Amanda an und schien zu zögern.

Sie glaubte zu wissen, was er wollte, und sprang vor, weil sie ihm etwas für die Reise gutmachen wollte. Warum sollte sie nicht mit den Kindern helfen? Sie wusste überhaupt nichts über Kinder, aber sie schuldete de Warenne etwas, und wie schwer konnte das schon sein? „De Warenne? Ich gehe mit ihr übers Deck."

Sein Blick wurde sanfter. „Wenn es Ihnen nichts ausmacht, Miss Carre? Ich glaube, Anahid ist unten und richtet die Kabinen der Kinder her."

Amanda lächelte ihn an. „Keine Sorge. Ich lasse sie nicht über Bord fallen."

Er zuckte zusammen.

Sie lachte. „Das war ein Scherz, de Warenne."

„Er war nicht lustig", sagte er, ohne zu lächeln.

Sie biss sich auf die Lippen. Er nahm alles so ernst, wenn es um seine Tochter ging! Vermutlich weinte die kleine Prinzessin eimerweise Tränen, wenn er sie schlug. Seufzend streckte sie die Hand aus. „Kommt mit mir."

Ariella lächelte sie an und hielt ihr die freie Hand hin, während sie mit der anderen das Buch umklammert hielt. Amanda half ihr die drei Stufen zum Hauptdeck hinunter. „In ein paar Tagen wirst du dich besser fühlen, wenn du dich an die See gewöhnt hast", sagte sie.

„Wirklich?" Ariella lächelte, dann wurde sie grün im Gesicht.

Gerade noch rechtzeitig führte Amanda das Kind an die Reling, dann erbrach es sich. Sie saß bei ihr, bis Ariella fertig war, dann erkannte sie, dass das Mädchen den Tränen nahe war. Sie war empört. Das Kind war ein Jammerlappen.

Plötzlich war de Warenne neben ihnen aufgetaucht und nahm seine Tochter auf den Arm. „In ein paar Tagen wird es dir besser gehen", sagte er. „Das verspreche ich dir."

Ariella kämpfte mit den Tränen. „Mir geht es gut, Papa.

Lass mich hinunter."

„Bist du sicher?", fragte er.

Sie nickte. „Ich will mit Miss Carre gehen, ich fühle mich wirklich besser." Sie brachte ein kleines Lächeln zustande.

Er ließ sie auf das Deck gleiten, und Ariella nahm ihre Hand. Trotzdem fühlte Amanda sich wie ein Außenseiter. Ihre Eifersucht auf das kleine Mädchen wuchs sogar noch, bis de Warenne sich ihr zuwandte. „Danke, dass Sie so freundlich waren zu meiner Tochter", sagte er und richtete den Blick seiner blauen Augen auf ihr Gesicht.

Es fühlte sich an wie eine Liebkosung. Amanda konnte weder das Lächeln erwidern noch sich regen, aber in diesen Moment wurde ihr endgültig etwas klar: Wenn sie wollte, dass er sie mochte, dann musste sie nur zu seinen Kindern freundlich sein. Und sie wollte, dass er sie mochte, sehr sogar.

Sie leckte sich die Lippen und versuchte ein Lächeln. „Sie wird sich daran gewöhnen. Schließlich ist sie Ihre Tochter."

Er bedachte sie mit einem Blick, der ihr sagte, dass er daran nicht so recht glauben wollte, und wandte sich dann dem Achterdeck zu. Amanda sah ihm nach. Wie gelang es ihm, seine Kleidung so sauber zu halten? Er roch mehr denn je nach der See, aber er roch auch nach Mango und Gewürzen.

„Sie mögen Papa."

Amanda zuckte zusammen. Sie zog das Mädchen über das Deck und außer Hörweite. „De Warenne war gut zu mir und bringt mich zu meiner Mutter."

„Ich weiß. Er hat es uns erzählt. Sie ist in England." Ariella blickte fragend und viel zu neugierig für ein sechsjähriges Kind.

„Sie ist eine große Dame", prahlte Amanda. „Wunderschön, und sie wohnt in einem großen feinen Haus mit einem Rosengarten."

„Wirklich?" Ariella dachte darüber nach. „War Ihr Papa wirklich ein Pirat?", fragte sie ernsthaft, während sie Hand in Hand über Deck schlenderten.

Amanda zögerte. Dann entschied sie, dass sie auf keinen Fall die Wahrheit sagen würde. „Er wurde zu Unrecht angeklagt und aufgehängt“, log sie. „Er war Pflanzer und ein echter Gentleman. Aber“, fügte sie hinzu und ließ wenigstens etwas Wahrheit einfließen, „vor langer Zeit war er ein Offizier bei der britischen Marine.“

Ariella war still, und Amanda wusste, dass sie intensiv nachdachte. Was für ein seltsames Mädchen! Dann sagte das Kind: „Warum sind Sie nicht glücklich bei dem Gedanken, Ihre Mutter zu sehen? Weil Ihr Papa tot ist?“

Amanda blieb wie angewurzelt stehen. Sie wollte die Bemerkung übergehen, doch dann bemerkte sie, dass de Warenne ihnen vom Achterdeck aus zusah. Sie zwang sich zu einem Lächeln. „Ich bin sehr glücklich bei dem Gedanken, meine Mutter zu treffen. Als ich sie zuletzt sah, da war ich sogar noch jünger als du.“ Doch in ihr zog sich alles zusammen, als sie das sagte. Könnte sie doch nur sicher sein, dass ihre Mama wirklich außer sich sein würde vor Freude, sie wiederzusehen!

„Wirklich?“ Ariella lächelte, doch dann wurde sie ernst. „Meine Mama ist tot. Sie wurde umgebracht, als ich geboren wurde.“

Amanda war neugierig. „War sie eine Prinzessin?“

Ariella machte große Augen, dann lachte sie. „Nein! Es gibt keine jüdischen Prinzessinnen.“

„Sie war Jüdin?“, fragte Amanda überrascht. Sie hatte schon früher jüdische Menschen getroffen, natürlich – sie war mit ihrem Papa auf Curaçao gewesen, und das war fast ganz eine jüdische Insel. Papa hatte gesagt, die Juden seien vor langer Zeit aus Spanien gekommen.

„Papa verliebte sich in sie, und dann kam ich. Aber es war verboten, und ein Barbarenprinz befahl ihren Tod. Wissen Sie, wo Barbarien liegt?“

Amanda sah sie an. Das Kind tat ihr leid, aber es gefiel ihr nicht, zu hören, dass de Warenne ihre Mutter geliebt hatte. Wenn Ariella ihr ähnlich war, dann musste sie sehr schön gewesen sein.

„Wissen Sie es?"

„Ja." Amanda zog an ihrem Arm, und sie gingen weiter.

„Papa mag Sie auch", sagte Ariella plötzlich.

Amanda stolperte. „Wie bitte?"

Ariella lächelte sie an. „Er sieht Sie die ganze Zeit über an, und dann wird er rot. Er wird nie rot, außer wenn Sie im selben Raum sind."

Amanda wollte es nicht glauben. „Ich bezweifle, dass es irgendetwas gibt, was deinen Vater rot werden lässt."

„Sie lassen ihn rot werden. Ich habe ihn heute Morgen gesehen, als wir das Haus verließen, und auf dem Kutter ist er auch ganz rot geworden."

„Es ist heiß", sagte Amanda verwirrt. Sie wollte nicht über Clive de Warenne sprechen, erst recht nicht mit seiner verwöhnten Tochter, die so elegant war und ein Geschichtsbuch für Erwachsene lesen konnte. Inzwischen hatten sie das ganze Deck abgelaufen, kamen an der Hafenseite entlang, und sie standen nicht weit entfernt von dem Gegenstand ihres Gesprächs.

„Ich fühle mich jetzt besser. Ich möchte mich hinlegen", sagte Ariella und gähnte. Sie drehte sich um, ließ Amandas Hand los und öffnete die Tür zur Kapitänskajüte.

Amanda widersprach nicht, sie war sicher, dass Ariella dort kommen und gehen durfte, wie sie wollte. Sie selbst hatte die Kajüte ihres Vaters nie betreten dürfen, ohne anzuklopfen, aber er hatte auch oft eine Hure dort bei sich gehabt. Sie hatte immer angenommen, dass alle Väter gleich waren, aber allmählich begann sie zu vermuten, dass de Warenne mit seinen Kindern anders umging, als ihr Vater es bei ihr getan hatte. Papa hatte nie Wert darauf gelegt, dass sie lesen lernte, und er hatte sie nie in die Arme genommen, wie de Warenne es mit Ariella machte.

Ariella lief in die Kabine. Amanda konnte ihre Neugier nicht mehr unterdrücken. Sie machte einen Schritt nach vorn, sodass sie einen Blick in seine privaten Räume werfen konnte, wobei sie so tat, als müsste sie seine Tochter im Auge behalten, wie sie es versprochen hatte.

Die Kabine war rot.

Die Wände waren in Chinesischrot gestrichen, und auf dem Boden lagen drei scharlachrote Teppiche, einer tibetisch, einer chinesisch, und einer war ein Aubusson. Amanda kannte die Unterschiede, weil die Teppiche, die sie und ihr Vater über die Jahre erbeutet hatten, zu ihren kostbarsten Stücken gehörten. Ein großes Bett aus Ebenholz mit vier dicken, reich geschnitzten Pfosten stand an der Wand. Die Bettdecke war aus rotem und goldenem Damast, die Laken waren aus gestreifter roter Seide. Rot- und goldgemusterte Kissen lehnten an dem hohen Kopfteil, verziert mit dicken Quasten und Fransen.

In der Mitte des Raums gab es einen sehr schönen englischen Tisch mit vier geschwungenen Beinen und vier Stühlen, die mit burgunderrotem Samt gepolstert waren. Unter mehreren Bullaugen stand ein großer Schreibtisch, der mit Karten und Plänen bedeckt war. Der ganze Raum war mit sonderbaren Schätzen erfüllt – eine arabische Messingtruhe mit Schloss und Schlüssel, afrikanische Masken, kunstvoll und farbenprächtig bemalte marokkanische Vasen, Waterford-Kristall, goldene Kerzenleuchter. Und ein Bücherregal gab es, auf dem Hunderte von Büchern standen. Amanda erschauerte.

Gerade hatte sie de Warennes privates Reich betreten. Alles atmete seinen exotischen Geschmack, seine erotische Ausstrahlung, seine Klugheit, Macht und Männlichkeit. Amanda hatte das Gefühl, nicht hier sein zu dürfen.

Jemand berührte sie von hinten. „Was tun Sie hier?"

Amanda reagierte, wie sie es gewohnt war, doch in dem Augenblick, da sie ihren Dolch zog und ihn an seine Brust presste, erkannte sie ihren Fehler. De Warenne sah sie verblüfft an. Sie erstarrte, und ihr Herz schlug wie rasend, denn sie lag beinahe in seinen Armen.

„Was ist das?", fragte er sehr ruhig.

Er hatte breite, muskulöse Schenkel, das erkannte sie unbewusst, als er sie mit ihrem ganzen Körper festhielt. „Ein Dolch", stieß sie hervor. „Es tut mir leid – ich stecke ihn ein, aber dazu müssen Sie mich loslassen."

Sie sahen einander in die Augen. Als er sie losließ, fühlte sie etwas an seinen Lenden, und sie fuhr erschrocken zusammen, ehe sie ihm wieder in die Augen sah.

Er wurde rot. Seine Tochter hat recht, dachte sie verblüfft. Oder war sie genauso verrückt wie sein Kind?

Er trat mit finsterer Miene zurück. „Niemand betritt diese Kabine ohne meine Erlaubnis." Er drehte sich zum Bullauge um und holte tief Atem.

Es war zu spät. Amanda konnte deutlich sehen, dass er erregt war. Langsam schob sie ihren Dolch zurück in den Stiefel. Er begehrte sie. Sie war nicht sicher, warum. Lag es an diesem kurzen Akt der Gewalt? Jeden Seemann, den sie kannte, verlangte es nach einer blutigen Schlacht nach einer willigen Frau.

„Papa? Es ist meine Schuld. Ich wollte hier hineingehen", flüsterte Ariella vom Bett aus.

De Warenne drehte sich um und lächelte seine Tochter an. Dennoch blieb seine Miene angespannt. „Selbst du musst mich um Erlaubnis bitten, ehe du hier eintrittst."

Das Kind nickte und blickte mit großen Augen zwischen Amanda und ihrem Vater hin und her.

Amanda versuchte, ruhig zu atmen. „Es tut mir leid." Vorsichtig warf sie einen Blick auf ihn und war nicht sicher, ob sie erleichtert oder enttäuscht war, dass er seine leidenschaftliche Natur wieder unter Kontrolle hatte.

Er presste die Lippen zusammen. Dann bedeutete er ihnen beiden, ihm durch die Tür voranzugehen. Im letzten Moment schien er es sich jedoch anders zu überlegen, denn er sagte ruhig: „Miss Carre, einen Moment noch bitte."

Sein Tonfall gefiel ihr nicht, aber sie nickte, in der Hoffnung, dass er sie nicht für ihr Eintreten maßregeln würde. Papa hätte das getan. Er hätte ihr zumindest einen Schlag an den Kopf versetzt. Angst begann ihr die Kehle zuzuschnüren. Papa war ein großer Mann gewesen, aber de Warenne war noch größer, muskulöser und weitaus jünger. Nun, wenn er sie schlug, würde sie nicht einmal zucken. Er würde sehen, dass sie stark und tapfer war – Papa wäre stolz auf sie.

„Ariella, wenn du dich besser fühlst, freut es mich. Aber nach unten zu gehen ist trotzdem keine gute Idee. Ich habe nach Anahid gerufen. Ihr beide könnt zusammen auf der Bank sitzen und lesen."

„Ja, Papa", flüsterte sie.

„Geh jetzt." Doch jetzt lächelte er und bückte sich, um ihr einen Kuss auf die Wange zu geben.

Ariella strahlte ihn an und lief zu Anahid, die in diskretem Abstand wartete.

In Erwartung ihrer Bestrafung spannte Amanda alle Muskeln an. Sie sah, wie er die Schultern straffte, ehe er sich umdrehte. Dann machte er eine Handbewegung. „Wenn es Ihnen nichts ausmacht ..."

Amanda duckte sich.

Er erstarrte, die Hand noch in der Luft erhoben. „Was tun Sie da?"

Sie errötete. Sie hatte die Regeln gebrochen, und sie sollte die Konsequenzen tragen. „Nichts. Ich meine, ich werde dem Schlag nicht ausweichen."

Um ein Haar wären ihm die Augen aus dem Kopf gefallen. „Was?"

„Machen Sie schon, tun Sie es einfach. Ich habe Ihren Befehlen nicht gehorcht."

„Sie meinen, ich wollte Sie schlagen?" Er ließ die Hand sinken.

Sie wurde wachsam. „Dafür ist eine Hand da, oder?"

Er machte einen Schritt auf sie zu, und sie vergaß ihren Entschluss und wich zurück. Dann blieb er stehen, und sie tat dasselbe. „Miss Carre! Ich schlage keine Frauen", sagte er entgeistert. „Ich habe in meinem ganzen Leben noch keine Frau geschlagen, und ich werde es auch nicht tun."

Sie war nicht sicher, ob sie ihm glauben sollte. „Ist das ein Trick?"

Er konnte es nicht glauben, und so dauerte es einen Moment, ehe er wieder sprechen konnte. Als er es tat, erkannte sie Mitleid in seinem Blick. „Ich versuche Sie einzuladen, heute Abend mit mir zu speisen“, sagte er.

„Sie wollen mit mir essen?“ Das musste ein Trick sein, oder?

Er nickte. „Ich dachte, wir könnten ein wenig plaudern.“

Amanda betrachtete ihn misstrauisch. Männer brauchten Frauen nur zu einem einzigen Zweck – und Plaudereien gehörten nicht dazu. Ihr Herz schlug zu schnell. Er hatte seine Meinung geändert. Er hatte beschlossen, sie doch in sein Bett zu holen.

„Werden Sie meine Einladung annehmen?“

Sie wusste nicht, was sie denken sollte. Würde er ihr jetzt erlauben, in seinem Bett für die Überfahrt zu bezahlen? Sie dachte an den goldenen Liebhaber aus ihren Träumen, und ihr wurde heiß. Ganz plötzlich war dieser Liebhaber nicht mehr gesichtslos – stattdessen war es de Warenne, der sie liebkoste, bis ihre Haut glühte und prickelte. Vielleicht würde es ihr nichts ausmachen, in seinem Bett zu liegen, denn schließlich sagte jeder, er wäre ein hervorragender Liebhaber. Sie hatte die Damen auf den Inseln von ihm sprechen hören, öfter, als sie sich erinnern konnte. Einige davon, die das Bett mit ihm geteilt hatten, hatten vor ihren Freundinnen damit geprahlt. Aus irgendeinem Grund wusste sie, dass die Gerüchte stimmten.

Ihre Haut glühte jetzt, als wäre sie in einem ihrer geheimen Träume, aber diesmal war das Gefühl heftiger. Sie holte tief Luft und nickte. „Wir können essen – und plaudern.“

Er kniff die Augen zusammen. „Meine Absichten sind ehrbar.“

Sie glaubte ihm nicht – nicht für einen Moment.

5. KAPITEL

Amanda blieb am Heck des Schiffes an der Reling stehen, hielt sich stolz und gerade und versuchte so, Haltung zu bewahren. Es fiel ihr sehr schwer. Sechs Matrosen hatten den Teakholzsarg mit dem Leichnam ihres Vaters an Deck getragen, und da stand er nun und schimmerte in der karibischen Sonne. Die *Fair Lady* verfügte über eine Mannschaft von fast dreihundert Mann, und fast jeder davon stand nun in respektvollem Schweigen an Deck. De Warenne sagte etwas. Er hielt eine Bibel in der Hand, und Amanda wusste, dass er daraus vorlas, aber sie verstand kein Wort von dem, was er sagte.

Der Kummer schien aus dem Nichts gekommen zu sein und drohte sie zu überwältigen. Vor ein paar Stunden noch, als sie alle Segel gesetzt hatten, war sie von Freude erfüllt gewesen. Sie hatte das schreckliche Schicksal ihres Vaters vergessen. Jetzt kämpfte sie darum, den Schmerz um seinen Verlust im Zaum zu halten. Es schien eine überwältigende, unlösbare Aufgabe zu sein. Woge um Woge erfasste sie die Trauer.

Sie wollte nicht die Fassung verlieren vor de Warenne, seiner Familie und seiner Mannschaft.

Ich kann das nicht, dachte sie, als ihr endlich doch die Tränen über die Wange liefen. Ich kann nicht leben ohne Papa. Es tut zu sehr weh.

Er hatte ihr alles im Leben bedeutet. Ihre Mutter war ihr völlig fremd, und sie würde niemals den Platz ihres Vaters ausfüllen können.

Ihre Knie drohten nachzugeben, sie zitterte am ganzen Körper, und die Tränen liefen ihr weiter über das Gesicht.

Bitte mach, dass dieser Traum aufhört, flehte sie. Bitte.

Dann bemerkte sie, dass es still geworden war. Nur das Ächzen der Masten war noch zu hören, das Schlagen der Segel, das Plätschern des Wassers, das Rauschen der Gischt. De Warenne hatte aufgehört zu reden.

Sie wagte es nicht, ihn anzusehen. Wenn sie das tat, würde sie vor Schmerz und Zorn schreien.

Er trat vor sie hin, sprach leise und unendlich sanft. „Möchten Sie ein paar Worte sagen?“

Wie konnte sie etwas sagen, wenn sie kaum zu atmen vermochte, geschweige denn zu reden? Die Stille auf dem Schiff war einfach entsetzlich.

„Möchten Sie sich wenigstens verabschieden?“, fragte er leise und umfasste ihre Schultern.

Sie musste aufsehen. Sie hatte das Gefühl, sowohl in ihrer Trauer als auch in seinen blauen Augen zu versinken. Mühsam nickte sie und unterdrückte ein Schluchzen.

Er legte einen Arm um sie und führte sie zu dem glänzenden Sarg.

Amanda fiel auf die Knie. Sie umarmte das gewachste Holz und legte ihr Gesicht auf die glatte Oberfläche. Papa, dachte sie, ich liebe dich, ich habe dich immer geliebt und werde dich immer lieben.

Sei stark, Mädchen. Sei immer stark. Du bist jetzt in guten Händen.

Amanda erstarrte, denn wieder hatte sie das Gefühl, dass Rodney hier war und mit ihr sprach. „Ich bin nicht stark“, flüsterte sie. „Das ist gelogen. Ich kann das nicht allein.“

Du bist nicht allein, Mädchen, und du bist stark. Stark und tapfer, vergiss das nur nicht.

„Nein, das bin ich nicht“, weinte sie.

Jemand umfasste ihre Schulter.

Ich muss gehen, Mädchen. Lass mich gehen.

Schmerz umfing sie. „Lass mich nicht allein!“, rief sie. „Papa!“

Starke Hände zogen sie hoch, ein Arm zog sie an einen muskulösen Körper. „Lassen Sie ihn gehen, Amanda.“ De Warenne nickte seinen Männern zu.

Amanda begann zu weinen, als die sechs Matrosen den Sarg hochhoben und ihn zum Heck trugen. „Verlass mich nicht“, stieß sie hervor.

„Gott segne ihn“, sagte de Warenne.

„Amen“, murmelten dreihundert Männer.

Der Sarg wurde dem Meer übergeben.

Amanda begann zu schreien.

„Sie müssen sich hinlegen“, sagte de Warenne und zog sie energisch weg von der Reling.

Sie drehte sich herum und schlug ihn mit beiden Fäusten, immer wieder, so fest sie konnte, als hätte er ihren Vater umgebracht.

Er hob sie auf seine Arme und trug sie unter Deck, während sie ihn weiter schlug, immer wieder schlug, ihn hasste und Woods hasste und alle Briten, die ganze Welt … bis ihr Zorn verebbte und nichts mehr blieb außer der Erschöpfung.

Ein paar Stunden später erwachte Amanda. Sie blickte hinauf zur Decke der Kapitänskajüte und stellte verärgert fest, dass sie sich in de Warennes Bett mit den vier Pfosten befand, wo er sie nach dem Begräbnis hingelegt hatte. Er hatte ihr auch etwas zu trinken gegeben, aber sie konnte sich nicht mehr daran erinnern, was es gewesen war. Dann hatte sie sich in den Schlaf geweint.

In der Kabine war es vollkommen dunkel. Sie blickte zu den Bullaugen, die offen standen, sodass eine angenehme Brise hereinwehte. Draußen war der Nachthimmel schwarz wie Samt, geschmückt von blinkenden Sternen.

Sie setzte sich auf in den kühlen Damastdecken. Ihre Finger berührten ein Kissen aus Leopardenfell. Papa war fort. Er würde nicht zurückkommen, dieser Tatsache musste sie jetzt ins Auge sehen.

Barfuß glitt sie vom Bett. Er hatte ihr die Stiefel ausgezogen oder jemandem befohlen, das für ihn zu tun. Amanda fand sie und setzte sich, um sie anzuziehen. Jetzt empfand sie keine Trauer mehr – sie war nur noch bekümmert und ganz ohne Hoffnung. Aber so sollte es auch sein. Papa verdiente es, betrauert zu werden, und sie hatte kein Recht gehabt, früher am Tag so fröhlich zu sein.

Sie fragte sich, wo der Kapitän des Schiffes sein mochte und was er jetzt wohl von ihr dachte. Ganz bestimmt hielt er sie nicht für tapfer und stark. Sie hatte Papa enttäuscht.

„Keine Sorge“, sagte sie zu ihrem Vater und hoffte, er würde sie irgendwo hören. „Ich werde nicht mehr in weibliche Gefühlsduselei ausbrechen. Es tut mir leid, dass ich ein so dummes Mädchen gewesen bin.“

Diesmal bekam sie keine Antwort.

Amanda seufzte. Sie ging aus der Kabine, und sofort erblickte sie de Warenne.

Sein erster Offizier, ein großer Schotte namens MacIver, stand am Ruder. De Warenne stand auf dem Hauptdeck, die Hand locker an die Reling gelegt, und sah zu, wie die Sterne sich auf dem dunklen Meer spiegelten und es mit silbernen Bändern überzogen. Der Wind hatte sich gelegt und die Fregatte an Geschwindigkeit verloren. Die Nacht blieb mild und angenehm, perfekt für eine Reise.

Er drehte sich um. Einige Fuß Entfernung lag zwischen ihnen, und obwohl sein Schiff weit besser erleuchtet war, als das Schiff ihres Vaters es jemals gewesen war, lag vieles im Schatten, und es herrschte Zwielicht. Es war egal. Selbst in der Dunkelheit, selbst mit viel Abstand zwischen ihnen, begegneten sich ihre Blicke, und sie sahen einander in die Augen.

Amanda fühlte sich beinahe hypnotisiert. Sie ging zu ihm hinüber.

Er ließ den Blick über ihr Gesicht gleiten. „Haben Sie sich ausruhen können?“

Sie nickte. „Ja. Danke, dass ich Ihr Bett benutzen durfte.“

Seine Züge wurden sanfter. „Sagen Sie das nicht zu laut – man könnte Sie missverstehen.“

Sie musste lächeln. „Da mache ich mir keine Sorgen. Ich glaube nicht, dass irgendjemand Ihnen vorwerfen könnte, versucht zu haben, mich in Ihr Bett zu holen.“

Er wandte den Blick ab.

Sofort erinnerte sie sich daran, wie er sich am Morgen mit ihr unterhalten hatte und dass er sie zum Abendessen eingeladen hatte – was tatsächlich eine Einladung zu einem Schäferstündchen war. Sie errötete, und ein seltsames Gefühl breitete sich in ihrem Schoß aus. Amanda wandte sich dem Meer zu und umfasste die Reling. Zu spät erkannte sie, dass sie jetzt nur wenige Zoll voneinander entfernt standen.

Sie warf ihm einen raschen Seitenblick zu und erkannte im selben Augenblick, dass sie zum ersten Mal in ihrem Leben etwas für einen Mann empfand. Ihm so nahe zu sein raubte ihr den Atem und die Ruhe. Vielleicht würde er sie morgen Abend zum Essen einladen.

Er blieb stumm, und sie wandte sich ab. Sie sah zu, wie das Licht der Sterne auf den Wellen tanzte. So weit das menschliche Auge reichte, gab es nichts als die nachtschwarze See. Sie schien endlos, stark und mächtig zu sein.

Und tröstlich. Er war tröstlich. Sie war sich seines großen starken Körpers und der Anspannung in ihren eigenen Gliedern nur zu deutlich bewusst, aber noch viel stärker war das Gefühl, beschützt und sicher zu sein, einfach durch seine Nähe.

Sie lächelte ein wenig. Sie musste nicht fragen, um zu wissen, dass er die Schönheit und Erhabenheit dieses Augenblicks genoss, und wenn sie ehrlich war, ging es ihr ebenso. Aber tatsächlich genoss sie es vor allem, ihm nahe und mit ihm zusammen zu sein.

Mehr Augenblicke verstrichen in einer neuen und seltsam kameradschaftlichen Stille.

Amanda sagte: „Diese Nacht ist perfekt, oder?“

Er blickte auf sie hinunter. „Da stimme ich zu.“

Sie sah ihm in die Augen, fühlte ein Flattern in ihrer Brust, dann richtete sie ihren Blick wieder auf die endlose Weite des schimmernden Meeres. Papa war nun wirklich fort, aber diese Nacht war trotzdem perfekt. Sie sollte sich wie eine Verräterin fühlen, aber sie wusste, er würde wollen, dass sie diese Nacht genoss.

Dann knurrte ihr der Magen.

De Warenne lächelte sie an.

Amanda errötete. „Das ist nicht damenhaft, oder?"

„Ein oder zwei Mal haben Sie mir nun schon gesagt, dass Sie nicht daran interessiert sind, eine Dame zu sein."

Sie dachte an das damenhafte Nachthemd in ihrem Gepäck. „Das interessiert mich tatsächlich nicht", sagte sie, doch sie fühlte, dass das nicht ganz der Wahrheit entsprach. Um das Thema zu wechseln, fügte sie rasch hinzu: „Wenn Sie wirklich mit mir zu Abend essen wollten, so habe ich das verdorben."

Er zog eine Braue hoch. „Das wollte ich in der Tat, und Sie haben nichts verdorben."

Sie sah ihm ins Gesicht. „Was meinen Sie damit?"

Langsam ließ er den Blick über jeden ihrer Züge gleiten. „Ich habe noch nicht gegessen. Ich hatte gehofft, Sie würden aufwachen und das Essen mit mir teilen."

Also hatte er nun doch beschlossen, sie in sein Bett zu holen. Sie sollte sich ärgern, aber das tat sie nicht. Sie war angespannt und aufgeregt. Und jetzt würde sie für ihre Überfahrt bezahlen können. Langsam hob sie den Kopf und sah ihm in die Augen, dachte an das, was da kommen würde, und erkannte, dass sie gern das Bett mit ihm teilen würde. Jetzt konnte sie nur hoffen, dass sie sich dabei nicht lächerlich machte. Aber sie war klug, wenn er also damit anfing, würde sie schnell erkennen, was sie zu tun hatte.

„Ich werde das Essen anrichten lassen. Entschuldigen Sie mich." Er ging davon.

Amanda holte tief Luft, umklammerte die Reling und fühlte, wie ihr Puls hämmerte. Und plötzlich begriff sie, was Verlangen war, oh ja.

„Miss Carre." Mit einem kleinen Lächeln winkte er ihr von der Schwelle zu seiner Kajüte her zu.

Amanda biss sich auf die Lippe und trat vor. Obwohl er leger gekleidet war mit seinem Leinenhemd, der hellen Hose und den hohen Stiefeln, wünschte sie, sie würde ein Kleid tragen. Nicht, dass sie eines besessen hätte. Trotzdem hätte es ihr gefallen.

Dann sah sie den Tisch. In den goldenen Leuchtern steckten hohe elfenbeinfarbene Kerzen, die ein behagliches Licht verbreiteten. Eine weiße Tischdecke lag über dem Tisch, und darauf sah sie Servietten aus Leinen, vergoldete Schalen, kristallene Weingläser und schön mit Rot, Blau und Gold verzierte Teller mit Goldrändern. Auf einem silbernen Untersetzer stand eine Weinflasche neben dampfenden silbernen Schüsseln. So etwas hatte sie noch nie gesehen, und sie konnte sich nicht rühren.

„Bitte." Er ging an ihr vorbei und rückte einen mit dunkelrotem Samt bezogenen Stuhl vom Tisch weg.

„Wir werden wirklich essen?", stieß sie hervor und fragte sich, ob sie sich wohl in einem Traum befand.

„Ja, ich habe Sie zum Abendessen eingeladen."

Sie konnte den Blick nicht abwenden von dem festlich gedeckten Tisch. So eine Tafel hatte sie noch nie gesehen – hier sollte eine Königin speisen, nicht Carres Tochter!

„Miss Carre?"

Sie hörte ihn kaum, denn ihr wurde klar, dass sie sich geirrt hatte. Er würde den Tisch nicht so decken lassen, wenn er nur ein schnelles Vergnügen suchte. Erstaunt und verwirrt sah sie ihn an. Er hielt noch immer den Stuhl für sie bereit.

Irgendwie brachte sie es fertig, vorsichtig einen Schritt zu machen. Einmal hatte ihr Vater seiner Geliebten den Stuhl zurechtgerückt, aber sie hatten beide geschwankt und waren betrunken gewesen, hatten laut gelacht über diese Geste, die ihnen albern vorgekommen war, weil sie das Benehmen des Adels nachäffte. Papa hatte das Ganze ohnehin verdorben, indem er die Frau auf seinen Schoß zog, anstatt ihr zu erlauben, sich zu setzen, und tief in ihr Mieder fasste.

Amanda starrte de Warenne an. Wie konnte er so freundlich sein, so großzügig und so gut aussehend? Er hatte geschworen, ein Gentleman ohne Hintergedanken zu sein, und sie begann ihm zu glauben. Für jemanden wie sie musste er keine große Verführung inszenieren.

„Bitte nehmen Sie Platz", sagte er leise.

„Dies ist keine Verführung?"

„Nein." Er sah ihr in die Augen.

„Warum?"

Selbst im schwachen Kerzenschein konnte sie erkennen, wie ihm das Blut in die Wangen stieg. „Warum dies keine Verführung ist?"

Sie schüttelte den Kopf. „Warum tun Sie das? Warum wollen Sie mit mir essen? Ich bin weder ein Duke noch ein Admiral. Ich bin weder schön noch elegant. Warum?"

Er schwieg und sah ihr in die Augen. Es dauerte eine Weile, ehe er sprach. „Es ist netter, in Gesellschaft zu essen anstatt allein. Und ich würde gern etwas über Ihr Leben hören."

Sie blinzelte. „Mein Leben?" Ihr Leben war bedeutungslos, und niemand hatte sich je dafür interessiert, Einzelheiten darüber zu hören.

„Ich rette nicht jeden Tag eine Piratentochter", sagte er plötzlich in scherzhaftem Ton.

Amanda musste lächeln. Hätte es jemand anders gesagt, wäre diese Bemerkung beleidigend gewesen. „Mein Leben wird Sie langweilen", warnte sie ihn. Dann fiel ihr etwas ein. „Aber ich würde gern etwas über Ihres hören."

Er erschrak. „Mein Leben wird mit Sicherheit Sie langweilen."

Sie lachte. „Sie sind von königlichem Blut!"

Er lachte leise. „Liebes, ich bin kaum königlich." Er deutete auf den Stuhl.

Amanda war atemlos und fühlte sich schwindelig. Endlich setzte sie sich. Niemand hatte sie je zuvor „Liebes" genannt. Natürlich hatte er es nicht so gemeint. Er nannte seine Tochter „Liebes." Sie war nicht seine Tochter, und auf keinen Fall wollte sie, dass er in ihr ein Kind sah. Aber er hatte das Kosewort so verführerisch ausgesprochen, dass sie das heftige Verlangen spürte, es noch einmal von ihm zu hören – und dann sollte er es so meinen.

Er rückte den Stuhl näher an den Tisch, dann setzte er sich ihr gegenüber hin und hob die Weinflasche. Er zögerte, und sein Lächeln verschwand. Dann ließ er die Flasche sinken. „Ich muss es fragen. Wie alt sind Sie?"

Sie zögerte nicht. „Einundzwanzig." Sie lächelte, und ihr Herz schlug weiterhin wie rasend. Sie wollte, dass er sie für älter und erfahrener hielt, als sie es war. „Wie alt sind Sie?"

Er lachte und schüttelte den Kopf. „Amanda, wir wissen beide, dass Sie nicht einmal annährend einundzwanzig sind. Ich bin achtundzwanzig." Er zögerte. „Ich meine es ernst, Miss Carre."

Sie hatte ihn auf Ende zwanzig geschätzt, und sie hatte recht gehabt. Sie überlegte sorgfältig, welches Alter sie ihm nennen sollte, damit er ihr glaubte. „Ich bin fast zwanzig", log sie. „Und ich sagte Ihnen schon, ich bin keine Dame. Sie können mich Amanda nennen."

Er musterte sie abschätzend. Dann sagte er endlich: „Tatsächlich."

„Tatsächlich. Und ich möchte etwas Wein", fügte sie hinzu.

Er schenkte ihr einen Fingerhut voll ein und sich selbst ein ganzes Glas voll.

„Und da hielt ich Sie für so großzügig", murmelte sie und griff nach dem Glas. Hatte ihr Plan funktioniert?

„Ich schätze Sie auf sechzehn, vielleicht siebzehn", sagte er und beobachtete sie genau.

Amanda seufzte. Sie war siebzehn, achtzehn im August. Statt zu antworten, senkte sie den Blick und trank von ihrem Wein. Sofort schnappte sie nach Luft und vergaß ihre Schwindelei. Der Wein, den sie mit Papa getrunken hatte, war schwer und sauer gewesen, sie hatte immer Grog bevorzugt. „Was ist das?", brachte sie verblüfft heraus.

Er lehnte sich in seinem Stuhl zurück und lächelte sie breit an. „Ich vermute, das war ein Ausruf des Lobes."

„Das schmeckt köstlich, wie Beeren und Samt."

„Es ist eine starke Note von Brombeeren dabei", stimmte er zu, „und gerade genug Gerbsäure, um die Zunge zu reizen. Er stammt aus Rioja."

Amanda war zu sehr damit beschäftigt, noch einen Schluck zu trinken, um etwas zu erwidern. Der Wein schmeckte himmlisch.

„Wenn Sie nicht langsamer trinken, werden Sie noch einen Schwips bekommen", sagte er, aber er sagte es leichthin. Er hatte sein Glas noch nicht angerührt, er sah ihr nur zu.

Sie wünschte, sie würde wissen, was er wirklich dachte, und lächelte ihn breit an. „Ich wusste nicht, dass Wein so köstlich schmecken kann. Warum beobachten Sie mich?"

Er wurde rot und blickte zur Seite. „Entschuldigen Sie."

„Ist es mein Hemd? Hätte ich mir das Haar flechten sollen?"

„Mit Ihrem Hemd ist alles in Ordnung." Sein Lächeln wirkte gezwungen. „Ich war unhöflich. Es wird nicht wieder vorkommen."

Amanda zögerte. Sie wand ihr Haar zu einem Knoten, dann blickte sie ihn finster an. „Ich habe keine andere Kleidung, abgesehen von dem Nachthemd."

Er schien beunruhigt. „Es ist nicht Ihr Haar – Ihr Haar ist sehr schön – und es sind nicht Ihre Sachen. Ich möchte, dass Sie dieses Essen genießen. Mein Koch ist gut."

Sie schwieg. Ihm gefiel ihr Haar? Jeden Sommer schnitt sie einen Fußbreit davon mit ihrem Dolch ab, den Rest des Jahres ließ sie es dann einfach wachsen. Diesen Sommer hatte sie sich allerdings nicht darum gekümmert – sie war mit anderen Dingen beschäftigt, da ihr Vater gefangen genommen war. „Es ist zu lang", stieß sie hervor.

Seine Wangen färbten sich noch tiefer. „Schneiden Sie es niemals ab", sagte er mit dumpfer Stimme.

„Finden Sie wirklich, dass mein Haar schön ist?", wollte sie wissen.

Seine langen, starken Finger trommelten auf das Tischtuch.

Schließlich hob er den Kopf und sagte: „Ja, das tue ich."

Sie sah ihm in die Augen, freute sich und lächelte.

Er wandte sich ab. „Was sagten Sie, wie alt Sie sind?"

Sie würde ihm nicht die Wahrheit sagen. „Ich bin fast zwanzig, de Warenne."

Sein Blick war jetzt undurchdringlich. „Das kann nicht sein. Ganz offenbar sind Sie noch in dieser Zwischenphase, halb Kind, halb Frau."

„Sie reden Unsinn", sagte sie auf einmal verärgert. „Niemand ist halb Kind, halb Frau. Heute Morgen haben Sie mich ganz offensichtlich für eine erwachsene Frau gehalten und nicht für eine halbe."

Er richtete sich in seinem Stuhl auf und sah sie an. Amanda warf ihm einen herausfordernden Blick zu und wartete auf seine Antwort.

Langsam verzog er den Mund zu einem Lächeln. „Sie wuchsen zwischen rauen Seeleuten auf. Sie wissen, wie Männer sind. Ich habe versucht, mich Ihnen gegenüber wie ein Gentleman zu verhalten, aber ich habe meine Schwächen. Ich bin ein Mann. Das hat nichts zu bedeuten, also lesen Sie nichts hinein, was es nicht gibt."

Amanda starrte ihn an. Sie verstand nicht, was er meinte.

Er schenkte ihr ein sehr offenes und sinnliches Lächeln, von der Sorte, die jedes Herz zum Schmelzen bringen konnte, und es schmolz ihres. Sie vergaß den Versuch, seine seltsamen Worte zu verstehen. Ihr Herz schlug schneller, und ihre Gedanken wirbelten durcheinander, alles zugleich.

Er nahm die Weinflasche und füllte ihr Glas. „Erzählen Sie mir ein wenig über sich."

Sie hörte ihn kaum.

„Amanda? Wann sind Sie und Ihr Vater nach Jamaika gekommen?"

Sie holte tief Luft und konnte nicht vergessen, wie er Sie gerade angesehen und angelächelt hatte. Noch immer vermochte sie kaum zu atmen. „Ich war vier Jahre alt", brachte sie heraus.

„Wo haben Sie davor gelebt?“, fragte er, das Glas jetzt in der Hand. Von Zeit zu Zeit nippte er daran und genoss den roten Wein offensichtlich.

„St. Mawes. Das liegt in Cornwall. Dort wurde ich geboren“, sagte sie, und allmählich kehrte ihr Verstand zurück.

„St. Mawes – ich glaube, das liegt an der Ostküste.“

Sie nickte. „Dort wurde meine Mutter geboren.“

„Wie haben Ihre Eltern sich kennengelernt?“, fragte er, ohne den Blick je von ihrem Gesicht abzuwenden.

Erstaunt stellte sie fest, dass er sich tatsächlich für ihr Leben interessierte. „Papa war bei der Marine. Er war Oberfähnrich zur See auf einem Kriegsschiff. Es sollte in Brighton auslaufen, und dort verbrachte Mama mit ihrer Mutter und ihren Schwestern die Ferien. Es war Liebe auf den ersten Blick“, fügte sie mit einem Lächeln hinzu.

Sie erwartete, dass er gelangweilt wirkte, aber er beugte sich jetzt vor. „Ich habe gehört, dass Carre Marineoffizier gewesen ist. Ein Kriegsschiff, das ist beeindruckend.“

Die Kriegsschiffe waren der Stolz der britischen Marine, große, dreistöckige Exemplare mit mehr als hundert Kanonen und einer Besatzung von achthundert Mann oder mehr. Sie empfand Stolz. „Damals war Papa ziemlich schneidig, nehme ich an.“

„Und Ihre Mutter war hingerissen.“ Er lächelte.

„Ja.“ Ihr Lächeln verschwand. „Und dann wurde Papa zum Schurken.“

„Nach der Heirat?“

Sie nickte. „Und nach meiner Geburt. Mama warf ihn hinaus.“

„Ich frage mich, ob ich die Familie Ihrer Mutter kenne“, überlegte er. „Mein Bruder Rex besitzt ein Anwesen in Cornwall, und ich bin schon dort gewesen, wenn auch nicht oft.“

„Sie war eine Straithferne“, sagte Amanda erneut sehr stolz. „Das ist eine sehr alte Familie – Mama kann ihre Vorfahren bis zu den Angelsachsen zurückverfolgen.“

„Ihre Mutter ist also eine vornehme Dame", bemerkte er.

„Sie ist eine Lady. Papa sagte mir, dass ihr Benehmen stets tadellos ist, in welcher Situation auch immer, und dass sie außerdem sehr schön ist." Sie lächelte, doch etwas Unbehagen breitete sich bei dem Gedanken in ihr aus. Es war so einfach zu vergessen, dass sie in sechs Wochen vielleicht schon in London bei ihrer Mutter an der Tür stehen würde. Sie sah de Warenne an und bemerkte, dass er sie genau beobachtete. Dann lächelte sie noch breiter, denn auf keinen Fall sollte er merken, dass die Vorstellung, nach England zu gehen, sie mehr ängstigte, als jede Seeschlacht das jemals konnte.

„Hat die Familie noch Besitz in St. Mawes?", fragte er.

Amanda setzte sich plötzlich auf. „Sie stellen eine Menge Fragen über meine Mutter." Ihre Gedanken überschlugen sich. De Warenne war ein berüchtigter Frauenheld, und ihre Mutter war eine große Schönheit. War er an Dulcea Carre etwa interessiert?

Ihr Herz schlug schneller.

„Geht es Ihnen gut?", fragte er.

Sie brachte kein Lächeln zustande.

„Amanda?"

„Kennen Sie meine Mutter?", fragte sie.

„Ich fürchte nicht, und ebenso wenig die Straithfernes."

Erleichtert sank sie auf ihren Stuhl zurück.

„Es überrascht mich sehr, dass Ihre Mutter Ihnen erlaubte, mit Ihrem Vater so weit wegzuziehen", sagte er beiläufig.

Amanda war so erleichtert, dass de Warenne nicht daran interessiert war, ihre Mutter zu seiner Geliebten zu machen, dass sie, obwohl sie seinen zurückhaltenden Tonfall bemerkte, nicht darüber nachdachte. „Von Erlaubnis konnte auch gar keine Rede sein. Papa hat mich direkt ihren Armen entrissen und ihr dabei das Herz gebrochen." Als er überrascht die Brauen hochzog, sagte sie abwehrend: „Er durfte nicht zu Besuch kommen. Wäre Mama netter gewesen, hätte er mich nicht entführen müssen. Aber sie hat ihm jeden Besuch verboten. Er hat mich vermisst, also hat er mich mitgenommen.“

De Warenne machte eine finstere Miene. „Es tut mir leid. Das ist eine schreckliche Geschichte.“

Sie zuckte die Achseln. „Ich erinnere mich nicht daran. Ich erinnere mich nicht einmal an Mama. Dabei würde ich es so gern“, fügte sie hinzu.

„Vielleicht ist es am besten, dass Sie sich nicht daran erinnern, wie Sie den Armen Ihrer Mutter entrissen wurden“, bemerkte er und sah sie prüfend an.

Sie starrte ihn an. „Ich liebe Papa sehr. Ich bin froh, dass er mich zu sich nahm.“

Er musterte ihr Gesicht. „Ich weiß.“

Aber Amanda war traurig. Das war ganz anders als die Trauer, die sie wegen des Todes ihres Vaters empfand. Sie fragte sich, wie ihr Leben wohl verlaufen wäre, wenn ihr Vater sie nicht aus St. Mawes entführt hätte. Dieser Gedanke hatte sie den größten Teil ihres Lebens verfolgt.

Sie sah auf, und ihr Tonfall wurde noch abwehrender. „Mama ist eine große Dame. Ich nicht. Ich werde niemals eine Dame sein, aber das ist mir egal. Ich liebe die See. Wenn ich ein Leben wählen dürfte, dann würde ich hier bleiben, so wie jetzt, auf einem großen Schiff, und für immer über die Wellen segeln.“

Abrupt senkte er die Lider mit den dichten Wimpern, verbarg seine Augen. Er sagte nichts, aber er spielte mit dem Besteck.

„Vermutlich halten Sie mich für eine Närrin“, sagte sie und seufzte tief. „Manchmal halte ich mich selbst für eine Närrin“, gab sie zu.

Er sah nicht auf. „Nein. Ich halte Sie nicht für eine Närrin, Amanda.“ Seine Stimme klang wie ein Streicheln. Sie schien über ihre Haut zu gleiten, und wieder empfand sie dieses leichte Kribbeln.

Amanda blickte in sein Gesicht. Seine Schönheit ließ ihr den Atem stocken. Seine Wangen waren leicht gerötet, zweifellos vom Wein. Hätte ihr jemand noch vor ein paar Tagen gesagt, dass sie mit Clive de Warenne in der Kapitänskajüte auf seiner Fregatte dinieren würde, sie hätte gelacht und sich köstlich amüsiert. Aber hier saß sie nun mit ihm, ganz allein, und er hatte ihr ein Dutzend persönlicher Fragen gestellt, offenbar ehrlich interessiert an ihrem Leben.

Und ihm gefiel ihr Haar. Er hatte gesagt, es wäre schön.

Die Frau, die sie auf Windsong im Spiegel gesehen hatte, die in dem edlen weißen Spitzennachthemd, hatte seltsam betörend gewirkt. Das konnte selbst sie zugeben.

Aber das war nicht sie. Sie war nur Amanda Carre, von den meisten Insulanern entweder La Sauvage oder Piratentochter genannt, ein mageres Mädchen mit langem zerzausten Haar, das Jungenkleider trug.

Das Nachthemd aber befand sich in ihrem Bündel auf der Koje unter Deck. Und ihr Haar konnte sie bürsten und zähmen.

Plötzlich stellte sie sich vor, wie sie in seine Kabine kam, mit einem Band im Haar, und dieses Nachthemd trug. Und sie stellte sich vor, wie er sie auf diese Weise ansah, genau wie an jenem Morgen in der Halle auf Windsong. Bei diesem Gedanken wurde ihr warm, ihr Herz schlug heftig.

Langsam sah er auf.

Ihre Blicke begegneten sich.

Plötzlich verstummte jedes Geräusch in der Kabine. Das leise Schlagen der Segel, das noch leisere Plätschern der Wellen gegen den Rumpf, das stetige Knarren der Taue, das Klirren der Ketten, alles verschwand. Es gab nur noch den anziehenden und mächtigen Mann, der ihr gegenübersaß, und ihren wilden Herzschlag.

Amanda wollte von ihm geküsst werden. Sie konnte es einfach nicht mehr leugnen. Sie konnte jetzt an nichts anderes mehr denken.

Er räusperte sich. „Wir sollten essen, ehe alles kalt wird."

Amanda konnte nicht sprechen. Nie zuvor hatte sie sich gewünscht, dass irgendein Mann sie berührte, aber sie sehnte sich danach, dass de Warenne sie küsste und berührte, und sie wollte sogar den Kuss erwidern und ihn berühren. Aber er hatte gesagt, dass seine Absichten ehrbar waren.

Er hob den Deckel von der ersten silbernen Schüssel, und Dampf stieg daraus auf, zusammen mit dem Aroma von gebratenem Hühnchen. Als er ihr vorlegte, brachte Amanda kaum ein Lächeln zustande. Sollte sie ihn jetzt ermutigen?

„De Warenne?“, fragte sie. Ihre Stimme klang seltsam, heiser und tief.

Fast widerstrebend richtete er den Blick auf sie und schien nicht erfreut. Seine Miene wirkte finster. „Genießen wir das Essen, Amanda.“

„Ich bin nicht hungrig.“ Sie warf einen Blick auf das Bett. Warum trug er sie nicht einfach dorthin und tat es?

Plötzlich sprang er auf. „Entschuldigen Sie mich“, sagte er. „Ich höre Ariella, sie muss einen Albtraum haben. Warten Sie nicht auf mich. Genießen Sie das Essen.“

Damit eilte er aus der Kabine.

6. KAPITEL

Der Wind war nicht stärker geworden, und Clive hatte befohlen, die meisten Segel zu reffen. Das große Schiff war um einige Knoten langsamer geworden, und jetzt ging die Sonne auf und färbte den Himmel über der See rot und orange. Einer seiner Offiziere stand am Ruder, als Clive sich an der Reling das Hemd auszog. Bei leichtem Wind oder einer Flaute kam es nicht selten vor, dass er vor Tagesanbruch schwimmen ging. Seine Männer hielten ihn für verrückt, und vielleicht war er das auch, weil er ein kurzes Abtauchen in den eiskalten Atlantik anregend fand.

Er hing seinen Gedanken nach, während er sich rasch auszog. Amanda letzte Nacht dazu einzuladen, mit ihm zu essen, war offenbar ein Fehler gewesen. Ihr unschuldiger Blick, ihr Lächeln und ihre Worte bezauberten ihn. Eine Frau wie sie hatte er noch nie getroffen. Vielleicht war es die Kombination von Unschuld und Mut, Naivität und Kühnheit, Unwissenheit und Weisheit, die ihn so anzog. Sie war so unbeschreiblich schön und steckte dabei voller Widersprüche. Oder vielleicht beeinflusste ihn auch das Mitleid so stark, das sie in ihm weckte. Er wollte sie beschützen und sie in sein Bett holen, beides zugleich. Letzte Nacht hatte er gefürchtet, allen Anstand zu vergessen und sie einfach zu nehmen, zumal sie es sich so offensichtlich wünschte. Er hatte seine Tochter nicht weinen gehört, das war nur eine Ausrede gewesen, ihrer Gesellschaft zu entfliehen und seine Selbstbeherrschung wiederzugewinnen. Und den gesunden Menschenverstand.

Aber seine Selbstbeherrschung hing am seidenen Faden, und nichts ergab einen Sinn. Innerhalb weniger Tage war sie irgendwie zum Mittelpunkt seines Lebens geworden.

Natürlich brauchte sie seinen Schutz. Das war vom ersten Augenblick an klar gewesen, da er sie in King's House getroffen hatte: als sie hereingekommen war, mit der geladenen Pistole gefuchtelt und den Gouverneur zu sehen verlangt hatte.

Rasch hatte er erkannt, dass sie sich selbst am meisten im Weg stand – das war offensichtlich gewesen, während sie versuchte, Woods zu verführen. Er konnte sie nicht sich selbst überlassen. Sie stand ganz allein in der Welt und betrauerte den Verlust ihres Vaters. Sie hatte niemanden außer ihm. Er besaß genügend Kraft, um sie unbeschadet zu ihrer Mutter zu bringen, und das würde er tun.

Am Vortag hatte er sie nicht deshalb zum Essen eingeladen, weil er ihre Gesellschaft wünschte – auch wenn er das sehr genossen hatte, bis ihm sein eigenes Verlangen dazwischenkam –, sondern weil er entschlossen war, einiges über ihr Leben zu erfahren. Sie war rührend leicht zu beeinflussen gewesen, und er hatte alles erfahren, was er wissen musste, jedenfalls für den Augenblick. Die Mutter, zu der sie unterwegs waren, stammte aus guter Familie, war vielleicht sogar von Adel. Er wünschte sich, dass Amanda eine Familie hatte, die ihr finanzielle Sicherheit bot, doch er war wenig zuversichtlich.

Mutter und Tochter waren mindestens zehn Jahre voneinander getrennt gewesen. Sowohl sein gesunder Menschenverstand als auch seine Lebenserfahrung sagten ihm, dass diese Wiedervereinigung nicht einfach sein und nicht angenehm verlaufen würde. Schlimmer noch, ihre Geschichte stimmte nicht. Er wusste, dass sie daran glaubte, aber sein Instinkt sagte ihm, dass noch mehr daran sein musste, als man ihr gesagt hatte. Und gewöhnlich trog sein Instinkt ihn nicht.

Aber selbst wenn die Geschichte sich wirklich so zugetragen hatte, wie man es ihr gesagt hatte, würde sie noch mehr Verletzungen und Demütigungen ertragen müssen, davon war er überzeugt. Er hoffte sehr, dass ihre Mutter außer sich sein würde vor Freude darüber, wieder mit ihr vereint zu sein, doch er hatte keinen Grund anzunehmen, dass sie sehr glücklich sein würde, wenn die Piratentochter in ihr Leben trat. Und selbst wenn sie sich freute, würden ihre Freunde und ihre Familie Amanda gegenüber weniger tolerant sein. Die vornehmen Damen, die er kannte, waren, auch wenn sie schön, elegant und gut im Bett waren, echte Snobs. Für Exzentrik gab es da keinen Platz. Wie nur sollte Amanda in das Leben ihrer Mutter passen?

Selbst ein schönes Kleid würde nicht ihre Sprache, ihre Manieren und den entbehrungsreichen Hintergrund verbergen, aus dem sie stammte. Während er ihr Benehmen zuweilen reizend fand, hatte sie ihn ein- oder zweimal sehr schockiert. Und er war nicht leicht zu schockieren.

Die Gesellschaft würde La Sauvage nicht akzeptieren, davon war er überzeugt.

Sein Verlangen ihr gegenüber konnte er weder verstehen noch hinnehmen. Diese Lust musste aufhören. Ebenso wenig verstand er seinen überwältigenden Wunsch, sie vor weiteren Verletzungen zu schützen, doch das war etwas, das er annehmen konnte. Das war schließlich ehrenhaft. Allerdings war er sich durchaus darüber im Klaren, dass er, wenn er Amanda Carre beschützte, tief in ihr Leben hineingezogen werden würde. Er konnte nur hoffen, dass ihre Mutter tatsächlich großzügig war und kein fester Bestandteil der Gesellschaft. Wenn sie eine freundliche und herzliche Frau war, konnte er Amanda an ihrer Türschwelle absetzen und gehen, in dem Wissen, dass ihre Zukunft gesichert war. Über die weitaus wahrscheinlichere Möglichkeit, dass Dulcea Carre entsetzt sein würde über das Auftauchen ihrer wilden Tochter in ihrem Leben, wollte er lieber nicht nachdenken.

Plötzlich erinnerte er sich an den Ausdruck auf Miss Delingtons Gesicht, als sie dachte, er wäre Amandas Liebhaber, und er verzog das Gesicht. Die Reaktion dieser „Kuh“ war typisch für die Vorurteile und die Bigotterie, die in der Gesellschaft herrschten, und er konnte nicht umhin, das Schlimmste für Amanda zu befürchten. Ja, sie war eine Piratentochter, und sie konnte grob und ordinär sein, doch sie war auch klug, geistreich und entschlossen. Außerdem war sie eines der verletzlichsten Wesen, denen er je begegnet war. Er erinnerte sich daran, wie er sie letzte Nacht gesehen hatte, zusammengerollt auf einem der Teppiche in seiner Kajüte, fest schlafend und unglaublich schön, aber so ganz ohne jeden Halt im Leben. In jenem Augenblick hatte er verstanden, warum er sie beschützen musste. Jedes Schiff brauchte einen Anker, sonst trieb es hilflos im Strom.

„Capt'n? Ist Ihnen übel oder so etwas?"

Clive fuhr zusammen. Er stand nackt an der Reling, starrte zum Horizont und war so in Gedanken versunken gewesen, dass er nicht einmal gemerkt hatte, wo er war. Er machte sich nicht die Mühe, dem Seemann zu antworten. Stattdessen stieg er auf die Reling und sprang ins Meer.

Das Wasser war eiskalt, und der Schock lähmte ihn einen Moment lang. Das Wasser war über ihm, umschloss ihn, und er begann zu sinken. Zuerst erwachte sein Verstand und sagte ihm, dass er schwimmen musste, wenn er überleben wollte, und dann setzte sein Herzschlag wieder ein, hart und schnell. Er begann zu schwimmen. Um sich durch das eisige Wasser zu bewegen, brauchte er all seine Kräfte, und einen Moment lang fürchtete er, es würde ihm nicht gelingen. Seine Muskeln protestierten, ebenso sein Verstand – warum? Dann durchbrach er die Oberfläche, spürte die wärmere Luft darüber und atmete tief ein. Jemand warf ein Tau hinab. Er packte es und lachte.

Rasch kletterte Clive an dem Tau nach oben, belebt und bester Stimmung, und zwei Männer halfen ihm über die Reling. Lachend schüttelte er sich das Wasser aus dem Haar. Noch immer schlug sein Herz wie wild vom Kampf gegen den eisigen Tod.

„Kalt genug für Sie, Capt'n?", fragte MacIver scheinheilig vom Achterdeck her.

Clive richtete sich auf, noch immer grinsend, und ließ sich von der frühen Morgensonne bescheinen. Einen Moment lang wandte er ihr das Gesicht zu und breitete die Arme aus, fühlte sich stark und von urtümlicher Kraft, eins mit Sonne und Meer. Endlich beruhigte sich sein Herzschlag, das Zittern ließ nach, ebenso die Euphorie. Er warf einen Blick auf seinen Maat. „Sie sollten es auch einmal versuchen", sagte er und griff nach einem Handtuch.

Dann erstarrte er. Nicht weit von seiner Kabine entfernt

stand Amanda. Er wusste nicht, wie lange sie schon an Deck gestanden hatte, aber der Blick, mit dem sie ihn ansah, war nicht zu verkennen. Sie starrte ihn an, als hätte sie nie zuvor einen nackten Mann gesehen.

Nein, sie starrte ihn an, als würde sie gern noch mehr von ihm sehen.

Das Blut strömte in seine Lenden, und sein Körper antwortete ungestüm auf ihre Wünsche.

Es dauerte einen Augenblick, ehe er sich abwandte. In diesem Moment blieb die Zeit stehen, und da gab es kein Denken, keine Vernunft, nur Begehren. Sie bewegte die Lippen. Sein Herz begann zu rasen, und er drehte sich weg, merkte kaum, wie einer seiner Männer anzüglich lachte. Er nahm das Tuch und wollte es sich um die Hüften schlingen, doch seine fast schmerzhafte Erregung hinderte ihn daran, sein Körper erinnerte seinen Verstand an das, was er wirklich wollte. Stattdessen nahm er das Tuch und trocknete sich damit das Haar. Dann warf er es beiseite und stieg in seine Hose, als wäre Amanda nicht da. Doch er fühlte ihre Wärme und roch ihr Verlangen.

Auch sie zitterte.

Während er beide Strümpfe anzog, erinnerte er sich daran, dass sie verboten war. Sein Körper protestierte. Warum? In diesem Augenblick vermochte er sich nicht zu erinnern, warum diese eine Frau für ihn tabu war.

Und dann, ehe er seine Stiefel anzog, wusste er, dass sie fort war. Noch immer mit nacktem Oberkörper, drehte er sich um und sah, wie sie in seine Kabine eilte, wo sie die Nacht allein verbracht hatte. Einer der Matrosen sagte: „Ich denke, wir wissen, wonach sie sucht." Er lachte wieder.

Clive griff nach dem Stilett, das er im Stiefel trug, und setzte es dem Matrosen an die Kehle. „Du weißt gar nichts", sagte er und drückte zu.

Entsetzt stöhnte der Matrose auf, doch die Wunde war nur ein Kratzer. „Sperrt ihn ein", stieß Clive zwischen zusammengebissenen Zähnen hervor.

Zwei seiner Offiziere eilten vom Achterdeck heran und packten den lautstark protestierenden Matrosen. Clive wandte ihm den Rücken zu, nicht bereit, seine Meinung zu ändern. Unverschämtheit wurde hier nicht geduldet, nicht auf seinem Schiff, und der Mann hatte Amanda beleidigt. Er würde den Burschen in Spanien aussetzen, wo es ein paar felsige Inseln gab, auf denen kein Mann lange überleben konnte. Der Matrose konnte von Glück sagen, dass er nur ausgesetzt und nicht gekielholt werden würde. So hatte er zumindest die Chance, von einem anderen Schiff gerettet zu werden.

Er setzte sich, um seine Stiefel anzuziehen, unfähig, den Zorn in sich zu besänftigen.

Amanda lehnte sich an eine Wand und versuchte, ruhig zu atmen. Niemals würde sie den Anblick vergessen, den Clive de Warenne bot, als er sich im Morgengrauen auszog und sie seine harten Konturen und festen Muskeln sah. Nie würde sie vergessen, wie er auf die Reling stieg und in den Ozean sprang. Sie musste eine Hand vor den Mund pressen, um nicht vor Angst aufzuschreien. Sie wusste, dass er nicht länger als eine Minute in dem eisigen Wasser gewesen sein konnte, aber es verging eine Ewigkeit, bis sie ihn wieder an die Oberfläche kommen sah. Er hatte gelacht, Herr im Himmel, als er wieder an Deck geklettert war, und dann hatte er da gestanden, die Arme emporgehoben, das Gesicht der Sonne zugewandt, und seinen Mut gezeigt, seine Kraft und seine Männlichkeit.

Und als er sie angesehen hatte, war er sofort hart geworden.

Amanda stockte der Atem, und die Begierde schnürte ihr fast die Kehle zu. Letzte Nacht hatte sie geglaubt zu verstehen, was Verlangen war, aber das hatte sie nicht – jetzt erst verstand sie es. Er war der schönste, männlichste, heldenhafteste Mann, den sie je gesehen hatte, und sie fühlte sich so leer und matt, dass sie nicht atmen konnte. Sie konnte diese schreckliche Sehnsucht nicht verstehen, und sie schlang die Arme um sich. Ein langer Moment verging, bevor endlich die erschreckende Spannung in ihrem Körper nachließ.

Amanda richtete sich auf und öffnete die Kabinentür. De Warenne stand mit seinen Offizieren auf dem Achterdeck, den Rücken zu ihr gekehrt. Ein Bild erschien vor ihrem inneren Auge: de Warenne wie ein heidnischer Gott, nackt, der Sonne zugewandt. Wie er sich dann umgedreht hatte und dem Matrosen das Stilett an die Kehle presste, als Strafe, weil er sie beleidigt hatte. Amanda holte tief Luft. Einen Mann wie ihn hatte sie noch nie zuvor gesehen.

„Miss Carre?" Ariella lächelte zu ihr auf. Die armenische Dienerin stand neben ihr.

Amanda hatte gar nicht gesehen, dass das Mädchen näher gekommen war. Sie lächelte. Natürlich hielt Ariella ein Buch unter dem Arm. „Hallo!", sagte sie und fragte sich, was de Warenne getan hätte, wenn seine Kinder gesehen hätten, wie er bei Tagesanbruch nackt im Meer schwamm.

„Ich habe jetzt Unterricht, und Papa hat gesagt, wir sollen dazu in seine Kajüte gehen."

Amanda trat zur Seite, sodass das Kind und die Dienerin vorbeigehen konnten. Neugierig fragte sie: „Und dein Bruder? Soll er nicht auch lernen?"

„Er ist unten beim Segelmacher." Ariella verzog das Gesicht. „Papa sagt, er kann lernen, wie man Segel macht." Sie schüttelte den Kopf, als wäre das eine absurde Vorstellung. Dann fügte sie hinzu: „Sein Latein ist grauenhaft. Fast so schlimm wie sein Französisch."

Amanda folgte dem Kind hinein. „Wenn dein Bruder eines Tages Kapitän auf einem Schiff sein will, dann muss er über alles Bescheid wissen, und dazu gehört auch das Nähen von Segeln."

„Wenn er kein Französisch spricht, wird er mit den Händlern in Frankreich und Marokko nicht verhandeln können." Ariella zuckte die Achseln, setzte sich an den Esstisch und öffnete ihr Buch, in das sie sich sogleich vertiefte.

Amanda errötete. Das Kind war so klug. Und de Warenne bewunderte das offensichtlich. „Was liest du da?"

Ariella blickte nicht auf. „Ich lese einen Reiseführer über London.“

„Wirklich?“ Neugierig trat Amanda näher, um ihr über die Schulter zu sehen. In dem Buch gab es eine schöne Zeichnung von einer Brücke. „Ist das die London Bridge?“

„Ja.“ Ariella lächelte sie an. „Wollen Sie mein Buch lesen? Ich kann mir ein anderes holen.“

Amanda errötete wieder.

Ariella wartete voller Unschuld.

„Ich kann nicht lesen“, sagte Amanda dann, sich nur allzu deutlich bewusst, wie ihre Wangen glühten.

Ariella begann zu lachen.

„Ariella!“, schalt Anahid.

Sofort sah die Kleine zerknirscht aus. „Ich dachte, das war ein Scherz, Anahid. Warum können Sie nicht lesen?“

Amanda zuckte die Achseln. „Mein Papa war ein Pirat, erinnerst du dich?“ Zu spät fiel ihr ein, dass sie in dieser Beziehung am Vortag gelogen hatte. „Er hat es mich nicht gelehrt. Er hielt Lesen für unwichtig.“ Sehnsüchtig betrachtete sie den Reiseführer.

„Wollen Sie lesen lernen? Ich kann es Ihnen beibringen. Oder vielleicht auch Monsieur Michelle.“

Amanda sah dem Kind in die blauen Augen, und ihr Herz schlug wie rasend vor Aufregung. „Ich möchte wirklich lesen lernen“, flüsterte sie mit bebender Stimme. „Aber ich bin sicher, dein Papa würde es nicht erlauben. Er möchte, dass du lernst, und dein Lehrer ist hier, um dich zu unterrichten, nicht mich.“

Ariella grinste nur und blickte an Amanda vorbei.

„Sie irren sich“, sagte de Warenne.

Amanda fuhr herum und sah ihn auf der Schwelle zur Kabine stehen. Sofort erschien das Bild wieder vor ihren Augen, wie er nackt und stark an Deck stand, seinen Körper und sein Leben genoss. Sie musste schlucken. Er senkte die Lider und stieß sich von der Tür ab.

„Ich habe keine Schwierigkeiten damit, Ihnen dafür Monsieur Michelle zur Verfügung zu stellen – oder meine Tochter. Lesen können ist ein Segen, und ich bin froh, dass Sie es lernen wollen." Endlich hob er den Kopf und sah sie direkt an.

Noch immer sah sie ihn nackt vor sich, und ihr Mund schien ihr noch trockener als zuvor. Aber dieses Thema war wichtiger als alles andere. „Die meisten Buchstaben kenne ich schon", sagte sie eifrig. „Ich habe sie mir selbst beigebracht."

Ein Lächeln umspielte seine Mundwinkel. „Ich bin sicher, dass Sie eine begabte Schülerin sind, Amanda. Sind Sie je an etwas gescheitert?"

Sie versuchte, ruhig zu atmen. Sein Aussehen, sein Tonfall, seine Haltung wirkten stark und verführerisch, und sie war sicher, dass er sich der Spannung, die sich am Morgen aufgebaut hatte, genauso bewusst war wie sie. Selbst jetzt blieb sie vorhanden, hier im Zimmer, voller Begehren, wie ein wildes Tier, trotz der Anwesenheit seiner Tochter und Anahids. Sie schüttelte den Kopf.

„Wir können zusammen lernen!", sagte Ariella begeistert.

Ein schlanker Herr eilte in die Kabine, die Arme beladen mit Büchern und Papieren. „*Ah, bonjour, mes amis*", rief er. „*Monsieur le Capitaine, bonjour*!"

De Warenne nickte. „*Bonjour*, Jean-Paul", sagte er ohne jeden englischen Akzent. „Haben Sie schon Miss Carre kennengelernt?"

„*Mais non!*", sagte Monsieur Michelle und strahlte. Er legte Bücher und Papiere auf dem Tisch ab und ergriff Amandas Hand, ehe sie sich's versah. Sie erstarrte, als er versuchte, ihre Hand an seine Lippen zu heben, und dabei rief: „*Enchanté, Mademoiselle, je suis véritablement enchanté*!"

Sie kam sich lächerlich vor und warf einen hilflosen Blick zu de Warenne hinüber. Endlich lag in seinem Blick kein Verlangen mehr, nur noch Mitgefühl. Er nickte ihr leicht zu. Sie fühlte sich weiterhin unbeholfen, als sie zuließ, dass der Lehrer ihr die Hand küsste. Dann schob sie die Hand in ihre Tasche und verzog das Gesicht. Michelle schien verwirrt.

De Warenne legte eine Hand auf die Schulter des Lehrers. „Monsieur, ich beauftrage Sie, Miss Carre Lesen und Schreiben zu lehren – ich bin sicher, das gelingt Ihnen bis zum Ende unserer Reise."

Michelle erblasste. „Ich soll *mademoiselle* das innerhalb von sechs Wochen lehren?" Ihm stockte der Atem. „*Capitaine, monsieur, c'est impossible!*"

„*C'est très possible, j'en suis sûr*", erwiderte de Warenne schnell. Seine Stimme klang ruhig, sein Tonfall zeigte seine plötzliche gute Laune. „*D'accord*?"

Monsieur Michelle warf einen Blick auf Amanda. „*Oui*", murmelte er dann und wirkte dabei resigniert.

Amanda, die auf den Inseln groß geworden war, verstand Spanisch, Französisch, Portugiesisch, Hebräisch und Holländisch. In jeder dieser Sprachen konnte sie auch ein paar Worte sagen und kam zurecht, wenn sie musste. Sie hatte das gesamte Gespräch verfolgt. „*Monsieur*", sagte sie, „*je veux apprendre à lire et je promets d'étudier beaucoup*."

Michelles Miene hellte sich auf. „*Parlez-vous français?*"

„Ein wenig", sagte sie, dann warf sie einen Blick auf de Warenne, um sich zu überzeugen, ob er beeindruckt war. Als er beifällig nickte, ein Lächeln in seinen Augen und auf seinem Gesicht, schien ihr Herz zu singen und zu tanzen.

Es war die zweite Wache. Clive stand auf dem Achterdeck, das Holz des Steuerrades fühlte sich glatt und angenehm unter seinen Händen an, das Deck schwankte sanft unter seinen Füßen. Er genoss das Gefühl, eins zu sein mit seinem Schiff und mit Gott, in die Dunkelheit zu segeln, die ihm wie die ewige Unendlichkeit erschien. Der Himmel war dunkel, die Sterne glitzerten, der Wind wehte sanft und mild, der Ozean schimmerte wie schwarzer Satin. Die Zeit zwischen Mitternacht und dem Morgengrauen war ihm die liebste. Nach dem Essen hatte er zwei Stunden geschlafen, und ehe die Sonne aufging, würde er weitere zwei Stunden ruhen. Bis dahin gestattete er seinen Gedanken, mit dem Schiff zu ziehen, und verlor sich in dem Gefühl von Gelassenheit.

„Captain?"

Er war nicht allein auf dem Achterdeck – der wachhabende Offizier lehnte an der Backbord-Reling, und zwei Matrosen standen unten am Hauptmast –, aber es war nach Mitternacht, und der letzte Mensch, den er zu sehen erwartete, war Amanda. Er drehte sich um, und sie lächelte ihn vom Deck herauf unsicher an.

Sie flüsterte: „Erlaubt heraufzukommen?"

„Gewährt", erwiderte er ebenso leise. Die Einsamkeit dieser Stunde war das, was er am liebsten mochte, und seine Männer wussten das. Wenn es keinen Notfall gab, wurde er bei der zweiten Wache niemals gestört. Aber diese Ablenkung war ihm willkommen, und es überraschte ihn, das festzustellen.

Rasch kam sie herauf und stellte sich neben ihn. Ohne ihn anzusehen, betrachtete sie den Bugspriet und hielt das Gesicht in den sanft liebkosenden Nachtwind. Er starrte sie an, unfähig, den Blick von ihr abzuwenden. Sein Herz schien erst stehen zu bleiben und schlug dann schneller, er fühlte, wie seine Muskeln sich anspannten und ihm heiß wurde. Warum wurde er so wahnsinnig von ihr angezogen? Lag es daran, dass sie von dem Ruf des Meeres ebenso fasziniert war wie er, oder war es nur der primitive Wunsch, eine schöne Frau zu besitzen?

Aber es hatte so viele schöne Frauen in seinem Leben gegeben, und sie war anders. Nie zuvor hatte er ein so heftiges Verlangen gespürt oder den überwältigenden Wunsch, sie vor Gefahren und Herzeleid zu schützen. Er ermahnte sich selbst, sittsamen Abstand zu wahren. „Es ist eine schöne Nacht", sagte er ruhig.

Sie seufzte und lächelte ihn an. „Ja."

„Es ist spät."

„Ich konnte nicht schlafen."

Im Licht der herabhängenden Laternen betrachtete er ihr Gesicht. Er sah kein Zeichen von Trauer darin. „Ich hörte, der

Unterricht heute hätte Ihnen Spaß gemacht." Er hatte Michelle zu sich gerufen, damit der ihm berichtete.

Sie strahlte. „Ich habe drei Sätze gelesen!" Dann errötete sie. „Es waren dumme Sätze, über eine Katze, einen Hund und einen Hut."

„Ich weiß", sagte er und freute sich über ihre Begeisterung. „Monsieur hat es mir erzählt."

Ihr Lächeln verschwand. Sie blickte starr geradeaus. „Ich schulde Ihnen so viel. Ich bin Ihnen sehr dankbar."

Er erstarrte, denn er musste daran denken, wie sie ihn ursprünglich für die Überfahrt hatte bezahlen wollen. „Sie schulden mir nichts, Amanda. Es ist mir ein Vergnügen, Ihnen Michelle zur Verfügung zu stellen. Es freut mich, dass Sie lesen lernen wollen und dabei bereits Fortschritte machen."

Er sah, wie sie vor Freude noch mehr errötete. Dann flüsterte sie, fast ohne ihn anzusehen: „Sie haben mich heute nicht zum Essen eingeladen."

Jeder seiner Muskeln spannte sich jetzt an. Er umklammerte das große Ruder. Natürlich hatte er das nicht getan, fürchtete er doch, wieder die Selbstbeherrschung zu verlieren, so wie am Abend zuvor. Vorsichtig sagte er: „Ich bedaure mein Verhalten vergangene Nacht. Es war unverzeihlich von mir, Sie beim Essen allein zu lassen. Aber an erster Stelle steht meine Tochter."

Amanda starrte über den Bug hinweg. Nach einer langen Pause sagte sie: „Ariella erinnerte sich nicht, einen Albtraum gehabt zu haben und mitten in der Nacht von Ihnen geweckt worden zu sein."

Er konnte es nicht fassen. „Sie haben sie gefragt?"

Sie zuckte die Achseln und warf ihm von der Seite her einen Blick zu.

Niemals würde er zugeben, dass er gelogen hatte, und er konnte ihr auch nicht den wahren Grund nennen, warum er sie so unhöflich an seinem Tisch allein gelassen hatte. „Sie war im Halbschlaf."

Sie nickte und glaubte ihm offensichtlich kein Wort.

Er gab zu: „Ich dachte, sie hätte geschrien."

Langsam drehte sie sich zu ihm um und sah ihm in die Augen. „Ich bin kein Dummkopf, de Warenne. Ich bin keine gute Gesellschaft."

Ihre Worte entsetzten ihn. „Ich genieße Ihre Gesellschaft sehr. Wäre das nicht der Fall, würden Sie jetzt nicht auf der Wache bei mir sein."

Die Andeutung eines Lächelns umspielte ihre Mundwinkel, und ihre Augen erstrahlten. „Wirklich? Weil Sie mich so viel über mein Leben fragten, kam ich nicht dazu, Sie über Ihres zu befragen."

Er lachte. „Fragen Sie, Amanda. Bitte, nur keine Scheu."

Sie lächelte begeistert. „Jeder sagt, Sie seien der Sohn eines Earls, aber Sie sagen, Sie seien nicht von königlichem Geblüt. Das verstehe ich nicht."

„Das ist nicht dasselbe." Er lächelte. „Ich bin der dritte und jüngste Sohn des Earl of Adare, Edward de Warenne. Damit bin ich von adeliger Geburt, aber nicht königlichen Geblüts."

Amanda schien verwirrt. „Ich sehe keinen Unterschied zwischen adlig und königlich – Sie leben wie ein König! Wo liegt Adare? Wie ist es dort?"

Er lachte wieder. „Adare liegt im Westen Irlands, nicht weit vom Meer. Es ist ein Land mit grünen Hügeln und grünen Wäldern, vor allem im Frühjahr. Nirgendwo sonst ist der Ozean so blau. Oft ist es nebelig und meist regnerisch." Sein Lächeln wurde beinahe verträumt. „Es ist der schönste Ort der Welt."

Ihre Augen glitzerten. „In der Regenzeit ist es auch auf den Inseln nass."

„Jamaika ist eine tropische Insel – Irland ist ganz anders. Es ist wild und ungezähmt – selbst an einem sonnigen Tag. Die Zeit vergeht dort anders. Wenn die Inseln das Paradies sind, so ist Irland magisch und rätselhaft. Vielleicht liegt das an unserer

Geschichte, die sehr alt ist. Meine Familie stammt aus Frankreich, aber auf der Seite meiner Mutter gab es auch keltische Könige. In jedem Fall sind sie alle Kriegsherren. Irland ist ein Land mit einer dunklen und blutigen Geschichte. Und wir sind für unsere Geister bekannt."

„Ich würde es so gern sehen!", rief sie aus. „Und Ihr Haus in Adare? Ist es so wie Windsong?"

„Ich wurde auf Adare geboren, aber das Haus gehört meinem Vater, dem Earl, und eines Tages wird es meinem Bruder Tyrell gehören. Es ist ganz anders als Windsong", sagte er, und er sah, dass ihr die Enttäuschung im Gesicht geschrieben stand. „Es ist viel größer. Es wurde schon vor vielen Hundert Jahren erbaut, obwohl es seither mehrmals renoviert wurde."

„Es ist größer als Windsong?" Das konnte sie nicht glauben.

„Mein Inselhaus würde dreimal in das Haus auf Adare hineinpassen." Er lachte leise.

Sie starrte ihn an. „Sie wurden also mit Dienern und Reichtümern aufgezogen und lebten immer so wie jetzt?"

„Es fehlte mir an nichts", räumte er ein. „Ich weiß, das muss für Sie schwer vorstellbar sein."

Sie zuckte die Achseln und blickte zur Seite.

Er wünschte, es hätte für sie ein anderes Leben gegeben, ein luxuriöseres, ohne Chaos und Wahnsinn.

„Fahren Sie oft nach Hause?"

„Ein- oder zweimal im Jahr", bemerkte er mit einem Anflug von Schuldgefühl. „Ich gehe, sooft ich kann. Meine Eltern besitzen ein Haus in London, wo ich gelegentlich im Hafen einlaufe. Daher ist es wahrscheinlicher, dass ich dort jemanden von meiner Familie treffe."

„Sie haben einen Bruder?", fragte Amanda, und der Neid stand ihr im Gesicht geschrieben.

„Ich habe zwei Brüder, zwei Stiefbrüder und eine Schwester", sagte er leise. „Und wenn wir in London ankommen, werden Sie gewiss ein paar von ihnen kennenlernen."

Amanda flüsterte: „Ich denke, Sie haben sehr viel Glück,

eine so große Familie zu besitzen und so viele Orte, die Sie ein Zuhause nennen."

„Ich bin wirklich vom Glück begünstigt", stimmte er zu, und ihm wurde bewusst, wie sehr er darauf hoffte, dass auch Amanda in London ein so schönes Leben finden würde.

„Wie war es, in Adare aufzuwachsen?", fragte sie sehnsuchtsvoll.

Clive fühlte sich in der Zeit zurückversetzt und lächelte, als er sich daran erinnerte, wie es war, an der Schwelle zum Erwachsenwerden zu stehen, voller Hunger auf das Leben. „Oh, wir waren eine wilde Bande. Wir vernachlässigten unsere Pflichten und verbrachten so viel Zeit wie möglich damit, durch das Land zu ziehen, den Mädchen nachzujagen und alles zu tun, wonach uns der Sinn stand." Er schüttelte den Kopf. „Wir schwänzten den Unterricht, galoppierten über die Hügel, schwammen im Fluss oder See. Natürlich – wenn wir erwischt wurden, wurden wir streng bestraft."

„Der Earl hat Sie sicher geschlagen", bemerkte Amanda.

Er sah sie ungläubig an. „Ich entsinne mich nicht, dass er je einen von uns geschlagen hat. Er konnte uns mit einem einzigen Blick zur Räson bringen."

„Er hat Sie nicht geschlagen, wenn Sie den Unterricht schwänzten?"

Clive wurde unruhig. „Nein, das hat er nicht."

Amanda verschränkte die Arme vor der Brust. „Das ist so seltsam", sagte sie dann.

„Nicht alle Eltern setzen körperliche Strafen ein. Ich persönlich halte das für barbarisch", fügte er finster hinzu. Sie war doch nicht mit der Rute geschlagen worden?

Sie hob den Kopf. „Nun, das denken Sie. Nicht jeder würde Ihnen da zustimmen."

„Nein, wohl nicht", sagte er langsam. „Hat Carre Sie je geschlagen?"

Noch immer reckte sie das Kinn nach oben. „Natürlich hat er das. Wie sonst hätte ich wohl lernen sollen, richtig und falsch zu unterscheiden?“

Ihn überkam ein unangenehmes Gefühl, gefolgt von Zorn. „Was hat er getan? Hat er die Rute genommen?“

Sie schüttelte den Kopf, doch seine Erleichterung währte nicht lange. „Er nahm die Fäuste“, sagte sie. „Er war jähzornig, und er hasste Ungehorsam. Er versetzte mir einen Schlag an den Kopf – meistens gegen das Kinn.“

Er war entsetzt. Als er bemerkte, wie er mit offenem Mund dastand, schloss er ihn rasch. „Gütiger Himmel! Amanda, Sie waren ein Kind, noch dazu ein Mädchen!“

Sie machte große Augen. „Aber Väter tun so etwas. Sie bestrafen einen – mit den Fäusten, der Rute, der Peitsche. Es machte mir nichts aus. Ich meine, es tat weh, und manchmal sah ich Sterne. Zum Beispiel, als er mich am Gefängnis geschlagen hatte. Aber normalerweise verfehlte er mich, weil ich schneller war als er und dem Hieb ausweichen konnte.“

Clive fuhr herum. „Howard, übernehmen Sie das Ruder!“

Der Matrose eilte zu ihnen. Clive nahm Amanda am Arm und versuchte, ruhig zu bleiben, obwohl der Zorn in ihm tobte. Sie gingen zur Steuerbordseite des Achterdecks, ein Gebiet, das kein Seemann oder Offizier jemals wagen würde zu betreten, weil es traditionell ausschließlich dem Kapitän vorbehalten war. „Er schlug Sie öfter?“

Sie sagte eigensinnig: „Ich sagte doch, meistens traf er nicht.“

„Sie sagten, er schlug Sie am Gefängnis. Gewiss – ganz gewiss – meinen Sie doch nicht das Gerichtsgebäude in Fort Charles. Gewiss hat er Sie doch nicht in den letzten Wochen geschlagen?“

Sie starrte ihn nur an und antwortete nicht.

„Er schlug Sie erst kürzlich? Er schlug eine Frau?“ Clive war so entsetzt, dass er es kaum ertragen konnte.

„Was geht Sie das an?“, fragte sie schroff. Sie zitterte. „Papa liebte mich. Es war seine Art, dafür zu sorgen, dass ich ihm gehorchte. Er war so wütend, als ich ihm sagte, ich wäre bei Gouverneur Woods gewesen.“

Clive ließ sie los und rieb sich das Gesicht. Es war ein Glück, dass Carre schon tot war, sonst hätte er ihn mit bloßen Händen umgebracht. Dann sah er sie finster an. „Es war also nicht seine Idee, dass Sie seinetwegen zum Gouverneur gingen?"

Sie schüttelte den Kopf. „Als ich zwölf war, sagte mir Papa, dass meine Jungfräulichkeit für meinen Ehemann vorbehalten sei und für sonst niemanden."

Er schwieg. Trotz seines Entsetzens merkte er, wie ihre Bekenntnis ihn erregte. Sie hatte noch nie das Bett mit einem anderen Mann geteilt. Sein Instinkt hatte ihn an ihre Unschuld glauben lassen, aber die Vernunft hatte ihm gesagt, dass das unwahrscheinlich war. Jetzt gab es keinen Zweifel mehr – und er musste noch mehr Sicherheitsabstand zwischen sie bringen.

Langsam sagte sie: „Sie schlagen oder peitschen Ihre Kinder nicht, oder?"

„Nein, das tue ich nicht."

Sie biss sich auf die Lippe und senkte den Kopf.

Er streckte den Arm nach ihr aus. „Ich würde nie ein Kind oder eine Frau schlagen. Amanda, Sie können glauben, was Sie wollen, aber ich kann nicht hinnehmen, dass Ihr Vater Sie mit den Fäusten erzogen hat."

„Er hat mich geliebt", wiederholte sie beharrlich und sah auf. In ihren Augen schimmerten Tränen.

Er hasste sich selbst. „Ja, das hat er. Das war nicht zu übersehen." Erschüttert drehte er sich ein wenig von ihr weg. Er konnte sich nicht vorstellen, wie es ihr gelungen war, ihre Unschuld und das Vertrauen in ihren Vater zu bewahren, aber er würde ihr keines von beidem wegnehmen. Selbst wenn es es ihm noch so schwerfiel. Er presste die Lippen zusammen, damit er ihr nicht sagte, wie er wirklich über Carre dachte. Und er würde sie nicht an seine Brust ziehen und ihr übers Haar streichen. In seinen Lenden pochte es, er wusste, wozu eine solche Nähe führen würde.

„Missachtet Ariella jemals Ihre Anweisungen?", fragte sie

mit unsicherer Stimme.

Er holte tief Luft. Jetzt befanden sie sich auf sichererem Terrain. „Ehrlich gesagt tut sie es nicht. Ich wünschte, sie würde das manchmal tun."

„Wirklich?"

Er lächelte sie an und war froh über das harmlose Thema. „Ich mache mir Sorgen um sie. Selbst wenn sie nicht meiner Ansicht ist, tut sie, als wäre sie es doch, um mir einen Gefallen zu tun. Ich würde gern erleben, dass sie sich für etwas einsetzt, an dem ihr etwas liegt."

„Sie wollen, dass sie Ihnen widerspricht?", fragte Amanda, offensichtlich verblüfft.

„Alexi widersetzt sich mir ständig."

„Und Sie schlagen ihn nicht?"

„Er wird bestraft, aber nicht mit der Faust oder der Peitsche."

Sie wandte sich ab.

Er empfand tiefes Mitleid mit ihr und wünschte unsinnigerweise, dass ihr eine solche Kindheit erspart geblieben wäre. Er beschloss, das Thema zu wechseln. „Ich bin froh, dass Sie sich mit Ariella angefreundet haben."

Sie sah ihn an. „Sie hat mir heute bei meinen Sätzen geholfen. Sie ist sehr klug."

„Ich befürchte, dass sie klüger ist, als es ihr guttut. Eines Tages, wenn sie mir nicht eine Liebesheirat anbietet, mit der ich einverstanden sein kann, werde ich ihr einen Ehemann suchen müssen. Ihre Klugheit wird es sehr erschweren, eine passende Verbindung zu finden. Die meisten Männer würden vor so einer Frau mit eingezogenem Schwanz davonrennen."

Amanda lachte. „Männer mögen keine klugen Frauen", stimmte sie zu.

„Manche Männer schon", murmelte er. Er lächelte sie an und dachte daran, dass auch sie sehr klug war. Rasch beherrschte er seine Gedanken. „Ich weiß, das klingt voreilig, aber ich mache mir viele Gedanken über Ariellas Zukunft. Sie wird eine reiche Erbin sein, das wird helfen. Aber ich werde die Mitgiftjäger entmutigen müssen."

„Sie wird eine reiche Erbin sein", wiederholte Amanda, und ihr Lächeln verblasste.

Schlagartig erkannte er seinen Fehler. Carre hatte seiner Tochter nichts hinterlassen, keinen einzigen Cent, und er verfluchte den Mann dafür. Seine Bemerkung war taktlos gewesen, und innerlich versetzte er sich selbst einen Tritt. „Es tut mir leid, Amanda. Sie waren an der Reihe, mir Fragen zu stellen, und ich sollte Sie nicht mit meinen Sorgen wegen Ariellas Zukunft belasten."

„Sie hat so viel Glück", flüsterte Amanda, „dass Sie ihr Vater sind und dass sie reich ist. Keine Sorge. Sie werden einen Ehemann für sie finden, daran zweifle ich nicht."

Und was war mit Amanda? Wer würde für sie einen Ehemann finden?

Bisher hatte er sich über ihre Heirat keinerlei Gedanken gemacht, und er wünschte, er würde es auch jetzt nicht tun. Die Vorstellung verursachte ihm Unbehagen, doch er hatte die Büchse der Pandora geöffnet. Eigentlich hätte Carre eine Ehe für sie arrangieren müssen. Clive war allerdings froh, dass ihr Vater dazu nicht mehr gekommen war, denn der Mann hätte vermutlich einen Piraten gewählt oder einen anderen inakzeptablen Strolch. Wie die Dinge lagen, würde es nun Dulcea Carre zufallen, sie zu verheiraten.

Die Vorstellung gefiel ihm irgendwie nicht, und er sorgte sich auch deswegen. Wenn Amanda nämlich eine gesellschaftlich vorteilhafte Ehe eingehen sollte, dann musste sie einiges an Veränderungen auf sich nehmen, und er war nicht sicher, ob sie das überhaupt wollte. Vorsichtig fragte er: „Und Sie, Amanda? Träumen Sie von einer Heirat und einem eigenen Heim?" Sein Lächeln war ermutigend.

Sie machte große Augen. „Wer würde mich heiraten?"

Diese Worte konnte er nicht ertragen. Er umfasste ihre Wange und hob ihr Gesicht an. „Sie werden viele Verehrer haben. Davon bin ich überzeugt. Und wenn Sie einige Zeit bei

Ihrer Mutter verbracht haben, werden Sie ein Dutzend Herzen brechen.“ Er meinte das ernst, aber er hatte auch Angst um sie. In der Obhut ihrer Mutter würde sie sich vielleicht zu einer anständigen Dame wandeln. Wenn er ehrlich zu sich selbst war, konnte daran kaum ein Zweifel bestehen. Und dennoch konnte er sich nicht vorstellen, wie Amanda geistlos über das Wetter oder die Dinnerparty am vergangenen Abend plauderte. Schlimmer noch, er war nicht sicher, ob sie sich überhaupt verändern sollte. Er versuchte sie sich modisch gekleidet vorzustellen, mit feinen Manieren, und plötzlich verabscheute er den Gedanken, dass sie ihre Einmaligkeit verlor. Er war nicht sicher, ob sie beides zugleich sein könnte.

„Ich bin nicht wie Ariella“, sagte sie, entzog sich ihm und schaute ihn geradeheraus an. „Ich bin keine vermögende Prinzessin. Bitte, scherzen Sie nicht so.“

„Es war kein Scherz“, erklärte er. „Aber zweifellos wird Ihre Mutter Sie mit schönen neuen Kleidern ausstatten, Ihnen einen Tanzlehrer beschaffen und was immer Sie sonst für Ihr neues Leben brauchen. Ich bin sicher, dass kurz nach Ihrem Eintreffen vor dem Haus Ihrer Mutter die Verehrer Schlange stehen werden.“

„Das glaube ich nicht!“, rief sie entsetzt.

Er empfand Mitleid für sie. „Was wollen Sie selbst denn, Amanda?“

„Frei sein!“, rief sie. „Ein Teil des Windes zu sein und des Meeres – mehr wollte ich nie!“

Wie gut er das nachempfinden konnte. Er stand nur da und hätte am liebsten die Arme nach ihr ausgestreckt.

Aber sie wich angsterfüllt vor ihm zurück. „Das wird Mama wollen, nicht wahr? Eine feine Dame aus mir machen, mir einen Ehemann suchen und mich verheiraten?“

„Das würde ich annehmen“, sagte er. „Welche Wahl bleibt ihr sonst?“

Sie schüttelte nur den Kopf und wich weiter zurück.

Er wandte den Blick nicht von ihr, als sie mit dem Rücken

gegen die Reling stieß. „Kommen Sie da weg, Amanda." Sein Tonfall blieb freundlich, doch es war ein Befehl, und er war der Herr dieses Schiffes.

„Ich habe einen Fehler begangen!", rief sie, trat aber dennoch von der Reling weg. „Bringen Sie mich überall hin, nur nicht nach London. Vielleicht nach Malta", sagte sie.

„Nachts sind unsere Dämonen immer am stärksten", sagte er leise. „Kommen Sie, Amanda. Sie sind stark und tapfer, Sie werden eine Wiederbegegnung mit Ihrer Mutter überstehen."

Sie nickte und wischte sich eine Träne ab. „Es tut mir leid, dass ich so ein Schwächling war."

„Sie können gar kein Schwächling sein, und ich wäre erstaunt, wenn Sie nicht etwas Angst hätten", sagte er leichthin. Er hielt ihr seine Hand hin. Sie zögerte, dann kam sie näher und griff zu. Er geleitete sie zu den Stufen.

„Da wir gerade über Ihre Mutter sprechen – ich nehme an, Sie haben eine Adresse?"

Sie nickte und sah ihn vertrauensvoll an. „Papa sagt, sie lebt an einem Ort, der Belford House heißt."

Er war entsetzt.

„De Warenne? Kennen Sie es?"

Er konnte nicht sprechen. Er kannte Belford House, war er doch mehrmals dorthin eingeladen worden. Er kannte auch Lady Belford – und ihr Vorname lautete Dulcea.

Sie hatte platinblondes Haar, fast von demselben Ton wie Amanda, und wenn er sich recht erinnerte, auffallend grüne Augen. Die Ähnlichkeit war unverkennbar.

Aber sie war seit vielen Jahren mit Lord Belford verheiratet.

Dulcea Belford war atemberaubend schön, elegant und kultiviert und geradezu besessen von gesellschaftlicher Anerkennung. Und sie war eine berüchtigte Ehebrecherin – hinter Belfords Rücken hatte sie zahllose Affären. Auch ihm war sie nachgelaufen, ihr Verhalten hatte ihm indes nicht gefallen. Aber er war der einzige Mann, den er kannte, der nicht hingerissen war von ihr.

Er bezweifelte nicht, dass Amandas Geschichte über ihre Eltern nicht stimmte und dass ihre Mutter nicht Dulcea Carre war, sondern Dulcea Belford.

Und wenn er recht hatte, dann würde Lady Belford nicht erfreut sein, ihre lang verlorene Tochter wiederzusehen, nicht im Geringsten.

7. KAPITEL

Amanda saß auf der Koje in der engen Kabine, die sie bewohnte. Sie teilte ihr Quartier mit Anahid, die in der anderen Koje schlief. Außer den beiden Betten gab es einen kleinen Tisch, zwei Stühle und einen Waschtisch. De Warennes Kinder schliefen in der angrenzenden Kabine, die größer und besser möbliert war. Aber die Möbel waren Amanda ohnehin vollkommen egal.

Es war schon fast Morgen. De Warenne hatte sich für ein paar Stunden Schlaf in die Kapitänskajüte zurückgezogen, und obwohl sie ruhelos war und nicht gehen wollte, hatte sie ihm erlaubt, sie zu ihrer Kabine zu begleiten. Sie hatte so getan, als wäre sie auch müde. Aber die letzten Stunden, in denen sie mit ihm durch die Nacht und dann in die aufgehende Sonne gesegelt war, waren die schönsten ihres Lebens gewesen. Obwohl sie es hasste, über ihre Zukunft in England zu sprechen, war de Warennes Gesellschaft wie Opium für sie: süß, stark und süchtig machend. Wie es schien, konnte sie nicht genug davon bekommen. Sie wünschte, sie wären noch immer zusammen auf dem Deck.

Langsam griff sie in ihr kleines Bündel, zog das schöne Spitzennachthemd heraus und betrachtete es. De Warenne war so ganz anders als all die anderen Männer, die sie gekannt hatte. Er war schön und stark, kraftvoll und gebildet, großzügig und freundlich. Amanda holte tief Luft. Er war so freundlich! Weil er wusste, dass sie vor England Angst hatte, hatte er versucht, sie in dem Glauben zu ermutigen, alles würde gut werden, wenn sie endlich ihre Mutter traf. Doch das war sicherlich eine vergebliche Hoffnung. Mama hatte sie lieb gehabt, denn Papa hatte das gesagt, aber das war viele Jahre her. Und selbst wenn ihre Mutter die verlorene Tochter noch liebte, würde sie entsetzlich enttäuscht sein, wenn sie sah, was aus dieser Tochter geworden war.

Amanda war an zu vielen eleganten Damen auf der Queen

Street in Kingston vorbeigekommen, und die hatten sie stets nur angestarrt, die Nasen hoch erhoben. Immer hatten sie hinter ihrem Rücken geflüstert. „Sieh mal, die Piratentochter! Sie ist eine Wilde, wie ihr Name es schon sagt."

Und in diesem Moment wünschte Amanda, sie wäre eine richtige Dame.

Denn wenn sie eine Dame wäre, würde Mama sie mit offenen Armen empfangen.

Sie seufzte. Solche Wunschträume waren albern. Sogar gefährlich. Das Zusammensein mit de Warenne hatte sie kurz vergessen lassen, was in fünf Wochen geschehen würde, wenn sie vor der Tür ihrer Mutter ankam. Sie war beinahe sicher, dass sie im Gesicht ihrer Mutter Schrecken, Entsetzen und dann Verachtung sehen würde. Vor lauter Angst wagte sie es kaum, dran zu denken – so wie sie es als Kind gemacht hatte, wenn sie sich unter Deck versteckt hatte, während die Piraten oben einander umbrachten, so musste sie nun die Augen schließen und die Hände an die Ohren pressen, um nicht an das zu denken, was vielleicht geschehen würde.

Aber de Warenne brachte sie zum Lächeln, mit ihm war sie in der Gegenwart, und die Zukunft schien weit weg. Er gab ihr ein Gefühl von Sicherheit – tatsächlich hatte sie sich noch nie im Leben so sicher gefühlt. So war es mit Papa nie gewesen. Und doch war in ihrem Herzen noch mehr als das Gefühl, beschützt zu werden.

Sie war sich seiner Männlichkeit schmerzlich bewusst. Von Anfang an war ihr das ebenso wie seine Schönheit aufgefallen. Aber damals, als sie ihn zum ersten Mal an Deck einer gekaperten spanischen Galeone gesehen hatte, war sie noch ein Kind gewesen, und er hätte ein Gott sein können. Seit sie ihm vor einer Woche begegnet war, hatte ihr Kummer ihr natürliches Interesse betäubt. Sie würde immer um Papa trauern, aber der Kummer war jetzt leichter zu ertragen. Und das Kind war endgültig fort. Kein Kind konnte dieses wilde, unmögliche Verlangen verspüren – kein Kind diese Sehnsucht an so vielen intimen Stellen fühlen – kein Kind würde so träumen, wie sie träumte. In ihrem Herzen war ein neues und doch so vertrautes Verlangen entstanden, und es wuchs rasch und immer rascher. Ihn am Morgen wie Poseidon den Wellen entsteigen zu sehen hatte nicht gerade geholfen.

„Bitte, ich darf mich nicht in ihn verlieben", flüsterte Amanda, und erst als sie die Worte ausgesprochen hatte, fiel ihr ein, dass sie sie laut gesagt hatte. Sie erstarrte, doch Anahid antwortete nicht, und sie bemerkte, dass die Frau tief und fest schlief.

Verliebte sie sich wirklich gerade in diesen gut aussehenden, reichen, adligen Kaperfahrer? Sie sah sein Bild vor sich – das sanfte Lächeln, der kühne Blick, sein muskulöser Körper, die eiskalten Wassertropfen. Verzweifelt fragte sie sich, wie eine Frau sich nicht in ihn verlieben sollte, selbst eine junge Frau von siebzehn Jahren? Sie wollte sich nichts vormachen. Er bevorzugte sehr elegante Damen und würde ihre Gefühle niemals erwidern, obwohl er Zuneigung für sie zu empfinden schien. Aber er begehrte sie – schließlich hatte sie Augen im Kopf und konnte sehen, wann immer das Verlangen ihn überkam.

Sie drückte das Nachthemd an ihre Brüste. Sie waren ungewöhnlich empfindsam, und ihre Haut prickelte. Amanda war heiß und kalt, alles zugleich. Wenn er sie ansah, wurde ihr warm, und in dieser Nacht hatte er sie viele Mal so angesehen, wie ein Mann eine Frau ansieht, mit der er das Bett teilen will. Aber ihr Angebot, für die Überfahrt zu bezahlen, hatte er abgelehnt. Sie hatte sogar angedeutet, dass sie das noch immer tun würde, nur war er auf den Köder nicht angesprungen. Dennoch verlangten ihr Herz und ihr Körper jetzt nach seiner Aufmerksamkeit. Sie wollte zu ihm gehen – und gleichzeitig wurde ihm bei dem Gedanken kalt vor Angst.

Denn wenn sie ihm ihr Herz schenkte, war sie eine Närrin: Er würde es gnadenlos brechen. Ihm ihren Körper zu schenken wäre leichter – abgesehen davon, dass er nicht die Absicht zu haben schien, seinen männlichen Trieben zu folgen.

Amanda schloss die Augen und wünschte, sie wüsste, was

zu tun war. Sie konnte sich vorstellen, wie de Warenne ihre Wangen umfasste, wie er es zuvor getan hatte. Sie konnte seine große, harte Hand auf ihrer Haut spüren, und sie erzitterte unwillkürlich. Sein Benehmen war so verwirrend! Aber sie hatte auch noch nie zuvor einen echten Gentleman kennengelernt. Und er bevorzugte echte Ladys. Vielleicht hielt ihn das zurück.

Sie blickte an ihrem Nachthemd hinunter. Darin gab es keine Piratentochter, und sie wirkte genau wie die eleganten Damen, die in Kingston umherspazierten.

Amanda erkannte, was sie tun musste, und ihre Furcht wurde noch größer. Aber Männer konnten dumm sein, wenn es um den Trieb ging. Wie oft hatte Papa schon gesagt, dass ein Mann von seinen Trieben gelenkt wurde und nicht von seinem Verstand? Sie schuldete de Warenne so viel – mehr, als sie mit ein paar Nächten in seinem Bett je zurückzahlen konnte – und er begehrte sie in gewisser Weise. Vielleicht versuchte er, ein Gentleman zu sein, vielleicht begehrte er sie auch nicht so sehr wegen ihres Mangels an Erziehung, aber in diesem Nachthemd konnte sie ihn vielleicht dazu bringen, sich von seinem Körper lenken zu lassen. Wäre das nicht einen Versuch wert?

Vielleicht verliebte sie sich gar nicht in ihn. Vielleicht war sie nicht so anders als die Huren und Freudenmädchen, die sich mit der Mannschaft herumtrieben, vielleicht war sie jetzt in dem Alter, da sie die Bedürfnisse ihres Körpers befriedigen wollte, wie alle anderen es so unübersehbar taten.

Amanda zog Stiefel und Strümpfe aus. Ihre Wangen glühten jetzt. Sie legte sich hin, streifte Hose und die Unterhose ab. Der Gürtel mit der Quaste, Hemd und Chemisier folgten. Leise wusch sie sich, um Anahid nicht zu wecken. Dann schlüpfte sie in das Nachthemd und bürstete sich das Haar.

Ihr Herz schlug wie wild, sodass sie kaum etwas anderes hörte. Sie warf einen Blick auf Anahid, die schlafend in der Koje lag – zumindest dachte sie das, bis die Frau sie ansah. Amanda verzog das Gesicht und wandte sich ab, ehe Anahid etwas sagen konnte. Dann schlüpfte sie hinaus in das graue Licht vor Sonnenaufgang.

An seiner Tür blieb sie atemlos stehen. Jetzt handelte sie einfach, ohne nachzudenken, fest entschlossen. Wenn sie zu denken begann, würde sie vielleicht kehrtmachen und davonlaufen. Leise klopfte sie. „De Warenne?“, flüsterte sie.

Es kam keine Antwort, und sie versuchte es noch einmal, denn sie war überzeugt davon, dass die Tür abgeschlossen war. Und selbst wenn das nicht der Fall sein sollte, wäre es ungehörig, ohne Erlaubnis einzutreten. Doch es blieb still. Bestürzt hielt sie einen Moment inne, versuchte dann aber, den Riegel zu bewegen. Er war nicht verschlossen. Ihr Herz begann wieder schneller zu schlagen, als sie die Tür aufschob und in seine Kabine schlüpfte.

Es brannte keine Kerze, aber durch die Bullaugen fiel grau das erste Tageslicht ein. Sie sah ihn flach auf dem Rücken liegen, in seinem großen roten Bett, die dünne seidene Decke bis zur Taille hochgezogen. Offensichtlich schlief er nackt. Er rührte sich nicht, was sie überraschte – wie konnte er ihr unerlaubtes Eindringen verschlafen? Sie hatte de Warenne für einen Mann gehalten, der mit einem offenen Auge schlief und alles hörte.

Sie versuchte es noch einmal. „De Warenne?“

Er regte sich nicht. Seine breite, muskulöse Brust hob und senkte sich gleichmäßig. Amanda, die kaum glauben konnte, dass er immer noch schlief, wagte sich weiter vor. Er schlief. Sie hob eine Ecke des Seidentuchs, betrachtete seine schmale Hüfte, die langen, festen Schenkel, dann glitt sie zu ihm unter die Decke.

Ihr Herz schlug so schnell, dass es sie schwindelte. Zwischen ihren Schenkeln wurde es feucht.

Und plötzlich lag er auf ihr, schob die Schenkel zwischen ihre und hielt sie so gefangen. Mit festen Fingern umklammerte er ihre Handgelenke und drückte sie tief in die Kissen. Sie schrie auf und sah in seine blauen Augen.

„Was soll diese Verführung?“, brüllte er.

Amanda konnte nicht sprechen, sie war so entsetzt, dass er wach gewesen und die ganze Zeit über auf sie gewartet hatte. Er beugte sich über sie, und sie spürte sein Gewicht an Händen und Beinen. Ihr Nachthemd war nach oben gerutscht, und erschrocken spürte sie seine Haut an ihren bloßen Beinen. Und sie hatte recht gehabt – er schlief nackt, denn sie spürte seine Nacktheit zwischen ihren Schenkeln.

Verlangen stieg in ihr auf.

Er holte tief Luft. „Antworten Sie mir!"

Sie konnte nicht sprechen. Sie fühlte es in ihrem Körper pochen, eine drängende Antwort auf seine Berührung, und sie konnte sich nicht beherrschen. Seufzend presste sie sich an ihn. Ihre Erregung wuchs, als sie seine Wärme näher an sich spürte.

Er seufzte und rieb sein raues Kinn an ihrer Wange, streifte mit den Wimpern ihre Haut. „Ich bin so nahe daran, meine Beherrschung zu verlieren und dich zu nehmen, Amanda", sagte er mit belegter Stimme. „Ist es das, was du willst? Willst du wirklich, dass ich dich so nehme, als wärest du die wertlose Tochter eines Piraten?"

Ein Zucken durchlief seinen Körper, und sie schrie leise auf vor unerfüllter Lust und Herzschmerz. Er hob den Kopf, und ihre Blicke begegneten sich.

Sie konnte kaum denken. *Natürlich will ich nicht nur die Piratentochter sein, die billig zu haben ist. Nicht für dich.*

Und er sah ihre Antwort in ihren Augen. „Ich glaube kaum." Er warf die Bettdecke beiseite und sprang aus dem Bett, dann drehte er sich um und betrachtete ihren bloßen Leib.

Amanda setzte sich auf, zog sich das Nachthemd nach unten. Sofort nahm er das Bettlaken und schlang es sich um die Hüften, verbarg seinen erregten Körper. Er sah sie an, noch immer wütend.

Sie presste die Lider zusammen und zwang sich, ruhiger zu werden. Aber sie war einem gefährlichen Abgrund sehr nahe gewesen, und es fiel ihr schwer, klar zu denken.

Seine grausamen Worte änderten das. „Ich will keine Liaison

mit Ihnen, Amanda.“ Seine Stimme klang schneidend.

Sie blinzelte, sah die Ausbuchtung an dem Bettlaken und konnte nur mit Mühe ein spöttisches Kichern unterdrücken. „Natürlich wollen Sie das.“

„Das“, rief er aus, „ist die Reaktion, die jede Frau hervorrufen würde, die in mein Bett schlüpft.“

Ihre Heiterkeit schwand. Er konnte ihr unmöglich die Wahrheit sagen, dachte sie, während sie einen schrecklichen Schmerz in sich aufsteigen fühlte. „Heute Morgen haben Sie mich begehrt“, flüsterte sie und starrte jetzt nur noch in sein Gesicht.

Sein Lachen klang schroff. „Ich bin ein Mann! Ein gesunder Mann! Mich verlangt es immer nach einer Frau!“

Sie presste sich in die Kissen, der Schmerz darüber, zurückgewiesen worden zu sein, war zu heftig.

„Was mein Körper will, ich unwichtig, denn ich bin kein Tier. Was mein Verstand will, ist etwas ganz anderes – und ich will Sie nicht in meinem Bett haben. Kann ich es noch deutlicher sagen? Muss ich es noch näher ausführen?“

Sie war nicht sicher, was er mit näher ausführen meinte, aber sie konnte es ahnen. Tränen stiegen ihr in die Augen. „Ich bin keine feine Dame“, murmelte sie und betrachtete ihr Nachthemd. Sie konnte das Nachthemd anziehen, sich waschen und ihr Haar bürsten, doch das würde nichts ändern. Er wollte sie nicht. De Warenne war nicht wie die anderen Männer, denen sie bisher begegnet war – er war gebildet, ein Gentleman, von nobler Geburt. Und wenn sie im Hafen von London anlegten, würde er sich einer seiner blaublütigen Geliebten zuwenden. Sie schluckte.

„Nein, das sind Sie nicht.“

Sie blickte zu ihm, denn sein Tonfall hatte sich verändert. Der Zorn war daraus verschwunden, und jetzt hörte sie nur noch Anspannung aus seinen Worten.

Amanda schüttelte den Kopf. „Ich wusste, es konnte nicht stimmen“, sagte sie. „Ich wusste, Sie konnten nicht wirklich freundlich sein.“ Dann glitt sie aus seinem Bett und marschierte zur Tür, wobei sie versuchte, den Kopf hoch erhoben zu halten, obwohl sie nur noch weinen wollte. Er war so grausam gewesen.

Er zögerte. „Amanda."

Sie erstarrte. Sein Tonfall war beinahe normal, und sie hoffte, er würde sie zurückrufen, sie in die Arme nehmen und lächeln, ihr sagen, dass alles in Ordnung war – dass sie Kameraden bleiben würden und dass das, was gerade geschehen war, nichts daran ändern würde.

Seine Miene wirkte angespannt, seine Augen waren wie verschleiert. Er sagte: „Wenn ich Ihre Gunst haben wollte, hätte ich Sie schon in mein Bett geholt."

Sie schrie auf. Dann fuhr sie herum und rannte davon.

Clive wandte sich ab und schlug mit der Faust gegen die Wand.

Die Arme vor der Brust verschränkt, stand Clive am Steuerbord des Achterdecks. Fast ohne etwas zu sehen, starrte er über die Reling hinweg, wo der Ozean hell, silbergrau dalag, ein Spiegel des Himmels über ihm. Die Wellen hatten Schaumkronen, und Gischt spritzte vom Bug der Fregatte hoch. Er fuhr nur unter Toppsegeln, trotzdem reisten sie bei diesen Windverhältnissen mit hoher Geschwindigkeit, etwas, das er gewöhnlich genoss. Stattdessen war er verwirrt und verärgert.

Langsam drehte er sich zu seinem Passagier um. Es war kurz nach Mittag, und seine Kinder und Amanda legten eine kurze Pause bei ihren Studien ein. Ariella war unter Deck gegangen, um zu lesen, und Alexi war mit den Vortoppmännern in die Takelage geklettert. Mit jedem Tag wurde Clive stolzer auf seinen Sohn, weil der seine Kenntnisse über das Schiff und die Kunst des Segelns nicht schnell genug erweitern konnte. Sobald es um Bücherwissen ging, mochte er ein mäßiger Schüler sein, aber wenn es um die Seefahrt ging, war er brillant. Mit seinem Passagier dagegen war das etwas anderes.

Michelle zufolge machte Amanda rasante Fortschritte. Der

Franzose wurde geradezu poetisch, wenn er über die Klugheit und die Hingabe seines neuen Schützlings sprach, und prahlte damit, dass sie die *London Times* lesen würde, wenn sie London erreichten. Clive hatte den Eindruck, er verfiel ihrem Zauber. Und warum auch nicht? Selbst jetzt, da sie gerade aus dem Schulzimmer kam, war sie bezaubernd mit ihrem vom Wind zerzausten Haar und ihren fremdartigen grünen Augen, ihrem schlanken und dennoch wohlgeformten Körper.

Amanda sah ihm in die Augen.

Ernst erwiderte er ihren Blick. Seit fünf Tagen hatte sie nicht mit ihm gesprochen.

Tatsächlich hatte sie ihn nur zornig angesehen oder ihn ignoriert, als wäre er gar nicht da.

Er verstand, dass sie ihn für seine Grausamkeit bestrafte. Aber hätte sie sich wirklich gewünscht, verführt und ruiniert zu werden? Verstand sie, dass er sie um ein Haar sofort genommen hätte? Wusste sie, wie viel Selbstbeherrschung und Disziplin er aufbringen musste, um einfach so zu gehen? Verstand sie nicht, dass er sich bei ihr ehrbar benehmen wollte?

Er hatte die grausamen Worte absichtlich gewählt, ein verzweifelter Versuch, sie so weit von sich zu stoßen, wie er nur konnte, und zu verhindern, dass sie je wieder versuchte, ihn zu verführen.

Denn wenn es ein nächstes Mal geben sollte, würde er seinem Verlangen nachgeben.

Aber verdammt, er hatte genug. Er fühlte sich grässlich, er fühlte sich schuldig, es tat ihm leid, sie hatte recht! Er wollte die unbeschwerte Kameradschaft mit ihr nicht mehr riskieren, das war viel zu gefährlich, aber musste sie ihn behandeln, als verachtete sie ihn?

Sie warf ihm einen hasserfüllten Blick zu, dann kehrte sie ihm den Rücken zu und winkte hinauf zu seinem Sohn. Alexi saß auf der Rah und grinste ihr zu. „Amanda! Kommen Sie herauf!"

Was war das für ein Unsinn? Frauen stiegen nicht in die Takelage hinauf, auch wenn Clive einmal gesehen hatte, dass sie das tat, vor Jahren, auf der Schaluppe ihres Vaters.

Amanda drehte sich um und sah ihn an, mit unmissverständlicher Herausforderung im Blick. Dann machte sie kehrt und lief zum Hauptmast, wo sie sich rasch in die Segel schwang. Er ging vom Achterdeck herunter, als sie zu Alexi hinaufstieg, so schnell wie seine besten Matrosen.

Die Vortoppmänner wussten nicht, was sie tun sollten, daher sahen sie einander an und blickten dann das Deck hinunter, als hätten sie keine schöne Frau in ihrer Mitte.

„Sie können wirklich klettern", sagte Alexi überrascht. „Ich dachte, Sie würden sich über mich lustig machen."

„Ich bin schon in den Wanten geklettert, da war ich noch jünger als du", prahlte Amanda. Sie blickte nach unten, begegnete Clives Blick und wandte sich rasch ab.

Er fuhr sie an. „Amanda, kommen Sie herunter! Ich möchte mit Ihnen reden."

Sie lächelte Alexi zu. „Es ist ein so schöner Tag. Wenn dieser Wind anhält, werden wir unsere Reise ein gutes Stück verkürzen."

„Ich hoffe, unsere Reise währt für immer. England ist mir vollkommen egal", erklärte Alexi.

Clive konnte es nicht glauben. Sie wollte ihn ignorieren, obwohl er ihr einen direkten Befehl gegeben hatte? Nun, vielleicht war es nicht wirklich ein Befehl gewesen, sondern eine Bitte. „Amanda."

Sie presste die Zähne zusammen und warf ihm einen wütenden Blick zu.

„Kommen Sie herunter. In meine Kajüte!", brüllte er. Dann machte er kehrt und ging davon. Wenn sie nicht gehorchte, würde er selbst in die Wanten steigen und sie über der Schulter nach unten tragen, ungeachtet der Tatsache, dass ein Kommandeur niemals in die Takelage kletterte.

Doch er hörte sie, wie sie auf dem Deck landete, gewandt wie eine Katze. Sie folgte ihm, wahrte eine sichere Distanz, als könnte er sich umdrehen wie ein gefährliches Raubtier und sie beißen. Und eigentlich hatte er sie gebissen, wenn man es genau nahm, als er ihr gesagt hatte, er wollte sie nicht in seinem Bett haben. Aber verdammt, er hatte keine Wahl gehabt!

In der Mitte seiner Kajüte blieb er stehen und wartete, bis sie hinter ihm eintrat. Er beschloss, so zu tun, als wäre alles in Ordnung, dass er nicht fünf Tage mit der Hoffnung verbracht hatte auf ein freundliches Lächeln, während sie ihn schweigend und mit unverhohlener Feindseligkeit angestarrt hatte. Lächelnd drehte er sich herum. „Ich hörte, Sie hätten beim Lesen die nächste Stufe erreicht", sagte er.

Sie starrte ihn an, die Lippen zusammengepresst, absolut stumm, der Blick hart.

Er seufzte. „Genießen Sie Ihre Studien?"

Sie verschränkte die Arme vor der Brust und weigerte sich offensichtlich, zu sprechen.

„Nun, ich glaube, ich habe meinen Standpunkt deutlich gemacht. Sie sind wirklich noch keine erwachsene Frau. Bei einer Erwachsenen habe ich noch nie so kindisches Verhalten gesehen."

Sie lächelte ihn finster an.

Er konnte es kaum glauben. „Wollen Sie mich für die restlichen vier Wochen ignorieren?"

„Ignoriere ich Sie, Captain, Sir?"

Er fühlte sich hilflos. Sie war verärgert, und er konnte ihr deswegen nicht einmal einen Vorwurf machen. Schlimmer noch, er wusste, dieser Ärger war nur ein Schutzschild, hinter dem sie ihren Schmerz verbarg. Es war wirklich reine Ironie. Er hatte sie nur vor Herzeleid bewahren wollen, und stattdessen hatte er ihr noch mehr Kummer beschert. Leise sagte er: „Es tut mir leid, dass ich Ihnen wehgetan habe, Amanda. Offensichtlich habe ich Sie mit meinem früheren Verhalten irregeleitet. Zumindest wissen wir jetzt beide, wo wir stehen. Es wird eine sehr lange Reise werden, wenn Sie mich weiterhin finster ansehen und sich weigern, mit mir zu sprechen."

„Die Reise ist schon jetzt zu lang", sagte sie.

„Ich fürchte, gegen die Länge unserer Reise kann ich nichts tun", sagte er.

Sie zuckte die Achseln. „Stellen Sie sich nur vor, sobald Sie in England sind, können Sie zu Ihren eleganten Huren gehen."

Es geschah selten, aber er wusste nicht, wie er auf ihren Schmerz reagieren sollte.

„Ist das alles? Ich muss noch den Unterricht beenden."

Zumindest reden wir miteinander, dachte er finster. „Ja, das ist alles."

Amanda erwachte und spannte alle Muskeln an.

Sie hörte, wie vor dem Bullauge der Kabine Degen klirrten.

Sie wurden angegriffen? Und sie hatte den Angriff ebenso verschlafen wie das Entern? Sie sprang aus der Koje und griff nach ihrem Bündel. Rasch lud sie die Pistole und schob sie sich in den Gürtel. Dann packte sie ihren Säbel und öffnete die Tür.

Ihre Kabine ging zur Steuerbordseite hinaus. Von dieser Seite aus war kein Feind zu sehen. Genau genommen war nichts zu sehen außer dem grauen Meer. Vom Hauptdeck aus hörte sie die Degen klirren, dann de Warennes Stimme.

„Stoß zielgerichtet", sagte er. „Ruhig und zielgerichtet. Du darfst dein Handgelenk nicht beugen."

Amanda begann zu verstehen und lief um die Kabine herum. Sie blieb stehen, als sie de Warenne mit Alexi fechten sah. De Warenne erlaubte dem kleinen Jungen, seine Fähigkeiten zu erproben, das erkannte sie, und für einen Achtjährigen war er sehr beweglich.

De Warenne war ein guter Lehrer. Er forderte seinen Sohn, aber nicht so sehr, dass dieser ermüden und verzagen würde. Sie spürte einen Stich im Herzen. Reglos stand sie da, beobachtete ihn, während er so beschäftigt war, dass er ihr Interesse nicht bemerken konnte. Sie musste den Schmerz ignorieren. Der Zorn war so viel leichter zu ertragen, so viel besser – das verdiente er.

Er war ein Bastard, ein Flegel, er war ein eleganter, hochnäsiger Gentleman, er war nicht freundlich, er war böse, kalt und grausam, sie hasste ihn.

Wenn sie es sich oft genug sagte, vielleicht würde sie es dann irgendwann glauben.

Er sah sie und bedeutete seinem Sohn aufzuhören. Alexi legte den Degen hin, schwer atmend, aber lächelnd. De Warennes Blick ruhte auf der Pistole an ihrer Taille und dem Säbel in ihrer Hand. Dann ließ er den Blick höher gleiten.

Ich hasse ihn, dachte Amanda. Er würde eine elegante Dame in sein Bett holen, nicht mich. Ich bin nicht gut genug für ihn. Sie schlenderte vorwärts. „Eines Tages wird Ihr Sohn ein guter Degenfechter sein."

Seine Miene blieb wachsam. „Ja, das wird er. Was ist das?"

Langsam hob sie den Säbel. „Mein Degen." Sie lächelte ihn an. Sie war sehr geschickt mit einem Säbel – sie hatte Papa schlagen können. Beim Fechten ging es nicht nur um Kraft, sondern auch um Balance, Geschicklichkeit und Wendigkeit.

„Wollen Sie fechten?"

„Ich hörte die Klingen, und ich glaubte, wir würden angegriffen." Sie nahm ihre Pistole und legte sie auf das Deck.

Er machte große Augen. „Dann sind Sie hier heraufgekommen, um meinen Männern bei der Verteidigung des Schiffes zu helfen?"

„Natürlich", sagte Amanda. „Ich bin keine Edelfrau mit weichen Knien, die beim Säbelklirren in Ohnmacht fällt. Aber ich bin etwas eingerostet – ich hatte seit Langem keine Gelegenheit mehr, in einer Schlacht zu kämpfen. Wollen Sie mit mir üben?", fragte sie. Ohne ihm eine Chance für eine Antwort zu geben, trat sie vor und streckte die Klinge aus.

Sofort wehrte er den Hieb ab. „Ihr Säbel ist nicht stumpf gemacht, Amanda", sagte er behutsam.

Unwillkürlich begann sie zu lächeln. Sie stieß ein zweites Mal zu – er parierte. „Ich werde kein Blut fließen lassen, de Warenne", sagte sie, wenngleich sie dachte, dass sie das vielleicht doch tun würde, nur um den Ausdruck in seinen Augen zu sehen. Erregung packte sie, gepaart mit ihrem Zorn. Sie griff an, er parierte wieder, aber er wich einen Schritt zurück. Amanda griff weiter an, er sah sie erstaunt an, wehrte indes einfach jeden Hieb ab, gestattete ihr, ihn schnell bis zur Reling an der Backbordseite zu treiben.

Voller Triumph lachte sie. „Sie können das besser, de Warenne! Sie haben doch keine Angst vor der scharfen Klinge einer Piratentochter?"

„Sie sind noch sehr böse auf mich. Ich verstehe das", begann er.

Sie war wütend. Er verstand gar nichts! Sie griff an, er parierte, sie täuschte und durchbrach seine Abwehr, hinterließ einen Riss in seinem feinen, eleganten Hemd. Sie wich zurück, erhitzt von dem Geruch des Sieges. „Was verstehen Sie?", fragte sie mit süßer Stimme.

Überrascht betrachtete er den langen Riss, dann sah er sie an.

„Ich habe kein Blut fließen lassen", sagte sie und lachte.

„Sie hatten Glück", sagte er, wobei seine Wangen sich rot färbten.

„Nein, ich war vorsichtig. Ich hatte beschlossen, nicht Ihr Blut zu verlangen, de Warenne!" Sie griff so schnell an, dass sie, ehe er sich wehren konnte, die obersten drei Knöpfe von seinem Hemd abgeschlagen hatte, sodass es offen stand und die harten Muskeln an seiner Brust entblößte.

Über ihnen lachte jemand.

De Warenne konnte es nicht fassen.

„Kämpfen Sie, de Warenne", sagte sie schwer atmend. Sie war entschlossen, sich mit ihm zu messen – und sie würde sich anstrengen! „Oder zeigen Sie Ihren Männern, dass Sie sich von einem Kind besiegen lassen!"

Er stieß unerwartet zu.

Amanda wehrte den Hieb ab, aber es war knapp. Er griff noch einmal an und noch einmal, trieb sie zurück über das Schiff, ehe sie überhaupt wusste, was geschah. Innerhalb von Sekunden drängte er sie an die Reling, während Schweiß über ihren Körper lief und sich zwischen ihren Brüsten und Schenkeln sammelte. Jetzt war sie noch wütender als zuvor.

Er lächelte. „Kommen Sie schon, meine Liebe, ich will nicht mit Ihnen kämpfen, vor allem nicht, weil Ihre Klinge nicht geschützt ist. Außerdem wissen wir beide, dass Sie mich nicht besiegen können."

Doch sie würde es versuchen. Sie würde ihn dazu bringen, sie wirklich zu beachten. Zwar war sie keine elegante Dame, aber in jeder anderen Weise passte sie zu ihm. Amanda stöhnte auf und griff an. Sie stieß fest zu, und er trat ihr entgegen, machte einen Schritt zurück, einen Schritt zur Seite, bis sie sich schnell in einem Kreis der Gewalt bewegten und Hieb auf Hieb erklang. Eisen klirrte. Schweiß brannte ihr in den Augen. Natürlich war er ihr überlegen. Sie hatte gar nicht erwartet zu gewinnen. Aber sie wollte ihm wehtun – nichts wollte sie lieber – sie wollte, dass er dasselbe fühlte, was sie empfunden hatte, verdammt!

Jetzt schmerzte ihr Arm. Sie war an der Grenze ihrer körperlichen Kräfte, trotzdem würde sie nicht aufgeben. „Zum Teufel mit Ihnen!", rief sie und blieb stehen, gab vor, erschöpft zu sein und sich seiner Gnade auszuliefern.

Er fiel auf ihre List herein, ein Lächeln erschien auf seinem schönen Gesicht. „Gut gemacht", begann er.

Amanda machte eine Finte, stieß zu und schnitt die letzten Knöpfe seines Hemdes ab. Er war so überrascht, dass er einfach nur sein Hemd ansah, das jetzt in zwei Teile zerschnitten war. Dann sah er zu ihr auf. Seine blauen Augen funkelten, wie glühend, und dann breitete sich ganz langsam ein Lächeln auf seinem Gesicht aus.

Er war nicht wütend, und ein wildes Triumphgefühl breitete sich in ihr aus. Um der Vernunft willen mochte er sie zurückweisen, aber gerade jetzt hatte sie ihn so sehr herausgefordert, dass er sie dennoch begehrte. Sie wusste es, ohne jeden Zweifel, dass der Verstand der Lust unterlegen war.

„Was stimmt nicht, de Warenne?", fragte sie verführerisch. „Vielleicht ist es keine elegante Dame, die Sie wirklich wollen."

Ehe sie diesen letzten herausfordernden Satz beendet hatte,

griff er an. Er hatte seine Klinge unter den Rand ihres Hemdes und ihres Chemisiers geschoben, und mit einer einzigen Handbewegung könnte er beides zerschneiden.

Sie rührte sich nicht, atmete schwer, und ihr ganzer Körper schien zu pulsieren. „Na los", brachte sie heraus. „Nehmen Sie meine Kleider."

Seine Züge verhärteten sich. Langsam ließ er die breite geschützte Spitze seines Degens tiefer und dann zwischen ihre Brüste gleiten. „Ich denke, wir sind fertig", erklärte er knapp. Seine Augen funkelten.

Sie starte an die Spitze, dann hob sie den Kopf. „Ich bin nicht fertig."

Er zog die Brauen hoch. „Ich presse meine Klinge an Ihr Herz, meine Liebe. In einer richtigen Schlacht wären Sie tot."

„Die meisten Männer würden mich lieber warm und lebendig in ihrem Bett haben", erwiderte sie herausfordernd.

Seine Augen schienen zu blitzen. Er ließ den Degen sinken und warf ihn weg, sodass er klappernd über das Deck fiel. „Sie haben gewonnen, Amanda", sagte Clive. „Ich gebe mich geschlagen."

Er drehte sich um und wollte gehen. Amanda streckte den Arm aus, berührte mit der Säbelspitze die Köpfe seiner Hose und schnitt sie ab. Er erstarrte.

„Vielleicht", sagte sie leise, „ließe sich mein Gegner genauso leicht täuschen wie Sie und wirft seinen Degen zu früh weg in dem Glauben, nicht mehr in Gefahr zu schweben. Vielleicht wird in einer wirklichen Schlacht das Können nicht viel mit dem Sieg zu tun haben. Drehen Sie sich um!", befahl sie.

Ungläubig starrte er sie an.

Sie schaffte es nicht, ihm noch länger ins Gesicht zu sehen. Seine Hose stand offen, und sie hatte einen interessanten Teil seines Körpers bloßgelegt. Am interessantesten war dabei die Schwellung, die sich abzeichnete.

Das Blut pulsierte heiß in ihrem Körper. Sie spürte, wie sie errötete, und presste ihre Klinge an sein Herz. Mühsam löste sie den Blick von seinen Lenden und sah ihm in die Augen. „Ja, ich habe gewonnen“, sagte sie ausdruckslos.

Er atmete schwer. Endlich war er wütend auf sie, und das freute sie. „Sie haben mich besiegt. Und was jetzt? Wollen Sie mir das Herz herausschneiden, weil ich Sie gekränkt habe? Wenn ich doch nichts anderes wollte, als Sie sicher zu dem zu bringen, was von Ihrer Familie übrig ist?“

Etwas von der Spannung des Kampfes löste sich. Bestürzung mischte sich mit Schuldbewusstsein.

Er wandte sich ab und schien gehen zu wollen, dann kehrte er plötzlich zu ihr zurück. Er packte ihr Handgelenk, ehe sie sich rühren konnte. „Legen Sie den verdammten Säbel hin. Ich will mit Ihnen unter vier Augen sprechen, und dies ist keine Bitte!“

In diesem Augenblick erkannte sie, dass sie zu weit gegangen war. Ihre Hochstimmung schwand schnell. Sie senkte den Säbel, und er ließ sie los, deutete zornig auf die Kapitänskajüte. Voll düsterer Ahnungen ging sie voran und legte den Säbel auf das Deck. Plötzlich fiel ihr die Stille auf.

Die gesamte Mannschaft war an Deck gekommen, fast dreihundert Mann, um ihren wahnsinnigen Angriff auf den Kapitän mit anzusehen.

Er umfasste ihre Schulter und schob sie in die Kabine.

Was hatte sie getan, als sie ihn so kühn und gedankenlos angriff, einer plötzlichen Eingebung folgend? Und wie wütend war er wirklich? War er wütend genug, um seinen Trieben nachzugeben?

Mit dem Fuß stieß er die Tür hinter ihnen zu. Dann zog er sein zerfetztes Hemd aus, ging an ihr vorbei, mit bloßem Oberkörper, ungehörig nackt. Sie sah zu, wie er ein Hemd anzog und es über die Hose hängen ließ. Sie holte hörbar Luft, und er fuhr herum.

„Was erwarten Sie? Sie sind kühn und furchtlos, aber Sie sind eine Frau. Jeder Mann wäre von so einem Vorspiel erregt. Ich nehme an, das war es, was Sie beabsichtigten.“

Sie versuchte zu atmen. „Es gab keine Absichten. Ich war

wütend. Ich wollte Ihnen wehtun. Ich werde Ihnen ein neues Hemd kaufen."

„Sie sind mittellos." Er ging an ihr vorüber und schenkte sich einen Whiskey ein. Sie sah zu, wie er das Glas leerte und sich dann nachschenkte. Seine Hände zitterten.

„Wir leben hier auf engem Raum", sagte er und sah sie an. „Und so können wir nicht weitermachen. Ich habe mich für mein Benehmen bereits entschuldigt. Es ist an der Zeit, dass Sie meine Entschuldigung annehmen. Ich will einen Waffenstillstand."

Auch sie zitterte, das merkte sie jetzt. Sie schlang die Arme um ihre Taille. Konnte sie seine Entschuldigung annehmen? In Wahrheit hasste sie es, mit ihm zu kämpfen. Ihn hasste sie nicht, nicht im Mindesten.

„Sie sind einverstanden mit einem Waffenstillstand?", fragte er.

„Ja, bin ich", brachte sie verblüfft heraus. Oh mein Gott, dachte sie und wandte sich ab. Ich habe mich in Clive de Warenne verliebt!

Sie war verdammt.

Beinahe lächelte er, doch er kam nicht näher, als wollte er absichtlich Abstand zwischen ihnen wahren. Er sprach jetzt ruhiger. „Sie haben meiner Mannschaft heute einiges geboten, Amanda."

Verunsichert biss sie sich auf die Lippe, weil sie nicht wusste, was sie sagen sollte. Noch rang sie mit der Erkenntnis, dass sie sich ausgerechnet in den einen Mann auf der Welt verliebt hatte, der für sie am wenigsten erreichbar war.

Als sie nichts sagte, meinte er leise: „Ich habe unsere gemeinsame Zeit vermisst."

Sie zuckte zusammmen, sofort von neuer Hoffnung erfüllt, und ihre Blicke begegneten sich.

Er war der Erste, der sich abwandte. „Wollen Sie heute mit mir essen? Wir können ein ruhiges Abendessen einnehmen, und Sie können mit mir über die Einzelheiten Ihrer Studien plaudern. Und wir können unser Vorgehen bei der Begegnung mit Ihrer Mutter besprechen." Er lächelte ihr zu.

Auch sie hatte ihn vermisst, entsetzlich vermisst, und wenn er ihr nichts anderes bieten konnte als ein paar Stunden an Deck oder bei einem gemeinsamen Abendessen, dann sollte es so sein. War das nicht besser als gar nichts? In diesem Augenblick hätte sie nach jedem Krumen geschnappt. Weil sie ihn nicht nur vermisst hatte – sie brauchte ihn auch. „Ich würde gern mit Ihnen essen." Sie zögerte. „Was meinen Sie mit ‚Vorgehen'?"

Sein sanftes Lächeln erreichte jetzt auch seine Augen und machte ihn zum Inbegriff männlicher Schönheit. „Es gibt ein paar Einzelheiten zu besprechen, zum Beispiel die Art der Präsentation. Ich werde Ihnen helfen, es in Belford House zu schaffen."

Amanda wollte nicht über ihr Schicksal in London sprechen. Sie war heftig und unwiderruflich verliebt. „Das wäre gut."

Er ließ den Blick über ihr Gesicht gleiten. „Sie waren sehr kühn heute, Amanda", sagte er. „Und Sie sind sehr geschickt mit dem Säbel. Ich habe noch nie eine Frau getroffen, die mit der Klinge so umgehen kann wie Sie."

Sie holte tief Luft, überwältigt von seinem Lob. Die Bewunderung in seinen Augen war unverkennbar. „Danke." Und sie hoffte, sie könnte sich mit dieser Bewunderung begnügen, denn mehr würde sie niemals haben.

Amanda war spät dran.

Rastlos ging Clive in seiner Kabine auf und ab. Der Esstisch war bereits elegant gedeckt für das intime Abendessen, das er einzunehmen gedachte. Er wusste, dass er sich auf gefährlichem Terrain bewegte – während ein Waffenstillstand in Anbetracht der langen Reise für seinen Seelenfrieden nötig war, würde ein Abendessen zu zweit seine Charakterfestigkeit testen, seine Ehre und seine Entschlossenheit. Immer wieder hatte er daran denken müssen, wie sie am Tage ihren geschickten Umgang mit dem Säbel zur Schau gestellt hatte. Sie hätte eine keltische Kriegerprinzessin aus vergangenen Tagen sein können, als die Frauen noch tapfer und furchtlos waren und Seite an Seite mit den Männern kämpften. Und die Hitze und Heftigkeit des Kampfes, den sie einander geliefert hatten, hatte nur noch seine männlichen, primitiven Instinkte gesteigert, die doch schon so sehr ein Teil seiner Natur waren.

Er wünschte, er wäre auf ihre Herausforderung wirklich eingegangen, hätte mit dem Degen ihre Kleidung zerfetzt, sie in die Knie gezwungen und sie dann hochgehoben und in seine Kajüte getragen.

Entschlossen versuchte er, etwas von seiner Fassung wiederzugewinnen, und fuhr sich mit der Hand durchs Haar. Um jeden Gedanken an ihre Geschicklichkeit im Kampf zu vertreiben, musste er nur über ihr zukünftiges Schicksal nachdenken. Lange und gründlich hatte er über ihre Ankunft in Belford House nachgedacht, seit er erfahren hatte, wer ihre Mutter wirklich war. Amanda ahnte nicht, dass sie ein Bastard war, was ohne jeden Zweifel der Fall sein musste. Er konnte sich kaum vorstellen, dass Dulcea Belford kurz mit einem jungen Marineoffizier verheiratet gewesen war und dann eine teure Scheidung stattgefunden hatte. Amanda würde geschockt und verletzt sein, wenn sie die Wahrheit über ihre Geburt erfuhr, da war er sich ganz sicher.

Gern hätte er Carre für seine Lügen verflucht, aber er verstand, was dieser zu tun versucht hatte.

Was nun Lady Belford betraf, so kannte er sie gut genug, um zu wissen, dass sie nicht übermäßig erfreut sein dürfte über die Zusammenführung mit ihrer lange verlorenen Tochter. Keine Lady ihres Standes würde offen einen Bastard anerkennen, denn das bedeutete den Ruin und das Leben als Ausgestoßene. Dennoch, Bastarde gehörten zur Gesellschaft, es gab sie in jeder Familie, oft lebten sie mit ihren legitimen Geschwistern zusammen. Diese illegitimen Nachkommen wurden meist als Patenkinder oder Cousins bezeichnet, und nach einer kurzen Welle des Klatsches und Tratsches kümmerte sich niemand wirklich darum. Dulcea würde ihre Tochter vermutlich als entfernte Cousine bezeichnen. Auf diese Weise könnte sie Amanda in die Familie aufnehmen, ohne ihr eigenes bequemes Leben aufs Spiel zu setzen.

Ihm war klar geworden, dass er sie aufsuchen musste, ehe er Amanda zu ihr brachte. Er musste dafür sorgen, dass die Begegnung harmonisch verlief und dass Dulcea sie zumindest als Cousine anerkennen würde. Sobald sie sich einig geworden waren, würde er sich Amanda zuwenden und ihr so schonend wie möglich die Wahrheit beibringen. Dieses Gespräch fürchtete er besonders.

Und bis dahin musste er sie ermutigen, ihre Manieren zu verfeinern, sonst wäre alles umsonst.

Wo blieb sie nur? Hatte sie ihre Meinung geändert, seit sie Frieden geschlossen hatten?

Er sah, dass sie schon vierzig Minuten zu spät war. Endlich verließ er seine Kabine, um nachzusehen, was sie aufgehalten hatte. Clive wollte gerade klopfen, als er sie so leidenschaftlich sprechen hörte, dass er erstarrte. Wer war da bei ihr?

„Was soll ich tun?", fragte sie und klang vollkommen verzweifelt. „Ich bin verloren!" Ihre Stimme wurde leiser und flehend. „Bitte hilf mir!"

Verwirrt und sogar eifersüchtig schob Clive die Tür ein Stück weit auf. Dabei sah er Amanda mitten in ihrer kleinen Kabine stehen, mit dem Rücken zu ihm. „Papa! Wenn du mir jetzt keinen Rat gibst, wer dann? Ich brauche dich jetzt!"

Mitleid stieg in ihm auf, zusammen mit Bedauern. Amanda sprach mit ihrem toten Vater? Sah sie einen Geist? Glaubte sie wirklich, er würde ihr antworten? Sprach sie regelmäßig mit Carre? Er hatte angenommen, sie wäre im Begriff, sich von dem Verlust zu erholen, doch offenbar saß ihre Trauer noch genauso tief wie zuvor. Er kam sich wie ein gefühlloser Klotz vor, weil er das nicht früher bemerkt hatte.

Gerade wollte er sie ansprechen, als sie sagte: „Bestimmt bist du böse mit mir. Ich habe nicht vergessen, dass du wolltest, dass ich de Warennes Mätresse werde, aber er ist ein echter Gentleman, Papa. Ich habe versucht, ihn zu verführen, wirklich."

Er fühlte sich, als hätte sie ihm mit dem kleinen Dolch in die Brust gestochen, den sie in ihrem Stiefel bei sich trug. Sie hatte mit ihm gespielt, um eine verrückte Bitte ihres Vaters zu erfüllen? Er verstand sofort, warum Carre gewollt hatte, dass seine mittellose Tochter seine Geliebte wurde, aber das änderte nichts.

Sie wischte sich die Tränen ab. „Papa, bitte verzeih mir, dass ich versagt habe. Wenigstens bin ich unterwegs zu Mama. Papa? Ich weiß nicht, was ich tun soll. Ich bin so verliebt."

Er hatte noch keine Zeit gehabt, sich von dem ersten Schock zu erholen oder sich gar über ihre Worte zu ärgern. Ungläubig und in der Hoffnung, sie falsch verstanden zu haben, öffnete er die Tür ganz.

Sie schüttelte den Kopf, als hätte es ihr die Sprache verschlagen. „Ich weiß", flüsterte sie, als hätte ihr Vater zu ihr gesprochen. „Ich weiß, ich bin eine Närrin, ich weiß, er wird mir das Herz brechen – aber einen Mann wie ihn habe ich noch nie zuvor getroffen. Niemand ist so wie de Warenne! Oh weh, ich versuche, mich selbst dazu zu überreden, mich mit seiner Freundschaft zu begnügen, aber es ist so schwer. Ich bin so sehr verliebt. Wenn er mich haben will, würde ich mit Vergnügen seine Geliebte werden, und es wäre mir egal, wenn ich sonst nichts von ihm bekäme."

Es war, als hätte man ihm einen Fausthieb versetzt, der ihm den Atem raubte. Wie war das geschehen? Wie, zum Teufel, hatte sich Amanda Carre, die wilde und ungebundene La Sauvage, so unabhängig, dass sie niemanden brauchte, in ihn verliebt?

Aber hatte er das nicht schon geahnt? Wie sie ihn ansah, mal mit hoffnungsvollem Glanz in den Augen und dann wieder so verführerisch, das alles hatte sie verraten. Hatte er sie noch mehr getäuscht, als er bisher gedacht hatte? Er wollte sie nur beschützen.

Er versuchte zu sprechen, doch die Stimme gehorchte ihm nicht.

„Wenigstens gehe ich nach England, zu Mama, weil du das unbedingt wolltest“, sagte sie plötzlich. Sie zitterte und kämpfte mit den Tränen. „Das konnte ich dir nicht verweigern. Aber Papa? Ich habe Angst.“ Sie wischte sich das Gesicht mit dem Ärmel ab. „Ich bin wirklich ein Feigling. Jetzt habe ich dich im Stich gelassen, weil ich mich so sehr vor England fürchte und vor Mama. Ich fürchte mich mehr vor Mama als vor den Halsabschneidern, die bei uns an Bord kamen und versuchten, uns zu töten. Ich wünschte, du könntest zurückkommen und mir sagen, dass ich nicht gehen muss.“

Clive zog sich aus der Kabine zurück. Er schloss die Augen, als unerträgliches Mitleid ihn überkam. Mit den Umständen wurde er fertig, ihre Gefühle für ihn waren etwas anderes.

Lautlos ging er zurück in seine Kabine.

8. KAPITEL

Er sah zu, wie sie an ihrem Wein nippte. Das Selbstgespräch, das er mit angehört hatte, hatte sich tief in sein Gedächtnis gegraben, selbst wenn sie keine Spuren ihres vorherigen Tränenausbruchs zeigte. Sie sah auf. Ihr Blick war sanft und voller Hoffnung, und er wusste jetzt, was das bedeutete. Beunruhigt wandte er den Blick ab. Aber er hatte jetzt etwas vor, etwas Wichtiges, und er musste es um jeden Preis durchsetzen. Er würde Himmel und Hölle in Bewegung setzen, damit Amandas Rückkehr zu Dulcea ein Erfolg wurde, nur bedurfte es dazu etwas Kooperation von ihrer Seite.

„Schmeckt Ihnen die *soupe du poisson*?“, fragte er beiläufig.

Sie legte den Löffel hin und lächelte ihn an. „Sehr.“

„Wir sind gut vorangekommen. Ich schätze, dass wir ein Drittel der Strecke nach England zurückgelegt haben.“

Ihre Zügen wirkten plötzlich angespannt, und ihre Lider zuckten.

„Sie müssen aufgeregt sein, Amanda, sehr aufgeregt.“

Sie starrte auf ihren Teller. „Ja.“

Er betrachtete ihren gesenkten Kopf und versuchte herauszufinden, wie er sie wohl dazu bringen konnte, ihre Furcht zu gestehen. Dann erst könnte er einen Schnellkurs in guten Manieren vorschlagen. Eine andere Wahl gab es nicht, nicht wenn die Begegnung mit Dulcea Belford ein Erfolg werden sollte. Aber plötzlich sah sie auf. „Werden Sie mich am Londoner Hafen einfach absetzen?“

Es war jetzt so einfach, ihre Angst zu erkennen. „Natürlich nicht. Ich werde Sie nach Belford House begleiten.“

„Und dort werden Sie mich zurücklassen, nicht wahr?“

Behutsam wog er seine Worte ab. „Ich möchte Ihnen gern helfen, einen guten Eindruck zu machen, Amanda. Wir müssen ein passendes Kleid für Sie finden. Sobald wir angelegt haben, werde ich eine Schneiderin nach Harmon House bestellen. Wenn Sie über eine angemessene Garderobe verfügen, werde ich Sie nach Belford House begleiten."

Sie sah ihn an. „Harmon House? Wo Ihr Vater mit seiner Frau wohnt, der Countess?"

„Ich wohne in Harmon House, wenn ich in der Stadt bin. Ich habe keine Ahnung, wer dort sein wird, wenn wir ankommen. Vielleicht ist die gesamte Familie anwesend, vielleicht aber auch niemand."

Zwei rosa Flecken erschienen auf ihren Wangen, sodass sie geradezu fiebrig wirkte.

„Ich sehe, dass Sie sich ein wenig fürchten. Meine Familie wird Sie begeistert begrüßen. Und sollten Sie es wünschen, werde ich bei Ihnen bleiben, wenn Sie Ihrer Mutter gegenübertreten."

Sie verschränkte die Arme. „Aber dann werden Sie gehen. Ich meine, sie wird mir ein Zimmer geben. Ich werde den Rest meines Lebens in Belford House verbringen."

Er seufzte und fühlte sich entsetzlich. „Sie sind jung, und sie ist Ihre Mutter. Natürlich wird sie Sie aufnehmen wollen, und das sollte sie auch. Aber wenn Sie volljährig sind, werden Sie tun können, was Sie wollen – so Sie über die entsprechenden Mittel verfügen." Und er musste wieder an das denken, was Carre für seine Tochter wollte. Er konnte dem Mann keinen richtigen Vorwurf machen. Amanda war schön und leidenschaftlich, die Sorte Frau, die ein Gentleman haben wollte. Aber warum hatte Carre keine ehrgeizigeren Pläne für seine Tochter verfolgt? Hatte Amanda wirklich die ersten vier Jahre ihres Lebens bei ihrer Mutter verbracht? Er hielt das für unwahrscheinlich. Und verdammt, warum hatte Carre sie nicht auf eine gute Schule geschickt, wo sie Unterricht in Etikette erhalten hatte?

„Nun, bald wird es so weit sein", sagte sie.

„Vor dem Gesetz schon, aber ich bin sicher, Ihre Mutter wird wünschen, Sie ordentlich versorgt zu sehen. Sie wird Sie nicht mit achtzehn vor die Tür setzen, Amanda. Viele unverheiratete Damen leben noch mehrere Jahre zu Hause. Manche alte Jungfern verlassen niemals ihr Elternhaus."

Sie schüttelte den Kopf, offensichtlich unzufrieden.

„Ich kann Ihnen helfen", wagte er sich vor. Um ein Haar hätte er nach ihrer Hand gegriffen, doch er besann sich.

„Was meinen Sie damit?", fragte sie wachsam.

„Sie brauchen mehr als ein hübsches Kleid", sagte er und versuchte, seine Worte beiläufig klingen zu lassen.

Sie verstand und richtete sich auf. „Ich weiß. Ich bin keine Dame. Und kein Kleid wird jemanden etwas anderes glauben lassen." Sie fügte hinzu: „Ich habe noch nie ein Kleid getragen."

Das gefiel ihm nicht, denn es würde schwieriger werden, als er es erwartet hatte. „Mir gefällt Ihre Einzigartigkeit", sagte er. „Aber anderen vielleicht nicht."

„Versuchen Sie, lustig zu sein?" Sie konnte es nicht glauben. „Wissen Sie, wie viele feine Damen in Kingston auf den Straßen auf mich herabsahen? In der Kirche weigerten sie sich, mit mir in derselben Bank zu sitzen. Eine ging sogar auf die andere Straßenseite, damit meine Person sie nicht beschmutzte. Und sie redeten über mich – laut –, daher weiß ich genau, wie sie über mich denken. Ich bin Abschaum. Niemand im Haus meiner Mutter wird etwas anderes denken – und auch nicht im Haus Ihrer Familie."

Er sah sie nur an, voller Schmerz um ihretwillen. „Sie sind kein Abschaum. Sie sind hundert Mal stärker, tapferer und schöner als alle, die mit bösen Zungen reden. Und Sie irren sich, was meine Familie betrifft – wenn Sie mit mir zusammen ankommen, wird man Sie freundlich aufnehmen –, und alle werden Sie mögen, wenn sie Sie besser kennenlernen. Aber in einem haben Sie recht. Niemand in Belford House wird entzückt sein über Ihre Offenherzigkeit oder Ihren Umgang mit dem Säbel. Wir müssen Ihr Erscheinen bei Ihrer Mutter sorgfältig planen. Amanda, ich habe lange darüber nachgedacht. Ich wünschte, wir hätten mehr Zeit, aber wir haben einen Monat. Sie müssen die wichtigsten gesellschaftlichen Regeln kennenlernen – wie man geht, redet, speist. Und natürlich müssen Sie tanzen lernen."

Sie war den Tränen nahe. „Ich kann gehen und sprechen – aber so wie ich es mache, genügt es nicht, oder?“ Er schwieg. „Ich will nicht mit dem Adel speisen, de Warenne. Ich will nicht nach England. Ich will meine Mutter nicht treffen, nicht so, aber ich habe es Papa versprochen!“ Sie stand so abrupt auf, dass der Stuhl umfiel. Sie erbleichte und bückte sich, um ihn wieder hinzustellen.

Er sprang auf und ging um den Tisch herum, nahm ihr den umgekippten Stuhl aus der Hand. „Ist schon gut“, sagte er und stellte ihn wieder hin.

Mutlos schüttelte sie den Kopf. „Es ist nicht gut. Ich kann nicht einmal richtig vom Tisch aufstehen, und das wissen Sie.“

Er nahm ihre Hand. „Ich habe Sie beim Nachahmen gehört, und darin sind Sie ziemlich gut.“

Sie erstarrte, offensichtlich interessiert. „Sie meinen, wenn ich irgendeinen Narren nachmache?“

Beinahe lächelte er. „Ja, genau das meine ich. Sie können den Tonfall der Oberklasse exakt nachahmen – das habe ich mehr als einmal von Ihnen gehört. Es wird nicht so schwer, wie Sie glauben.“

Sie sah ihn an und zog dann ihre Hand weg. „Ich kann jede elegante Bewegung nachahmen, aber das wird niemanden täuschen. Ich will keine Lady sein. Ich will nur segeln.“

Sein Herz schien zu schmelzen. Er überlegte, was er sagen sollte – und wie er es sagen sollte. „Unglücklicherweise ist Carre tot. Sie haben kein Geld, was ebenfalls ein Unglück ist. Ihre Mutter wird Sie unterstützen. Sie werden sich irgendwie anpassen müssen.“

„Ich habe Sie“, flüsterte sie, und aus tränenverhangenen Augen sah sie ihn an.

Sein Herz schlug schneller. „Was?“

Sie verschränkte die Arme fest vor der Brust. „Ich könnte hierbleiben – bei Ihnen. Bestimmt würde das Papa gefallen.“

Ungläubig sah er sie an, aber jeder Moment, den sie auf seiner Fregatte verbracht hatten, kam ihm wieder in Erinnerung.

„Ich bin gut im Segeln!", rief sie. „Ich wette, es gibt auf diesem Schiff keinen Burschen, der so schnell auf die Rahe des Royalsegels klettern kann wie ich."

Er erbleichte. „Den Teufel werden Sie tun, da hinaufzuklettern." Das war der höchste Mast auf dem Schiff.

„Und ich kann Kanonen so schnell nachladen wie der beste Kanonier. Außerdem bin ich gut mit der Pistole, und Sie haben gesehen, dass ich mit dem Degen umgehen kann. Bitte", fügte sie verzweifelt hinzu, „lassen Sie mich mit Ihnen segeln."

„Sie wollen mit mir segeln", wiederholte er, und sein Herz schlug in einer Weise, die er nur allzu gut kannte. Sie wollte auf dem Schiff bleiben und mit ihm zur See fahren. Erschüttert wandte er sich ab, und seine Lenden schmerzten vor unterdrücktem Verlangen.

„Ich werde es schaffen, ich schwöre es! Und ich esse nicht viel. Ich kann unten schlafen mit der Mannschaft", bettelte sie.

Er sah sie an und schüttelte den Kopf. „Nein."

„Ich werde in England scheitern", flüsterte sie. „Sie wissen das auch."

Sie sahen einander an, ihr Gesicht war voller Furcht und Zorn, so aufgewühlt, dass er den seltsamen Wunsch verspürte, ihrer Bitte Folge zu leisten. Aber das war vollkommener Unsinn. „Sie werden nicht scheitern. Ich werde Ihnen helfen, ein paar notwendige Regeln zu lernen, genau wie Ariella und Anahid."

Sie setzte sich aufs Bett und sah ihn an. „Was ist, wenn Mama mich nicht haben will?"

Das war auch seine größte Furcht. Seine Züge wurden weicher, er ging zu ihr, doch er dachte daran, sie nicht zu berühren, nicht jetzt. Er durfte sie nicht trösten. „Ich werfe Ihnen nicht vor, dass Sie Angst haben. Ich bitte Sie aber, mir zu vertrauen. Ich werde Ihre Zukunft absichern, Amanda, ehe ich England verlasse. Das ist ein Versprechen."

Amanda starrte ihn an, offenbar unsicher. Sie flüsterte: „Ich vertraue Ihnen. Aber was, wenn Mama mich so ansieht wie diese Kuh auf Windsong? Wie sie alle es tun?“

Er erstarrte. Es wird Lady Belford sehr leidtun, dachte er finster, wenn sie ihre Tochter von oben herab ansieht. „Ich kann nicht in die Zukunft sehen, aber wir können alles in unserer Macht Stehende tun, um das Glück zu unseren Gunsten zu wenden. Während der nächsten vier Wochen müssen Sie sehr hart arbeiten, und ich werde Sie durch die Begegnung mit Ihrer Mutter führen. Ich denke, zusammen können wir dieses Treffen zu einem Erfolg werden lassen. Ich habe vor, meinen Teil einzuhalten, und Sie müssen Ihren einhalten.“

Sie biss sich auf die Lippe. „Ich werde es versuchen. Aber ich habe nicht Ihr Selbstvertrauen. Ich wünschte, ich hätte es.“

Er lächelte. „Dann werde ich genug Vertrauen für uns beide haben.“ Er wurde ernst. „Amanda, sie ist Ihre Familie. Ich bin die meiste Zeit als Kaufmann unterwegs und in der übrigen Zeit als Kaperfahrer. Außerdem bin ich unverheiratet. Sie können nicht mit mir segeln. Es ist einfach unmöglich.“

Sie wandte sich ab. „Warum nicht? Sie machen, was Sie wollen, oder? Jeder weiß, dass Sie nichts und niemandem gehorchen.“

Unglücklicherweise hatte sie recht. Er zögerte. „Mein Leben wäre ganz anders, wäre ich kein Exzentriker“, sagte er finster und meinte es ernst. „Das macht es sehr schwer, wirkliche Nähe zu empfinden. Ich bedaure nichts, aber auf lange Sicht ist es besser, sich einzufügen.“

„Aber auch ich bin nicht wie alle anderen“, flüsterte sie und sah ihm in die Augen.

Wir sind beide Außenseiter, dachte er. „Ihr Schicksal liegt in Belford House, meines auf hoher See. Wir sind ganz verschieden.“ Er setzte sich neben sie auf das Bett, erschüttert über die Erkenntnis, wie viel sie gemeinsam hatten. „Also? Haben wir uns auf einen Plan geeinigt?“

Sie zögerte, bevor sie langsam nickte. „Ich will versuchen, meine Manieren zu verbessern. Aber ich bin nicht so hoffnungsvoll wie Sie.“

„Ich weiß, es wird Ihnen gelingen“, versprach er. „Amanda, ich werde Sie nicht im Stich lassen“, hörte er sich hinzufügen.
Sie schien überrascht zu sein. Genau wie er.

Amanda war erschöpft. Fünf ganze Tage hatte sie mit ihren Lektionen verbracht. Nun, da sie sich entschieden und de Warenne ihr Wort gegeben hatte, wollte sie sich mit aller Kraft dem Erlernen feiner Manieren widmen. Sie war beinahe überzeugt, dass sie niemanden täuschen würde, aber sie hatte ein Bild vor Augen, das sie nicht vertreiben konnte. Darin sah sie eine junge Frau ohne Gesicht, in schönen Kleidern, die sich mühelos mit großer Anmut bewegte. Diese Frau trank Tee mit ihrer Mutter in einem Garten voller blühender Rosen, diese Frau wurde in London herumgeführt von einem gut aussehenden, schneidigen Bewunderer: einem Gentleman, der eine verdächtige Ähnlichkeit mit Clive de Warenne hatte.

Sie verabscheute die Etikette nicht so sehr, wie sie es erwartet hatte, obwohl sie es hasste, dass sie so ungeschickt und unbeholfen war und ihre Bemühungen so komisch wirkten. Sie konnte sich nicht mühelos in den langen Röcken des Kaftans bewegen, den man ihr gegeben hatte, ohne auf den Saum zu treten oder über ihre eigenen Füße zu stolpern. Und wenn sie nicht stolperte, vergaß sie, kleinere Schritte zu machen. Einmal, als sie sich in Röcken wie ein Junge bewegte, hatte Alexi gebrüllt vor Lachen. Gemeinsam mit Anahid, Ariella und Michelle hatten sie Alexi fortgejagt, und später hatte sie erfahren, dass de Warenne Alexi für sein Gelächter bestraft hatte – er musste an einem Tag zwei Aufsätze schreiben, einen auf Latein, und einen Brief, in dem er sich entschuldigte. Sie fühlte sich in dem Kleid so unbehaglich, dass sie fürchtete, sich niemals daran gewöhnen zu können. Wenn sie nicht einmal so gehen konnte wie die Damen in Kingston, wie sollte sie dann jemals tanzen lernen? Und jetzt, am fünften Tag, war Amanda verzweifelt. Würde sie anmutig genug sein, um irgendjemanden zu täuschen?

Sie hatte solche Angst, sich vor der Gesellschaft und vor de

Warenne in eine peinliche Situation zu bringen. In gewisser Weise hatte sie von Anfang an gewusst, dass sie nicht als Piratentochter durch die Tür ihrer Mutter gehen konnte. Das würde mehr Mut erfordern, als sie besaß.

Hastig riss sie sich den verhassten Kaftan vom Leib. Sie hatte ihn über der Hose getragen, ein kleiner Akt der Auflehnung, den niemand bemerkt zu haben schien, und der Dolch steckte noch immer in ihrem Stiefel. Klammerte sie sich an ihr altes Leben, für den Fall, dass das neue niemals kommen würde? Sie warf den reich in Türkis, Violett und Gold bestickten Kaftan auf den Boden, dann versetzte sie ihm einen Tritt. Heute hatte sie so tief geknickst, dass sie vornüber gefallen war. Sie war sehr verlegen gewesen. Und um alles noch schlimmer zu machen, hatte de Warenne von der Türschwelle her zugesehen. Statt ihn zu beeindrucken, hatte sie sich zum hundertsten Mal lächerlich gemacht.

Sie bedeckte das Gesicht mit den Händen. Warum konnte Mama sie nicht so lieben, wie sie war?

Warum konnte nicht auch de Warenne sie so lieben?

Ihr Herz schlug schneller. Sie wagte es nicht, dumm und lächerlich zu sein, nicht in Bezug auf de Warenne. Er war ihr Beschützer und sogar ihr Freund, oder zumindest hoffte sie das. Nie würde er ein einfaches Mädchen wie Amanda Carre wollen, ein wildes Kind wie La Sauvage, weder als seine Geliebte noch als flüchtige Gespielin.

Aber vielleicht wollte er sie, wenn sie die feine Dame aus ihren geheimen Träumen wurde.

Seit ihre neuen Studien begonnen hatten, hatte sie de Warenne kaum gesehen. Sie hatte geglaubt, er würde dabei helfen, sie das Gehen zu lehren, das Knicksen und das Tanzen, zumindest etwas davon. Offensichtlich hatte sie ihn missverstanden – oder er hatte seine Rolle bei ihrer Ausbildung noch einmal überdacht. Als sie versucht hatte, ihm während der zweiten Wache Gesellschaft zu leisten, spät in der Nacht, als ihr täglicher Unterricht beendet war, hatte er ihr befohlen, in die Kabine zu gehen und etwas zu schlafen, hatte deutlich gemacht, dass er ihre Gesellschaft nicht wünschte. Dass ihr nicht erlaubt wurde, bei ihm zu sein, war ein schwerer Schlag gewesen. Sie sehnte sich nicht nur nach seiner Gesellschaft – und seinem Lob –, sie vermisste ihn überdies. Sie spürte, dass er Abstand zu ihr hielt, und sie wusste, warum. Sie hatte sich ihm an den Hals geworfen, und er wollte solche Aufmerksamkeiten nicht noch einmal.

Amanda wünschte, sie wäre nicht so dumm gewesen.

Da klopfte es an der Tür. Als Amanda sich umdrehte, um zu öffnen, bemerkte sie das silbrige Meer vor dem Bullauge und den geheimnisvollen grauen Himmel. Erregung erfasste sie – sie kamen in schlechtes Wetter. Es war Jahre her, dass sie in einem schweren Sturm gesegelt war.

Sie öffnete die Tür und sah Michelle, der sie anlächelte. Ihre Stimmung hellte sich auf. „Werden wir noch etwas lesen?" Sie liebte Lesen beinahe so sehr wie das Segeln.

Er strahlte. „*Non, actuellement*, ich werde mit Ihrem Tanzunterricht beginnen."

Ihre Stimmung sank wieder. Bisher hatte ihr Unterricht nur Gehen, Sprechen und den so wichtigen Knicks umfasst. Michelle würde sie das Tanzen lehren? Wenn sie lernen musste, wie man tanzte, so wollte sie das mit de Warenne lernen. Aber vielleicht war es besser so. Sie wollte sich nicht wieder vor ihm blamieren.

„Ich fühle mich nicht wohl", schwindelte sie. „Können wir morgen anfangen?"

„Mademoiselle, uns bleibt nur noch wenig Zeit! Sie müssen den Walzer lernen, auch wenn wir keine Musik haben. *Maintenant, allez-vous!*"

„Toppsegel und Bramsegel einholen!"

„Aye, Sir", sagte der Matrose Clark und eilte davon, um die Befehle weiterzugeben.

Clive wandte sich wieder um und blickte über den Bugspriet

hinweg. Der Wind machte jetzt dreiundzwanzig Knoten. Das Wetter verschlechterte sich rapide, und er schätzte, dass er in zwei bis drei Stunden alle Segel eingeholt haben würde. Er verschränkte die Arme vor der Brust und konzentrierte sich auf den Sturm, versuchte, ihn einzuschätzen. Eine böse Vorahnung überkam ihn, die er zu verdrängen suchte. „Vor uns liegt ein Unwetter", bemerkte er zu MacIver.

„Das ist richtig, Sir."

„Es wird auch Regen geben." Er machte kehrt und ging an den Rand des Achterdecks, von wo aus er zusah, wie die Segel eingeholt wurden, wie er es befohlen hatte. „Clark, ich will die Wachen verdoppeln."

„Aye, Sir." Clark wiederholte den Befehl, dass eine weitere Wache Posten beziehen sollte. Clive war überzeugt, dass er bis Sonnenuntergang alle Männer an Deck haben würde – nicht, dass die Sonne zu erkennen war, da der Himmel immer dunkler und bedrohlicher wurde.

„Herr." Unsicheren Schrittes kam Anahid auf ihn zu, weil sie mit dem schlingernden Deck kämpfte.

Er sprang auf das Hauptdeck und ergriff sie am Arm. „Die Kinder?"

„Es geht ihnen gut, Herr. Alexi würde am liebsten an Deck sein, und Ariella hat das Wetter noch gar nicht bemerkt, da sie ganz in ihre Französischaufgaben vertieft ist."

Das Schiff bewegte sich heftig, aber es schwankte noch nicht, wenngleich das Wetter stetig schlechter wurde. „Alexi darf nicht an Deck kommen, bis der Sturm vorüber ist, und das wird, denke ich, bei Tagesanbruch sein. Anahid, Ihr Bericht?" Jeden Tag genau um vier Uhr berichtete Anahid ihm über Amandas Fortschritte. Bisher waren ihre Nachrichten recht ermutigend gewesen.

„Herr, sie ist eine entschlossene Schülerin. Wenn wir mehr Zeit hätten, würde ich mir keine Sorgen machen. Aber uns bleiben nur noch drei Wochen! Ihr ganzes Leben durfte sie ungezügelt umherstreifen und sich wie ein Junge benehmen. Ein so lange geübtes Verhalten lässt sich nicht innerhalb weniger Tage ändern."

„Sie muss in Belford House einen guten ersten Eindruck machen", beharrte er.

„Sie haben sie gestern wie einen gereizten Straßenjungen herumlaufen sehen. Sie braucht mehr Zeit, Herr. Darf ich offen sprechen?"

„Bitte."

„Sie ist so stolz. Und doch schiebt sie diesen Stolz jeden Tag beiseite. Jeder kleine Fehler bedeutet für sie eine große Demütigung. Ich glaube, Sie sollten ihren Eintritt in die Gesellschaft lieber aufschieben, bis sie über die Fähigkeiten verfügt, die sie benötigt."

„Das kann bestimmt so arrangiert werden", meinte er nachdenklich. „Aber ich möchte, dass sie sofort ihre Mutter trifft. Für diese Begegnung muss sie noch nicht perfekt geschult sein. Wird sie denn bis zum Ende dieser Reise als jemand von nobler Geburt durchgehen können?"

„Ich bin nicht sicher."

Er war gleichermaßen besorgt wie berührt. Er hatte gesehen, wie entschlossen sein Schützling war. Er bewunderte ihre Beharrlichkeit, vor allem weil er wusste, wie stolz sie war und wie jeder Missgriff sie beschämte. Doch Lady Belford würde bei ihrer Tochter geschliffene Manieren wünschen. Daran zweifelte er nicht. „Machen Sie weiter, so gut Sie können", sagte er zu Anahid.

„Herr? Vielleicht können Sie sie loben und ihr schmeicheln. Sie bewundert Sie sehr."

Wieder einmal stieg ihm das Blut in die Wangen, und ihn beschlich eine Ahnung, dass Anahid von der fragwürdigen Leidenschaft wusste, die seine Beziehung zu Amanda belastete. „Ich werde Sie nach unten begleiten."

Er nahm ihren Arm und brachte sie in die Kabine der Kinder, half ihr, dem Wind standzuhalten. Als er eintrat, tauchte Amanda aus ihrer Kabine auf und lächelte ihn strahlend an.

Sofort bemerkte er, dass ihr Gesicht vor Aufregung gerötet war. „Ich vermute, dass Sie gute Nachrichten überbringen können?“, fragte er, als sie ihm in die Kabine der Kinder folgte.

„Wir segeln in einen Sturm“, berichtete sie aufgeregt. „Ich habe seit Jahren keinen richtigen Sturm mehr erlebt.“

Langsam drehte er sich zu ihr um. In dieser Phase wären die meisten Frauen ängstlich geworden, und in weniger als einer Stunde, wenn sie im Auge des Sturms waren, würden die meisten Frauen schluchzend um ihr Leben bangen und den Tod im Wasser erwarten. Er wurde still. „Wir erwarten sehr raue See“, sagte er, „und extreme Winde. Schon jetzt machen sie dreiundzwanzig Knoten. Die Kinder werden unter Deck bleiben. Sie werden das ebenfalls tun.“

Sie sah ihn ungläubig an.

„Das ist ein Befehl.“ Er wandte sich dem ebenso ungläubigen Alexi zu. Er sah auch, dass seine Tochter endlich den Sturm zur Kenntnis genommen hatte. Sie hatte ihr Buch geschlossen und saß auf der unteren Koje, bleich vor Angst.

„Papa!“ Alexi hüpfte auf und nieder. „Ich muss dir helfen, durch den Sturm zu navigieren. Es gibt doch einen Sturm, oder?“

„Wir nähern uns stürmischen Winden“, sagte er. „Aber du bist acht Jahre alt, und ich erteile dir einen Befehl. Du wirst in der Kabine bleiben und deine Schwester beruhigen.“

Alexi schien unglücklich. „Aber …“

„Kein Aber!“, rief Clive aus. „Ich bin dein Kapitän, und du wirst jeden meiner Befehle befolgen. Habe ich mich klar ausgedrückt?“

Alexi nickte errötend.

„Und ich will noch deutlicher werden“, sagte Clive. Obwohl sein Sohn sich noch nie offen seinen Anweisungen widersetzt hatte, wusste er, wie sehr Alexi sich danach sehnte, an Deck zu gehen und den Sturm zu erleben. Aber er würde von Bord gerissen werden, schneller als Clive reagieren konnte. „Ich werde die Rute nehmen, wenn du nicht gehorchst.“ Damit hatte er noch nie gedroht, aber Alexi sollte wissen, dass er ihm jetzt gehorchen musste.

Alexi machte große Augen. Er war vollkommen still geworden.

Clive sah ihn noch einen Moment lang an, um sicherzugehen, dass sein Sohn verstanden hatte, wie ernst es ihm war. „Gut." Dann wurde seine Miene weicher, und er ging zu Ariella und nahm sie auf den Arm. „Was liest du?"

„Die Ilias", flüsterte sie.

„Ist es ein gutes Buch?"

Sie nickte. „Papa? Werden wir kentern?"

Er lachte und hoffte, sie damit zu beruhigen. „Natürlich nicht! Wann ist dein Papa jemals gekentert? Ist dein Papa jemals schiffbrüchig geworden? Wir haben starken Wind, das ist alles. Später wird es regnen. Aber du", sagte er und setzte sie auf die Koje, „wirst fest schlafen, ganz in dein Bett gekuschelt. Du wirst gar nicht merken, dass wir durch einen Sturm segeln, denn morgen früh wird die Sonne wieder scheinen." Er kniff sie ganz leicht ins Kinn.

Sie nickte, brachte aber kein Lächeln zustande. „Das Schiff schaukelt so. Es wird nicht leicht sein einzuschlafen."

„Anahid wird dir einen Tee kochen, und das Schaukeln wird dir beim Einschlafen helfen. Ich verspreche es."

Endlich lächelte sie ihn an.

Er ging zu Anahid und Amanda, sich wohl darüber im Klaren, dass Amanda keines seiner Worte und keine seiner Bewegungen entging. „Anahid", sagte er und senkte die Stimme, sodass die Kinder ihn nicht hören konnten. „Gießen Sie in einer Stunde etwas Brandy in Ariellas Tee. Es ist besser, wenn sie die Nacht durchschläft."

Anahid nickte.

Er ging zurück zu seinem Sohn und umfasste dessen Schultern. „Du musst deine Schwester beruhigen. Du kannst mit ihr spielen oder ihr laut vorlesen, was immer sie ablenkt."

„Ja, Papa", sagte Alexi und klang sehr zurückhaltend.

Clive seufzte. Er war sicher, dass sein Sohn in ein paar Jahren sehr wild und schwer zu handhaben sein würde. Er wollte die Kabine verlassen und warf noch einen Blick auf Amanda. Doch sie war zu seinem Sohn hinübergegangen.

„Er meint es nicht böse, Alexi“, sagte sie. „Der Wind ist gefährlich – du bist so klein, dass eine starke Böe dich über Bord wehen würde. Und wenn das geschieht, würde dein Papa dir nachspringen, um dich zu retten, und dann würdet ihr beide im Meer ertrinken!“

Alexi nickte ernst. „Dann werde ich mich um meine Schwester kümmern“, sagte er.

Zufrieden nickte Clive Anahid zu und verließ die Kabine. Ihm fiel sofort auf, dass der Wind stärker geworden war, Gischt spritzte von den Wellen hoch und wehte mit dem Wind davon. Er ging schneller und sprang auf das Deck. „Wie viele Knoten?“

Clark antwortete. „Vierundzwanzig.“

Sie waren in den Sturm gekommen. „Zieht die Toppsegel ein“, sagte er.

„Aye, Sir!“

„Ist es erlaubt?“

Beim Klang von Amandas Stimme fuhr er herum. Sie stand unter ihm an Deck, stemmte sich gegen den Wind, aber ihre Augen funkelten grün vor Aufregung. Er dachte nicht nach, er reagierte einfach. Er sprang zu ihr und packte sie. „Sie sind kaum größer als mein Sohn! Haben Sie den Verstand verloren, jetzt an Deck zu kommen?“

„Wie sind nicht gerade in einem Wirbelsturm!“, rief sie. „Vierundzwanzig Knoten – das sind stürmische Winde!“

„Ich will, dass Sie unter Deck gehen!“, rief er zurück.

„Bitte!“, rief sie, und ihre Blicke begegneten sich.

Nur ein Wahnsinniger würde nachgeben. Er nahm sie mit sich zum Achterdeck, nahm ein Tau, schlang es erst um ihre Taille und dann um seine. „Sie dürfen eine halbe Stunde bleiben. Ich will ohnehin mit Ihnen sprechen“, sagte er mit erhobener Stimme, um den Sturm zu übertönen. „Ein Sturm ist nicht der richtige Ort für eine Dame.“

Sie senkte den Blick und dachte offensichtlich nach. Dann lächelte sie ihn an. „Aber ich bin keine Dame.“ Sie sagte es leise, doch er hörte es trotzdem.

„Perfekt – genau das Thema, über das ich reden will.“

„Wie bitte?“, fragte sie und legte eine Hand ans Ohr.

Er nahm ihre Hand und drückte sie nach unten. „Ich weiß, dass Sie mich hören können“, sagte er, doch er beugte sich zu ihr hinab. „Ich bin sehr zufrieden damit, wie Sie die guten Manieren lernen, Amanda. Michelle spricht in den höchsten Tönen von Ihnen.“

Sie sah ihn überrascht an.

„Wenn Sie so weitermachen, besteht die Hoffnung, dass Sie nicht nur Ihre Mutter entzücken, sondern dass die Schlange der Verehrer, die um Ihre Aufmerksamkeit buhlen, einmal um den Block reicht.“ Er lächelte sie zuversichtlich an.

Sie errötete ungläubig. „Wie kommen Sie darauf? Heute bin ich fast auf das Gesicht gefallen!“, rief sie gegen den Wind und die klatschenden Wellen.

„Ich sage das, weil ich an Sie glaube“, sagte er und erkannte, dass er das auch so meinte. „Aber ich weiß, dass Sie Angst haben. Wenn Sie also noch nicht bereit sind, wenn wir in London eintreffen, werden wir die Sache hinausschieben.“

Sie sah ihn erleichtert an. Dann nickte sie.

Plötzlich spielte ihm sein Verstand einen Streich. Er stellte sie sich vor, nicht hier bei ihm an Deck, sondern in einem Ballsal, in einem schönen Ballkleid. Sein Herz drohte stillzustehen. Gütiger Himmel, sie würde so schön aussehen ... Einen Moment lang fehlten ihm die Worte. Sie würde, erkannte er noch immer verblüfft, Dutzende von Verehrern haben. „Amanda“, hörte er sich sagen, ohne den Blick von ihr zu wenden, „wenn Sie Ihr Debüt haben, dann gehört der erste Tanz mir, darauf bestehe ich.“

„Sie wollen den ersten Tanz?“, stieß sie hervor.

Er wandte den Blick ab, erschüttert von dem heftigen Verlangen, das ihn ergriff. „Ja. Genauer gesagt werde ich dafür sorgen, dass ich bei Ihrem ersten Ball in London bin – wenn Sie mir diesen Tanz versprechen."

Sie wandte sich erstaunt ab, doch das Tau zwischen ihnen verhinderte allzu großen Abstand. „Natürlich", sagte sie atemlos. Dann sah sie ihn an, noch immer überrascht. „Aber warum?"

„Sind Sie nicht mein Protegé?", fragte er und versuchte, es beiläufig klingen zu lassen. Aber er wusste, dass sie in einem Ballkleid unwiderstehlich sein würde, wenn sie im Arm eines Gentlemans über die Tanzfläche wirbelte. Ihn durchfuhr der Gedanke, dass er vielleicht nicht so begeistert sein würde, wenn sie in die Gesellschaft eingeführt wurde, weil kein Mann gegen ihre Schönheit immun sein würde. Und ganz plötzlich wollte er unbedingt diesen ersten Tanz haben – ganz plötzlich verzehrte er sich danach.

Von unten herauf sah er sie an. „Ist es nicht mein Recht, vor allen anderen mit Ihnen zu tanzen?", sagte er leise und konnte nicht anders.

Er konnte sich nicht beherrschen. Sie standen am Ruder, das Deck schwankte heftig unter ihren Füßen, und er dachte an diese Frau, ihre Schönheit, ihre Leidenschaft, nicht an den Sturm. Er wusste, er würde diesen Tanz ebenso leidenschaftlich empfinden, wie wenn er sie in sein Bett nahm.

Sie begann zu lächeln. „Ich bin ungeschickt", warnte sie ihn.

Er lachte, ihre Bemerkung entspannte ihn. „Unmöglich. Sie sind leichtfüßig – wir haben gegeneinander gefochten, erinnern Sie sich? Ich weiß, Sie werden eine ausgezeichnete Tänzerin, so wie Sie bei allem, was Sie lernen, ausgezeichnet sein werden."

Plötzlich senkte sie den Blick. „Na schön. Ich werde Ihnen den ersten Tanz gewähren – wenn Sie mir erlauben, während des Sturms hier bei Ihnen zu sein."

„Auf keinen Fall!", rief er entgeistert. „Ich will nicht, dass Sie über Bord gehen."

Sie zog an dem Tau, das sie miteinander verband, dann warf sie ihm einen verführerischen Seitenblick zu. „So kann ich kaum über Bord gehen."

Wütend schüttelte er den Kopf, weil sie diesen einen Tanz gegen ihn benutzte, und blickte zu den schaumgekrönten Wogen. Der Horizont war nun rabenschwarz, ein Anblick, der ihm nicht gefiel. Er wandte sich wieder zu ihr. „Ich werde nicht auf diesen Tanz bieten", warnte er sie. Er würde ihn bekommen, egal, was sie jetzt vorhatte.

Sie sah ihn an – auf eine viel zu weibliche Art und Weise für seinen Geschmack –, als wüsste sie, dass sie gewonnen hatte, aber plötzlich schrie sie auf. Er fuhr herum und folgte ihrem Blick. Einer der Matrosen hing von der Rahe des Hauptmastes. Und aus den Augenwinkeln sah er Amandas Dolch aufblitzen, als sie das Tau durchtrennte, das sie beide verband.

Instinktiv streckte er den Arm aus, um sie zu packen, doch sie duckte sich geschickt unter seinem Arm hindurch und sprang auf das Deck darunter. „Amanda!", rief er und sprang ihr nach.

Sie sprang in die Wanten, und sein Herz drohte stillzustehen. Wollte sie den Seemann retten?

Er lief weiter, wollte sie packen, ehe sie zu hoch geklettert war. Doch dank ihrer Geschicklichkeit hängte sie ihn zusehends weiter ab.

Schon war sie den höchsten Segeln ganz nahe: gefährlich weit oben – so hoch, dass ein Sturz sie töten würde. Er fühlte sich hin- und hergerissen. Er könnte versuchen, sie in der Takelage abzufangen, und sie zwingen, wieder herunterzukommen, oder wieder auf Deck zurückkehren und sie auffangen, wenn sie fiel. Clive sprang zurück auf das Deck.

Sofort stand sein Fähnrich Clark neben ihm. „Fangen Sie sie auf, wenn sie fällt", stieß er hervor.

Er sah, wie Amanda gegen den Wind ankämpfte, der so hoch oben weitaus stärker wehte. Der Sturm könnte sie mühelos nach unten werfen. Sie hatte die Segel am Hauptmast erreicht, aber der Bursche hing von einem der Quermasten und baumelte hin und her wie eine hilflose Puppe. Er glaubte nicht, dass der Junge sich noch lange halten konnte.

Amanda hielt inne, wartete offenbar darauf, wieder zu Kräften zu kommen.

Der Seemann, der oben hing, rief ihr etwas zu.

Dann begann Amanda, wieder gegen den Wind zu kämpfen und höher zu klettern. Langsam näherte sie sich dem Seemann, ihr schlanker Körper bewegte sich hin und her, als der Wind an ihr zerrte. Sie streckte dem Mann eine Hand entgegen, und Clive erstarrte. Er rechnete damit, dass sie losgerissen und jeden Moment davongeweht werden würde.

Der Seemann wollte die Rahe nicht loslassen.

Amanda rief ihm etwas zu, doch der Wind trug ihre Worte davon.

Sie hat den Dolch, ging es Clive durch den Kopf. „Amanda!“ Er legte die Hände um den Mund. „Schneiden Sie ein Tau durch – reichen Sie es ihm. Schneiden Sie es durch!“

Plötzlich griff Amanda nach ihrem Dolch und durchschnitt die Segeltaue. Sie warf eines davon dem Seemann zu. Er griff danach, und als er es fing, wusste Clive, dass ein Wunder geschehen war. Der Seemann ließ den Quermast los, hielt sich an dem Tau fest und glitt zu Boden. Clive wartete, bis die Männer seine Beine gepackt hatten und ihn herunterzogen, während seine Aufmerksamkeit Amanda galt, die begonnen hatte, nach unten zu klettern. Als sie endlich so nahe war, dass ihr ein Sturz zwar ein paar Knochen brechen, sie aber nicht umbringen konnte, sprang er in die Wanten und stieg rasch zu ihr hoch. Sie sah ihn und lächelte, nicht nur triumphierend, sondern auch verschmitzt.

Sie war erstaunlich. Clive griff nach ihr und packte sie mit einem Arm. „Lassen Sie los!“, rief er.

Willig gehorchte sie, und er zog sie an seinen Körper. Einen Moment lang hingen sie gemeinsam in den Segeln, hielt er Amanda sicher in seinen Armen. „Jesus.“ Mehr konnte er nicht sagen.

„Jesus“, sagte er noch einmal. Er glaubte nicht, dass er sich je davon erholt hätte, wäre sie zu Tode gekommen.

Mit der Wange an seiner Brust rief Amanda: „Der Junge?“

„Es geht ihm gut“, brüllte er. In diesem Moment bemerkte er, dass die Winde gefährlich zugenommen hatten und sie beide aus der Takelage mussten. „Wir müssen nach unten steigen“, sagte er zu ihr. „Halten Sie sich nur an mir fest, und lassen Sie nicht los.“

Sie rief: „Ich kann allein absteigen!“

Den Teufel wirst du tun, dachte er. Vorsichtig stieg er nach unten, voller Angst, abzurutschen und sie fallen zu lassen. Seine Männer erschienen, und er reichte sie in ihre wartenden Arme weiter. Dann sprang er zu Boden. „Jemand soll sie unter Deck bringen. Refft die Toppsegel!“, befahl er.

Amanda sah ihn an und packte ihn am Arm. „Lassen Sie mich bleiben“, sagte sie mit ruhiger Stimme. „Ich kann helfen. Ich glaube, ich habe es bewiesen.“

„Sie bleiben nicht an Deck!“, erklärte Clive fest.

„Ich habe dem Matrosen das Leben gerettet.“

„Das war heller Wahnsinn. Sie werden nach unten gehen zu den Kindern.“

„De Warenne. Ich schwöre, jedem Ihrer Befehle zu gehorchen. Bitte.“

Welche Frau, die bei klarem Verstand war, würde hier bei ihm sein und durch den Sturm segeln wollen? Nur die eine Frau, die ihr Leben riskierte für einen Matrosen, den sie nicht einmal kannte. Nie würde er vergessen, wie Amanda in die Takelage gestiegen war und ihr Leben für den Jungen aufs Spiel gesetzt hatte. Das war das Tapferste gewesen, was er je gesehen hatte. Zweifellos war sie die mutigste Frau, die er je getroffen hatte.

„Sie werden an den Fockmast gebunden, und es wird kein Vergnügen werden.“

Sie lächelte breit.

Ein paar Stunden nach Sonnenuntergang war der Himmel pechschwarz geworden, kein Stern war mehr zu sehen. Die Winde machten jetzt sechsundfünfzig Knoten und hatten seither nicht nachgelassen, die Fregatte hatte nur noch das Sturmsegel gesetzt. Die hohen Wellen waren vollständig weiß, die Luft war erfüllt von Schaum und Gischt, und die Fregatte schaukelte heftig. MacIver stand am Ruder, aber Clive stand direkt neben ihm, alle Mann waren an Deck. Es war die zweite Wache.

Amanda stand direkt vor ihnen beiden, mit einem Tau um die Taille und festgebunden an einem Riegel unterhalb der Fockmastsegel, sodass sie nicht über Bord geweht werden konnte.

Gute acht Stunden waren vergangen, seit sie den Seemann gerettet hatte. Clive schätzte, dass es zwei oder drei Uhr früh sein musste. Amanda hatte neben ihm gestanden, hatte dem Sturm standgehalten, als wäre sie ein Teil von Wind und Meer. Seine Bewunderung für sie war grenzenlos.

„Segeln wir in einen Wirbelsturm, Sir?“, rief der Offizier ihm zu.

„Nein!“, rief Clive zurück. „Wir sind schon mittendrin, Mac. In einer Stunde werden wir das Schlimmste hinter uns haben.“

„Aye, Sir.“

Clive kämpfte gegen den Wind an und ging zur Steuerbordseite. Er sah sie an. Lächelnd erwiderte sie seinen Blick, die Augen groß und glänzend. Er hatte sie kein einziges Mal gefragt, ob sie müde war und nach unten gehen wollte, denn er kannte die Antwort. „Wir sind jetzt im Herzen des Sturms“, sagte er ihr.

Sie nickte. „Ich weiß, ich fühle es.“ Sie deutete zum Bug. „Der Tag bricht bald an.“

Er folgte ihrem Blick, aber er sah keine Anzeichen für das Morgengrauen.

Eine Stunde später sahen sie beide, dass das Licht sich veränderte. Clive stand immer noch bei Amanda. Ganz plötzlich legte sich der Sturm. Er betrachtete das weiße schäumende Meer und erkannte, dass er sich nicht täuschte – es ging dem Ende zu. Er sah sie an, und sie lächelte. „Wir haben die Fahrt gerade um gut zehn Knoten verlangsamt.“

Ihre Fähigkeit, Wind und Wetter einzuschätzen, erstaunte ihn. „Ja, das stimmt.“ Dann schnupperte er. „Aber wir werden heftigen Regen bekommen."

Sie zuckte die Achseln.

Er fragte nach der Windstärke – sie hatte sich um elf Knoten verlangsamt. Er brüllte Befehle, allmählich wieder Segel zu setzen. Als er wieder zur ihr kam, hob er ein Fernrohr und blickte zum Horizont hinüber. Dabei entdeckte er die aufgehende Sonne, und ein Regentropfen fiel auf seine Hände, gefolgt von einem zweiten und noch einem. Ehe er ein Wort sagen konnte, ging strömender Regen auf sie nieder.

Sie lachte. „Darf ich meine Leine durchschneiden?"

Er lächelte, denn der Wind machte nur noch zwanzig Knoten. Statt einer Antwort schnitt er die Fesseln selbst durch. Dann sah er sie an, und sie verstand und folgte ihm zum Ruder. „Mac, ich übernehme. Sie haben heute Nacht gute Arbeit geleistet. Gehen Sie nach unten, und genehmigen Sie sich ein gutes Glas."

MacIver grinste. „Aye, Captain." Er warf einen Blick auf Amanda, dann tippte er sich an die Mütze und verließ eilig das Achterdeck.

Unglaublicherweise wurde der Wolkenbruch noch heftiger. Doch Clive umklammerte das Ruder, während die Fregatte nun ruhig durch die Wellen glitt und die Wogen weiße Schaumkronen trugen. „Sie sollten nach unten gehen", meinte er und sah Amanda an.

„Ich mag den Regen", sagte sie.

Er schwieg. Sie hätte aussehen müssen wie ein zerlumptes Kind, doch sie wirkte wie eine Meeresgöttin. Das nasse Hemd klebte an ihrem Körper und zeigte ihre vollen Brüste und die schmale Taille. Ihre Kleidung schien nicht durchsichtig zu werden, was darauf hindeutete, dass sie darunter etwas aus billigem Material trug, aber er war nicht erleichtert. Er sagte sich, er sollte sie nicht anstarren, und wandte den Blick ab. Doch das Unglück war geschehen. Die Krise war vorüber, und er hatte nie eine Frau mehr begehrt, als er Amanda Carre begehrte.

Kurz darauf endete der Regen. Der Himmel hellte weiterhin auf, und die Winde ließen nach. Und plötzlich ging vor ihnen die Sonne auf, der Himmel und das Meer färbten sich rot, und einzelne blaue Streifen durchschnitten das Grau. Der Anblick war beeindruckend, und Clive tauschte einen Blick mit Amanda. Sie lächelten einander still zu, voller Verständnis.

Dann sah sie ihn an. Jetzt lächelte sie nicht mehr. Er spürte ihre Hitze, ihr Verlangen. Welches Kind er auch immer Wochen zuvor in Spanish Town gerettet haben mochte, es war längst fort. Eine verführerische Frau war geblieben. Die Spannung in ihm stieg.

Clive drehte sich um und befahl, mehr Segel zu setzen. Plötzlich murmelte Amanda etwas und ging zu dem unteren Deck. Ohne sie fühlte sich das Achterdeck seltsam leer an. Aber es war besser so, und er holte tief Luft, versuchte sich zu entspannen, das Blut aus seinen Lenden im Körper zu verteilen. Amanda hatte recht. Nichts auf der Welt war der Fahrt durch einen Sturm vergleichbar, außer das mit einer solchen Frau zu erleben – oder die Frau selbst zu erleben.

Ein Bild erschien vor seinem geistigen Auge. Wieder spannte sich sein Körper an, er sah Amanda in seinem Bett vor sich, sah sie unter sich, das Gesicht ihm zugewandt, so wild und leidenschaftlich, wie das Meer eben noch gewesen war. Er sah vor sich, wie er ihr das nasse Hemd auszog und was immer sie darunter tragen mochte, ihre prallen Brüste entblößte, sich über sie beugte, tiefer und tiefer …

Es ist besser, dass sie gegangen ist, dachte er. Inzwischen lag sie vermutlich in ihrer Koje und war vor Erschöpfung eingeschlafen.

Doch genauso plötzlich, wie sie verschwunden war, stand sie wieder neben ihm und sagte: „Ist es erlaubt, Captain?"

Er erschrak, dann sah er, dass sie zwei seiner Kristallgläser mitgebracht hatte. Er ahnte etwas und begann zu lächeln. „Gewährt."

Sie erwiderte sein Lächeln, wenn auch viel zu liebevoll, und kam eilig näher. „Papa mochte immer einen starken Drink nach einem Sturm“, murmelte sie.

„Ah“, sagte er dankbar. „Vielen Dank, Amanda.“ Seine Stimme klang belegt.

Sie reichte ihm das Glas, und ihre Blicke begegneten sich. Auch ihr war der Klang seiner Stimme aufgefallen. Er wandte sich ab und trank das Glas leer, die Wärme durchströmte sofort seinen Körper. Er hatte geglaubt, das zweite Glas wäre für sie, doch sie reichte es ihm und nahm dafür sein leeres. Ihre Blicke begegneten sich dabei.

Er musste sie ansehen. Noch immer schmiegte sich ihr das Hemd äußerst unziemlich an ihre Brüste, die festen Spitzen traten hervor, und ihre Hose zeigte ihm die Form zwischen ihren Schenkeln. Ihm wurde heiß. „Gehen Sie nach unten, Amanda“, flüsterte er. „Ruhen Sie sich ein wenig aus. Sie sind ein tapferer und großartiger Seemann.“ An dem Wort Seemann verschluckte er sich beinahe.

„Sie sind völlig durchnässt, und ich weiß, dass Sie auch erschöpft sind.“ Ihr Blick war durchdringend. „Ich werde nach unten gehen, sobald Sie sich zurückziehen.“ Doch während sie noch sprach, lehnte sie sich an das Ruder, und ihre Erschöpfung war unübersehbar.

Die Kraft verließ sie. Er war nicht überrascht, und er erkannte, dass sie recht hatte, auch er war sehr müde. „Es war eine lange Nacht.“ Er blickte hinter sie. Ohnehin war es Zeit für die Morgenwache, und einer seiner Männer wartete darauf, dass er an die Reihe kam. Er winkte dem Offizier.

„Na schön“, sagte er.

Als der Offizier das Ruder übernahm, wandte Amanda sich um und ging zum Deck darunter. Dabei stolperte sie, nicht absichtlich, sondern vor Erschöpfung, und er fing sie auf. Sofort war er besorgt. „Sie werden sich den Tod holen!“, rief er aus und hatte plötzlich Angst um sie.

Sie schenkte ihm ein müdes Lächeln, offensichtlich zu kraftlos, um zu sprechen. Er hatte den Arm um sie gelegt und gestattete ihr, sich noch mehr an ihn zu lehnen, wobei er versuchte, nicht darauf zu achten, wie sich ihre Brüste an seinem Körper anfühlten, während er sie auf das Hauptdeck geleitete. Es ist ein Glück, dachte er, dass sie schon im Stehen einschläft. Aber dieses Wissen änderte nichts für ihn.

Anstatt an seiner Kabine vorbeizustolpern, löste sie sich von ihm und ging hinein.

Überrascht schaute er ihr nach, widersprach indes nicht. Nicht wenn es heiß in seinen Lenden pochte und dieses Pochen jeden Gedanken betäubte.

Er folgte ihr hinein, starrte sie an wie ein Narr, während sie in sein Bett stieg und sich in die Kissen sinken ließ. Trotz ihrer Erschöpfung schenkte sie ihm den verführerischsten Blick, mit dem er je bedacht worden war. Er drehte sich nicht um, sondern stieß die Tür mit dem Fuß zu und dachte: Mach das nicht.

Ihre Lider wurden schwer. „Gute Nacht", sagte sie und griff nach ihrem nassen Hemd.

„Gut", sagte er, ohne zu lächeln. Nie zuvor hatte es so heiß in seinem Körper gebrannt. „Sie müssen diese Sachen ausziehen", sagte er mit schwerer Zunge und überlegte, was er tun sollte. Die Ehre gewann die Oberhand. „Ich gehe hinter den Schirm, und Sie schlafen hier. Ich schlafe bei meinen Kindern."

„Ich will Ihre Laken nicht ruinieren", murmelte sie und sah ihn von unten herauf an. Sie umfasste den Saum ihres Hemdes, und er spannte seine Muskeln an. Sie hatte wirklich vor, ihr Hemd auszuziehen, und er wusste, er sollte widersprechen. Aber er rührte sich nicht, und er sagte nichts. Er wartete nur, wollte, dass sie sich auszog, wollte sie in ihrer ganzen Schönheit sehen.

Sie senkte den Blick, zog Hemd und Chemisier hoch, über die Brüste und über ihren Kopf. Halb nackt schenkte sie ihm wieder dieses verführerische Lächeln, lehnte sich in die rot- und goldgemusterten Kissen am Kopfende des Bettes zurück. Clive rührte sich nicht, als sie dalag, eine Venus in Ruhe, eine Venus, die auf ihn wartete.

Keine Sirene kann so verlockend sein, dachte er. Er hatte

sie schon so lange begehrt, und vielleicht war es ihr Mut, der ihn hierhergebracht hatte. Ihr langes, gelocktes Haar fiel über ihre Brüste, umrahmte sie, während die festen Spitzen darunter hervorragten. Er trat vor. Langsam ließ er sich neben ihrer Hüfte nieder, umfasste ihre Brüste mit den Händen. Erregung erfüllte ihn.

Sie seufzte vor Lust.

Ihre Haut zu spüren war zu viel für ihn. „Sie sind so tapfer und so unglaublich mutig", stieß er hervor. „Wie soll ich dieses verlockende Angebot ablehnen? Ich bin nur ein Mann", sagte er, wenngleich sein Verstand protestierte. Offenbar gab es noch einen Rest von Vernunft in ihm.

Sie legte eine Hand auf seinen Arm. „Bitte."

Und er kämpfte mit sich, sein Gewissen und sein Körper waren sich uneins, aber es war zu spät. Ihre zarte Berührung hatte erstaunliche Auswirkungen. Die Lust überkam ihn rückhaltlos. Er hatte sie nicht küssen wollen, das war zu intim, doch er umfasste ihr Gesicht und tat genau das. Schon so lange hatte er von ihr kosten wollen, und sein Verlangen wollte jetzt sofort erfüllt werden. Er schob die Zunge weiter in ihren Mund. Während sie vor Lust zu stöhnen begann, tastete er nach ihren Brüsten, streichelte sie, löste seine Lippen von ihr. Er begann, ihre Brüste zu küssen, rieb sich das Gesicht daran, umfasste die Spitzen mit seinen Lippen. Amanda stöhnte. Dann schob er die andere Hand zwischen ihre Schenkel.

Durch den Stoff der Hose spürte er ihre Wärme.

Er rang nach Luft. Der Druck in seinen Lenden wurde übermächtig, und seine Hose erschien plötzlich unerträglich eng.

Und dann gab es keine Vernunft mehr, keinen klaren Gedanken mehr, nur noch Verlangen, Lust und Gefühle, über die er nicht nachdenken wollte. Er hatte bereits den störenden Stoff beiseitegeschoben und berührte jetzt ihre heiße, feuchte Haut. Amanda schrie auf, spreizte die Beine, verlangte nach seiner Berührung, seinem Geschmack, seiner Männlichkeit. Er tat, was sie verlangte, liebkoste und streichelte sie, bis sie vor Vergnügen keuchte.

Ich bin ihr erster Liebhaber, dachte er, wusste es plötzlich ganz sicher, und seine Erregung mischte sich mit einem Gefühl von Besitzanspruch und Verlangen.

Er streifte ihr die letzten Kleidungsstücke vom Leib. Schwer atmend lag sie auf dem Kissen, hatte sich noch kaum erholt von ihrem Höhepunkt, doch er konnte nicht länger warten. Clive beugte sich über sie und berührte sie mit der Zunge.

Und als er ihre Haut leckte, durchströmte das Blut fühlbar seinen ganzen Körper. Es pulsierte nicht nur in seinen Lenden, sondern auch in seinem Kopf. Sie weinte beinahe vor Lust, vor Verlangen, und er schob eine Hand zwischen sie beide. Als ihre Schreie nachließen, kämpfte er noch mit seiner Begierde, drängte sich an sie.

Und dann gab er auf. Er sprang aus dem Bett, trat hinter den Wandschirm und zerrte an seiner Hose, sie sprang auf, und er umfasste sich selbst, bewegte die Hand, die Stirn an die Wand gelehnt. Sofort kam die Erleichterung.

Als es vorbei war, verharrte er regungslos, und sofort konnte er wieder klar denken. Er fühlte sich niedergeschlagen und konnte es nicht glauben.

Was habe ich getan?

Resigniert holte er tief Luft und stieß sich von der Wand zurück, richtete seine Kleidung. Er wischte sich den Schweiß aus den Augen, von der Stirn. Unglücklicherweise gab es nichts, das er lieber getan hätte, als zu ihr ins Bett zu eilen und das fortzusetzen, was sie begonnen hatten.

Aber er hatte sie nicht ruiniert – noch nicht.

Er zog sich das nasse Hemd aus und trat hinter dem Wandschirm hervor. Amanda lag so da, wie er sie zurückgelassen hatte. Sie schlief tief und fest.

Er sah sie an. Sie hatte nicht mehr die Kraft besessen, sich zu bewegen, sie lag auf den Decken, vollkommen nackt, die Wangen gerötet, und atmete ruhig und gleichmäßig. Langsam trat er näher.

Natürlich konnte er versuchen, sich bis in alle Ewigkeit einzureden, dass sie ein Kind war, aber sie war kein Kind, und jetzt wusste er es. Sie war so unerträglich schön, dass es ihn schmerzte. Und sie war genauso leidenschaftlich, wie er es sich vorgestellt hatte – dabei hatten sie gerade erst angefangen.

Sofort erstarrte er. Sie hatten überhaupt nichts angefangen! Es gab nichts anzufangen! Er hatte ihr Beschützer sein wollen, nicht ihr Liebhaber, kein gedankenloser Schurke.

Selbst wenn sie aufwachte, würde sie vor Erschöpfung sofort wieder einschlafen, das wusste er. Er hob sie hoch, sodass er sie unter all die Decken schieben konnte. Seufzend bewegte sie ganz kurz die Lider. Er ging zu seiner Seekiste und zog eines seiner Hemden heraus. Als er es ihr über den Kopf gezogen hatte, deckte er sie bis zum Kinn zu. Im Schlaf lächelte sie. Ganz kurz überlegte er, ob sie wohl halb wach war.

Er ging weg und setzte sich, zog sich die Stiefel aus. Dann streifte er die nasse Hose aus, wobei er zu seinem Ärger feststellte, wie erregt er schon wieder war. Nachdem er sich trockene Kleidung angezogen hatte, schenkte er sich noch einen Scotch ein. Mit dem Glas in der Hand, setzte er sich auf einen der hohen spanischen Stühle an seinem Tisch und sah sie an.

Was sollte er ihr am Morgen sagen?

Er war ein kluger und ehrlicher Mann, aber in diesem Augenblick fiel ihm keine einzige Erklärung ein für das, was er getan hatte.

Wenn ich sehr viel Glück habe, erinnert sie sich vielleicht nicht an das, was geschehen ist, dachte er. Aber er besaß ein gesundes Selbstbewusstsein, und er war nicht sicher, ob ihm das gefallen würde.

Wie sollte er nur den Rest dieser Reise überstehen, jetzt, da sie einander so nahegekommen waren? Wenn sie diesen Kurs hielten, hatten sie noch zwei Wochen vor sich. Ihm fiel keine Antwort darauf ein.

Und als die Sonne aufging, saß er immer noch da und starrte vor sich hin.

9. KAPITEL

Amanda erwachte in de Warennes Bett. Sie regte sich nicht, war überrascht, fühlte die seidenen Tücher erstaunlich sinnlich auf ihrer Haut. Was tue ich in seinem Bett? fragte sie sich und gähnte. Und dann erinnerte sie sich an einen goldenen Liebhaber, der sie küsste, berührte und mit der Zunge liebkoste.

Mit wild klopfendem Herzen setzte sie sich auf. Schlagartig erinnerte sie sich an den Sturm.

Amanda blickte zu den offenen Bullaugen, um sich wieder zu orientieren. Der Himmel war strahlend blau, mit nur ein paar flauschigen weißen Wolken, und sie erkannte, dass es spät am Nachmittag sein musste. Während sie an sich hinunterblickte, erkannte sie, dass sie nicht ihr Spitzennachthemd trug, sondern das feine Leinenhemd eines Mannes. Sie schluckte und wusste, dass es de Warenne gehörte.

Mühsam versuchte sie, sich an die Nacht zu erinnern. Kurz vor Tagesanbruch waren sie durchnässt und erschöpft in seine Kabine gegangen. Sie erinnerte sich vage, in seinem Bett gelegen und mit ihm gesprochen zu haben, während er nicht weitab vom Fußende gestanden hatte. Allerdings konnte sie sich nicht recht erinnern, was als Nächstes geschehen war, weil in ihrem Kopf ein großes Durcheinander aus heißen Küssen, zärtlichen Liebkosungen und Ekstase herrschte, aber das alles hatte mit de Warenne zu tun.

Hatte er sie in der vergangenen Nacht geliebt? Oder hatte sie das nur geträumt?

Sie lag in seinem Bett, trug sein Hemd, war ansonsten nackt – was sie zu einer einzigen Schlussfolgerung führte. Erregung erfasste sie.

Dennoch – sie fühlte keinen Schmerz. Sie war sicher, dass sie etwas in der Art empfinden würde, wenn er sie tatsächlich geliebt hätte.

Sie schlüpfte aus dem Bett. Jemand hatte ihr diesen grässlichen Kaftan bereitgelegt, zusammen mit ihren Stiefeln. Von ihren Kleidern fand sie keine Spur, aber vermutlich waren die noch feucht und zum Trocknen aufgehängt. Sie ging geradewegs zum Waschstand und säuberte sich mit einem weichen Tuch. Blut fand sie keines.

Enttäuschung stieg in ihr auf. Sie setzte sich, als sie erkannte, dass er – wenn sie nicht blutete – sie nicht wirklich geliebt haben konnte und sie also noch Jungfrau war. Bestimmt hatte sie geträumt – nur war diesmal der Traum ganz anders gewesen als alle anderen, denn sie hatte niemals so offenkundig körperliche Dinge geträumt. Die Details der Träume, an die sie sich erinnerte, waren ausgesprochen lebhaft, so sehr, dass es ihr den Atem raubte.

Sie schüttelte sich, um einen klaren Kopf zu bekommen. Auch wenn sie verliebt war, de Warenne war nicht für sie bestimmt. Das hatte er im letzten Monat bewiesen. Er hatte sich ihr gegenüber außerdem sehr ehrenhaft benommen, und noch nie hatte sie jemanden getroffen, der zu solcher Vornehmheit fähig war.

Nun, es war spät, und sie hatte nur geträumt. Sie war fertig mit der Wäsche, kämmte sich das Haar, flocht es und zog sich den verhassten Kaftan über das Hemd. Sie fragte sich, ob sie es wohl behalten durfte.

In dem Moment, da sie die Kabine verließ, sah sie ihn. Zusammen mit Alexi stand er auf dem Achterdeck, betrachtete den Kompass dort. Vermutlich erklärte er seinem Sohn die Navigation.

Sie starrte ihn an, bewunderte die Art, wie das Sonnenlicht sein Haar zum Schimmern brachte, seine breiten Schultern, die starken Schenkel. Langsam begann sie sich an die Nacht zu erinnern, die sie miteinander verbracht hatten, wie sie sich zusammen dem Sturm widersetzt hatten, und ihre Sehnsucht wuchs. Er war ein großer und fähiger Kommandant, und obwohl sie das schon vorher gewusst hatte, hatte sie das jetzt aus erster Hand erfahren. Sie begehrte ihn so sehr, dass es beinahe wehtat.

„*Mademoiselle Carre!*", rief Michelle, offensichtlich erfreut, sie zu sehen.

Verstimmt drehte Amanda sich um. Sie war überzeugt davon, zu wissen, was jetzt kam, aber sie wollte zu de Warenne und seinem Sohn. „*Bonjour*", sagte sie widerstrebend.

„Guten Tag", erwiderte er mit einer Verbeugung. Er wartete.

Amanda seufzte. Nach der letzten Nacht verspürte sie keinerlei Wunsch, sich jemals wieder in den feinen Manieren einer Dame zu versuchen, sie wollte auf das Achterdeck gehen. Doch sie nahm sich zusammen. Sie war unterwegs nach London, und die Uhr tickte. Ihr Benehmen entsprach kaum dem einer Dame, und ihr blieb nur noch wenig Zeit, das zu verbessern.

„*Mademoiselle*? Ihr Knicks? *Monsieur le Capitaine* hat sich sehr deutlich ausgedrückt. Ich soll Ihre Lektionen vorantreiben, und Sie müssen Erfolg haben. Der Sturm hat uns einen großen Vorsprung verschafft, denn wir konnten den Kurs halten. Ein Wunder, glaube ich." Er lächelte. „*Mademoiselle?*"

Sie knickste und sagte: „*Monsieur*, ich muss mit de Warenne sprechen."

Er nickte. „Wenn Sie darauf bestehen, Miss Carre. Aber bitte beeilen Sie sich."

„Danke", sagte sie. Und weil sie sich so freute, knickste sie wieder. Dann eilte sie davon und hob den Rock ihres Kaftans an.

„Gehen, nicht rennen!", rief Michelle. „Damen rennen nicht."

„Diese schon." Amanda lachte ihm über die Schulter hinweg zu. Ehe sie noch die Stufen erreicht hatte, die zum Achterdeck führten, drehte de Warenne sich um. Er lächelte sie kurz an, es war ein seltsames Lächeln, denn es schien nicht seine Augen zu erreichen. Dann nickte er ihr zu. „Hallo, Amanda."

Sie fühlte sich verwirrt. Sein Gruß wirkte so misstrauisch und wachsam, und sie verstand es nicht. „Ist es erlaubt?"

Er warf ihr über die Schulter zurück einen Blick zu. „Nein."

Sprachlos starrte sie ihn an. Er gestattete ihr nicht, zu ihm zu kommen? Aber in der letzten Nacht, während des Sturms, hatten sie mehr miteinander geteilt, als die meisten Menschen ihr Leben lang teilten. In der letzten Nacht hatte sich etwas zwischen ihnen verändert, sie war sicher, dass sie echte Schiffskameraden geworden waren. „Ich darf nicht hinaufkommen?"

„Sie haben heute Lektionen zu beenden, Amanda. Und da schon fast die Sonne untergeht, werden Sie bis Mitternacht kaum damit fertig werden, wenn Sie jetzt anfangen." Er lächelte ihr noch einmal etwas gequält zu. Dann sah er sie an aus seinen strahlend blauen Augen, und sein Blick wirkte fragend.

„Können die nicht bis morgen warten?", fragte sie, und ihr Herz schlug wie wild vor Verwirrung und Schmerz.

„Warum?", fragte er freundlich. „Sie scheinen nicht krank zu sein. Der Sturm ist Ihnen anscheinend recht gut bekommen. Wie fühlen Sie sich?", fügte er hinzu.

In seiner Frage lag ein Unterton, den sie nicht verstand. „Ich fühle mich gut." Sie lächelte ihn an und wollte, dass er ihr ein so herzliches Lächeln schenkte, wie er es oft tat.

Er sah sie weiterhin an. „Haben Sie gut geschlafen?"

Welch seltsame Fragen er stellte! „Ich habe gut geschlafen", sagte sie. Sie dachte daran, wie sie in seinem Hemd erwacht war. „Danke, dass Sie mir trockene Kleidung geliehen haben." Sie zögerte. „Ich kann mich nicht erinnern, es angezogen zu haben oder eingeschlafen zu sein, oder überhaupt an irgendetwas anderes als den Regen und den Sturm." Und an ihren lebhaften Traum. Aber den würde sie niemals erwähnen, schon gar nicht ihm gegenüber.

Er sah sie immer noch an, dann zuckte er die Achseln.

Sie biss sich auf die Lippen. „Sind Sie böse, dass ich verschlafen habe?"

„Nein." Er lächelte nicht. „Wir haben unseren Kurs gehalten, und ich schätze, wir sind unserem Plan um zwei oder drei Tage voraus. Außer natürlich, wir kommen noch in eine Flaute. Jedenfalls erteile ich Alexi jetzt ein paar Lektionen."

Sie war entlassen. Amanda war enttäuscht und fühlte sich, als hätte ein kühler, verschlossener Fremder seinen festen Körper und sein schönes Gesicht in Besitz genommen. „Sie sind böse auf mich", flüsterte sie. „Aber ich weiß nicht, warum."

„Warum sollte ich mit Ihnen böse sein?" Sein Blick zeugte jetzt von seiner Ungeduld, und bisher war er nie mit ihr ungeduldig gewesen. „Wir haben eine Übereinkunft, Sie und ich, haben Sie das vergessen? Sie widmen sich Ihrem Unterricht, und ich kümmere mich um die Begegnung mit Ihrer Mutter. Uns läuft die Zeit davon."

Traurigkeit stieg in ihr auf. Trotzdem versuchte sie sich einzureden, dass er kein kalter, gleichgültiger Fremder geworden war, sondern dass ihre Freundschaft blieb. Vielleicht war er noch müde nach der langen Nacht. Sie nickte langsam und wandte den Blick nicht von seinem Gesicht. „Na schön, ich verstehe. Und Sie haben recht. Ich muss bei Mama und Ihrer Familie und allen anderen einen guten Eindruck hinterlassen, und mir bleiben nur noch zehn Tage, um das zu schaffen. Ich habe viel zu tun." Die Furcht schnürte ihr die Kehle zu. Wie sollte sie in nur zehn Tagen eine Dame werden?

Er zögerte, dann wurden seine Züge weicher. „Ich traue es Ihnen zu, Amanda."

Erleichtert schloss sie die Augen, denn hier war nun der Mann, den sie liebte und den sie so dringend brauchte. Dann sah sie ihm in die Augen. „Wenn ich meine Lektionen beendet habe, darf ich Ihnen dann bei der zweiten Wache Gesellschaft leisten?" Ihr Tonfall klang flehend, sie konnte nicht anders.

Seine Miene verfinsterte sich. Ungläubig erkannte sie, dass er sie zurückweisen würde. „Damen halten nicht die zweite Wache."

Sie konnte es nicht glauben. „Warum tun Sie das?"

„Weil ich allmählich fürchte, dass ich Sie in Ihren wilden Manieren noch gefördert habe. Es ist am besten, wenn Sie sich ganz dem damenhaften Benehmen widmen."

„Aber das habe ich!", stieß sie hervor. „De Warenne, bitte! Für Momente wie den letzte Nacht lebe ich! Ich liebe es, unter den Sternen zu segeln, und das wissen Sie. Heute Nacht werden wir klaren Himmel und mäßige Winde haben. Es wird eine gute Nacht zum Segeln sein."

Er hob eine Hand, um sie zum Schweigen zu bringen. „Wie wollen Sie den Tag über studieren und mit mir die halbe Nacht Wache stehen?"

„Das kann ich!", rief sie aus. „Und wenn Sie mir die zweite Wache verweigern, dann, verdammt, will ich keine Dame sein."

Seine Miene war verschlossen. „Sie werden sich nur selbst schaden, wenn Sie jetzt mit Ihren Lektionen aufhören."

Sie verschränkte die Arme vor der Brust. „Wenn Sie mich mitmachen lassen, werde ich mich doppelt anstrengen, de Warenne, das schwöre ich. Und sollten Sie glauben, dass meine schulischen Leistungen wegen der Wache nachlassen, dann werde ich damit aufhören. Aber bis dahin bestrafen Sie mich bitte nicht, wenn ich mich so sehr anstrenge, das zu tun, worum Sie mich gebeten haben." Sie fühlte, wie Tränen in ihr aufstiegen. „Wir sind Kameraden! Ich weiß, dass auch Sie das wissen."

Er war bleich und holte tief Luft. „Ich versuche nicht, Sie zu bestrafen. Nun gut. Solange Sie sich weiter nach Kräften bemühen, solange Sie nicht zu müde sind, um Ihre Aufgaben zu erfüllen, dürfen Sie mir Gesellschaft leisten."

Amanda stützte sich auf die Reling, so erleichtert war sie. „Ich werde die beste Schülerin sein, die Sie je gesehen haben."

Endlich wurde seine Miene freundlicher. „Dann schlage ich vor, Sie halten sich hier nicht länger auf."

Sie lächelte, hätte ihn am liebsten geküsst, überlegte es sich dann anders, sprang auf das Deck zurück und rief nach Michelle.

Amanda eilte zum Achterdeck, wo de Warenne allein am Ruder stand, ein hochgewachsener Mann im Schein der Sterne. Sie hatte nie mehr Energie für etwas aufgewandt, und sie war erschöpft, aber sie wollte nicht schlafen gehen. Diese Nacht wollte sie das große Schiff segeln, eins mit ihm und dem Meer. Auf die gemeinsame Wache hatte sie sich den ganzen Tag über gefreut.

Ungewohnt schüchtern blieb sie unterhalb des Achterdecks stehen. „De Warenne?"

Es dauerte einen Moment, ehe er sich zu ihr umdrehte. Noch bevor sie ihm in die Augen sehen konnte, wandte er sich ab. „Gewährt."

Er benimmt sich seltsam, dachte sie und eilte die drei Stufen hinauf, um dann atemlos neben ihm stehen zu bleiben. Sie spürte seine machtvolle Gegenwart, und ihr wurde heiß. All ihre Muskeln spannten sich an in dem Bewusstsein, dass er so nahe war.

Ich muss den Verstand verloren haben, dachte sie. Sie holte tief Luft, aber die Nacht roch nach ihm. Er musste dasselbe fühlen wie sie. Nur wenn er das tat, warum zog er sie dann nicht in seine Arme? Oder war das nur Wunschdenken?

Langsam sah sie zu ihm hoch, doch sie konnte kein Lächeln zustande bringen.

Er sah sie so konzentriert an, dass es ihr den Atem raubte. Sofort wandte er sich ab. Verwirrt und erschrocken betrachtete sie jetzt den Bugspriet, erfüllt von Verlangen. Offenbar war der Traum, den sie letzte Nacht gehabt hatte, ihr Verderben gewesen.

Es ließ sich nicht leugnen, dass seine Stimmung schlecht war. War er nicht zufrieden mit ihr? Oder war etwas geschehen, von dem sie nichts wusste?

„Ich habe heute sehr viel gearbeitet", begann sie versuchsweise. Sie würde alles tun, um ihn wieder zum Lächeln zu bringen.

Er nickte, ohne sie anzusehen. „Das berichtete Anahid mir schon. Ich bin zufrieden."

Sie erschauerte plötzlich. Er war wieder dieser kühle Fremde, aber warum? „Ich dachte, es würde Sie glücklich machen."

Es schien ihm schwerzufallen, sie anzusehen. „Ich bin sehr zufrieden mit den Fortschritten, die Sie heute gemacht haben."

Amanda betrachtete sein ernstes Profil. Letzte Nacht, in ihrem Traum, hatte er sie geküsst, als tränke er aus der Quelle ihrer Seele. Beinahe konnte sie seine Zunge in ihrer Kehle spüren. Und dann hatte er sein Gesicht zwischen ihre Brüste gepresst, sie liebkost, bis sie unglaubliche Lust empfunden hatte. Der Wunsch, sich vorzubeugen und nach seiner Berührung, seinem Kuss zu verlangen, überwältigte sie beinah.

Plötzlich sagte er, nachdem er sich geräuspert hatte: „Michelle sagt, morgen werden Sie sich ein Buch aus meiner Bibliothek aussuchen."

Sie nickte und hoffte, er wäre zufrieden genug, um sie anzulächeln. „Er sagt, es würde Arbeit für mich bedeuten, aber wir werden uns einen Abschnitt vornehmen und die Wörter zusammen finden."

Er drehte sich zu ihr um. „Was wollen Sie lesen?"

Sie fuhr sich mit der Zunge über die Lippen, und ihr Herz schlug schneller. „Ich möchte über Irland lesen."

Ihre Blicke begegneten sich. „Warum?"

„Ich weiß alles über meine alte Heimat und das Segeln", sagte sie und konnte ihre Erregung nicht verbergen. Sie lächelte. „Ich kann alle Kontinente benennen und alle Meere. Papa hat mich das gelehrt. Jetzt will ich etwas über die Welt erfahren."

Er ließ den Blick über sie gleiten. „Irland ist nicht die Welt."

„Ich weiß. Aber mit Irland will ich anfangen, mit seiner Geschichte und Kultur, und dann mit England und Frankreich weitermachen." Sie lächelte. „Was meinen Sie?"

Er sah sie an und ließ den Blick dann weiterschweifen. „Ich meine, dass das ein bewunderungswürdiges Ziel ist. Aber warum Irland?"

Weil ich Sie liebe, dachte sie, und weil Sie ein Ire sind, der seine Heimat liebt. Sie sagten, es sei der schönste Ort der Welt. Sie erwog eine Antwort. „Sie haben mir ein wenig darüber erzählt, wie es war, auf Adare aufzuwachsen. Es klang so wunderbar … Vermutlich werde ich niemals die Gelegenheit für einen Besuch dort bekommen, aber wenigstens kann ich darüber lesen."

Er strich über das große Rad. Gischt spritzte über den Bug,

und die Segel seufzten leise im Wind. „Sie können Ihre Studien mit England beginnen, der Heimat Ihrer Eltern“, sagte er endlich.

„Mich interessiert Irland“, erklärte sie eigensinnig.

Er sah sie an, und sie entdeckte die Andeutung eines Lächelns in seinem Gesicht. „Ich bin sicher, dass Sie eines Tages die Gelegenheit bekommen, Irland zu besuchen, und wenn Sie in die Nähe von Adare kommen, werden Sie dort immer willkommen sein.“

Entzückt griff sie nach seinem Arm. Im selben Moment erinnerte sie sich jedoch an ihren Traum und zuckte zurück. „Werden Sie mich dorthin mitnehmen?“, brachte sie schließlich heraus.

„Wohl kaum.“

Sie wusste, dass die Enttäuschung ihr anzusehen war.

„Ihr Gemahl wird Ihnen nicht erlauben, mit mir durch die Welt zu ziehen, Amanda.“

Verblüfft starrte sie ihn an. „Welcher Gemahl?“

Er seufzte. „Wir wissen beide, dass Sie eines Tages heiraten werden. Frauen tun so etwas.“

„Sie meinen, meine Mutter wird mich zu einer Heirat zwingen, nicht wahr?“

Jetzt drehte er sich zu ihr um, und die Maske des Fremden fiel von ihm ab. „Niemand wird Sie zu irgendetwas zwingen. Ich sagte, ich werde Sie nicht im Stich lassen, und daran halte ich mich. Ich versprach Ihnen, Ihre Zukunft abzusichern, und das werde ich tun. Wenn Sie eine alte Jungfer sein wollen, dann bitte“, sagte er mit rauer Stimme. „Aber wir beide wissen, Sie gehören nach Belford House.“

Es fiel ihr schwer zu atmen. „Wenn Sie mich zu den Piraten mitnehmen, könnte ich einen Anteil an der Prise bekommen und müsste nicht nach Belford House gehen.“

„Zuallererst“, sagte er nach einer Weile, in der er nicht hatte sprechen können, „ich bin kein Pirat, und ich plündere nicht. Zweitens, wenn Sie meinen, ich würde Sie auf die Piratenjagd mitnehmen, so lautet die Antwort nein – und darüber verhandle ich auch nicht. Und drittens, Sie gehören zu Ihrer Mutter."

„Ich hörte", sagte Amanda langsam, „dass Sie von zu Hause weggelaufen sind, als Sie vierzehn Jahre alt waren."

Er erstarrte. „Wo haben Sie das gehört?"

„Es ist Klatsch. Überall in den Straßen kursiert Klatsch über Sie – bei den Damen, die Sie in Ihr Bett geholt haben in Kingston, Spanish Town, Barbados. Ich habe so viele Gerüchte gehört, und dies ist eines davon, aber ich hatte es bis eben vergessen. Sind Sie mit vierzehn von zu Hause weggelaufen?"

„Ja, das bin ich. Aber ich bin nicht weggelaufen. Ich bin fortgegangen, um meinen Weg zu machen."

„Sie waren jünger, als ich es bin." Sie war fasziniert.

„Ich war ein Junge – Sie sind eine junge Frau!"

„Warum sollte jemand aus einem Heim wie Adare fortlaufen?"

Er seufzte. „Es war an der Zeit, Amanda, das ist alles. Ich hatte endlich erkannt, dass es dort für mich keine Zukunft gab. Ich sagte Ihnen, dass Tyrell, mein ältester Bruder, der Erbe ist. Mein mittlerer Bruder Rex war von der Reihenfolge her dafür bestimmt, zur Armee zu gehen. Auf mich wartete keine gesicherte Zukunft. Mein Stiefbruder Devlin segelte bereits bei der königlichen Marine, und ich hörte den Ruf des Meeres. Aber ich ordne mich nicht gern unter, daher ging ich allein."

Sie nickte. „Und?"

„Ich packte ein kleines Bündel und ritt nach Limerick. Dort verkaufte ich mein Pferd für einen guten Preis und arbeitete mich vor bis nach Boston. Wir befanden uns noch im Krieg, und die Amerikaner kümmerten sich nicht um die britische Blockade, daher war es nicht leicht. Aber als ich dort war, heuerte ich bei einem amerikanischen Handelsschiff als Matrose an."

Amanda grinste. „Ich kann Sie mir nicht als jungen Burschen vorstellen, der Segel einholt."

Er lächelte zurück. „Das ist lange her, und die Arbeit war gefährlich und schwer. Aber da ich ganz unten angefangen habe, jedenfalls fast, bin ich jedem Helfer an Deck dankbar."

Sie nickte ernst. „Ja, das sehe ich. Aber hatten Ihre Eltern nichts dagegen, dass Sie gingen?"

Er zögerte. „Mein Vater verstand es. Mit ihm habe ich es zuerst besprochen. Er ist ein starker und kluger Mann, den ich bewundere und respektiere, und als sein Sohn war ich ihm das schuldig. Er gab mir seine Erlaubnis, obwohl er mich bat zu warten, bis ich sechzehn war. Ich weigerte mich."

„Und er ließ Sie trotzdem gehen?"

„Er verstand, dass ich gehen musste, Amanda. So ist er nun einmal."

„Papa hätte mich geschlagen, wenn ich jemals so etwas versucht hätte. So eine Wahl hätte er mir nie gelassen."

De Warenne sagte: „Ihr Vater war zu schnell mit seinen Fäusten. Meistens gibt es keinen Grund, jemanden zu schlagen."

Sie sah ihn an und dachte plötzlich, dass er recht hatte. Jedes Mal, wenn ihr Vater sie geschlagen hatte, war er zornig gewesen, und sie hatte diese Strafe nicht verdient gehabt. Amanda begann sich unbehaglich zu fühlen. Nie zuvor hatte sie das Tun ihres Vaters infrage gestellt. „Und Ihre Stiefmutter, die Countess?"

„Sie war sehr aufgeregt. Immer wenn sie glaubte, ich würde sie nicht sehen, weinte sie. Ich fühlte mich schlecht, weil ich ihr wehgetan hatte, aber ich bedaure nichts. Irgendwo musste ich anfangen, lieber früher als später. Tatsächlich hatte ich erst mit achtzehn mein eigenes Schiff, und es war nur ein Schoner mit zwölf Kanonen."

„Sie waren Schiffseigner mit achtzehn?", flüsterte Amanda voller Bewunderung für ihn. „Ich bin fast achtzehn."

„Sie sind eine Frau", sagte er, als müsste er sie daran erinnern.

„Es hat weibliche Piraten gegeben."

Entsetzt wandte er sich zu ihr um. „Daran dürfen Sie nicht einmal denken!"

Sie lächelte, zufrieden, dass er noch immer so besorgt um sie war. „Warum nicht? Sie haben doch gesehen, dass ich ein geschickter Seemann bin und ebenso geschickt mit dem Säbel umgehe. Warum kann ich nicht mein eigenes Schiff haben? Dann kann ich aufhören, so zu tun, als wäre ich eine Dame.“ Kein Wort davon meinte sie ernst.

„Sie versuchen mich zu provozieren“, sagte er und stand da im Schein der Sterne. „Ich habe Sie durchschaut. Sie könnten niemals eine Mannschaft befehligen, und wir beide wissen das.“

„Ich habe versucht, Sie zu provozieren“, gestand sie, „und das war nicht schwer.“ Sie sah ihn von unten herauf an. Tatsächlich war es geradezu lächerlich einfach gewesen. So wie es einfach gewesen war, ihn mit ein bisschen Fechten aus der Reserve zu locken. „Ich will keine Mannschaft befehligen. Ein Kapitän kann sein Schiff nicht kommandieren, wenn er nicht zu einem Mord bereit ist. Papa hat einige Mitglieder seiner Mannschaft getötet. Ich habe keine Neigung zur Gewalt und habe noch nie jemanden umgebracht.“

„Gott sei Dank“, sagte de Warenne mit erstickter Stimme.

„Haben Sie jemals ein Mannschaftsmitglied umgebracht?“

Er presste die Zähne zusammen. „Ich musste niemals jemanden aus meiner eigenen Mannschaft umbringen. Gelegentlich habe ich, vor allem früher in meiner Laufbahn, streng durchgreifen müssen. Aber ich habe nie jemanden gekielholt. Trotzdem, ich bin die Ausnahme, nicht die Regel.“

Amanda konnte dem nur zustimmen. „Erzählen Sie mir, wie Sie das Kommando über die *Fair Lady* bekamen“, bat sie lächelnd.

Er zögerte. „Es ist spät. Morgen erwartet Sie ein langer Tag voller Studien …“

„Ich werde bei Tagesanbruch damit anfangen. Bitte“, sagte sie, „ich habe mich das schon lange gefragt.“

Er seufzte ergeben. „Das ist eine langweilige Geschichte.“

Sie wusste, dass das unmöglich stimmen konnte.

De Warenne hatte recht gehabt. Genau zehn Tage später stand Amanda da und starrte auf Londons beeindruckenden Anblick, während die Fregatte sich der Stadt näherte. Sie war einmal in Lissabon gewesen, als sie acht Jahre alt gewesen war, aber sie konnte sich kaum noch daran erinnern. Sie war mehrmals in New Orleans gewesen und auch schon in Charleston, aber eine Stadt wie diese hatte sie nie zuvor in ihrem Leben gesehen. Nie zuvor hatte sie einen so überfüllten Hafen gesehen, so eine hohe, gezackte Silhouette, so viele Gebäude, Kirchen, Türme. London war riesig.

Sie klammerte sich an die Reling. Die vergangenen zehn Tage hatte sie mit Studien verbracht: Von Tagesanbruch bis Sonnenuntergang war sie in ihre Lektionen vertieft gewesen, beinahe ohne Pause. Der Stundenplan war auf de Warennes Anweisungen hin so eng gesteckt worden. Bei Sonnenuntergang, wenn sie sogar zum Essen zu erschöpft war, war sie in ihre Koje gefallen und sofort eingeschlafen. Doch ohne fremde Hilfe war sie um Mitternacht wieder aufgewacht, hatte Brot und Käse hinuntergeschlungen und sich zu de Warenne ans Ruder gestellt. Auf die Wache mit ihm konnte sie einfach nicht verzichten.

Jede Nacht begann fast auf dieselbe Weise – er wollte sie nicht ansehen, sein Gesicht starr wie eine Maske, und doch fühlte sie, wie er ihr näher- und immer näherkam. Aber nie versuchte er, sie in die Arme zu nehmen, und so begannen sie irgendwann zu plaudern. Er wusste immer, womit sie sich am Tag beschäftigt hatte, und versäumte nie, sie über die einzelnen Lektionen zu befragen und ob sie ihr gefallen hatten.

Und Amanda fragte ihn alles, was ihr einfiel, wollte alles über Adare wissen, über Irland und sein Leben. Er beantwortete alle ihre Fragen, und bis der Tag anbrach, lächelten sie einander zu. Aber jedes Mal bei Sonnenaufgang, wenn er sie allein in ihrer Kabine zurückließ, fühlte sie sich so enttäuscht, dass sie den Schmerz an ihrem ganzen Körper fühlte.

Amanda hatte das Ende der Reise gefürchtet. Obwohl sie sich so konzentriert wie möglich ihren Studien gewidmet hatte, war ihr klar, dass sie niemanden lange darüber würde täuschen können, wer und was sie war. Und als sie in London ankamen, wusste sie, dass sie nie mehr mit de Warenne zusammen die zweite Wache übernehmen würde. In der vergangenen Nacht, als ihr das mit letzter Gewissheit klar wurde, war sie den Tränen nahe gewesen.

Aber nie hatte sie erwartet, dass London einen so erstaunlichen, großartigen und aufregenden Anblick bieten würde.

Während sie die Küste entlangfuhren, waren sie an Türmen, Ruinen und Schlössern vorübergekommen, und auch die Stadt schien voller Kathedralen und Paläste zu sein.

Sie spürte ihn, ehe sie ihn hörte, seine Gegenwart war ihr jetzt so vertraut geworden, eine unleugbare, alles beherrschende Kraft aus Männlichkeit und Wärme. De Warenne trat neben sie. „Amanda? Was denken Sie?“ Er lächelte sie an, aber sein Blick war prüfend.

Sie nahm seine Hand. „Ich habe noch nie etwas so Unglaubliches gesehen.“

Er lachte, aber er entzog ihr seine Hand. „London bietet einen betörenden Anblick, nicht wahr? Tatsächlich mag ich diese Stadt weitaus mehr als Paris. Sie ist eine große Dame mit einem komplizierten Charakter, voller Widersprüche – Arm und Reich, Fülle und Mangel, Liebreiz und Lust, Hingabe und Sünde.“

Amanda blickte zu ihm auf. Sie brachte kein Lächeln zustande, und ihre Augen brannten.

„Soll ich Ihnen die Sehenswürdigkeiten zeigen?“, fragte er leise.

Ihr Herz schlug schneller. „Das wäre wunderbar“, rief sie. „Heute noch?“

Er lachte. „Ich fürchte, dazu ist es zu spät, aber wir fahren ungefähr eine Dreiviertelstunde bis nach Harmon House, je nachdem, wie viel Verkehr es gibt. Dabei können Sie schon vieles sehen, wenngleich das West End vor allem Reichtum und äußeren Glanz bietet.“

„Das wusste ich ja nicht!“, rief sie und betrachtete wieder die Stadt. Sie deutete auf ein großes graues Schloss an der Steuerbordseite. „Clive, was ist das?“

Er antwortete nicht.

Da wurde ihr plötzlich bewusst, dass sie ihn mit seinem Vornamen angesprochen hatte. Sie spürte, wie sie errötete. „Captain, meinte ich."

„Ist schon gut. Aber wir sollten nicht zu vertraulich werden. Niemand würde die Kameradschaft verstehen, die auf einem Schiff entstehen kann." Endlich lächelte er. „Das ist der Tower, und wir sind fast bei der Tower Bridge."

„Und wir können dort nicht vorbei, oder?", fragte sie eifrig.

Endlich erreichte das Lächeln auch seine Augen. „Haben Sie Ariellas ganzen Reiseführer gelesen?"

„So weit wie möglich", gab sie zu und erwiderte sein Lächeln. „Wenn Sie mich auf Besichtigungstour mitnehmen, dann muss ich mir eine Liste machen mit den Dingen, die ich sehen will."

„Das macht mir nichts aus", sagte er. „Ich werde Ihnen mit Vergnügen alles zeigen, was Sie sehen wollen."

„Dann werden Sie London vielleicht jahrelang nicht verlassen", scherzte sie.

Er lachte. „Ich bin nie länger als für ein oder zwei Monate in der Stadt geblieben. Ich würde sterben wegen der fehlenden frischen Luft."

Amanda wurde ernst. Sie hasste den Gedanken, dass er irgendwann London verlassen und sie zurückbleiben würde. „Wie lange werden Sie diesmal bleiben?", flüsterte sie.

Er sah sie scharf an. „Das habe ich noch nicht entschieden." Er ließ den Blick über ihr Gesicht gleiten. „Aber es muss länger als einen Monat sein. Sie sind noch nie in der Oper gewesen, oder? Oder im Theater?"

„Ich habe Schauspiele gesehen, aber auf der Straße", sagte sie, und vor Aufregung schlug ihr Herz schneller. „Wollen Sie mich in ein Theater mitnehmen? In ein richtiges Theater? Oder in die Oper?" Sie konnte es kaum glauben.

„Wenn Sie eine Dame werden, wird man Sie zu vielen solcher Veranstaltungen einladen. Es wäre mir ein Vergnügen, Sie zu begleiten. Wenn der Ausdruck auf Ihrem Gesicht dann nur annähernd so ist wie jetzt, seit wir London gesehen haben, dann muss ich darauf bestehen."

„Das Angebot nehme ich gern an!", rief sie glücklich. Sie fühlte sich wie im Märchen mit ihrem eigenen Märchenprinzen. Kurz musste sie sich zwicken, um sich daran zu erinnern, dass er nicht ihr Prinz war. Aber irgendwie war er ihr Beschützer geworden.

„Wir werden bald vor Anker gehen. In einer Stunde verlassen wir das Schiff."

Amanda nickte und sah ihm nach, wie er davonging und befahl, die Segel einzuholen. Dann wandte sie sich wieder der Reling zu, starrte zu den Jachten hinüber, den Pferden und Kutschen an den Schiffsanlegern und den großen Gebäuden dahinter.

Die Droschke, die Clive gemietet hatte, wendete zwischen hohen, beeindruckenden eisernen Toren, die zwischen ebenso hohen, beeindruckenden Mauern standen. Amanda spannte alle Muskeln an und umklammerte den Sims des Kutschenfensters. Das West End wirkte reicher, als sie es sich je vorgestellt hatte, und sie waren an so vielen Häusern vorbeigekommen, jedes imposanter und imponierender als die anderen, dass sie aufgehört hatte zu zählen. In ihrer Erinnerung war Windsong ein Palast gewesen, aber es hatte allein in der Harbor Street gestanden, und es gab in ganz Kingston nicht mehr als ein halbes Dutzend vergleichbarer Häuser. Sie wusste alles über die Gesellschaft, oder zumindest hatte sie das geglaubt, bloß hatte sie sich geirrt. Wie konnte es an einem einzigen Ort so viel Reichtum geben? Neben London wirkte ihre Heimat armselig.

Die lange kiesbestreute Auffahrt führte zwischen makellosem grünen Rasen mit bunten Blumenbeeten hindurch. Vorn sah sie ein großes graues Gebäude zwischen zwei Türmen. Sie fühlte sich schlecht. Vor einer Stunde noch hatte sie in London sein wollen, aber dies hier wollte sie nicht, wollte nicht den ersten Schritt in die Gesellschaft machen. Dazu war sie einfach noch nicht bereit.

„Wir sind da", sagte Clive leise.

Kaum gelang es ihr, den Blick von dem Haus abzuwenden, um ihn anzusehen. Er saß gelassen neben ihr, nahm mit seinem großen Körper mehr als die Hälfte des Rücksitzes ein, genauso gekleidet wie während der gesamten Reise, nur dass er jetzt seine Sporen angelegt hatte. Er muss wohl reiten wollen, dachte sie verwirrt. Zur Linken des Hauses hatte sie einen großen Stall gesehen, bewachsen mit Kletterrosen. „Liegt Belford House im Westend?", stieß sie hervor.

„Ja."

Ich kann das nicht, dachte sie. „Ist es so wie dieses hier?"

Er fuhr sich mit der Zunge über die Lippen. „Es ist groß, aber nicht so groß – Belford ist nicht so wohlhabend."

„Ist er auch ein Earl?"

„Nein, er ist ein Baron."

Mama lebt im Hause eines Barons, dachte Amanda verständnislos. Sie hatte geglaubt, ihre Mutter würde in einem bescheidenen, aber vornehmen Haus leben, nicht in einem Schloss, nicht in einer Stadtvilla und nicht mit einem Adligen. „Könnte sie eine Bedienstete sein?"

Er zögerte. „Ich weiß es nicht."

Die Kutsche hatte angehalten. Amanda blickte hinaus. Zwei livrierte Türsteher verließen eilig ihren Platz an der Vordertür. Sie trugen Uniformen aus roten Jacken und goldenen Verzierungen, weißen Hosen, weißen Strümpfen und schwarzen Schnallenschuhen. Amanda rührte sich nicht. „Bitten sagen Sie mir, dass der Earl und die Countess sich in Irland befinden", flüsterte sie.

Er sah sie an. „Amanda, ich weiß nicht, wo sie sich aufhalten. Doch sie werden Sie mit offenen Armen empfangen. Bitte vertrauen Sie mir. Ich habe Sie bisher nicht angelogen, und ich habe auch nicht die Absicht, das zu tun."

Sie richtete sich auf. „Aber dies ist ihr Zuhause."

„Sie bevorzugen Adare. Wenn jemand hier ist, dann möglicherweise Ty, der sich um irgendwelche Dinge kümmert, die mit dem Grundbesitz zu tun haben."

Sie wusste inzwischen alles über seine Familie. „Aber dann ist bestimmt seine Frau dabei. Sie sagten, sie seien sehr verliebt und trennten sich nur selten."

Clive lächelte. „Ein Wolkenkuckucksheim, aber ich freue mich sehr für sie. Vielleicht ist niemand hier, Amanda. Kommen Sie. Wenn ein Wirbelsturm Ihnen keine Angst macht, dann können Sie zweifellos als geladener Gast das Haus meiner Familie betreten."

Amanda wünschte, ein richtiges Kleid zu tragen. Aber es ließ sich nicht vermeiden, die Kutsche zu verlassen. Nie zuvor hatte sie sich so schlecht gefühlt.

Der Droschkenkutscher streckte seine Hand aus, hysterisches Lachen. Es kam von ihr selbst.

Hat Mama auch livrierte Diener?

„Nehmen Sie seine Hand, Amanda", murmelte Clive.

Amanda reichte dem Mann ihre Hand und stieg wie in Trance aus der Kutsche. Clive sprang neben ihr aus dem Wagen und wandte sich dem Gefährt mit seinen Kindern, Anahid und Michelle zu. Schnell öffnete er die Tür, und Alexi hüpfte mit einem wilden Kriegsgeschrei heraus. „Alexi", warnte er, „du wirst die Pferde scheu machen."

Der achtete nicht auf seinen Vater, sondern lief zu Amanda. „Was meinen Sie? Die Stadt stinkt!" Er rümpfte die Nase. „Hier ist es nicht so schlimm, aber an den Docks stank es. Haben Sie gesehen, wie schmutzig die Straßen sind? Und es ist so grau und so kalt", fügte er hinzu.

Amanda fiel auf, dass es sehr feucht war und nicht so warm wie auf den Inseln. „Es ist kalt", bestätigte sie.

Clive stellte sich neben sie, Ariella an der Hand. „Sie werden angenehm überrascht sein. Kommen Sie mit."

Ehe sie sich in Bewegung setzen konnten, ging die Tür auf, und ein großer dunkler Mann erschien. Einen Moment lang vermutete Amanda, es wäre der Earl, und sie hätte sich am liebsten versteckt. Doch Clive rief: „Rex!“, und dabei bemerkte sie, dass der Mann sich auf eine Krücke stützte und die Hälfte seines rechten Beines fehlte.

Lächelnd schwang sich der gut aussehende Mann die Stufen hinab. Clive ging ihm auf halbem Wege entgegen, und sie umarmten einander.

„Was ist das? Eine Zirkustruppe oder eine Gruppe von Vagabunden?“, fragte Rex mit funkelnden Augen. Rasch ließ er seinen Bruder los und neigte sich über Alexi, der ihn mit großen Augen ansah. „Ein Zigeunerprinz, wie mir scheint. Hmm. Fahrendes Volk wird in Mayfair verfolgt.“

„Ich bin kein Zigeuner und auch kein Prinz. Aber meine Mutter ist eine Prinzessin, und du weißt, wer ich bin. Du bist mein Onkel, der Ritter Sir Rex.“ Alexi war sehr ernst.

„Und du bist Tom?“

Alexi schüttelte den Kopf und wirkte dabei sehr verstimmt und selbstsicher. „Ich bin Alexander de Warenne.“

Rex legte ihm die Hand auf die Schulter. „Ich weiß genau, wer du bist, mein Junge. Willkommen in Harmon House.“ Sein Blick fiel auf Ariella, die ihn schüchtern beobachtete.

Clive deutete auf sie. „Ariella, dein Onkel Rex. Wenn du je Hilfe brauchst und ich nicht in der Nähe bin, kannst du dich unbesorgt an ihn wenden.“

Ariella, ganz untypisch sprachlos, nickte und schmiegte sich näher an Anahid. Am liebsten hätte Amanda dasselbe getan.

Aber es war zu spät. Rex hatte sie bemerkt, und er musterte sie vom Scheitel bis zur Spitze ihrer Stiefel. Clive sagte: „Anahid, die Gouvernante der Kinder, und ihr Lehrer Monsieur Michelle.“

Rex nickte kurz, und als er sie wieder ansah, fühlte Amanda, wie sie rot wurde.

„Anahid, bitte bringen Sie die Kinder ins Haus. Alexi, du kannst das Haus und das Anwesen erkunden, aber du wirst keinen Fuß vor das Tor setzen.“ Als die Gruppe sich aufzulösen begann, sah Clive sie an, mit einem Blick, so sanft, dass ihr der Atem stockte. „Ich möchte, dass Sie meinen Bruder kennenlernen."

Amanda trat vor.

„Rex, dies ist Miss Amanda Carre. Sie stammt von den Inseln, und ich habe sie nach London begleitet, da sie dringend eine Überfahrt brauchte."

Rex sah Clive an, die Brauen hochgezogen. „Tatsächlich." Dann drehte er sich um und verneigte sich leicht, wobei es ihm gelang, diese Geste trotz seiner Krücken außerordentlich elegant wirken zu lassen. „Es ist mir ein Vergnügen, Miss Carre, und ich heiße Sie willkommen, da ich annehme, dass Sie unser Gast sein werden."

Amanda biss sich auf die Lippe. Ihr kam der Gedanke, dass sie vielleicht knicksen sollte, doch in Hosen würde sie das lieber nicht tun. „Danke", murmelte sie. Sie trat näher an Clive heran, fühlte, dass er ihren Arm berührte. Rex' Blick fiel auf ihren Ellenbogen und seine Hand.

„Ein Diener wird Ihnen Ihr Zimmer zeigen, Amanda", sagte Clive, als wären sie allein miteinander. „Ich weiß, Sie werden niemals müde, aber vielleicht möchten Sie sich eine Stunde ausruhen?"

Sie holte tief Luft und wünschte, irgendwo anders zu sein. „Ich bin sehr müde", log sie. „Erschöpft geradezu." Sie warf einen Blick zu Rex, um zu sehen, ob er ihr glaubte. Sein Blick war merkwürdig prüfend, er bereitete ihr Unbehagen. „Und ich habe solche Kopfschmerzen. Bauchschmerzen auch."

„Vielleicht sollten wir einen Arzt rufen lassen", murmelte Rex zu Clive.

Clive nahm sie am Arm und führte sie an Rex vorbei, wobei sich ihre Hüften berührten. Er beugte sich zu ihr. „Keine Angst. Wenn Sie heute in Ihrem Zimmer bleiben wollen, müssen Sie nicht zum Dinner herunterkommen. Ich werde Sie entschuldigen."

Wieder einmal rettete er sie vor einem Schicksal, das schlimmer war als der Tod. Nie zuvor war Amanda dankbarer oder erleichterter gewesen. Sie sah zu ihm auf und fand in seinem Blick die Bestätigung, die sie brauchte. „Ich glaube, ich sollte heute in meinem Zimmer bleiben."

„Gut." Er berührte ganz leicht ihren Rücken, und sie wandte sich zum Haus. Dort stand ein sehr würdevoller Diener. „Dies ist Harrison, der Butler. Er wird Sie nach oben begleiten. Und er wird sich auch um Ihre Wünsche kümmern."

Amanda nickte.

Clive sah ihr nach und wünschte, er könnte ihr irgendwie ihre Angst nehmen. Lächelnd wandte er sich an seinen Bruder. Rex war zwei Jahre älter als er, und obwohl sie so unterschiedlich waren wie Tag und Nacht, standen sie einander sehr nahe. Aber er hatte ihn seit anderthalb Jahren nicht mehr gesehen. Gerade wollte er ihn fragen, ob sie etwas zusammen trinken wollten, als er bemerkte, dass Rex ihn aufmerksam ansah. Sein Lächeln verschwand. „Was soll dieser Blick bedeuten?"

Rex hinkte heran. „Oh, ich weiß nicht. Du tauchst hier auf mit einem abgerissenen jungen Mädchen in Hosen, das dringend Hilfe braucht, stehst ungeniert vor dem Haus und umarmst sie in aller Öffentlichkeit. Da muss ich mich fragen, ob du den Verstand verloren hast."

Clive erstarrte. „Ich habe sie nicht umarmt."

Rex blinzelte. „Ich bitte um Verzeihung. Ihr beiden seht einander an, als wäret ihr ein Liebespaar, ihr geht so nahe nebeneinander, als wäret ihr zusammengewachsen, und gerade eben, als du ihr in die Augen sahst und ihr etwas zuflüstertest, lag sie nahezu in deinen Armen. Bist du mein Bruder oder ein Betrüger? Und wenn du ein Betrüger bist, wo, zum Teufel, ist mein Bruder, und was ist ihm zugestoßen?"

10. KAPITEL

Clive war außer sich. „Dein Bruder hat nicht den Verstand verloren, er steht hier direkt neben dir. Und er teilt nicht das Bett mit einem siebzehnjährigen Kind." Er stürmte ins Haus und konnte es nicht fassen, aber Rex' Moralvorstellungen waren immer schon lästig gewesen.

Trotz der Krücke folgte ihm sein Bruder ebenso schnell hinein. Clive ging in die Bibliothek und schenkte sich einen Drink ein. Erst dann sah er seinen Bruder an. „Wie du verdammt gut weißt, habe ich immer Frauen bevorzugt, die etwas älter waren als ich", fügte er wütend hinzu und stellte sein Glas mit einem Knall ab.

„Dann solltest du besser darauf achten, wie du dich mit deinem Mädchen benimmst, sonst wird jeder mit Augen im Kopf dasselbe denken wie ich", sagte Rex ruhig, obwohl er sehr neugierig schien.

„Du hast den Verstand verloren!", rief Clive aus. „Ich bin ihr Beschützer, denn sonst hat sie niemanden. Und sie ist nicht mein Mädchen!" Er zögerte. „Sie ist mein Protegé – für den Moment."

Rex lächelte „Du bist ihr Beschützer? Sie ist dein Protegé? Was genau bedeutet das? Und seit wann hast du irgendeine Beziehung zu einer Frau außerhalb des Schlafzimmers?"

„Ich habe sie vor einem jubelnden, blutrünstigen Mob gerettet. Ihr Vater sollte gehängt werden, und eine Gruppe von Jungen warf mit Steinen nach ihr. Wärest du dort gewesen, hättest du sie auch gerettet."

Rex sah ihn mit hochgezogenen Brauen an. „Wie ich sehe, hast du einiges zu erzählen. Ich habe die ganze Nacht Zeit."

Clive begann sich zu beruhigen. Außerdem benötigte er dringend den Rat seines Bruders. „Da gibt es nichts zu erzählen. Ihr Vater war ein Pirat, und sie hat ihr halbes Leben an Deck verbracht und ist mit ihm auf Prisenfahrt gegangen."

Rex war entsetzt. „Gütiger Himmel! Sie sieht nicht aus wie

die mordlustige Tochter eines Piraten!"

„Das ist sie auch nicht. Sie ist seltsam naiv – er hat es nicht erlaubt, dass sie jemals einer Schlacht zusah, und als sie zwölf wurde, hat er sie an Land gelassen. Doch sie wuchs auf unter Vagabunden und Dieben. Sie streunte auf Jamaika umher. Ehe ich sie bei der Hinrichtung rettete, hatte ich sie häufiger gesehen, wenn sie in einer Bucht badete oder mit einem Floß die Wellen befuhr. Jeder kannte sie als La Sauvage." Er lächelte finster. „Sie war sehr wild ..." Er verstummte. „Jetzt ist sie eingesperrt."

Rex verschränkte die Arme und sah ihn an. „Was heißt das?"

„In gewisser Weise verabscheue ich, was ich getan habe – und ich habe sie nicht in mein Bett geholt." Aber als er begann, auf und ab zu gehen, dachte er an den Morgen nach dem Sturm, als er alles getan hatte, außer ihr die Unschuld zu rauben.

„Tatsächlich? Du fühlst dich also nicht schuldig?", fragte Rex.

Clive fuhr herum. „Sie ist eine Jungfrau."

„Und das weißt du woher ...?"

Clive verspürte den Wunsch, seinen Bruder zu schlagen, nur dieses eine Mal. „Sie hat es mir gesagt."

„Ich verstehe. Ein angemessenes Thema zwischen einem Beschützer und seinem Protegé. Nebenbei bemerkt sind die Countess, Lizzie und Eleanor hier."

Clive erstarrte. „Amanda fürchtet die Gesellschaft." Er schüttelte den Kopf. „Während eines Sturms hat sie die ganze Nacht neben mir gestanden und hat gelächelt, ich schwöre es, wie eine Meeresgöttin. Aber sie fürchtet sich vor dem Spott und der Verachtung der Gesellschaft. Ich habe sie in die Stadt gebracht, damit sie ihre einzige lebende Verwandte trifft. An Bord meines Schiffes hat sie gutes Benehmen gelernt. Ich habe nie jemanden gesehen, der fester entschlossen war, etwas zu erlernen, was ihm völlig egal ist." Er seufzte. „Ich bin froh, dass die Countess, Lizzie und Eleanor hier sind. Wenn jemand Amanda helfen kann, sich erfolgreich zu verändern, dann diese drei.“

Rex starrte ihn an. „Du willst aus der Tochter eines Piraten eine Dame machen?“

„Das erschien mir der einzige sinnvolle Weg zu sein.“

„Natürlich.“

„In dem Wissen, dass sie noch unschuldig ist“, sagte Clive in scharfem Ton, „ist es meine Pflicht, sie zu beschützen, vor allem jetzt, wenn die Schürzenjäger der Stadt sie umschwärmen und in ihr eine leichte Beute sehen.“

„Natürlich ist das deine Pflicht. Mein charmanter, leichtlebiger, gewissenloser Bruder, berüchtigt dafür, Kurtisanen ebenso wie Countessen zu verführen, jetzt der Beschützer einer Piratentochter. Ich glaube, vor uns liegt eine sehr interessante Saison. Hast du vor zu bleiben?“ Jetzt lachte Rex.

„Ich habe ihr versprochen, ihre Zukunft zu sichern“, sagte er grimmig. „Ich sehe, ich unterhalte dich blendend.“

Rex sah ihn aus großen Augen an und tat ganz unschuldig. „Ich bin eher nicht amüsiert – ehrlich gesagt, ich bin schockiert. Du willst auch noch ihre Zukunft sichern?“

„Das ist richtig. Sie hat sonst niemanden.“ Wieder verärgert ging Clive zur Tür und schloss sie. „Ehrlich gesagt, ihre Mutter ist hier in London, Rex. Sie ist in die Stadt gekommen, um wieder mit der Frau zusammen zu sein, von der sie glaubt, sie wäre mit ihrem Vater verheiratet gewesen. Amanda wurde gesagt, ihre Mutter ist Dulcea Straithferne Carre, die in Belford House lebt. Kennst du Lady Dulcea Belford?“

Rex war überrascht. Er hinkte zum Sofa und setzte sich. „Das tut mir leid. Ich kenne sie und verstehe, worauf du hinauswillst. Du glaubst, ihre Mutter ist Lady Belford – was Amanda zu ihrer illegitimen Tochter macht.“

„Nach dem Verlust ihres Vaters war Amanda verzweifelt“, sagte Clive und setzte sich zu seinem Bruder. „Jetzt wird sie erfahren, dass ihre Eltern nicht verheiratet waren. Ich weiß nicht, wie sie empfangen wird, so wenig, wie ich Dulcea kenne. Aber ich bin entschlossen, dafür zu sorgen, dass diese Begegnung ein

Erfolg wird. Amanda hat genug gelitten. Sie verdient ein wenig Glück."

Rex schüttelte den Kopf. „Du musst wirklich hingerissen sein, denn die Gesellschaft ist gnadenlos, und das weißt du vermutlich besser als die meisten anderen. Dir gelingt es vielleicht, den Klatsch zu ignorieren, aber sie wirkt auf mich sehr jung und unbedarft. Was immer du glaubst auf deinem Schiff erreicht zu haben, Miss Carre sieht nicht so aus, als wäre sie bereit, der Gesellschaft entgegenzutreten – und nicht bloß deswegen, weil sie sich kleidet wie ein Junge. Natürlich musst du versuchen, sie mit Lady Belford zusammenzubringen, aber ich würde es mir zweimal überlegen, ob ich sie in die Gesellschaft einführe."

„Was ihre Garderobe angeht, so besitzt sie kein Kleid. Ich habe vom Hafen aus eine Nachricht an eine Schneiderin in der Regent Street geschickt, von der ich noch heute Abend eine Antwort erwarte. Amanda wird bei ihrem Eintritt in die Gesellschaft nicht lächerlich gemacht werden, weil ich bei ihr sein werde und wir warten, bis alle der Meinung sind, dass sie dazu bereit ist." Er sah ins Leere. „Und ich bin nicht hingerissen. Ich benehme mich ehrenhaft, das ist alles."

Rex klopfte ihm auf die Schulter. „Es ist an der Zeit." Er lachte leise. „Na schön. Wir werden deine Gefühle als Ehrgefühle bezeichnen. Wann willst du Mutter und Tochter miteinander bekannt machen?"

„Ich weiß nicht. Ich brenne darauf, die Hilfe unserer Damen in Anspruch zu nehmen. Und es macht mir nichts aus, ihre Ratschläge anzunehmen. Ich würde das sogar begrüßen." Wieder lachte Rex, und Clive beachtete ihn gar nicht. „Ich werde Lady Belford heute Nacht allein aufsuchen. Je eher ich sicher sein kann, dass sie mit der Begegnung einverstanden ist, desto besser."

Rex schüttelte den Kopf, sein Lächeln war verschwunden. „Ich bin mir bewusst, dass du wie Devlin ein Beherrscher der Meere bist. Die Londoner Gesellschaft ist aber nicht dein Achterdeck, deine Macht hier ist begrenzt. Ich kann mich kaum erinnern, dass du zur Creme der Gesellschaft gehörst. Hinter deinem Rücken wird geflüstert – und du scheinst dieses Geflüster noch zu ermutigen. Du kannst dein Bestes geben, um Miss Carre vor allen Unannehmlichkeiten zu bewahren, aber du kannst Lady Belford nicht zwingen, sie aufzunehmen, und du kannst die Gesellschaft nicht zwingen, ihre eigenwillige Art zu akzeptieren. Tatsächlich könnte die Gesellschaft dieselben Fragen zu diesem seltsamen Paar stellen wie ich auch."

Clive erhob sich. „Du irrst dich. Ich kann und werde Amanda beschützen. Ich habe dieses Geflüster hingenommen, weil es mich amüsierte. Jetzt werde ich in der Stadt mit meinen Reichtümern um mich werfen, dass es ordinär ist, und das Gerede wird aufhören. Ich scheitere nie. Ich habe nicht vor, dies das erste Mal werden zu lassen." Er ging quer durchs Zimmer.

„Wohin willst du?", fragte Rex leise.

„Ich gehe nach Amanda sehen, um herauszufinden, ob sie mit ihrer Unterbringung zufrieden ist. Sie ist nicht an Dienstboten gewöhnt, und ich bezweifle, dass sie nach irgendetwas gefragt hat."

„Clive." Rex stand auf. „Sie mag Hosen tragen, aber sie ist eine junge und sehr schöne Frau. Du bist nicht auf deinem Schiff. Du kannst nicht einfach so in ihre Gemächer gehen. Noch vor Tagesanbruch wird es sich im Untergeschoss herumgesprochen haben, dann in der Beletage, und im Nu wird es in der Gesellschaft herum sein. Willst du ihren Ruf ruinieren, noch bevor sie ihr Debüt erleben durfte? Du allein bietest schon Stoff genug für den Klatsch, aber jetzt fügst du noch La Sauvage hinzu. Ich wünsche dir, dass du Erfolg hast, aber du musst bedachtsam sein."

Clive fühlte, wie Unmut in ihm aufstieg, denn Rex hatte recht. „Ich werde nach ihr sehen – aber nur kurz." Er zögerte. „Wir werden in der Halle sprechen."

Rex sah ihm nur nach und hatte nur einen Gedanken. Dies würde keine leichte Aufgabe werden.

Als sie Clives Schritte vor der Tür hörte, sprang Amanda auf. Ehe er noch klopfen konnte, riss sie die Tür auf und war schrecklich erleichtert, ihn zu sehen. Wie er so dastand, schien er überrascht von ihrem Verhalten, und sie musste sich zwingen, ihn nicht zu umarmen. „Sie haben mich nicht vergessen!"

Er lächelte. „Das wäre unmöglich."

Sie biss sich auf die Lippen. „Sie flirten mit mir."

„Tue ich das?" Er blickte an ihr vorbei. „Fühlen Sie sich wohl in diesen Gemächern, Amanda?"

„Ob ich mich wohlfühle?" Sie hatte die Möbel in Windsong schon luxuriös gefunden, aber dies hier war so ganz anders. Das Schlafzimmer kündete von vergangenen Jahrhunderten, von einem Familienerbe und einer Tradition, die sie kaum verstand. In der Halle gab es verblasste Porträts in alten Goldrahmen, und der Sekretär in ihrem Schlafzimmer sah aus, als gehörte er zu einer anderen Zeit und in einen anderen Raum. Harmon House war so offensichtlich ein Teil der Familientradition der de Warennes, dass sie beinahe fühlte, wie die Vorfahren in den Schatten vor ihrem Zimmer lauerten.

„Ich nehme an, es gefällt Ihnen?"

Sie nickte. „Warum stehen Sie im Gang? Können Sie sich nicht setzen und einen Moment mit mir reden?" Dann fragte sie, was sie wirklich wissen wollte. „Was hat Ihr Bruder gesagt, als ich fort war? Und was haben Sie ihm über mich erzählt?"

Er zögerte. „Ich kann nicht hereinkommen. Ich bin ein berüchtigter Junggeselle, und wenn ich diese Schwelle übertrete und ein Hausmädchen mich sieht, ist Ihr Ruf ruiniert, ehe wir Sie überhaupt jemand vorstellen konnten."

Ihre Furcht verschärfte sich. In gewisser Weise hatte sie sich bereits in die Gesellschaft begeben. Ihr war unbehaglich zumute. „Das ist mir egal." Und doch war das eine Lüge.

„Aber mir nicht." Wieder lächelte er sie an. „Ich lasse ein Tablett mit dem Essen heraufschicken."

Sie sah ihn an. „Sie antworten mir nicht."

„Rex meint, Sie seien sehr jung und sehr schön, und es überrascht ihn, dass ich Ihr Beschützer bin." Clive zuckte die Achseln.

„Das ist alles?"

„Das ist alles. Dennoch, ich habe Neuigkeiten. Es sind gute Neuigkeiten, und so sollten Sie sie auch ansehen."

Amanda fühlte sich sofort unbehaglich. „Was ist es? Geht es um meine Mutter?"

„Nein. Meine Stiefmutter, meine Schwägerin und meine Schwester sind hier. Sie sind ausgegangen, zum Tee."

Amanda machte kehrt und ging zu einem schönen kleinen Sofa, hellblau, elfenbeinfarben und gold gestreift, und setzte sich. Unter einem reich verzierten Kaminsims brannte ein kleines Feuer, aber das sah sie nicht. Alles ging so schnell! Sie war noch nicht bereit, die jetzige Countess zu treffen, seine Schwester oder die Frau, die einst die nächste Countess of Adare werden würde. Ihr wurde übel.

Clive trat ein. „Amanda. Sie sind nicht wie die Damen, die Sie in Kingston getroffen haben. Ich schwöre es. Sie sind freundlich, großzügig und werden entzückt sein, Sie kennenzulernen."

Amanda schüttelte den Kopf. „Ich bin verdammt, ehe ich meine Mutter überhaupt getroffen habe."

„Ich dachte, Sie vertrauen mir."

Sie sah auf. „Das tue ich. Aber sie können unmöglich freundlich sein. Sie mögen so tun, als würden sie mich dulden, aber sie werden auf mich herabsehen."

Er umfasste ihre Schultern. „Ich werde nicht noch einmal versuchen, Ihnen zu sagen, dass Sie sich irren. Wenn Sie es wünschen, stelle ich Sie heute Abend noch vor, dann müssen Sie sich nicht so lange sorgen."

Amanda stand auf und sah ihn an. „Ich warte bis zum Morgen." Sie brachte kein Lächeln zustande.

Amanda hörte Schritte. Clive drehte sich um. Eine schöne und elegante junge Frau ging an ihrer Tür vorbei. Dann blieb sie stehen und starrte sie ungläubig an. „Clive?"

Er ließ die Hand sinken. „Wenn man vom Teufel spricht“, scherzte er.

Sie warf einen Blick auf Amanda, ihre Augen wurden größer, und dann schienen sie zu funkeln, als sie eintrat. „Ich sehe, du hast einen Gast mitgebracht?“, fragte sie liebenswürdig.

Er legte einen Arm um die Frau und zog sie recht unsanft an sich. „Ja, das habe ich, einen Gast, mit dem du dich, wie ich hoffe, anfreunden wirst.“

Sie stieß einen Protestschrei aus und riss sich los, dann boxte sie ihn in die Brust. Danach lächelte sie Amanda zu und sah sie neugierig an.

Amanda errötete.

„Au. Komm her.“ Clive zog die junge Frau am Ohr zu sich heran und gab ihr einen Kuss auf die Wange.

Sie umarmte ihn fest. „Wer ist der Teufel in diesem Raum?“, lachte sie und ließ ihn los. Dann sah sie wieder Amanda an. „Hallo! Ich bin Mrs Sean O’Neill, und dieser Bursche ist mein Bruder. Manchmal liebe ich ihn sehr, und manchmal denke ich mir verschiedene Methoden aus, ihn umzubringen. Er kann eine wahre Nervensäge sein.“

„Hören Sie nicht auf sie. Ich bin charmant und freundlich, außer man provoziert mich.“ Clive lachte. „Eleanor ist die kleine Schwester, von der ich Ihnen erzählt habe, abgesehen davon, dass sie eine richtige Amazone ist“, sagte Clive als Vorstellung. „Mrs O’Neill, dies ist Miss Amanda Carre.“

Amanda zitterte und wusste nicht, was sie denken sollte. Offensichtlich liebten Bruder und Schwester einander. Sie hätte nie geglaubt zu sehen, wie eine echte Dame jemanden boxte, nicht einmal ihren Bruder, und diese Frau war eine echte Dame – sie war schön, elegant und die Tochter eines Earls. Zweifellos hatte Mrs O’Neill ihre Hosen und die Stiefel bemerkt. „Hallo“, begann Amanda und hoffte beinahe, dass die Schwester verschwand. Sie wartete auf die unvermeidliche Hochnäsigkeit.

Aber Eleanor lächelte. „Nennen Sie mich Eleanor, das tut jeder! Woher kennen Sie meinen tollkühnen Bruder? Wie kommt es, dass Sie sein Gast sind? Sind Sie im Regen ausgeritten? Und wie alt sind Sie?“

„Eleanor!“, mahnte Clive, doch er lachte dabei.

„Er war so liebenswürdig, mich nach London mitzunehmen, damit ich meine Mutter treffen kann“, sagte Amanda atemlos. „Und ich bin keine gute Reiterin. Wir sind gerade angekommen. Ich stamme von den Inseln.“ Sie wartete darauf, dass seine Schwester lachte, doch sie tat es nicht, sie lächelte immer noch, als wären sie bereits Freundinnen.

„Wie interessant. Mein Bruder ist alles Mögliche – gut aussehend, reich, tapfer, selbstsüchtig, ein Grobian –, aber liebenswürdig ist er nicht.“

Amanda richtete sich auf. „Er ist sehr freundlich! Er hat mich von den Westindischen Inseln hierhergebracht, als ich keine Möglichkeit hatte, für die Überfahrt zu bezahlen.“

Eleanor sah Clive ungläubig an.

Clive bedachte sie mit einem finsteren Blick. „Amandas Vater ist kürzlich verstorben. Sie hatte niemanden, zu dem sie gehen konnte.“

„Oh, dann hast du eine Jungfer in Not gerettet“, sagte Eleanor langsam. Sie schien verwirrt.

„Tatsächlich habe ich genau das getan. Und nebenbei bemerkt, ich habe auch Ariella und Alexi mitgebracht.“

Eleanor stieß einen Schrei des Entzückens aus. „Und ich Michael und Rogan – sie sind mit Lizzies drei Wildfängen im Kinderzimmer.“

„Dann haben sich die Cousins vermutlich schon kennengelernt“, sagte Clive, offenbar erfreut.

Amanda nutzte den Augenblick und ließ sich schwer auf den nächstbesten Stuhl sinken. Würde seine Schwester ihre Anwesenheit in diesem Haus tatsächlich einfach so hinnehmen, als wäre das nichts Ungewöhnliches? Machte es ihr nichts aus, dass Amandas Kleidung skandalös war? Wusste sie, dass ihr Vater ein Pirat gewesen war, den man zum Tod durch Erhängen verurteilt hatte?

Clive wandte sich ihr zu. „Ich muss fort. Doch zuerst – gibt es etwas, das Sie benötigen?"

Amanda hasste die Vorstellung, dass er sie allein im Haus zurückließ bei seiner Familie. „Es geht mir gut", log sie und fühlte sich furchtbar. Wohin ging er? Es war beinahe Essenszeit. Sie fragte sich, ob er wohl eine seiner Geliebten aufsuchen wollte, aber dieser Gedanke schmerzte sie zu sehr, um sich lange daran aufzuhalten.

Er zögerte und setzte sich dann neben sie. „Ich werde nicht lange fort sein. Wollen Sie, ehe ich gehe, noch die Countess und Lizzie kennenlernen?"

„Ich glaube, ich werde mich ausruhen", sagte sie. „Ich kann sie morgen treffen."

Clive sah sie prüfend an. Amanda erwiderte seinen Blick und wünschte, sie wären an Deck seines Schiffes. „Wir werden morgen eine erste Besichtigungstour unternehmen", sagte er endlich.

Sofort lächelte sie. „Das wäre herrlich."

Clive erwiderte ihr Lächeln und stand auf. Er gab seiner Schwester ein Zeichen, die so tat, als würde sie nicht verstehen. „Amanda ist müde von der Reise."

„Aber ich wollte Tee und Sandwiches bringen lassen, damit wir einander besser kennenlernen." Eleanor lächelte breit und schien etwas im Schilde zu führen.

Amanda war sofort beunruhigt.

Clive legte seiner Schwester eine Hand auf die Schulter. „Du wirst Zeit genug haben, Amanda kennenzulernen", sagte er.

Sie lachte leise. „Du meinst Miss Carre, nicht wahr, Clive?"

Er schob sie zur Tür hinaus. „Du bist so impertinent wie immer", sagte er.

„Und ich fragte mich, ob du immer noch so ein Schurke bist wie immer", gab sie in liebenswürdigem Ton zurück. „Böser Clive, um diese Zeit allein im Zimmer einer Dame zu sein."

Clive drehte sich zu Amanda um. „Beachten Sie sie nicht. Ich sehe später nach Ihnen."

Amanda ahnte, worauf seine Schwester anspielte, aber sie hoffte, sie irrte sich. Oder glaubte seine Schwester wirklich, sie hätten eine Liebesaffäre unter dem Dach der Countess?

Eleanor hingegen winkte ihr nur zu und verschwand, als machte ihr das nichts aus.

„Sie ist eine sehr kühne Frau“, sagte Clive kopfschüttelnd. „Und sehr direkt – vielleicht noch direkter als Sie. Nebenbei bemerkt trägt sie auch Hosen. Ich komme später wieder.“

Amanda starrte ihn sprachlos an, als er die Tür schloss.

Er brauchte zehn Minuten bis nach Belford House, und als er ankam, hatte es zu regnen begonnen. Vier prachtvolle Kutschen standen an der Straße, daran erkannte er, dass er eine Dinnerparty störte. Es war allerdings erst sieben, und die Gäste waren vermutlich gerade angekommen. Zwar gehörte es sich nicht, so vorzusprechen, wie er es jetzt tat, aber das war ihm egal: Von ihm erwartete ohnehin niemand, dass er sich anständig benahm. Er klopfte. Jeder außer Belford würde annehmen, dass er seiner Frau nachstieg. Belford schienen die Eskapaden seiner Gemahlin nicht zu kümmern.

Ein Butler ließ ihn herein und betrachtete argwöhnisch seinen goldenen Ohrring und die Sporen, die er trotz der hellen Hose zur Schau stellte. Dazu trug er ein schönes Hemd, ein Halstuch und eine marineblaue Jacke – seine Konzession an die herrschende Mode. Clive lächelte. „Ist Belford zu Hause?“

„Seine Lordschaft weilt in Schottland“, erwiderte der Diener und zeigte jetzt mehr Interesse an dem Dolch an Clives Hüfte als an der sehr eindeutigen Frage.

„Dann habe ich Glück“, gab Clive zurück und reichte dem Mann seine Geschäftskarte. „Bitte sagen Sie Lady Belford, dass ich in einer dringenden Angelegenheit mit ihr sprechen möchte.“

Der Mann verschwand.

Clive ging in der runden Eingangshalle unter einem kristallenen Lüster auf und ab, hörte Männerstimmen und weibliches

Gelächter. Die Halle war spärlich möbliert. Ein schöner, aber sehr verschlissener orientalischer Teppich lag auf dem Boden, und am Ende der Halle standen zwei rubinrote Stühle mit verblichenen Polstern. Ein Lampenschirm, der aus Elfenbein sein sollte, wies die Farbe von Pergament auf. Als er sich umsah, erkannte er, dass die wirtschaftliche Lage der Belfords prekär war.

Wie er es sich gedacht hatte, machte die Störung Lady Belford nichts aus. Kurz nachdem der Butler verschwunden war, erschien sie mit seiner Karte in der Hand.

Als sie die Halle betrat, musterte er sie genau. Jetzt war die Ähnlichkeit zwischen Mutter und Tochter nicht zu verkennen. Sie hätten Schwestern sein können, auch wenn Dulcea eine fadere Version von Amanda war. Die meisten Fremden hätten sie für Verwandte gehalten.

Im Hinblick auf seinen Plan war er darüber nicht sehr erfreut.

Dulcea freute sich dagegen offensichtlich, ihn zu sehen. Sie trug ein ärmelloses burgunderrotes Kleid mit einem blassen goldenen Blumenmuster, dazu eine Rubinkette, und sie lächelte, während sie näher kam. „Mein lieber de Warenne!", rief sie. „Dies ist eine höchst erfreuliche Überraschung. Aber ich hätte mich gefreut über eine Anmeldung – dann hätte ich ein Gedeck mehr auflegen lassen." Sie ließ ihre Hand an seinem Ärmel auf und ab gleiten.

Ihr Wunsch, mich in ihr Bett zu holen, hat sich offenbar nicht geändert, dachte er angewidert, doch er lächelte und verneigte sich. „Danke, dass Sie mich empfangen, Lady Belford. Mir ist bewusst, dass dies eine ungewöhnliche Stunde ist."

„Für Sie ist niemals eine Stunde ungewöhnlich, Sir", sagte sie und senkte den Blick, als sie knickste.

Gesellschaftlich stand sie weit über ihm, und er empfand die Art, wie sie ihn ansprach, recht unterwürfig. „Dann habe ich Glück."

„Sind Sie gerade in die Stadt gekommen? Würden Sie gern mit uns zu Abend essen? Wir haben uns eben erst zu Tisch gesetzt.“ Sie lächelte und berührte ihn erneut am Arm.

„Ich fürchte, ich kann nicht lange bleiben“, sagte er. „Und ich will Sie nicht von Ihren Gästen fernhalten. Aber es gibt eine außerordentlich dringende Angelegenheit, über die wir reden müssen. Ich bitte Sie um ein Gespräch unter vier Augen.“

Sie lächelte, warf ihm einen Seitenblick zu und hakte sich bei ihm ein. Clive unterdrückte den Impuls, sich von ihr zu lösen, und so führte sie ihn in einen kleinen Salon mit vergoldeten Möbeln und grüngoldenen Polstern, dessen Wände mit grünem Stoff bespannt waren. Alles war verschlissen und verblasst, was den Eindruck bestätigte, dass die Belfords sich in finanziellen Schwierigkeiten befanden. Sie ließ ihn los, um die Tür zu schließen. Danach lehnte sie sich dagegen und lächelte ihm zu. „Dann müssen Sie ein andermal zum Essen kommen, ehe Belford zurückkehrt“, meinte sie.

Clive trat zurück und zögerte. Es war nicht leicht, diese Nachrichten zu überbringen. „Warum setzen Sie sich nicht, Lady Belford, ich habe Neuigkeiten mitgebracht.“

Lächelnd nahm sie den Stuhl, den er ihr anbot. „Gute Nachrichten, wie ich hoffe?“, sagte sie und sah ihn von unten herauf an.

„Ich glaube schon“, sagte er, aber schon, als er das sagte, bezweifelte er nicht, dass sie alles andere als erfreut sein würde. „Ich habe Ihre Tochter nach London gebracht, Lady Belford.“

Sie lächelte immer noch, offensichtlich verstand sie ihn nicht. „Wie bitte?“

„Ihr Mädchenname ist Straithferne, nicht wahr?“

Ihr Lächeln verschwand, und sie erbleichte. „Was soll das?“

„Ihre Tochter, Amanda Carre, ist zurzeit mein Gast hier in London, in Harmon House“, sagte er und beobachtete ihre Reaktion.

Vor Entsetzen machte sie ganz große Augen. Sie saß da wie erstarrt und sah ihn sprachlos an.

In gewisser Weise tat sie ihm leid. Er sah sich um, fand eine Anrichte und Flaschen und schenkte ihr etwas Sherry ein. Er reichte ihr das Glas.

Sie schüttelte den Kopf und stellte das Glas hin. „Es tut mir leid. Meine Tochter ist oben, zusammen mit meinem Sohn, und sie heißt Margaret. Sie ist dreizehn."

Er spürte, wie sein Mitleid verflog und einer Kühle wich, wie er sie oft empfunden hatte, wenn er sich einem Gegner gegenübersah, den er nicht mochte. Diese Frau aber brauchte er. Sie schuldete ihrer Tochter ein anständiges Leben. „Lady Belford, hören wir auf, uns gegenseitig etwas vorzumachen. Ein Bow Street Runner wird nicht länger als ein oder zwei Tage brauchen, um zu belegen, dass Ihr Mädchenname Straithferne lautet. Nur muss ich mir diese Mühe gar nicht machen, denn Ihre Tochter sieht Ihnen sehr ähnlich. Sie wissen das sicher nicht, aber Rodney Carre wurde im Juni gehängt. Ich habe Amanda nach London gebracht, damit sie bei Ihnen sein kann, ihrer einzigen Verwandten."

Lady Belford schrie auf und ließ sich auf ihren Stuhl sinken. Und als sie zu ihm emporblickte, sah er Tränen in ihren grünen Augen, die nicht annähernd so lebhaft und fremdartig wirkten wie die ihrer Tochter. „Sie haben recht", stieß sie hervor. „Mein Mädchenname ist Straithferne." Zitternd erhob sie sich.

Clive sprang vor und half ihr dabei. Sie lehnte sich bebend an ihn und umklammerte seine Schultern. Im selben Moment erkannte er, dass sie das nur tat, um ihn mit ihrem weiblichen Benehmen zu umschmeicheln. „Sie müssen sich setzen", sagte er finster und versuchte, sich aus ihrer Umarmung zu lösen.

Aber sie hielt ihn fest und mied seinen Blick, sodass er ihr nicht richtig ins Gesicht sehen konnte. „Oh – ich bin schockiert. Ich kann es nicht glauben – sie ist hier? In London?"

„So ist es. Ich verstehe Ihr Entsetzen. Aber Mylady, Ihre lange verlorene Tochter ist zurück und sehnt sich danach, bei Ihnen zu sein." Energisch schob er sie von sich weg.

Endlich sah sie zu ihm auf. „Sie dürfen nicht so offen darüber sprechen, sonst bin ich ruiniert."

Ihre Blicke begegneten sich. Noch immer sah er Tränen in

ihren Augen, aber auch einen Ausdruck von Härte. „Und Ihre Tochter?“, fragte er und empfand schon nur noch Verachtung für sie.

Sie zog ein Tuch aus ihrem Mieder und betupfte sich die Augen. „Sie dürfen so nicht sprechen“, sagte sie. „Warum haben Sie sie hierhergebracht?“

„Damit sie bei Ihnen wohnen kann, eine andere Familie hat sie nicht!“, rief er. „Es gab nur diese Möglichkeit, außer sie zu den Schwestern von St. Anne's auf der Insel zu schicken! Das hat sie nicht verdient.“

Sie starrte ihn an. „Wie ist sie?“, fragte sie endlich verhalten.

Er zögerte nicht mit der Antwort. „Sie ist außergewöhnlich schön, mit grünen Augen, die Ihren sehr ähnlich sind. Ihr Haar ist von der Farbe des Mondes, und ihre Figur ist perfekt. Sie ist sehr klug – sie lernt lesen und macht das sehr gut, wie ich hinzufügen darf“, sagte er. Dulcea machte noch größere Augen. „Und sie ist tapfer. Noch nie habe ich so viel Mut gesehen, nicht einmal bei einem Mann. An Bord meines Schiffes hat sie ihr Leben riskiert, um einen jungen Burschen zu retten, und sie kann mit dem Säbel beinahe so gut umgehen wie ich.“

Dulcea schrie auf.

„Was haben Sie erwartet?“, fragte er wütend. „Sie haben es zugelassen, dass Ihre Tochter von einem Piraten aufgezogen wird, Lady Belford, und haben ihr ein vornehmes Leben verwehrt – so ein Leben!“ Er deutete auf das Zimmer.

Dulcea bedeckte ihr Gesicht mit beiden Händen und weinte. „Wie können Sie mir das vorwerfen?“

Clive erkannte, dass Dulcea ihn beeinflussen wollte, aber er war nicht ganz sicher, was genau sie jetzt vorhatte. „Ihre Tränen rühren mich nicht, Mylady. Doch die Bitte Ihrer Tochter rührt mich sehr. Was werden Sie jetzt tun? Sie befindet sich in Harmon House und erwartet einen herzlichen Empfang.“

Sie sah zu ihm auf, und ihre Augen wirkten eiskalt. „Sie erwarten doch nicht von mir, dass ich so ein Kind aufnehme?“

„Ihre Tochter braucht ein Zuhause“, sagte er schroff und

sah seine schlimmsten Befürchtungen bestätigt. „Sie braucht eine Mutter. Sie braucht Sie. Mir schien es klug zu sein, Sie zuerst zu treffen und Ihnen zu sagen, dass sie hier ist, und wie ich sehe, habe ich recht getan. Die Gesellschaft ist voller Bastarde, Lady Belford. Wir beide kennen viele Paare, die ihren illegitimen Nachwuchs gemeinsam mit ihren Erben aufziehen. Ich habe meine eigenen Kinder hierhergebracht, und ich werde sie mit Freuden in die Gesellschaft einführen, nicht voller Angst."

Sie schüttelte den Kopf und umfasste seine Arme. „Sie sind keine verheiratete Frau mit zwei legitimen Kindern! Belford wird das nie verstehen, und er wird mir nie verzeihen, auch wenn mein *faux pas* geschah, lange ehe wir uns trafen."

„*Au contraire*. Sie haben ihn an der Nase herumgeführt, und ich bin sicher, Sie können ihm alles einreden, was Sie nur wollen."

„Warum tun Sie das? Warum haben Sie beschlossen, sie hierherzubringen?"

„Warum ich mich wie ein Gentleman benehme?", fragte er spöttisch. „Ihre Tochter ist eine Waise, und sie ist kein Kind. Sie ist siebzehn, eine Frau im heiratsfähigen Alter! Gewiss wollen Sie doch ihre Zukunft beeinflussen können."

„Sie sind kein Gentleman!", erwiderte sie, und ihr bleiches Gesicht wirkte so angespannt, als wäre es aus Gips. „Sehen Sie denn nicht, wie sehr mich das verstört?"

„Ihr Zustand ist nichts verglichen mit dem, was Ihre Tochter in ihrem kurzen Leben durchmachen musste." Jetzt verlor er die Geduld.

Sie schwieg und starrte ins Leere. Endlich sagte sie: „Sie benehmen sich, als würden Sie mich verachten." Der Blick, mit dem sie ihn ansah, war hart. „Aber Sie sollten besser als jeder andere verstehen, wie so etwas geschehen kann. Sie, de Warenne, verstehen etwas von Leidenschaft."

„Wir haben nichts gemeinsam, Lady Belford, abgesehen von Ihrer Tochter!" Er lachte freudlos. „Und ich weiß genau, wie Sie Amanda empfangen haben. Sie waren sehr jung, Sie waren hingerissen von einem schneidigen jungen Marineoffizier, vielleicht war es auf einer Reise, und jetzt bereuen Sie es."

Sie richtete sich auf. „Sie haben recht. Ich war sehr jung – in Amandas Alter –, und ich war hingerissen, und das wurde ausgenutzt. Carre war tatsächlich ein schneidiger junger Marineoffizier, als wir uns kennenlernten", sagte sie schroff.

Clive trat näher und beugte sich vor, sodass ihre Gesichter sich beinahe berührten. „Sie haben sie nicht aufgezogen, bis sie vier war, oder? Amanda wurde von ihrem Vater nicht Ihren Armen entrissen, oder?"

Sie sah ihn aus großen Augen an. „Hat Carre ihr das erzählt?"

„Ja."

Sie schüttelte den Kopf. „Ich wurde in einen Konvent geschickt, um sie zur Welt zu bringen, wie man es bei allen unverheirateten jungen Damen machte. Meine Eltern wollten sie adoptieren lassen, aber eine der Schwestern benachrichtigte Carre, und er nahm sie mit, kurz nach ihrer Geburt. Ich weiß nicht genau, wann." Dulcea holte tief Luft und berührte Clive am Arm. „Clive, selbst Sie wissen, dass es so zugeht in der Welt. Ich konnte mir nicht die Zukunft ruinieren, noch ehe sie begonnen hatte."

„Haben Sie Ihr Kind je geliebt?", fragte er.

„Natürlich! Aber ich wusste, dass ihr Vater sich um sie kümmerte. Es gab keine andere Möglichkeit!"

Er beugte sich über sie. „Es hätte viele andere Möglichkeiten gegeben, wenn Sie das Herz einer Mutter gehabt hätten. Sie werden Belford nicht einmal sagen, dass sie Ihre Cousine ist, oder? Sie wollen diese Unannehmlichkeiten nicht – oder liegt es am Geld? Erzählen Sie mir nicht, dass Sie sich vor Belford fürchten. Sie beherrschen ihn ganz, und wir beide wissen das."

Ihre Züge wurden hart, beinahe hässlich. „Vor vielen Jahren habe ich einen Fehler gemacht", sagte sie langsam. „Aber das würden Sie nicht verstehen, der Sie als de Warenne geboren wurden, mit einem silbernen Löffel im Mund und mehr Besitz, als Sie zählen können. Ich habe einen Fehler begangen, aber dann kam Belford, und jetzt führe ich ein anständiges Leben. Kommen Sie, de Warenne. Sie erwarten doch bestimmt nicht, dass ich meine lang vermisste Tochter aufnehme, den boshaften Klatsch ertrage, die Angriffe auf meinen Charakter, den Verlust meines Rufes?“ Sie hielt inne, um Atem zu holen. „Sie haben mich an die Wand gedrängt, und ich muss zugeben, unsere finanzielle Lage ist schlecht. Gerade jetzt können wir es uns nicht leisten, eine junge Frau in die Gesellschaft einzuführen. Wir leben auf Kredit. Es wird schwierig genug werden, unsere eigene Tochter debütieren zu lassen, wenn es so weit ist.“

„Dann nehmen Sie sich vielleicht die falschen Liebhaber“, sagte er leise.

Sie schlug nach ihm.

Das habe ich verdient, entschied er, aber Amanda verdient keine solche Mutter. In diesem Heim würde sie unglücklich sein. „Sie haben kein Herz, Mylady“, sagte er und wandte sich zum Gehen. „Sie weigern sich nicht nur, sie aufzunehmen, sie bieten nicht einmal eine Lösung für ihre Probleme.“

Sie hielt ihn am Ärmel fest. „Was werden Sie tun?“

„Ich werde der Gesellschaft nicht die Wahrheit sagen, falls Sie das glauben.“ Aber was würde er Amanda sagen?

„Kann sie nicht in Harmon House bleiben? Dort ist doch bestimmt Platz. Vielleicht können Sie sie anstellen, damit sie sich ihr Essen und ein Dach über dem Kopf verdienen kann.“

Vor Zorn begann er zu zittern und erkannte, dass er gehen musste, ehe er die Hände um ihren hübschen kleinen Hals legte und sie erwürgte. „Amanda wird eine Dame werden“, brachte er heraus. „Dazu hat sie das Recht.“

Er sah, dass ihre Spannung ein wenig nachließ. „Ich bin nicht herzlos, Clive“, sagte sie schließlich. „Wenn Sie sie in die Gesellschaft einführen wollen, dann um ihr einen Ehemann zu suchen. Aber sie hat keine Mitgift“, sagte sie vorsichtig.

Nie hatte er sich abgestoßener gefühlt. „Mylady, sorgen Sie sich nicht um Amandas Aussichten. Das ist der Gipfel der Heuchelei. Guten Tag.“ Eine Verbeugung brachte er nicht mehr zustande, er musste ihrer Gegenwart entkommen, ehe der Zorn ihn übermannte.

Aber an der Tür fuhr er noch einmal herum. Sie stand reglos wie eine Statue mitten im Zimmer. „Was mich betrifft, haben Sie an diesem Abend alle mütterlichen Rechte verloren."

Sie erstarrte.

Er hob eine Hand, die vor kaum beherrschter Wut bebte. „Unter keinen Umständen würde ich sie hierherschicken, zu so einer gleichgültigen, unfreundlichen Person, verstehen Sie das? Seit sie Jamaika verließ, stand sie unter meinem Schutz, und das wird sich nicht ändern, bis sie verheiratet ist. Gute Nacht."

Ohne ihr die Gelegenheit zu einer Antwort zu geben, eilte er hinaus.

11. KAPITEL

Bis er Harmon House erreichte, hatte er seine Fassung noch nicht wiedergewonnen. Clive stürmte ins Haus, wohl wissend, dass er zum Abendessen zu spät kam. Aber im Haus war es seltsam ruhig, und er erkannte, dass die Damen nicht da waren. Sie mussten andere Pläne zum Dinner haben.

Rex hinkte aus der Bibliothek, er trug Abendkleidung. „Ich dachte, uns drohte ein Wirbelsturm, so wie die Haustür zuschlug. Was ist los?"

Clive blickte die Treppe hinauf und verzog das Gesicht. Wie sollte er Amanda die Wahrheit beibringen? Sie würde am Boden zerstört sein, und er wollte nicht, dass sie wegen ihrer abscheulichen Mutter litt. Er drehte sich um und ging in die Bibliothek. „Ich habe gerade mit Lady Belford gesprochen. Sie ist schlimmer als eine Hure. Sie ist ein Aas."

Rex sah ihn überrascht an. Dann schloss er die Tür hinter ihnen. „Ich habe dich noch nie so über eine Frau sprechen hören."

„Sie ist die selbstsüchtigste Person, der ich je begegnet bin. Es interessiert sie überhaupt nicht, dass ihre Tochter hier ist – sie kümmert allein ihr eigenes Wohlergehen und vielleicht noch das ihrer legitimen Kinder. Und die ganze Zeit versuchte sie, mich in ihr Bett zu locken."

Nach einer Pause sagte Rex: „Bist du sicher, dass du ihre Handlungen nicht missdeutet hast? Ich vermute, dass sie einen Schock erlitt bei deinen plötzlichen Neuigkeiten."

Clive lachte. „Vertrau mir, ich habe nichts missdeutet. Es spielt keine Rolle. Nachdem ich eine halbe Stunde mit ihr verbracht habe, würde ich Amanda niemals zu ihr schicken, unter keinen Umständen. Ohne ihre Mutter ist Amanda besser dran. Diese Frau hat kein Herz."

Rex starrte ihn fassungslos an. „Clive, du kannst das nicht ernst meinen, was du gerade gesagt hast."

„Oh, ich habe jedes Wort so gemeint." Er stapfte zur Anrichte und schenkte sich einen doppelten Whisky ein. Als er das Glas geleert hatte, trank er noch ein weiteres.

„Langsam!", rief Rex. „Ich sehe, dass du sehr aufgeregt bist, und das nur wegen einer Frau, die du kaum kennst."

Das ärgerte ihn noch mehr. „Ich kenne Amanda besser als jeden anderen." Er schenkte sich noch einmal ein, diesmal aber hielt er das Glas nur in der Hand.

„Wirklich? Du kennst sie seit genau sechs Wochen", sagte Rex und sah ihn genauer an.

„Ich kenne sie fast ihr ganzes Leben lang", gab er zurück und dachte an die vielen Male, da er sie über die Insel streifen sah und beim Schwimmen im Meer. „Und wir sind Schiffskameraden. Sie hat mit mir jede Nacht die zweite Wache geteilt. Sie hat den Sturm mit mir durchgestanden. Eine Reise verändert Menschen, Rex. Dabei werden Bande geknüpft, die ein Leben lang halten können."

„Offensichtlich hat es dich verändert", meinte Rex.

„Du verstehst das nicht – ich bin ihr Beschützer, aber es ist mehr als das." Er ging zum Fenster und starrte in die Dunkelheit hinaus. Es regnete noch immer.

Rex stellte sich neben ihn. „Wirst du ihr sagen, dass ihre Mutter in Belford House lebt? Wirst du ihr die Wahrheit sagen?"

Langsam drehte Clive sich um, und eine dunkle Vorahnung überkam ihn. „Wie soll ich das machen? Aber wie könnte ich es verschweigen?"

„Du willst sie nicht mit der Wahrheit verletzen, aber du willst sie auch nicht anlügen", bemerkte Rex.

„Genau."

„Clive, möchtest du einen Rat hören?"

Clive nippte an seinem Getränk. „Ich wäre dir dankbar."

Rex lächelte. „Dann ist dies ein seltener Moment, denn niemand ist so eigensinnig wie du, abgesehen von Devlin. Wenn du sie belügst, dann wirst du das bedauern, da bin ich sicher. Sie hat das Recht zu erfahren, wer ihre Mutter ist, und dass Dulcea Belford nicht für sie verantwortlich sein will."

Zu diesem Schluss war auch Clive schon gekommen. „Sie hat so viel durchgemacht. Noch immer trauert sie um ihren Vater. Amanda ist eine der stärksten Frauen, denen ich je begegnet bin, aber andererseits ist sie so verletzlich, so zerbrechlich. Sie verdient es, geliebt zu werden. Ich will nicht, dass sie noch einmal verletzt wird!", rief er aus. „Ich kann den Gedanken nicht ertragen, dass sie auch nur eine einzige Träne um diese selbstsüchtige Frau vergießt."

„Bist du wirklich sicher, dass Lady Belford ein so schwarzes Herz hat? Vielleicht fürchtete sich sich wirklich vor ihrem Ehemann und dem Skandal. Vielleicht liebt sie Amanda auf ihre eigene Weise."

„Und was ist das für eine Weise? Ihr eigenes Wohlergehen über das ihrer Tochter zu stellen? Ich bin selbst Vater. Für meine Kinder würde ich mein Leben geben, Rex. Und ganz gewiss würde ich einen Skandal in Kauf nehmen, wenn das nötig ist, um für sie zu sorgen."

„Nun, heute musst du nicht mehr entscheiden, was du sagen willst", meinte Rex. „Wirst du zurechtkommen? Ich werde die Countess, Lizzie und Eleanor bei den McBanes treffen. Ich bin nur hier geblieben in der Hoffnung zu erfahren, was sich in Belford House abgespielt hat."

„Ich bin angewidert, aber mir geht es gut. Amüsiere dich, und grüße Rory und seine Frau von mir."

Rex lächelte. „Geh bedachtsam vor, Clive", sagte er rätselhafterweise und hinkte davon.

Clive trank sein Glas leer und überlegte, ob er Amanda die Wahrheit über ihre Mutter erzählen sollte oder nicht. Wenn er die Wahrheit für sich behielt, würde sie weiterhin ihren Vater betrauern, und mit der Zeit würde sie besser in der Lage sein, den nächsten Schlag zu verkraften. Andererseits war die Londoner Gesellschaft eher klein, und Dulcea Belford lebte nicht weit entfernt. Es war unvermeidlich, dass Amanda sich irgendwann mit ihrer Mutter im selben Raum aufhalten würde oder mit jemandem, der sie kannte. Wenn sie einander nur nicht so ähnlich sehen würden! Aber irgendjemand würde den Zusammenhang erkennen, und dann würde Amanda erfahren, dass ihre Mutter nicht Dulcea Carre war, sondern Dulcea Belford.

Es wäre besser, wenn sie es von ihm erfuhr.

Amanda war eingeschlafen. Sie träumte von der großen Fregatte, dem Sturm und von Clive de Warenne, und im Traum war sie fantastisch frei, stand auf dem Deck der *Fair Lady*, glitt über die Wellen mit Clive an ihrer Seite, stark und schön, eine Naturgewalt, absolut und unerbittlich. Sie war begeistert, dass sie sich wieder auf See befanden, doch dann wurde der Traum verworren – eine schöne Dame war dort und winkte ihr. Aber wann immer sie sich umdrehte, um die Dame zu sehen, verschwand sie wie ein Geist. Doch Amanda wusste, sie war kein Geist. Und dann hörte sie ein Flüstern: „Amanda."

Amanda drehte sich um, bekam es mit der Angst zu tun, denn sie war nicht länger an Deck des Schiffes, sondern in einem weitläufigen leeren Ballsaal, und sie war allein. Schlimmer noch, sie sollte ein Ballkleid tragen, doch stattdessen trug sie ihre zerlumpte Hose und eines von Clives Hemden.

„Amanda."

Angsterfüllt fuhr sie herum, suchte nach der schönen Dame, aber der Ballsaal blieb leer.

Wo ist die Dame? fragte sie sich verzweifelt, denn sie begriff, dass diese Frau ihre Mutter sein musste.

Und plötzlich war Clive da.

Sie sah ihn nicht, sie spürte seine Anwesenheit nur, und dennoch ließ ihre schreckliche Angst nach.

Sie war bei Licht eingeschlafen, beim Lesen, und das Feuer knisterte noch im Kamin. Clive stand an der Türschwelle und starrte sie an, während sie schlief.

Sie setzte sich auf und strich sich das Haar aus dem Gesicht. „Clive." Sie lächelte, noch immer halb im Schlaf. Er war der Mann ihrer Träume, und nie hatte sie sich mehr gefreut, jemanden zu sehen.

Er ließ den Blick über sie hinweggleiten. „Es ist früh, mir war nicht klar, dass Sie schon schlafen", sagte er steif. „Wir sehen uns morgen."

Amanda trug das schöne Spitzennachthemd, in dem sie aussah wie eine elegante Dame. Auch er war dieser Meinung, sie sah es in seinen Augen. Sie sprang aus dem Bett, lief zu ihm, ehe er sich umdrehen und fortgehen konnte. „Ich habe gelesen und bin eingeschlafen. Bitte gehen Sie nicht." Sie lächelte ihn an.

Sein Blick fiel auf ihren Ausschnitt, dann sah er ihr wieder in die Augen. „Sie müssen erschöpft sein. Ich habe einen Schrei gehört. Geht es Ihnen besser?"

„Ja. Ich hatte seltsame Träume." Sie schlang sich die Arme um die Taille und dachte daran, ihre Mutter aufzusuchen, sobald sie passende Kleidung besaß. „Wird morgen eine Schneiderin kommen?"

Seine Augen glänzten. „Ja. Haben Sie einen Hausmantel?"

„Ihre Schwester hat mir ein paar Kleidungsstücke gebracht", sagte Amanda und wunderte sich über seine Frage.

„Warum ziehen Sie keinen Hausmantel an oder nehmen ein Schultertuch?" Er schenkte ihr ein etwas gequältes Lächeln und blickte zum Kamin hinüber.

Amanda sah ihn an, dann ging sie zu einem alten Rosenholzschrank mit vertäfelten Türen. Eleanor war gut fünfzehn Zentimeter größer als sie, aber sie schlüpfte in eine Robe aus Baumwolle mit rosa Bändern und Spitze. Clive fühlte sich unbehaglich, und sie kannte den Grund dafür. Seine männliche Natur begann wieder sich zu regen, und sie war sich dessen bewusst. Sie fühlte, dass es hier mit ihnen gemeinsam im Raum war, das heiße Verlangen, genau wie die Spannung.

Aber es war mehr als das. Er wirkte verärgert und sogar aufgeregt. „Geht es Ihnen gut?", fragte sie und kam auf ihn zu.

Er drehte sich um, betrachtete den Hausmantel, dessen Gürtel sie jetzt geschlossen hatte, und nickte. „Natürlich. Kommen Sie, setzen wir uns. Ich möchte etwas mit Ihnen besprechen."

Sofort war Amanda misstrauisch. Sie setzte sich auf das

kleine Sofa vor dem Kamin, und er gesellte sich zu ihr. „Was ist passiert?“

Er zwang sich zu einem Lächeln. „Amanda, ich habe viel nachgedacht. Und ich möchte nicht, dass Sie sich um irgendetwas Sorgen machen. Ich sagte, ich würde für Ihre Zukunft sorgen, und das meine ich ernst. Sie vertrauen mir doch, oder?“

„Sie schleichen um den heißen Brei herum“, rief sie, inzwischen außerordentlich beunruhigt. „Ich weiß, das haben Sie gesagt, aber ich werde mit Mama zusammenleben, und am Ende wird sie mich zu einer Heirat mit irgendeinem Fremden zwingen.“

Er behielt das seltsame Lächeln bei. „Bis Sie heiraten, wird er kein Fremder mehr sein. Ich bin sicher, Sie werden ganz begeistert sein von Ihrem Ehemann. An ihrem Hochzeitstag sind alle Bräute verliebt.“

Sie sah ihn an. „Sie machen mir wirklich Angst. Wir beide wissen, dass viele Bräute sich vor dem Ungeheuer fürchten, dem sie vorgeworfen werden.“

Sein Lächeln wurde immer starrer. „Sie werden niemals einem Ungeheuer vorgeworfen werden, wie Sie das eben genannt haben. Amanda, wie würde es Ihnen gefallen, hier in Harmon House zu bleiben?“

Sie fuhr auf. „Was?“

„Wie würde es Ihnen gefallen?“

Ihre Gedanken überschlugen sich. „Was ist mit Mama?“

Sein Lächeln verschwand. Er nahm ihre Hand und drückte sie fest. „Sie müssen sich keine Sorgen machen. Sie haben hier einen Platz zum Wohnen, und ich werde mich um Sie kümmern. Genau wie Rex, meine Mutter, meine Schwester, die ganze Familie.“

Amanda wurde es kalt. Sie sprang auf. „Was ist passiert?“, hörte sie sich fragen, aber sie ahnte es schon. Er hatte Mama getroffen – oder Mama war tot.

Sie begann zu zittern, aber die Angst war so groß, dass sie sich dagegen wehrte. Mama konnte nicht tot sein, denn Papa war tot, und das würde bedeuten, dass sie ganz allein auf der Welt war, abgesehen von de Warenne, der eher früher als später davonsegeln würde.

Aber es schien, als hätte er ihre Gedanken gelesen. „Sie haben mich, erinnern Sie sich? Ich habe geschworen, Sie nicht im Stich zu lassen, und das werde ich auch nicht."

„Ist Mama tot?", brachte sie schließlich heraus, und die Angst drohte ihr die Kehle zuzuschnüren. Sie schob sie so weit wie möglich zur Seite.

„Nein. Aber ich habe sie vorhin getroffen."

Amanda sah in sein schönes Gesicht und erkannte, dass er außerordentlich aufgewühlt war. Nie zuvor hatte sie ihn wirklich aufgeregt gesehen, und sie verstand.

Es war so, wie sie gedacht hatte. Mama wollte sie nicht haben.

„Ihre Mutter ist mit Lord Belford verheiratet, Amanda. Sie heißt jetzt Dulcea Belford."

Amanda zuckte vor Überraschung zusammen. Das verstand sie nicht, und sie hatte es nicht erwartet. „Sie wusste, dass Papa gestorben ist?" Aber wie konnte sie diese Nachricht so schnell erhalten haben?

Er nahm ihren Arm. „Sie hat Belford vor langer Zeit geheiratet. Sie haben zwei Kinder."

Mama war mit Belford verheiratet? Und das schon seit Jahren? „Aber das ist unmöglich. Sie war mit Papa verheiratet", sagte sie vollkommen verwirrt. Ihr Herz schlug wie rasend.

Er legte einen Arm um sie. „Ich weiß, das muss ein Schock sein, aber sie war mit Carre nie verheiratet."

Panikerfüllt löste Amanda sich von ihm. „Sie reden Unsinn. Ich verstehe das nicht. Natürlich waren sie verheiratet. Papa hat es mir gesagt."

Er sah sie so traurig an, dass sie in ihrem Herzen verstand, dass er die Wahrheit sagte.

„Das verändert nicht die tapfere, schöne Frau, die Sie nun einmal sind", sagte Clive leise.

Amanda starrte ihn an, unfähig, etwas zu denken oder zu

fühlen. Beides wäre zu gefährlich gewesen. Er erwiderte ihren Blick, leckte sich die Lippen, sagte jedoch nichts mehr.

Tief in ihrem Innern verstand sie, was hier geschah, aber es war besser, es nicht wirklich zu begreifen, nicht zu wissen. „Ich bleibe also hier."

Wieder nahm er ihre Hand. „Bei mir." Sein Lächeln war schrecklich, wirkte so angespannt.

Seltsamerweise war es ihr unmöglich, sich darüber zu freuen, dass sie bei ihm blieb. Sie entzog ihm ihre Hand, vermochte nicht mehr zu atmen, ihr Herz schien stillzustehen. Sie fühlte sich so erstarrt, als wäre sie aus Eis. Nie zuvor war ihr so kalt gewesen.

Aber dann begannen die Stimmen in ihrem Kopf leise zu flüstern, wie sehr sie sich auch bemühte, sie zum Verstummen zu bringen, sie nicht zu beachten.

Papa hat gelogen.

Sie waren nie verheiratet.

Ich bin ein Bastard.

Mama ist Lady Belford.

„Amanda, kommen Sie, setzen Sie sich zu mir. Reden wir ganz ruhig über all das hier. Das Leben ist manchmal ungerecht – auf die eine oder andere Weise haben wir alle gelitten –, aber es gibt einen Lichtblick. Ich kann Sie viel mehr unterstützen, als sie es könnte. Und wir können segeln gehen", sagte er und lächelte. „Wann immer Sie wollen."

Amanda hörte ihn nicht.

Papa hat mich mein ganzes Leben lang belogen. Sie waren nie verheiratet. Hat er mich überhaupt Mamas Armen entrissen?

Hat Mama mich je geliebt?

Mama will mich nicht haben.

Ihr Herz begann wieder zu schlagen. Es durchbrach ihre starre Zurückhaltung und trommelte hart in ihrer Brust.

Er legte einen Arm um sie. „Sie stehen unter Schock."

Mit einer heftigen Bewegung riss sie sich von ihm los, und das Eis schmolz. „Sie will mich nicht."

„Das habe ich nicht gesagt", entgegnete er vorsichtig.

Aber sie las die Wahrheit in seinen Augen. „Ich bin ein Bastard."

Er holte tief Luft. „Viele Kinder werden außerehelich geboren", begann er. „Wie Alexi und Ariella."

„Gut!", schrie sie, und alles verschwamm ihr vor den Augen. „Dann bin ich froh, denn ein Bastard ist keine Dame! Und jetzt …" Sie riss sich den Hausmantel vom Leibe und schleuderte ihn von sich, „kann ich genau so sein, wie ich sein will!"

Er packte ihre Hände. „Ich hole Ihnen etwas zu trinken", sagte er.

„Und ich bin keine verdammte Dame!" Sie riss sich los und packte wütend ihr Hemd, wollte das Kleidungsstück loswerden.

„Amanda, hören Sie auf!", bemühte sich Clive. Er klang verzweifelt und griff wieder nach ihren Händen.

Aber sie war sehr wütend. Nie wieder würde sie so tun, als wäre sie von vornehmer Herkunft. Sie stieß ihn von sich, bemerkte vage, dass er bleich war vor Entsetzen, aber sie konnte jetzt kaum noch etwas sehen, ihr Blick war verschwommen. Sie hasste sie beide. Sie hasste Papa, den größten Lügner der Welt, und sie hasste Mama, die eine Hure war und keine Lady – die ihre Bastard-Tochter nicht liebte und nicht haben wollte. Sie fuhr herum und fand in ihrem Stiefel ihren Dolch. Sie hörte, wie Clive schrie, aber sie war noch nie entschlossener gewesen. Sie schnitt mitten durch das schöne Nachthemd, eine lange gerade Linie, schnitt es in zwei Teile. Sie hasste es jetzt. Sie würde es nie wieder tragen – und auch nichts anderes, das einer feinen Dame gefallen würde.

„Nicht! Sie werden sich wehtun!", glaubte sie ihn sagen zu hören, und er packte ihr Handgelenk. Sie schrie auf, fuhr herum, holte nach ihm aus, doch er sprang zur Seite. Blut tropfte von seiner Hand. Aber darauf konnte sie nicht achten, denn nichts war mehr wirklich, alles war eine Lüge, und sie riss sich das zerfetzte Hemd vom Körper und hieb wieder heftig in die

Baumwolle und die Spitzen hinein. Sie würde das Hemd vernichten, ihr neues Leben, alles.

Und dann keuchte sie, ein stechender Schmerz schien ihr Herz zu durchzucken, so wie sie mit dem Messer in den Stoff gestoßen hatte. *Mama will mich nicht. Papa hat gelogen.* Sie ließ den Dolch los, und er fiel klappernd zu Boden.

Amanda schloss die Augen, wehrte sich dagegen, das alles zu verstehen, wehrte sich gegen den Schmerz, aber der hässliche Refrain hatte sich in ihrem Kopf festgesetzt.

Und dann endlich wurde ihr bewusst, dass sie nicht allein war.

Sie sah zu de Warenne auf.

Tränen liefen über sein schönes Gesicht.

Sie schüttelte abwehrend den Kopf. „Nicht weinen", flüsterte sie.

Denn es ging ihr gut. Sie hasste Mama trotzdem. Und sie hasste jetzt auch Papa. Und als sie ihn ansah, empfand sie eine entsetzliche Verzweiflung, denn jetzt war sie wirklich heimatlos, allein und heimatlos, konnte nirgends hingehen, hatte kein Ziel, nichts, das sie führen konnte.

„Komm her", flüsterte er. Er ging zu ihr, berührte sie an den Armen. Amanda zögerte nicht, und er zog sie an sich, umschlang sie mit seinen Armen. Einen Moment lang stand sie nur da, an dem sichersten Ort, den sie sich nur vorstellen konnte, ein Hafen. Einen Moment lang klammerte sie sich an ihm fest. Er war ihr Rettungsanker.

Und dann fiel ihr auf, dass sie nackt war und dass sein starker, harter Leib sich an ihren presste. Sie erkannte, wie sehr sie ihn liebte und wie sehr sie ihn brauchte. Sie spürte so viel Verlangen. Die Kälte verschwand, ihr wurde heiß. Amanda sah auf, erschrocken über die Heftigkeit ihres Verlangens. Er erstarrte, aber das war ihr egal. Sie fühlte seine Reaktion. „Clive", flüsterte sie und berührte sein Gesicht.

Und seine Augen begannen zu glühen. Er zog sie noch näher an sich, sie spürte seinen Hunger, als er sie küsste. Amanda stockte der Atem, und ihr Schmerz schmolz dahin unter der Glut des Verlangens, die durch ihren Körper pulsierte, und dann erwiderte sie den Kuss, verzweifelter und leidenschaftlicher, als er es tat. Er stöhnte auf, umfasste ihre Hüften, zog sie an seinen Körper. Rücklings schob er sie zum Bett, legte sich auf sie, schob mit seinen Beinen ihre Schenkel auseinander. Amanda schrie leise auf, als sie seine Männlichkeit pulsieren fühlte.

Er begann, sich rhythmisch zu bewegen, dabei streichelte er ihre Brüste, bis hinunter zu ihrem Bauch, über ihren Nabel bis hinunter zu der Stelle zwischen ihren Schenkeln.

Ich liebe ihn so sehr. Amanda schrie auf, als die Erregung immer mehr wuchs und sie so weit fortzubringen schien, dass sie nie mehr zurückkommen wollte.

Er wusste es. Er schob ihre Beine noch weiter auseinander, schob eine Hand zwischen sie beide, und diesmal fühlte sie ihn direkt an ihrer Haut. Amanda hielt es nicht mehr aus, und als er sich zu bewegen begann, sie ihn hart und fest an sich spürte, glaubte sie zu explodieren.

„Amanda“, hörte sie seine Stimme ganz nahe an ihrem Ohr, und dann fand sie sich in seinen Armen wieder. Sie dachte: Mama, und der Gedanke durchfuhr sie mit solcher Heftigkeit, dass der Schmerz, der darauf folgte, fast unerträglich war.

Er erstarrte. „Amanda?“ Er hielt sie noch in den Armen, als er sich ein Stück von ihr wegbewegte.

Papa hatte sie belogen. Ihre Mutter wollte sie nicht haben. Sie drehte sich zu de Warenne um, und der Schmerz erfüllte sie ganz und gar. Sie lehnte sich an seine Brust und weinte.

Clive zog sie näher zu sich, hielt sie ganz fest, aber es dauerte lange, ehe ihr Schluchzen verstummte.

Als die Sonne langsam am Himmel höher stieg, starrte Amanda aus ihrem Schlafzimmerfenster. Der Gesang der Vögel erfüllte die Luft, und eine kühle Brise streifte ihre Wange.

Sie wandte sich um zum Bett und ließ das Fenster offen stehen. Clive war fort, aber er war bis zum Morgengrauen geblieben, denn jedes Mal, wenn sie aufwachte, hatte er sie im Arm gehalten und sie gestreichelt, bis ihre Tränen versiegten. Jetzt war der Kummer vergangen. Papa hatte sie betrogen, und sie würde nie mehr an ihn denken. Was Mama betraf, nun, so war es genau so, wie sie es sich gedacht hatte. Mama war eine hochnäsige Lady und wollte ihre Piratentochter nicht. Amanda war das egal.

Aber Clive de Warenne war ihr nicht egal. Und er war nicht mehr de Warenne, er war Clive. Sie begann zu lächeln.

Während sie so nackt am Fenster stand, schlang sie sich die Arme um die Taille.

Er hatte sie in der vergangenen Nacht geliebt. Er hatte ihr so viel Leidenschaft gezeigt und ihr so viel Vergnügen bereitet und damit den Schmerz vertrieben. Zwar hatte er ihr nicht die Unschuld geraubt, weil ihr Kummer dazwischengekommen war, doch das würde er noch, und zwar bald. Jetzt würde alles anders werden. Sie waren jetzt ein Liebespaar. Es gab kein Zurück mehr.

Und wenn sie ein Liebespaar waren, bedeutete das, dass sie mit ihm auf seinem Schiff die Welt umsegeln könnte? Jetzt gab es keinen Grund mehr, in die Gesellschaft eingeführt zu werden. Nie war sie erleichterter gewesen, beinahe glücklich. Sie begann, sich anzuziehen.

Er hatte die ganze Nacht nicht geschlafen. Und nachdem Amanda endlich in seinen Armen eingeschlafen war, hatte er beschlossen, bei ihr zu bleiben. Obwohl er wusste, dass es ihren Ruin bedeuten würde, wenn ein Dienstmädchen sie zusammen im Bett fand, so fürchtete er doch noch mehr, dass sie aufwachte und allein den Schmerz ertragen musste, ohne dass jemand bei ihr war, um sie zu trösten. Er hielt sie fest, bis er sicher sein konnte, dass sie bis zum Morgen durchschlafen würde. Ein paar Stunden ehe die Sonne aufging, war er aus ihrem Zimmer geschlichen.

Er war nicht in sein Bett gegangen. Die Erinnerung daran, wie Amanda ihr Nachthemd zerschnitten hatte, verfolgte ihn, ebenso wie ihr Schmerz, den er hatte mit ansehen müssen. Er konnte ihren Vater und ihre Mutter bis in alle Ewigkeit verdammen, aber das würde ihren Schmerz nicht lindern. Er fragte sich, wie viel eine einzelne Frau ertragen konnte.

In der vergangenen Nacht hatte er jede Vernunft missachtet und war nahe daran gewesen, sie zu lieben. Dulcea Belford wollte sie nicht, aber er wollte sie. Er war getrieben von dem heftigen Verlangen, sie zu der Seinen zu machen. Im hellen Licht des Tages erschütterte ihn das, und er verstand sich selbst nicht mehr. Hätte sie nicht zu weinen begonnen, hätte er ihr die Unschuld geraubt. Und was dann?

Er hätte nur noch zu ihrem Kummer beigetragen.

Er wusste, was er zu tun hatte. Weitere Besuche in ihrem Schlafzimmer würde es nicht mehr geben. Er würde es um jeden Preis vermeiden, mit ihr allein zu sein.

Jetzt saß er im Frühstückszimmer und gab vor, die *London Times* zu lesen, obwohl er sich auf kein einziges Wort konzentrieren konnte. Alle im Haus standen früh auf. Lizzie und Eleanor waren bei ihren Kindern – trotz der Kindermädchen, die sie beschäftigten –, und die Countess ging gern nach Sonnenaufgang in ihren Gärten spazieren. Als Clive auf die Zeitung starrte, kam Rex herein, gefolgt von Eleanor. Er sah, wie die beiden einen Blick wechselten.

„Was war gestern mit dir los?“, fragte Eleanor und setzte sich. „Warst du bei einem Gelage?“ Sie griff nach einer Pastete.

„Wenn die Countess kommt, habe ich etwas zu verkünden.“

Rex setzte sich ebenfalls. „Hat das etwas mit dem zu tun, was wir gestern Abend besprachen?“

Clive drehte seine Tasse mit kaltem Kaffee hin und her. „Ja.“ Als er das sagte, kam die Countess herein. Ihre Wangen waren noch von dem Spaziergang gerötet.

„Guten Morgen“, sagte Mary de Warenne heiter. Sie ging direkt zu Clive und gab ihm einen Kuss auf die Wange. „Gestern hatten wir keine Gelegenheit, einander zu begrüßen. Wir waren wie zwei Schiffe in der Nacht.“ Als er aufsah, verschwand ihr Lächeln. „Ich war so froh, dass du nach Hause gekommen bist, aber jetzt bin ich besorgt. Was ist los? Warum siehst du so finster aus?“

„Mir geht es gut, Amanda jedoch nicht.“ Er stand auf. „Du hast sie noch nicht kennengelernt, aber ich nehme an, dass Rex und Eleanor dich informiert haben?“

Die Countess musterte ihn. „Eleanor sagte, sie ist dein Gast und dass du sie nach London gebracht hast, damit sie ihre Familie kennenlernt. Rex hat noch bemerkt, dass du ihr Fürsprecher bist.“

Clive brachte ein Lächeln zustande. „Das ist nicht alles.“ Als sie alle ihn ansahen, fuhr er fort: „Ich sah ihren Vater vor seinem Tod. Sein letzter Wunsch war, dass ich Amandas Vormund werde.“

Er blickte in überraschte und ungläubige Gesichter. Ehe jemand etwas einwenden und anmerken konnte, dass er einen schlechten Ruf hatte und damit sicherlich nicht der passende Vormund für eine junge Frau war, sagte er: „Ich wollte nicht zustimmen. Aber jetzt ist es offiziell, und ich werde die nötigen Papiere ausstellen lassen. Von diesem Augenblick an ist Amanda Carre mein Mündel.“

12. KAPITEL

Eleanor war es, die zu lachen begann. Alle anderen schienen sehr überrascht. „Wie kannst du die Tugend einer Frau schützen?", sagte sie. „Ich habe dich gestern in ihrem Zimmer gesehen. Besitzt sie ihre Tugend überhaupt noch?"

„Eleanor!", rief die Countess.

Clive stand auf und stieß hörbar den Stuhl zurück. „Wir hatten einiges zu besprechen, Eleanor. Nicht, dass es dich etwas anginge. Und ich schlage vor, du überlegst es dir zweimal, ehe du mir vorwirfst, ich hätte Amanda die Tugend geraubt." Aber in der vergangenen Nacht hätte er um ein Haar genau das getan – und nicht zum ersten Mal. Und seine Schwester war berüchtigt für ihre Neugier. Es war ein Glück, dass sie in der vergangenen Nacht nicht einfach ins Zimmer spaziert war.

Eleanor machte große Augen und wirkte erschrocken. „Du musst verliebt sein! Du bist so empfindlich! Dem Bruder, den ich kenne, sind solche Beschuldigungen völlig egal. Außerdem hast du noch nie versucht, eine Affäre geheim zu halten."

„Wir haben keine Affäre. Sie ist siebzehn – und sie ist mein Mündel!", rief er aus. Er spürte, wie ihm das Blut ins Gesicht stieg, und kehrte ihr den Rücken zu, als er sich an die Countess wandte. „Ich hatte gehofft, ihre Mutter würde das übernehmen, aber wie die Dinge sich nun entwickelt haben, will sie mit ihrer eigenen Tochter nichts zu tun haben. Kennst du Lady Belford?"

„Ja. Das ist schrecklich", rief Mary. „Aber ich verstehe ihre Bedenken. Sie muss Angst haben, ruiniert zu werden. Dennoch, es ist abscheulich, die eigene Tochter abzulehnen. Clive, hast du es Miss Carre gesagt?"

Er zögerte und tauschte einen Blick mit Rex, während ihm alles wieder einfiel. „Ja. Sie hat es nicht gut aufgenommen." Er fügte hinzu: „Sie ist verzweifelt. Ich bitte euch alle, freundlich zu ihr zu sein. Sie hat gerade erst ihren Vater verloren, und jetzt das."

Die Countess, Eleanor und Rex sahen einander an. „Natürlich werden wir freundlich sein", sagte die Countess leise. „Rex sagte, ihre Herkunft seit etwas dubios, Clive?"

Er seufzte. „Ihr Vater wurde als Pirat gehängt."

Mary schrie auf.

„Sie hatte kein leichtes Leben. Ich hatte gehofft, ihr eine bessere Zukunft schaffen zu können. Wenn ihr Einzelheiten darüber wüsstet, wie sie aufgezogen wurde, dann würdet ihr erschauern. Keine Frau sollte erleben müssen, was sie durchgemacht hat. Ihr Vater war ein harter Mann."

Eleanor stand auf und ging zu ihm. „Das wusste ich nicht, Clive. Es tut mir leid, dass ich so wenig feinfühlig war. Aber als ich euch beide zusammen sah, hielt ich euch für ein Liebespaar, obwohl sie für deinen Geschmack zu jung ist und nicht der Typ Frau, den du bevorzugst."

Erleichtert lächelte er sie an. „Du hast falsch vermutet. Ihr beide habt einiges gemeinsam", sagte er. „Obwohl du die Tochter eines Earls bist, bist du mit fünf Jungen aufgewachsen. Sie wuchs auf einem Schiff unter Matrosen auf. Ihr seid beide wild. Vor allem über deine Hilfe in dieser Angelegenheit würde ich mich freuen, Eleanor, wenn du dazu bereit bist."

Sie gab ihm einen Kuss auf die Wange. „Natürlich bin ich das. Ich bin fasziniert. Hast du schon eine Garderobe für sie bestellt? Sie kann nicht in Hosen in der Stadt herumlaufen."

„Das habe ich, und Madame Didier wird gegen Mittag hier sein. Eleanor, sie hat noch nie ein Kleid getragen."

Eleanor starrte ihn ebenso sprachlos an wie die Countess. Dann sahen die beiden Frauen einander an. „Wir werden ihr helfen", sagte die Countess lächelnd. „Aber ich muss dich fragen – was wirst du über ihre Familie sagen?"

„Zum Glück war ihr Vater Marineoffizier, ehe er zur Piraterie überging. Ich werde der Wahrheit ein wenig nachhelfen, indem ich sage, dass er den Dienst quittierte und Pflanzer auf den Inseln wurde wie so viele Offiziere. Außerdem werde ich dabei bleiben, dass ihre Mutter starb, als sie ein kleines Kind war, und auch noch behaupten, dass die Familie aus Cornwall stammt und sie die Letzte ihrer Linie ist."

„Das wird für den Anfang genügen, denke ich. Und darf ich annehmen, dass du sie in die Gesellschaft einführen willst in der Hoffnung, einen Ehemann für sie zu finden?"

Er erstarrte. „Das würde bedeuten, das Pferd von hinten aufzuzäumen. Amanda ist noch nicht bereit für Verehrer. Sie braucht vorher noch sechs Monate." Er sah jedem ins Gesicht. „Auf der Reise hierher begannen wir mit ihrer Ausbildung in Manieren und Etikette. Sie konnte nicht lesen, und jetzt liest sie so gut wie Alexi. Sie ist sehr klug, und ich weiß, sie kann alles erreichen, was sie sich vornimmt. Aber eines muss ich euch sagen – sie hat Angst, in der Gesellschaft verspottet und der Lächerlichkeit preisgegeben zu werden. So etwas hat sie von den Frauen auf den Inseln erfahren. Ich bin für jeden Ratschlag dankbar."

„Das arme Kind", sagte die Countess leise. „Wir alle werden helfen, natürlich tun wir das."

„Clive, warum sorgen wir nicht dafür, dass sie von Anfang an ein Erfolg ist?", fragte Eleanor heiter.

Clive sah sie an. „Wie meinst du das?"

„Wir müssen damit anfangen, unsere liebsten Freunde zu besuchen, jene, die Amanda herzlich empfangen werden, auch wenn sie etwas falsch macht."

Er zog die Brauen hoch, der Gedanke gefiel ihm. „Und ihr Selbstvertrauen wird wachsen."

Eleanor lächelte breit.

„Ich habe einen Vorschlag", sagte Rex. „Niemand ist so liebenswürdig wie Lady Harrington."

„Und ich bin noch immer gut mit ihr befreundet", sagte Mary. „Ich werde sofort mit ihr sprechen. Blanche wäre für Amandas ersten Besuch perfekt."

Clive kannte Lady Harrington nur flüchtig. Sein Bruder Tyrell war einst mit ihr verlobt gewesen. Sie war eine der freundlichsten Damen, die er kannte, und zudem eine der reichsten Erbinnen des Landes. „Einverstanden."

„Der Ball bei den Carringtons wäre der ideale Zeitpunkt für ihr Debüt", sagte die Countess.

Er zögerte. „Etwas Informelleres wäre mir lieber, Mutter. Und ist das nicht schon in einem Monat?"

„Es ist eine großartige Angelegenheit", sagte Eleanor eifrig. „Ich habe ihre Bälle immer geliebt! Sie haben niemals mehr als hundertfünfzig Gäste, also ist der Ball eher klein. Wenn sie bereit ist, Clive, wäre das die perfekte Gelegenheit für sie."

Ehe er etwas erwidern konnte, sprach die Countess weiter. „Du solltest keine sechs Monate warten, ehe du mit der Suche nach Bewerbern beginnst, Clive. Es ist nicht leicht, für eine verarmte Frau aus guter Familie eine gute Partie zu finden, schon gar nicht für eine mit zweifelhafter Herkunft. Du musst gleich anfangen. Wenn du nicht besonderes Glück hast, kann es eine Weile dauern. Verfügt sie über eine Mitgift?"

Natürlich hatte seine Mutter recht. Es würde nicht leicht sein, für Amanda den Ehemann zu finden, den sie verdiente. Beunruhigt verschränkte er die Arme vor der Brust. Es war, als wäre ein Schneeball in Bewegung gesetzt worden, der im Begriff stand, eine Lawine zu werden. Amanda brauchte einen Ehemann, da gab es keinen Zweifel. Aber ebenso offensichtlich war, dass ihre Manieren nicht fein genug waren, um umworben zu werden, obwohl sie große Fortschritte gemacht hatte. Er seufzte. „Ich stelle die Mitgift. Ich lasse für sie ein kleines, aber finanziell erfolgreiches Anwesen suchen, und wir lassen es in Carres Namen für sie eintragen. Gleich heute werde ich mich darum kümmern. Wir alle sollten uns nach passenden Verehrern für sie umsehen, denn du hast recht. Es wird nicht leicht sein, eine gute Partie zu finden."

Mary nahm seinen Arm. „Darling, Rex sagte, sie sei eine Schönheit, das wird sicher helfen. Wir alle werden eine Liste mit möglichen Bewerbern zusammenstellen. Sag mir Bescheid, sobald du ihre Mitgift gesichert hast." Die Countess sah an ihm vorbei, und ihr Lächeln verschwand.

Alle drehten sich zur Tür um. Dort stand Amanda in seinem Hemd, ihrer Hose und den Stiefeln. Sie war kreidebleich.

Clive, dem nicht entgangen war, dass ihre Augen rot waren vom Weinen, eilte zu ihr. „Guten Morgen“, sagte er und lächelte ein wenig zu strahlend. „Darf ich Ihnen meine Stiefmutter vorstellen? Wir alle frühstücken gerade.“

Amanda sah ihn gekränkt und ungläubig an. Offenbar hatte sie ihr Gespräch über ihre Aussichten mit angehört, und er verzog das Gesicht, während er wünschte, er wäre etwas vorsichtiger gewesen. Er nahm ihren Arm. „Kommen Sie, ich stelle Sie meiner Stiefmutter vor.“

Mary trat vor und lächelte herzlich. „Willkommen in der Familie, meine Liebe“, rief sie aus und nahm Amandas beide Hände. „Wenn Sie Clives Mündel sind, dann sind wir alle für Sie verantwortlich, und es wird uns ein Vergnügen sein!“

Amanda schien verblüfft und murmelte: „Mylady.“

„Ich lege keinen großen Wert auf Förmlichkeiten, jedenfalls nicht, wenn wir unter uns sind.“ Mary gab ihr einen Kuss auf die Wange und ließ sie los. „Ich bedaure, dass Sie in der letzten Zeit so viele Verluste hinnehmen mussten. Kann ich irgendetwas für Sie tun?“

Jetzt errötete Amanda. Sie konnte nicht sprechen und schüttelte nur den Kopf. „Nein“, flüsterte sie dann endlich. „Vielen Dank.“

Clive war erleichtert, dass sie sich zu benehmen wusste. Er berührte ihren Arm. „Können wir uns unterhalten, wenn Sie gefrühstückt haben?“

Sie wandte den Blick von der Countess und sah ihn aus großen Augen an. „Ich muss jetzt gleich mit Ihnen reden“, flüsterte sie mit belegter Stimme.

Sofort erinnerte er sich daran, wie er sie geküsst und in den Armen gehalten, wie er die Kontrolle über sein Verlangen verloren hatte. Sein Herz begann, schneller zu schlagen, und er wusste, auch sie dachte an diesen Augenblick des Wahnsinns. Langsam nickte er. „Entschuldigt uns“, sagte er und geleitete sie aus dem Zimmer.

In der Bibliothek schloss er die Türen hinter ihnen. „Wie fühlen Sie sich, Amanda?“, fragte er. Über die vergangene Nacht wollte er nicht sprechen. Er wusste nicht, wie er seine Handlungen rechtfertigen sollte.

„Ich habe dich gehört!“, rief sie fassungslos. „Du hast über Verehrer und eine Mitgift gesprochen.“

„So etwas tut ein Vormund für sein Mündel, Amanda. Wie sollte ich sonst für deine Zukunft sorgen können?“

Sie war unglaublich blass geworden. „Du bist nicht mein Vormund“, begann sie.

„Ich habe es offiziell gemacht. Damit es keinen Zweifel daran gibt, werde ich Papiere ausstellen lassen, sodass es wirkt, als hätte Carre mich damit beauftragt.“

Es dauerte einen Moment, ehe sie sprach. „Wenn dein Mündel zu sein für mich bedeutet, dass du mich zu einer Heirat drängst, dann will ich nicht dein Mündel sein.“

„Ich weiß, dass du Angst hast“, begann er.

„Vergangene Nacht war ich mit dir im Bett!“, sagte sie vorwurfsvoll. In ihren Augen las er, wie verletzt sie war. „Vergangene Nacht hast du mich geküsst! Ich dachte, wir wären ein Liebespaar!“

Er erbleichte vor Entsetzen. Es fiel ihm schwer zu sprechen. „Wir sind kein Liebespaar. Die vergangene Nacht war ein Fehler. Das wird nie wieder vorkommen. Du bist noch immer Jungfrau.“

„Gerade noch!“ Während sie näher kam, schüttelte sie heftig den Kopf. „Du hast mich im Arm gehalten und mich geküsst! Deine Zunge war in meinem Mund, deine Hand zwischen meinen Schenkeln. Wie kannst du sagen, wir wären kein Paar?“

Er wusste, dass er inzwischen hochrot im Gesicht war. „Ich habe die Beherrschung verloren“, erklärte er halbherzig.

„Und das nicht zum ersten Mal!“, rief sie bebend aus. „Auf dem Schiff, nach dem Sturm, da glaubte ich zu träumen, aber ich habe nicht geträumt, oder? Du hast mich geliebt auf der *Fair Lady*!“

„Ich habe die Beherrschung verloren", wiederholte er starr. Wie dumm das klang. „Du bist sehr schön und sehr verführerisch, aber es ist falsch. Du verdienst einen Ehemann …"

„Ich will keinen Ehemann. Ich will dich."

Er sah sie an. Sie hielt seinem Blick stand, bleich und zitternd.

„Ich mache dich nicht zu meiner Geliebten", brachte er endlich heraus. „Eine solche Nacht macht uns nicht zu einem Paar. Die Lust hat mich überwältigt. Aber ich wollte dich nur trösten. Ich habe dich zu meinem Mündel erklärt, um dich vor Burschen, wie ich es bin, zu schützen."

Sie wich zurück und schüttelte den Kopf. „Die letzte Nacht hat alles verändert."

„Die letzte Nacht hat nichts verändert. Du kannst nicht nach Belford House gehen, also wirst du mein Mündel. Jetzt ist es meine Pflicht, für dich zu sorgen." Mühsam zwang er sich zu etwas Ruhe. „Du brauchst einen Ehemann, Amanda. Wie alle Frauen."

Sie versuchte, etwas zu sagen, doch es gelang ihr nicht. Dann versuchte sie es noch einmal. „Du könntest mein Ehemann sein."

Er verstummte. Er konnte keinen anderen Gedanken mehr fassen, als dass diese zarte, schöne Frau vor ihm stand und ihn bat, sie zu heiraten.

Sie zitterte und hatte offensichtlich Angst. „Gestern bin ich achtzehn geworden." Sie schluckte. „Wenn ich heiraten muss, warum dann nicht dich? Ich bin Frau genug, um mit dir das Bett zu teilen, und das weißt du. Ich kann dir großes Vergnügen bereiten – ganz bestimmt! Und ich kann aufhören, so zu tun als ob. Wir können zusammen segeln! Mag ich auch keine elegante Lady sein, so weiß ich doch, dass du mich begehrst. Du magst mich, und wir sind Schiffskameraden. Ich kann dir sogar mehr Kinder schenken, weil ich noch so jung bin."

Sie bat ihn, sie zu heiraten.

Er musste sich setzen. Es war ein verlockender Gedanke, die Vorstellung, wie sie mit ihm auf dem Achterdeck stand, mit ihm durch einen Sturm segelte, bis in alle Ewigkeit. Und danach würde er mit ihr in sein Bett sinken, und Amanda würde so leidenschaftlich sein wie das sturmumtoste Meer.

Sie zögerte und trat näher. „Du magst mich doch ein bisschen? Wir sind doch Schiffskameraden, oder?"

Er öffnete den Mund, um etwas zu sagen, doch es kamen keine Worte heraus. Er versuchte es noch einmal. „Ich mag dich. Natürlich tue ich das. Aber du bist eine Frau und mein Mündel, nicht mein Schiffskamerad." Jetzt wählte er seine Worte sehr vorsichtig.

Sie vermochte es nicht zu glauben. „Wir haben gemeinsam das Meer bezwungen!"

Abrupt stand er auf. „Ich habe nicht vor, jemals zu heiraten. Warum sollte ich?" Er bemühte sich, ruhiger zu werden, dann sprach er weiter. „Amanda, ich habe Kinder, die ich liebe. Mehr brauche ich nicht. Ich muss nicht aus finanziellen Gründen heiraten. Nichts interessiert mich weniger als ein Titel. An Liebe glaube ich nicht. Es gibt keinen Grund für mich, jemals eine Heirat zu erwägen."

Sie errötete.

„Und ich treibe mich herum", fügte er hinzu. Offensichtlich war sie fassungslos. „So war es immer, und so wird es bleiben. Das weißt du bereits. Keine Frau könnte eine Heirat mit mir überleben."

Sie schlang die Arme um ihre Taille. „Selbstverständlich sollst du nicht heiraten. Nicht mich. Ich habe es nicht so gemeint, ich bin nur … so verwirrt."

Am liebsten wäre er zu ihr gelaufen und hätte sie umarmt. Natürlich war sie verwirrt. Gerade erst hatte sie erfahren, dass sie ein Bastard war, dass ihre Mutter sie nicht wollte, und er hatte ihr gegenüber die Kontrolle verloren. „Ich würde dir das Herz brechen, Amanda – und ich glaube, es ist für ein junges Leben schon genug gebrochen worden."

Sie kniff fest die Augen zu, und er wusste, wie sehr sie ihre übereilten Worte bedauerte.

„Amanda", sagte er leise. „Die letzte Nacht war ganz und gar mein Fehler. Aber wenn du nachdenkst, wirst du froh sein, dass du mein Mündel bist. Es wird für dich gesorgt werden wie noch nie zuvor, nicht nur von mir, sondern auch von meiner Familie."

„Ich will nicht dein Mündel sein."

Er hatte sie verletzt, und keine Vernunft und keine Entschuldigungen konnten daran etwas ändern. „Es tut mir leid." Er flehte beinahe, wünschte sich, er wäre letzte Nacht nicht in ihr Zimmer gegangen, um ihr die entsetzliche Wahrheit zu sagen. „Amanda, du hast keine andere Möglichkeit."

Es dauerte einen Moment, ehe sie sprach. „Deine Stiefmutter sagte, es wäre vielleicht schwierig, für mich einen Ehemann zu finden, weil ich zweifelhaft bin", sagte sie. „Vielleicht ist es unmöglich."

Es schmerzte ihn, das zu hören. „So hat sie das nicht gesagt. Sie sagte, deine Familiengeschichte ist etwas zweifelhaft, was stimmt. Sie brennt darauf, dir bei deinem Debüt zu helfen und dafür zu sorgen, dass du Erfolg hast. Und es wird nicht unmöglich sein."

Amanda sah ihn vorwurfsvoll an.

„Was willst du mir wirklich sagen?", fragte er ahnungsvoll.

„Ich will die Wahrheit hören."

„Im Hinblick auf was?"

„Im Hinblick auf die Frage", sie leckte sich die Lippen, „ob wir ein Liebespaar sind."

Langsam nickte er, und sein Herz schlug heftig. „Und wie genau lautet die Frage?"

„Wäre ich eine Frau von vornehmer Abkunft und Erziehung, wären wir dann ein Paar?"

„Das ist nicht fair", erklärte er.

„Wir wären ein Paar, und das weißt du. Du würdest mich nicht beschützen, du würdest das Bett mit mir teilen!", rief sie und kämpfte mit den Tränen. „So wie du es beinahe letzte Nacht getan hättest!"

Er ging zu ihr und war plötzlich ärgerlich. „Vermutlich

stimmt das, aber nicht aus dem Grund, den du mir zum Vorwurf machst. Du bist erst achtzehn – ich bin zehn Jahre älter und weitaus erfahrener als du!“ Er schrie jetzt. „Du bist verführerisch – das habe ich zugegeben. Und wärest du älter und erfahrener, dann würde ich es tun. Aber du bist nicht älter, du bist noch unerfahren, und ich sehe einen Hoffnungsschimmer für dich. Ich will, dass du ein angenehmes Leben führst, Amanda, und wenn ich das Bett mit dir teile, wie du es genannt hast, dann würde kein Gentleman dich mehr ansehen. Wie konkret muss ich noch werden?“

„Ich weiß nicht, was konkret bedeutet, und es ist mir auch egal! Ich wusste es. Ich bin dir nicht gut genug – so wie ich nicht gut genug war für meine Mutter!“

„Das ist genau das Gegenteil von dem, was ich gerade sagte!“

„Dann lügst du“, sagte sie und schlug mit aller Kraft nach ihm.

Er umfasste ihr Handgelenk, ehe sie sein Gesicht berührte. „Ich werfe dir nicht vor, dass du wütend bist“, sagte er. „Ich war viel zu kühn letzte Nacht. Ich habe es schon so oft gesagt, das war keine Absicht, aber es ist geschehen. Es tut mir leid!“

„Mir aber nicht!“ Sie riss sich los. „Ich glaube, jetzt hasse ich dich. Ich wünschte, wir wären einander nie begegnet, und ich wünschte, ich wäre irgendwo, nur nicht hier.“

Er konnte sich weder regen noch etwas sagen. Er war vollkommen fassungslos. Sie lief zur Tür. Entsetzt eilte er ihr nach. „Warte! Du meinst das nicht …“

Sie stieß ihn von sich. „Ich meine es ernst. Lassen Sie mich in Ruhe, de Warenne. Lassen Sie mich einfach in Ruhe. Und kommen Sie niemals mehr ohne Aufforderung in mein Zimmer.“

Er erstarrte.

Sie stolperte hinaus.

Draußen in der Halle stand Eleanor und hatte offensichtlich alles mitbekommen. Clive war zu fassungslos, um auch nur darüber nachzudenken, was sie alles gehört haben mochte, aber als sie ihn mit einem kühlen Blick bedachte, ahnte er, dass er sich die Sympathien seiner Schwester gerade gründlich verscherzt hatte.

„Amanda, meine Liebe", sagte sie und streckte die Arme nach Amanda aus, die den Tränen nahe war. „Madame Didier ist hier, und ich würde dir gern helfen, eine neue Garderobe zusammenzustellen. Das wird Spaß machen! Gehen wir nach oben, Liebes, und dabei kann ich dir alles über meinen groben, herzlosen, selbstsüchtigen Bruder erzählen. Oh – habe ich vergessen, dass er außerdem überheblich, aufgeblasen und grausam ist? Aber keine Sorge. Er wird dein Zimmer nie wieder betreten."

Amanda schniefte. „Er ist ein Bastard, aber er ist nicht grausam oder herzlos."

Eleanor warf ihm einen bösen Blick zu, dann stieg sie Arm in Arm mit Amanda die Treppe hinauf.

„Gut gemacht", sagte Rex, der gerade aus dem Speisezimmer trat. „Kannst du nicht einmal in deinem Leben die Hosen anbehalten?" Voller Abscheu schüttelte er den Kopf.

Clive runzelte die Stirn, erwiderte aber nichts. Die Countess betrat die Halle. Sie warf ihm einen besorgten Blick zu und folgte dann Eleanor und Amanda nach oben.

Clive lehnte sich gegen die Bibliothekstüren, das Herz tat ihm weh. Wie es schien, war es egal, was er tat, immer verletzte er Amanda, und plötzlich hasste er sich selbst. Sie verdiente das nicht. Er hatte ihr Versprechungen gemacht, und ihr eine sichere Zukunft zu bieten war eines davon.

Aber er war nicht Teil dieser Zukunft. Natürlich nicht.

Amanda trat an das Schlafzimmerfenster, während die Schneiderin ihren Koffer auspackte. Wie hatte sie nur Clive de Warenne bitten können, sie zu heiraten? Vor Verlegenheit glühten ihr die Wangen.

„Amanda?", fragte Eleanor leise hinter ihr.

Amanda hörte sie gar nicht. Nach der vergangenen Nacht hatte sie geglaubt, sie würden ein Liebespaar sein, kein Ehepaar. Nicht einmal in ihren wildesten Träumen hatte sie erwartet, seine Frau zu werden. Sie wusste, dass sie nicht gut genug war für ihn. Aber sie war nach unten gegangen und hatte gehört, wie er über eine Mitgift und Verehrer sprach, und sie hatte begriffen, dass er ihr einen Ehemann suchen wollte. Amanda war überrascht gewesen, und sie hatte Angst. Ohne nachzudenken, war sie mit diesem schrecklichen Vorschlag herausgeplatzt. Jetzt fühlte sie sich wie betäubt.

Sie hatte die halbe Erde umkreist, um ihre Mutter wiederzutreffen, aber ihre Mutter wollte sie nicht haben. Nach der letzten Nacht hatte sie geglaubt, de Warenne wollte sie als Geliebte, aber das stimmte nicht. Tatsächlich erklärte er jetzt, ihr Vormund zu sein und sie an jemand anders verheiraten zu wollen.

Amanda stand da am Fenster, verletzt, verwirrt, und versuchte, einen Sinn in ihrem Leben zu erkennen.

Sie hatte in all den vergangenen Wochen einen Plan verfolgt, gemeinsam mit de Warenne. Mit seiner Hilfe würde sie lernen, eine Dame zu werden, damit sie in die Gesellschaft eintreten und bei ihrer Mutter leben konnte. So unbeholfen ihre Bemühungen auch gewesen waren, sie war fest entschlossen gewesen, das Unmögliche zu schaffen. Sie hatte eine Lady werden wollen, zumindest nach außen hin, und zwar nicht nur, damit ihre Mutter sie liebte. Ihr ganzes Leben lang war sie eine Ausgestoßene und Außenseiterin gewesen, hatte vor schönen Häusern gestanden und durch ein Fenster in elegante Salons und Geschäfte geblickt, hatte gewusst, dass sie anders war, und gewünscht, es nicht zu sein.

De Warenne hatte ihr die Chance gegeben, all das zu ändern.

Amanda zitterte. Sie hatte so getan, als läge ihr nichts daran, sich zu ändern, aber tatsächlich lag ihr sehr wohl etwas daran, denn sonst hätte sie sich nicht so sehr bemüht. Und das galt noch immer. Sonst würde sie jetzt nicht weinen.

Ihr Zuhause gab es nicht mehr, die Behörden hatten es Papa weggenommen. Sie wollte nicht zurückkehren auf die Inseln, wo sie lügen, stehlen und betteln müsste, um zu überleben. Sie wollte nicht mehr das wilde Kind sein.

Amanda wischte sich die Augen.

Natürlich wollte de Warenne sie nicht heiraten, nie hatte sie von ihm erwartet, dass er sie zur Frau nehmen wollte. Sie war dumm genug gewesen, sich in ihn zu verlieben, und sie hatte sich danach gesehnt, seine Geliebte zu werden, wenigstens für eine Weile. Aber er war ein Ehrenmann, ein Mann von der Art, von der sie nicht geglaubt hatte, dass es sie gab, bis sie ihn getroffen hatte. Auch jetzt verhielt er sich wie ein Gentleman. Auf der Insel hatte er ihr angeboten, ihr Beschützer zu werden, und jetzt hatte er beschlossen, ihr Vormund zu sein, obwohl er ihr nichts schuldig war. Er hätte sie hinauswerfen können, stattdessen versah er sie mit einer großzügigen Mitgift, damit sie eine vorteilhafte Ehe schließen konnte.

Es tat weh, aber sie war ihm auch dankbar. Sie dachte wieder an die Szene, die sie sich kürzlich vorgestellt hatte, doch diesmal war das Bild leicht verändert. Jetzt sah sie sich selbst, in einem schönen Kleid, elegant und sittsam, mit Clive de Warenne in einem Rosengarten sitzen. Liebevoll lächelte er sie an. Aber sie waren nur gute Freunde – denn sie war die Frau eines anderen.

„Sieh dir diesen hier in Elfenbein und Koralle an", sagte Eleanor und hielt einen gemusterten Stoff hoch. „Bei deinem Haar und mit deinen Augen wird das ganz reizend aussehen."

Amanda erschrak und sah, wie Eleanor sie voller Sorge und Mitgefühl beobachtete. Auf dem Bett waren lauter Stoffmuster ausgebreitet. Sie blinzelte. Nie zuvor hatte sie so viel Seide, Satin, Chiffon und Baumwolle gesehen. Clive hatte sie in seinem Haus aufgenommen, gab ihr eine Mitgift und stattete sie mit einer Garderobe aus, die einer Prinzessin angemessen war. „Diese Stoffe sind doch nicht für mich?"

„Du wirst alle bekommen, die dir gefallen", sagte Eleanor lächelnd. „Clive ist sehr wohlhabend, und wir sollten ihm so viel abnehmen, wie wir nur können. Er kann so ein gefühlloses Ungeheuer sein!"

„Er ist ein großartiger Mann“, flüsterte Amanda und sah Eleanor in die Augen.

Eleanor reichte der Schneiderin das Stoffmuster zurück. Dann berührte sie Amandas Hand. „Du bist schrecklich verliebt in ihn, nicht wahr?“

Amanda schreckte aus ihren Gedanken auf und errötete. „Natürlich nicht! Ich bin ihm so dankbar für alles, was er getan hat, dass er mir erlaubt, hier in diesem Haus zu sein, mir so viele Möglichkeiten gibt, mich zu verbessern.“ Sie meinte es ernst. Sie könnte jetzt nicht zurück. Selbst wenn das bedeutete, sein Mündel zu werden, jemand anderen zu heiraten und sich mit seiner Freundschaft zu begnügen – sie wollte eine Dame werden, zumindest was ihre Erscheinung anging, wenn es nur irgendwie möglich war.

„Mein Bruder“, sagte Eleanor langsam, „hat einen gewissen Ruf. Er ist nicht von der Sorte, die heiratet …“

„Ich weiß!“ Amanda brachte ein Lächeln zustande. „Ich habe ihn jahrelang an Deck seiner Schiffe gesehen oder an Deck derer, die er aufgebracht hatte. Ich habe ihn in den Straßen von Kingston gesehen, und ich konnte beobachten, wie richtige Damen sich zum Narren machten in der Hoffnung, seine Aufmerksamkeit zu erregen. Jeder auf den Inseln kennt Clive de Warenne.“ Noch als sie sprach, wurde ihr klar, dass sie nicht die erste Frau war, die sich in Clive de Warenne verliebte und zurückgewiesen wurde. Vermutlich hatte er auf der ganzen Welt gebrochene Herzen zurückgelassen. Jetzt würde auch sie lernen, nicht auf ihr Herz zu achten.

„Er ist sehr gut aussehend, sehr charmant und sehr reich. Ich kann mir vorstellen, wie leicht sich Frauen in ihn verlieben. Aber du musst wissen, ich habe ihn so noch nicht gesehen. Gewöhnlich sind seine Affären nur von kurzer Dauer, und er hat noch nie eine Frau nach Hause gebracht.“

Amanda schlang die Arme um ihre Taille. Sie war nicht sicher, ob sie mit Eleanor O'Neill ein so persönliches Gespräch führen wollte. „Ich bin nicht so dumm, an eine Heirat mit deinem

Bruder zu denken. Er tut recht daran, eine Heirat für mich zu arrangieren. Sonst bliebe mir nur die Möglichkeit, auf die Inseln zurückzukehren, und so gern ich auch segle und das Meer liebe, das will ich nicht."

Eleanor drückte ihre Hand. „Du bist so tapfer."

Jetzt bewegten sie sich auf sichererem Terrain. „Tapfer? Ich bin nicht tapfer. Tapfer ist es, monatelang allein zu sein und nicht zu wissen, woher die nächste Mahlzeit kommen soll. Tapfer ist es, die Schiffe einlaufen zu sehen – und nicht zu wissen, wer noch lebt und wer schon tot ist."

Eleanor machte große Augen, und Amanda wandte sich ab und wünschte sich, nicht so offen gesprochen zu haben. Viel zu oft hatten Papas Reisen länger gedauert als geplant, und jetzt konnte sie es erkennen: Er hatte nicht gut für sie gesorgt. In den letzten Monaten vor seinem Tod hatte sie in der Bucht angeln müssen, Mangos sammeln und betteln und stehlen müssen, um zu überleben. Einst hatte er auf Zypern im Gefängnis gesessen und war über ein Jahr lang fort gewesen. Zu der Zeit hatte sie gerade dreizehn Jahre gezählt. Sie war allein gewesen, einsam und verängstigt. Und jedes Mal, wenn die Schaluppe im Hafen eingelaufen war, hatte sie Angst gehabt, ihr Vater würde nicht an Deck stehen.

Es gab nichts zu entscheiden. Sie wünschte sich verzweifelt das Leben, das Clive ihr bot. Vielleicht würde zu dem Anwesen, das er ihr kaufen wollte, ein Rosengarten gehören, wenn nicht, konnte sie auch allein einen anpflanzen. Und wenn sie sich auch noch vor der Gesellschaft fürchtete – vielleicht war es gar nicht so schlimm. Clives Familie schließlich war sehr vornehm, und wie freundlich hatte man sie hier aufgenommen! Niemand hatte sie von oben herab angesehen, jedenfalls noch nicht. Vielleicht war die Londoner Gesellschaft nicht so schlimm wie die auf den Inseln. Außerdem war dies hier etwas anders, als in den Straßen von Kingston unterwegs zu sein. Bisher war ihr das noch nicht klar gewesen. Sie würde an Clives Arm debütieren, umringt von seiner eleganten und mächtigen Familie.

Ich kann das, dachte Amanda. Ich muss es tun!

„Kein Wunder“, sagte Eleanor leise, „dass Clive dich so ansieht.“

Amanda hörte sie nicht. Sie ging zum Bett, gefolgt von Eleanor. „Ich brauche nur ein Kleid“, sagte sie langsam. Aber sie nahm die Seide in Koralle und Elfenbein und hielt sie sich zitternd unters Kinn. Der Stoff war so hübsch, so ganz weiblich. Ganz plötzlich wollte sie ihn haben, so wie sie das Nachthemd hatte haben wollen, das sie vergangene Nacht zerfetzt hatte. „Glaubst du, ich werde hübsch darin aussehen?“, fragte sie langsam.

„Du wirst die schönste Frau im Raum sein, und Clive wird es schwerfallen, sein Verlangen zu zügeln“, sagte Eleanor, und ihre Augen glänzten dabei. „Aber du brauchst ein Dutzend Kleider, Amanda. Eines wird nicht genügen.“

Amanda konnte kaum glauben, dass sie wirklich so viele Kleider haben sollte, ebenso wenig, wie sie glauben konnte, welche Wendung ihr Leben genommen hatte. Vielleicht war es so besser, als Clive de Warennes Geliebte zu werden. Schließlich hatte sie bisher nie ein eigenes, sicheres Zuhause gehabt. Auf Belle Mer hatten sie kämpfen müssen, damit das Geld reichte, und stets hatte über ihnen die Drohung geschwebt, es verkaufen zu müssen, um die Schulden zu begleichen.

Papa hatte sie angelogen, aber jetzt wäre er sehr glücklich für sie. Er hätte dieses Leben für sie gewollt.

Was Mama betraf, so würden sie einander eines Tages begegnen, dafür würde Amanda sorgen, und dann würde Mama eine elegante Dame sehen mit einem gut aussehenden Gemahl und eigenem Besitz, keine Piratentochter. Nie würde sie erraten, welchen Schmerz sie verursacht hatte. Denn Amanda würde den Kopf stolz erhoben tragen und genauso anmutig lächeln wie die Countess.

Und Clive? Sie würden Freunde sein, vielleicht sogar enge Freunde, und wenn sie ihn vielleicht auch immer lieben würde, so nur aus der Ferne, wie sie ihn schon auf der Insel aus der

Ferne bewundert hatte. Irgendwann, so hoffte sie, würde es nicht mehr so wehtun.

Eleanor hielt einen elfenbeinfarbenen Stoff mit rosa Streifen hoch. Amanda sah sie an. „Sag mir, was ich nehmen sollte."

Lady Harrington, einzige Erbin des großen Harrington-Vermögens, hielt sich in ihrem Salon in Greenwich auf, in ihrem geräumigen Londoner Haus, zusammen mit zwei Besuchern, ihren beiden lieben Freundinnen Lady Bess Waverly und Lady Felicia Capshaw. Sie saß auf einem samtbezogenen Sofa, eine kleine, elegante Frau von fünfundzwanzig Jahren, mit porzellanweißer Haut und auffallend blaugrünen Augen. Ihr helles, beinahe platinblondes Haar war straff zurückgebunden zu einem altmodischen Chignon, aber das entsprach dem schlichten Stil, den sie bevorzugte. Obwohl sie sehr reich war, wirkte ihr dunkelblaues Kleid beinahe trist, und als einzigen Schmuck trug sie zwei kleine Diamanten am Ohr und einen Diamantring: Sie mochte es nicht, mit ihrem Reichtum zu prahlen. Ihre Freundinnen allerdings trugen üppig verzierte weite Röcke, Bess dazu ein schweres Rubinhalsband, ein Geschenk ihres derzeitigen Liebhabers, ein russischer Graf auf der Durchreise, während Felicia mehr Smaragde angelegt hatte, als es für eine junge Witwe angemessen war. Aber ihr kürzlich verstorbener Gemahl hatte ihr ein kleines Vermögen hinterlassen, und sie stellte es zur Schau in der verzweifelten Hoffnung, damit den dritten Ehemann anzulocken.

Und wie es schien, hatte sie bereits einen Kandidaten ins Auge gefasst, einen älteren Earl, ebenfalls zweimal verwitwet. In der vergangenen Woche hatte er bereits viermal vorgesprochen. „Was meinst du, meine Liebe?", fragte Felicia, eine üppige Brünette, eifrig.

Blanche lächelte die Freundin an. „Soll ich dir sagen, was du hören willst oder wie ich wirklich darüber denke?"

Felicia setzte sich kerzengerade hin.

Bess lachte. „Sie will deine Zustimmung, Blanche. Gütiger

Himmel, wenn wir doch den Schwächen des Lebens gegenüber so gleichmütig sein könnten wie du."

Blanche lächelte zurückhaltend, nicht gekränkt, aber auch nicht bereit, die Wahrheit mit den Freundinnen zu teilen. Wäre ihr doch nur etwas gelegen an den Launen des Lebens. Sie seufzte. Als sie sechs Jahre alt war, hatte sie miterlebt, wie ihre Mutter von einem wilden Mob ermordet wurde. Weder konnte sie sich daran erinnern noch an irgendetwas, das vorher geschah, aber seither hatte sie alles schweigend hingenommen, was das Leben ihr bot.

„Du magst Lord Robert nicht", meine Felicia.

Blanche tätschelte ihr die Hand. „Ich mag dich, meine Liebe. Musst du wirklich so schnell wieder heiraten? Kannst du deinen dritten Mann nicht etwas sorgfältiger wählen?"

Felicia wirkte verstimmt. „Ich bin nicht so wie du, Blanche, mit Eis in meinen Adern. Entweder Lord Robert oder einen Geliebten, denn genau wie Bess vermisse ich die Freuden des Ehebetts."

Blanche war nicht verlegen, die Freundinnen wussten, dass sie noch Jungfrau war. Sie verstanden nicht, warum sie nicht heiraten wollte, und selbst wenn sie ledig blieb, warum sie dann keinen Geliebten nahm. Sie hatte es aufgegeben zu erklären, dass sie sich nicht für Männer interessierte. Ihr Leben auf Harrington Hall war sicher und ruhig, sie kümmerte sich um ihren Vater, und mehr brauchte sie nicht. Kein Mann hatte ihr je Herzklopfen verursacht. Sie hatte auch keine Neigung zu Frauen, ganz und gar nicht, sie war nur wie tot, an Körper und an Seele. „Ich schlage vor, Liebes, dass du dir einen Liebhaber nimmst, wenigstens für eine Weile, aber sei diskret. Und sei diesmal etwas vorsichtiger." Ihr zweiter Gemahl war ein ungestümer, wenn auch gut aussehender junger Mann gewesen, der sein Leben verlor, als er mit seinem Vollblut über einen außerordentlich hohen Zaun sprang.

Als Blanche sich Bess zuwandte, die bis über beide Ohren verliebt war in ihren Russen, trotz Lord Waverly und den beiden

Kindern, erschien ihr Butler mit einem Silbertablett. „Mylady?"

Blanche erhob sich anmutig und nahm die Karte, die ihr gebracht wurde. Entzückt sah sie, dass die Frau, die beinahe ihre Schwiegermutter geworden wäre, zu Besuch kam. Einst war sie mit Tyrell de Warenne verlobt gewesen, doch keiner von beiden hatte diese Verbindung aufrechterhalten wollen. Er hatte seine Mätresse geliebt und sie kürzlich geheiratet. Ihr Vater hatte nicht darauf bestanden, dass sie sich erneut verlobte, und endlich erkannt, dass seine Tochter wohl unverheiratet bleiben würde, sehr zu Blanches Erleichterung. Sie war der Countess herzlich zugeneigt und wusste, wie sehr Mary de Warenne sie ebenfalls mochte.

„Wer ist es?", fragte Bess und erhob sich. „Ich bin spät dran. Nicholas wartet im Beverly Hotel auf mich."

Blanche wollte es ihr gerade sagen, als sie die Countess durch die Halle kommen sah, begleitet von einem dunkelhaarigen Gentleman. Bei seinem Anblick schlug ihr Herz zu ihrer Überraschung schneller.

„Oh!", rief Bess und lächelte. Sie stieß Felicia an und senkte die Stimme. „Es ist die Countess of Adare mit ihrem hinreißenden, in sich gekehrten und ausgesprochen unverheirateten Sohn, Sir Rex of Land's End. Hier kommt der perfekte Liebhaber für dich, Felicia – ich habe gehört, dass er im Bett unersättlich ist. Dass ihm ein Bein fehlt, spielt keine Rolle."

Felicia errötete. „Er lächelt niemals."

„Die Ernsthaften sind die besten Liebhaber. Ich muss gehen!" Bess gab Blanche einen Kuss auf die Wange, grüßte die Countess und Rex und eilte davon.

Blanche achtete darauf, zu lächeln, als sie vortrat, um die Countess zu begrüßen. Dabei versuchte sie, nicht Rex de Warenne anzusehen, und sie weigerte sich, an Bess' Worte zu denken. Natürlich kannte sie ihn. Während ihrer kurzen Verlobung mit seinem Bruder hatten sie vielleicht ein Dutzend Worte gewechselt. Es war immer sehr gezwungen und angespannt gewesen, obwohl sie sich sonst nicht so leicht aus der Ruhe bringen ließ. „Lady Adare, welch reizende Überraschung." Sie knickste als Reverenz an den höheren Titel der anderen.

Dann blicke sie zu Rex hinüber, das Lächeln noch immer auf den Lippen. Als sie ihn grüßte, vermied sie es, ihm in die Augen zu sehen. „Sir Rex, es ist mir eine Freude, Sie zu treffen." Sie konnte ihn unmöglich ganz übersehen, er war schließlich ein großer, kräftiger Mann. Aus dem Augenwinkel bemerkte sie seinen muskulösen Schenkel. „Erinnern Sie sich an meine liebe Freundin, Lady Capshaw? Sie besuchte mich vor so vielen Jahren auf Adare, damals noch Lady Greene."

Man stellte einander vor, und Blanche bedeutete dem Butler, Erfrischungen zu bringen. Diese Dinge halfen ihr, die Fassung wiederzugewinnen, die sie kurz verloren hatte. Der Besuch der Countess war nicht so überraschend, aber es erstaunte sie, dass sie von ihrem Sohn begleitet wurde.

Er pflegte sich nicht in der Stadt aufzuhalten. Sie nahm an, dass sie ihn seit zwei Jahren nicht mehr gesehen hatte, wenn nicht noch länger. Sie fragte sich, ob er seine Zeit ausschließlich auf seinem Anwesen in Cornwall verbrachte. Der Landsitz war ihm zusammen mit dem Titel für seinen heldenhaften Einsatz im Krieg verliehen worden. Er hatte sich nicht verändert. Er war noch immer zu groß, zu dunkel, und seine Augen schienen von einer schrecklichen Last zu sprechen. Aber selbst sie musste ihren Freundinnen recht geben – er sah sehr gut aus, wenn einem der düstere, nachdenkliche Typ gefiel.

„Sir Rex, es ist mir ein Vergnügen, Sie wiederzusehen", sagte Felicia. „Ich erinnere mich, dass wir einander in Irland vorgestellt wurden."

Er nickte ihr zu, lächelte indes nicht. „Ich nehme an, es geht Ihnen gut." Sein dunkler Blick streifte Blanche und wanderte gleich wieder weiter.

Blanche erkannte, dass Felicia versuchte, ihn für sich zu gewinnen. Sie erinnerte sich daran, wie wenig sie das interessierte, und wandte sich rasch der Countess zu. „Wie lange sind Sie schon in der Stadt?", fragte sie lächelnd.

„Erst seit zwei Tagen", sagte die Countess. „Können wir ein wenig auf die Terrasse gehen, meine Liebe?"

Blanche verstand, dass die Countess etwas mit ihr unter vier Augen besprechen wollte. Felicia fragte jetzt Rex, seit wann er schon in der Stadt war, und obwohl er antwortete, wirkte er ungeduldig und verärgert. Sie sah, wie er auf den sehr zur Schau gestellten Busen ihrer Freundin blickte – offenbar schienen alle Männer ihren sehr umtriebigen Freundinnen zugeneigt zu sein.

Blanche war es nicht ganz recht, die beiden zusammen allein zu lassen, aber sie schob ihren Arm unter Marys, und sie gingen zusammen hinaus. „Wie aufmerksam von Sir Rex, dich heute zu begleiten", hörte sie sich sagen. Ihr Blick wanderte immer wieder zu dem Paar im Salon zurück. Felicia schien amüsant zu sein, denn Rex lächelte endlich, wenn auch widerstrebend.

„Ich war sehr überrascht", gab Mary zu. „Von meinen Söhnen ist er der verschlossenste. Er ist nie in der Stadt, also muss ich das Beste daraus machen. Wie du sicher weißt, meidet er Gesellschaft um jeden Preis und behauptet immer, auf Land's End beschäftigt zu sein. Wie geht es dir, Blanche? Und wie geht es Lord Harrington?"

„Papa geht es gut. Er ist in Stockholm, um ein paar Geschäfte zu erledigen. Ich vermisse ihn, wenn er auf Reisen ist", sagte sie wahrheitsgemäß. Tatsächlich war sie sehr einsam gewesen, bis Bess und Felicia gekommen waren. Dann überdachte sie das noch einmal. Jeden Tag kamen Besucher, und sie war zu höflich, um jemanden fortzuschicken, doch kein Gespräch konnte ihr das Gefühl grenzenloser Einsamkeit nehmen. Mit der Zeit wurde das Gefühl schlimmer. Manchmal betrachtete sie die Menschen in einem überfüllten Salon und hatte den Eindruck, neben sich zu stehen, alle zu beobachten und niemanden zu kennen, nicht einmal sich selbst. Selbst wenn ihr Vater zurückkehrte, änderte das nicht das Gefühl, eine einsame Insel zu sein – so glücklich sie auch war, ihn zu sehen.

Aber hatte sie nicht so ein Leben gewollt? Ein Wort von ihr genügte, und ihr Vater würde eine Ehe für sie arrangieren. Blanche erschauerte. Sie konnte sich nichts Schlimmeres vorstellen, als einen völlig Fremden zu heiraten und ein ganzes Leben mit ihm verbringen zu müssen.

„Ich freue mich, dass es ihm gut geht“, sagte die Countess. „Hast du die Neuigkeiten schon gehört? Mein Sohn Clive ist in der Stadt, und er hat ein Mündel.“

Blanche fuhr auf. „Clive hat ein Mündel? Wie kam es dazu?“ Er sah zu gut aus und war ein zu großer Schürzenjäger, um ein Mündel zu haben, aber das hätte sie niemals ausgesprochen.

„Er kannte ihren Vater, einen Pflanzer auf den Inseln, der kürzlich verstorben ist. Amandas Mutter starb im Kindbett, und er hat sie hergebracht, in der Hoffnung, sie mit der Familie ihrer Mutter zusammenzubringen. Bloß wie es scheint, ist das unmöglich.“

„Oh, wie schrecklich!“, sagte Blanche und meinte das auch so. „Wie kann ich helfen?“

Mary legte eine Hand auf ihren Arm. „Du bist so ein Schatz. Wir haben gehofft, du würdest uns empfangen. Es wäre Amandas erster Besuch.“

Blanche begriff nicht.

„Wir hoffen, sie auf dem Ball bei den Carringtons in die Gesellschaft einzuführen, aber der Vater war etwas ungehobelt, und sie wurde recht ungewöhnlich erzogen. Sie ist eine reizende, bildschöne junge Frau, einzig ihre Erziehung lässt einiges zu wünschen übrig.“

Blanche verstand sofort. „Mary, ich würde mich freuen, wenn du Amanda hierherbringst, und ich werde dafür sorgen, dass alles gut geht, was auch geschieht. Wenn du es möchtest, helfe ich auch bei ihrem Debüt.“

„Danke!“, sagte Mary erleichtert. „Für Clive ist das sehr wichtig und für Miss Carre natürlich auch. Wir sind sehr dankbar für deine Hilfe.“

„Es ist mir ein Vergnügen“, sagte Blanche. Sie warf noch einen Blick in den Salon und sah überrascht, wie Rex ein wenig steif für sich stand, während Felicia gelangweilt auf dem Sofa saß. Offenbar war Rex de Warenne nicht interessiert, ihre Freundin als Geliebte zu nehmen.

Es ging sie zwar nichts an, aber dennoch war sie erleichtert.

13. KAPITEL

Clive beherrschte sich, selbst wenn er am liebsten auf und ab gelaufen wäre. Die gesamte Familie hatte sich im Salon versammelt, vor dem Essen, alle außer Amanda und seiner Schwester. Er wusste nicht, was sie aufhielt, aber da er Eleanor kannte – und auch Amanda –, begann er sich wegen dieses wagemutigen Paares Sorgen zu machen. Den ganzen Tag lang hatte er an ihr Gespräch am frühen Morgen denken müssen, und tief in seinem Herzen fühlte er sich schlecht.

Ich hasse Sie jetzt und wünschte, wir wären uns nie begegnet.

Er wusste nicht, was er tun könnte, wenn Amanda ihn wirklich verachtete. Er konnte die Vorstellung nicht ertragen, dass sie wünschte, sie wären einander nie begegnet. Sie war ihm so wichtig geworden. Aber sie hatte die Worte doch bestimmt nicht ernst gemeint, oder? Zorn und Schmerz hatten aus ihr gesprochen, und er konnte ihr keinen Vorwurf deswegen machen.

Die Kinder waren bei ihnen. Sie hatten bereits im Kinderzimmer gegessen und bereiteten sich auf einen ruhigen Abend im Obergeschoss vor. Michael, Seans Stiefsohn aus einer früheren Ehe, und Ned, das älteste Kind von Lizzie und Tyrell, waren zusammen mit Alexi auf der Terrasse, wo sie eine sehr laute und ernsthafte Diskussion führten. Da sie eine Steinschleuder bei sich hatten, hätten sie beaufsichtigt werden müssen, aber Anahid war nirgends zu sehen. Ariella saß auf dem Boden und las Eleanors Sohn Rogan vor, einem Einjährigen mit hellblondem Haar und den grauen Augen der O'Neills. Lizzies rothaarige Tochter war jetzt vier und saß bei ihnen. Beide Kinder lauschten fasziniert, denn die Geschichte handelte von Drachen. Lizzie saß bei ihnen auf dem Boden, so zwanglos wie ein Hausmädchen, und lächelte glücklich. Ihre Wangen waren gerötet, nachdem sie den ganzen Tag lang auf ihre Kinder aufgepasst hatte. Sie war erneut in Erwartung und hatte nie schöner ausgesehen.

Die Countess lief hinter Tyrells und Lizzies zweitem Sohn her, Charles, liebevoll Chaz genannt. Mit seinen zwei Jahren zog er gern jedes Stück von Tischen und Schreibtischen. Aus dem Augenwinkel bemerkte Clive, dass Rex Chaz packte, ehe er einen kostbaren Teller zerstören konnte. Die Jungen draußen waren nicht mehr zu sehen, und es war beinahe dunkel. Clive wollte ihnen gerade nacheilen, als er in der Halle das atemlose Geplapper seiner Schwester hörte. Aus dem Augenwinkel sah er, gerade als er nach dem Knauf der Terrassentür griff, eine Gestalt in Pink.

Erschrocken fuhr er herum und dachte nur ein einziges Wort: Amanda. Er stolperte über seine eigenen Füße, fing sich jedoch gerade noch rechtzeitig.

Zusammen mit Eleanor stand sie in einem pinkfarbenen Seidenkleid auf der Türschwelle, das Haar aufgesteckt, und sie war so schön, dass es ihm die Sinne raubte.

Er konnte nichts anderes tun, als sie anzustarren, hingerissen von ihrer Schönheit und ihrer Unschuld, und sie grenzenlos zu begehren.

Er ließ sich auf einen Stuhl sinken.

Sie errötete und lächelte scheu.

Sie ist so schön, dass es wehtut – dachte er endlich, und sein Herz schlug wie rasend. Aber hatte er nicht von Anfang an gewusst, dass sie eine große Schönheit sein würde?

La Sauvage war fort, aber das machte ihm nichts aus, nicht wenn er der Frau gegenüberstand, die sie geworden war.

Er konnte den Blick nicht von ihr wenden.

„Clive!", rief Eleanor. Sie musterte ihn streng, die Hände in die Hüften gestemmt.

Er sprang auf, eilte vor, stolperte dabei wieder über den verdammten Teppich. Dann blieb er atemlos vor ihr stehen. Ihre Blicke begegneten sich. Seltsamerweise fiel ihm nichts ein, das er sagen konnte – auch wenn er ihr so gern gesagt hätte, dass sie die schönste Frau im ganzen Empire war.

„Sehe ich lächerlich aus?", flüsterte sie.

Sein Herz schlug sehr schnell, unglaublich, gefährlich schnell. „Sie sehen", brachte er schließlich heraus und nahm ihre Hand,

„wunderschön aus. Unaussprechlich."

Das Rot ihrer Wangen vertiefte sich. „Sie müssen nicht nett sein."

Er hob ihre Hand an seine Lippen, küsste sie aber nicht. Zu sehr war er erschüttert. „Amanda ..." Er schluckte, dann fügte er hinzu: „Niemand ist so schön wie Sie."

Er sah an ihren Augen, dass sie sich freute, und dann lächelte sie ihn mit etwas mehr Selbstvertrauen an.

Er hob die Hand an seinen Mund und küsste sie, hielt sie fest. Er war sich ihrer Nähe sehr bewusst. Schlimmer noch, er spürte ein starkes Verlangen, und das nicht nur körperlich. Tatsächlich konnte er es weder benennen, noch verstand er es – oder er hatte Angst, das zu tun. Aber er konnte ihre Hand nicht loslassen. Er hätte sie am liebsten für immer gehalten. „Haben Sie sich das Haar geschnitten?", fragte er leise.

Sie schüttelte den Kopf. „Nein."

Erleichtert nickte er. „Dann bin ich froh", flüsterte er. Als er ihr Gesicht ansah, jeden einzelnen perfekten Zug darin, erkannte er, dass sich nichts verändert hatte – doch dann betrachtete er die pinkfarbene Seide an ihrer Brust, ihrer Taille, und er holte tief Luft, denn irgendwie hatte sich alles verändert.

„Lizzie hat mir das Haar aufgesteckt. Sie schneidet ihr Haar auch nicht."

Ganz plötzlich sah Clive Amanda nackt vor sich. Das lange helle Haar hing ihr bis weit über den Rücken hinunter, über die Schultern, über die nackten Brüste. In der vergangenen Nacht war sie nackt gewesen, hatte das Haar offen getragen, aber Trauer und Verzweiflung hatten sie überkommen, und sie hatte ihr Nachthemd zerfetzt. Jetzt sah er, wie sie ihn anlächelte, die Wangen gerötet vor Aufregung, während sie darauf wartete, dass er vortrat und sie in sein Bett holte.

Er glaubte nicht, dass er jemals etwas lieber getan hätte. Clive ließ ihre Hand los. Dann räusperte er sich. „Ich nehme an, Madame Didier hatte ein Kleid, das niemand haben wollte?"

Amanda nickte. „Sie war so freundlich, ein paar Änderungen vorzunehmen – wie kann jemand dieses schöne Kleid nicht haben wollen?"

„Sie sind glücklich", sagte er. „Ich werde Ihnen hundert kaufen."

Sie lächelte. „Ich brauche keine hundert Kleider. Clive, ich bin zur Vernunft gekommen", sagte sie leise.

Sein Lächeln verschwand. Was, zum Teufel, sollte das heißen?

„Ich hoffte", sie zögerte und biss sich auf die Lippen, „ich könnte Sie nach dem Essen etwas fragen."

Du könntest mein Mann werden. Eine Vorahnung überkam ihn, und er erinnerte sich an ihren Wunsch, seine Frau zu werden. Es war eine wichtige Frage gewesen, eine, die er nie vergessen würde.

„Sie können mich alles fragen", sagte er genauso leise. Ihre Blicke begegneten sich.

Jemand hüstelte.

Clive erschrak und entsann sich, dass sie nicht allein waren. Er spürte, wie ihm heiß das Blut ins Gesicht stieg. Er sah sich um, betrachtete seine Familie, sah Eleanors vielsagendes Grinsen, Rex' unverhohlene Belustigung und die großen Augen und das wissende Lächeln bei seiner Mutter und Lizzie. Sogar Ariella sah ihn neugierig an, als hätte er irgendetwas völlig Unpassendes und Seltsames getan.

Die Countess trat vor. „Amanda, Liebes, ich muss zustimmen. Sie sehen so reizend aus. Warum sprechen Sie und Clive nicht kurz miteinander, während Rex nach den beiden Jungen sucht? Ich werde die Damen ins Speisezimmer geleiten, und Anahid kann die übrigen Kinder nach oben bringen."

„Danke", sagte Clive zu seiner Stiefmutter. Er beugte sich vor, um ihr einen Kuss auf die Wange zu geben. Draußen hörte er das ausgelassene Lachen der Jungen.

Mary lächelte ihn an. „Ich freue mich für dich", sagte sie.

Er hatte keine Ahnung, was sie damit meinte. Als alle fort waren, lächelte er Amanda an. Es genügte, sie zu sehen, und sein Herz begann zu rasen. Diese Reaktion beunruhigte ihn zutiefst. Nun, da er ihr offizieller Vormund war, musste er sich besser beherrschen. Ein Vormund begehrte sein Mündel nicht, so einfach war das. „Soll ich die Türe schließen?"

Sie zuckte die Achseln. „Es spielt keine Rolle."

Er ließ die Tür offen. „Amanda, das mit heute Morgen tut mir leid", begann er.

Sie legte eine Hand an seine Brust, und sein Herz schlug noch schneller. „Du hast von einer Mitgift gesprochen – und von Grundbesitz." Sie ließ die Hand sinken.

Die leichte Berührung hatte genügt, und er erinnerte sich an jede Einzelheit aus der vergangenen Nacht in ihrem Bett. Unbehaglich ging er einen Moment auf und ab, um sich abzulenken. „Ja. Mir ist klar geworden, dass du eine Mitgift brauchst, und ich werde sie stellen. Ein Anwesen auf dem Land wird ein Teil dieser Mitgift sein, und heute Morgen habe ich meine Agenten darauf angesetzt."

Sie sah ihn aus großen Augen an. „Wenn ich heirate, wird das Anwesen dann mir gehören oder meinem Mann?"

Es verwirrte ihn, dass sie jetzt so leidenschaftslos von ihrer Heirat sprach. *Du könntest mein Ehemann werden.* „Der Reiz einer Mitgift besteht darin, dass sie bei einer Heirat von dir auf deinen Ehemann übergeht. Doch mir wäre es am liebsten, wenn das Anwesen auf deinen Namen eingetragen wird und später an deinen ältesten Sohn fällt. Ein Verehrer wird diese Aussicht trotzdem recht verlockend finden, denn ein Ehemann kontrolliert den Besitz seiner Frau, und dein Sohn wäre natürlich auch sein Sohn."

„Du bist so großzügig!", rief sie, und er sah, wie aufgeregt sie nun war.

Jetzt fühlte er sich beunruhigt. „Du bist also zu dem Schluss gekommen, dass eine Heirat das Beste wäre?"

Sie wandte sich ab und errötete. „Clive de Warenne. Ich habe heute Morgen sehr unüberlegt gesprochen. Ich meine – ich wünschte, ich hätte nicht gesagt, was ich gesagt habe. Es war so dumm."

„Amanda", begann er, „du bist nicht dumm ..."

„Nein, warte! Ich weiß, dass du mich niemals heiraten würdest. Natürlich weiß ich das! Ich weiß nicht, warum ich das gesagt habe. Ich meine, nach dem, was letzte Nacht geschah, dachte ich, wir wären ein Liebespaar, aber du hast hundert Mal gesagt, du willst mich nur beschützen." Sie war jetzt ganz rot im Gesicht. „Ich verstehe das. Ich bin nicht böse. Ich – ich hasse dich nicht. Ich könnte dich niemals hassen."

Er ging zu den Türen und schloss sie. Erleichtert stellte er fest, dass niemand in der Halle war. „Darüber bin ich sehr froh, Amanda. Du verstehst das doch, oder? Ich werde niemals jemanden heiraten."

Sie verzog das Gesicht. „Eines Tages wirst du eine große Dame heiraten. Vermutlich eine Prinzessin. Da bin ich ganz sicher."

Er seufzte und stellte fest, dass er sie wohl niemals würde überzeugen können. „Ist es das, was du sagen wolltest? Dass du deine Worte von heute Morgen bedauerst?"

„Das, und was noch wichtiger ist, ich möchte verstehen, was dieses Anwesen für mich bedeutet."

Ohne nachzudenken, streckte er den Arm aus, strich mit den Fingern über ihre Wange und steckte dann die Hände in die Taschen seiner Hose. „Das Anwesen wird dir gehören. Tatsächlich hat gerade heute einer meiner Agenten ein interessantes Angebot gefunden. Ein Herrenhaus mit einigem Grundbesitz und drei Pachtfarmen." Er sah, wie sie große Augen machte, ehe er weitersprach. „Der Preis ist seltsam niedrig. Das Haus ist südlich der Stadt, etwa eine Kutschfahrt von einem halben Tag von hier entfernt."

Sie biss sich auf die Lippen, und er sah die Aufregung in ihren Augen.

„Was ist, Amanda?"

„Du gibst mir ein eigenes Heim!", rief sie. „Die Briten haben Belle Mer und die *Amanda C.* an sich genommen, ich habe nichts mehr, das mir gehört, aber du gibst mir Land – mein eigenes Anwesen. Erkennst du nicht, was das für mich bedeutet?"

Das hatte er bisher nicht, aber jetzt erkannte er es. „Ich beginne zu verstehen. Hab keine Angst. Das Anwesen wird dir gehören, nicht deinem Ehemann." Er zögerte. „Und gefällt dir jetzt auch die Aussicht auf eine Ehe?"

Ihr Lächeln verschwand. „Ich weiß, du wirst eine passende Partie für mich finden. Und dass du mich nie zu einer Ehe mit einem verabscheuungswürdigen Partner zwingen wirst."

„Natürlich nicht", sagte er langsam.

„Das ist ein kleiner Preis für so ein Leben, oder?"

Er fühlte sich jetzt sehr unbehaglich, und ihre Ruhe erstaunte ihn. „Frauen müssen das tun. Sie müssen einen Gatten finden, der für sie sorgt. Selbst reiche Erbinnen müssen heiraten, um Sicherheit zu gewinnen und Erben zu bekommen."

„Ich weiß." Sie ging davon und rang die Hände. Ihm stockte der Atem, als er sie beobachtete, ohne dass sie das merkte. Wie schwierig würde es tatsächlich sein, für Amanda einen Ehemann zu finden? Er dachte nicht mehr über die bescheidene, aber notwendige Mitgift nach; ein Mann musste sie nur ansehen, um sich Hals über Kopf in sie zu verlieben. Und bei dieser Vorstellung wurde er beinahe eifersüchtig.

Amanda blickte ihn über die Schulter hinweg an. „Welche Art von Ehemann", begann sie, „willst du für mich suchen? Wird er so sein wie mein Vater? Natürlich kein Pirat, aber jemand, der stark und furchtlos ist?"

Er spürte, wie er sie entsetzt ansah. Wahrheitsgemäß konnte er darauf nicht antworten, denn nichts lag ihm ferner, als sie einem brutalen Mann wie Carre auszusetzen. Aber er begann zu vermuten, dass ein so brutaler Mann das war, woran sie dachte. „Ich werde dir einen Gentleman suchen, Amanda, jemanden, der großzügig und freundlich ist, jemand, der niemals Hand an dich legt, außer in Liebe."

Überrascht sah sie ihn an. „Du meinst – einen Gentleman? Einen echten Gentleman – wie du es bist?"

Er spürte, wie er rot wurde. „Genau das meine ich." Er ging

davon, hörte wieder, was sie vorher gesagt hatte: *Du könntest mein Ehemann werden.* Er fuhr herum. Sie sah ihm nach, die Brauen hochgezogen, und er zwang sich zu einem Lächeln. „Möchtest du Ashford Hall mit mir zusammen besichtigen?“, fragte er.

Und wie er es gehofft hatte, ließ sie sich ablenken. Sie strahlte. „Du meinst, wir werden uns das Anwesen ansehen, das du als meine Mitgift gedacht hast? Gemeinsam?“

„Es ist nicht weit“, meinte er, und die Idee gefiel ihm. „Wir können die Kinder mitnehmen – sie waren noch nicht auf dem Land – und Monsieur Michelle, denn du solltest keine Lektion versäumen.“ Er schenkte ihr ein Lächeln, von dem er wusste, dass es unwiderstehlich war. „Ich hatte vor, demnächst einen Blick darauf zu werfen. Wir können einen Ausflug daraus machen.“

Amanda sprang auf. Ehe er reagieren konnte, schlang sie die Arme um ihn und drückte ihn fest an sich. „Ich bin froh, dass du mein Vormund bist“, sagte sie, die Lippen ganz nah an seiner Wange.

Wie erstarrt, er hätte sie am liebsten geküsst bis zur Besinnungslosigkeit, packte er sie an den Schultern und schob sie zurück. Er zwang sich zu einem Lächeln.

Irgendwie lief dies hier nicht so, wie er es geplant hatte.

Amanda starrte aus dem Kutschenfenster. Sie war sehr gespannt, als der Wagen in eine mit weißem Kies bestreute Einfahrt bog, an makellos geschnittenem Rasen vorbeikam und an ebensolchen Hecken. Der sechsspännige Wagen gehörte der Countess, und die sechs Pferde, die ihn zogen, waren schwarz, mit weißen Blessen und goldbeschlagenen Trensen und Zügeln. Auf den lackierten Ebenholztüren prangte das Wappen der de Warennes, eine goldene *fleur de lis* vor rotem Hintergrund. Die Sitze waren aus saphirblauem Samt. Amanda saß mit Eleanor auf dem Platz gegen die Fahrtrichtung. Offenbar waren die vorwärts gewandten Plätze für den Adel reserviert, daher saßen dort die Countess und Lizzie.

Vor ihnen lag ein großer, dunkler Steinpalast, die Residenz des Viscount Harrington, wo er mit seiner Tochter wohnte, einer der reichsten Erbinnen des Landes.

Seit sie Mayfair verlassen hatten, hatten die Damen unablässig geplaudert. Sean wurde jeden Tag in der Stadt erwartet, und Eleanor starb fast vor Aufregung, denn sie hatte ihn so sehr vermisst. Tyrell hatte geschworen, er würde auf den Carrington-Ball mitkommen. Lizzie fühlte sich scheußlich und wäre am liebsten in Harmon House geblieben: Im Februar sollte ihr viertes Kind kommen. Nach zwei Jungen war sie sicher, dass nun noch ein Mädchen kommen sollte. Die Countess erinnerte sie, die Kinder in die Obhut der Kindermädchen zu geben.

Amanda hörte nichts von alldem.

Ihr erstes maßgeschneidertes Kleid war angekommen, und sie trug cremiges Elfenbein mit einer hellgrünen Pelerine und einem passenden Hut. Ehe sie das Haus verließ, war Clive aufgetaucht, um ihr eine kleine Kette mit schimmernden Perlen um den Hals zu legen. „Eine Dame braucht Schmuck", meinte er leise.

Amanda war so sehr gerührt, Tränen waren ihr in die Augen getreten. Sie hatte sich daran erinnern müssen, dass sie nur Freunde waren, sonst nichts, niemals.

Jetzt vermochte sie nicht einmal zu atmen, geschweige denn zu weinen. Es gab so vieles, was sie tun musste und auf keinen Fall tun durfte. Sie musste knicksen, sobald Lady Harrington die Halle betrat, und durfte ihr nicht direkt in die Augen sehen. Eine demütige Haltung war stets angemessen. Wenn die Countess ihre Hand ausstreckte, sollte sie die Luft darüber küssen. *Sprich nur, wenn du angesprochen wirst. Sprich ruhig und langsam – bescheiden! Warte mit dem Hinsetzen, bis ein Stuhl angeboten wird, und setz dich niemals vor der Countess oder irgendjemandem sonst, der einen höheren Rang bekleidet – was so ziemlich für jeden in London gilt. Wenn kein Stuhl da ist, steh nur da, und lächle demütig.* Wenn es ein Wort gab, das sie nicht vergessen durfte, dann war es: bescheiden.

Es gab auch einige unverfängliche Themen für die Konversation: das Wetter, der Garten, Kleider, Einkäufe, die Pläne für den Sommer. Michelle hatte Amanda angewiesen, sich an diese Themen und nur diese Themen zu halten – er hatte sie sie auswendig lernen lassen. Aber nachdem Clive ihr die Perlen gegeben hatte, hatte er sich zu ihr geneigt und lächelnd gesagt: „Wenn du nur du selbst bist, wird sie dich lieben."

Amanda bezweifelte das.

„Amanda? Du siehst so elend aus, wie ich mich heute früh gefühlt habe", sagte Lizzie, streckte den Arm aus und tätschelte ihr das Knie.

Amanda schreckte hoch. Die zukünftige Countess of Adare war sehr mit ihren Kindern beschäftigt, daher hatten sie bisher nur ein- oder zweimal miteinander gesprochen, aber Amanda hatte nie eine liebenswertere und weniger Furcht einflößende Frau getroffen. Tatsächlich hatte sich eines ihrer Gespräche ergeben, als die zukünftige Countess ein mit Mehl bestäubtes Kleid trug und einen Schokoladenfleck auf der Nase hatte. Offenbar liebte sie es zu backen und hatte Süßigkeiten für die Kinder gemacht.

Amanda versuchte zu lächeln, aber es gelang ihr nicht. Sie konnte nicht einmal sprechen. Dies war ihr erster gesellschaftlicher Besuch, und sie war fest davon überzeugt, als Hochstaplerin entlarvt zu werden.

„Oh Liebes", sagte Lizzie und drückte ihr diesmal die Hand. „Möchtest du eine Geschichte hören?"

Das Letzte, was Amanda wollte, war, eine Geschichte zu hören, aber sie konnte nicht sprechen, also konnte sie auch nichts dagegen sagen.

„Ich war fast mein ganzes Leben lang in Tyrell verliebt, schon als Kind. Aber er war der Erbe eines Earls und wusste nicht einmal, dass es mich überhaupt gab – jedenfalls glaubte ich das." Sie lächelte ein wenig verschmitzt. „Jedenfalls waren wir recht arm, und obwohl ich Tyrell so liebte, hätte ich nie gedacht, dass er mich eines Tages zur Frau nehmen würde."

Amanda vergaß ihre Angst vor Lady Harrington. Sie beugte sich vor: „Du warst arm?"

„Und viel zu rundlich für den modischen Geschmack." Lizzie lachte. „Nun, ich bin immer noch rundlich, aber Tyrell scheint es zu gefallen. Jedenfalls", fuhr sie fort, als Eleanor sie anstieß, „um es kurz zu machen, Tyrell stand so hoch über mir in Rang und Vermögen, dass ich ebenso gut ein Hausmädchen hätte sein können. Und er war mit Lady Harrington verlobt."

Amanda machte große Augen. „Was geschah dann?"

„Wahre Liebe", sagte Lizzie mit einem breiten Lächeln, und Eleanor kicherte. „Es war seine Pflicht, Blanche zu heiraten, aber er warb um mich. Freundlicherweise hat Blanche ihre Verlobung gelöst, weil sie aus irgendeinem Grund nicht heiraten will. Und dann standen wir plötzlich vor dem Altar und sprachen das Gelöbnis."

„Und wenn sie nicht gestorben sind, so leben sie noch heute", sagte Eleanor und tätschelte Amandas Hand. „Tyrell verliebte sich schon in Lizzie, ehe sie überhaupt etwas davon ahnte. Eines solltest du über die Männer und Frauen in unserer Familie wissen – ein de Warenne liebt einmal und dann bis in alle Ewigkeit."

Amanda lächelte. „Das klingt sehr romantisch."

Lizzie sagte: „Es wird alles gut gehen. Blanche ist eine sehr freundliche Frau, und wir haben uns all die Jahre immer gut verstanden."

Eleanor sagte: „Nicke nur, lächle, und sprich nicht." Dann lächelte sie breit.

„Eleanor", ermahnte sie die Countess, als die Kutsche langsamer wurde.

Eleanor sah Amanda an und wurde ernst. „Ich sage in Gesellschaft niemals meine ehrliche Meinung, Amanda. Meine Ansichten sind zu gewagt, und ich weiß das. Aber wenn ich zu Hause bin oder mit Sean zusammen, dann tue ich genau das, was ich will. Gelegentlich fluche ich sogar. Und wenn wir schon dabei sind, ich bin eine hervorragende Reiterin, und ich reite niemals im Damensattel."

Amanda versuchte noch, diese Neuigkeit zu verarbeiten, während sie immer wieder verstohlene Blicke auf die Front des dreistöckigen Hauses warf. Lizzie war es gelungen, sie abzulenken, aber nur für kurze Zeit, und ihr tat alles weh, so angespannt war sie. Die Lakaien der de Warennes öffneten die Kutschentür. „Aber du bist eine Dame", widersprach sie.

„Niemand im *ton* mag eine Frau, die ihre Meinung sagt, aber hinter verschlossenen Türen ist das ganz etwas anderes." Eleanor lächelte ihr zu.

„Eleanor, bitte. Liebes", sagte die Countess zu Amanda. „Es gibt einen Mittelweg. Lächeln Sie höflich, und wählen Sie Ihre Worte mit Bedacht aus. Aber die Damen haben recht. Sie werden es gut machen, und Blanche ist sehr lieb." Während sie das sagte, stieg die Countess aus der Kutsche.

Amanda wusste nicht, was sie jetzt denken sollte, vor allem als sie sich wieder an das erinnerte, was Clive ihr zum Schluss zugeflüstert hatte. Sie stieg als Letzte aus und folgte den drei Frauen die breite steinerne Treppe hinauf. Oben angekommen, warf sie einen Blick zu der enormen Fontäne in der Mitte der Auffahrt zwischen den geometrisch angelegten Gärten: Verglichen mit Harrington Hall wirkte Harmon House klein und gemütlich. Ihr Herz schlug vor Aufregung so schnell, dass sie sich einer Ohnmacht nahe fühlte.

Sie wurden durch eine weitläufige Halle geleitet, vorbei an alten Gemälden, bis zu einem großen Salon mit drei kristallenen Kronleuchtern und mehr Sitzgelegenheiten, als man zählen konnte, während die Countess angekündigt wurde. Amanda erstarrte, als eine außerordentlich elegante Dame den Raum betrat.

Blanche Harrington war absolut makellos, so schön war sie. Ohne dass sie auch nur ein Wort sagte, wusste Amanda, dass sie ein Musterbeispiel für damenhafte Erscheinung war. Sie war sehr zurückhaltend in ein smaragdgrünes Kleid gewandet, doch an ihren Ohrläppchen und an ihrem Finger funkelten Diamanten. Außerdem bewegte sie sich mit der Eleganz und dem Selbstvertrauen von jemandem, der mit außerordentlichem Reichtum und Einfluss geboren wurde. Aber ihr Lächeln war herzlich, und sie und Mary de Warenne umarmten einander, statt zu knicksen.

„Ich freue mich so, dich zu sehen, Mary", sagte Blanche Harrington und meinte ihre Worte offensichtlich ernst.

„Und ich bin sehr froh, heute hier zu sein, Blanche."

Blanche wandte sich um, lächelte Lizzie und Eleanor zu und ließ den Blick auch auf Amanda ruhen. „Es ist viel zu lange her, Lizzie! Und Eleanor, ich glaube, ich habe dich seit deiner Heirat nicht gesehen!"

Die Frauen umarmten einander. Lizzie erklärte, dass sie so sehr mit den Kindern beschäftigt war, und Eleanor sagte dasselbe.

Amanda zitterte, rang die Hände, hoffte, keinen dummen Fehler zu machen. Blanche lächelte sie an, als Mary sie einander vorstellte. „Blanche, dies ist das Mündel meines Sohnes, Miss Amanda Carre."

Amanda hatte das Gefühl, ihre Wangen würden brennen, als sie in ihren ersten offiziellen Knicks sank. Angsterfüllt dachte sie daran, ihr Haar würde sich lösen oder sie hätte versehentlich ihr schönes Kleid befleckt. Doch als sie sich aufrichtete, sah sie, dass Blanches freundliche Miene sich nicht verändert hatte.

„Willkommen auf Harrington Hall, meine Liebe. Clive de Warenne ist also Ihr Vormund? Sie können sich keinen besseren Fürsprecher wünschen, denke ich. Sind Sie schon lange in der Stadt?", fragte sie freundlich und aufmerksam.

Amanda versuchte mit wild klopfendem Herzen zu lächeln, doch sie war noch immer zu aufgeregt dazu. „Er ist ein wunderbarer Vormund, Mylady. Und ich bin erst seit einer Woche in der Stadt."

„London ist eine großartige Stadt. Ich bin sicher, Sie werden sich während Ihres Aufenthalts hier gut unterhalten", sagte Blanche.

Amanda nickte und begriff, dass Lady Harrington sich mit ihr unterhalten wollte. Sollte sie etwas sagen? Ihre Gedanken überschlugen sich. Sie wollte nicht über das Wetter plaudern, dann wäre sie sich albern vorgekommen. „Sie haben ein schönes Haus, Mylady. Harmon House kam mir schon sehr groß vor, aber das hier ist noch großartiger." Sie zitterte. War die Anrede richtig gewesen? „Ich meine, Euer Gnaden", flüsterte Amanda und fühlte sich verwirrt. Als sie das gesagt hatte, erinnerte sie sich aus früheren Lektionen daran, dass nur ein Duke oder eine Duchess Ihre oder Seine Gnaden genannt wurden. Sie errötete.

Doch Blanche schien ihren *faux pas* nicht gehört zu haben. „Danke, meine Liebe. Mein Vater, Lord Harrington, ließ dieses Haus vor vielen Jahren bauen. Am liebsten sind mir die Gärten."

Amanda zögerte, noch verwundert, weil man sie nicht ausgelacht hatte, dann fragte sie atemlos: „Haben Sie einen Rosengarten?"

„Ja, natürlich. Würden Sie ihn gern sehen?" Blanche streckte ihr die Hand entgegen.

Amanda konnte es kaum glauben. „Ich liebe Rosen. Ich würde ihn sehr gern sehen", brachte sie überwältigt heraus.

„Warum gehen wir nicht alle ein wenig nach draußen? Es ist ein schöner Tag", sagte Blanche. „Danach können wir den Tee nehmen."

Amanda stand da, erschüttert und verblüfft, während die Frauen zu den Terrassentüren gingen. Sie holte tief Luft. Man musste ihr nicht sagen, dass sie irgendwie ihre erste Prüfung in der Gesellschaft bestanden hatte. Sie lief der Gruppe nach.

„Clive?" Eleanor bemühte sich um eine unschuldige Miene, aber das war nicht einfach, denn sie konnte es kaum abwarten, ihren Bruder zu necken.

Er saß an einem der beiden großen Tische in der Bibliothek, die in der Ecke am anderen Ende des großen Raumes standen. Zwei große rote Teppiche lagen auf dem Boden, und an zwei der vier Wände standen hohe Bücherregale. Er schien in Papiere vertieft zu sein, und sie musste näher herangehen und noch einmal seinen Namen rufen.

Er schreckte hoch und sah sie an. Dann erhob er sich lächelnd. „Eleanor? Seit wann bist du zurück aus Harrington Hall? Wie ist es gelaufen?"

Sie behielt ihre vollkommen unschuldige Miene bei. Er verdiente einfach nichts anderes. „Oh, gut. Mama ruht sich vor dem Essen noch ein wenig aus – nun, genau genommen tun das alle. Kann ich mit dir reden?"

Mit gerunzelter Stirn kam er um den Tisch herum. „Wie geht es Amanda?", fragte er ungeduldig. „War der Besuch ein Erfolg?"

Sie lächelte ihn nur an.

„Strapaziere jetzt nicht meine Geduld!"

„Du besitzt gar keine Geduld!", rief sie. Dann lächelte sie ihn wieder an. „Es war eine sehr gute Idee, zuerst zu Blanche zu gehen. Der Besuch war ein Erfolg. Amanda mag sich darüber nicht im Klaren sein, aber sie besitzt Ruhe und Anmut, selbst wenn sie sich fürchtet. Ein *faux pas* ist ihr unterlaufen, aber wir alle haben so getan, als wäre es uns nicht aufgefallen, und sie hat den Fehler selbst bemerkt. Sie kann der Gesellschaft standhalten, Clive – sie ist klug und tatsächlich gut in Konversation."

Er lächelte. „Ich bin sehr froh!"

Eleanor zupfte an seinem Ärmel. „Aber du kennst die Gesellschaft ebenso gut wie ich. Blanche Harrington ist eine der wenigen wirklich freundlichen Frauen in der Stadt. Es gibt so viele Hyänen da draußen! Ich hasste die Gesellschaft, als ich zum Debüt gezwungen wurde. Ich kann dir gar nicht sagen, wie viele englische Ladys auf mich herabblickten, weil ich Irin bin. Schlimmer noch, obwohl ich die Tochter eines Earls bin, waren die Schürzenjäger in der Stadt absolut gewissenlos." Sie achtete darauf, nicht zu grinsen, vermutete aber, dass es in ihren Augen verdächtig funkelte.

Er runzelte die Stirn. „Ich werde Amanda vor jedem Schurken beschützen", sagte er angespannt. „Niemand wird es wagen, sich ihr zu nähern, wenn seine Absichten nicht ehrenwert sind."

Eleanor bemühte sich, nicht zu lachen. „Du nimmst diese Vormundschaft sehr ernst", sagte sie und behielt eine unschuldige Miene bei.

„Natürlich tue ich das", fuhr er sie an. Dann deutete er mit einer Kopfbewegung auf das Dokument, das sie in ihrer Hand hielt. „Ist das für mich?"

Eleanor konnte ihr Lächeln nicht mehr unterdrücken. „Das ist eine Liste mit Bewerbern."

Clive sah sie an, als hätte sie chinesisch gesprochen.

„Willst du nicht wissen, wer darauf steht?"

Er riss ihr das Blatt aus der Hand, und sie versuchte, nicht zu kichern, als er die Brauen hochzog. „Es stehen nur vier Namen darauf!"

„Es sind nur die ersten vier Namen, die mir eingefallen sind", sagte sie. „Außerdem, obwohl du ihr eine Mitgift gibst, machst du sie damit nicht zu einer reichen Erbin. Wir können ihr einen alten sächsischen Familienursprung geben, bloß haben wir dafür keine Beweise. Ich versuche, den perfekten Ehemann für Amanda zu finden. Du willst doch, dass sie in ihrer Ehe glücklich wird, oder?"

Er sah sie finster an. „John Cunningham? Wer ist das?"

Sie lächelte und erklärte eifrig: „Er ist Witwer und hat einen Titel, er ist ein Baronet. Er besitzt ein kleines Anwesen in Dorset, nicht viel wert, aber er ist jung, gut aussehend und offenbar potent, denn er hat von seiner ersten Frau zwei Söhne. Er ..."

„Nein."

Sie tat sehr überrascht und zog die Brauen hoch. „Wie bitte?"

„Wer ist der Nächste?"

„Was stimmt nicht mit Cunningham? Ehrlich gesagt, er sucht eine Ehefrau."

„Er ist arm", stieß Clive hervor. „Und er braucht nur eine Mutter für seine Söhne. Der Nächste?"

„Gut“, sagte sie. „William de Brett. Ah, der wird dir gefallen! De Brett besitzt ein bescheidenes Einkommen von zwölfhundert im Jahr. Er stammt aus einer sehr guten Familie – sie sind normannischer Herkunft. Aber er besitzt keinen Titel. Trotzdem …“

„Nein. Auf gar keinen Fall.“

Eleanor starrte ihn an und bemühte sich um eine ausdruckslose Miene. „Mit zwölfhundert im Jahr könnte Amanda bescheiden, aber gut leben. Und ich kenne de Brett. Frauen sinken ihm zu Füßen, wenn er einen Raum betritt.“

Seine Miene wurde finster. „Das Einkommen reicht kaum aus, und er besitzt keinen Titel. Sie wird jemand von Adel heiraten.“

„Wirklich?“

Sein Lächeln wirkte bedrohlich. „Wer ist Lionel Camden?“

Sie strahlte. „Vielleicht der Beste von allen! Er besitzt einen Titel – er ist ein Baron. Er war nie verheiratet, aber er hat mehrere Kinder. Sein Haus scheint recht nett zu sein, er lebt in Sussex, und er hat ein gutes Einkommen. Ich glaube, es sind zweitausend im Jahr.“ Sie wartete.

Er sah sie an, als würde ihn gleich der Schlag treffen. „Er ist ein Schürzenjäger.“

„Du hast auch Bastarde!“

„Natürlich, ich bin ja auch ein Schürzenjäger. Der Nächste!“

Sie schluckte. „Der Nächste?“

„Amanda heiratet keinen Schürzenjäger. Ihr Mann wird ihr treu sein.“

„Dann solltest du vielleicht de Brett in Erwägung ziehen? Er sieht sehr gut aus, und ich bin sicher, dass er sich in Amanda verlieben könnte.“

„Wer ist Ralph Sheffeild?“ Clive beachtete sie gar nicht.

Das Beste hatte sie bis zum Schluss aufgehoben. Gegen Sheffeild gab es absolut nichts zu sagen. „Während des Krieges wurde er zum Ritter geschlagen für seine Verdienste, er ist der jüngste Sohn eines Earls, die Familie ist sehr reich, und er kann heiraten, wen er will. Er ist kein Schürzenjäger. Wenn Amanda ihm gefällt, wäre er perfekt."

„Woher weißt du, dass er kein Schürzenjäger ist?"

„Ich kenne seinen Ruf."

„Er muss ein Schürzenjäger sein, sonst wäre er verheiratet."

„Ich bin sicher, dass er kein Schürzenjäger ist", sagte sie schnell. „Wäre es anders, hätte es sich schon in der ganzen Stadt herumgesprochen."

„Hat er eine Geliebte?"

„Nicht dass ich wüsste."

„Dann muss er Männer bevorzugen!" Clive lächelte triumphierend.

„Was für ein seltsamer Schluss!" Entgeistert musterte sie ihn.

„Er ist zu perfekt. Irgendetwas stimmt nicht mit ihm. Wenn es nicht das ist, so ist er ein Spieler."

„Er ist kein Spieler." Jetzt musste sie sich das Lachen verkneifen. Sie hatte keine Ahnung, ob Sheffeild ein Spieler war. „Und Clive, er mag Frauen. Ich habe ihn kennengelernt, ich bin sicher."

Clive verschränkte die Arme vor der Brust und starrte sie an. „Etwas stimmt nicht mit ihm, ich spüre es. Warum sagst du es mir nicht?"

„Ich habe dir alles gesagt. Er ist perfekt für Amanda."

Er zerriss das Papier in kleine Fetzen. Dann lächelte er und ließ die Fetzen zu Boden flattern.

„Clive!" Sie war entsetzt. „Was stimmt nicht mit Sheffeild?"

„Niemand ist perfekt", gab er zurück. „Er verbirgt etwas."

„Du kannst nicht jeden zurückweisen!"

„Ich kann, und ich werde, bis wir den Richtigen gefunden haben. Gib mir eine andere Liste", befahl er und ging davon.

Sie konnte nicht widerstehen. Sie nahm ein Buch und warf es nach ihm. Es traf ihn in den Rücken.

Er drehte sich um. „Wofür war das?"

„Sagen wir, ich genieße es zuzusehen, wie du nach und nach immer mehr Dämpfer bekommst. Und außerdem drücken wir alle Amanda die Daumen."

Er sah sie nur an, offenbar so verständnislos wie immer.

Von der Tür her hustete jemand. Eleanor erstarrte, dann drehte sie sich um. „Sean!", rief sie, und ihr Herz schlug schneller.

Groß und hochgewachsen, kam er rasch näher, schloss sie lächelnd in die Arme. „Überraschung", sagte er leise, bevor er sie küsste.

14. KAPITEL

Amanda lächelte und zog die Knie an die Brust. Sie trug zum Abendessen dasselbe schöne Kleid, das sie schon zu dem Besuch bei Blanche Harrington angezogen hatte. Ihr Besuch war ein Erfolg gewesen! Sie hatte wirklich mit der Erbin geplaudert, sie hatte deren Fragen beantwortet in einer Weise, die ihr zu gefallen schien, und die hochgeborene Lady hatte sie nicht ein einziges Mal von oben herab behandelt!

Amanda fragte sich, wie das möglich war. Und dann dachte sie an ihren Beschützer, und ihr Lächeln wurde sanfter. Vielleicht würde sie eines Tages eine Möglichkeit finden, Clive etwas zurückzugeben dafür, dass er ihr diese Möglichkeit bot. Denn in diesem Moment begann sie ehrlich daran zu glauben, dass sie eine Lady werden konnte, dass sie La Sauvage weit hinter sich in der Vergangenheit lassen konnte, wohin sie gehörte. Sie dachte an Papa, doch es kamen dabei keine Tränen. Es würde ihm nichts ausmachen, dachte sie, er wäre so stolz auf mich.

Die Dame, die sie am meisten bewunderte, der sie am meisten nacheiferte, war Eleanor O'Neill. Sie war mutig und ehrlich, aber dabei sehr schön und elegant. Immer noch lächelnd presste Amanda das Gesicht an die Knie. Insgeheim mochte sie sich nach Clive sehnen, aber ihr Leben veränderte sich, und das begeisterte sie.

Ich kann das schaffen, dachte sie.

An der Tür klopfte es. Sie sprang auf den Boden, schlüpfte in ihre brandneuen weißen Schuhe und ging hin, um zu öffnen. Clive stand vor der Tür und lächelte. „Ich dachte, ich geleite dich zum Essen hinunter“, sagte er und ließ den Blick über sie hinweggleiten.

„Hast du es gehört?“, fragte sie atemlos.

Er berührte ihren Arm. „Ja, das habe ich. Du warst ein Erfolg.“ Seine Augen funkelten, sein Blick wirkte herzlich.

„Warst du schon einmal auf Harrington Hall?", fragte sie eifrig.

„Ja, das war ich", gab er zurück.

„Lady Harrington lebt wie eine Königin, Clive. Das Haus ist wie ein Palast – ich hatte ja keine Ahnung!" Sie war so froh, ihm von ihrem Triumph erzählen zu können. „Sie hat mir so viele Fragen gestellt – mir! Als wäre es ihr wichtig, was ich zu sagen habe. Und wir sind in ihrem Garten spazieren gegangen – sie hat so schöne Gärten. Sie ist so eine feine Lady."

Er geleitete sie in die Halle. „Ich bin sehr froh. Siehst du, Amanda? Die Gesellschaft ist nicht so schrecklich, wie du glaubst." Doch als sie nach unten gingen, war er ernst geworden.

„Morgen will die Countess mit uns in der Bond Street einkaufen und über die Pall Mall schlendern. Was meinst du?" Sie war so aufgeregt und bereit für ihren nächsten Schritt in die Gesellschaft. Alles, was geschah, war beinahe zu schön, um wahr zu sein.

Abgesehen von Dulcea Belford. Es verging kein Tag, an dem sie sich nicht an die Zurückweisung ihrer Mutter erinnerte, selbst wenn sie nicht daran denken wollte. Ihr Leben war beinahe perfekt. Heute würde sie ihren ersten Erfolg genießen.

Clive ergriff das Wort. „Ich denke, du solltest etwas von London sehen. Ich erinnere mich sogar, dir eine Privatführung versprochen zu haben."

Amandas Herz schlug schneller, doch aus einem ganz anderen Grund. Er sah sie bewundernd an. „Ich habe es nicht vergessen", murmelte sie und warf ihm einen Seitenblick zu. Sie benahm sich geradezu kokett, doch sie hatte sich noch nie hübscher gefühlt.

„Es muss vielleicht warten, bis wir aus Ashford zurück sind", sagte er leise, während sie nach unten gingen und auf die Stimmen seiner Familie lauschten. Seine Wangen waren leicht gerötet, und er sah sie auf diese ganz besondere Weise an. Dann erst fiel ihr auf, dass die Jungen vor Lachen johlten und jemand – Ariella – schrie. Amanda verzog das Gesicht und blickte Clive fragend an.

Er runzelte die Stirn. „Alexi ist außer Kontrolle. Er, Ned und Michael werden recht schnell zum Schrecken des Hauses."

„Sie amüsieren sich", flüsterte sie und hoffte, er würde nicht zu streng mit ihnen sein. Aber sie würden für ihre Streiche niemals geschlagen werden. Wussten sie, wie viel Glück sie hatten? „Hast du schon entschieden, wann wir uns das Anwesen in Ashford ansehen werden?"

„Ich dachte, vielleicht übermorgen", sagte er.

Amanda konnte es kaum erwarten, und sie schenkte ihm ein atemloses Lächeln.

In der Eingangshalle blieb Clive stehen. „Wie es scheint, verstehst du dich recht gut mit meiner Schwester", sagte er.

„Ich mag sie", gab Amanda zu. „Sie ist nicht hochnäsig."

Er lachte. „Das stimmt. Nun, ich bin froh darüber." Während sie dastanden, erschien Rex, der Alexi und Ned vor sich herscheuchte. Die Jungen grinsten bis über beide Ohren. „Was haben sie angestellt?"

„Sie haben eine dicke Kröte in Ariellas Kleid gesteckt. Dafür schreiben sie ihre Lektionen noch einmal ab", erklärte Rex entschlossen.

„Ein großartiger Plan", sagte Clive und betrachtete seinen Sohn kühl. „Ich erwäge, dich zurück auf die Inseln zu verschiffen, mein Junge. Daher würde ich es mir an deiner Stelle zweimal überlegen, ehe ich das nächste Mal mit dem Cousin zusammen die Schwester quäle – oder sonst irgendetwas anstelle."

Alexi erbleichte. „Du würdest mich zurückschicken?", stieß er hervor.

„Vielleicht morgen?", gab Clive zurück.

„Ich schwöre, ich werde mich benehmen!", rief der Junge.

Mit finster entschlossener Miene trat Ned vor. „Sir, es war ganz und gar mein Fehler. Ich habe Alexi angestiftet. Wenn jemand bestraft werden muss, dann bin ich es. Aber schicken Sie ihn nicht zurück."

„Ich werde darüber nachdenken. Bis dahin werdet ihr, nachdem ihr mit euren Lektionen fertig seid, Ariella einen Entschuldigungsbrief schreiben."

Die Jungen nickten und schlichen bedrückt die Treppen hinauf.

„Das haben sie gebraucht." Rex nickte billigend. Dann lächelte er Amanda zu. „Darf ich Sie zum Essen begleiten, Miss Carre? Bestimmt bevorzugen Sie meine Aufmerksamkeit gegenüber der meines egoistischen Bruders. Dabei können Sie mir alles über Ihren Besuch bei Lady Harrington erzählen."

Amanda lächelte und zögerte nicht. Sie ging zu ihm. „Ich bin entzückt über Ihre Aufmerksamkeit, Sir Rex." Sie warf einen Blick zurück zu Clive und zog die Brauen hoch, um zu sehen, ob ihm ihr neues Benehmen gefiel.

Das tat es, denn er nickte ihr zu. „Gut gemacht", murmelte er und senkte den Blick.

Amandas Herz schlug schneller.

Amanda beugte sich über den Sekretär in ihrem Zimmer und las in einem Buch über die Geschichte Londons, das Monsieur Michelle ihr am Tag zuvor gegeben hatte. Sie kam nur langsam und mühevoll voran, und neben ihrem Ellenbogen lag ein Wörterbuch, das Clive ihr noch auf dem Schiff gegeben hatte. Es war egal. Sie liebte es zu lesen, und jeden Tag fiel es ihr ein wenig leichter als am Tag zuvor.

Ihre Zimmertür wurde aufgerissen, und sie schrak zusammen, als Lizzie dastand, das Gesicht gerötet vor Aufregung. Amanda schloss ihr Buch, nicht ohne zuvor ein Lesezeichen eingelegt zu haben, und fragte verwirrt: „Lizzie? Steht das Haus in Flammen?" Lizzie de Warenne war die ruhigste Frau, die sie kannte.

Jetzt hüpfte sie beinahe von einem Fuß auf den anderen. „Du musst nach unten kommen. Meine Schwester ist hier mit ihrem Mann und einem Freund."

Amanda stand auf, nicht ganz ohne Angst, aber auch sie war aufgeregt. Sie hatte ein wenig gehört über Lizzies exzentrische Schwester Georgina und Rory, ihren Ehemann, der als Zeichner für die *Dublin Times* arbeitete und berüchtigt war für seine radikalen politischen Satiren. Es freute sie, so schnell so viel Erfolg gehabt zu haben, nicht nur bei Blanche Harrington, sondern auch bei der Familie de Warenne. Doch sie wartete ahnungsvoll auf die unvermeidliche Blamage, die kommen würde: Ihr gegenwärtiger Kurs konnte unmöglich ganz ohne Sturmtiefs abgehen.

Lizzie wusste das, denn sie lief auf Amanda zu und nahm ihre Hände. „Du wirst Georgina und Rory lieben! Sie sind beide sehr direkt und sehr radikal! Ich muss dich warnen, sie werden versuchen, dich für ihre jeweiligen Ziele einzuspannen – Georgie ist für die Union, und Rory glaubt, Irland sollte unabhängig werden. Beeil dich!"

Amanda musste lachen, als Lizzie sie durch den Gang und dann die Treppe hinunter zog. „Ich dachte, Damen dürften nicht über Politik sprechen?"

„Eigentlich nicht, aber in dieser Familie hat jeder zu irgendetwas eine leidenschaftliche Meinung. Du wirst sie lieben, Amanda, so wie ich", versicherte sie. „Und du kannst einfach du selbst sein. Du musst dich nicht verstellen."

Amanda bezweifelte das. Sie erinnerte sich, wie es war, allein auf den Inseln zu sein, während ihr Vater unterwegs war, und wie sie versucht hatte, sich um die Farm zu kümmern. Und sie dachte an die sechs Wochen auf Clives Schiff. Es fiel ihr schwer, sich das zerlumpte Kind in Hosen vorzustellen, das lügen und stehlen musste, um zu überleben. Sie blickte an ihrem schönen Kleid hinunter und dachte an das kurze Gespräch, das sie mit Blanche Harrington geführt hatte, und an all die schönen Abendessen in Harmon House. Sie dachte daran, wie sie die Bond Street mit der Countess hinunterspaziert war, und an die Ausfahrt im Park mit Lizzie und Eleanor. Sie war nicht ganz sicher, wer sie überhaupt war, aber ganz bestimmt war sie nicht mehr La Sauvage.

„Hier ist sie!", rief Lizzie aufgeregt und zog Amanda hinter sich in die Eingangshalle.

Eine große, schlanke Frau mit dunkelblondem Haar trat sofort vor, gefolgt von einem gut aussehenden blonden Mann. „Ich habe so viel von Ihnen gehört", sagte Georgina McBane zur Begrüßung. „Es ist mir ein Vergnügen, Sie kennenzulernen. Wie gefällt Ihnen London? Brauchen Sie jemanden, der Sie herumführt? Es wäre mir eine Freude."

Ihre Begeisterung überraschte Amanda. Unterschiedlicher hätten zwei Schwestern kaum aussehen können. Aber Georgina McBane lächelte so herzlich, und Amanda erkannte, dass sie wirklich erfreut war, ihre Bekanntschaft zu machen. Sie war ihrer Schwester doch sehr ähnlich – eine freundliche Frau ohne Verstellungen. „Das Vergnügen ist ganz auf meiner Seite", brachte sie heraus und wollte knicksen.

„Oh, wir brauchen keine Formalitäten", lachte Georgina. „Außerdem bin ich nur Mrs McBane. Ich bekleide keinen höheren Rang als Sie, Miss Carre."

Ihr Ehemann jedoch verbeugte sich sehr höflich und zwinkerte mit seinen grünen Augen. Er schien hin- und hergerissen zwischen Belustigung und Entsetzen. „Jetzt lerne ich also endlich Clives Mündel kennen. Das ist eine erstaunliche Entwicklung", sagte er und lächelte. „Aber jetzt, da ich Sie endlich kennenlerne, ist es vielleicht doch nicht so erstaunlich. Clive hatte schon immer einen Blick für die schönsten Frauen."

Amanda errötete, als sie merkte, dass Rory ein gut aussehender Mann war, der mit ihr flirtete. „Clive war sehr freundlich zu mir, genau wie die ganze Familie", sagte sie. „Hätte er mich nicht aufgenommen, wäre ich wohl in ein Waisenhaus geschickt worden." Dann wurde ihr bewusst, dass dies wohl keine angemessene Begrüßung war. Aber ehe sie den Fehler korrigieren konnte, sahen Rory und Georgina einander an.

„Nun, der Clive, den wir kennen, ist ehrenwert, aber nicht gerade bekannt für seine Freundlichkeit", sagte Georgina. „Wo steckt der Kerl eigentlich?"

Rory murmelte: „Und er ist berüchtigt."

Georgina stieß ihn in die Rippen.

„Georgie!", sagte Lizzie. „Ich verspreche, dir alles zu erzählen." Die Schwestern lächelten einander zu.

Ganz kurz fühlte Amanda sich sehr allein. Zuerst hatte die Intimität innerhalb der Familie de Warenne sie überrascht, ebenso wie die ehrliche Zuneigung, die sie alle einander entgegenbrachten, und jetzt konnte sie nicht anders, als die Schwestern um ihre Bindung zueinander zu beneiden.

Das dritte Mitglied der Gruppe stand ein Stück hinter Georgie und Rory, beinahe im Schatten. Sie drehte sich zu ihm um. Im selben Moment sah sie in ein Paar smaragdgrüner Augen, umrahmt von dichten schwarzen Wimpern – schöne Augen, deren Blick auf sie gerichtet war. Sie knickste, und ihr Herz schlug schneller.

Dieser Gentleman sah sie genau so an, wie Clive es oft tat.

„Unser Freund, Garret MacLachlan", sagte Rory und lachte. „Garret, Miss Carre."

Amanda richtete sich auf und errötete, denn auf einen gut aussehenden männlichen Gast war sie nicht gefasst gewesen. Einen weiteren Moment lang sah MacLachlan sie nur an, als könnte er den Blick nicht von ihr wenden, mit beunruhigend unverhohlenem Interesse. Und in diesem Moment begriff sie, dass er sie bewunderte.

Es war beinahe unglaublich. Zuerst ihr Erfolg am Vortag und dann dies – ein Bewunderer! Fast hätte sie sich kneifen müssen, um festzustellen, ob sie vielleicht träumte. Dann erinnerte sie sich daran, dass er eigentlich nicht sie besuchte.

„Es ist mir ein Vergnügen, Sir", sagte sie leise.

„Ich fürchte, ich habe den Verstand verloren", sagte er leise, und sein Akzent klang schwer und verführerisch. „Miss Carre, es ist mir eine Ehre. Ich hörte, Sie stammen von den Inseln?"

Sie wusste, dass sie jedes Gespräch über ihre Vergangenheit vermeiden musste. „Ja, das stimmt. Aber mein Vater ist erst kürzlich verstorben, daher schmerzt es mich, darüber zu sprechen."

„Das wusste ich nicht, entschuldigen Sie!", rief er. „Verzeihen Sie mir diesen *faux pas*. Mir ist Ihre Schönheit aufgefallen. Bisher ist mir keine so strahlende Engländerin begegnet. Ich freue mich, Ihre Bekanntschaft zu machen."

Amanda errötete und dachte an ihre gebräunte Haut. Gewiss würde er sie mit anderen Augen sehen, wenn er den Grund für ihre Erscheinung kennen würde. „Engländerinnen sind sehr schön", brachte sie heraus. „Die Damen hier sind so gut gekleidet und so elegant. Ich hoffe, eines Tages auch so elegant zu sein."

„Warum?", fragte er ehrlich überrascht. „Ich denke, die Damen müssten Ihnen nacheifern, Mädchen."

Amanda sah ihn überrascht an. „Das hoffe ich nicht!" Sie lächelte. „Wenn Sie sehen, wie ich tanze, Sir, würden Sie so etwas nie sagen."

Er lachte. „Ich bezweifle nicht, dass Ihre Art zu tanzen so außergewöhnlich ist wie Ihre Augen. Wissen Sie, dass die so grün sind wie der Frühling in Irland?"

Er flirtet mit mir, dachte sie begeistert.

„Aber vielleicht werden Sie mir eines Tages, wenn es Ihnen etwas besser geht, alles über die Inseln erzählen? Ich habe noch nie den Ozean überquert und bin daher sehr neugierig", sagte er leise.

Amanda nickte, und etwas von ihrer Vorsicht verschwand. Sie hatte das seltsame Gefühl, dass er ehrlich an den Inseln interessiert war – und an ihr. Natürlich war ihr geraten worden, niemals über ihr Leben dort zu sprechen, und sie hatte nicht vor, ihm zu viel über sich zu verraten. „Eines Tages vielleicht", murmelte sie.

„Möchten Sie ein wenig im Garten spazieren gehen? Ich war noch nie in Harmon House, aber die Countess de Warenne ist berühmt für ihre Gärten. Und ich kann Ihnen etwas über mein Land erzählen. Im Vergleich zu Schottland ist London geradezu tropisch." Er lachte.

Er mag mich, dachte sie erstaunt. Ihr war gesagt worden,

wenn ein Gentleman eine Lady bittet, mit ihm ein wenig draußen spazieren zu gehen, wären seine Absichten ernsthaft – wenn er kein Schürzenjäger war. Fragend sah sie Lizzie an. Lizzie strahlte und sagte: „Geh nur, Liebes, amüsiere dich. Garret ist ein Gentleman, und er weiß viele interessante Anekdoten zu erzählen."

Garret bot ihr seinen Arm, und der Blick aus seinen ungewöhnlichen grünen Augen war herzlich. Amanda zögerte. Sie sah Clives schönes Gesicht vor sich, und irgendwie beschlich sie das Gefühl, dass sie ihn betrügen würde, wenn sie Garrets Arm nähme. Aber das war unmöglich, denn er wollte ja nur spazieren gehen und plaudern. Und Clive hatte keinen Zweifel daran gelassen, dass er einen Ehemann für sie suchte. Vielleicht würde es ihm gefallen, wenn sie Garret MacLachlan als möglichen Bewerber erwähnte.

Sie hatte gerade ihre Hand auf seinen Arm gelegt, wie Monsieur Michelle es sie gelehrt hatte, als sie hörte, wie ihr Vormund mit klirrenden Sporen den Raum betrat.

„Entschuldigung?", sagte Clive in dem gefährlichen Tonfall, den sie nur zu gut kannte.

Amandas Herz schlug schneller. Sie und Garret drehten sich gleichzeitig um.

Mit finsterer Miene und blitzenden Augen trat Clive vor. „Und Sie sind wer?", fragte er kühl.

Lizzie trat zwischen sie. „Clive, dies ist Garret MacLachlan, der Sohn des Earl of Bain."

Clives Miene wurde noch finsterer, und Amanda erkannte, dass er nicht erfreut war. Er musterte Garret von Kopf bis Fuß, sein Blick war finster.

Amanda erstarrte, als Garret ihre Hand losließ und seine Augen dunkler zu werden schienen, sein Blick hart wie Stein. „Und Sie sind wer?", fragte er kühl zurück.

„Ich bin Miss Carres Vormund", fuhr Clive ihn an. „Und ich kann mich nicht erinnern, Ihnen gestattet zu haben, mit ihr draußen spazieren zu gehen."

Amanda zuckte zusammen. „Clive“, begann sie, überrascht von seinem Verhalten.

Aber keiner der beiden schien sie zu hören. Zu Garrets Gunsten sprach, dass er sich nicht im Geringsten einschüchtern ließ von so feindseligem Verhalten. Sein Lächeln war kühl und gefährlich. „Sie sind also Miss Carres Vormund?“, fragte er und musterte Clive von oben bis unten. „Ich bin ein Gentleman, Sir, und ich habe Ihr Mündel gebeten, mir am hellen Tag die Gärten zu zeigen. Mir war nicht bewusst, dass ich für einen Spaziergang in allen Ehren Ihre Erlaubnis brauche.“

Clive stieg das Blut ins Gesicht. Er warf einen Blick zu Amanda, und sie wusste, er würde es ihr verweigern. Sie konnte es nicht fassen. „Jetzt wissen Sie es“, sagte er zu Garret.

Aber Rory trat zwischen die beiden Männer, um die Situation zu retten. Er schlug Clive auf die Schulter. „Clive! Für Garrets Wohlanständigkeit lege ich meine Hand ins Feuer! Es gibt nichts zu fürchten, vor allem weil Georgie und Lizzie auch ein wenig nach draußen gehen wollen.“ Er lächelte allen Anwesenden zu.

Clive sah aus, als würde er gleich seinen Dolch aus dem Gürtel ziehen. Er sah Amanda seltsam an, dann blickte er drohend zu Garret, und schließlich drehte er sich abrupt um und ging davon.

Es dauerte einen Moment, ehe Garret den Blick von ihm löste. Dann wandte er sich Amanda zu, und allmählich entspannten sich seine Züge. „Ist er immer so übermäßig beschützend?“, fragte er sie. „Ich verfolge keine unehrenhaften Absichten.“

Amanda verteidigte Clive sofort. „Er ist sehr beschützend“, sagte sie. „Aber es macht mir nichts aus. Ohne ihn wäre ich gar nicht hier.“

Er zuckte zusammen und sah ihr in die Augen.

Sie brachte ein Lächeln zustande. „Er brachte mich auf seine eigenen Kosten nach London, Sir. Dafür bin ich sehr dankbar und für noch mehr. Ich weiß nicht, warum er so schlechte

Laune hat, aber ich denke, es wird vorübergehen." Dann fügte sie schüchtern hinzu: „Ich würde Ihnen gern den Garten der Countess zeigen, wenn Sie immer noch nach draußen gehen wollen. Ich war noch nie in Schottland, und ich bin begierig darauf, alles über das Land zu erfahren."

Der Blick aus seinen grünen Augen wurde sanfter. „Ich hoffe, Sie haben den ganzen Tag Zeit", murmelte er.

Clive stand am Fenster des kleinen Salons und starrte Amanda und MacLachlan nach. Er verabscheute den anderen Mann, und er wollte nicht über den Grund dafür nachdenken. Amanda schien den Besucher zu mögen – aber warum sollte sie auch nicht? Er erkannte einen Rivalen, wenn er ihn sah, und MacLachlan würde einen guten Konkurrenten abgeben. Er besaß nicht nur ein gut geschnittenes Gesicht, er war ein Mann, der mit seinen Fäusten zu kämpfen wusste, aber auch mit dem Verstand und mit dem Degen. MacLachlan verfügte über Charakterstärke, Einfluss und Selbstbewusstsein, das hatte Clive auf den ersten Blick erkannt. Und er besaß Aussicht auf den Titel eines Earls.

Der Schotte und Amanda waren jetzt schon eine Stunde spazieren, Arm in Arm die ganze Zeit über, und er war bereit, hinauszugehen und sie auseinanderzureißen. Genug war genug. Er sagte sich, dass er nicht eifersüchtig war. Aber gerade, als er sich bereit machte, das Haus zu verlassen und diesem lächerlichen Flirt ein Ende zu bereiten, lösten sie sich voneinander und standen einander gegenüber. Das Gespräch verstummte.

Clive war entsetzt und erkannte sofort den bevorstehenden Kuss. Er ging zur Terrassentür und griff nach seinem Dolch.

„Na, na, mein Freund, na, na", sagte Sean O'Neill, der den Raum gemeinsam mit Rex betrat. „Wem willst du die Kehle aufschlitzen?"

Clive blieb stehen, ohne das Paar aus den Augen zu lassen, das sich noch nicht umarmt hatte. „Was ist Garret MacLachlan anderes als ein Schotte?"

Rex lachte leise. „Er ist der Sohn eines Earls, Clive." Er schwang sich auf seinen Krücken neben ihn, und Sean gesellte sich dazu.

Sean sagte: „Ich beginne zu verstehen. Er umwirbt die schöne Miss Carre?"

Clive fuhr zu ihnen herum. „Er ist verarmt – seine Kleidung ist abgetragen."

„Er ist der Sohn eines Earls!", wiederholte Rex lachend.

Clive stieß hervor: „Zweifellos stiehlt er Vieh von seinen Nachbarn."

Sean lachte. „Er ist Schotte, Clive. Kein Viehdieb."

„Das ist ein und dasselbe", murmelte Clive. „Und jetzt entschuldigt mich."

„Was ist los?", neckte ihn Sean. „Angst, es könnte eine Hochzeit bevorstehen? Vielleicht sucht MacLachlan eine Ehefrau. Elle sagte mir, du suchst auch einen Mann für Miss Carre. Das scheint mir ein Glückstreffer zu sein."

„Sie wird den Schotten nicht heiraten", stieß Clive hervor und verließ den Salon. Dann eilte er nach unten, immer drei Stufen auf einmal nehmend.

Als er näher kam, drehten Amanda und MacLachlan sich zu ihm um. Er setzte eine ausdruckslose Miene auf. „Amanda, die Countess möchte mit Ihnen reden", schwindelte er.

Amanda sah ihm in die Augen, und erfreut stellte er fest, dass ihre Aufmerksamkeit wieder ganz ihm gehörte. „Natürlich." Sie blickte wieder zu MacLachlan und lächelte ihn an, ein viel zu schönes Lächeln, wie er fand. Erneut spürte er Zorn in sich aufsteigen „Vielen Dank für den schönen Spaziergang", sagte sie. „Das schottische Hochland scheint eine wundervolle Gegend zu sein."

„Es gibt keinen schöneren Ort auf der ganzen Welt", gab MacLachlan zurück. „Es tut mir leid, dass unser Spaziergang zu Ende ist, Miss Carre." Er verneigte sich. „Der Garten hat mir sehr gefallen – genau wie Ihre Gesellschaft."

Sie lächelte noch immer. „Mir auch." Dann knickste sie und

eilte zurück ins Haus, ohne sich noch einmal umzudrehen.

Clive bemerkte es und war sehr zufrieden, doch es gefiel ihm gar nicht, dass Garret ihr nachsah. „Nennen Sie Ihre Absichten, MacLachlan“, sagte er leise und herausfordernd.

MacLachlan drehte sich zu ihm um. „Für Sie Lord MacLachlan. Und nebenbei bemerkt, Ihr Ruf eilt Ihnen voraus. Es ist schockierend, dass Sie der Vormund dieses Mädchens sind.“

„Es interessiert mich nicht, ob Sie schockiert sind, MacLachlan. Ich habe Ihnen eine Frage gestellt, und ich erwarte eine Antwort.“

Garret schnaubte verächtlich. „Es ist ein Glück für Sie, dass ich Ihren Vater so sehr bewunderte.“

„Tatsächlich? Warum das?“

„Jemand sollte Ihnen Manieren beibringen“, sagte Garret.

Clive lachte und freute sich schon auf den bevorstehenden Kampf. „Wie alt sind Sie, mein Junge? Denn Sie wollen nicht Ihre Kräfte mit mir messen oder sonst irgendetwas.“

„Ich bin vierundzwanzig“, gab Garret zurück. „Seien Sie gewarnt – ich habe meine Schlachten gekämpft, zu Lande und auch zur See, und ich habe keine Angst vor Ihnen.“

„Das sollten Sie aber. Sie sind hier nicht willkommen.“

Garret fuhr auf. „Ich möchte wieder bei Ihrem Mündel vorsprechen. Sie ist entzückend – sie bringt Frische in diese Stadt.“

„Ich schlage vor, Sie suchen Ihre Frische in Schottland“, sagte Clive kühl.

„Mein Vater ist Alexander the Ironheart, Earl of Bain, und ich bin nicht verheiratet. Sie können meine Bewerbung nicht zurückweisen.“

„Ich kann es, und ich werde es. Amanda wird keinem heidnischen Schotten vorgeworfen. Außerdem sind Sie offensichtlich ein Mitgiftjäger.“

Garret errötete vor Zorn. „Ich weiß, dass Miss Carre nur eine bescheidene Mitgift mitbringt. Wenn ich nach einem Vermögen suchte, würde ich nicht um die Erlaubnis bitten, Ihrem Mündel den Hof zu machen.“

„Ah, nun sprechen wir darüber, dass Sie ihr den Hof machen? Meine Antwort steht fest“, sagte Clive grob. „Und ich bleibe dabei.“

Garret sah ihn an, hochrot vor Wut. Schließlich sagte er: „Sie sind Ire. Verdammt, wir sind Brüder.“

„Meine Brüder sind in dem Haus dort“, sagte Clive und deutete auf das Gebäude hinter ihnen. „Mein Wort ist endgültig. Guten Tag.“

Garret machte kehrt und ging über den Rasen davon, jeder seiner Schritte sprach von Zorn und Wut.

Zufrieden sah Clive ihm nach.

15. KAPITEL

Dulcea Belford setzte ein freundliches Lächeln auf, als sie vor der vorderen Eingangstür von Harmon House stehen blieb. Sie zog ihr tief ausgeschnittenes Mieder tiefer, dann hob sie den Türklopfer.

Ihre Tochter war nun schon gut eine Woche in der Stadt, doch sie hatte sie noch nicht gesehen. Am vergangenen Abend war sie auf einer Soiree dann aber Blanche Harrington begegnet und hatte erfahren, dass Amanda sie in Begleitung der Countess of Adare besucht hatte, gleich nach ihrer Ankunft in London. Das überraschte Dulcea kaum. Jeder wusste, dass die Countess of Adare noch immer auf gutem Fuße stand mit der Frau, die beinahe ihre Schwiegertochter geworden wäre, und wenn Amanda so ungeschliffen war, wie Clive es angedeutet hatte, dann würde ihr erster Besuch natürlich arrangiert sein. Wie klug von de Warenne.

Während zuvor sein Erscheinen im selben Raum genügt hatte, um in ihr köstliches Verlangen zu wecken, versetzte nun schon allein der Gedanke an ihn sie in Zorn. Im vergangenen Jahr hatte sie versucht, ihn zu verführen, doch er hatte sie höflich zurückgewiesen. Damals hatte Dulcea das kaum glauben mögen, und auch jetzt konnte sie kaum fassen, wie grob er sich ihr gegenüber verhalten hatte – nie zuvor war sie abgewiesen worden und noch nie so unhöflich behandelt. Wie konnte er es wagen, sie zu verachten! Als schuldete sie Amanda irgendetwas! Carre hatte sie aufgezogen, und wenn ihre gegenwärtige Lage nicht zufriedenstellend war, dann war es die Schuld ihres Vaters, nicht ihre.

De Warennes Ruf als geschickter und unersättlicher Liebhaber war bekannt, und jetzt hatte er sich mit ihrer Tochter eingelassen. Dulcea wurde es heiß vor Erregung, doch ihr Zorn blieb. Sie glaubte nicht recht an diese Liaison. Er war ein gewissenloser Frauenheld, und er konnte unmöglich der richtige Vormund sein für eine junge Frau, schon gar nicht, wenn sie schön war. Blanche hatte bestätigt, dass Amanda eine große Schönheit war. Sie hatte allerdings nichts davon wissen wollen, dass ihr Benehmen ungeschliffen war.

Aus irgendeinem Grund hatte Dulcea das gespürt. Blanche Harrington beschützte Amanda. Aber warum, um alles in der Welt, sollte sie das tun?

Dulcea wollte unbedingt herausfinden, was sich hier wirklich abspielte. Aber selbst wenn Clive das Bett teilen sollte mit seinem Mündel und selbst wenn Blanche irgendein Interesse an ihr hatte, so war die eigentlich schockierende Nachricht die, dass Amanda über eine Mitgift verfügte. Offenbar hatte Carre ihr ein kleines, doch lukratives Anwesen in der Nähe des Dorfes Ashton hinterlassen.

Dulcea fragte sich, wie klein dieses Anwesen wohl sein mochte. Gab es Pächter, und wenn ja, wie viele? Wenn es etwas einbrachte, wie viel dann genau? Gab es eine Mine?

Dulcea leckte sich die Lippen, und ihr Herz schlug wie wild. Seit sie von dieser Mitgift erfahren hatte, hatte sie gründlich über ihr Verhältnis zu Amanda nachgedacht. Es war schrecklich, mit geborgtem Geld zu leben. Dulcea wusste nicht, wie sie ihre eigene Tochter in ein paar Jahren herausbringen sollte. Schlimmer noch, wenn Belford vor ihr starb, was leicht passieren könnte, denn er war so viel älter als sie, wie sollte sie dann jemals seine Schulden zurückzahlen? Natürlich würde sie wieder ein Vermögen heiraten müssen. Aber jetzt könnte es eine vorübergehende Lösung geben, und diese Lösung war ihre Tochter, der Bastard.

Amanda offiziell anzuerkennen, das wagte sie nicht. Sie hatte erwogen, sie als Cousine auszugeben, doch sollte Belford je die Wahrheit erfahren, dann würde er sie sofort hinauswerfen. Aber sie war Amandas leibliche Mutter. Sollte sie als solche nicht an ihren Aussichten beteiligt werden? Dulcea hasste die Vorstellung, vor Clive de Warenne zu kriechen, doch sie musste ihn von ihrem Recht überzeugen, an den Entscheidungen, die ihre Tochter betrafen, beteiligt zu werden. Natürlich sollte sie diejenige sein, die das Anwesen verwaltete.

Sie hielt ihren Plan für unfehlbar. Wenn er mit ihrer Tochter eine Liaison pflegte, dann konnte sie ihn dazu erpressen, ihr die Kontrolle über das Anwesen zu überlassen.

Ein Diener geleitete sie in einen Salon, nahm ihre Karte und legte sie auf ein Silbertablett. Dulcea war sehr früh gekommen – ungewöhnlich früh –, in der Hoffnung, de Warenne zu treffen, ehe er fortging.

Sie hörte seine Schritte näher kommen und unterdrückte ihre Wut auf ihn. Stattdessen setzte sie eine bescheidene und verführerische Miene auf. Zuerst würde sie versuchen, ihn zu verführen, wenn das nichts half, würde sie ihn erpressen.

Clive betrat den Salon mit finsterem Gesichtsausdruck und schloss die Türen hinter sich. Er sah sie an und hielt sich gar nicht erst mit einer freundlichen oder höflichen Begrüßung auf. „Ich werde nicht viele Worte machen, Lady Belford. Sie sind hier nicht willkommen."

Ihr Lächeln verschwand, zusammen mit ihrer Freude über den Anblick eines so gut aussehenden Mannes. Sie unterdrückte ihren Zorn. „Sir, auch Ihnen einen guten Morgen", murmelte sie leise.

„Muss ich mich wiederholen? Sie sind in diesem Haus nicht willkommen."

Sie richtete sich auf. Er war verabscheuungswürdig! „Meine Tochter lebt in diesem Haus, Clive. Ich bedaure unsere letzte Begegnung. Ich bin gekommen, mich bei Ihnen zu entschuldigen und mich nach ihrem Befinden zu erkundigen."

Seine schönen blauen Augen blitzten. „Tatsächlich? Nach der Tochter, die Sie in keiner Weise anzuerkennen wünschten?"

„Ich habe darüber nachgedacht. Ich möchte sie kennenlernen. Tatsächlich habe ich erwogen, sie als meine Cousine auszugeben, doch ich habe Angst vor Belford." Sie legte ihre Hand auf seinen starken Unterarm. Ihm stieg das Blut ins Gesicht, und sie verspürte einen Anflug von Befriedigung, schien er doch nicht immun zu sein gegen ihren Charme. „Clive, ich bedaure es so sehr!", rief sie. „Sie ist meine Tochter, und ich will Ihnen helfen, sie herauszubringen. Diskret natürlich." Sie schenkte ihm ein kokettes Lächeln.

Er löste sich von ihr. „Sie haben Amanda das Herz gebrochen. Jetzt wollen Sie damit spielen? Ich wundere mich darüber, dass Sie Ihre Meinung geändert haben, Lady Belford."

Dulcea erkannte, dass es nicht so leicht sein würde, Clive zu verführen, und er schien sie wirklich zu verachten. Gern hätte sie ihn angegriffen, doch stattdessen lächelte sie. „Kommen Sie, Clive. Wie soll ich ihr das Herz gebrochen haben? Ich kenne sie nicht, und sie kennt mich nicht."

„Carre hat dafür gesorgt, dass sie Sie liebt, Mylady. Ihre Zurückweisung hat sie unendlich traurig gemacht", sagte er schroff.

Er beschützt sie, dachte Dulcea misstrauisch und mit einem Anflug von Eifersucht. Ob er sie in seinem Bett hatte? „Dann muss sie ihrem Vater sehr ähnlich sein. Ich brach ihm das Herz, aber es war nicht meine Absicht. Carre war schwach."

Clive sah sie voller Abscheu an. „Amanda ist die stärkste Frau, der ich je begegnet bin. Lassen Sie uns auf den Punkt kommen. Was wollen Sie wirklich?"

Sie sah ihn aus großen Augen an, dachte an das Anwesen, das Carre ihr hinterlassen hatte, und ob sich da wohl ein paar Pfund herauspressen ließen. „Ich sagte Ihnen doch, ich will Ihnen mit Amanda helfen. Wie unerzogen ist sie?", fragte sie unumwunden. „Kann sie sich in der Gesellschaft sehen lassen? Sonst wird es uns unmöglich sein, einen Bewerber um ihre Hand zu finden."

Clive schüttelte den Kopf. „Ich will Sie nicht in Amandas Nähe haben, Lady Belford. Es gibt kein ‚uns'. Ich traue Ihnen nicht mehr als einer Giftschlange. Nein, ich traue Ihnen noch weniger."

Sie sah ihn an, hasserfüllt, dachte daran, ihn in ihrem Boudoir nach allen Regeln der Kunst zu lieben, bis er weinte vor

Lust, und ihn dann fallen zu lassen, während er um ihre Zuneigung flehte.

„Sie sind nur hier, weil Sie hörten, dass Amanda ein bescheidenes Vermögen besitzt. Halten Sie mich für einen Narren?" Er lachte kalt und mitleidlos.

Einen letzten Versuch unternahm Dulcea noch, wohl wissend, dass sie gleich ihre Krallen ausfahren und nichts lieber tun wollte, als ihm das schöne Gesicht zu zerkratzen. „Ich habe jedes Recht, Ihnen zu helfen, sie in die Gesellschaft zu bringen, Sir. Ich habe jedes Recht, Entscheidungen über ihre Zukunft zu treffen."

„Sie haben gar kein Recht!", rief Clive aus, die Wangen gerötet vor Zorn.

Sie presste sich die langen Nägel in die Handinnenfläche. „Wie lange ist sie schon Ihre Geliebte, de Warenne?"

Er starrte sie aus weit aufgerissenen Augen an.

Sie lachte nur. „Ich weiß, dass Sie keine Skrupel haben. Ich hörte, sie sei jung und schön. Früher bevorzugten Sie Frauen wie mich, aber jetzt plötzlich steigen Sie der Unschuld nach. Und ich bin es, die verachtet werden soll?", säuselte sie mit heftig schlagendem Herzen, denn sie sah, dass sie seinen Zorn angefacht hatte und eine Explosion bevorstand.

Er hob die Hände, als wollte er sie gegen die Wand stoßen. „Ja, sie ist jung, sehr jung – gerade achtzehn. Sie ist mein Mündel, Lady Belford! Ich versuche, einen Ehemann für sie zu finden!"

Dulcea war überrascht, denn er schien ehrlich empört, und sie trat so nahe zu ihm, dass ihr Atem seine Wange streifte und er zurückzuckte. „Wenn ich verbreite, dass Sie eine Affäre mit Miss Carre haben, Clive, wird sie ruiniert sein!"

Er packte ihren Arm so fest, dass sie vor Schmerz aufstöhnte, und drängte sie gegen die Wand. „Zum Teufel! Zwischen Amanda und mir ist nichts!"

Dulcea lachte laut auf. „Und selbst wenn nicht – wer sollte Ihnen glauben?"

„Sie wollen mich erpressen?", stieß er hervor, und seine Augen funkelten vor Zorn. Dulcea war sicher, auch Lust darin gesehen zu haben. Sein Griff lockerte sich ein wenig. Er lächelte kühl. „Was wollen Sie, Dulcea?"

Sie zögerte und streifte dann mit ihrer Hüfte seine Lenden. Zu ihrem Entsetzen verspürte sie kein Zeichen einer Erregung.

Sein Lächeln wurde breiter. „Sie könnten die letzte Frau auf Erden sein, Dulcea, ich würde Sie nicht anrühren."

Sie stieß einen wütenden Schrei aus. „Ich bin ihre Mutter! Ich sollte über ihre Zukunft und ihr Anwesen bestimmen!"

Clive lachte und ließ sie los. „Ich hatte recht. Sie sind herzlos, abstoßend, und ich bin zu sehr Gentleman, um weiterzusprechen. Sie werden Ihre abscheulichen Lügen nicht verbreiten, Dulcea. Wenn Sie das nämlich tun sollten, dann werde ich dafür sorgen, dass Belford die Wahrheit über Sie erfährt – und zwar die ganze Wahrheit."

Sie erstarrte und hatte ganz plötzlich Angst.

„Jawohl. Er wird von jeder einzelnen Affäre hören, von Ihrer Affäre mit Carre – und von Amanda. Und jetzt hinaus."

„Bastard!", stieß sie hervor. „Sie sind kein Gentleman!"

„Hinaus", sagte er leise und drohend. „Ehe ich Sie eigenhändig hinauswerfe."

Sie bebte am ganzen Körper, aber sie glaubte ihm, denn seine Augen blitzten vor Zorn. Sie lief aus Harmon House und stieg in ihre Kutsche.

„Lady Belford?", fragte ihr Kutscher freundlich.

„Halten Sie den Mund!", fuhr sie ihn an.

Sie musste nachdenken. Sie lag nicht in Clives Armen, von seiner harten Männlichkeit erfüllt. Er lag nicht auf den Knien, um sein Gesicht zwischen ihre Schenkel zu pressen. Und er schien nicht das Bett mit Amanda zu teilen – aber etwas lag in der Luft, sie spürte es. Es war, als läge ihm etwas an ihrem verdammten Bastard, während er sie verachtete! Und was am wichtigsten war – er hielt Amandas Mitgift unter Verschluss.

„Ich werde mich rächen!", stieß sie zitternd hervor. „Harris!

Bringen Sie mich zu Lady Lidden-Way", rief sie.

Die Marchioness of Lidden-Way war die größte Klatschbase in der Stadt. Sie wagte es nicht, Lügen zu verbreiten, aber wenigstens würde die Wahrheit einen Weg finden, und niemand würde beweisen können, dass sie damit etwas zu tun hatte.

Die Marchioness würde den Umstand lieben, dass de Warenne eine Piratentochter in die Gesellschaft einführen wollte.

Endlich atmete Dulcea tief ein und lächelte.

Amanda bewegte sich leichtfüßig, aber weil sie sich gerade halten, den Rücken strecken und irgendwie ein Buch auf dem Kopf balancieren sollte während des Walzers, vermochte sie den Anweisungen des Tanzlehrers nicht zu folgen.

„Eins, zwei, drei, eins, zwei, drei", sagte er wieder und wieder, doch jedes Mal, bevor er das Zweite „drei" erreichte, fiel ihr das Buch vom Kopf.

Er ließ sie los. „Miss Carre! Der Walzer ist ganz einfach. Sie müssen nur drei Schritte schaffen und sich dabei aufrecht halten. Wie schwer kann das sein?"

Amanda errötete und hob das Buch wieder auf. Sie kannte die Schritte, sie verstand nur nicht, wie sie die Füße bewegen und dabei gleichzeitig den Rücken und die Schultern nicht bewegen sollte. Es erschien ihr unmöglich, und sie war entmutigt, aber sie würde nicht aufgeben. Damen mussten tanzen, und sie mussten gut tanzen. Früher oder später würde sie den Walzer meistern. In jedem Fall – sie wusste, jeder in Clives Familie hoffte, sie würde in der Lage sein, am Ball der Carringtons teilzunehmen, und bis dahin waren es nur noch zwei Wochen.

Mr Burns seufzte. „Sollen wir?"

Sehr behutsam legte Amanda sich das Buch auf den Kopf und dann eine Hand auf seine Schulter, die andere auf seine Hand. Er lächelte kurz, dann wurde seine Miene ernst, und er begann: „Eins, zwei, drei."

Polternd fiel das Buch zu Boden.

„Es tut mir leid!", rief Amanda und errötete wieder. Nie war sie verlegener gewesen – bis sie sich wieder aufrichtete. Das Buch an die Brust gedrückt, schien ihr Herzschlag auszusetzen. Zu ihrem Unbehagen sah sie Clive an der Tür stehen, der sie offensichtlich beobachtete.

Sie fühlte, wie ihr das Blut noch heißer in die Wangen stieg. Sie wurde immer aufgeregt, wenn sie ihn sah, und genau das merkte sie jetzt daran, dass ihr Herz schneller schlug, als ihre Blicke sich begegneten. „Wie lange stehst du da schon?", brachte sie heraus.

Er schenkte ihr das schönste Lächeln, das sie jemals gesehen hatte. „Ein paar Minuten", sagte er und kam langsam quer durch den Raum auf sie zu, wobei er kein einziges Mal den Blick abwandte.

Amanda stand reglos da. In seinen langen, langsamen Schritten, in der Art, wie er sie ansah, schien etwas Magnetisches zu liegen. *Wie schön wäre es doch, wenn er einverstanden gewesen wäre, mich zu heiraten.* In dem Moment, da ihr dieser schreckliche und unerwünschte Gedanke durch den Kopf ging, schob sie ihn weit weg. Er war ihr Vormund, ihr Beschützer und ihr Fürsprecher. Er war ihr Freund. Mehr nicht, und das durfte sie niemals vergessen.

Aber er wirkte wie in Trance, als er näher kam, und sie spürte, dass er gekommen war, um sie in seine Arme zu schließen. Ohne den Blick von ihr zu wenden, sagte er: „Ich werde Miss Carre den Walzer zeigen, Mr Burns. Sie können gehen."

Burns nickte und ging eilig hinaus. Amanda sah, wie er versuchte, ein Lächeln zu unterdrücken.

Vor ihr blieb Clive stehen und streckte den Arm nach ihr aus. Ehe sie begriff, hatte er ihr das Buch aus den Händen genommen. Wieder schenkte er ihr ein herzzerreißendes Lächeln. „Es ist ein schöner Tanz, ein eleganter Tanz", murmelte er und drehte sich um. Er legte das Buch auf einen der vielen samtbezogenen Stühle, die an den Wänden standen.

Jetzt schlug Amandas Herz wie rasend vor Aufregung. Als er wieder zu ihr kam, flüsterte sie: „Du wirst mir den Walzer zeigen?“ So viele Male hatte sie schon geträumt von dem Tanz, den sie auf dem Carrington-Ball miteinander tanzen würden, und es war ihr vorgekommen, als müsse sie noch eine Ewigkeit auf diesen einen Tanz warten. Aber endlich würde sie in seinen Armen liegen und durch den Raum schweben.

Wenn sie es schaffte.

Er lächelte wieder, nahm ihre linke Hand und legte sie auf seine breite Schulter, dann nahm er ihre rechte. „Hast du etwas dagegen?“, fragte er leise.

Ihr Herz schlug immer schneller. Sie war in seinen Armen, und es gab keinen Ort, an dem sie lieber sein wollte. „Wie kann ich etwas dagegen haben?“, flüsterte sie und war sich bewusst, dass nur wenige Zoll zwischen ihren Körpern lagen. Ihr war warm geworden, und sie sehnte sich nach mehr, als er ihr jemals geben würde.

Aber es war in Ordnung. Dies hier war besser als nichts.

Wieder erschien das sanfte Lächeln auf seinem Gesicht, und sein Blick wärmte sie noch mehr. Ohne sie aus den Augen zu lassen, begann er, mit ihr zu tanzen.

Er murmelte keine Worte, und er zählte auch nicht. Er tanzte einfach quer durch den Raum, und Amanda drehte sich mühelos mit ihm. Ihre Schritte waren so leicht und perfekt, so vollkommen im Gleichklang miteinander, dass der Boden zu verschwinden und sie in den Wolken zu schweben schienen.

Sie lachte, während er sie durch den Raum wirbelte, und er erwiderte das Lachen. Sie wendeten und drehten sich, hin und her, wieder und wieder, mühelos, perfekt, wie im Zauber. Und Amanda machte keinen einzigen Fehler. Sie stolperte nicht und verhaspelte sich nicht. Sie hatte das Gefühl, schon immer so mit Clive getanzt zu haben. Sie konnte den Blick nicht abwenden von seinem geliebten schönen Gesicht. Immer würde er ihr den Atem rauben. Er war so schön, und nie hatte sie ihn mehr geliebt.

Amanda wusste nicht, wie lange sie getanzt hatten – es konnten fünf Minuten gewesen sein oder eine Stunde. Sie wusste, sie würde immer mit Clive Walzer tanzen können.

Clive blickte plötzlich an ihr vorbei. Er stockte.

Sie schrie auf, als er ihr auf den Fuß trat. Er umfasste ihre Schultern, damit sie nicht hinfiel. „Es tut mir leid!", rief er aus. „Ich habe dir wehgetan!" Er schien entsetzt zu sein über das, was er getan hatte.

Sie hielt sich an ihm fest. „Es geht mir gut", sagte sie atemlos und drehte sich um, um zu sehen, was ihn abgelenkt hatte. Hatte sie jemand beobachtet?

Ein hochgewachsener, dunkelhaariger Mann stand an der Schwelle zur Tür, elegant gekleidet, so würdevoll wie ein König. Er lächelte nicht. Er beobachtete sie genau. Der Earl of Adare, erkannte sie sofort.

Amanda zitterte.

Der Earl kam näher, musterte sie rasch von Kopf bis Fuß und sah dann zu seinem Sohn hin. Atemlos stand Amanda neben Clive. Sie wusste, sie wurde jetzt geprüft, und hoffte, er würde keinen Mangel entdecken. Sie warf einen Blick auf Clive und war überrascht. Beinah sah er aus wie Alexi, wenn er eine Strafpredigt erwartete. Er schien sich irgendeines kleinen Verbrechens schuldig zu fühlen, denn er wurde rot.

Clive war ein Held – ihr Held. Schließlich war er ein großer Kaperfahrer und ein reicher und mächtiger Mann. Sie wusste, dass er seinen Vater liebte, bewunderte und respektierte, aber jetzt gerade sah sie, dass er noch immer der Sohn eines einflussreichen Adligen war. Aber warum rechnete er mit einer Zurechtweisung? Er hatte nichts anderes getan, als sie den Walzer zu lehren.

Clive neigte den Kopf, um seinen Respekt zu zeigen. „Mylord", sagte er. „Dies ist Miss Carre. Amanda, mein Vater, der Earl of Adare."

Sofort sank Amanda in den tiefsten Knicks, zu dem sie fähig war.

„Miss Carre, ich habe von meiner Gemahlin alles über Sie gehört, und ich bin entzückt, dass Sie ein Mitglied dieser Familie geworden sind", sagte der Earl und lächelte.

Clive hatte ihren Ellenbogen umfasst, zweifellos um zu verhindern, dass sie mit dem Gesicht voran zu Boden stürzte, und sie stand auf. „Danke, Mylord", stotterte sie. Dieser große Mann sprach, als würde er sich wirklich freuen, dass sie in seinem Haus war.

Wieder lächelte er sie an, und das Licht spiegelte sich in seinen lebhaften blauen Augen. „Mary mag Sie sehr, meine Liebe, und wenn das der Fall ist, dann teile ich diese Zuneigung. Ich hoffe, Sie haben alles bekommen, was nötig ist für einen angenehmen Aufenthalt hier?"

Sie blinzelte und nickte dann. „Mehr als genug, Sir", flüsterte sie und begann zu begreifen, dass er zwar einschüchternd aussehen mochte, aber offenbar genauso freundlich war wie der Rest der Familie.

Er richtete seinen Blick auf Clive, und sein Lächeln verblasste ein wenig. Dennoch umfasste er liebevoll Clives Schulter. „Ich freue mich so sehr, dich zu sehen. Als ich heute ankam, war ich ehrlich überrascht, dich hier anzutreffen", fügte er hinzu.

Clive schien seine Fassung wiedergewonnen zu haben. „Die Pflicht führte mich etwas früher in die Stadt, als ich es eigentlich geplant hatte, wie du sicher weißt." Er lächelte. „Und ich habe Alexi und Ariella mitgebracht."

Der Earl of Adare strahlte. „Ich habe deine Kinder schon gesehen. Alexi ist genau so, wie du früher warst, und Ariella scheint ein richtiger Engel zu sein."

Clive lächelte stolz. „Meine Tochter ist ein Engel – ein sehr kluger. Und ja, ich fürchte, Alexi ist ein wenig wild."

Der Earl lachte leise und wandte sich dann an Amanda, die den beiden Männern aufmerksam zugehört hatte. „Ich habe meinen Sohn seit anderthalb Jahren nicht gesehen. Es gibt ein paar Dinge, die ich mit ihm besprechen möchte. Würden Sie uns bitte entschuldigen?"

Amanda nickte, denn niemals würde sie sich diesem Mann widersetzen. Noch einmal knickste sie, diesmal ganz entspannt.

„Natürlich, Mylord. Vielen Dank für Ihre Gastfreundschaft. Ihr Haus ist wunderbar – und ich bewundere Ihre gesamte Familie."

Edward lächelte noch einmal, und ganz kurz lächelte auch Clive. „Und nebenbei bemerkt, Sie tanzen sehr schön."

Amanda errötete vor Freude, warf einen Blick auf Clive, um ihre Freude mit ihm zu teilen, und ging hinaus.

Clive sah Amanda nach, voller Stolz auf ihren neuesten Erfolg. „Ich war sicher, dass aus ihr eine anmutige Tänzerin wird", sagte er dann mehr zu sich selbst als zu seinem Vater.

„Ich habe noch nie zwei Menschen so schön zusammen tanzen sehen", bemerkte der Earl, der ihr ebenfalls nachsah. „Ihr zwei seht aus, als hättet ihr schon jahrelang so getanzt."

Clive erstarrte. „Wir kennen einander erst seit ein paar Monaten." Er zögerte, unsicher, was sein Vater denken mochte. Dann sagte er: „Du solltest sie mit einem Säbel sehen. Sie könnte Ty besiegen."

Der Earl zog die Brauen hoch. „Du bist bezaubert."

Clive wusste, dass er errötete. „Sie ist mein Mündel, Sir. Ich führe sie in die Gesellschaft ein, wie Mutter dir zweifellos gesagt hat. Ich bin sehr zufrieden mit ihren Erfolgen." Aber er zupfte an seinem Hemdkragen.

„Miss Carre ist schön und reizend", bemerkte der Earl. „Ich kann mir nicht vorstellen, wie sie mit einem Säbel kämpft. Sie scheint von dir ebenso bezaubert zu sein, Clive." Sein Ton war fest, beinahe streng.

„Wir haben den Walzer genossen", sagte Clive angespannt. „Sie hat noch nie zuvor Walzer getanzt. Zweifellos hat Mutter dir Amandas Geschichte erzählt."

„Dann bist du ein guter Lehrer." Der Earl umfasste seine Schulter. „Deine Mutter hat mir erzählt von der Zuneigung, die euch verbindet. Wie weit geht dieses Band?"

Clive zögerte. „Vater, ich bin kein Junge von vierzehn Jahren mehr." Sein Tonfall klang warnend.

„Das ist mir bewusst", erklärte der Earl. „Clive, von all meinen Söhnen warst du stets derjenige, der über die höchsten Zäune sprang, viel höher, als je ein Junge es wagen sollte. Es waren nicht Ty oder Rex, die ich zusammen mit der Frau eines Gastes im Bett fand, das warst du – oder hast du jenen Sommer vergessen, als du mit sechzehn Jahren nach Hause kamst? Ty ist nicht fortgelaufen und Rex auch nicht, aber du musstest mit vierzehn von zu Hause weggehen. Obwohl ich es damals verstand und es auch jetzt verstehe, bat ich dich, noch ein oder zwei Jahre zu warten. Ich war immer stolz auf dich, aber du hast Mary und mir auch einige schlaflose Nächte verursacht. Natürlich muss ich mich sorgen um den eigensinnigsten und unabhängigsten meiner Söhne!"

„Jetzt musst du dich nicht sorgen. Amanda ist mein Mündel, und ich habe versprochen, ihr eine schöne Zukunft zu bereiten. Und auch wenn ich Miss Carre Zuneigung entgegenbringe, so bin ich doch ihr Vormund, und ich versuche, sie vorteilhaft zu verheiraten." Er zögerte. „Es tut mir leid, dass ich dir und der Countess als Junge so viele Sorgen bereitet habe."

„Warst du bereits in ihrem Bett?", fragte der Earl ganz plötzlich mit ruhiger Stimme.

Wieder stieg Clive das Blut in die Wangen, und er wollte gerade verneinen, als ihm auffiel, dass er damit den Earl belügen würde. Er hatte Edward noch nie angelogen, und er würde es auch nie tun. Er konnte es nicht, nicht einmal, als er jünger war und sein skandalöses Verhalten ihm ernste Bestrafungen seitens des Vaters eingebracht hatte.

Edward verstand.

Schnell sagte Clive: „Sie ist unberührt. Niemals würde ich ihr die Unschuld nehmen, wie groß die Versuchung auch sein mag."

„Aber du warst in ihrem Bett", stellte Edward fest. „Mary hatte recht."

„Ich versuche, mich ehrenwert zu benehmen", gab Clive zurück, der sich jetzt Sorgen machte, was die Countess wohl gesagt haben mochte. „Bei der Hinrichtung ihres Vaters habe ich sie vor dem Pöbel gerettet. Ich habe mich zu ihrem Vormund erklärt, obwohl mich niemand dazu zwang. Ich hätte sie auch als mittellose Waise auf Jamaika zurücklassen können! Natürlich hatte ich gehofft, sie wieder mit ihrer Mutter zusammenbringen zu können. Aber die ist eine Frau von der schlimmsten Sorte, und Amanda hat schon genug Herzeleid erfahren. Ich merke, ich enttäusche dich. Ja, ich war mit ihr im Bett. Aber sie bleibt unschuldig, und es wird nicht wieder geschehen."

Edward seufzte. „Du meinst es ernst, Clive, das weiß ich. Ich bin sehr stolz, dass du Miss Carre aufgenommen hast und für sie so sorgst, wie du es getan hast. Du hast das Richtige getan, und es war sehr nobel von dir, ihr anzubieten, sie aufzunehmen und zu unterstützen. Aber ehrlich gesagt, obwohl du immun gegen den Klatsch zu sein scheinst, würde ich auch dich gern beschützen."

„Ich kann auf mich selbst aufpassen", erwiderte Clive ehrlich überrascht.

„Du musst gar nicht versuchen, mir zu erzählen, das Gerede der Leute wäre dir egal. Ich weiß, du bist reich genug, um dich dem zu stellen, aber ich weiß auch, dass es dir unter die Haut geht. Und du bist beileibe nicht so dickfellig, wie du uns alle glauben machen willst."

Clive stieg das Blut ins Gesicht, denn immer wieder ärgerte ihn das Gerede. Er mochte ein Kaperfahrer auf den Inseln sein, aber er war auch der jüngste und reichste Sohn des Earls. „Ich brauche deinen Schutz nicht", wiederholte er und meinte es ernst.

„Vielleicht nicht. Aber ich möchte ihn dir trotzdem geben, und das werde ich immer tun." Der Earl musterte seinen Sohn fragend. „Ich sehe, wie du sie anschaust, Clive. Und ich weiß, wie erfolgreich du bei Frauen bist. Was hätte ich denn sonst denken sollen, als ich euch miteinander tanzen sah?"

„Ich werde Amanda nicht ruinieren", erwiderte er finster. „Aber sie führt mich in Versuchung, ich gebe es zu. Sollte es jemals dazu kommen, dann werde ich sie heiraten."

Eine ganze Weile lang sah Edward ihn nur an. „So also denkst du?“ Seine Miene wurde sanfter.

Clive begann sich unbehaglich zu fühlen. „Ich habe nicht vor, irgendwen zu heiraten. Ich mag mein Leben genau so, wie es ist. Aber ich will einen guten Ehemann für sie finden, das ist meine Pflicht als Vormund.“ Er hielt inne. „Und wir sind Freunde.“

Der Earl sah ihn noch einen Moment länger an. Dann legte er eine Hand auf Clives Arm. „Es ist noch früh, aber trinkst du ein Glas Wein mit mir?“

Clive entspannte sich. „Es ist sehr früh“, stimmte er zu, erleichtert, dass sein Vater nicht weiter in ihn drang. „Aber wie du schon gesagt hast, es ist einige Zeit her, seit ich zu Hause war.“

Sie gingen quer durch den Ballsaal zu den großen Türen. „Ich hörte, du hast Miss Carre eine Mitgift gegeben, zu der auch ein Anwesen gehört. Du nimmst einiges auf dich für dein Mündel“, bemerkte Edward.

„Es gibt keine andere Möglichkeit, für ihre Zukunft zu sorgen. Tatsächlich bereitet es mir Vergnügen, für sie zu sorgen“, erwiderte Clive leichthin.

Der Earl lächelte. „Allmählich erkenne ich das. Hast du je an die Möglichkeit gedacht, dass du in sie verliebt sein könntest?“

Clive zuckte zusammen, weil sein Vater immer noch neugierig war. „Natürlich nicht“, sagte er und bemerkte, wie sein Herz schneller schlug. Sie erreichten jetzt die große Eingangshalle. „Ich bin nicht wie Tyrell oder meine Stiefbrüder und verliebe mich wie wahnsinnig, ohne je zurückzuschauen. Ich kenne das Gerede, nach der die Männer der de Warennes sich nur einmal verlieben, aber dann für immer.“ Er lachte, aber es klang unsicher, selbst in seinen eigenen Ohren. „Ich war noch nie verliebt, und ich glaube nicht, dass das jemals geschehen wird.“

„Natürlich glaubst du das nicht. Du hast beschlossen, anders zu sein als alle anderen de Warennes. Wenn du willst, kann ich dir helfen, eine Heirat für sie zu arrangieren“, sagte Edward und warf ihm einen Seitenblick zu. „In Anbetracht ihres Charmes und der Einzigartigkeit dieser Beziehung wäre es wohl am besten, sie sofort zu verheiraten und deiner Vormundschaft ein Ende zu setzen – wie auch eurer Freundschaft."

Clive erstarrte. Sein Vater versagte niemals. Wenn er den Earl bat, einen Gatten für Amanda zu finden, dann würde er das tun, und zwar sehr schnell. Zum ersten Mal in seinem Leben log er seinen Vater an. „Ich besitze bereits eine Liste möglicher Bewerber. Die werde ich sorgfältig durchgehen, aber ich schaffe das schon, vielen Dank."

Edward zuckte die Achseln. „Wenn du deine Meinung änderst, dann musst du nur fragen. Ich bin sicher, es könnten mehrere passende Bewerber gefunden werden."

„Danke, aber nein danke", sagte Clive. „Ich habe die Sache im Griff."

Der Earl lächelte nur.

„Und – Vater? Amanda und ich werden Freunde bleiben, auch wenn sie verheiratet ist."

„Natürlich", sagte der Earl.

16. KAPITEL

Ashton war ein typisches englisches Dorf, klein und beschaulich, mit ordentlichen Läden, die frisch gestrichen waren, und Blumen in den Fenstern. Die Kutschfahrt vom Dorf nach Ashford dauerte nur zehn Minuten und führte über eine reizvolle Landstraße. Hohe, sorgfältig beschnittene Hecken boten Einblicke in die prächtigen Häuser des örtlichen Landadels. Aber in dem Moment, da Clives Kutsche in den spärlich mit Kies bestreuten Weg einbog, der zum Haus führte, vorbei an zwei angeschlagenen Steinsäulen mit einem Schild, das so alt war, dass es kaum noch leserlich war, ahnte er, in was für einem schlechten Zustand das Haus sein musste.

Die Flächen neben der Straße waren an manchen Stellen kahl, an anderen überwuchert. Vor ihnen lag ein düsteres Steinhaus. Stirnrunzelnd sah er Amanda an, aber sie lehnte sich aus dem Fenster, das Gesicht gerötet vor Aufregung. Innerlich fluchte er und wünschte, so vorausblickend gewesen zu sein, erst einmal allein hierherzukommen und das Anwesen zu besichtigen, ehe er sie hierherbrachte. Immerhin hatte er sie angekündigt, und man erwartete sie.

Amanda saß neben ihm und zappelte fast vor Aufregung, seit sie ein paar Meilen vor Ashton gewesen waren. Ariella und Anahid folgten in einer anderen Kutsche, zusammen mit Monsieur Michelle, Clives Kammerdiener und Amandas neuer Zofe. Alexi hatte gebeten, in Harmon House bleiben zu dürfen, denn er und Ned waren jetzt unzertrennlich. Und nachdem er feierlich versprochen hatte, sich zu benehmen und seinen Onkeln und der Großmutter zu gehorchen, war es ihm erlaubt worden.

Clive erlaubte sich einen weiteren Blick zu Amanda. Jedes Mal, wenn er sie ansah, dachte er daran, wie leidenschaftlich sie im Bett gewesen war. Und dann fiel ihm prompt Garret MacLachlan ein. Er war nicht zufrieden mit sich, denn er war einsichtig genug, um zu wissen, dass allein Eifersucht ihn dazu gebracht hatte, MacLachlan die Erlaubnis zu verwehren, Amanda den Hof zu machen. Hätte er ein anderes Mündel gehabt, um dessen Hand MacLachlan sich bewerben wollte, er hätte es ihm erlaubt. Auch dessen angespannte finanzielle Situation hätte ihn nicht bekümmert, denn seine übrigen Eigenschaften machten den Mangel an Reichtümern wieder wett. Tatsächlich war ein Mann mit MacLachlans Charaktereigenschaften genau die Sorte von Bewerbern, die er sich für Amanda wünschte.

Er wandte sich ab und starrte hinaus zu dem grauen Steingebäude. Das Dach musste dringend ausgebessert werden. Da es bald regnen würde, würde er zweifellos erfahren, ob es dicht war oder nicht. Er war froh, von seinen anderen Gedanken abgelenkt zu sein, besonders von der Tatsache, dass er sich tief in seinem Innern seines Benehmens schämte.

„Wir sind da", flüsterte Amanda mit belegter Stimme.

„Das Grundstück ist schrecklich vernachlässigt", bemerkte er, als der Wagen hielt.

Sie sah ihn an, und ihre Augen funkelten. Er verstand, dass sie am liebsten aus der Kutsche und ins Haus gestürmt wäre. Ehe er sie warnen konnte, sich auf das Schlimmste gefasst zu machen – und ihr sagen, dass er ihr ein weit schöneres Anwesen suchen würde –, wurde ihre Tür geöffnet. Amanda sprang aus dem Wagen, ihre frisch erworbenen Manieren vergessen, und er musste lächeln, obwohl es ihm einen Stich versetzte wie so oft in der letzten Zeit. Langsam folgte er ihr, während die zweite Kutsche ebenfalls anhielt und die Haustür geöffnet wurde. Ein Diener in einer schäbigen, schlecht sitzenden Livree kam heraus.

Während Ariella, Anahid und Monsieur Michelle ausstiegen, gingen Amanda und er zum Haus. Er wusste schon, dass es im vorigen Jahrhundert errichtet worden und einst von einem Mauerring umgeben war, doch von diesen Originalmauern war keine Spur mehr zu sehen. Das Haus war zwei Stockwerke hoch, beinahe rechteckig, und es sah so traurig aus, wie ein Haus es nur sein konnte. Er hasste es – es würde nicht genügen, selbst wenn es drei Pächter hatte. Amanda verdiente Besseres.

„Sir." Der Diener eilte herbei und verneigte sich eifrig. Sofort hegte Clive den Verdacht, dass er betrunken war, und gleich darauf roch er den Bieratem des Mannes.

„Miss Carre, ich glaube, das ist Watkins."

„Ja, ich bin Watkins, und ich habe Zimmer hergerichtet, damit Sie über Nacht bleiben können und nicht in den Dorfgasthof gehen müssen. Meine Frau bereitet eine kleine Mahlzeit vor. Sir, ich hoffe, das findet Ihre Zustimmung."

„Das ist in Ordnung", sagte Clive kurz und spürte, dass Amanda sich neben ihm kaum zurückhalten konnte. „Warum ist alles hier so vernachlässigt?"

Watkins' Miene wurde bekümmert. „Wie Sie wissen, ist der frühere Eigentümer verstorben, Sir, und der Erbe lebt in der Stadt. Er will nur verkaufen, nicht reparieren."

Clive glaubte das nicht so recht, aber er winkte dem Diener, ihnen voran ins Haus zu gehen. Als sie ihm folgten, nahm Clive Amandas Hand. „Lass dich nicht entmutigen", sagte er leise.

Sie strahlte ihn an, entzog ihm ihre Hand und eilte hinter Watkins her.

Überrascht begriff er, dass sie überhaupt nicht niedergeschlagen war, kein bisschen.

Er folgte den beiden in eine mittelgroße Eingangshalle. Neben der Haustür sah er ein rostiges Wappenschild, ein paar Degen hingen über dem steinernen Kamin. Stirnrunzelnd blickte er hinauf zu den Spinnweben, die von den Deckenbalken und in den Ecken hingen. Die Wände mussten gereinigt und neu verputzt werden, zwei der Balken waren offenbar faul, und die Bodendielen waren zerkratzt und offenbar seit Jahren nicht gewachst worden. Ein Tisch stand in der Halle, dazu sechs verschiedene Stühle, deren unterschiedliche Polsterung verblichen und verschlissen war. Er war wütend auf seinen Agenten und auf Watkins. „Vor zwei Tagen erhielten Sie die Nachricht, dass wir kommen. Warum ist es nicht sauber?"

Watkins wand sich. „Sir, hier gibt es keine Hausmädchen. Ich beaufsichtige das Anwesen, das ist alles."

„Da hinten in der Ecke sehe ich Knochen", sagte er. Wie es schien, hatte jemand seine Essensreste vor sehr langer Zeit dort in die Ecke geworfen.

„Der frühere Besitzer hinterließ einen Hund, Sir. Er kommt und geht."

„Ich werde Ihre Dienste heute nicht mehr brauchen", sagte Clive.

Watkins richtete sich auf und wollte widersprechen.

„Sie und Ihre Frau haben heute frei. Ich schlage vor, Sie verlassen diesen Ort. Jetzt", sagte Clive leise und in einem unverkennbar drohenden Tonfall.

Watkins floh, und Ariella schlüpfte ins Zimmer, dann rümpfte sie die Nase. „Puh! Hier stinkt es, Papa!" Sie sah sich um. „Wirst du das hier für Miss Carre kaufen?"

Clive sah, dass Amanda schon den Gang entlanggelaufen war und sich in einem der angrenzenden Zimmer befand. „Natürlich nicht", sagte er und lächelte seine Tochter an. „Vielleicht solltest du draußen spielen, während ich Amanda hole. Wir werden im Dorfgasthaus übernachten."

Ariella zögerte. „Papa, sie hat sich so darauf gefreut, heute hierherzukommen. Sie hat es mir erzählt – sie wird unglücklich sein, wenn wir hier fortgehen."

Er ging zu Ariella und zog sie in seine Arme. „Darling, ich glaube, sie wird froh sein, von hier fortzukommen", sagte er und umarmte sie.

Ariella schüttelte den Kopf. „Dieses Anwesen bedeutet ihr alles, Papa. Sie hat mir erzählt, dass man ihr das Zuhause auf Jamaika weggenommen hat. Papa, sie hat kein eigenes Zuhause mehr!"

Clive sah seine kluge Tochter an. „Aber sie wohnt jetzt bei uns", sagte er endlich.

Ariellas Miene heiterte sich auf. „Das weiß ich, warum also kann sie nicht einfach bleiben? Warum kann sie nicht auf Harmon House und auf Windsong zu Hause sein?“

Er erstarrte. „Sicher weißt du, was eine Mitgift ist, Ariella. Amanda bekommt von mir so eine Mitgift.“

Ariella runzelte die Stirn. „Damit sie jemanden heiraten kann. Ich weiß, was eine Mitgift ist, Papa. Macht Miss Carre dich nicht glücklich?“

Überrascht und voller Unbehagen ließ er sie los. „Ich mag sie sehr gern.“

Ariella lächelte. „Du siehst sie immerzu an und lächelst dabei. Du scheinst sehr glücklich zu sein.“

Clive verstummte. Ahnte seine Tochter etwas von seinen Gefühlen für sein Mündel? „Du machst mich glücklich, Darling“, sagte er, in der Hoffnung, sie abzulenken.

Aber sie zog an seiner Hand. „Liebst du Miss Carre?“

Er war entsetzt. „Was ist das für eine Frage?“

„Alexi und ich haben überlegt, ob du sie nicht heiraten solltest, anstatt ihr einen Ehemann zu suchen wie diesen Schotten, den du so hasst.“

„Hast du gelauscht?“, fragte er verblüfft.

„Mir bleibt nichts anderes übrig, wenn jeder in der Familie in meiner Gegenwart über dich und Miss Carre spricht“, sagte sie lächelnd. Dann wurde sie ernst. „Ich hätte nichts dagegen.“

Er zupfte an seinem Kragen und öffnete ihn. „Du hättest nichts wogegen?“

„Ich hätte nichts dagegen, wenn Miss Carre meine Mutter würde, und Alexi auch nicht.“

Er sah sie nur an, völlig sprachlos.

Ariella erwiderte seinen Blick und wartete offensichtlich auf eine Antwort von ihm.

Er kniete sich hin, sodass er mit ihr auf Augenhöhe war. „Darling – möchtest du eine Mutter haben? War ich kein guter Vater für dich? Ist Anahid nicht genau wie eine Mutter?“

Ariella schüttelte den Kopf. „Ich liebe Anahid, und ich weiß, sie liebt mich auch, aber sie ist nicht meine Mutter. Sie ist meine Freundin – und du hast sie angestellt, Papa.“

Er berührte ihre Wange. „Fehlt dir etwas bei mir?“, fragte er, entsetzt, dass diese Möglichkeit bestehen könnte.

Wieder schüttelte sie den Kopf. „Du bist der beste Papa der Welt! Aber ich mag Miss Carre so sehr, und du scheinst sie zu lieben! Ich muss immer daran denken, wie schön es wäre, wenn wir eine richtige Familie wären.“

Er stand auf und dachte an Garret MacLachlan. Plötzlich erkannte er: Wenn er ihr nicht erlauben konnte, einen Mann wie Garret zu heiraten, dann sollte er es selbst tun. Andernfalls musste er ihr einen Mann mit Charakter erlauben.

Aber er wollte nicht heiraten, niemals! Bei dem Gedanken wurde er panisch. „Ich habe nicht vor, Amanda oder sonst jemanden zu heiraten, Ariella“, sagte er entschieden. Doch noch während er das sagte, schlug sein Herz protestierend laut.

Sie machte ein langes Gesicht. „Oh.“

„Warum gehst du nicht hinaus und wartest auf uns?“, schlug er vor.

Als sie gegangen war, nahm er sich einen Moment Zeit, um sich zu fassen, und wünschte, seine Tochter hätte nichts gesagt. Was MacLachlan betraf, so schuldete er es Amanda, seine Haltung zu ihm und seiner Bewerbung noch einmal zu überdenken.

„Clive! Komm schnell!“, rief sie.

Er eilte aus der Halle, nicht sicher, ob es Aufregung oder Not war, die sie so rufen ließ. Er lief in den angrenzenden Raum und fand sie in der Bibliothek neben der Terrassentür. Ein sehr alter, verblichener Orientteppich lag auf dem Boden, ein einfacher Schreibtisch stand mitten im Zimmer, ein elegant mit Schnitzereien verzierter Stuhl dahinter. An einer Wand befand sich eine Tür, die zu einer Terrasse hinausführte, und in der Ferne war ein Pavillon zu sehen. An der gegenüberliegenden Wand gab es einen Kamin mit einem reich verzierten Sims.

Amanda drehte sich um und sah ihn aus großen Augen an. „Sieh dir dieses Zimmer an!“, rief sie, und in ihren Augen glitzerten Tränen.

Er eilte an ihre Seite. „Lieb…“, begann er. Dann erkannte er, dass er sie um ein Haar seine Liebste genannt hätte, und er setzte noch einmal an. „Amanda, hab keine Angst. Dieses Haus kommt nicht infrage. Ich habe mich getäuscht, genau wie mein Agent. Wir werden dir ein neues Anwesen suchen, eines in weit besserem Zustand.“

„Aber du hast den Rosengarten nicht gesehen“, rief sie und zeigte zur Glastür. „Clive, sieh nur!“

Er blickte an ihr vorbei und sah einen von Unkraut überwucherten, vernachlässigten Garten, voller blühender Rosenbüsche.

„Clive!“, bettelte sie und nahm seine Hände. „Ich will kein anderes Anwesen – ich will Ashford Hall! Ich liebe es!“

Nur vage war Amanda sich bewusst, dass Clive hinter ihr die Stufen hinaufging, die von einem löcherigen roten Läufer bedeckt waren. Sie sah weder die Löcher noch die Risse, sie sah nur das Rot, ihre Lieblingsfarbe, und die teure, feine Wolle. Liebevoll strich sie über das reich mit Schnitzereien verzierte Geländer, dessen Holz sich von der jahrhundertelangen Benutzung so schön glatt unter ihrer Hand anfühlte. In der ganzen letzten Stunde hatte ihr Herz wie rasend geschlagen, seit sie hier angekommen waren, und sie fühlte sich fast einer Ohnmacht nahe. Das Haus war so wunderschön! Es war das schönste Zuhause, das sie sich vorstellen konnte. Ihre Lieblingsplätze waren die Bibliothek und der Rosengarten draußen.

Sie hoffte nur, Clive wäre einverstanden.

An der Schwelle zum ersten Schlafzimmer hielt sie inne. Dort stand ein Bett mit dicken Pfosten aus Ebenholz, die wunderschön geschnitzt waren, mit goldfarbenen Decken und Kissen. Vor dem einzigen Fenster flatterten Vorhänge in dunklerem Gold, und in der Ecke befand sich ein einziger Stuhl in verblasstem bronzefarbenen Brokat. Amanda biss sich auf die Lippe. Sie war sofort verliebt in den Raum und hoffte, er würde bald ihr gehören.

Clive ging an ihr vorbei, über einen Teppich, der fadenscheinig und von einem unbeschreiblichen Beigeton war, und schob einen der Samtvorhänge beiseite. Eine Staubwolke flog auf, und er hielt ein Stück des Stoffes in der Hand.

Amanda wusste, dass er das Haus hasste. Sie eilte an seine Seite und spähte hinaus auf den Rasen hinter dem Haus, der voller Moos und Unkraut war, aber von üppigem Grün. Weiter hinten erblickte sie einen reizenden Pavillon, der ursprünglich vermutlich einmal weiß gewesen war und jetzt dieselbe Farbe hatte wie der Teppich unter ihren Füßen. „Da ist ein Teich!", rief sie entzückt.

Clive seufzte. „Ja, ein Teich, und ich bezweifle nicht, dass er vollkommen verschlammt ist."

Sie sah ihn an. „Er kann wieder aufgefüllt werden – mit Wasser und mit Fischen!"

Seine Miene wurde sanfter. „Natürlich. Amanda, willst du dieses Anwesen wirklich haben?"

„Ja!", rief sie.

Er musterte ihr Gesicht. „Hieltest du es nicht für klüger, erst noch ein paar andere anzusehen?"

Sie verschränkte die Arme vor der Brust. „Clive, du selbst hast gesagt, der Preis wäre gut. Und es gibt drei Pächter. Es gefällt mir hier. Es ist so ruhig, so friedlich – so englisch." Sie dachte wieder an den Rosengarten, und sie konnte nicht anders, sie musste an ihre Mutter denken.

Der Schmerz kehrte zurück, und sie sagte sich: nicht. Sie würde nicht zulassen, dass Dulcea Belford diesen herrlichen Moment ruinierte. Sie wurde jetzt eine richtige Dame, und dies war genau die Art von Heim, die sie sich vorgestellt hatte.

Sie blickte hinab auf die blühenden Rosen in Rosa, Weiß, Rot und Gelb. Sie konnte es nicht abwarten, einen Stuhl mitzunehmen und sich dorthin zu setzen, um ein neues Buch zu lesen.

Clive berührte ihren Arm. „Wir können uns noch vor dem Dinner zusammensetzen und eine Liste aufstellen mit den nötigen Reparaturen und den Möbeln, die angeschafft werden müssen."

Amanda zuckte zusammen, sah ihm in die Augen, und als er sie liebevoll anlächelte, schmolz sie dahin. „Heißt das, du wirst mir dieses Anwesen als Teil meiner Mitgift kaufen?"

„Wenn du nach unserem Gespräch noch darauf bestehst, gehört dieses Haus dir."

Sie warf die Arme um ihn und drückte ihn. Sofort war sie sich seines männlichen Körpers bewusst. In seinen Armen zu liegen fühlte sich noch immer so gut an, und – schlimmer noch – es fühlte sich an, als gehörte es so. Auch den Walzer, den sie miteinander getanzt hatten, würde sie nie vergessen. Seither hatte sie diesen Augenblick wohl tausendmal in Gedanken wieder erlebt.

Ich liebe dich so sehr, dachte sie und musste sich auf die Zunge beißen, um die Worte nicht laut auszusprechen. Stattdessen sah sie ihm, überwältigt von Gefühlen, in die Augen. „Clive, wie kann ich dir das je zurückzahlen?"

Er trat zurück, sodass sie ihn nicht mehr berühren konnte. „Ich wünsche mir nur, dass du glücklich wirst", sagte er und schien sich unbehaglich zu fühlen.

„Ich bin glücklich. Du hast mich in deinem Heim aufgenommen, deine Familie war freundlich und herzlich zu mir, und ich war erfolgreich in der Gesellschaft. Und jetzt dieses Haus." Sie strahlte. „Mein eigenes Zuhause."

Doch ihr Lächeln verblasste, das fühlte sie selbst. Ja. Ashford Hall würde ihr gehören, wenn sie darauf bestand – daran hatte Clive keinen Zweifel gelassen –, aber eines Tages würde sie heiraten müssen, vermutlich eher früher als später. Sie musste nicht lange nachdenken, um zu wissen, dass sie Clive nach ihrer Heirat entsetzlich vermissen würde. Aber sie würde dieses Haus besitzen – ein eigenes Zuhause. Und irgendwann würde sie wunderbare Kinder haben. Sie wollte einen Sohn wie Alexi und eine Tochter wie Ariella. Und wann immer Clive in London war, würde sie ihn besuchen. Der Weg dorthin würde nur einen halben Tag dauern.

Langsam trat Clive von ihr weg. Er sah aus, als wollte er noch etwas sagen. Als er indes schwieg, ging sie zum Bett und setzte sich darauf, nur um die Matratze zu prüfen. Sie merkte, dass sie viel zu weich war und ersetzt werden musste, aber ihre Unzufriedenheit hatte vielleicht mehr mit ihrer Heirat als mit der Matratze zu tun.

Dann hob sie den Kopf und bemerkte, dass er sie ansah. Seine blauen Augen strahlten.

Sofort spürte sie sein Verlangen, und sie war sehr froh, dass sich das zwischen ihnen nicht geändert hatte. Zumindest besaß sie seine Freundschaft und wusste, dass er sie ebenso begehrte wie sie ihn.

„Ich möchte dich etwas fragen“, sagte er ruhig.

Amanda bemerkte, dass er sich unbehaglich fühlte, aber nicht, weil er sich gegen seine männlichen Instinkte wehren musste. „Du kannst mich alles fragen“, erwiderte sie verwundert. Sie stand vom Bett auf und beugte sich vor, um das Kissen gerade zu rücken, an das sie sich gelehnt hatte.

„Amanda.“

Sein Tonfall war so ernsthaft und so seltsam. Besorgt wandte sie sich zu ihm um. „Was ist?“

Er zwang sich zu einem Lächeln, das gleich wieder verschwand. „Möchtest du Garret MacLachlan wiedersehen?“

Das Thema überraschte sie. „Natürlich“, sagte sie verwirrt. „Er ist sehr galant und genau wie du sehr freundlich.“ Sie dachte an den Besuch. Sie hatte seine Gesellschaft wirklich genossen, auch wenn sie das Gefühl gehabt hatte, sie würde Clive betrügen. „Und er sieht gut aus“, fügte sie hinzu.

Clive wurde rot. „Ich habe ihm verboten, dich zu besuchen, Amanda“, sagte er angespannt. „Aber er ist ein unverheirateter Mann, der infrage kommt. Und er ist der Sohn eines Earls – der älteste Sohn. Er ist nicht sehr vermögend, aber er besitzt einen aufrechten Charakter und einen Titel.“

Amanda bekam es mit der Angst zu tun. „Worauf willst du

hinaus?" Sie schlang die Arme um ihre Taille. „Willst du ihn als möglichen Ehemann auswählen?" Panik stieg in ihr auf. Sie konnte noch nicht heiraten – es war zu früh!

„Er hat nicht direkt gesagt, dass er sich mit Heiratsabsichten trägt", sagte Clive, und seine Miene wirkte sehr beherrscht. „Aber ich nehme an, dass du ihm sehr gut gefällst."

Sie merkte, wie sie zitterte. Garret MacLachlan war Clive ähnlich. Aber er war nicht Clive! „Ich kenne ihn nicht einmal", brachte sie heraus. Ihre Knie zitterten so sehr, dass sie sie kaum zu tragen vermochten.

Clive kam quer durchs Zimmer, um sie zu halten. „Ich versuche, mich ehrenhaft zu verhalten", murmelte er. „Der Mann ist Schotte, wird einmal Earl und kann für dich sorgen. Du würdest ein bescheidenes Leben führen müssen, aber du wärest versorgt. Ein Mann wie er wird immer für seine Frau sorgen."

Sie presste die Hände auf ihre glühenden Wangen. „Schottland ist sehr weit weg, nicht wahr?"

„Es ist weit weg, das stimmt, und MacLachlan lebt im Westen. Mit dem Schiff jedoch lässt sich sein Anwesen, soweit ich weiß, in ein paar Tagen erreichen."

Amanda begann den Kopf zu schütteln. „Ich will nicht in Schottland leben", flüsterte sie. „Ich möchte hier leben, in der Nähe von London." *Und in der Nähe von Harmon House, von dir.*

Erleichtert sah er sie an. „Es ist ein barbarisches, rückständiges Land", sagte er. „Bist du sicher?"

„Ich war nie sicherer!", rief sie.

Er legte einen Arm um ihre Schulter, und sie lehnte sich an ihn, überwältigt von Erleichterung. „Gut", sagte er und klang ebenso erleichtert. „Dann ist das geklärt."

Amanda schloss die Augen, die Wange an die feine blaue Wolle seiner Jacke gelehnt. Noch atemlos von der Furcht, die sie eben empfunden hatte, wurde ihr jetzt bewusst, wie eng sie an Clives festen, starken Körper gelehnt war und dass er einen Arm um sie gelegt hatte. Langsam hob sie den Kopf.

Er blickte auf sie hinunter, die blauen Augen viel zu strahlend. Einen Moment lang spürte sie, dass er sich gleich über sie beugen und sie küssen würde. Er verlagerte sein Gewicht, seine Augen funkelten, und er beugte sich über sie.

Doch sie irrte sich. Er ließ sie los und ging hinaus.

Amanda bekam dann doch das goldene Schlafzimmer. Michelle hatte im Dorf sechs fähige Dienstboten aufgetan, und die putzten während der nächsten Stunden fleißig, polierten die Möbel und wachsten die Dielen. Die Veränderung war unglaublich, sodass sie Ashford Hall nur noch mehr liebte. Das Abendessen hatten sie im Dorfgasthaus eingenommen, doch dann kehrten sie für die Übernachtung zurück. Vor etwa einer Stunde hatten sich alle zum Schlafen zurückgezogen, und jetzt war es fast unerträglich still im Haus.

Amanda konnte nicht schlafen. Sie zog die Knie an die Brust und dachte an das seltsame Gespräch mit Clive früher am Tag. Ihr wurde klar, dass er gar nicht gewollt hatte, dass sie einer Werbung vonseiten MacLachlans zustimmte, und sie fragte sich, warum er so dagegen war.

Er schien Garret auf den ersten Blick abzulehnen. Während ihres Spaziergangs in den Gärten von Harmon House hatte Amanda gesehen, dass er sie von der Terrasse aus beobachtet hatte, und sie hatte seine Aufmerksamkeit und sein Misstrauen beinah körperlich gespürt. Heute hatte er unglücklich und finster ausgesehen, als er sie MacLachlans wegen befragt hatte. Sie legte ihr Gesicht auf die Knie und fragte sich, ob er wohl eifersüchtig war.

Er fühlte sich noch immer zu ihr hingezogen. Oftmals, wenn er sie ansah, wusste sie genau, was er dachte – er wollte sie in sein Bett holen, genau in jenem Moment, keinen Augenblick später. Und ihre Anziehung war nicht nur noch da, sie war auch mit jedem Tag stärker geworden, drängender, schwer erträglicher.

Obwohl sie so unerfahren war, so wusste sie doch, dass er sie in ihren neuen Kleidern hübsch fand. Clive billigte und bewunderte die Veränderungen, die mit ihr vorgegangen waren, und sie hatte begonnen, sich in den Kleidern und Schuhen wohlzufühlen. In der letzten Zeit hatte es nicht mehr so viel Konzentration erfordert, sich wie eine Dame zu verhalten und so zu sprechen.

Du bist so schön – unaussprechlich schön.

Es hatte Amanda gefallen, als er sie so gelobt hatte, und es gefiel ihr auch jetzt, als sie sich nicht nur an seine Worte erinnerte, sondern auch daran, wie er sie angesehen hatte, als er sie aussprach. In seinen Augen hatte sie so viel Bewunderung gelesen. Er hatte sie angesehen, als würde er für sie dasselbe empfinden wie sie für ihn.

Natürlich liebte er sie nicht. Er mochte sie, so viel war offensichtlich, und er begehrte sie, daher war es durchaus möglich, dass er auf MacLachlan eifersüchtig war. Amanda musste nicht sehr erfahren sein, um zu wissen, dass Männer nicht viele Reize benötigten, um einen anderen als Rivalen anzusehen, ob nun in einem Wettkampf oder wegen einer Frau.

Erschauernd lächelte sie, denn es würde ihr nichts ausmachen, wenn er ein wenig eifersüchtig war.

Aber fielen ihm die Veränderungen in ihrer Beziehung auch so auf wie ihr? Sie fragte sich das. Aus irgendeinem Grund schien ihre Freundschaft enger zu werden. Es schien so viel Wärme zwischen ihnen zu geben. Die vielen Augenblicke, in denen sie einander nur schweigend ansahen und dasselbe dachten, konnte sie nicht einmal zählen – wenn sie sich stumm verstanden oder ein wissendes Lächeln teilten. Ein Dutzend Mal am Tage drehte sie sich herum und sah Clive dastehen, wie er sie beobachtete, und dann lächelte er sie an, und in seinen Augen las sie Herzlichkeit, Bewunderung und Zuneigung. Amanda wusste, dass sie ihn liebte – sie würde nie damit aufhören –, aber er schien weit mehr für sie zu empfinden denn je.

Ganz bestimmt bildete sie sich das nicht nur ein.

Deshalb ist dies auch so schwer, dachte sie ehrlich verwirrt. Er war ihr Wohltäter, ihr Vormund, ihr Freund. Aber sie liebte ihn von Tag zu Tag mehr. Und die Tatsache, dass sie beide diese Zuneigung empfanden, dass er so männlich war und sie immer noch begehrte, verstärkte nur ihre Verwirrung. Sie wünschte, niemanden heiraten zu müssen. Sie wollte für immer sein Mündel sein, sodass alles so bleiben konnte, wie es war, und sich niemals änderte, selbst wenn es in Zeiten wie diesen, in der Kühle der Mitternacht, so verlockend war.

Sie zog die Knie fester an die Brust und musste an die Nacht denken, als er in ihrem Bett gewesen war, sie seinen Körper an ihrem gefühlt hatte, heiß und feucht, so nahe daran, ihr die Unschuld zu nehmen. Und jene Nacht auf dem Schiff, die sie für einen Traum gehalten hatte, als sie seinen Mund zwischen ihren Schenkeln gespürt hatte, seine Finger auf ihrer Haut. Amanda biss sich auf die Lippen, um nicht lauf aufzuschreien, und wünschte sich wieder einmal, dass sie ein Liebespaar sein könnten, wenigstens das. Aber er besaß einfach zu viel Ehrgefühl. Außerdem wusste sie inzwischen, dass es ihr das Herz brechen würde, wenn sie seine Geliebte wurde, sei es auch nur für kurze Zeit. Oder nicht?

Amanda nahm ein Kissen in ihre Arme und legte sich hin, presste es an sich und wünschte sich, an etwas anderes denken zu können, aber dafür war es zu spät. Es schien ihr, als würde sie jede Nacht einschlafen, um an seine Küsse und seine Nähe zu denken, und ihr Blut pulsierte heißer. Aber sie war jetzt eine Dame. Damen ertrugen solche Anflüge körperlichen Verlangens einfach, zumindest bis sie verheiratet waren.

Amanda konnte sich nicht vorstellen, mit einem Ehemann im Bett zu liegen. Der Einzige, mit dem sie sich das vorstellen konnte, war Clive. Aber er würde sie niemals heiraten, auch wenn sie jetzt beinahe eine richtige Dame war. Es schienen Jahre vergangen zu sein seit jener Nacht, in der sie von Dulceas Zurückweisung erfahren hatte, und dem darauffolgenden Tag, als er sich geweigert hatte, ihr Liebhaber zu werden.

Ihr fiel eine einfache Lösung ein, und sie war entsetzt. Was, wenn sie es noch einmal versuchte? Sie könnte Ashford Hall haben und überhaupt nicht heiraten – wenn Clive sie zu seiner Mätresse machte.

Das Kissen fiel zu Boden. Er begehrte sie, weigerte sich aber, seiner Leidenschaft nachzugeben, weil er es für besser hielt, wenn sie heiratete. Er verhielt sich edelmütig. Vermutlich war das tatsächlich besser – zumindest in den Augen der Gesellschaft –, und selbst ihr war klar, dass sie ihren neuen Traum, eine Dame zu werden, aufgeben müsste, wenn sie seine Mätresse wurde. Aber in Wahrheit wollte sie niemanden sonst heiraten.

Und dann hörte sie seine Schritte in der Halle.

Amanda erstarrte. Sie bezweifelte nicht, dass er nach unten ging, weil auch er nicht schlafen konnte – und sie kannte den Grund. Sie zögerte. Die Dame in ihr protestierte gegen das, was sie jetzt tun musste. Wenn sie jetzt aufstand, dann würde dieser Traum ein Ende haben.

Aber sie liebte und begehrte Clive, nicht Garret MacLachlan oder irgendjemanden sonst.

Amanda schluckte erschüttert. Sie glitt aus dem Bett, ging quer durchs Zimmer und öffnete die Tür.

Clive war schon an ihrem Zimmer vorbei. Er trug nur seine helle Hose, sein Oberkörper war ebenso nackt wie seine Füße. Aber er blieb stehen und drehte sich zu ihr um.

Sie konnte nicht lächeln und brachte auch kein Wort heraus. Sie konnte ihn nur ansehen, sich das Unmögliche wünschen, Angst vor ihrer Entscheidung haben – und war doch entschlossen, sie durchzusetzen. Jetzt musste sie ihn nur überzeugen, dass ihr Plan der bessere war, und nun, da sie das Funkeln in seinen Augen sah, war es vielleicht nicht so schwierig, wie sie geglaubt hatte.

Er rührte sich nicht.

Die Halle wurde von Wachskerzen erleuchtet, die in ihren Halterungen tropften. Obwohl die Schatten um sie herum tanzten, war er deutlich zu sehen.

Der Blick aus seinen strahlend blauen Augen fiel auf ihren Mund und auf die Spitze, die den Rand ihres neuen rosa Nachthemdes zierte, dann ließ er ihn tiefer gleiten zu der Rüsche über ihrer Brust. Amanda holte tief Luft. Sie hob eine Hand. Ihre Brustspitzen waren so fest, dass die Berührung der Seide sie schmerzte. Sie vergaß alle Entscheidungen. Es gab nur noch den Mann, den sie liebte, und die pulsierende Spannung zwischen ihnen. „Clive …"

Er schüttelte ablehnend den Kopf, sah sie an, sah ihr in die Augen.

Sie leckte sich über die Lippen. „Komm zu mir ins Bett", flüsterte sie.

Er holte tief Luft. Sie sah die Wölbung an seinen Lenden. „Ich bin dein Vormund."

„Ich will keinen anderen heiraten", stieß sie atemlos hervor.

„Wir – reden morgen darüber", stieß er mit heiserer Stimme hervor.

„Ich könnte hierbleiben – und deine Mätresse werden", flüsterte sie. „Du könntest mich aushalten."

Er zuckte zusammen. Es dauerte einen Moment, ehe er sprach, und seine Wangen waren tiefrot. „Geh wieder ins Bett, Amanda." Aber er rührte sich nicht von der Stelle.

Sie stand einfach nur da. „Gefällt dir mein neues Nachthemd?"

Er sagte nichts, atmete nur schwer, seine Brust hob und senkte sich, als hätte er einen schnellen Lauf hinter sich.

Sie begriff, dass er hätte weggehen können, aber das hatte er nicht getan. Sie strich die rosa Seide an ihrer Hüfte glatt, dann sah sie wieder auf.

Unverwandt starrte er sie an, und seine Augen schienen zu glühen, sodass sie glaubte, die Halle könnte gleich in Flammen aufgehen. Ein Teil von ihr schämte sich, weil sie so schamlos versuchte, ihn zu verführen. Der Moment schien sich in die Ewigkeit zu dehnen, als sie darauf wartete, dass er seine sinnlosen Skrupel beiseiteschob. Aber was er als Nächstes tat, verwirrte sie. Er kehrte ihr den Rücken zu und lehnte sich mit der Stirn an die Wand.

Amanda ging zu ihm, legte die Arme um ihn und lehnte erst ihr Gesicht an seinen Rücken, dann ihren ganzen Körper. Als er ihre Brüste spürte, zuckte er zusammen, und das freute sie. Sie berührte seinen Bauch. Er fuhr herum, schloss sie in die Arme, auf dem Gesicht einen Ausdruck von Zorn und Verzweiflung. „Verdammt."

Dann umfasste er ihr Gesicht mit beiden Händen, hielt sie so fest, dass sie sich kaum bewegen konnte, und begann, sie zu küssen.

Der Kuss war glühend, hart, fordernd und voll von Zorn und Leidenschaft. Er öffnete ihren Mund, zwang sie dazu, nachzugeben. Amanda versuchte, den Kuss zu erwidern, stöhnte vor Lust, aber er kontrollierte sie, verlockte sie, ließ ihr keine Wahl, als nur abzuwarten und zu reagieren. Tief drang er mit seiner Zunge in sie ein.

Dann ließ er ihr Gesicht los, ohne den Kuss zu beenden, umfasste ihre Brüste. Die Seide zwischen seiner Hand und ihrer Haut fühlte sich unglaublich erregend an. Seufzend streckte Amanda die Arme nach ihm aus. Er schob seinen muskulösen Schenkel zwischen ihre Beine, zwang sie so, mit gespreizten Beinen auf ihm zu sitzen.

Sie begann zu schluchzen, sich an ihm zu reiben. Er umfasste ihre Hüften, schob sie höher, sodass sie seine Lenden berührte.

Amanda schlang die Arme um seinen Hals und keuchte vor Lust, als die Ekstase sie durchzuckte.

Er drehte sich mit ihr herum, sodass sie mit dem Rücken an der Wand lehnte, küsste sie noch immer, drückte das Bein fester gegen sie, und sie weinte, bis die Spannung langsam nachließ.

Und als es vorüber war, löste er seine Lippen von ihr und hielt sie in seinen Armen, ganz fest, die Wange an ihrem Kopf, stellte sie behutsam auf den Boden. Sie klammerte sich an seinen breiten Schultern fest, und neue Gefühle stiegen in ihr auf. In seinen Armen war für sie der schönste Ort auf Erden. So umschlungen von seinem Körper, wollte sie nie wieder loslassen.

Noch immer fühlte sie sich schwach und benommen, konnte

nicht klar denken. Doch als sie zu ihm aufsah, erkannte sie, dass er noch immer zornig war. „Nicht“, flehte sie entsetzt. „Bitte sprich jetzt nicht von Ehre.“

Er wich zurück. „Habe ich dir noch nicht genug wehgetan? Ich bin nur ein Mann, Amanda, und offenbar nicht stark genug, um deinen Reizen zu widerstehen. Verdammt! Wir sind hier, um deine Mitgift zu inspizieren – die Mitgift für dich und deinen zukünftigen Gemahl! –, und ich werde dich nicht zu meiner Geliebten machen! Warum sehnst du dich nicht nach mehr?“, rief er.

Nie zuvor hatte sie ihn so zornig gesehen, und er war böse auf sie! „Aber wenn es mir doch nichts ausmacht“, begann sie.

„Mir macht es etwas aus!“, brüllte er.

Sie zuckte zusammen, dann straffte sie die Schultern. Entschlossen unternahm sie noch einen letzten Versuch, obwohl sie wusste, dass es vergeblich war. Sein Wille war zu stark. „Ich will dich. Und das wird sich niemals ändern. Warum ist das so falsch?“, rief sie. „Du willst mich auch, und du magst mich, das weiß ich. Wir sind Freunde! Gute Freunde!“

„Ich bin dein Vormund!“, rief er. „Es liegt in meiner Verantwortung, einen passenden Ehemann für dich zu finden, und nicht, dich zu meiner Geliebten zu machen!“ Er zitterte. Dann hob er die Hand, damit sie schwieg.

„Du bist eine schöne Frau geworden. Warum deine Zukunft auf diese Weise zerstören?“ Er schüttelte den Kopf. „Meine Familie macht sich schon lustig über meine Bemühungen, mich dir gegenüber standhaft zu verhalten. Dies hier hilft da nicht gerade.“

Nachdem sie gerade die höchste Lust mit ihm erlebt hatte, wurde sie jetzt immer verzweifelter. Es war nicht leicht, Würde zu wahren, aber sie versuchte es. „Ich habe etwas zu meiner Verteidigung zu sagen“, flüsterte sie. „Ich liebe dich.“

Er holte tief Luft, noch immer zitternd. „Ich mag dich. Sehr. Und deswegen mache ich dich nicht zu meiner Geliebten“, stieß er hervor. „Wenn ich eine Geliebte brauche, gibt es Hunderte von Huren, die dafür zur Verfügung stehen. Ich versuche, dir eine schöne Zukunft zu bereiten, Amanda. Aber das wird mir nicht gelingen, wenn wir miteinander Zeit verbringen, so wie heute.“

Sie zitterte. „Was heißt das?“

„Wir sollten nicht miteinander allein sein. Niemals“, fügte er schroff hinzu.

„Nein!“

Er schüttelte den Kopf, und sie sah an seiner Miene, dass er einen Entschluss gefasst hatte. „Ich werde nicht länger zögern. Du brauchst sofort einen Ehemann.“

Amanda ließ sich gegen die Wand sinken. „Wie kannst du das machen?“

Er schien sie nicht zu hören. „Morgen bringe ich dich zurück nach London. Ich werde Eleanor und meine Stiefmutter bitten, eine neue Liste mit Bewerbern aufzustellen. Ich werde“, er zögerte, „meinen Vater hinzuziehen. Innerhalb der nächsten Monate wirst du heiraten.“

Amanda schrie auf vor Entsetzen.

Aber er wandte sich jetzt gegen sie. „Morgen unternimmt eins meiner Schiffe eine Fahrt nach Holland. Ich werde an Bord sein.“

Amanda war fassungslos. „Clive, bitte! Was ist mit dem Ball bei den Carringtons? Er ist in drei Wochen. Du hast mir den ersten Tanz versprochen!“

Er war unerbittlich. „Ich habe dir mein Wort gegeben. Ich werde für den ersten Walzer dort sein.“

„Geh nicht“, flüsterte sie.

Ihre Blicke begegneten sich. „Dies ist unmöglich“, sagte er. „Mir bleibt keine andere Wahl.“

17. KAPITEL

Nie zuvor hatte Amanda Clive mehr vermisst.

Sie wusste jetzt, dass sie einen entsetzlichen Fehler begangen hatte. Seit mehr als einer Woche war er nun schon fort. Sie waren in verschiedenen Wagen nach London zurückgekehrt, Clive reiste nicht mit ihr, sondern mit Ariella und Anahid und sah sie nicht einmal an, als Monsieur Michelle ihr beim Einsteigen in die Kutsche half, die sie miteinander teilen würden. Nach der Ankunft in London war er gegangen, um sich von Alexi zu verabschieden, und Amanda war ihm ins Kinderzimmer gefolgt, sich wohl bewusst, dass er nie zuvor eine so finstere Miene gezeigt hatte. Voll dunkler Vorahnungen hatte sie an der Tür zu Alexis Schlafzimmer gestanden und zugesehen, wie er seinen Sohn umarmte und auch Ned übers Haar strich. Dann hatte er ihnen ein paar Verhaltensmaßregeln gegeben, und Alexi hatte gebettelt, doch mitgenommen zu werden nach Holland, aber Clive hatte abgelehnt. Obwohl er den halben Tag mit Ariella in der Kutsche verbracht hatte, war er dann zu seiner Tochter ins Zimmer gegangen und hatte Amanda nur im Vorbeigehen einen Blick zugeworfen. „Du musst mir nicht durchs ganze Haus folgen."

„Clive, bitte geh nicht so fort", rief sie voller Verzweiflung.

Seine Miene war noch abweisender geworden, und er hatte seine Schritte beschleunigt, hatte sie allein am Ende der Halle stehen gelassen, den Tränen nahe. Es hatte sich angefühlt, als hätte er sie aus seinem Leben verbannt.

Alexi hatte sie an der Hand gezogen. „Was hast du getan, dass Papa so schlechte Laune hat?", fragte er flüsternd und mit großen Augen.

Amanda wusste nicht mehr, welch schwache Ausrede sie dafür gefunden hatte.

Sie war in ihr Schlafgemach gegangen, wollte nicht weinen und wünschte, sie hätte nicht versucht, ihn zu verführen. Wirklich, sie musste verrückt gewesen sein zu glauben, sie könnte ihn dazu bringen, sein Ehrgefühl zu vernachlässigen, das begriff sie jetzt. Vom Fenster aus hatte sie zugesehen, wie er Harmon House nur mit einem kleinen Koffer verließ. Egal, wie oft sie sich einzureden versuchte, dass er sie wieder anlächeln würde, sobald er zu Hause war, so hatte sie doch das unangenehme Gefühl, dass ihre Freundschaft nie mehr dieselbe sein würde. Clive verließ nicht nur für ein paar Wochen das Land, er ließ auch sie und ihre Freundschaft hinter sich. Nichts konnte symbolträchtiger sein als diese beiden Entscheidungen, abzureisen und sie so bald wie möglich zu verheiraten. Er hatte sich entschieden. Sehr bald schon würde er sie zum Altar führen und einem anderen übergeben. Wenn er das tat, würde der Abstand zwischen ihnen unüberwindlich und dauerhaft sein.

Amanda konnte es nicht tun.

Jetzt war sie sich bewusst, was ihr Herz ihr sagte. Sie liebte Clive de Warenne von ganzem Herzen, und nichts konnte das jemals ändern. Sie konnte nicht einen Mann heiraten, den sie weder kannte noch liebte, nicht einmal für ein sicheres Heim wie Ashford Hall. Nie zuvor war sie trauriger gewesen, denn so konnte sie nicht in Harmon House bleiben, mit gebrochenem Herzen, von ihm abhängig und voller Sehnsucht nach etwas, das es niemals geben würde.

Sie würde nach Hause zurückkehren. Aber erst nach dem Ball.

Amanda ging zum Schrank und nahm langsam das Kleid heraus, das sie zum Ball bei den Carringtons tragen würde. Es war das kostbarste Kleid, das sie je gesehen hatte, elegant genug für ein Hochzeitskleid, mit einem tiefen eckigen Ausschnitt, kurzen Ärmeln, aus goldenem Chiffon über weißer Seide. Sie hatte es kaum erwarten können, es zu tragen, sie war sicher gewesen, dass Clive die Augen übergehen würden, wenn er sie darin sah. Jetzt glaubte sie, dass er sie kaum beachten würde. Sie zweifelte nicht daran, dass er den ersten Walzer nicht mit ihr tanzen würde, hätte er ihr nicht sein Wort darauf gegeben.

Aber Clive de Warenne hielt immer sein Wort.

Er würde dort sein, und sie konnte sich vorstellen, wie sehr es sie in Verlegenheit bringen würde, in seinen Armen zu sein. Nach dem Ball würde sie sich bei ihm bedanken für alles, was er für sie getan hatte – und dann würde sie sich verabschieden.

Ihr Herz sträubte sich dagegen. Amanda hielt sich das Ballkleid unter das Kinn und betrachtete sich im Spiegel. Sie wollte nie wieder La Sauvage sein. Sie wollte nicht mehr wie ein Junge in Hosen über die Insel streunen. Sie würde als Dame zurückkehren! Wenn sie die Garderobe mitnehmen durfte, würde sie das meiste davon verkaufen und einen kleinen Laden aufmachen, sonst würde sie sich das Geld borgen. Sie wusste alles über das Segeln und den Welthandel. Mit diesem Wissen würde sie eine kleine Ladung der schönsten Stoffe importieren – in Kingston hatte es nie genug Kleidergeschäfte gegeben. Sie würde die höchsten Preise verlangen und anfangen, den Gewinn zu sparen. Sobald wie möglich würde sie ihr eigenes Schiff kaufen und eine Mannschaft anheuern, um es zu segeln. Danach, wenn sie ihr eigenes Schiff besaß, würde sie alles importieren und die Welt besegeln, um nach exotischen Waren Ausschau zu halten. Statt zu stehlen oder zu betteln, würde sie ein Händler werden, der erste weibliche Händler auf der Insel. Damen waren keine Händler, aber sie würde die erste Ausnahme von dieser Regel werden, so wie Eleanor O'Neill eine Ausnahme war. Wie Eleanor es ihr geraten hatte, würde sie in der Öffentlichkeit ruhig, höflich und gut gekleidet auftreten, und privat würde sie tun, was sie wollte. Nur dann würde sie in der Bucht schwimmen oder von den Klippen westlich von Belle Mer springen.

Ein bisschen existierte noch von dem wilden Kind, räumte sie ein, aber es spielte keine Rolle mehr.

Allerdings gab es ein Problem: Früher oder später würde Clive nach Windsong zurückkehren, und sie würde dort hingehen wollen. Sie stellte sich vor, wie sie in seinem Haus vorsprach, eine reiche, unabhängige und angesehene Dame, vielleicht ein Dutzend Jahre älter, die Juwelen trug, die sie sich selbst gekauft hatte. Ihr Herz schlug schneller. Es würde ihr immer gefallen, ihn zu sehen.

Sie musste die Augen schließen und sich gegen diesen verführerischen Traum wehren, dass sie nämlich selbst nach einem Dutzend Jahren in seinen Augen Bewunderung und Verlangen sehen würde und dass er sie auf dieselbe Weise anlächeln und sie dann in seine Arme ziehen würde …

Amanda legte das Ballkleid aufs Bett. Immer würde sie versucht sein, von seiner Liebe zu träumen, aber sie sollte sich besser daran gewöhnen, dass es nur ein wilder, fantastischer Traum war.

Es war besser, sich auf die Gegenwart zu konzentrieren. Am vergangenen Abend hatte sie zusammen mit dem Earl und der Countess, Lizzie und ihrem Mann Tyrell zum ersten Mal die Oper besucht. Für kurze Zeit war sie begeistert genug gewesen, um Clive zu vergessen. Sie hatte sich amüsiert, in Kingston gab es keine Oper. Ich werde seine Familie wirklich vermissen, dachte sie, und sogar die Stadt. Es klopfte an ihrer Tür, aber Amanda hörte es nicht. Vielleicht würde eines Tages Eleanor sie zusammen mit Sean und Rogan besuchen kommen.

Eleanor erschien vor ihrer Tür, der Blick voller Mitleid.

Sofort setzte Amanda statt des besorgten Gesichtsausdrucks eine freundliche Miene auf.

„Ich habe geklopft. Aber du hast nicht geantwortet, und ich sehe, du bist in Gedanken versunken." Eleanor berührte sie leicht, als sie sich zu ihr umdrehte. „Du musst dich nicht verstellen, Amanda. Wir alle wissen, wie unglücklich du bist. Ich persönlich schmiede gerade verschiedene Pläne, wie mein Bruder zur Vernunft zu bringen ist, sobald er wieder zurück ist."

Amanda lächelte weiterhin. „Ich liebe mein Kleid", sagte sie, weil sie nicht über Clive reden wollte. Dann aber änderte sie ihre Meinung. „Clive war wunderbar zu mir. Sei nicht böse mit ihm."

Eleanor sah sie mit großen Augen an. „Du musst aufhören, ihn zu verteidigen, Amanda. Willst du mir nicht sagen, was genau auf Ashford Hall passiert ist, dass er so vor dir davonläuft?"

Amanda spürte, wie sie errötete. „Er muss sich im Ausland um Geschäfte kümmern", sagte sie und senkte den Blick.

Eleanor lachte höhnisch. „Da könnte er seinen Agenten schicken! Du bist so bescheiden, Amanda. Etwas Eitelkeit könnte nicht schaden. Du irrst dich. Er ist hingerissen von dir, und ich habe einen Verdacht, warum er so eilig die Stadt verlassen hat."

„Er mag mich. Das hat er sogar zugegeben." Amanda ging zum Bett, nahm das Kleid hoch und trug es vorsichtig zurück zum Schrank. Sie wollte weder ihre Gefühle noch ihre Beziehung zu Clive mit seiner Schwester besprechen. „Hingerissen ist er kaum."

„Du solltest ihn verführen."

Amanda zuckte zusammen. Wenn Eleanor wüsste, warum Clive fortgegangen ist, würde sie kaum so etwas vorschlagen.

Eleanor seufzte. „Denk darüber nach. Jedenfalls haben wir Besuch. Und nein, es ist nicht dein neuester Bewunderer MacLachlan."

Seit ihrer Rückkehr von Ashton Hall hatte es ein paar Besucher gegeben. Blanche Harrington war gekommen, und Amanda hatte ihre Gegenwart genossen. Sie waren im Garten spazieren gegangen und zufällig auf Rex getroffen, der von einer Feier zurückkehrte, doch er war in seiner üblichen schlechten Stimmung. Es waren auch andere Besucher da gewesen, denn die Countess wurde viel bewundert und war sehr beliebt. Eleanor hatte mehrere Frauen empfangen, die sie von ihrem eigenen Debüt vor einigen Jahren her kannte. Bei jedem dieser Besuche war Amanda dabei gewesen. Niemand schien zu ahnen, dass sie noch vor drei Monaten ein gänzlich anderes Leben geführt hatte. Die Konversation fiel ihr inzwischen leicht, sie musste sich nicht länger sorgen, was sie tun oder sagen sollte und was besser nicht. Und niemand wusste, dass sie tief in ihrem Innern trauerte.

Es gab auch männliche Besucher. Und nun, da sie plante, recht bald nach Hause zurückzukehren, hatte sie ein schlechtes Gewissen, weil sie sie empfing. Trotz Clives Verbot war

MacLachlan zurückgekehrt. Sein Vater und Adare waren befreundet, und der Earl billigte seine Besuche. Er hatte einige unverheiratete Bekannte mitgebracht. Es waren auch andere Gentlemen da gewesen, an deren Gesichter sie sich nicht erinnerte, ebenso wenig wie an ihre Namen, alle von Adare eingeladen und von seiner Gemahlin, um sie kennenzulernen. Alle wurden sie als potenzielle Ehekandidaten angesehen.

Sie fühlte sich schlecht, weil sie seine Familie hinterging, aber sie konnte niemandem etwas von ihren Plänen sagen. Sie wusste, irgendwer würde direkt zu Clive gehen und ihm sagen, was sie vorhatte. Am Morgen nach dem Ball würde sie es ihm selbst sagen. Das würde schwierig genug werden. Sie wusste, er würde nicht einverstanden sein mit ihren Plänen, aber sie hatte sich entschieden, und dieses eine Mal würde sie sich durchsetzen.

„Wer ist es?“, fragte Amanda und bemühte sich um eine neugierige Miene. Besucher zu empfangen war besser, als zu trauern, und andere Pläne hatte sie nicht.

„Ich kenne die Damen nicht, aber sie besuchen Lizzie und sind in unserem Alter.“ Eleanor lächelte. „Du hattest so viel Erfolg, Amanda. Sicher bist du begeistert.“

Amanda lächelte Eleanor an, während sie nach unten gingen. „Mir scheint meine Ankunft in Hosen eine Ewigkeit her zu sein.“

„Ja, so scheint es, aber so lange ist es noch gar nicht her.“

„Ich bin erst seit sechs Wochen in der Stadt“, bemerkte Amanda, und es versetzte ihr einen Stich. Und sechs Wochen hatte sie mit Clive auf seinem Schiff verbracht. Es schien ihr, als würde sie ihn schon ewig kennen und lieben.

Eleanors nächste Worte erschienen ihr seltsam. „Du weißt, dass du mir wirklich vertrauen kannst, nicht wahr? Ich sehe in dir jetzt eine Schwester.“

Sie empfand noch mehr Schuldbewusstsein. „Du bist mir eine wunderbare Freundin geworden“, sagte sie und meinte das ganz ehrlich. „Erzähle mir etwas über unsere Gäste“, fügte sie hinzu, um das Thema zu wechseln.

„Lady Jane Cochran ist die Tochter der Marchioness of Lidden-Way. Ich habe gehört, dass sie eine reiche Erbin sein soll. Die anderen beiden Ladys verfügen nur über bescheidene Erbschaften.“ Sie waren inzwischen in der großen Halle angekommen, durchquerten sie rasch, und Eleanor fügte hinzu: „Vielleicht werden wir beide neue Freundschaften schließen.“

Amanda wusste, dass Eleanor Irland vermisste und London nur ertrug, weil Harmon House ein Treffpunkt für ihre Familie war. „Vielleicht.“

Eleanor machte wie immer aus ihrer Meinung kein Geheimnis. „Lady Jane scheint etwas eitel zu sein. Hoffentlich ist sie nicht eifersüchtig auf dich.“

Amanda hätte um ein Haar gelacht. „Warum, um alles in der Welt, sollte sie auf mich eifersüchtig sein?“

„Sie ist recht unscheinbar, Liebes, und du bist eine solche Schönheit. Sie alle sind unverheiratet und auf der Suche nach einem Ehemann. Lady Jane muss sich nicht sorgen, nicht mit ihrem Vermögen, aber ich habe Frauen wie sie schon getroffen, und sie könnte in dir eine Konkurrenz sehen.“

„Eleanor, ich möchte für niemanden eine Konkurrenz sein.“

„Ich weiß, und ich weiß auch, warum“, flüsterte Eleanor ihr zu, als sie den Salon betraten.

Amanda begann, sich unbehaglich zu fühlen. Unglücklicherweise schien Eleanor ihre tiefe Liebe zu Clive erraten zu haben. Aber sie wurde gleich darauf abgelenkt, als sie die drei jungen Damen sah, die im Salon versammelt waren und die sich umdrehten, um sie anzusehen. Sie sah eine große, dünne und recht unscheinbare junge Frau in einem schönen Kleid und Perlen. An ihrer etwas hochnäsigen Haltung erkannte Amanda, dass dies Lady Jane sein musste. Instinktiv mochte Amanda sie nicht. Ihre übergewichtige Freundin war eigentlich recht hübsch und besaß ein angenehmes Lächeln. Die dritte Besucherin war nicht sehr bemerkenswert, weder groß noch klein, nicht dick und nicht dünn, aber ihre Miene war unübersehbar neugierig.

Lizzie trat vor, um die Vorstellung zu übernehmen. „Meine Schwägerin, Mrs O'Neill, haben Sie ja schon kennengelernt. Dies ist das Mündel meines Schwagers, Amanda Carre. Amanda, dies sind Lady Jane Cochran, Lady Honora Deere und Lady Anne Sutherland." Lizzie lächelte.

Amanda knickste, während die drei anderen Damen die Köpfe neigten. Sie spürte eine Spannung in dem Salon, die ihr nicht gefiel. Das war nicht gut.

„Wir haben alles über Sie gehört", sagte Lady Jane heiter. „Und natürlich kennen wir alle Ihren Vormund. Wenn er in der Stadt ist und einen Ball besucht, fallen die Damen reihenweise in Ohnmacht. Es schien uns passend, Sie in der Stadt willkommen zu heißen."

„Das ist sehr freundlich von Ihnen", sagte Amanda vorsichtig. Jane Cochran lächelte, aber es war weder freundlich noch herzlich. Amanda hoffte, der Besuch würde nur kurz währen und ohne Zwischenfälle verlaufen.

„Es ist sehr freundlich", bestätigte Lizzie, „denn wir kennen einander kaum."

Lady Jane sah sie an. „Wir sollten bessere Freundinnen werden, oder?"

Nachdem sie höflich beigepflichtet hatte, sagte Lizzie: „Ich gehe nachsehen, wo Masters mit den Erfrischungen bleibt." Sie eilte hinaus.

„Ist auch Ihr Vormund, Captain de Warenne, im Haus?", fragte die rundliche Lady Honora atemlos und errötete.

Amanda vermutete, dass Honora Deere in Clive verliebt war. Es machte ihr nichts aus, denn sie konnte das gut verstehen. Clive würde Lady Honora keinen zweiten Blick schenken, auch wenn er höflich und charmant sein würde. Sie lächelte die Frauen an. „Unglücklicherweise hat er die Stadt verlassen, um Geschäfte zu erledigen", sagte Amanda. „Zum Ball bei den Carringtons wird er zurückkommen."

„Lady de Warenne erwähnte, dass Sie dort debütieren werden“, sagte Jane Cochran.

Lady Honora wirkte traurig. „Er sieht so gut aus“, flüsterte sie.

„Er sieht so gut aus“, wiederholte Lady Anne. „Meinen Sie nicht auch?“ Sie wechselte einen Blick mit Lady Jane.

Amanda wurde immer angespannter. „Natürlich sieht er gut aus. Man müsste blind sein, das nicht zu bemerken.“

Lady Jane lachte. „Was Sie zweifellos nicht sind. Plündert er wirklich Schiffe aus?“

Eleanor trat vor. „Mein Bruder ist kein Pirat, Lady Jane. Vor allem ist er ein Kaufmann und manchmal ein Kaperfahrer, was ein großer Unterschied ist.“ Sie war zweifellos verärgert, und Amanda berührte ihre Hand, damit sie sich beruhigte.

„Was wollen Sie wirklich?“, fragte sie Jane Cochran.

Lady Jane lächelte Amanda kühl an und wandte sich dann an Eleanor. „Mrs O'Neill, wir sind nicht gekommen, um Captain de Warenne zu beleidigen. Er ist so schneidig und hinreißend, und wir sind einfach enttäuscht, dass er nicht da ist. Wir sind gekommen, um Lady de Warenne zu besuchen und Miss Carres Bekanntschaft zu machen.“

Eleanor lächelte angestrengt. „Wie nett von Ihnen.“

Und Amanda wusste, dass aus diesem Besuch nichts Gutes entstehen würde. Sie ahnte, wenn sie auch nicht sicher war, dass diese Frauen gekommen waren, um auf sie herabzusehen.

Lady Jane wandte sich an Amanda. „Ich habe ihn nie für einen Piraten gehalten, trotz all des Geredes“, sagte sie. „Dafür ist er viel zu elegant, auch wenn er stets einen Dolch und diese Sporen trägt.“

Amanda lächelte kühl. „Er ist der größte Piratenjäger unserer Zeit, aber das wissen Sie natürlich. Er ist daran gewöhnt, stets bewaffnet zu sein.“

Jane lächelte sie an. „Hat er auch Ihren Vater gefangen, Miss Carre?“

Amanda erstarrte. Diese Frauen kannten die Wahrheit. Und jetzt spürte sie voller Verwunderung deren Bösartigkeit und begriff, warum Jane sie nicht mochte. Diese Frauen waren gekommen, um sie zu verhöhnen.

„Was soll das heißen?", fragte Eleanor entsetzt.

„Das entsetzliche Gerücht stimmt doch gewiss nicht? Ihr Vater wurde doch bestimmt nicht wegen Piraterie gehängt?", fuhr Lady Jane fort und lächelte breit. „Ich meine, warum sollte Captain de Warenne sich einer Piratentochter annehmen und es wagen, sie in die Gesellschaft einzuführen?"

Einen Moment lang verschlug es Amanda die Sprache.

So viele Bilder sah sie vor sich. Sie sah Clive, wie er sich den Weg bahnte durch die Menge am Spanish Town Square, um sie zu retten, als sie sich unter dem Galgen verbarg, wo ihr Vater gehängt werden sollte. Sie sah ihn, wie er neben ihr am Ruder stand, unter einem Himmel aus gelben Segeln und silbernen Sternen, und sie sah ihn, als sie die Treppe herunterging und zum ersten Mal ein Kleid trug – und welche Bewunderung in seinem Blick lag.

Und sie sah ihn, als sie im Ballsaal zusammen den Walzer tanzten und ihre Röcke um sie beide herumflogen.

La Sauvage war fort. Sie hatte so hart gearbeitet, um die Frau zu werden, die sie jetzt war. Jane und ihre Freundinnen hatten kein Recht, sie zu verachten, und sie würde nicht zum Ziel ihres Spottes werden.

„Wie können Sie es wagen, in dieses Haus zu kommen und so üblen Klatsch zu verbreiten!", rief Eleanor. „Es ist eine Lüge, Lady Jane. Amandas Vater war ein Pflanzer, der ertrank."

„Wie seltsam, denn ich hörte, dass de Warenne sie bei der Hinrichtung ihres Vaters rettete." Jane Cochran sah Amanda an, als wäre diese ein Käfer, den sie am liebsten zertreten hätte. „Ich hörte, dass ihre Maskerade nichts anderes ist als genau das: eine Maskerade. Und dass sie mit Piraten gesegelt ist, mit ihnen geschlafen und mit ihnen gekämpft hat. Wie kann sie es wagen, in die Stadt zu kommen und so zu tun, als wäre sie eine von uns?"

Zitternd hob Amanda den Kopf und straffte die Schultern. „Es stimmt."

Eleanor packte sie am Arm. „Amanda!"

Amanda schüttelte den Kopf und löste sich von ihr. Jetzt war sie zornig. Jane Cochran würde ihr nicht wegnehmen, was sie errungen hatte. Mochte sie auch London verlassen, so würde sie doch als Miss Carre gehen, eine Dame mit Manieren, eine Dame, die tanzen konnte. „Mein Vater wurde als Pirat gehängt, und ich lernte in der Takelage zu klettern, als ich vier war. Ich kann besser fechten als die meisten Gentlemen in der Stadt. Aber ich kann den Walzer tanzen, Lady Jane, und ich kann lesen und schreiben, und ich habe hier in der Stadt viele neue Freunde gefunden."

„Machen Sie sich keine Mühe", begann Jane Cochran.

Amanda trat direkt zu ihr, bebend vor Zorn. „Sie sind diejenige, die keine Manieren hat. Ehe er ein Verbrecher wurde, war mein Vater ein Offizier und ein Gentleman. Die Hälfte der Piraten in der Karibik waren einst Marineoffiziere, Lady Jane."

„Wie können Sie es wagen, in diesem Ton mit mir zu sprechen!", rief diese.

Aber Amanda war noch nicht fertig. „Und meine Mutter war eine Lady – eine Straithferne aus Cornwall", rief sie zurück. „Vielleicht wurde ich nicht in einem vornehmen Haus aufgezogen mit einer Dienerschaft, die mir aufwartete, aber so hätte es sein sollen. Ich habe jedes Recht, mit Ihnen zu sprechen, und ich habe jedes Recht, hier zu sein. Und nicht nur, weil ich Clive de Warennes Mündel bin. Nicht nur, weil der Earl und die Countess of Adare mich hier haben wollen. Es ist mein Geburtsrecht."

Jane starrte sie sprachlos an.

Eleanor trat vor. „Sie sollten jetzt besser gehen, ehe ich Sie persönlich hinauswerfe." Da sie sehr hochgewachsen war, überragte sie die andere erheblich.

Jane Cochran sah sie voller Abscheu an, winkte ihren Freundinnen, und alle begaben sich zur Tür. Dort blieb sie stehen. „Welche Mitgift Ihr Piratenvater Ihnen auch hinterlassen hat, welches Verhalten Sie auch immer an den Tag legen, was immer

Sie denken mögen, es ist nicht genug, um Sie zu einer von uns zu machen. Ich bedaure, dass Sie mit ihr zusammen sein müssen, Mrs O'Neill. Dies ist wirklich ein schändlicher Skandal."

Amanda sagte leise: „Was wirklich eine Schande ist, ist, dass Sie sich eine Lady nennen. Wirkliche Damen benehmen sich nicht so, wie Sie es gerade getan haben."

Lady Jane war sprachlos.

Und Amanda lächelte sie an.

Mit wütendem Blick ging Jane fort, gefolgt von Lady Anne. Honora jedoch blieb stehen, bleich vor Entsetzen. Sie sah erst Eleanor an, dann Amanda. „Es tut mir so leid!", rief sie. Dann erst lief sie ihren Freundinnen nach.

Amanda bemerkte, dass sie den Atem angehalten hatte. Starr vor Anspannung atmete sie jetzt aus. Jemand hatte die Wahrheit über sie herausgefunden und sie in der Stadt herumerzählt. Jemand versuchte, ihr wehzutun. Es ergab einfach keinen Sinn. Amanda vermochte sich nicht vorzustellen, wer so etwas tun sollte.

„Diese Hexen!", stieß Eleanor hervor. Sie zitterte vor Wut. „Oh, ich werde einen Weg finden, sie bezahlen zu lassen. Und warte, bis Clive von ihrer Bösartigkeit erfährt! Amanda, du warst großartig!"

Amanda hörte sie kaum. Sie war so weit gekommen, und diese Jane Cochran wollte alles zerstören, was sie erreicht hatte. Aber sie kannte sie nicht, daher musste dies der Plan von jemand anders sein. Sie sah Eleanor an. „Selbst ich weiß, dass Damen sich nicht so benehmen."

„Sie ist eine dürre, hässliche Hexe mit einer boshaften Natur! Nie wird sie Liebe oder Zuneigung finden, nur irgendeinen armen Mitgiftjäger! Wir müssen unsere Rache planen."

Amanda lächelte beinahe. „Du bist so eine treue Freundin."

Eleanor umarmte sie. „Ich habe es ernst gemeint, als ich sagte, du bist mir wie eine Schwester geworden. Oh, was sollen wir ihr nur antun? Sollen wir irgendein abscheuliches Gerücht über sie verbreiten?"

Amanda lächelte traurig. „Das klingt verlockend, aber auch wenn sie sich hässlich und bösartig verhalten hat, so hat sie doch nur die Wahrheit gesagt."

„Amanda, sie kann deine Aussichten zunichtemachen. Wir müssen dieses Gerede unterbinden."

Amanda setzte sich. Ein Teil der Spannung ließ nach. Clive würde außer sich sein, wenn er von diesem Besuch erfuhr. Sie war noch immer wütend. „Aber es ist kein Gerede, Eleanor." So gern hätte sie Eleanor gesagt, dass es keine Rolle mehr spielte, weil sie nicht mehr lange in der Stadt sein würde. „Als ich in der Stadt ankam, hatte ich solche Angst, dass genau das passieren würde. Mein ganzes Leben lang habe ich solche Dinge ertragen. Ich war einmal ein ungebärdiges Kind. Ich habe gebettelt und gestohlen, wenn ich allein auf der Insel war während Papas Fahrten. Aber ich habe mich verändert, Eleanor. Ich kann lesen und schreiben, und dein Vater sagt, ich wäre eine gute Tänzerin. Auch Papa war einst ein Gentleman, und meine Mutter ist Lady Belford. Ich verstecke mich nicht, nicht vor Jane Cochran und auch vor sonst niemandem." Sie wusste, Clive würde ihre entschiedene Haltung billigen.

Eleanor setzte sich neben sie. „Ich weiß, du sprichst nicht gern über deine Mutter, aber wenn sie nur vortreten würde, dann würde dies alles hier viel einfacher sein."

Amanda sprang auf. „Nein! Ich brauche ihre Hilfe nicht!"

Eleanor nahm ihren Arm. „Amanda, diese Beschuldigung muss als Lüge abgetan werden."

Amanda sah ins Leere. „Vielleicht hast du recht. Aber wenn ich je so angesprochen werde, werde ich die Wahrheit nicht leugnen. Ich werde mich nicht ducken. Morgen stehen drei Besuche an. Ich versprach der Countess, sie zu begleiten, und das werde ich tun."

Eleanor sah sie an. Dann sagte sie: „Du kennst die Gesellschaft nicht so gut wie ich. Ich möchte nicht, dass man dir wehtut."

Amanda dachte an Clive, der ihr das Herz gebrochen hatte.

„Gerede kann mir nicht wehtun." Sie erwähnte nicht, dass das nur Eleanors Bruder konnte. „Ich bin mit meinen Leseübungen im Rückstand, und Monsieur Michelle prüft mich heute Nachmittag. Ich denke, ich sollte lernen. Wir sollten nicht länger über Lady Jane sprechen." Dann fügte sie hinzu: „Eleanor, es spielt wirklich keine Rolle. Ich bin nicht länger eine Piratentochter."

Eleanor lächelte finster und umarmte sie kurz. „Du bist so tapfer."

Amanda hatte gerade das Zimmer verlassen, als Lizzie hereinkam mit Chaz auf dem Arm, der hinunterwollte. Sie drehte sich um. „Wo sind die Damen?"

„Ich vermute, du kennst sie nicht sehr gut?", fragte Eleanor in bitterem Ton.

„Ich kenne sie überhaupt nicht. Einmal, vor einigen Jahren, wurde ich Lady Jane bei einer Dinnerparty vorgestellt. Wir haben uns danach nicht einmal unterhalten. Was ist passiert? Ihr wirkt aufgeregt."

„Sie kamen her, um Amanda zu quälen. Jemand kennt die Wahrheit, und sie kennen sie auch."

Lizzie erbleichte und erfüllte Chaz' Wunsch, indem sie ihn hinunterließ. Er lief quer durch das Zimmer und warf dabei einen kleinen Tisch um. „Oje", flüsterte Lizzie. „Was sollen wir jetzt tun?"

„Amanda hat beschlossen, nichts zu tun, so als wäre gar nichts geschehen. Aber ich weiß es besser. Wir brauchen Mutter, und wir müssen dafür sorgen, dass dieses Gerücht heute noch erstickt wird."

Amanda öffnete ihr Buch an diesem Tag nicht. Stattdessen berührte sie die Perlen an ihrem Hals, das kostbare Geschenk, das Clive ihr gegeben hatte, und sie vermisste ihn so sehr, dass es wehtat. Es war schwer, sich über Jane Cochran und ihre Freundinnen aufzuregen, wenn ihr Herz so wehtat, und doch blieb sie wütend. Jane tat ihr ehrlich leid, denn offensichtlich war sie unglücklich. Morgen würde sie vermutlich wieder verachtet und verhöhnt werden, aber sie würde damit fertig werden. Sie war stolz darauf, es so weit gebracht zu haben, und sie würde sich nie wieder vor irgendetwas oder irgendwem verstecken. Ein hässliches Gerücht würde La Sauvage nicht zurückbringen, nicht einmal eines, das stimmte.

Sie dachte an Clive, der irgendwo in Holland war, der sie nicht einmal ansehen wollte. So wütend, wie er war, würde er doch noch wütender sein auf diese beiden Frauen, wäre er dabei gewesen, und er wäre sofort zu ihrer Verteidigung herbeigeeilt. Sie wusste das, und es gefiel ihr. Vielleicht würde er trotz seines schrecklichen Entschlusses auch aus der Ferne ihr Beschützer sein, so wie sie ihn aus der Ferne immer lieben würde. Sie lächelte ein wenig.

Amanda drehte sich um, als es an ihrer Tür klopfte und die Countess of Adare erschien. An ihrer ernsten Miene und dem mitleidigen Blick erkannte Amanda, dass Eleanor ihr erzählt hatte, was geschehen war. „Ich hörte, es hätte unten eine unangenehme Situation gegeben“, begann die Countess mit ruhiger Stimme.

Amanda wollte so tun, als hätte sie nicht verstanden. Dann seufzte sie. „Es tut mir leid, dass eine so abscheuliche Begegnung in Ihrem Haus stattfinden musste, Mylady.“

Die Countess erschrak. „Entschuldigen Sie sich nicht bei mir, meine Liebe! Ich bin Ihretwegen besorgt. Eleanor sagte, es ginge Ihnen gut und Sie wären nicht zu sehr aufgewühlt.“

Amanda zögerte. Endlich sagte sie: „Es tat weh. Natürlich tat es das. Ich habe nichts getan, um einen solchen Angriff herauszufordern.“

Mary setzte sich in den nebenstehenden Stuhl und griff nach ihrer Hand. „Amanda, Liebes, diese ganze Familie steht hinter Ihnen. Wir werden Sie nie im Stich lassen. Wissen Sie das?“

Nie waren das großzügige Wesen und die Freundlichkeit der Countess deutlicher zutage getreten. In diesem Moment wollte

Amanda eine große Dame werden wie sie – eine Dame, die stets freundlich war, großzügig und immer voller Anmut, wie sehr sie auch provoziert werden mochte. „Ich glaube, das weiß ich, Mylady. Ich weiß, ich habe Ihnen für Ihre Gastfreundschaft gedankt, aber Ihre Herzlichkeit bedeutet mir so viel."

Mary drückte ihr die Hand. „Ich sehe in Ihnen eine Tochter", sagte sie einfach. Und fügte dann mit einem besonderen Glanz in den Augen hinzu: „Aber Eleanor hat recht. Irgendwann muss es Rache geben."

Amanda sah sie aus großen Augen an – sie konnte ihren Ohren kaum trauen.

Mary lächelte. „Meine Liebe, zuallererst bin ich Irin, und meine Vorfahren waren große Krieger, sogar die Frauen. Ein wenig von ihrem Blut rinnt noch durch meine Adern."

„Aber Sie sind die Countess of Adare!"

„Stimmt. Und ich hatte auch nicht vor, Ihren Dolch zu nehmen und damit irgendetwas anzustellen. Ich dachte an eine persönlichere Form der Rache. Janes Mutter ist eine gute Freundin von Lady Carrington, und ich versichere Ihnen, sie wird auf dem Ball sein. Hmm – soll ich Ihnen für den Ball meine Diamanten leihen? Vielleicht zusammen mit der Tiara aus Perlen und Diamanten? Jane wird tot umfallen vor Neid."

Amanda biss sich auf die Lippen, dann lachte sie. „Sie würde grün werden vor Neid, aber ich kann so etwas nicht borgen, Mylady."

„Natürlich können Sie das", sagte Mary, tätschelte ihr die Hand, während erneut ein Funkeln in ihre Augen trat. Dann sah sie Amanda an. „Alles der Reihe nach. Ich schätze Ihren Stolz, aber es hat keinen Sinn zuzulassen, dass dieses Gerücht Ihre Möglichkeiten zerstört. Deswegen werden wir morgen einen weiteren Besuch einplanen."

Die Countess hatte einen Plan. „Wen werden wir besuchen?", fragte Amanda neugierig.

„Wir werden meine Freundin Lady Marsden besuchen, eine sehr angesehene und mächtige Dowager Countess, und wir werden diesem Unsinn, den Lady Jane begonnen hatte, ein Ende bereiten."

Leise sagte Amanda: „Aber es ist kein Unsinn."

Und Mary de Warennes Blicke wurde hart. „Oh, aber es ist Unsinn, meine Liebe, denn etwas anderes werde ich nicht dulden."

Am nächsten Nachmittag wurden Amanda und Mary de Warenne in einen üppigen Salon geführt. Eleanor, Lizzie und Tyrell begleiteten sie. Der Erbe des Titels war ein groß gewachsener, dunkelhaariger Mann, der seinem Bruder Rex sehr ähnlich sah. Amanda fand ihn ebenso beeindruckend wie den Earl, obwohl sie am Abend vor dem Opernbesuch sehr nett miteinander geplaudert hatten.

Trotz ihrer Entschlossenheit war Amanda nervös. Sie wusste, diese ersten Besuche würden schwierig werden. Und Lady Marsden war genauso würdevoll, wie sie sie sich vorgestellt hatte. Sie war eine grobknochige Frau mit blauweißem Haar, die es wagte, am Tag königsblauen Samt und Saphire zu tragen. Am heutigen Tag empfing sie verschiedene Besucher, zwei Gentlemen und drei junge Damen. Amanda schluckte, sobald sie bemerkte, dass sich Garret MacLachlan darunter befand. Sie begann, sich unbehaglich zu fühlen. Es war eine Sache, jenen gegenüberzutreten, die sie nicht mochte, aber etwas anderes bei jemandem, der ihr ehrlich gefiel.

Er sah sie und machte große Augen, doch dann, als hätte er die Gerüchte nicht gehört, lächelte er sie entwaffnend an.

Während die Countess voranging in den Salon, zog Tyrell de Warenne sie beiseite. Amanda erschrak.

Er lächelte sie an. „Miss Carre, Sie sind das Mündel meines Bruders, dadurch bin auch ich für Sie verantwortlich."

Sie nickte und fragte sich, worauf er hinauswollte.

„Sie stehen unter meinem Schutz, also unter dem des Hauses Adare. Haben Sie keine Angst. Wir stehen diese kleine, aber höchst unangenehme Krise gemeinsam durch, und bis mein Bruder nach Hause zurückkehrt, werden wir vergessen haben, dass ein so unglückliches Ereignis überhaupt stattgefunden hat."

„Ich hoffe, das stimmt", sagte Amanda und fühlte sich in Gegenwart des Erben sehr unbehaglich. Aber sie lächelte ihn an. „Sie haben viele Pflichten, Mylord. Sie müssen sich nicht auch noch um mich kümmern."

Er lächelte. „Aber natürlich tue ich das! Meine Frau würde mich erwürgen, wenn ich Sie jetzt im Stich ließe." Dann verschwand sein Lächeln. „Lady Marsden bellt zwar, aber sie beißt nicht, und sie mag meine Mutter sehr. Halten Sie den Kopf hoch, und seien Sie einfach Sie selbst. Sie werden sie im Handumdrehen für sich einnehmen, so wie Sie es mit unserer ganzen Familie geschafft haben."

Amanda beschloss, das zu tun, was er sagte. „Wenn ich ganz ich selbst wäre, Mylord, würde ich den Kopf hoch tragen und Jane Cochran auf den Rocksaum treten, denn sie bewegt sich auf sehr glattem Parkett."

Er lachte. „Sie erinnern mich sehr an meine Schwester", sagte er. „Sollen wir?" Er nahm ihren Arm.

Amanda fiel auf, dass dies eine sehr symbolische Geste war, denn es handelte sich um den Arm des zukünftigen Earl of Adare. „Vielen Dank für Ihre Höflichkeit", murmelte sie.

Er lächelte ihr zu.

Lady Marsden trat in erschreckend königlicher Haltung auf sie zu. Amanda bemerkte, dass die ganze Gesellschaft zu ihr hinsah, als Tyrell sie hineinbegleitete. Sie fühlte, wie ihre Wangen glühten, aber sie senkte weder den Kopf noch den Blick. Offensichtlich wusste jeder außer Garret über ihre zweifelhafte Vergangenheit Bescheid.

„Meine liebe, liebe Lady Adare", rief Lady Marsden und lächelte. „Meine liebe Mary!"

„Ich freue mich ebenfalls, dich zu sehen, Dot", sagte Mary lächelnd, als sie einander die Hände drückten.

Auf der anderen Seite des Raumes flüsterten die drei Frauen

miteinander und sahen immer wieder zu ihr hin. Amanda hielt sich kerzengerade und lächelte sie alle an.

Jetzt wandte Lady Marsden ihre Aufmerksamkeit Eleanor zu und überging Amanda offensichtlich. „Sie kenne ich, und zwar sehr gut“, sagte sie zu Eleanor. „Sie haben also einen Bürgerlichen geheiratet – und noch dazu Ihren Stiefbruder! Warum sind Sie nicht zu mir gekommen, Eleanor?“, fragte sie.

Eleanor knickste. „Weil ich wusste, dass Sie nicht einverstanden wären, wenn ich aus Liebe heirate“, sagte sie kühn.

Lady Marsden lachte. „Aber ich bin einverstanden. Sie brauchten kein Vermögen. Außerdem sieht er gut aus, oder? Ich erwarte, dass Sie bei Ihrem nächsten Besuch Ihren Gatten mitbringen – Ende der Woche würde genügen.“

Eleanor nickte, und ihre Augen funkelten, ansonsten aber war ihre Haltung erschreckend demütig.

Dann ging Lady Marsden zu Tyrell, noch immer ohne auf Amanda zu achten. Er verbeugte sich und küsste ihr die Hand. „Ich sehe, Sie sind wohlauf wie immer, Lady Marsden“, sagte er. „So elegant wie gastfreundlich. Welch großartige Zusammenkunft!“

„Oh, hören Sie auf mit Ihren Schmeicheleien! Sie haben sich verändert!“, rief sie aus. „Sie sehen besser aus denn je, falls das überhaupt möglich ist. Kommen Sie her, Lizzie. Sie sind wieder guter Hoffnung? Tyrell! Schämen Sie sich!“

Er lachte nur.

„Es ist meine Schuld, Mylady“, sagte Lizzie lächelnd und knickste. „Ich bin es, die darauf bestand, eine große Familie zu haben.“

Lady Marsden schüttelte den Kopf. „Ich habe nicht damit gerechnet, Sie beide wiederzusehen, denn Sie schienen sich ganz in das heidnische Land zurückziehen zu wollen, das Sie Ihr Zuhause nennen.“

Tyrell und Lizzie plauderten kurz mit der energischen Dowager Countess, luden sie nach Adare ein. Weder Lizzie noch Tyrell wirkten eingeschüchtert von ihrer schroffen und direkten Art. Während sie darauf wartete, vorgestellt zu werden, sah Amanda sich im Salon um.

Sofort lächelte Garret sie an und kam auf sie zu. Es war unmöglich, ihm jetzt aus dem Weg zu gehen.

„Miss Carre, welch schöne Überraschung, Sie hier zu sehen."

Sie wagte es, die Begrüßung zu erwidern. „Mylord, es ist ein schöner Tag heute."

Prüfend sah er sie aus seinen grünen Augen an. „Es ist ein schöner Tag – aber ich sehe einen Schatten in diesen schönen Augen."

Sie errötete. Wenn er flirtete, war er schamlos. „Es geht mir gut."

Er schien daran zu zweifeln. „Ich bewundere Ihren Mut, Miss Carre", sagte er leise. „Mädchen, davon haben Sie genug für ein Dutzend Männer."

Sie starrte ihn fassungslos an. Hatte er den Klatsch also doch gehört?

Mitgefühl erschien in seinem Blick. Er zog sie von den anderen fort. „Ich hörte die Anschuldigungen, die Jane Cochran vorbrachte. Ich denke, das Biest benötigt eine Lektion in Manieren."

Amanda erstarrte. „Es stimmt."

Er sah sie an, ihre Blicke begegneten sich, und als er sie anlächelte, war es dasselbe herzzerreißende Lächeln, das sie so oft bei Clive gesehen hatte. „Ich glaube, ich habe es gewusst. Eine wilde Rose kann nicht mit ihrer Verwandten aus dem Treibhaus verwechselt werden. Mädchen, es spricht nur für Ihren außergewöhnlichen Charakter, dass Sie jetzt hier sind."

Amanda war zu verblüfft, um zu antworten.

„Lady Marsden, Sie kennen noch nicht das Mündel meines Bruders, Miss Amanda Carre", sagte Tyrell entschieden, und Amanda erstarrte wieder. Aber sie war bereit für die Dowager Countess, und sie würde nie wieder Garret MacLachlan unterschätzen.

Lady Marsdens Miene verhärtete sich, als sie näher kam. „Ich weiß, wer sie ist", sagte sie kühl und wandte sich an die Countess. „Also wirklich, Mary, war das deine Idee?"

Amanda zuckte nicht zusammen, nicht jetzt.

Tyrell wurde rot vor Zorn und wollte etwas sagen, doch Mary nahm seinen Arm und hinderte ihn daran. Sie lächelte. „Miss Carre ist wie eine weitere Tochter für mich", sagte sie. „Ihr Vater, ein Marineoffizier im Ruhestand, ertrank auf Jamaika, wo er als Pflanzer lebte. Er war ein Freund von Clive, und sein letzter Wunsch war, dass Clive sich ihrer annahm. Wir führen sie sehr behutsam in die Gesellschaft ein, und da sie eine außergewöhnliche und besondere junge Frau ist, musste ich sie zu dir bringen."

Lady Marsden sah jetzt Amanda direkt an, und ihr Blick war voller Misstrauen. „Stimmt das? Ist Ihr Vater ertrunken? Denn da habe ich etwas ganz anderes gehört!"

Amanda zögerte. Die Wahrheit lag ihr auf der Zunge, aber sie sah, wie Mary sie ansah und sie anflehte, sich nicht bloßzustellen. Sie schuldete der Countess so viel, und sie brachte ein Nicken zustande. „Ja, Mylady, es stimmt. Mein Vater ist kürzlich ertrunken."

Mary seufzte. „Dot, Jane Cochran ist zornig, weil sie in meinen Sohn verliebt ist und Clive ihr keine Aufmerksamkeit schenkt. Und warum sollte er auch? Sie ist sehr unscheinbar, ohne Manieren, und ihr Vermögen braucht er nicht. Es deutet auf ihren schlechten Charakter hin, dass sie solche boshaften Lügen über meine neue Tochter verbreitet."

Lady Marsden schien erschüttert zu sein. „Ich habe dieses Cochran-Mädchen nie gemocht", sagte sie nach einer kurzen Pause. „Und du hast recht, trotz ihrer vornehmen Herkunft hat es ihr oft an Manieren gemangelt. Nun, wenn Miss Carre deine Tochter ist ..." Sie wandte sich an Amanda. „Kommen Sie her, Miss Carre", befahl die Dowager Countess.

Amanda gehorchte sofort und knickste noch einmal.

„Sie haben entsetzlich gelitten", sagte Lady Marsden. „Ich erkenne das jetzt. Doch Sie sind sehr mutig, dass Sie es wagen, noch einmal auch nur einen Fuß in die Gesellschaft zu setzen."

Amanda lächelte. Die alte Dame war tatsächlich überhaupt nicht Furcht einflößend. „Die Countess wünschte, dass ich Ihre Bekanntschaft mache, und ich habe keinen Grund, mich zu verstecken." Das stimmte. „Es ist mir eine große Ehre, Sie zu treffen, Mylady."

„Sie sind also auf Jamaika aufgewachsen?", fragte Lady Marsden. „Gehört das nicht zu den Westindischen Inseln?"

Amanda nickte. „Ja, das stimmt."

„Hmm. Ich reise sehr gern. Bitte erzählen Sie mir doch, wie die Insel so ist und ob Sie mir raten können, in meinem fortgeschrittenen Alter noch eine Reise dorthin zu unternehmen."

18. KAPITEL

Amanda begann, sich sehr elend zu fühlen. Zwei Wochen waren vergangen, und es war bereits nach sechs Uhr abends. Um halb sieben würden sie Harmon House verlassen und auf den Ball bei den Carringtons gehen. Clive war nicht zurückgekehrt.

Ungläubig und bedrückt stand sie am Fenster, gekleidet in einen Hausmantel, das Haar aufgesteckt. Sie trug die kostbare Tiara der Countess mit den Perlen und Diamanten und das Halsband, das sie von Clive bekommen hatte. Jetzt musste die Zofe ihr nur noch helfen, das Ballkleid anzulegen und die Handschuhe sowie ein diamantenbesetztes Armband, von dem die Countess wollte, dass sie es trug. Amanda biss sich auf die Lippen.

Niemals würde er sie so enttäuschen. Etwas Schreckliches musste geschehen sein, das ihn aufhielt. Entweder das, oder er war viel wütender, als sie es geglaubt hatte.

Wenn er nicht kam, würde sie nicht auf den Ball gehen. Trotz allem, was geschehen war, gehörte der erste Tanz ihm. Sie würde ihn keinem anderen schenken.

Während sie dastand und zitterte, denn es war eine kühle Herbstnacht, schlug ihr Herz wie rasend. Den ganzen Tag über war sie angespannt und aufgeregt gewesen. Sie hatte Angst gehabt vor dieser ersten Wiederbegegnung, wie er sie ansehen, was er sagen würde. Natürlich war das dumm, aber sie hoffte, er hatte ihr verziehen, was sie auf Ashford Hall getan hatte. Sie hoffte, er hätte seine Meinung geändert, was die vielen Grenzen zwischen ihnen anging. Selbst wenn das nicht der Fall sein sollte, so musste sie ihn unbedingt wiedersehen. Ohne ihn fühlte sie sich leer und erschöpft.

Und dann sah sie eine Mietdroschke zwischen den beiden Säulen am Ende der Einfahrt erscheinen. Amanda schrie auf, öffnete ein Fenster und sah zu, wie sie näher kam. Die schwarze Kutsche fuhr die Einfahrt hinauf und blieb vor dem Haus stehen. Die Tür ging auf, und Clive stieg aus.

Ganz fest umklammerte sie das Fenstersims, während ihr Herz wie rasend schlug. Er hatte sie nicht im Stich gelassen. Sie schaute ihn an und war überwältigt von ihrer Liebe.

Er sah auf.

Obwohl sie zwei Stockwerke über ihm war, sahen sie sich sofort in die Augen.

Amanda lächelte nicht, sie konnte nicht.

Er lächelte auch nicht, aber während er zum Haus ging, sah er zu ihr hoch, bis er unter dem Portikus und aus ihrem Blickfeld verschwand.

Zitternd schloss Amanda das Fenster. Clive war nach Hause gekommen.

Er betrat die Halle und zwang sich, langsam zu gehen, wenn er doch am liebsten gerannt wäre. Ohne Zögern ging er zur Treppe, und sein Herz raste vor Aufregung. Zuerst würde er seine Kinder begrüßen und dann ganz beiläufig Amanda einen guten Tag wünschen. Er musste sich von ihr fernhalten, aber trotzdem hatte er Amanda in den vergangenen zwei Wochen mehr vermisst, als er je einen Menschen vermisst hatte. Tag und Nacht war sie in seinen Gedanken gewesen. Tatsächlich hatte er nachts kaum Schlaf gefunden, es war die Hölle gewesen. Aber er war noch immer davon überzeugt, dass er das Richtige getan hatte, als er fortging und Adare bei der Suche nach einem Ehemann für sie um Hilfe bat.

Und jedes Mal, wenn er daran dachte, schnürte es ihm fast die Kehle zu.

Ihn hatten ernsthafte Zweifel überkommen, ob er wohl fähig sein würde, sie am Altar einem anderen zu übergeben.

„Clive“, sagte Tyrell hinter ihm.

Unwillig blieb Clive stehen und sah seinen ältesten Bruder an, der aus einem der kleineren Salons gekommen war, wo er jetzt auch Rex und Sean sitzen sah. Sie alle trugen bereits Fräcke und die dazu passenden Hosen. Er wollte nicht nur seine Kinder und Amanda sehen, er musste sich auch rasch umkleiden.

Während der Heimfahrt hatte er schon angefangen, über den Walzer nachzudenken. Er konnte nicht anders – er konnte es nicht erwarten, sie in die Arme zu nehmen und mit ihr durch den Raum zu tanzen.

Aber er hatte Tyrell seit fast einem Jahr nicht mehr gesehen. Er respektierte seinen älteren Bruder, und er liebte ihn sehr, ungeachtet der Tatsache, dass er Adare immer ähnlicher wurde. Er lächelte, und die beiden Männer umarmten einander.

„Du bist spät dran", sagte Tyrell, und ein Lächeln umspielte seine Lippen.

„Das ist mir bewusst. Wann brechen wir auf?" Er versuchte, seine Ungeduld zu beherrschen. Warum hatte Amanda ihn nicht angelächelt? Vielleicht war sie ihm böse, weil er London verlassen hatte. Und wenn dem so war, konnte er ihr daraus keinen Vorwurf machen.

„Um halb sieben. Gehst du nach oben, um dich umzuziehen?", fragte Tyrell ein wenig zu beiläufig.

Clive sah ihn an. „Warum sonst sollte ich nach oben laufen?"

Tyrell lächelte. „Es gab heute einige Zweifel, was deine Rückkehr anging."

Seine Anspannung ließ ein wenig nach. „Warum? Ich gab Amanda mein Wort, dass ich rechtzeitig zum Ball zurückkehren werde. Sie hat mir den ersten Tanz versprochen. Wie geht es ihr?"

„Sehr gut", meinte Tyrell. „Trotz der Tatsache, dass irgendjemand das hässliche kleine Gerücht in Umlauf gebracht hat, dass sie die Tochter eines Piraten ist."

Clive erstarrte. Zorn stieg in ihm auf. „Was?"

In aller Kürze erzählte ihm Tyrell, was geschehen war.

Clive zitterte noch heftiger vor Zorn. Als Sean und Rex die Halle betraten, sagte er: „Sie muss am Boden zerstört gewesen sein."

„Sie war nicht im Geringsten entsetzt, und in jedem Fall wurde das Gerücht erstickt", sagte Tyrell.

Clive glaubte ihm nicht. Amandas größte Furcht war der Hohn der Gesellschaft. Er wandte sich um, um die Treppe hinaufzueilen, doch Sean stellte sich ihm in den Weg. „Wenn du nach oben gehen willst, um deine Kinder zu begrüßen oder dich umzuziehen, kann ich dich vorbeilassen." Seine Miene war ausdruckslos. „Aber meine Frau hat mir ausdrücklich befohlen, dir nicht zu erlauben, Amanda zu sehen, ehe sie fertig angekleidet ist."

Er sah ihn ungläubig an. „Ich wünsche mit ihr zu reden. Sie ist mein Mündel."

Sean lachte. „Du bist verliebt. Warum gestehst du es nicht ein, gibst auf, bekennst es?"

Clive verspürte den heftigen Wunsch, seinem Stiefbruder ins Gesicht zu schlagen. „Du bist der Verliebte. Jedes Mal, wenn ich ein Zimmer betrete, muss ich mich umsehen, um sicherzugehen, dass du nicht mit Eleanor zusammen wie ein Paar Halbwüchsiger hinter dem Sofa hockst."

Rex trat dazu, ebenfalls amüsiert. „Es ist dir nicht erlaubt, Amanda zu sehen, bis sie herunterkommt. Entspann dich, Clive. Es ist doch erst – wie viel? Zwei Wochen her."

„Es waren achtzehn Tage", murmelte er, und als alle lachten, stieg ihm das Blut ins Gesicht.

„Ich schlage vor, du begrüßt deine Kinder und beeilst dich", sagte Tyrell gleichmütig. Er machte kehrt und ging zurück in den Salon. Sean folgte ihm.

Clive sah Rex an, der ernst geworden war. „Es geht ihr gut. Sie verfügt über sehr viel Mut und noch mehr Würde, Clive. Am nächsten Tag schon ging sie mit der Countess und Tyrell hinaus, und so wurde dem Klatsch ein Ende bereitet, ehe er richtig begann."

„Bist du sicher?", fragte Clive. „Denn du weißt nicht, welche Verachtung sie ertragen musste, als sie auf den Inseln aufwuchs."

„Ich bin ganz sicher, Clive. Das Kind, das du im August mitbrachtest, ist erwachsen geworden."

Sofort erinnerte er sich daran, wie Amanda in der Halle in Ashford Hall gestanden hatte, gekleidet in ein blassrosa Nachthemd, die begehrenswerteste Frau, die er je gesehen hatte. Er wusste schon, dass sie kein Kind mehr war. „Ich brauche ein heißes Bad", sagte er – eine glatte Lüge, denn er brauchte eher ein kaltes. Und damit drehte er sich um und lief die Treppe hinauf.

Es war exakt halb acht, als er die Treppe hinunterging, gekleidet in einen schwarzen Frack, und sein Halstuch zurechtzupfte. Sein Herz schlug wie rasend, und er konnte den Grund dafür nicht leugnen. Es war, als wären achtzehn Monate vergangen, seit er Amanda zuletzt gesehen hatte, nicht achtzehn Tage.

In der Halle war seine ganze Familie versammelt und erwartete ihn offensichtlich. Er sah keinen davon, als er langsamer ging und nach dem Geländer griff, um sich festzuhalten.

Sie stand in der Mitte, eine Vision in Weiß und Gold.

Sein rasender Herzschlag wurde noch einmal schneller und schien dann auszusetzen.

Zögernd lächelte Amanda ihm zu.

Er starrte sie an, unfähig zu atmen. Sie trug das Haar aufgesteckt, nur einzelne Strähnen umrahmten ihr schönes Gesicht, und der Blick ihrer exotischen grünen Augen war auf ihn gerichtet. Das Ballkleid war in griechischem Stil gehalten und schmiegte sich sanft um ihren Körper. Am Hals trug sie seine Perlen, dazu den Diamantenschmuck der Countess im Haar. Sie war mehr als nur schön, und jetzt vermochte er seine Gefühle nicht mehr zu leugnen.

Er hatte sie so sehr vermisst, dass er in den achtzehn Tagen mehr als ein Dutzend Mal beschlossen hatte, früher als geplant zurückzukehren. Jetzt wusste er, warum.

An dem Tag, da er sie vor Gouverneur Woods gerettet hatte, war sie der Mittelpunkt seines Lebens geworden. Sie war noch immer der Mittelpunkt seines Lebens. Sie bedeutete ihm alles. Eine solche Trennung würde er nie wieder ertragen können.

Ich bin verliebt, dachte er ungläubig. In seinem ganzen Leben war er nie überraschter gewesen.

Er stand da, starrte sie an, überwältigt von der Heftigkeit seiner Gefühle.

Denn das musste Liebe sein, daran zweifelte er nicht länger. Es war eine riesige, alles erfüllende, überwältigende Freude, ein Gefühl von Vollkommenheit, Entzücken und Verlangen. Er brauchte Amanda genauso, wie er den Wind und die See zum Leben brauchte, zum Atmen. Und es war Leidenschaft, wild und heftig. Vielleicht aber noch stärker war es die Entschlossenheit, sie niemals verletzt, missbraucht oder verhöhnt zu sehen.

Er hatte so heftig dagegen gekämpft, wie er nur konnte. Jemand hatte ihm schon vorher geraten, aufzugeben und seine Gefühle einzugestehen. Er war so benommen und überwältigt, dass er sich nicht erinnern konnte, wer das war, aber diese Person hatte recht gehabt. Es war Zeit, endlich aufzugeben.

Es war Zeit, sich Amanda zu ergeben.

Er bemerkte, dass es still war in der Halle und dass er sie wie ein verliebter sprachloser Narr angestarrt hatte. Nun, entschied er und ging endlich lächelnd die letzten Stufen hinunter, das bin ich ja auch – sinnlos verliebt und hingerissen, endlich ein liebender Mann.

Während er näher kam, sah sie ihn an, mit großen Augen, als wüsste sie es.

Er überlegte nicht zweimal. Er berührte ihr Kinn, hob es mit zwei Fingern hoch. „Du bist zu reizend, Amanda. So reizend, dass es einem die Sprache verschlägt."

Sie sah ihn erst überrascht, dann erleichtert an. Schließlich lächelte sie, und er sah in ihren Augen, dass auch sie ihn entsetzlich vermisst hatte.

Ihm wurde bewusst, dass auch er hilflos lächelte.

„Du bist nicht böse?", fragte sie endlich.

„Nein." Er berührte ihre Wange, ihren Hals. Erregung durchströmte ihn. Er dachte daran, sie zu küssen, leidenschaftlich, und wie es wohl sein würde, sie endlich zu lieben, bis er ein Hüsteln hörte. Er zögerte, unterdrückte das neu erwachte

Verlangen. „Ich habe dir etwas gekauft."

Sie nickte mit glänzenden Augen, und er griff in seine Tasche und zog das samtbezogene Kästchen eines Juweliers heraus. Er öffnete es, und Tropfenohrringe mit Perlen und Diamanten waren zu sehen. Amanda fuhr sich mit der Zunge über die Lippen. „Du hast an mich gedacht", flüsterte sie, „während du fort warst."

„Ja." Er reichte ihr die Schachtel, sich wohl bewusst darüber, dass dies eine heftige Untertreibung war, dann nahm er einen der Ohrringe und steckte ihn an ihr Ohr. Als er ihre zarte Haut berührte, regte es sich heftiger in seinen Lenden, und auch sie erstarrte. Er wusste, dass sie dasselbe empfand. Sie sahen einander in die Augen.

Sie lächelte nicht mehr.

Heute Nacht, dachte er, werde ich sie berühren, liebkosen und jeden Zentimeter ihres nackten Leibes lieben. Solche Gedanken halfen ihm jetzt nicht, und er schob sie beiseite. Er befestigte den anderen Ohrring und ließ die Hände sinken. Sie hatten angefangen zu zittern.

„Danke", sagte sie leise.

Er lächelte nur, noch immer erfüllt von den heftigsten Gefühlen. Später würde er darüber nachdenken, und er würde entscheiden, was das für sie beide bedeutete. Es fiel ihm noch immer schwer zu verstehen, dass er so empfand. Er hielt ihr den Arm hin. „Wir müssen einen Ball besuchen."

Sie nahm seinen Arm und lächelte. „Ja, das müssen wir."

Amanda war wie benommen. Sie war in einem prachtvollen Haus in Greenwich, in einem herrlichen Ballsaal, der so groß war wie Clives Schiff, umgeben von Hunderten eleganter Damen und Gentlemen der obersten Gesellschaft, und sie war an Clives Seite. Er hatte sie nach links und rechts beinahe jedem vorgestellt, an dem sie vorbeikamen, während sie sich den Weg durch die schimmernde, glitzernde, lachende Menge bahnten. Niemand hatte sie von oben herab betrachtet, niemand auch nur neugierig. Amanda begriff, dass das Gerücht, das Jane Cochran in die Welt setzen wollte, erstickt worden war, ehe es sich ausbreiten konnte.

Aber das Wichtigste war: Clive war nicht böse mit ihr.

Stattdessen schenkte er ihr jedes Mal, wenn sich ihre Blicke begegneten – und das geschah häufig –, ein sanftes Lächeln, das ihr den Atem raubte.

Sie war nicht sicher, was da geschah. Sie wusste nur, dass sie nicht wollte, dass diese Nacht jemals endete. Aber das würde passieren, und morgen musste sie ihm sagen, dass sie fortging.

„Der Tanz beginnt gleich", murmelte Clive. Am Rande der Tanzfläche waren sie stehen geblieben. Gentlemen führten ihre Partnerinnen heran. Clive ließ zum ersten Mal seit Stunden ihren Arm los, drehte sich zu ihr und verneigte sich.

Sie knickste, überwältigt von seiner Schönheit, seiner Männlichkeit, ihrer Liebe. Tatsächlich liebte sie ihn so sehr, dass ihr Herz wehtat von der Größe dieses Gefühls. Der Abend schien perfekt zu werden. Und jetzt erschufen sie eine Erinnerung, von der sie für alle Zeiten zehren konnte.

Amanda ermahnte sich, nicht an den nächsten Tag zu denken, nicht ehe der Morgen graute. Sie würde diese Nacht durchleben, als gäbe es nie wieder eine andere.

Er hielt ihr die Hand hin, und sie schob ihre Finger hinein. Lächelnd geleitete er sie ein paar Schritte auf die Tanzfläche, und sie trat näher, legte eine Hand auf seine Schulter, während er ihre Taille berührte. Das Orchester begann zu spielen, und Clive begann, mit ihr den Walzer zu tanzen.

Amanda ergab sich ganz der Freude, eins zu sein mit dem Mann, den sie liebte. Der Boden schien zu verschwinden, während sie mühelos dahinglitten.

Sie sah ihm in die Augen, und sein Blick wurde plötzlich durchdringend. Wenn sie es nicht besser wüsste, würde sie glauben, er wäre genauso verliebt wie sie. Sie warnte sich selbst, nicht zu viel in seine Herzlichkeit und Zuneigung hineinzulesen. Er hatte sie immer gemocht, und er hatte sich nie gescheut, das zuzugeben.

„Du scheinst glücklich zu sein“, sagte er leise.

„Ich war noch nie glücklicher“, gab sie zu.

„Dann bin ich froh.“ Er ließ den Blick zu ihrem Mieder gleiten, und als er wieder aufsah, lächelte er.

Amandas Herz schlug wie rasend.

Danach sprachen sie nicht mehr, und als die Musik aufhörte, sah Amanda in seine schönen Augen und wünschte sich noch eine Runde. „Würdest du noch einmal mit mir tanzen?“, flüsterte sie.

Er presste die Lippen zusammen. „Ich würde gern, aber deine Tanzkarte ist voll.“ Wie beiläufig blickte er im Raum umher, bevor er sie wieder ansah. „Ich nehme den letzten Tanz, Amanda.“

Sie lächelte erleichtert.

Aber dann sagte er noch etwas, und sein Tonfall klang seltsam. „Gab es viele Verehrer, während ich fort war?“

Sie spannte die Muskeln an. „Ja. Dafür hat dein Vater gesorgt.“

Sein Blick schweifte ab, als er sie von der Tanzfläche führte. „Dann muss ich gleich morgen früh mit dem Earl sprechen.“

Sie war entsetzt – und verärgert. Trotz der Nähe, die sie miteinander geteilt hatten, trotz seiner warmen, intensiven Blicke hatten sich seine Absichten nicht verändert. Er wollte sie noch immer an einen anderen verheiraten! Aber sie wusste schon, wie leicht er sie verletzen konnte. Das war der Preis für ihre Liebe.

Sie entzog ihm ihre Hand. Ihre Absichten hatten sich ebenfalls nicht verändert, aber natürlich wusste er nicht, was sie vorhatte.

„Genieße den Rest deines Abends, Amanda. Vielleicht können wir auch später zusammen essen“, sagte er und verneigte sich förmlich.

„Ich werde es einplanen“, gab Amanda zurück und brachte ein Lächeln zuwege. Sie sah ihm nach und wünschte, der Tanz hätte ewig gedauert. Erst ein diskretes Hüsteln riss sie aus ihren Träumen. Sie drehte sich um und bemerkte einen Gentleman, der darauf wartete, dass er an die Reihe kam. Sie knickste, er verneigte sich, sie hörte nicht einmal seinen Namen, und einen Moment später wurde sie wieder auf die Tanzfläche geführt. Als der nächste Walzer begann, blickte sie zurück auf die Menge und sah, wie Clive ihr nachstarrte, der Blick hart und aufmerksam. Sie wusste nicht, was ein so durchdringender Blick bedeuten sollte, außer dass er ihren Partner nicht mochte. Sie seufzte und gab den Versuch auf, ihn zu verstehen. Es musste genügen, dass sie wieder Freunde waren.

Einige Stunden später stand Amanda allein bei einer großen vergoldeten Säule, erschöpft von zu viel Bewegung und zu viel Aufmerksamkeit, ganz zu schweigen von ihren Gefühlen. Zwei Drittel ihrer Karte hatte sie hinter sich gebracht, und sie wünschte, die Karte wäre nicht voll. Sie bezweifelte, ein weiteres Dutzend Tänze überstehen zu können, aber das würde sie müssen, damit sie einen letzten Tanz mit Clive bekam.

Auf der Tanzfläche blieb es voll. Sie sah Eleanor in Seans Armen, wie er sie herumwirbelte, und beide sahen sie so verzaubert aus wie frisch Verheiratete. Sie lächelte, versuchte sich vorzustellen, wie so eine Liebe sein musste, gab es aber bald auf. Diese Art von Liebe würde kein Teil ihres Lebens sein, und sie musste sich auf ihre Zukunft als angesehene Frau und Händlerin auf der Insel konzentrieren.

Einen Moment später entdeckte sie Clive auf der Tanzfläche, und ihr Herz schlug schneller. Sie würde immer ganz aufgeregt sein, wenn sie ihn sah. Er war größer als die meisten anderen Männer im Raum, und sein Haar glänzte unter dem Licht der drei Kronleuchter. Er tanzte mit Honora Deere, die krebsrot im Gesicht war und starr ins Leere blickte. Amanda lächelte, sie verstand die junge Lady nur zu gut. Obwohl Honora an jenem Tag mit Jane Cochran zusammen gewesen war, freute sie sich, dass Clive einmal mit ihr tanzte.

„Miss Carre?“ Garret MacLachlan erschien und verneigte sich.

Sie lächelte. Sie hatte nicht bemerkt, dass er auch auf dem Ball war. Erstaunt sah sie ihn an. Er war wie ein Highlander gekleidet, in einer leuchtend blauen Jacke und einem Kilt in Blau, Schwarz und Rot, mit nackten Knien und blauen Strümpfen. Er trug auch ein Barrett und einen Schmuckdegen. Nie hatte er besser ausgesehen, und Amanda knickste, doch zu ihrer Überraschung hielt er sie am Ellenbogen fest und hinderte sie daran. Stattdessen half er ihr, sich aufzurichten. „Mylord."

Sein Lächeln erschien ihr seltsam. „Ich bewundere Sie schon die ganze Zeit, Mädchen. Sie sind die Schönste hier im Raum."

Sie spürte, wie sie errötete. „Und Sie, Sir, sind ein schamloser Schmeichler."

Aber er lächelte nicht. „Ich sage die Wahrheit, Amanda", erwiderte er, und sie erschrak, denn sie nannten einander nicht beim Vornamen. „Ich bin gekommen, mich zu verabschieden."

Sie sah ihn aus großen Augen an. „Sie reisen ab?"

„Ja, ich wurde nach Hause gerufen. Werden Sie mich vermissen?"

Sie zögerte. „Natürlich", begann sie, doch sie wollte ihn nicht täuschen.

Sein Blick wurde ernster, und er musterte sie. „Sie lieben Ihren Vormund", sagte er schließlich. „Ich habe Sie beim Tanzen beobachtet, Amanda. Ich habe Ihre Augen gesehen."

Amanda wusste nicht, was sie sagen sollte. Dann dachte sie daran, mit welcher Haltung und welchem Edelmut Garret die Wahrheit über ihre Herkunft akzeptiert hatte, wie er, statt sie zu verspotten, sie für ihre Fortschritte gelobt hatte, und sie berührte seinen Arm. „Ja, das stimmt."

Langsam schüttelte er den Kopf. „Dann wünsche ich Ihnen das Beste, Mädchen."

„Sie verstehen nicht."

„Oh doch, das tue ich."

„Nein, es ist nicht so, wie Sie denken. Ich liebe Clive, und ich werde ihn immer lieben, aber er erwidert meine Gefühle nicht. Ich kehre nach Hause zurück, Garret, auf die Inseln, und ich werde niemals heiraten."

Wieder lächelte er so seltsam. „Ich glaube nicht, dass Sie weit kommen werden", sagte er.

Sie erschrak und verstand nicht, was er meinte.

Dann nahm er ihre Hand und küsste sie zu ihrem Erstaunen. „Auf Wiedersehen, Mädchen", sagte er, verneigte sich kurz und ging davon.

Amanda sah ihm nach, so wie jede andere Frau, an der er vorbeikam. Seufzend dachte sie daran, dass sie ihn vermissen würde, denn er war ihr ein Freund geworden. Allerdings glaubte sie nicht, dass sie ihm das Herz gebrochen hatte, denn er hatte ihr niemals seine Liebe erklärt, und sie hielt ihn für so etwas wie einen Frauenhelden. Sie hoffte sehr, dass er irgendwann eine Frau fand, die ihn so liebte, wie er es verdiente.

„Amanda?", hörte sie eine Frauenstimme hinter sich.

Amanda erkannte die Stimme der Frau nicht. Diese persönliche Form der Anrede war sehr unkorrekt. Ein wenig verärgert drehte sie sich um. Und erstarrte.

Eine sehr elegante und schöne blonde Frau stand da, gekleidet in herrlichen rosa Satin, mit funkelnden Diamanten. Amanda holte tief Luft. Sie fühlte sich, als hätte ihr jemand einen heftigen Schlag in die Magengrube versetzt.

Die Frau war blond, hatte grüne Augen, war sehr schön und schien ihr seltsam vertraut. Ihr war, als erblickte sie sich selbst in ein oder zwei Jahrzehnten.

Amanda stand reglos da.

„Du weißt, wer ich bin", sagte Dulcea. Ihre Stimme klang angespannt, ihr Blick war unverwandt auf Amanda gerichtet.

„Ich weiß es. Du bist Dulcea Belford", sagte Amanda tonlos.

Dulcea zögerte. „Ich bin deine Mutter, Liebes", sagte sie.

19. KAPITEL

Amanda starrte sie an und versuchte, ruhig zu atmen. Dies war ihre Mutter – die Frau, die ihr den letzten Hieb versetzt hatte. Der Zorn, den Dulcea in ihr ausgelöst hatte, von dem Amanda geglaubt hatte, sie hätte ihn erfolgreich bezwungen, kehrte mit Macht zurück und schien sie für einen Moment zu lähmen. Sie hatte diese Begegnung erwartet, aber sie hatte nicht damit gerechnet, dass sie an diesem Tag stattfinden würde.

„Ich bin deine Mutter", wiederholte Dulcea leise. Ihr Blick war eindringlich.

„Nein", sagte Amanda schließlich mit fester Stimme. Sie hielt den Kopf hoch erhoben und war froh, dass sie den Schmuck trug, den sie von Clive bekommen hatte, und die Diamanten, die der Countess gehörten. Sie konnte nicht klar denken, vielleicht weil ihr Herz so schnell schlug. Aber eines wusste Amanda genau: Ihre Mutter durfte nicht erfahren, dass sie ihr so viel Kummer bereitet hatte.

„Ich habe keine Mutter – das hatte ich nie. Ich hatte einen Vater, aber er ist tot." Sie kämpfte gegen ihre Gefühle, die entschlossen zu sein schienen, sie zu überwältigen. „Wir sollten keinen Moment lang so tun, als wären wir Mutter und Tochter." Amanda wich zur Wand zurück. „Denn das sind wir nicht."

Dulcea starrte sie an. „Das ist herzlos!" Aber sie musterte Amanda von Kopf bis Fuß, wobei ihr Blick auf der Tiara mit ihren Diamanten und Perlen verharrte.

Es dauerte einen Moment, ehe Amanda sprechen konnte. „Nein, Lady Belford, ich denke, Sie sind herzlos!" Amanda sagte sich, sie sollte sich umdrehen und fortgehen. Es sollte überhaupt kein Gespräch geben. Nicht weit entfernt war ein Billardzimmer, wo Damen und Gentlemen in Gespräche und Spiele vertieft waren. Sie konnte dorthin gehen und sich unter die Leute mischen. Aber sie brachte es nicht über sich zu gehen, und sie begann zu zittern. „Nach dem Tod meines Vaters kam ich hierher, um dich zu finden. Es war Papas letzter Wunsch! Glaubst du, ich wollte die Inseln verlassen? Glaubst du, ich hätte je damit gerechnet, dass du mich willkommen heißt? Aber ich konnte es meinem Vater nicht abschlagen. Wie kannst du es wagen, mich als herzlos zu bezeichnen?"

Endlich sah Dulcea Amanda fest ins Gesicht. „Ich war außer mir, als de Warenne mir sagte, du hältst dich in Harmon House auf. Amanda, wir müssen darüber sprechen, damit du mich verstehst, aber unter vier Augen. Bitte. Lass uns nach draußen gehen."

„Da gibt es nichts zu besprechen", brachte Amanda heraus, den Tränen so entsetzlich nahe. Warum sollte sie jetzt weinen wollen? Gewiss hatte sie den Schmerz über die Zurückweisung ihrer Mutter bereits überwunden. Doch ihre Füße gehorchten ihr nicht und bewegten sich nicht in die Richtung, die ihr Verstand ihr befahl, und so stand sie nur reglos da, starrte sie an und sah ihre Mutter endlich richtig.

Dies war die Frau, die sie geboren und sie dann einfach weggegeben hatte. Sie hatte endlich ihre Mutter getroffen, die Mutter, die sich geweigert hatte, sie anzunehmen.

„Willst du nicht meine Sicht der Dinge hören?", rief Dulcea und griff nach ihrer Hand.

Amanda zuckte die Achseln, zog ihre Hand zurück, doch sie war erschüttert. Wollte sie hören, was ihre Mutter zu sagen hatte?

„Dies war für dich ein wunderbarer Abend", sagte Dulcea und lächelte jetzt. „Offenbar hast du großen Erfolg. Ich bin stolz auf dich, Amanda. So stolz."

Amanda zitterte. „Nein, das bist du nicht. Du tust nur so. Ich bin dir egal, und so ist es immer gewesen." Die Worte ihrer Mutter schmerzten sie.

„Das stimmt nicht!", stieß Dulcea hervor. „Natürlich liegt mir an dir. Willst du nicht die Wahrheit hören? Die ganze Wahrheit?"

Amanda zögerte. So benommen, wie sie war, so warnten sie

doch all ihre Instinkte, rieten ihr, von dieser Frau wegzugehen. Noch immer besaß sie die Macht, sie zu verletzen, wie es niemand sonst vermochte. Aber sobald wie möglich wollte sie England verlassen, und sie würde Dulcea Belford nie wiedersehen. Sollte sie nicht herausfinden, was vor zwei Monaten geschah – und vor achtzehn Jahren? Wenn sie das jetzt nicht tat, würde sie es niemals erfahren.

„Nun gut." Amanda nickte knapp und bewahrte einen kleinen Rest ihrer Haltung und Würde. Sie gingen ein Stück und traten hinaus auf eine große Terrasse. Ein paar Pärchen und Gruppen standen draußen und genossen die frische Luft, aber niemand beachtete sie.

„Als ich bemerkte, dass ich ein Kind erwartete, Amanda, war ich noch nicht einmal siebzehn. Ich hatte entsetzliche Angst", sagte Dulcea ruhig, nachdem sie sich ein wenig abseits der anderen hingestellt hatten.

Amandas Herz schlug schneller. Sie konnte sich leicht vorstellen, wie groß Dulceas Angst gewesen sein musste. Damals war sie jünger gewesen, als sie selbst es jetzt war. „Hast du meinen Vater überhaupt geliebt?"

Dulcea lächelte. „Zu jener Zeit ja. Er war so schneidig und gut aussehend in seiner Marineuniform. Er besaß Ausstrahlung, Amanda, eine Ausstrahlung, die so manche junge Frau sich nach ihm umdrehen ließ, wenn er die Straße hinunterging."

„Er hat nie aufgehört, dich zu lieben", hörte Amanda sich sagen. „Aber du hast Belford geheiratet." Es war ein Vorwurf.

„Ich hatte außerordentliches Glück, Belford zu heiraten!", sagte Dulcea leise. „Amanda, dein Vater und ich, wir kannten einander drei Wochen, dann musste er fortsegeln. Als ich merkte, dass ich schwanger war, wusste ich nicht, was ich tun sollte. Ich war so jung, und Mutter begann gerade, mich Gentlemen wie Belford vorzustellen, Männern mit kleinen Vermögen, aber alten Familien und wichtigen Titeln. Soweit ich zurückdenken kann, wusste ich, dass ich eines Tages so heiraten würde. Eine Ehe hat nichts mit Liebe zu tun. Ich habe Glück, dass ich Belford so schätzen gelernt habe.“ Sie hielt inne. „Amanda, wir waren beide so jung. Es war keine Liebe, es war Leidenschaft.“ Sie zögerte und fügte hinzu: „Es war dasselbe, was du für de Warenne fühlst.“

Amanda schüttelte den Kopf. „Ich habe noch nie jemanden so bewundert, wie ich Clive bewundere. Ich gebe gern zu, wie ich für ihn empfinde. Er ist mein Held, mein Beschützer, und ich werde ihn lieben bis zu dem Tag, an dem ich sterbe.“

Dulcea sah sie aus großen Augen an.

„Und Papa liebte dich auf diese Weise oder jedenfalls beinahe“, rief sie. „Er zog mich auf mit Geschichten über deine Schönheit, deine Anmut, Eleganz und Freundlichkeit. Er hatte dich auf ein Podest gestellt. Er sorgte dafür, dass auch ich zu der Erinnerung an dich aufblickte. Mein Gott, wie tut er mir leid!“

„Ich wusste nicht, dass Carre so empfand. Woher sollte ich?“, gab Dulcea zurück. „Er hat es mir nie gesagt! Amanda, ich bin nicht hergekommen, um mit dir zu streiten.“

Überrascht sah Amanda sie an. Warum hatte Papa ihr nicht die Wahrheit gesagt?

Dulcea lächelte kurz. „Ich bin weder herzlos noch kalt, Amanda. Ich bin eine Frau aus Fleisch und Blut, mit einem Herzen, einem Zuhause, einem Ehemann und zwei Kindern. Ich vermutete, Carre hätte mich vergessen. Wie hätte ich etwas anderes denken sollen?“

„Ich weiß es nicht“, sagte Amanda langsam. Sie sagte sich, sie dürfte Dulcea gegenüber nicht weich werden, denn sie konnte ihr nicht vertrauen. Sie *durfte* ihr nicht vertrauen. „Du sagtest, dir läge etwas an mir, aber das stimmt nicht.“ Es kann nicht stimmen, dachte sie.

„Es stimmt! Wie sollte mir nichts an meiner eigenen Tochter liegen? Aber du wurdest mir weggenommen in dem Moment, da du geboren wurdest. Ich war siebzehn und hatte keine andere Wahl.“

Amanda wollte ihr nicht glauben. „Versuch nicht einmal, mir zu erzählen, du hättest mich behalten, wenn du die Möglichkeit dazu gehabt hättest."

„Ich habe tagelang geweint, nachdem du mir fortgenommen wurdest", rief Dulcea und wischte sich die Augen. „Doch meine Mutter wollte für mich eine vorteilhafte Heirat erreichen, und ich hatte nicht vor, sie zu enttäuschen. Doch, Amanda, ich habe immer wieder an dich gedacht und mir Sorgen gemacht, vor allem als ich hörte, dass Carre Pirat geworden war."

Amanda fühlte sich verwirrt. Dulcea wirkte so ernsthaft. Doch sie hatte ihr auch nicht geantwortet. Sie hatte nicht gesagt, dass sie eine Zukunft mit einem Titel aufgegeben hätte, um ihre Tochter aufzuziehen.

„Papa liebte mich, und ich liebte ihn. Er war ein guter Vater. Du hättest dich nicht sorgen müssen." Sie würde ihren Vater immer verteidigen, vor allem gegenüber Dulcea. „Wenn du so besorgt warst, warum hast du nicht geschrieben?", wollte sie wissen.

„Hätte Belford davon erfahren, er hätte mich hinausgeworfen. Ich musste Anstand wahren. Das verstehst du doch gewiss? Meine Liebe, du hast ein so anderes Leben!", sagte Dulcea. „Es tut mir so leid! Ich wünschte, es wäre anders gewesen, Amanda. Wirklich."

Plötzlich wurde Amanda wütend. „Du hattest die Möglichkeit, etwas zu ändern, als ich vor zwei Monaten in die Stadt kam. Aber du wolltest mich nicht. Daher kannst du mir immer und immer wieder sagen, welche Sorgen du dir machtest, ich werde dir nicht glauben."

„Captain de Warenne schockierte mich, als er in meinem Haus auftauchte und erklärte, du bist in der Stadt!"

„Er ist derjenige, dem ich das alles verdanke. Er rettete mich, beschützte mich, sorgte großzügig für mich, alles nur wegen seines Ehrgefühls. Er nahm mich mit in sein Zuhause! Er verschaffte mir eine Mitgift. Seine Familie hat mich mit offenen Armen willkommen geheißen – im Gegensatz zu dir!", rief sie aus. Und es fiel ihr schwer zu atmen. Ihre Mutter hatte eine Wunde geöffnet, von der sie geglaubt hatte, sie wäre längst geheilt.

Dulcea sah sie erstaunt an. „Ich dachte, Carre hätte für die Mitgift gesorgt."

„Nein, das hat Clive getan, auf seine eigenen Kosten." Von allen Dingen, zu denen ihre Mutter etwas hätte sagen können, hatte sie ausgerechnet die Mitgift gewählt. „Papa hat ihn nie gebeten, mein Vormund zu sein. Das ist noch etwas, das er sich ausgedacht hat. Als du mich zurückgewiesen hast, hat er mich aus reiner Herzensgüte zu seinem Mündel gemacht. Er hat mir eine Mitgift bereitgestellt, als er das nicht tun musste, weil er gelobt hatte, er würde für meine Zukunft sorgen." Dulcea hatte nichts davon getan.

Dulcea hob den Kopf. „Hat er dich verführt?"

Amanda trat zurück und schüttelte ablehnend den Kopf, doch sie spürte, wie sie errötete. „Das geht dich nichts an", brachte sie heraus. „Ich gehe dich nichts an." Tränen brannten hinter ihren Lidern. „So etwas Unehrenhaftes würde er nie tun."

„Er hat dich nicht in sein Bett geholt?", fragte Dulcea und musterte sie aufmerksam.

„Nein. Ich habe versucht, ihn zu verführen", sagte Amanda abwehrend. Aber sie fühlte sich unbehaglich. Sie spürte, dass ihre Mutter etwas anderes im Sinn hatte. Es war, als würde eine Lüge auf die andere folgen.

Sie sahen einander an.

„Mein armer Liebling", sagte Dulcea und nahm ihre Hand.

Amanda zuckte zusammen. Sie zog ihre Hand weg. „Wage es nicht, mich jetzt zu bemitleiden."

„Ich bin deine Mutter! Du weigerst dich, mir zu glauben, und das kann ich nicht ändern, aber ich weiß, wie es ist, wenn man bis über beide Ohren verliebt ist. Niemand wird dir je einen Vorwurf daraus machen, dich in Clive de Warenne verliebt zu haben. Die Hälfte der Frauen hier im Raum würden fast alles dafür geben, sogar ihren guten Ruf, um seine neueste Geliebte zu werden. Ich verstehe das, Liebling, wirklich."

Amanda schüttelte den Kopf. „Ich muss gehen." Sie begriff,

dass nichts geklärt worden war. Sie wünschte sich, Dulcea glauben zu können, aber das konnte sie nicht.

„Warte!" Dulceas Tonfall klang wie ein Peitschenhieb. „Kürzlich kam ich nach Harmon House, um dich zu sehen. Ich flehte de Warenne an, mir zu erlauben, dich als meine Cousine auszugeben, ihm zu helfen, einen Gemahl für dich zu finden. Ich bat darum, dich bei mir wohnen zu lassen. Nicht nur hat er meine Bitten abgelehnt, er verbot mir auch, dich zu sehen."

Amanda war entsetzt. Sie schüttelte den Kopf. „Nein. Ich glaube dir nicht! So etwas würde Clive nie tun! Und wenn er dich wegschickte, dann tat er das aus gutem Grund."

„Warum sollte ich lügen?", rief sie. „Frag euren Diener. Ich kam, um dich zu sehen, um an deinem Leben teilzuhaben, aber er verwehrte es mir."

Eines wusste Amanda: Clive mochte sie nicht so lieben wie sie ihn, aber er würde Himmel und Erde in Bewegung setzen, um zu tun, was am besten für sie war. „Ich vertraue niemandem mehr als Clive. Wenn er dich fortschickte, dann weil er wusste, dass du lügst. Warum? Warum gibst du dir solche Mühe, mich davon zu überzeugen, dass dir an mir etwas liegt? Was kannst du von mir wollen?"

„Ich sage dir, wie gern ich deine Mutter sein möchte. Ich sage dir, wie sehr ich dich vermisse. Ich wünsche mir, dass du mit mir kommst und bei mir in Belford House wohnst."

Amanda musste sich am Geländer der Terrasse festhalten, um nicht umzufallen. „Wie bitte?"

„Wir werden sagen, du bist meine Cousine, eine entfernte Cousine, und dass ich dir einen Mann suche. Das ist meine Pflicht." Sie lächelte.

Amanda wurde schwindelig. „Ich kehre nach Hause zurück!", rief sie. „Ich kehre zurück auf die Inseln und werde niemanden heiraten!"

Dulcea war fassungslos. „Was sagst du da? Du kannst unmöglich zurück zu den Piraten gehen. Dein Leben ist jetzt hier bei mir!"

Amanda richtete sich auf. „Ich bin kein Pirat, Mutter, ist dir das nicht aufgefallen? Diese Perlen gehören mir. Dieses Kleid gehört mir. Meine Tanzkarte heute Abend war voll. Tatsächlich hat man mir mehrmals gesagt, was für eine schöne Dame ich bin."

„Liebling." Dulcea nahm ihre Hände. „Ich wollte dich nicht verletzen. Dies ist unsere Chance, einander kennenzulernen, eine Familie zu werden. Wenn du erst einmal verheiratet bist, wird es, fürchte ich, zu spät sein, und ich möchte den richtigen Ehemann für dich finden."

Amanda begann zu lachen, denn das Ganze war einfach absurd. Sie war sicher, dass Dulcea irgendetwas wollte, aber es war nicht das Glück ihrer Tochter. „Es ist zu spät. Ich will dich nicht kennenlernen. Ich gehe zurück nach Jamaika und eröffne dort ein Geschäft. Ich werde Clive seine Mitgift zurückgeben."

Dulcea erbleichte. „Das ist vollkommen dumm! Ich kann dir nicht erlauben, in deinem zarten Alter auf die Inseln zurückzukehren! Deine Zukunft liegt hier bei mir und mit einem Gemahl und einem eigenen Heim. Mein Gott, Amanda, weißt du nicht, welches Glück du hast, eine Mitgift zu haben wie die, die de Warenne dir gegeben hat? Ohne ein Vermögen hast du keine Chance zu heiraten! Mit dieser Mitgift hingegen kannst du zwar bescheiden, aber gut leben!"

Amanda wich zurück. „Warum tust du das? Was willst du? Ich habe dir zweimal gesagt, ich werde nicht heiraten."

Dulceas Miene wurde hart. „Es ist de Warenne, nicht wahr?"

Amanda dachte an Clive. Wonach sie sich so sehr sehnte, das konnte sie nicht haben. „Ja, damit hast du recht. Es geht um Clive. Aber auch um mich. Ich möchte unabhängig werden", sagte sie ruhig und voller Stolz. „Und Tatsache ist, dass ich keinen anderen Mann heiraten kann und werde."

Dulcea schrie auf.

„Niemand kann meine Meinung dazu ändern." Amanda fühlte sich plötzlich erschöpft. Schlimmer noch, ihr war so übel, dass sie sich beinahe erbrochen hätte. Sie musste fortkommen von Dulcea; es war auch an der Zeit, den Ball zu verlassen, denn der zauberhafte Abend war vollkommen verdorben. Vielleicht würde sie, wenn sie endlich allein war in ihrem Schlafzimmer, sich zusammenrollen und dem Wunsch zu weinen nachgeben. Aber sie war nicht sicher, weshalb sie weinte. Eines war dennoch klar: Sie konnte die Frau, die ihre Mutter war, nun nicht besser verstehen als vorher, als sie sie noch nicht getroffen hatte.

„Ich kann deine Meinung ändern“, sagte Dulcea in scharfem Ton.

Amanda erstarrte. Dann drehte sie sich langsam und mit einem bösen Vorgefühl um. „Das glaube ich nicht.“

Dulcea lächelte sie an. „Was ist, wenn ich dir helfe, dir deine wildesten Träume zu erfüllen?“, fragte sie leise.

Amandas Herz schlug schneller. „Du kennst mich nicht, und daher kannst du nichts wissen über meine Träume.“

„Du träumst nicht davon, de Warennes Frau zu werden?“, fragte Dulcea. „Amanda, du kannst genau das haben, was du willst.“

Amanda begann zu zittern.

Aber Dulcea trat näher, sodass sich ihre Gesichter beinahe berührten. „Ich werde dir helfen, Liebling. Ich habe gesehen, wie er dich ansieht. Du musst ihn nur in dein Bett locken. Das wirst du in Belford House tun, und wenn es geschehen ist, werde ich dafür sorgen, dass Belford euch beide entdeckt.“ Dulcea lächelte triumphierend. „Du wirst die Frau des Captains sein, ehe das Jahr vorüber ist.“

Amanda fühlte sich elend. „Ich würde Clive niemals in eine Ehefalle locken.“

„Warum nicht?“

Inzwischen empfand Amanda für Dulcea nichts als Abscheu. „Ich glaube nicht, dass du das jemals verstehen würdest.“ Sie eilte davon, raffte ihr Kleid und wurde immer schneller.

Die Tränen traten ihr endlich in die Augen.

Dulcea Belford war abscheulich.

Aber ihre Mutter eilte ihr nach. „Du Dummkopf! Dies ist die

Antwort auf all unsere Probleme! All unsere Gebete!“

Und in diesem Augenblick wollte Amanda wissen, was Lady Belford wirklich wollte. Sie fuhr herum. „Was soll das heißen? Welche Sorgen kannst du haben? Was willst du wirklich? Warum versuchst du nicht einmal, ehrlich zu sein? Vielleicht, nur vielleicht, kann ich dir helfen – nicht weil ich dich mag, sondern weil du trotz allem meine leibliche Mutter bist.“

Dulcea umfasste ihre Arme, und ihre Augen funkelten wie im Wahnsinn. „Ich bin in einer verzweifelten Lage, Amanda. Belford steckt so tief in Schulden, dass letzte Woche unser Kredit auslief. Wir haben kein Geld mehr. Ich flehe dich an, uns zu helfen.“

„Indem ich für Geld heirate“, sagte Amanda langsam und erschüttert.

„Vergiss die verdammte Mitgift, du kannst so viel mehr haben! Du bist doch noch eine Jungfrau, oder? Selbst ich weiß, dass er ehrbar handeln würde, vor allem da er sonst einen Skandal riskiert.“

Das also war der Plan. Zuerst hatte Dulcea ihre Mitgift gewollt, bis sie den Plan ausgeheckt hatte, dass ihre Tochter Clive wegen seines unglaublichen Reichtums heiraten sollte. Amanda wischte sich die Tränen ab. Sie hatte recht gehabt, als sie sich weigerte, ihr zu glauben. „Einmal, vor langer Zeit, war ich so dumm, davon zu träumen, in deinen Armen zu liegen. Diesen Traum gibt es nicht mehr. Es ist spät. Gute Nacht.“ Sie ging davon.

„Besuch mich morgen, Liebling“, rief Dulcea ihr nach, als hätte sie sie nicht gehört. „Ich werde dich Belford und den Kindern vorstellen, und dann entwerfen wir einen Plan.“

Amanda eilte ins Haus zurück, voller Angst, sich in aller Öffentlichkeit erbrechen zu müssen. Der Raum begann sich zu drehen. An der Schwelle zum Ballsaal blieb sie stehen und umklammerte den Türpfosten. Sie wollte Clive jetzt nicht aufsuchen, denn ein Blick von ihm würde genügen, und er würde wissen wollen, was geschehen war. Niemals wollte sie über das sprechen, was sie gerade mit Dulcea erlebt hatte. Andererseits hätte sie es nie nötiger gehabt, sich von ihm umarmen und trösten zu lassen. Aber wenn das geschah, würde sie vielleicht nicht den Mut finden, ihm zu sagen, dass sie morgen abreisen wollte – und vielleicht würde sie dann ihre Meinung über die Abreise überhaupt ändern.

Es dauerte einen Moment, dann war der Schwindel vorüber. Amanda holte tief Luft, noch immer zitternd, noch immer voller Übelkeit. Ein bitterer Nachgeschmack war geblieben. Endlich war sie ihrer Mutter begegnet, endlich kannte sie die Wahrheit über sie. Amanda würgte und bemerkte, dass sie noch das Gefühl hatte, sich erbrechen zu müssen. Sie musste den Ball verlassen, sofort, ehe sie ihren Erfolg ruinierte.

Sie ließ den Blick über die Tanzfläche schweifen, in der Hoffnung, jemanden zu sehen, der sie nach Hause bringen konnte – irgendjemanden, nur nicht Clive. Zu ihrer Erleichterung war Clive nicht dort, obwohl sie den Earl und die Countess tanzen sah, beide lächelnd. Sie spürte eine eisige Kälte, tief in ihrem Herzen und tief in ihren Knochen. Zumindest hatte das Schwindelgefühl nachgelassen. Sie sah sich weiter um.

Dann entdeckte sie Rex, der allein neben einer der vergoldeten Säulen stand, dunkel und gut aussehend, aber offensichtlich tief in Gedanken. Unverwandt blickte er irgendwohin in die Ferne.

Amanda ging auf ihn zu. Er schien so in sich gekehrt, dass er sie nicht einmal bemerkte, als sie schon fast bei ihm war. Sie bemerkte den heimlichen, sinnlichen Blick, mit dem er unter den Lidern hervorsah, als wollte er sein Interesse verbergen. Sie folgte seinem Blick und erkannte, dass er Blanche Harrington ansah, die ein wunderschönes grünes Ballkleid trug und von einer Gruppe aus Damen und Gentlemen umringt war. Nie hatte sie eleganter und reizvoller ausgesehen. War Rex an der reichen Erbin interessiert? Das überraschte sie. Sollte das der Fall sein, so war das ein Unglück, denn Amanda wusste, dass eine Erbin wie Blanche jemanden mit einem hohen Titel heiraten würde.

Rex erschrak, als er sie bemerkte. „Geht es Ihnen gut?“

Amanda vergaß die andere Frau. „Ich bin erschöpft.“ Sie brachte ein Lächeln zustande, dann überkam sie wieder ein Schwindelanfall. Rex hielt sie am Arm fest. „Ich fühle mich nicht gut. Würde es Ihnen etwas ausmachen, mich nach Hause zu bringen? Wenn es nicht zu viel Mühe bereitet?“

Sein Blick war viel zu aufmerksam. „Ich werde Clive suchen. Er wird Sie nach Hause bringen. Ich glaube, er ist im Rauchsalon und genießt eine Zigarre.“

Sie erstarrte. „Bitte, Rex. Ich möchte Ihnen keine Umstände bereiten, aber es wäre mir lieber, Clive jetzt nicht zu begegnen.“

Er sah sie überrascht an.

Amanda versuchte gar nicht, ihm etwas vorzumachen. „Er wird mir ansehen, dass ich aufgeregt bin. Dies ist dafür nicht der richtige Ort und nicht der richtige Zeitpunkt. Ich habe vor, gleich morgen früh mit ihm zu sprechen. Bitte“, wiederholte sie. „Ich fühle mich wirklich elend.“

Er zögerte nicht mehr „Gern bringe ich Sie nach Hause. Ich habe ohnehin genug von diesem Ball. Diese Art von Amüsement gefällt mir nicht.“

Amanda war sehr erleichtert. Sie konnte den Ball nicht schnell genug verlassen, als er sie aus dem Saal geleitete. Aber der bittere Nachgeschmack dessen, was zwischen ihr und Dulcea gerade passiert war, war noch spürbar. Sie war sicher, er würde für den Rest ihres Lebens nicht vergehen.

20. KAPITEL

Clive verspürte große Unruhe, als er Harmon House betrat. Es war fast zwei Uhr früh, und gerade als er bemerkt hatte, dass er Amanda seit gut einer Stunde nirgendwo im Ballsaal mehr gesehen hatte, war ein Diener zu ihm gekommen und hatte ihm gesagt, dass Rex sie nach Hause begleitet hatte. Etwas stimmte nicht. Er war ihr Begleiter, nicht Rex. Er war sicher, dass jemand sie beleidigt hatte, aber er verstand nicht, warum sie nicht zu ihm gekommen war.

Und es gefiel ihm auch nicht, wie Dulcea Belford ihn angesehen hatte, kurz bevor er gegangen war. In ihrer Miene hatte ein verabscheuungswürdiger und berechnender Ausdruck gelegen – und etwas wie Triumph. Er hoffte sehr, Amanda hatte nicht mit ihrer Mutter gesprochen, auch wenn er beinah sicher war, dass das doch geschehen war. Wenn das wirklich der Fall sein sollte, würde das ihren überstürzten Aufbruch erklären, aber nicht, warum sie sich an Rex gewandt hatte und nicht an ihn.

Es war still im Haus. Lizzie, Tyrell, der Earl und die Countess hatten den Ball kurz nach Mitternacht verlassen, nur Sean und Eleanor waren noch dort und würden gewiss noch ein oder zwei Stunden dort bleiben. Er nahm immer zwei Stufen auf einmal und blieb vor Amandas Tür stehen. Ohne Zweifel war es spät, und er sollte um diese Zeit nicht ihr Schlafzimmer betreten.

Es schnürte ihm das Herz zusammen. An diesem Abend hatte er an kaum etwas anderes denken können als an seine ungewöhnlichen Gefühle und die Frau, die ihn auf irgendeine Weise gefangen hielt. Er hatte sich auf einen sehr langen, intensiven Gutenachtkuss gefreut und auf mehr als das: Er hatte sich darauf gefreut, sie in seinen Armen zu halten, sie in seinem Bett zu haben und so zu berühren, wie er es sich wünschte. Lächelnd lehnte er sich gegen die Wand.

Er war ein de Warenne. Wenn ein Mann seiner Familie sich

verliebte, dann einmal und für immer. Er konnte diese Nacht allein überstehen, denn wenn er einmal verheiratet war, dann würde er nie mehr ohne seine Frau schlafen. Wie er Amanda kannte, würde sie ihn auf seinen Reisen begleiten, zumindest bis sie sein erstes Kind erwartete.

Seine Frau. Nie hätte er sich träumen lassen, diese Worte jemals zu denken oder eine solche Bindung einzugehen. Aber Amanda würde seine Frau werden, und zwar bald, daran zweifelte er nicht. Gleich als Erstes morgen früh würde er einen passenden Ring kaufen, um ihr einen Antrag machen zu können. Er würde sogar vor ihr niederknien. Gewöhnlich hielt er so etwas für romantischen Unsinn, aber bei Gott, für sie wollte er so romantisch wie möglich sein.

Sein Kind. Er liebte seine beiden Kinder, und Vater zu sein gehörte zu den größten Freuden in seinem Leben. Jetzt konnte er sich nichts Schöneres vorstellen, als dass Amanda ihm noch einen Sohn oder eine Tochter schenkte. Aber den größten Teil ihres Lebens hatte sie so vieles entbehren müssen. Er wollte ihr alles geben, was das Leben zu bieten hatte, alles Schöne, das sie hatte missen müssen, die Oper und Champagner, Rubine und Perlen, die schönen Künste und Kleider, ersonnen von Pariser Couturiers, Sicherheit und Liebe. Sein Herz schlug schneller vor Freude. Auf ein drittes Kind konnte er warten. Er griff den Dingen voraus.

Er blickte zu ihrer Tür und dachte daran, wie er Amanda auf dem Ball gesehen hatte, die schönste Frau im Saal, die mutigste, die einzigartigste. Nie zuvor hatte er jemandem seine Liebe erklärt, und er kam sich unsicher und unbeholfen vor. Bisher hatte er sich nicht vorstellen können, eine Frau zu bitten, ihn zu heiraten, aber irgendwie würde er die richtigen Worte finden, auch wenn sie ihn so oft sprachlos machte. Ohne weiter nachzudenken, legte er eine Hand auf den Türknauf. Wenn ich jetzt hineingehe, dachte er, werde ich sie lieben.

Aber sie verdiente es, dass er ihr zuerst einen richtigen Antrag machte, so wie sie eine richtige Hochzeit verdiente und eine Hochzeitsnacht, die sie nie vergessen würde.

Er unterdrückte seine niederen Instinkte, denn am liebsten hätte er sie gleich jetzt und hier geliebt. Obwohl er mit vielen Frauen zusammen gewesen war, hatte er keine von ihnen wirklich geliebt.

Seufzend ging er wieder nach unten und in den Westflügel. Er klopfte bei Rex an die Tür. „Schläfst du schon, Rex?", fragte er.

Der Bruder knurrte. „Jetzt nicht mehr."

Clive betrat das Schlafzimmer, während sein Bruder sich aufsetzte und ein Licht entzündete. „Was ist los? Warum hast du mich nicht gerufen? Ich war Amandas Begleiter. Ich hätte sie nach Hause bringen sollen."

Rex wirkte verstimmt. „Geh wieder ins Bett, Clive. Sprich morgen früh mit ihr. Sie schien aufgeregt zu sein." Er löschte das Licht wieder und legte sich hin. Damit war das Gespräch offenbar für ihn beendet.

Aber Clive ging nicht. „Hat sie gesagt, was sie aufgeregt hat?"

„Nein, hat sie nicht. Gute Nacht."

„Wie aufgeregt war sie?"

„Ich weiß es nicht! Gute Nacht, Clive."

Seufzend ging Clive hinaus. Wäre es wirklich wichtig gewesen, hätte Rex ihm Bescheid gesagt. Morgen früh würde er mit Amanda sprechen, ehe er zur Bond Street ging, um ihr einen Ring zu kaufen. Er würde ihr den schönsten Diamanten kaufen, den er finden konnte. Für den Fall, dass er nicht die richtigen Worte fand, um seine Gefühle auszudrücken, würde diese Geste es für ihn tun.

Er lächelte.

Clive schlief kaum, zu überwältigt war er von seinen Gefühlen. Es war kurz nach acht, und er und Tyrell waren die Einzigen, die um diese Zeit frühstückten. Sein Bruder las sowohl den *Herald* als auch die *Dublin Times*. Clive war unruhig, er nippte an seinem Kaffee, während er einen Knoten in seinem Magen zu spüren glaubte. Vermutlich würde Amanda noch einige Stunden schlafen, und die Geschäfte in der Bond Street öffneten nicht vor elf Uhr. Er wollte sie gern sehen, ehe er hinausging. Nie zuvor war die Zeit so langsam vergangen.

„Was ist los mit dir?", fragte Tyrell.

Clive bemerkte, dass er mit den Fingern auf den Tisch getrommelt hatte. „Nichts."

„Du siehst aus wie ein Rennpferd, das darauf wartet, losgelassen zu werden."

Genauso fühlte er sich, aber das sagte er nicht. Und dann hörte er ihre Schritte. Er sprang auf, als Amanda an der Tür zum Speisezimmer erschien, fertig angezogen in einem Kleid mit elfenbeinfarbenen und goldenen Streifen. Sie sah aus, als hätte sie ebenfalls nur wenige Stunden geschlafen. Ihre Miene wirkte angespannt.

In der letzten Nacht war tatsächlich etwas passiert, das erkannte er sofort voller Sorge. Und er wünschte Rex zur Hölle, weil der das so heruntergespielt hatte. Clive trat auf sie zu.

„Guten Morgen." Ihr Lächeln wirkte gezwungen, als sie Tyrell zunickte und sich dann an Clive wandte. „Ich würde gern mit dir reden. Unter vier Augen", fügte sie hinzu.

In diesem Moment fühlte er sich überraschenderweise so, als wäre sie die Erwachsene und er das Kind, das zu einer Zurechtweisung geholt wurde. „Natürlich", sagte er. Dann blickte er Tyrell an. „Du entschuldigst uns."

Tyrell nickte und wandte sich wieder seiner Zeitung zu.

Clive folgte Amanda in die Bibliothek. Als er eintrat, schloss sie die Tür hinter ihm. „Ich werde zusehends beunruhigter", sagte er und musterte sie gründlich. „Du hast nicht gut geschlafen."

Sie lächelte. „Du auch nicht, wie mir scheint."

„Was ist letzte Nacht passiert? Warum bist du so überstürzt aufgebrochen? Warum hast du mich nicht gerufen? Ich hätte dich nach Hause gebracht!", rief er aus.

Sie lächelte wieder. „Es war offensichtlich, dass du dich amüsiert hast", sagte sie.

Wovon redete sie? „Ich habe mich damit amüsiert, deinem unglaublichen Erfolg zuzusehen", sagte er, während ihm das Blut zu Kopf stieg, denn das war es nicht, was er eigentlich meinte. Er fügte hinzu: „Ich habe es genossen, dir zuzusehen."

Sie hob den Kopf. „Es gibt etwas, über das ich mit dir reden will."

Seine Sorge wuchs ins Unerträgliche. „Bist du meinetwegen aufgeregt? Habe ich etwas getan, das dich beleidigt hat?"

„Oh Clive." Jetzt lächelte sie voller Wärme und Herzlichkeit. „Wie sollte ich jemals deinetwegen so aufgebracht sein? Ich werde dir immer dankbar sein für alles, was du für mich getan hast, und die letzte Nacht war wunderbar." Sie zögerte und errötete. „Unseren Walzer werde ich niemals vergessen."

„Du sprichst so, als würden wir nie wieder zusammen Walzer tanzen!", rief er aus und trat näher. Er hatte nicht vor, sie jetzt zu verlieren. „Als wolltest du fortgehen!"

Sie leckte sich die Lippen, den Blick unverwandt auf ihn gerichtet. „Ich habe Pläne gemacht", flüsterte sie.

„Pläne? Was für Pläne?", fragte er, und böse Vorahnungen beschlichen ihn.

„Während du fort warst, wurde mir klar, dass ich nicht heiraten will. Ich kehre nach Hause zurück."

Einen Moment lang starrte er sie nur an, vollkommen entsetzt. „Wie bitte?"

„Ich kehre nach Hause zurück. Ich kann nicht heiraten. Auf gar keinen Fall. Bitte, versteh mich nicht falsch. Ich werde immer dankbar sein für alles, was du für mich getan hast, aber mein Platz ist auf Jamaika. Ich werde ein Geschäft eröffnen, mit einem Kredit, und ich habe vor, ein Versandgeschäft zu beginnen."

Ihm war so, als hätte ihm jemand einen Schlag versetzt, und er fühlte sich so benommen, dass er kaum zu denken vermochte. „Du willst zurückkehren auf die Inseln?", wiederholte er. „Aber dein Zuhause ist hier."

„Harmon House ist dein Zuhause." Sie lächelte ihn an. „Ich

weiß, du bist schockiert, weil du andere Pläne für mich hattest, aber ich werde es mir nicht anders überlegen."

Seine Gedanken überschlugen sich. „Du willst ein Geschäft eröffnen? Was soll das?" Allmählich begann er sich zu fassen. „Was ist letzte Nacht passiert?"

„Dies hier hat nichts mit der letzten Nacht zu tun. Ich habe von deiner Familie viel zu viel angenommen. Während du fort warst, habe ich Pläne gemacht, als ich Gelegenheit hatte nachzudenken. Clive, ich weiß, du willst nur das Beste für mich, und ich weiß das zu schätzen. Aber ich will keinen Fremden heiraten. Sosehr ich Ashford Hall auch liebe, Jamaika ist mein Zuhause. Wenn ich nicht heirate, dann muss ich für mich selbst sorgen, und das werde ich auch tun. Ich weiß alles über Handel und Geschäfte, und ich habe mir das gründlich überlegt", fügte sie hinzu. „Ich bin sehr sicher, dass ich Erfolg haben werde."

Er bemühte sich, Ruhe zu bewahren. Es dauerte eine ganze Weile, ehe er sprechen konnte. „Natürlich willst du keinen Fremden heiraten", sagte er. Er zögerte, wollte mit seinen Gefühlen herausplatzen und war doch nicht sicher, wie sie reagieren würde. Nie zuvor hatte es ihm so sehr an Selbstvertrauen gemangelt. „Du musst nicht heiraten, Amanda", sagte er langsam. „Erst wenn du es willst." Er war fest entschlossen, ihr Herz für sich zu gewinnen, falls er es verloren hatte. „Aber du kannst hierbleiben. Ich werde alle Bewerber um deine Hand zurückweisen."

Sie schüttelte den Kopf. „Darum geht es, Clive. Ich kann nicht hierbleiben. Ich will nach Hause zurückkehren und sofort mein Geschäft gründen."

Er musste sich auf eine Stuhllehne stützen, als er sie jetzt ansah, völlig unfähig, sie zu verstehen. „War das Dulcea? Hat sie vergangene Nacht etwas zu dir gesagt? Du wirkst zwar sehr ruhig, aber …"

Amanda unterbrach ihn. „Ich habe mit ihr gesprochen. Sie wollte, dass ich bei ihr in Belford House wohne, unter anderem. Sie hat mir einige Vorschläge gemacht."

Er erstarrte. „Aber stattdessen läufst du fort zu den Inseln?"

Sie hob den Kopf. „Ich laufe nicht fort! Und Dulcea ist nicht der Grund für meine Abreise. Ich mag sie nicht besonders, und ich würde es nicht bedauern, wenn ich sie nie wiedersehe. Ich möchte nicht mit dir streiten, auch wenn ich mir wünschte, du würdest mich verstehen. In Spanish Town hast du ein Kind gerettet. Jetzt bin ich eine Frau. Du kannst nicht immer so für mich sorgen. Es ist an der Zeit, dass ich mein Leben selbst in die Hand nehme." In ihren Augen schimmerten Tränen.

„Warum kann ich nicht für dich sorgen?", fragte er. „Das ist eine angenehme Aufgabe."

„Es hindert mich daran, selbstständig zu werden."

Hilflos sah er sie an. Warum wollte sie jetzt selbstständig werden, da er doch so sehr in sie verliebt war? Frauen waren nicht selbstständig! „Wenn du wirklich auf die Inseln zurückkehren willst, bringe ich dich dorthin." Das schien für sie beide die richtige Lösung zu sein. „Wenn du ein Geschäft gründen willst, leihe ich dir gern das Startkapital. Was die Schifffahrt betrifft ..."

„Nein!"

Erschrocken hielt er inne. „Du willst nicht, dass ich dir dabei helfe?"

„Du verstehst das nicht!", rief sie. „Ich will das allein machen! Ich muss es allein schaffen!"

Er war entsetzt. Würde er sie jetzt verlieren? Das könnte er nicht ertragen! Er würde alles tun, was nötig war, um ihr Herz zurückzugewinnen. „Warum? Ich kann einfach nicht verstehen, was hier geschieht."

Sie biss sich auf die Lippe und wandte sich endlich von ihm ab. Ihr Lächeln war so traurig. Voller böser Vorahnungen sah er zu, wie sie zum Kamin trat. Die Veränderung, das wusste er plötzlich, war vollständig. In der letzten Nacht war sie ihm schon verändert erschienen, aber nein, jetzt sah er wirklich den Unterschied, in diesem Moment, da sie ihm sagte, sie wolle von niemandem abhängig sein, nicht einmal von ihm. Eine elegante Dame ging langsam im Zimmer umher, wählte ihre Worte mit Bedacht, und es waren Worte der Zurückweisung. Das erkannte er jetzt. Endlich drehte sie sich wieder zu ihm um. „Reg dich nicht so auf."

„Ich kann dir nicht den Rücken zukehren. Bitte verlang das nicht von mir." Er bemerkte, dass seine Worte flehend klangen.

„Darum bitte ich dich auch nicht. Ich bitte dich, mich freizugeben."

Er war entsetzt. „Willst du das wirklich?"

Sie erbleichte, aber sie nickte.

Und endlich verstand er sie. Bisher hatte die Gesellschaft ihm stets das Gefühl gegeben, ein eingesperrtes Tier zu sein, und er hatte jedes Mal abreisen müssen, es verlangte ihn danach, Segel zu setzen, auszubrechen. Natürlich ging es ihr ähnlich. Sie hatte zwei Monate in der Stadt verbracht, und sie hatte genug. Unter dieser wunderschönen und eleganten Fassade lebte noch immer La Sauvage.

Sosehr ihn das auch ängstigte, so froh war er auch. „Ich werde dich nach Hause bringen", sagte er. Und er würde zusehen, wie sie ihr neues Leben begann, denn ob sie es wollte oder nicht, er würde immer ihr Beschützer sein. Zum ersten Mal in seinem Leben würde er seinen männlichen Eroberungswillen unterdrücken und so lange warten, wie es nötig war, um sie zurückzugewinnen.

Er trat zu ihr und umfasste ihre kleinen Hände. „Ich habe dich hierhergebracht, damit du frei bist", flüsterte er. „Nicht um dich in der Gesellschaft einzusperren."

„Ich weiß."

„Bedauerst du deine Garderobe, den Leseunterricht, den Walzer?"

„Natürlich nicht! Du verstehst nicht!" Sie berührte sein Gesicht. „Ich gehe nicht als La Sauvage zurück, ich gehe als Miss Carre. Ich vermisse den Wind in meinen Haaren, aber es ist nicht die Gesellschaft, der ich entkommen will. Ich muss heimkehren, weil ich nicht mehr dein Mündel sein kann."

Sie hatte ihn direkt ins Herz getroffen. Er ließ die Hände sinken. „Und ich dachte, ich hätte verstanden. Du willst vor mir fortlaufen?"

„Ich kann dir nur immer wieder sagen, ich muss jetzt meinen eigenen Weg gehen, ohne einen Ehemann, ohne einen Vormund – ohne dich. Aber wir werden immer Freunde sein, nicht wahr?"

Er wandte sich ab. Wies sie ihn zurück? Er versuchte nachzudenken, aber das Herz schmerzte ihm zu sehr. Nichts ergab mehr einen Sinn. Dies durfte nicht passieren. Er konnte nicht die einzige Frau verlieren, die er je geliebt hatte. Wäre sie vor der Gesellschaft geflohen, hätte er sie gehen lassen, wäre ihr gefolgt und hätte auf sie gewartet. Aber wenn sie vor ihm weglief, konnte er sie unmöglich gehen lassen.

Langsam drehte er sich zu ihr um.

„Ich habe dir wehgetan!", rief sie. Sie hob die Hände an ihr Gesicht, das entsetzlich bleich war, trotz der leuchtend roten Flecke auf ihren Wangen. „Clive, du warst der beste Beschützer, den eine Frau sich nur wünschen kann. In meinem Herzen wirst du immer bei mir sein. Und eines Tages, wenn ich reich und angesehen bin, werde ich dich auf Windsong besuchen, und wir werden über die alten Zeiten plaudern."

„Den Teufel werden wir", sagte er.

„Und ich zahle dir jeden Cent zurück, den du für mich ausgegeben hast. Endlich kann ich dir etwas versprechen."

„Ich will nichts zurückbezahlt bekommen, keinen einzigen Cent", rief er. „Hier geht es um das, was auf Ashford Hall passiert ist!", rief er und zeigte auf sie. Dabei zitterte seine Hand.

Entsetzt wich sie zurück, und er wusste, wie recht er hatte. „Ich weiß nicht, was du meinst!"

Er ging ihr nach, erinnerte sich daran, wie sie versucht hatte, ihn zu verführen, und wie er sie grob zurückgewiesen hatte. Wie sehr wünschte er sich jetzt, sie damals ganz und gar genommen zu haben. „Ich habe dich abgewiesen."

Sie errötete. „Du bist ein Mann von Ehre. Du hattest recht – es war falsch von mir."

„Und deshalb läufst du fort." Er begann ein Triumphgefühl zu verspüren, aber es war ein wildes Gefühl, wie bei einem Raubtier.

Sie schüttelte den Kopf. „Nein."

Er drängte sie gegen die Wand. „Du sagtest, du hättest das alles geplant, während ich in Holland war. Ich musste gehen, weil ich mein Verlangen nach dir nicht mehr beherrschen konnte. Also reiste ich ins Ausland, um nicht annehmen zu müssen, was du mir anbotest. Und während ich fort war, hast du beschlossen, mich zu verlassen."

Sie holte tief Luft. „Ja."

Erleichterung durchströmte ihn, und seine Anspannung ließ ein kleines bisschen nach. „Jetzt bist du wenigstens ehrlich zu mir", flüsterte er und legte eine Hand auf ihre Wange.

Sie holte tief Luft, begann ihn zu verstehen, das erkannte er an ihrem Blick. Dennoch fragte sie: „Was tust du da?"

In der Nacht hatte er sie fast unerträglich begehrt, und selbst vor einigen Monaten, auf seinem Schiff, war das so gewesen, als sie ungebildet und naiv gewesen war. Sein Herz schlug beinahe schmerzhaft. Er beugte sich zu ihr. „Du weißt, was ich tue."

Einen Moment lang starrte Amanda ihn nur an, verstand, dass er seinem Verlangen nachgeben wollte, endlich. „Clive", stieß sie hervor und umfasste seine Schultern.

Er zog sie in seine Arme, an seine harte Brust, presste die Lippen auf ihren Mund.

Er hatte vorgehabt, sie wild und leidenschaftlich zu küssen. Doch als er ihre Lippen spürte, wurde er sanfter, und der Zorn, die Angst, die Wildheit verrauchten. Diese Frau liebte er. Und er brauchte sie jetzt und für immer.

Behutsam berührte er ihren Mund mit seinen Lippen, wieder und wieder, drängte sie, sich für ihn zu öffnen, mehr und mehr. Ihr stockte der Atem, und er küsste sie weiter, und sie begann den Kuss zu erwidern, während ihre Leidenschaft langsam heftiger wurde.

Clive schob seine Zunge tief in ihren Mund, drängte sie fester an die Wand, presste seine Lenden an ihre Hüften, wollte am liebsten jetzt schon vor Lust explodieren. Amanda weinte und klammerte sich an ihm fest.

Er löste sich von ihr und nahm ihre Hand. „Komm mit mir", sagte er heiser, und ehe sie etwas erwidern konnte, hatten sie den Raum durchquert.

Im Gang war niemand. Er warf einen Blick in das Speisezimmer, aber Tyrell saß hinter seiner Zeitung verborgen. Er warf Amanda einen Blick zu, der ihr sagte, was er vorhatte, und er sah, wie sie mit großen Augen nickte. Dann liefen sie die Treppe hinauf.

Als sie ihr Schlafzimmer erreicht hatten, ließ er sie los, warf die Tür zu und verschloss sie. Er riss sich die Jacke vom Leib und sah sie an. Sie stand neben dem Bett, wie hypnotisiert. Aber sie atmete schwer, beinahe so schwer wie er selbst.

Er ging zu ihr und schloss sie in seine Arme. „Ich will dich glücklich machen, Amanda", sagte er mit belegter Stimme und streichelte ihre Wange. Er war nicht sicher, wie viel Beherrschung er jetzt aufzubringen vermochte.

Sie nickte. „Clive – beeil dich."

Ihre Worte waren wie eine Erlösung. Er schrie auf und trug sie zum Bett, während sie die Arme um ihn schlang, seinen Nacken küsste, sein Kinn, seine Wange. Er lachte vor Freude, denn nichts war ihm jetzt wichtiger, als diese Frau zu besitzen – seine Frau – und ihr mehr Vergnügen zu schenken, als je eine Frau bekommen hatte.

Er legte sie nieder und zerrte an den Knöpfen am Rücken ihres Kleides. Sie rissen ab und fielen zu Boden.

Sie lachte, riss sein Hemd auf, und noch mehr Knöpfe rollten über den Teppich. Dann holte sie tief Luft und legte die Hände auf seine Brust. Sie zitterte heftig.

Ihr Entzücken erregte ihn, und er zog sein Hemd aus. Wieder stockte ihr der Atem, während sie seine Brust und Arme betrachtete, und er lachte, als er ihr das Kleid auszog. Dann verstummte das Lachen. Spannung lag in der Luft. Sie sanken auf das Bett in einer Flut von Kissen, Tüchern und Unterröcken.

Ungeduldig zerrte er an ihrem Chemisier und dem Korsett, küsste sie wieder und wieder und versuchte gleichzeitig, sich zwischen ihre Schenkel zu drängen. Ihm wurde klar, dass er sich nicht länger beherrschen konnte.

Er zog an seinem Gürtel und öffnete ihn, und sie sahen einander in die Augen, während sie an seiner Hose zupfte. Bei jeder Berührung wuchs seine Erregung. Er musste lächeln. „Liebste, ich versuche, ein Gentleman zu sein …"

„Nicht nötig", meinte sie und hatte endlich seine Hose geöffnet.

Für einen Moment hielt er still, über sie gebeugt, während sie seine harte Männlichkeit streichelte. Er gab jede Zurückhaltung auf, drängte sich an ihre Hand, schrie auf und brachte es doch fertig, sich noch zu beherrschen.

Er schlang die Arme um sie, schob ihre Knie auseinander und schmiegte sich an sie. Amanda hob sich ihm heiß und feucht entgegen. „Clive, ich kann nicht länger warten", flüsterte sie direkt an seiner Wange.

„Ich will dir nicht wehtun", brachte er noch heraus, bevor er in sie eindrang. „Ich will dir Lust bereiten."

„Oh!" Erschrocken sah sie ihn an.

Und er regte sich nicht, genauso erstaunt wie sie über diese innige erste Verbindung. „Warte einen Moment, meine Geliebte", flüsterte er, und langsam, ganz langsam bewegte er sich weiter.

Sie erschauerte, klammerte sich an ihn, und endlich spürte er den Widerstand, konnte er einen Schrei der Lust nicht länger unterdrücken. Sie stöhnte auf, dann begann sie zu schluchzen, vor Lust, nicht vor Schmerz. Schon bald spürte er, wie sie sich anspannte, und er bewegte sich schneller, hart und fest, um mit ihr gemeinsam den Höhepunkt zu erreichen. Und als sie seinen Namen flüsterte, ergab er sich ihr ganz in der heftigsten Erfüllung, die er je verspürt hatte.

Nachdem ihre Lust verebbt war, hielt Amanda ihn einfach nur fest. Sie wagte es nicht, über die Gefühle nachzudenken, die ihr Herz erfüllten, ihre Seele, ihr ganzes Sein. Langsam ließ sie die Hand über seinen festen, muskulösen Körper gleiten, bewunderte die Kraft, die sie spürte. Sie fühlte, wie er sich in ihr bewegte, und lächelte.

Er hob den Kopf und lächelte zurück, so liebevoll, wie sie noch nie angelächelt worden war. „Ich hoffe, du bist zufrieden?“, flüsterte er leise an ihr Ohr.

Sie küsste ihn, schloss die Augen, wollte ihn nur kurz berühren, doch ihr Verlangen nach ihm überwältigte sie. Als sie atemlos und erregt die Lippen voneinander lösten, gelang es ihr, die Augen zu öffnen. „Ich bin sehr zufrieden“, flüsterte sie und bewegte ein wenig die Hüften.

Sie spürte, wie er in ihr pochte. „Das, meine Liebste, war erst die Vorspeise“, sagte er, und seine Augen blitzten. „Vor der Hauptspeise gibt es noch einige Gänge.“

„Wirklich?“, brachte sie heraus. Tränen erschienen in ihren Augen, denn ganz langsam zog er sich aus ihr zurück. Sie vermochte keinen Gedanken mehr zu fassen.

„Liebling, der erste Gang“, sagte er und beugte sich über sie, reizte ihre weiblichste Stelle mit der Zunge. Sie stöhnte seinen Namen, bevor sie der nächste Höhepunkt überkam, schnell und heftig.

Als sie sich wieder einigermaßen gefasst hatte, drang er erneut in sie ein, beobachtete sie, das Gesicht angespannt vor Erregung.

Sie berührte seine Wange. „Ich will noch einen Gang“, brachte sie heraus, ohne zu lächeln.

„Ja“, sagte er und rückte von ihr ab.

Sie umfasste sein Handgelenk und sah ihn vielsagend an. „Oh nein, einen viel größeren Bissen.“

Er bewegte sich nicht.

Ihr Herz schlug so heftig, dass sie fürchtete, in Ohnmacht

zu fallen, während sie ihn auf den Rücken schob. Er gehorchte. Sein Glied drängte sich ihr entgegen, hart und fest. Sie beugte sich über ihn und kostete.

Er schrie auf.

In ein Nachthemd gekleidet, saß Amanda an ihrem Sekretär. Eine kleine Kerze spendete ein wenig Licht, als sie den Brief las, den sie geschrieben hatte. In ihrem Bett lag Clive ausgestreckt. Er schlief. Es war spät. Sie hatten einander den ganzen Tag geliebt.

Viele Male schon hatte sie seine Unterschrift gesehen, und jetzt ahmte sie seine Schrift sorgfältig nach, faltete die Anweisungen zusammen, die sie geschrieben hatte, und wischte eine Träne von dem Pergament. Sie schob das Blatt in einen Umschlag und versiegelte ihn. Dann hatte sie zum hundertsten Mal, seit sie ihn im Bett zurückgelassen hatte, das Gefühl, dass ihr das Herz brach.

Er hatte sie am Morgen überrascht. Hätte sie Zeit gehabt, darüber nachzudenken, was ihrer beider Leidenschaft wirklich bedeuten würde, hätte sie ihn vielleicht zurückgewiesen. Eine klügere Frau hätte diese Nähe vermieden, nicht weil sie ihn so sehr liebte, sondern weil er diese Liebe nicht erwiderte.

Amanda war ganz sicher, dass er darauf bestehen würde, sie zu heiraten, sobald er erwachte und wieder bei Verstand war. Und zwar aus reinem Ehr- und Pflichtgefühl.

Nichts hatte sich verändert. Sie war bis über beide Ohren verliebt in einen Mann, der diese Liebe nicht erwiderte. Sie fragte sich, wie es wohl sein würde, mit ihm verheiratet zu sein und von einer Affäre zu erfahren. Oder schlimmer noch, ihn irgendwann mit einer anderen Frau zu sehen. Es war Zeit für sie, unabhängig zu werden.

Die Versuchung, bei ihm zu bleiben, wenigstens eine Weile, war groß. Für eine Zeit lang als seine Mätresse zu leben würde herrlich sein – aber jetzt würde er darauf bestehen, sie zu heiraten, und das konnte sie nicht. Das Wissen, dass es irgendwann zu Ende sein würde, würde wie eine dunkle drohende Wolke über jedem Augenblick schweben. Außerdem war Amanda nicht sicher, ob sie je ihren eigenen Weg würde gehen können, wenn sie einmal seine Geliebte gewesen war.

Als sie aufstand, knarrten die Dielen. Sie verzog das Gesicht, ging aber zum Wandschrank, den Brief in der Hand, und schlüpfte in einen Hausmantel. Gerade hatte sie so leise wie möglich die Tür geöffnet, als er sagte: „Was machst du da?"

Sie drehte sich um und zwang sich zu einem Lächeln. In dem Augenblick, da sie ihn ansah, war sie abgelenkt, wie er so in ihrem Bett saß, vollkommen nackt, wunderschön. Einen Moment lang vergaß sie, was sie tun wollte, aber dann fiel ihr wieder der Brief ein, den sie hinter dem Rock ihres Hausmantels verborgen hielt. „Ich wollte ein Hausmädchen suchen und um etwas Wein bitten und vielleicht etwas zu essen."

Aber in Wahrheit hatte sie vor, eine Nachricht zu den Docks zu schicken. Wenn MacIver den Anweisungen glaubte, die sie ihm schicken wollte, dann würde er sie morgen nach Hause bringen, mit der nächsten Flut würden sie auslaufen. Da Amanda gesehen hatte, wie Clive Anweisungen an seine verschiedenen Mannschaften schrieb, war sie zuversichtlich, dass MacIver nicht zögern würde, die neuen Befehle zu befolgen.

Ihr drohte das Herz zu brechen. Morgen Abend würde sie auf See sein. Sie durfte nicht daran denken, wie verletzt und zornig Clive sein würde. Früher oder später würde er eine andere Geliebte finden, die ihn trösten würde. Dieser Gedanke verursachte ihr Bitterkeit, und sofort schämte sie sich.

Clive gähnte und streckte sich, und ihr Herz schlug schneller, während ihr heiß wurde. Ein ganz besonderer Glanz erschien in seinen Augen. „Eine ausgezeichnete Idee. Frag nach Champagner – und dann komm wieder her." Er schenkte ihr ein sanftes, aber verführerisches Lächeln, bei dem ihr noch wärmer wurde.

Ich werde niemals aufhören, ihn zu lieben, dachte sie.

So viel Kummer stand ihr bevor. Sie war davon überzeugt, dass er bald kaum noch an sie denken würde, und irgendwann würde er sie ganz vergessen haben. Aber sie lächelte ihn an und glitt aus dem Zimmer. „Ich komme gleich wieder“, sagte sie.

„Beeil dich“, murmelte er.

Und als sie ein Hausmädchen fand, konnte sie nur daran denken, wie zornig er sein würde, wenn er von ihrem Betrug erfuhr.

21. KAPITEL

Amanda saß in dem gemieteten Hansom vor Belford House, die kleineren Reisetaschen zu ihren Füßen. Es fiel ihr schwer nachzudenken, noch schwerer, aus der Kutsche zu steigen. Sie hatte beschlossen, ein letztes Mal mit ihrer Mutter zu reden, ehe sie London verließ. Sie hatte sich nicht von Clive verabschiedet, und Trauer erfüllte sie. Natürlich konnte sie ihm so nicht gegenübertreten – es wäre zu schwierig nach der Nacht, die sie miteinander verbracht hatten. Ihr war bewusst, dass sie sich feige verhielt.

Sie verschloss die Augen fest gegen die aufsteigenden Tränen und weinte für sie beide. Er hatte sie am Morgen in außerordentlich heiterer Stimmung verlassen, hatte ihr gesagt, dass er sie vor dem Essen noch einmal sehen würde, nicht ahnend, dass sie bis zum Abend weit draußen auf dem Meer sein würde. Beinahe sofort war er aus dem Haus gegangen, leichten Schrittes. Vom Fenster ihres Schlafzimmers aus hatte Amanda zugesehen, wie er davoneilte, während ihr Herz in wildem Protest schlug und sie sich neu in ihn verliebte, ihn beinah zurückgerufen hätte. Wieder und wieder musste sie sich daran erinnern, dass irgendwann, früher oder später, sich ihre Wege auf den Inseln wieder kreuzen würden. Aber welchen Unterschied machte das? Sie würde nicht seine Geliebte werden, selbst wenn er das wollte, denn das würde nichts nützen, genauso wenig wie sie ihn heiraten würde, nur weil er sich dazu verpflichtet fühlte. Sie seufzte, wischte sich über die Augen und trat auf die Straße.

Der Kutscher spuckte Kautabak auf die Erde.

Amanda ging zum Haus und klingelte, während sie sich um Fassung bemühte. Einen Moment später stand sie in der Eingangshalle und versuchte, sich auf einen letzten Moment mit ihrer Mutter einzurichten. Es war so seltsam, das Wort Mutter zu denken und dabei keine wirklichen Gefühle von Zuneigung gegenüber Dulcea zu empfinden. Aber eine Tatsache blieb bestehen: Dulcea war Amandas leibliche Mutter, und sie hatte zwei weitere Kinder, die Amandas Halbgeschwister waren. Sie musste sie ein letztes Mal sehen, ehe sie London für immer verließ.

Dulcea kam in die Halle gelaufen, mit großen Augen, lächelnd. „Amanda! Du hast deine Meinung geändert! Ich bin so froh, dass du gekommen bist.“ Sie blieb stehen und tat sehr überrascht. „Ich sehe keine Taschen? Bist du nicht gekommen, um bei mir zu wohnen?“

„Ich bin gekommen, um mich zu verabschieden. Ich sagte dir doch, ich kehre nach Hause zurück.“ Und endlich erkannte Amanda, dass ein Teil von ihr immer noch auf ein kleines Zeichen von Zuneigung von dieser Frau wartete, trotz ihrer früheren Begegnungen.

Dulcea erbleichte. „Wie kannst du das tun? Du willst dein neues Leben hier aufgeben, in der Stadt, um auf einer Insel voller Piraten zu leben?“

„Ich glaube, ich sagte dir, dass ich ein Geschäft eröffnen will. Ich möchte eine vornehme Dame bleiben.“

„Du bist verrückt, und du bist undankbar!“ Dulcea zitterte, und ihre Augen blitzten. „Ich habe dir ein Heim angeboten, ein richtiges Zuhause, und du gehst einfach fort, um Abenteuer zu suchen? Du bist genau wie dein Vater.“

Amanda erstarrte. „Sie haben mir nichts angeboten, Lady Belford. Alles, was ich von Ihnen wollte, war ehrliche Zuneigung. Alles, was ich in Ihren Augen gesehen habe, waren Berechnung und Gier. Ich kam hierher, in der Hoffnung, dass ich mich an jenem Abend auf dem Ball täuschte. Aber es stimmte alles, oder?“

Dulcea schwieg, und tausend verschiedene Gefühle spiegelten sich auf ihrem Gesicht wider. Dann sagte sie wieder ruhiger: „Ich bin verärgert, weil du deine Aussichten vernichtest. Wenn du Berechnung siehst, dann weil ich das Beste für dich will! Du bist …“ Sie hielt inne und senkte die Stimme. „Du bist meine Tochter, ungeachtet der Vergangenheit. Ich möchte eine schöne Zukunft für dich."

Amanda glaubte ihr nicht. „Warum liegt dir so wenig an mir? Bist du so niederträchtig? Oder ist es mein Fehler?"

Dulcea kam näher. „Natürlich liegt mir an dir. Das sagte ich dir auf dem Ball."

Amanda schüttelte den Kopf. „Dir geht es nicht um mich, dir geht es um den Reichtum, den ich vielleicht in dein Haus bringen könnte. Ich bin jetzt eine Dame, aber aus irgendeinem Grund bin ich immer noch nicht gut genug, um deine Zuneigung zu empfangen. Liegt es daran, dass ich ein Bastard bin? Soll ich deshalb für deine Sünden bezahlen? Oder siehst du hier jetzt den Nachkömmling eines Piraten stehen? Ich habe alles getan, um mich zu ändern, aber es ist nicht genug, oder?"

„Es ist nicht genug", stimmte Dulcea eifrig zu, „aber ich kann dir helfen, eine wirkliche Dame zu werden. Ich habe immer noch vor, dich mit de Warenne verheiratet zu sehen. Amanda, du wirst eine der führenden Köpfe der Gesellschaft werden."

Amanda empfand nur Abscheu. „Und du wirst mit mir regieren, während wir beide herrlich von Clives Reichtum leben."

„Warum nicht?", sagte Dulcea heiter.

Und endlich fühlte sie, wie sie den Traum von ihrer Mutter verlor, den ihr Vater ihr vorgegaukelt hatte. Zusammen mit ihrem Kummer darüber, Clive verlassen zu müssen, war es fast unerträglich. Ihre Hände zitterten, als Amanda die Perlenohrringe abnahm, die Clive ihr geschenkt hatte, und sie Dulcea reichte. Von ihrem ersten Geschenk, dem Halsband, würde sie sich niemals trennen. „Hier. Verkaufe sie. Vielleicht hilft das. Sobald ich meine ersten Gewinne mache, werde ich dir schicken, soviel ich kann, und ich hoffe, es wird genügen, um dich und deine Kinder zu ernähren." Sie konnte kaum glauben, was sie da anbot, aber sie meinte es ernst. Dulcea Belford liebte sie nicht, aber sie war ihre Mutter – und sie war in einer verzweifelten Lage, und ihre beiden Kinder waren Amandas Halbbruder und ihre Halbschwester.

„Wie kannst du das tun? Ich biete dir alles, Amanda!"
Sie bot ihr gar nichts. „Auf Wiedersehen – Mutter." Amanda ging hinaus.

Von dem Augenblick an, da er Amanda in ihrem Bett zurückgelassen hatte, hatte er ununterbrochen gelächelt. Jetzt, am späten Nachmittag, schmerzte ihm allmählich das Gesicht davon. Aber nun verstand er endlich, was Liebe war. Sie bedeutete unendlich viel Freude und Glück. Er konnte kaum glauben, dass er sich für immun gegen diese Gefühle gehalten hatte.

Er betrat Harmon House und blickte zur Treppe. Der Verlobungsring, den er gerade gekauft hatte, schien ein Loch in seine Brusttasche zu brennen. Er war in Gedanken ein Dutzend verschiedene Möglichkeiten durchgegangen, ihr einen Antrag zu machen, doch jede war ihm unzureichend erschienen. Er wollte ihr irgendwie klarmachen, wie tief seine Gefühle gingen, falls ihm das am Vortag und in der vergangenen Nacht noch nicht gelungen war.

Er begehrte sie entsetzlich. In der letzten Nacht hatte er sie auf hundert verschiedene Weisen geliebt, und er konnte es kaum erwarten, das wieder zu tun. Er hoffte sehr, sie verstand, was er ausdrücken wollte, wenn er sie küsste, berührte und in den Armen hielt. Bestimmt würde es ihm vielleicht schwerfallen, die drei Worte zu sagen, nach denen jede Frau sich sehnte, aber nach der letzten Nacht musste sie erfahren, wie sehr er sie liebte.

Gerade als er im Begriff war, die Treppe hinaufzustürmen, hielt er inne. Sein Vater hatte die Halle betreten, und seine Miene wirkte sehr beherrscht und schwer zu deuten.

Er wandte sich um, fühlte sich plötzlich, als wäre er vierzehn Jahre und nicht achtundzwanzig, und ließ das Geländer los. „Ehe du mich zurechtweist, solltest du wissen, dass meine Absichten ehrbar sind." Eilig griff er in seine Tasche und zog die mit blauem Samt bezogene Schachtel hervor, öffnete sie. Der achtkarätige Diamant fing das Licht ein und funkelte.

Der Earl lächelte. „Clive, ich habe nie bezweifelt, dass du eine

Ehe beabsichtigst. Seit dem Tag deiner Ankunft hast du daran keinen Zweifel gelassen. Wenn ich mich recht erinnere, sagtest du, du würdest sie an dem Tag heiraten, an dem du sie ruinierst."

„Das hatte ich nicht gerade geplant, als wir darüber sprachen."

Der Earl zog eine Braue hoch, als glaubte er ihm nicht, dann sagte er: „Der Ring ist exquisit, und er passt zu ihr. Herzlichen Glückwunsch." Er legte seinem Sohn eine Hand auf die Schulter. „Ich freue mich sehr für euch beide."

Endlich entspannte Clive sich. „Du wirst mich nicht tadeln für meine Ungeduld?"

„Nein, das werde ich nicht", sagte der Earl und lachte. „Wir de Warennes sind sehr leidenschaftlich, und wenn wir lieben, hält nichts uns auf." Ganz kurz trat ein sanfter Ausdruck in seine Augen, und Clive wusste, dass der Earl an seine Gemahlin dachte. Dann kehrte er zurück in die Gegenwart. „Darf ich noch etwas sagen?"

Clive hatte die Treppe hinaufgeblickt, seine Ungeduld war kaum zu bezwingen. Trotzdem drehte er sich noch einmal um. „Natürlich."

„Ich bin sehr stolz auf dich. Sollte ich zu dir strenger gewesen sein oder dein Benehmen weniger hingenommen haben als bei deinen Brüdern, dann nicht, weil ich dich weniger liebte als Tyrell und Rex. Auch nicht wegen deines kühnen Wesens und der vielen schlaflosen Nächte, die du meiner Frau und mir verursacht hast. Clive, niemand war sich mehr darüber bewusst, dass du mein jüngster Sohn bist, als ich."

Clive vergaß Amanda für einen Augenblick. Er sah seinen Vater an und begriff nicht, worauf dieser mit seinen Worten hinauswollte. Während er heranwuchs, war er tatsächlich anders behandelt worden als seine Brüder. Allerdings war er sehr ungebärdig gewesen, was dem Earl Grund dafür gegeben hatte, ihn härter anzufassen. „Ich verstehe nicht ganz."

„Ich war strenger zu dir, weil du als mein jüngster Sohn mehr Charakterstärke brauchtest, mehr Kraft und mehr Ehrgeiz, um in dieser Welt zu überleben. Wenn ich mir den Mann so ansehe, der jetzt vor mir steht, dann scheint mir, als wäre meine Strategie bei deiner Erziehung richtig gewesen."

Clive wurde rot vor Freude, denn der Earl ging sehr sparsam mit Lob um. „Ich weiß, es gab viele Gelegenheiten, bei denen du mich am liebsten ausgepeitscht hättest, aber du hast es nie getan. Jetzt bin ich selbst Vater, und Alexi macht mir ganz schön zu schaffen. Ich verstehe, warum du zu mir strenger sein musstest als zu meinen Brüdern."

„Du hast dir aus dem Nichts ein Vermögen erschaffen, etwas, das nur Devlin von sich behaupten kann, und offensichtlich sind deine Vorstellungen von Ehre und Pflicht ebenso streng wie die deiner Brüder. Das ist nicht nur daran ersichtlich, wie du mit den Kindern umgehst, sondern du hast auch eine Jungfer in Not gerettet und bist ihr Beschützer geworden. Ich bin sehr zufrieden mit dem Mann, zu dem du geworden bist."

Clive lächelte. „Danke, Vater."

Edward lächelte zurück. „Dein Mädchen wartet."

Clive lächelte wieder, und sein Herz schlug schneller. „Das tut sie in der Tat. Da ist etwas, das ich erledigen muss, und ich hoffe, dass ich mich dabei nicht zum Narren mache."

„Sie wird in dir nie einen Narren sehen, Sohn. Ihre Augen strahlen, wann immer sie dich ansieht."

Clive wandte sich wieder der Treppe zu, als ein Diener sich näherte. „Captain, Sir?" Er trug einen Umschlag in der Hand.

Clive war ungeduldig. „Später ..."

„Sir. Miss Carre sagte mir, ich solle Ihnen dies hier um vier Uhr nachmittags geben. Es ist jetzt exakt vier Uhr."

Clive sah ihn ehrlich überrascht an, mit einer Spur von Verärgerung. Was sollte das? „Wo ist Miss Carre?", fragte er, nahm den Umschlag und sah, dass er in ihrer Handschrift förmlich an ihn adressiert war. Eine dunkle Vorahnung beschlich ihn.

„Sie ging kurz nach Mittag aus", sagte der Diener.

Clive riss den Umschlag auf und entfaltete einen Brief.

Mein lieber Clive,
wenn du diesen Brief liest, bin ich bereits auf dem Meer und auf dem Weg nach Hause. Ich hoffe, du verstehst meinen Wunsch, auf die Inseln zurückzukehren, und erlaubst mir abzureisen. Clive, ich stehe so tief in deiner Schuld. Ich finde nicht genug Worte, um dir zu sagen, wie dankbar ich bin für alles, was du getan hast. Ich werde dir ewig ergeben sein. Ich werde unsere Freundschaft vermissen und deine Kinder, genau genommen werde ich deine ganze herrliche, liebevolle, wunderbare Familie vermissen. Aber ich muss meinen eigenen Weg in der Welt finden. Ich hoffe, es wird dir bald gelingen, mich zu verstehen.
Wenn du nach Windsong zurückkehrst, würde ich dich gern besuchen, wenn du es gestattest, denn ich wünsche mir sehr, deine Freundin zu bleiben. Bis dahin die besten Grüße an dich, deine Kinder und deine Familie.
In Liebe, Amanda

Clive starrte den Brief an, und es war ihm völlig unmöglich zu verstehen, was da geschrieben stand.

„Clive? Was ist das?“, fragte der Earl.

Langsam las er jedes Wort noch einmal. Als er damit fertig war, hallte ein einziger Satz in seinem Kopf wider: *Sie hat mich verlassen*. Er sah auf.

Edward hielt ihn an der Schulter gepackt. „Ist es Amanda?“

Sie hat mich verlassen. Sie hatte ihn verlassen, nachdem er sie Tag und Nacht geliebt hatte, mit seinem Körper ausgedrückt hatte, wofür ihm die Worte fehlten. Er war endlich, endgültig und für immer verliebt, und die Frau, die er liebte, hatte ihn zurückgewiesen.

Sie schreibt über Freundschaft und Zuneigung.

Ich trage einen Verlobungsring in meiner Tasche.

„Clive? Darf ich?“

Clive reichte den Brief seinem Vater, während seine Gedanken sich überschlugen. Wie konnte das geschehen?

Sie wollte mit ihm befreundet sein?

Er begann zu zittern. Dies war die Frau, die er liebte. Diese Frau sollte seine Frau werden. Und sie segelte ohne ihn über den Atlantischen Ozean?

Bilder gingen ihm durch den Kopf, blutige, gewalttätige Bilder von Piraten und Schurken, die harmlose Handelsschiffe überfielen. Er ging zur Tür. Er konnte nicht nachvollziehen, was sie dachte oder was sie wollte, und in diesem Augenblick war es ihm auch egal. Das Einzige, was er begriff, war, dass er – und er allein – sie zurück auf die Westindischen Inseln bringen sollte.

Liebte sie ihn denn nicht?

„Clive", wandte der Earl ein, „nimm das nicht zu ernst."

Clive hörte ihn nicht. Langsam begann er zu erfassen, was geschehen war. „Bring mir eine Kutsche, einen Hansom, ein Pferd. Sofort", fuhr er den Diener an. Alle Frauen sanken ihm zu Füßen, aber sie hatte ihn verlassen.

Wie konnte Amanda das tun?

Er fühlte sich so verletzt, dass er plötzlich wie angewurzelt stehen blieb, unfähig, auch nur noch einen Schritt zu tun. Er hatte Stichverletzungen davongetragen, Pistolenschüsse und Messerstiche, aber nie hatte er sich so verwundet gefühlt. Es war kein körperlicher Schmerz, dies hier war tausendmal schlimmer.

Hatte sie ihn denn nicht vor ein paar Wochen noch geliebt, ehe er nach Holland reiste?

Und endlich wurde er zornig. Clive fluchte. Freundschaft? Hatte sie den Verstand verloren? Er wollte nicht ihre Freundschaft – er wollte eine Ehefrau. Er wollte ihre Liebe.

„Sir." Ein Stallknecht kam die Auffahrt hinaufgelaufen, er führte ein Pferd am Zügel.

Er nahm die Zügel und schwang sich in den Sattel. Wenn sie noch nicht aufgebrochen war, würde er sie aufhalten. Als er auf die Straße hinausgaloppierte und beinahe einen Zusammenstoß zwischen zwei Kutschen verursachte, wurde ihm klar, dass es unwahrscheinlich war, dass sie schon unterwegs war. Er war jeden Tag an den Anlegern und Speicherhäusern, um seine Geschäfte zu erledigen, und er war ziemlich sicher, dass nicht ein einziges Schiff dafür vorgesehen war, zu den Inseln zu segeln, obwohl am Vortag zwei Schiffe abgefahren waren. Er trieb sein Pferd an. Kutscher verfluchten ihn, weil sie gezwungen waren, ihm auszuweichen.

Doch er war nicht ganz sicher, was die Fahrpläne anging, und die Flut ermöglichte ein Auslaufen für diesen Nachmittag, ab drei Uhr genau genommen. Er fluchte.

Wenn sie schon fort war, würde er sein Schiff bereit machen und sie einholen.

Dies würde nicht so enden, wie sie es sich vorstellte. Es würde überhaupt nicht enden.

Er war ein de Warenne. Amanda gehörte zu ihm, jetzt und für immer, und er würde ihr folgen, bis er sie gefunden und für sich gewonnen hatte. Wenn sie ihn einmal geliebt hatte, dann würde er sie dazu bringen, das wieder zu tun.

Aber als er die Hafenanlagen erreichte, hatte er sofort das Gefühl, dass etwas nicht stimmte. Clive war auf halbem Wege zu den Büroräumen seiner Schifffahrtsgesellschaft, als ihm klar wurde, was es war. Er hielt sein Pferd an, lenkte es herum und schaute absolut entsetzt auf den leeren Platz, an dem die *Fair Lady* liegen sollte, wo sie noch gestern und in der vergangenen Nacht vor Anker gelegen hatte.

Einen Moment lang starrte er nur dorthin, mit rasendem Puls und einem Rauschen in den Ohren.

Und dann schien seine Welt stillzustehen, wie vor einem großen Kampf. Als er sprach, geschah es so leise, dass kein Vorüberkommender ihn hätte hören können. „Wo, zum Teufel, ist mein Schiff?"

Zehn Tage später saß Amanda in Clives Kabine an dem portugiesischen Schreibtisch, vertieft in eine Geschichte über Alexander den Großen. Sie war entschlossen, nicht in Trauer zu versinken – oder, was noch schlimmer wäre, in Reue – und das Einzige, was dagegen half, war Lesen. Zum ersten Mal in ihrem Leben vermied sie es, an Deck zu gehen. Sie brachte es nicht einmal fertig, Mac oder einem der anderen Offiziere auf dem Achterdeck zu begegnen, ohne Clive dort vor sich zu sehen und sich an jedes Detail zu erinnern: wie sie gemeinsam am Ruder gestanden hatten, unter den Sternen, mit dem Wind gesegelt waren – einige der glücklichsten Momente ihres Lebens. Wenn sie sich an jene Tage erinnerte, dann dachte sie auch an die Zeit in Harmon House, an die Mahlzeiten mit der Familie, bei denen Clive ihr am Esstisch gegenübergesessen hatte, an den Nachmittag, an dem er sie den Walzer gelehrt hatte, an die Ballnacht bei den Carringtons, eine Nacht voll bittersüßer Erinnerungen. Und sie konnte sich mühelos immer und immer wieder an den Tag und die letzte Nacht zurückerinnern, an dem sie einander ebenso zärtlich wie leidenschaftlich geliebt hatten. Wenn der Kummer sie überkam, dann ganz und gar, und es war ihr unmöglich, dem Einhalt zu gebieten.

Es war besser, weder nachzudenken noch zu schlafen. Stattdessen hatte sie in diesen zehn Tagen ein Dutzend Bücher gelesen.

Ihre Augen schmerzten und brannten, genau wie ihr Rücken von der gebeugten Haltung. Sie hielt einen Moment lang inne und dachte an Clives Lächeln, an sein schönes Gesicht, die strahlend blauen Augen, die so sanft blickten vor Herzlichkeit und Zuneigung. Amanda holte tief Luft, sprang auf die Füße, ging auf und ab, versuchte, sein Bild beiseitezuschieben, und wenn das nicht funktionieren sollte, es hinter sich zu lassen. Doch wieder sah sie ihn vor sich, wie sein Lächeln verschwand und seine Augen dunkel wurden vor Verlangen.

Ihr wurde gleichzeitig heiß und kalt. Wenn sie erst einmal anfing, an ihn zu denken, dann würde sie ihn verzweifelt begehren und gleichzeitig würde sie sich elend fühlen wegen ihres Verlusts.

Schlimmer noch, weil sie ihn so sehr liebte, fragte sie sich wieder und wieder, was er wohl gefühlt und gedacht haben mochte, als er entdeckt hatte, dass sie fort war und nur einen Brief zurückgelassen hatte. Sie kannte ihn gut genug, um zu wissen, dass er wütend sein würde, weil sie sein Schiff genommen hatte. Aber sie glaubte, er würde sich auch verletzt fühlen, denn was immer sie auch sonst noch gewesen sein mochten, sie waren gute Freunde gewesen. Sie hatte ihn betrogen, indem sie ihn verließ und die Fregatte mitnahm, nach allem, was er für sie getan hatte, und sie wusste, dass er es genauso sehen würde, in Schwarz und in Weiß, nicht in Grau.

Sie fragte sich, ob er sie jetzt überhaupt noch als Freundin ansehen würde. Sie wusste, sie würde nicht darauf verzichten können, ihn auf Windsong zu besuchen, wenn er wieder in Kingston war, aber sie würde verzweifelt sein, wenn er sie zurückwies.

Natürlich würde es so besser sein. Aber sie konnte sich ein Leben ohne Clive irgendwie nicht vorstellen.

Ein Klopfen ertönte an der Kabinentür. Amanda ging, öffnete und sah einen jungen Matrosen dort stehen. „Miss Carre? Der Kapitän will mit Ihnen sprechen."

Amanda schluckte und sah Clive vor sich, wie er in seinem Leinenhemd, einer marokkanischen Weste, der weißen Hose und hohen Stiefeln am Ruder stand. Aber als sie nickte und das Deck betrat, sah sie Macs sehnigen Rücken vor sich. Er hatte die Befehle, die sie gefälscht hatte, nicht infrage gestellt, obwohl er einräumte, dass es ungewöhnlich war, geschriebene Befehle entgegenzunehmen, wenn der Kapitän sich im Hafen aufhielt. Amanda hatte sich rasch etwas ausgedacht und erklärt, dass Clive mit seinen Kindern beschäftigt wäre. Mac hatte das akzeptiert, und ein paar Minuten nach drei Uhr am Nachmittag hatten sie die Segel gesetzt.

Langsam näherte sie sich dem Achterdeck. Mac gab das Ruder an Clark weiter und kam zu ihr hinunter. Seine Miene war finster. „Guten Tag, Miss Carre."

„Guten Tag." Sie atmete die frische salzige Luft tief ein, den

Duft des Meeres, aber Tang und Salz bereiteten ihr diesmal kein Vergnügen. „Was gibt es?“

„Jemand verfolgt uns“, sagte er.

Amanda erstarrte. Sie kannte die Redewendungen der Seeleute. Mac hätte sagen können, sie wurden gejagt oder jemand fuhr ihnen nach, aber jedes Wort besaß einen anderen Beigeschmack. „Wer könnte uns verfolgen?“, fragte sie, während ihr Herz schneller schlug.

„Ich weiß es nicht. Wir haben sie bei Sonnenaufgang entdeckt, aber bis Mittag war klar, dass er uns einholen will. Wer immer es sein mag, er bewegt sich schnell und leicht und kommt rasch näher. Ich gebe ihm bestenfalls noch eine Stunde.“

Es ist Clive, dachte sie, und Erregung erfasste sie, unmittelbar gefolgt von Furcht. Wenn es Clive war, so empfand er vermutlich inzwischen nur noch Abscheu für sie. Als sie nach hinten sah, fühlte sie seine Macht, seine Gegenwart, obwohl das Schiff kaum größer war als ein Daumennagel. Er verfolgte sein eigenes Schiff. Oder?

Wenn er wirklich außer sich war vor Zorn, so verfolgte er sie, um Entschädigung zu fordern. Bestimmt war das nicht der Fall, denn sollte es doch so sein, wäre das das Ende ihrer Freundschaft.

„Kein Pirat würde sich je an unsere Fersen heften.“ Mac schüttelte den Kopf. „Außer er ist verrückt – oder hat den Befehl dazu. Es scheint ein Schoner zu sein. Ich habe schon selbst durchs Fernrohr geblickt, und ich zähle fünfzehn Kanonen. Natürlich können wir einem so kleinen und leichten Schiff nicht entkommen, aber wir können kämpfen. Wir können sie mühelos zerstören. Ich kann die Befehle geben.“

Amanda zitterte jetzt, obwohl sie warm angezogen war. „Ich glaube, ich weiß, wer es ist“, flüsterte sie und blickte zum Horizont. Sie glaubte beinahe, seinen Zorn zu fühlen, und ihre Angst steigerte sich.

Mac sah sie erstaunt an. „Bitte sagen Sie es mir.“

Amanda wappnete sich jetzt gegen Macs Zorn. „Ich habe

de Warennes Befehle gefälscht. Ich habe einen schrecklichen Fehler begangen!", fügte sie hinzu und erkannte entsetzt, dass es stimmte.

Er sah sie nur an. „Wie bitte?"

Sie holte tief Luft. „Ich habe die Befehle des Kapitäns gefälscht. Er hat Ihnen nicht befohlen, mich nach Hause zu bringen. Ich habe Ihnen diese Anweisung gegeben und dazu seine Unterschrift gefälscht." Sie fuhr sich mit der Zunge über die Lippen, während Mac sie ungläubig anstarrte. „Er wusste nicht, was ich vorhatte."

„Jesus möge uns beiden gnädig sein!", rief Mac aus. „Er wird mich kielholen – Sie haben Glück, dass Sie eine Frau sind!"

Sie fuhr sich noch einmal über ihre ausgedörrten Lippen. Sie hatte wirklich Angst, so viel stand auf dem Spiel. Hatte sie das Band ihrer Zuneigung zerstört?

„Heilige Muttergottes!" Mac erbleichte. „Natürlich folgt er uns! Sie haben sein Schiff gestohlen!" Dann wurde er puterrot im Gesicht. „Sein bestes Schiff!"

Amanda starrte zu dem herannahenden Schoner, dessen zwei quadratische Segel inzwischen sichtbar wurden. Mac hatte sich getäuscht. In einer halben Stunde würde Clive an Bord kommen, und sie würden einander gegenüberstehen. Sie konnte kaum atmen. „Ich habe das Schiff nur geborgt."

„Das wird er nicht glauben", rief Mac. Er drehte sich um und brüllte, das Royalsegel einzuholen.

Mac hatte recht. Er würde das, was sie getan hatte, nicht nur als Mann sehen, sondern auch als Kapitän. Amanda wurde bewusst, dass sie eine Grenze überschritten hatte, etwas, das sie vielleicht nicht wiedergutmachen konnte. Ihre Furcht wuchs. Papa hätte jeden getötet, Mann oder Frau, der das getan hatte, was sie getan hatte. Clive würde niemals die Hand gegen sie erheben, aber er würde so zornig sein wie jeder andere Kommandant.

Oh Himmel, hatte sie schließlich alles zerstört, was sie miteinander verbunden hatte?

Die Segel wurden in rascher Folge eingeholt. „Sie sollten besser irgendwo unten warten", fuhr Mac sie an. „Gebt dem Schoner ein Zeichen. Wenn ihr sicher seid, dass es der Kapitän ist, erlauben wir ihm, an Bord zu kommen." Er warf ihr einen finsteren Blick zu und ging zurück zum Achterdeck.

Schwer atmend und zitternd wie Espenlaub, eilte Amanda zurück in die Kapitänskajüte. Ihre Röcke raschelten. Sie schlug die Tür zu und erwog, sie zu verriegeln, aber was würde das nützen? Clive war gekommen, um sein Schiff zu holen, und sie hatte nicht die Absicht, ihm aus dem Wege zu gehen oder sich seinem Zorn zu entziehen. Als ihr der Schweiß über den Körper zu laufen begann, wurde ihr klar, dass sie sich weder verteidigen noch irgendetwas erklären wollte. Sie wollte nur in seine Arme und alles zurücknehmen, was geschehen war.

Aber sie war so weit gekommen. Sie musste entschlossen bleiben. Sie konnte nicht seine Geliebte werden, und sie konnte ihn nicht heiraten, nur damit er sich ehrenwert verhielt. Dann begann sie zu lachen. Jetzt würde er nicht an seine Ehre denken! Er würde daran denken, sie zu bestrafen und sich sein Schiff zurückzuholen!

Sie hörte die Segel gegen die Masten schlagen und die Wellen, die gegen den Bug klatschten. Die Fregatte machte nur noch wenige Knoten. Sie musste dem heraufziehenden Sturm entgegentreten und irgendwie ihre Beziehung wieder reparieren. Außer es würde ein Wirbelsturm kommen.

Ein Wirbelsturm würde alles vernichten, was sich ihm in den Weg stellte.

Ich werde nie aufhören, ihn zu lieben, dachte sie. Was immer jetzt auch geschehen mag.

Haken klapperten, sie hörte, wie Metall auf Holz stieß.

Amanda biss sich fest auf die Lippen, ihre Unterkleidung war durchnässt vom Schweiß. Sie wischte sich über das Gesicht. Sie musste ihre Freundschaft retten, ganz egal, wie zornig er auch sein würde, wie lange es auch dauern mochte.

Sie hörte, wie ein Ruderboot an den Rumpf stieß und wie

die Männer dann eine Leiter hinunterließen.

Amanda lief zum Bullauge, um es aufzudrücken. Sie brauchte mehr Luft. Aber es stand schon offen.

Die Kabinentür wurde aufgestoßen.

Sie stieß einen Schrei aus, als Clive im Türrahmen stand.

Seine Miene war angespannt, eine Maske des Zorns, trotzdem wirkte er völlig beherrscht. Er stand da mit gespreizten Beinen, aber das Deck schwankte nicht. Amanda atmete schwer. Sie wollte ihm sagen, dass es ihr leidtat, nur brachte sie kein Wort heraus.

Er zeigte mit dem Finger auf sie, und seine Augen blitzten. „Ich habe dir zwei Dinge zu sagen, Madam."

Sie nickte, und ihr Herz schlug wie rasend. Jetzt hasste er sie.

„Du kommst mit mir nach Hause. Und wir heiraten."

Und mit einem letzten Blick auf sie stürmte er hinaus.

22. KAPITEL

Erschrocken lief Amanda ihm nach. Er wollte sie noch immer heiraten? Sie hätte wissen müssen, dass sein Ehrgefühl stärker war als sein Zorn über ihren Verrat.

Er erreichte das Achterdeck und verlangte: „Gebt mir eine Flasche Whiskey."

Ein Offizier sprang herbei, um den Befehl auszuführen.

Auf dem Hauptdeck blieb Amanda zögernd unter ihm stehen. Er fuhr herum. „Dies ist nicht der richtige Zeitpunkt."

Sie holte tief Luft und blieb stehen. Sie musste es erklären, wenn sie konnte. Dass er so böse mit ihr war, konnte sie nicht ertragen. Und was sollte sie mit seiner Erklärung anfangen, sie würden heiraten? Die entsetzliche Wahrheit lautete, dass sie sich nicht gegen ihn wehren wollte, weder jetzt noch sonst irgendwann. Sie konnte ohnehin nicht gewinnen, wenn sein Entschluss feststand.

Und jetzt stand sein Entschluss offensichtlich fest.

„Sir!" MacIver war blass.

Clive lächelte ihn kühl an. „Erklären Sie mir, wie Sie an Miss Carres Spielchen beteiligt waren."

„Es gab einen Brief mit Ihren Befehlen, Sir. Er ist in meiner Kabine. Ihre Unterschrift stand darauf. Ich gehe ihn holen", sagte MacIver angespannt.

Einen Moment lang starrte Clive ihn nur an. Seine Miene war unnachgiebig. Hinter all dem Zorn, das erkannte sie jetzt, war er verletzt. Amanda nahm all ihren Mut zusammen und stammelte: „Ich habe deine Befehle und die Unterschrift gefälscht."

Er sah sie so scharf an, dass sie entschied, sich getäuscht zu haben. Sie hatte ihn nicht verletzt – er war wütend und verachtete sie. „Wie gerissen." Er wandte sich an Mac. „Sie bringen nach Ihrer Wache den Befehl zu mir."

Der Offizier kam, in den Händen eine Flasche Whiskey und ein Glas. Clive nahm die Flasche, ohne auf das Glas zu achten, legte den Kopf zurück und nahm einen langen Zug. Amanda erschauerte und ertappte sich dabei, dass sie die Arme um ihren Körper schlang. Sie sollte sich fürchten vor einem solchen Mann in so einer Verfassung. Wenn er sie jetzt hasste – und sie glaubte, dass er das tat –, wie, um alles in der Welt, konnte er dann an eine Heirat auch nur denken?

Weil, dachte sie traurig, er edel und gut ist.

Er trank noch einmal. Endlich sah sie, wie ein Teil der Spannung in seinen Schultern und seinem Rücken nachließ. Dann drehte er sich langsam herum und sah sie an. Seine finstere Miene wirkte gar nicht so angespannt, so beherrscht und auch nicht so feindselig. Mit einer Kopfbewegung deutete er auf seine Kabine.

Und Amanda sah den Schmerz in seinen Augen.

Sein Zorn war nur Fassade. Sie hasste, was sie getan hatte, aber sie musste ihn doch verlassen, oder? Eilig drehte sie sich um und ging über das Deck, während ihr Herz wie rasend schlug und sie die Schultern gestrafft hielt, um wenigstens ein bisschen Haltung zu bewahren, die sie umgab wie ein wärmender Umhang. Sie hörte, wie er geschickt wie eine Katze hinter ihr landete und ihr folgte. Ohne sich umzusehen, betrat sie seine Kabine, ging zum Bett und stellte sich mit dem Rücken zum Fußende, obwohl sie keinen Angriff aus dem Hinterhalt erwartete. Sein Angriff würde brutal und direkt erfolgen. Daran zweifelte sie keinen Augenblick.

In der Mitte des Raumes blieb er stehen und stand da wie auf einem rollenden Deck. Die Tür war aus den Angeln gerissen und lag auf dem Boden, der Durchgang war frei.

„Du hast mich verlassen“, stieß er hervor, den Blick unverwandt auf sie gerichtet.

Sie holte tief Luft. „Es tut mir leid. Es tut mir leid, dass ich mir dein Schiff ausgeliehen habe …“

„Du hast mich verlassen nach unserer Nacht.“

Sie versuchte, nicht daran zu denken, wie es in seinen Armen gewesen war, als er sie ebenso sehr zu lieben schien wie sie ihn. „An jenem Morgen sagte ich dir, was ich vorhatte. Die

Zeit, die wir miteinander verbrachten, änderte nichts daran." Sie sah, wie er zusammenzuckte. „Es war wunderschön, aber ich meinte, was ich sagte, als ich dir schrieb, ich müsse nach Hause zurückkehren. Natürlich bist du zornig. Und ich weiß, ich habe einen feigen Weg gewählt, und ich hätte Mac nicht …"

„Das Schiff ist mir egal!", rief er zu ihrer Verblüffung. „Ich bin froh, dass du meine Fregatte genommen hast – so warst du zumindest geschützt vor Räubern. Verdammt! Ich habe das Bett mit dir geteilt, und du hast mich verlassen!"

Sie schlang die Arme fester um ihren Körper und versuchte, seine Worte nicht an sich heranzulassen. „Ich wusste, du würdest mich heiraten wollen, Clive, nur aus den falschen Gründen. Wie sollte ich das annehmen? Die Nacht, die wir gemeinsam verbrachten, bestärkte mich nur in dem Wunsch zu gehen."

„Aus den falschen Gründen? Unsere Leidenschaft verstärkte deinen Wunsch zu gehen?"

„Du hast mich missverstanden!", rief sie. „Ich will dir nicht wehtun. Aber du hast mich ruiniert, also hast du beschlossen, mich zu heiraten. Ehrgefühl ist kein richtiger Grund, jedenfalls nicht für mich."

Er trat näher, sein Blick wurde durchdringend. „Kennst du überhaupt meine Gründe, Amanda?"

„Ja, das tue ich." Irgendwie brachte sie es fertig, den Kopf zu heben, doch sie spürte, wie ihr die Tränen über das Gesicht rannen. „Du bist der ehrbarste Mann, den ich je getroffen habe. Mein Brief hat vielleicht nicht genug über meine tiefen Gefühle ausgesagt, aber nach allem, was du getan hast, was deine Familie getan hat, weißt du gewiss, dass es schwer für mich war, dich zu verlassen."

„Deine tiefen Gefühle", sagte er. Seine Nasenflügel bebten, seine Augen leuchteten. „Spielst du damit auf die Freundschaft an, die du aufrechterhalten willst – und deine Zuneigung zu mir?" Seine Stimme klang kalt und sarkastisch, als er einen weiteren Schritt auf sie zumachte.

Jetzt stand er vor ihr. Sie wollte einen Schritt zurückweichen, weg von ihm, aber sie blieb stehen. „Ich glaubte nicht, dass du unsere Freundschaft fortsetzen wolltest. Aber es ist so wichtig für mich. Ich flehe dich an, mir zu verzeihen, damit wir enge Freunde bleiben können."

„Ich will nicht dein Freund sein", sagte er schroff. „Und verdammt, erzähl mir nicht, du hast dich gefühlt wie eine Freundin, als du mit mir im Bett warst."

Sie richtete sich auf. „Das ist nicht fair."

„Du hast mich verlassen. Das ist nicht fair", gab er zurück. Er wollte nicht nachgeben.

„Nach allem, was du für mich getan hast, war es unfair, da stimme ich dir vollkommen zu. Aber ich war verzweifelt."

Er schüttelte den Kopf. „Ich werde niemals glauben, dass du dich verzweifelt danach sehnst, ein Geschäft zu führen. Und welche Frau ist wirklich unabhängig? Nur eine alte Jungfer oder eine Witwe. Du bist keines von beidem."

Langsam sagte sie: „Ich hatte mich auf das Erstere eingestellt", sagte sie und hasste sich dafür.

„Den Teufel hast du", sagte er.

Sie verspürte eine dunkle Vorahnung. „Du verachtest mich."

„Bist du wirklich so ahnungslos, so unwissend? Wie, zum Teufel, sollte ich dich jemals verachten?", rief er aus und beugte sich vor. „Würde ich hier stehen und eine Heirat verlangen, wenn ich dich verachten würde?"

Sie erschrak. Ihr Herz drohte stillzustehen, sie versuchte, nicht darauf zu achten. Sie flüsterte: „Warum bist du mir wirklich gefolgt?"

„Ich bin ein de Warenne", sagte er und richtete sich auf. „Wie mein Vater kürzlich so treffend sagte, gibt es kein Halten für uns, wenn es um die Liebe geht."

Sie starrte ihn an. Hatte sie sich verhört?

Dann schüttelte er den Kopf. „Ich werde niemals glauben, dass du einen Laden haben möchtest. Vor mir steht eine schöne Dame, aber wenn ich ihr das Kleid ausziehe, sehe ich, dass La Sauvage noch immer lebt."

Sie zitterte, voller Angst, dass sie ihn völlig missverstanden haben könnte. „Ich werde niemals die Frau aufgeben, die ich geworden bin. Dazu gefällt sie mir zu gut. Aber du hast recht, darunter ist mir immer noch der Wind in den Haaren lieber als ein Ball. Clive! Was meinst du damit, es geht um die Liebe?"

„Das heißt, ich will die Wahrheit hören", verlangte er mit funkelnden Augen. „Verdammt, Amanda, verdiene ich nicht die Wahrheit? Deine Worte haben mich verfolgt – du willst nicht mein Mündel sein. Hast du das nicht gesagt? Du bist fortgelaufen, nicht um unabhängig zu werden, sondern um mich zu verlassen. Was habe ich getan, dass du mich so wenig magst?" Seine Augen blitzten. „Ich dachte, was uns verband, war etwas völlig anderes."

„Clive, ich verachte dich nicht." Sie zögerte, denn ihr Herz schlug zu schnell. Sie hatte ihn verletzt, und sie hasste die Entscheidung, die sie getroffen hatte. Schlimmer noch, er verstand sie noch immer nicht, und während sie Angst hatte, ihre Liebe zu gestehen, blieb ihr keine andere Wahl. Er verdiente die ganze Wahrheit. „Meine Gefühle haben sich nicht geändert. Sie werden sich nie ändern", flüsterte sie und streckte die Hand aus, um seine Wange zu liebkosen.

Er fing ihre Hand ab und hielt sie ganz fest, presste sie an seine Brust. „Dann verstehe ich dich nicht. Wie konntest du mich verlassen?", fragte er. „Liebst du mich noch? Weil ich dich geliebt habe, Amanda, und ich habe noch nie zuvor eine Frau geliebt."

Amanda schrie ungläubig auf.

„Es war die wunderbarste Erfahrung meines Lebens, gleich nach der Erkenntnis, die mich in der Eingangshalle überkam, als ich dich in deinem Ballkleid sah. Ich glaube, ich habe dich geliebt, seit du ein wildes Kind gewesen bist und dich an den Stränden der Insel herumtriebst. Oder vielleicht habe ich mich in dich verliebt in King's House, als du versuchtest, den Gouverneur anzugreifen." In seinen Augen lag so viel Gefühl. „Ich bemühte mich, nicht nur meine Leidenschaft für dich zu unterdrücken, sondern auch die Gefühle in meinem Herzen. Ich habe noch nie zuvor geliebt! Mehrere Mitglieder meiner Familie warfen mir vor, etwas begriffsstutzig zu sein, und jetzt stimme ich ihnen zu. Ich brauchte die achtzehn Tage der Trennung, um zu erkennen, dass ich dich vermisste, wie ich nie zuvor jemanden vermisst habe. Als du diese Treppe herunterkamst, begriff ich, dass ich nicht gegen das Verlangen kämpfte, sondern gegen die Liebe." Er holte tief Luft, und dann lächelte er endlich. Doch genauso plötzlich verschwand das Lächeln auch wieder. „Mit Ehre hat mein Antrag nichts zu tun." Er sah ihr in die Augen. „Ich muss wissen, ob du mich noch immer liebst."

Amanda war wie benommen. Sie trat zu ihm, ließ sich von ihm umarmen, und Tränen liefen ihr über das Gesicht. „Ich habe nie aufgehört, dich zu lieben. Wie könnte ich das?" Dann sah sie auf. „Ist das ein Traum? Liebst du mich wirklich? Wie kannst du mich lieben?"

„Nun", sagte er lächelnd, „wenn ich die offensichtlichen Gründe wie deine Schönheit und deinen Mut einmal weglasse ..." Sein Lächeln verschwand, und seine Miene wurde ernst. „Ich bewundere dich, wie ich noch nie jemanden bewundert habe. Aber das ist es nicht allein. Als du fort warst – als du mich verlassen hattest –, fühlte ich mich verloren und unvollständig." Er zögerte. „Ich empfand Angst."

Amanda umarmte ihn. Sie wusste, dass dieser Mann vermutlich nie zuvor in seinem Leben Angst empfunden hatte. „Ich wollte nie einen Laden haben", flüsterte sie, an seine Brust gelehnt. „Ich wollte dich nie verlassen, und ich will dich auch nie wieder verlassen."

Einen Moment lang presste er sie so fest an sich, wie er nur konnte, ohne sie zu erdrücken. „Zum Glück", flüsterte er und schob ihr Gesicht hoch. „Du hast mir einmal gesagt, du würdest nichts lieber tun, als mit mir zu segeln."

Ihr Herz schlug schneller. Sie streckte die Hände aus, sodass sie sein schönes Gesicht umfassen konnte. „Es gibt nichts, was ich lieber täte."

Er lächelte und hob sie in seine Arme. „Dann unternehmen wir eine Schiffsreise, Geliebte." Er trug sie zum Bett. „Ich habe dich vermisst. Und ich will dir zeigen, wie sehr."

Er beugte sich vor und küsste sie. Amanda erwiderte den Kuss, ihr Herz drohte überzuströmen von Liebe und Glück, die Gefühle waren beinahe unerträglich. „Ich fühle mich wie Aschenputtel", sagte sie, als er sie hinlegte.

Mit einem zärtlichen Lächeln beugte er sich über sie. „Ich bin kein Prinz."

Sie lachte. „Clive, du bist mein Prinz – und ich glaube, das weißt du."

Bei seinem Lächeln zeigte sich ein Grübchen, und er begann sie zu küssen, langsam und verführerisch. „Ich werde nicht das Kommando über dieses Schiff übernehmen", murmelte er, als sie sich für einen Moment voneinander lösten, um Atem zu holen.

Amanda konnte sich denken, was das bedeutete – zehn Tage in seiner Kajüte, in seinem Bett. Sie konnte es kaum erwarten. „Damit bin ich sehr einverstanden. Aber, Liebster, möchtest du Zuschauer?"

Er lächelte sie an. „Eigentlich möchte ich dir etwas geben, und dabei stören mich keine Zuschauer." Er setzte sich auf, griff in die Hosentasche. Dann hielt er einen Ring mit einem großen Diamanten hoch.

Amanda stockte der Atem.

„Darf ich?", fragte er.

„Wann hast du ihn gekauft?" Aber sie hielt ihm ihre Hand hin, überrascht und voller Staunen.

„Hm." Er schob ihr den Ring auf den Finger. „Als ich dies hier einkaufte, bist du vermutlich gerade an Bord gegangen."

Ihr Lächeln verschwand, und sie sahen einander in die Augen. „Es tut mir so leid", sagte sie.

„Ich hätte dir sagen sollen, dass ich dich liebe, als wir miteinander im Bett lagen."

Sie berührte seine Wange. Er wandte den Kopf und küsste

ihre Hand, dann lächelte er, und ein vertrauter Glanz erschien in seinen Augen. „Wie sehr sehnst du dich nach einer großen Hochzeit?"

Sie zögerte. „Über eine Hochzeit, in welcher Form auch immer, habe ich noch gar nicht nachgedacht."

Er beugte sich vor, küsste sie eine Weile, dann flüsterte er: „Könnte ich dich dazu überreden, dich von Mac mit mir trauen zu lassen?"

Sie setzte sich kerzengerade hin. „Ja."

„Das war leicht", sagte er, offenbar zufrieden. „Aber ich hatte gehofft, dir zeigen zu können, wie gut ich darin bin, jemanden zu überreden."

„Das kannst du tun, nachdem wir verheiratet sind", flüsterte sie und schüttelte ungläubig den Kopf. „Meinst du – jetzt gleich?"

Er stand auf und hielt ihr seine Hand hin. „Ja, das meine ich."

Sie zog den Ring vom Finger, reichte ihn ihm und nahm dann seine Hand, während sie sich in die Augen sahen. Lächelnd führte er sie aus der Kajüte und blieb nur kurz stehen, um seine Bibel vom Schreibtisch zu nehmen. „Mac, du musst eine Trauung vollziehen. Lass Clark ans Ruder."

Mac grinste. „Aye, Sir!" Er sprang aufs Hauptdeck. „Sir, ist es erlaubt, die Mannschaft zusammenzurufen?"

Clive zuckte die Achseln. „Ich bin nicht der Kapitän. Mach, was du willst."

Mac drehte sich um und nickte Clark zu. Amanda sah Clive an, der ihr die Hand drückte, als sie Schritte hörten und die Matrosen herbeiliefen. Der Moment schien eine Ewigkeit zu währen, und sie erkannte, dass ihre Träume wahr geworden waren. Sie war eine Dame, und Clives Herz gehörte ihr.

Bilder von einem schönen Leben erschienen vor ihrem inneren Auge. Sie sah sie beide zusammen mit Ariella und Alexi auf Windsong, wo sie einen schönen Sommerabend auf dem Balkon verbrachten, mit Blick über die türkisblaue See. Sie sah sich selbst und Clive in seinem ebenholzschwarzen Bett, ganz gefangen in der Leidenschaft. Und sie sah sich selbst mit einem Baby auf dem Arm, während Clive sich über sie beugte und sie beide anlächelte. Tränen verschleierten ihr den Blick.

„Bereit, Sir?", fragte Mac.

„Ja, das bin ich", erwiderte Clive und räusperte sich. „Aber ich möchte zuerst etwas sagen. Ich muss mein eigenes Gelübde sprechen."

Er nahm ihre beiden Hände. „Amanda. Ich weiß gar nicht, wo ich anfangen soll." Seine Augen schimmerten feucht. „Du bist der Mittelpunkt meines Lebens geworden an dem Tag, als ich dich im King's House gerettet habe. Kurz darauf gelobte ich, dich zu beschützen und deine Zukunft zu sichern. Heute erfülle ich dieses Versprechen."

Sie begann zu weinen.

Er lächelte, und seine Nase wurde rot. „Jetzt, mein Liebling, verspreche ich dir noch mehr. Ich gelobe, dich zu ehren, zu schützen, zu respektieren und zu bewundern. Ich gelobe, allen anderen zu entsagen, und vor allem gelobe ich, dich zu lieben, mit meinem ganzen Herzen und meiner ganzen Seele, jetzt und für immer. Das Leben ist unsicher, aber ich gelobe, Himmel und Erde in Bewegung zu setzen, um dir ein Leben in Sicherheit, Luxus, Glück und Frieden zu geben – ein Leben, wie du es verdienst. Und, Amanda? Und ich werde mein Möglichstes tun, alles Böse von dir fernzuhalten und Glück in unser Haus zu holen. Ich möchte, dass du glücklich bist."

Amanda weinte jetzt und konnte nicht aufhören. Clive de Warenne war ein Mann, der sein Wort hielt, und ihre Zukunft war gesichert. Zitternd umfasste sie sein Gesicht mit beiden Händen. „Ich liebe dich so sehr. Du warst mein Beschützer und mein Freund, mein Vormund und mein Fürsprecher, mein Geliebter und auch mein Held. Du warst alles für mich und bist es noch immer – du wirst immer mein Leben sein, Clive, und mein Herz." Sie hielt einen Moment lang inne, um sich die Augen zu wischen.

Er beugte sich vor, um sie zu küssen. Seine Miene war ernst.

„Ich bin noch nicht fertig!“, rief sie.

Er lächelte „Dann bitte.“

Sie holte tief Luft. „Ich liebe Alexi und Ariella schon jetzt, Clive. Ich gelobe, deinen Kindern eine liebevolle und mitfühlende Mutter zu sein. Und …“ Sie schwieg verlegen. „Ich würde dir gern mehr Kinder schenken, wenn du das willst.“

Jetzt standen auch in seinen Augen Tränen. „Das würde mir auch gefallen.“ Seine Stimme klang heiser.

„Ich habe dir mein Herz geschenkt, auf diesem Schiff, kurz nachdem wir in See gestochen sind.“ Sie lächelte ihn an. „Du bist mein Märchenprinz, und ich werde nie aufhören, dich zu lieben, Clive.“

Er sah ihr in die Augen mit tränenfeuchtem Blick, und auch sie war von Gefühlen überwältigt. Dann breitete sich langsam ein Lächeln auf seinem Gesicht aus, und er beugte sich vor, um sie zu küssen.

Mac hustete. „Noch nicht küssen, Kapitän.“

Clive richtete sich überrascht auf, als über ihm zustimmendes Grölen zu hören war. „Ich hatte es vergessen“, murmelte er. „Bitte, Mac, mach weiter.“

„Geloben Sie, Captain de Warenne, diese Frau zu lieben, zu ehren und zu beschützen, allen anderen zu entsagen, bis dass der Tod euch scheidet?“

„Ich gelobe es“, sagte Clive und umklammerte ihre Hände.

„Geloben Sie, Amanda Carre, ebenfalls, diesen Mann zu lieben, zu ehren und zu beschützen, in Krankheit und Gesundheit, in guten wie in schlechten Zeiten, bis dass der Tod euch scheidet?“

„Ich gelobe es“, sagte Amanda bebend.

Mac erklärte mit fester Stimme: „Kraft meines Amtes als Kapitän dieses Schiffes erkläre ich euch jetzt zu Mann und Frau.“

Clive schob ihr wieder den schönen Ring auf den Finger. Amanda trat vor, sodass er sie umarmen konnte, und über ihnen in der Takelage, um sie herum an Deck brachen alle in Jubelrufe aus.

Und dann, ganz plötzlich, erstarrte Amanda und blickte über ihre Schulter.

Papa stand da, lächelte ihr zu, und dann salutierte er stolz. *Auf diesen Tag habe ich gewartet, Amanda, mein Mädchen. Jetzt gehe ich.*

Und er verschwand.

„Papa“, flüsterte Amanda.

„Amanda?“, fragte Clive besorgt.

Noch immer in seinen Armen, hob sie den Kopf und lächelte ihn an. „Habe ich dir schon gesagt, dass ich dich liebe?“

Er lächelte zurück. „Bitte sag es mir noch mal.“ Er küsste sie. „Und noch einmal.“ Er küsste sie wieder. „Aber ich bin der Meinung, Taten sagen mehr als Worte.“

Amanda schloss die Augen, als er sie küsste und ihr so seine Liebe zeigte. Er hatte gerade nicht nur für ihre Zukunft gesorgt, er hatte auch ihre Träume erfüllt. Er irrte sich – er war zweifellos ein Prinz –, er war ihr Prinz, und das würde sich niemals ändern.

EPILOG

Windhaven, Irland

Der Ball war in vollem Gange. Da es der erste Ball war, den der einst – und noch immer – berüchtigte Captain de Warenne für seine junge Braut gab, waren aus den südlichen drei Grafschaften alle gekommen. Das Haus stand auf den Klippen, von denen aus man das Meer sehen konnte, nur drei Stunden von Adare entfernt. Von außen sah es einem französischen Palast ähnlicher als einem irischen Landhaus. Von innen bot es einen nahezu schockierenden Anblick, denn dort war es eine Mischung aus orientalischem, fernöstlichem und europäischem Stil, mit Möbeln aus allen Ecken der Welt. Es wurde viel geredet. Schließlich hatte niemand damit gerechnet, dass der größte Frauenheld dieser Zeit je heiraten würde, schon gar nicht aus Liebe. Es machte das Gerücht die Runde, dass er nicht nur diesen Palast als Denkmal seiner unsterblichen Liebe errichtet, sondern das ganze Anwesen auch noch auf den Namen seiner Frau hatte eintragen lassen.

„Sie sind ein großartiges Paar!", erklärte die Dowager Baroness O'Connell. „Er ist der schönste Mann in ganz Irland, und sie ist so zart, so anmutig und so schön!"

„Perfekt!" Ihre gute Freundin, die Dowager Countess Marion, nickte beifällig und nutzte ihr Monokel, um dem Paar zuzusehen, das gerade den Walzer tanzte. Der Captain und seine Gemahlin befanden sich allein auf der Tanzfläche, denn es war der erste Tanz dieses Abends. „Er ist ein sehr guter Tänzer", erklärte sie. „Aber sie ist geübter, denke ich. Sie tanzen den Walzer nicht, meine liebe Katherine, sie schweben nur so dahin!"

„Es sieht aus, als hätten sie schon immer miteinander getanzt. Wie romantisch!" Sie seufzte. Für einen Moment, während die anderen Mitglieder der Familie die Tanzfläche betraten, allen voran der Earl und die Countess of Adare, sah sie den Frischvermählten zu, die ganz bezaubert zu sein schienen voneinander. Sie seufzte noch einmal. „Sie sind so verliebt. Er kann den Blick nicht von ihr abwenden."

„Nun, darin liegt das Schicksal der Männer dieser Familie – die wahre Liebe zu suchen, ungeachtet des Skandals, den sie dabei verursachen, und dann bis in alle Ewigkeit zu lieben."

Verschwörerisch erinnerten sie sich an einige Skandale der letzten Zeit, darunter auch den des Earls und der Countess of Adare, und sie lachten, denn für sie war es, als wäre das gestern geschehen.

Die Baroness beugte sich vor und senkte ihre Stimme zu einem Flüstern. „Ich hörte das lächerlichste aller Gerüchte."

Eifrig rückte die Freundin näher. „Erzähl mir davon, Katherine."

„Ich hörte", sagte sie leise, „Mrs de Warenne sei die Tochter eines Piraten!"

Einen Moment lang blinzelte die Countess nur, dann begann sie zu lachen und schüttelte den Kopf. Die Baroness tat es ihr gleich. „Sieh sie dir an! Sie ist ein Muster an Eleganz – alle jungen Damen sollten so anmutig und schön sein. Es ist unmöglich!"

„Da stimme ich dir zu", lachte die Baroness. „Einfach unmöglich!"

Und die beiden alten Frauen lachten darüber, wie lächerlich diese Vorstellung war.

– ENDE –

Lynsay Sands
Die Braut aus den Highlands
Band-Nr. 25616
7,99 € (D)
ISBN: 978-3-86278-352-6
320 Seiten

Candace Camp
Geheimnis um Mitternacht
Band-Nr. 25602
7,99 € (D)
ISBN: 978-3-86278-333-5
352 Seiten

Jillian Hunter
Sündige Geheimnisse eines Lords
Band-Nr. 25596
7,99 € (D)
ISBN: 978-3-86278-323-6
368 Seiten